I0742908

SHAVI RECHIKADZI

Nganonyorwa naMasimba Musodza

ISBN 978-1-9997077-1-2

Chiremba Bhagat vaitaura nezwi remunhu ari kuzvishingisa, aiedza kuti atange apedza mashoko ake, asati akurirwa neshungu. "Tinogona kurapa nyama dzake, asi mweya wake watomarwamarwa. Mwana uyu haachazofa akava neutanho. Achagara nerima rezuva iri pamberi pake, kunge mweya wetsvina. Handingade zvangu kufungidzira nezvematanho aangatore mukuyedza kubvisa ngetani dzezvaitika izvi. Ndosaka ini ndichiti hapana mutongo unogona kutsiva zvizere mhosva yekubatwa chibharo"

Heino nganonyorwa inotyisa, ichibata zvakare pamusoro pedambudziko guru rekubhinywa kwevanhukadzi, iri rinoratidzika setirikukundikana senyika mukurirwisa.

Vakuru vakati, Chinokanganwa idemo, asi muti wakatemwa haukanganwi. Panotanga kupera vakomana vechikwata chaizvidaidza nezita rekuzvitsutsuma rekuti The Flava Crü, vanhu vanotadza kunzwisisa kuti zvauya sei. Chainyanyonetsa mapurisa ndechekuti vakomana ava vaita sevaurawa negaranyanya rine nzwara dzinopinza, asi chiri chikara chavaitadza kudoma. Nyangwe panotanga kufawo vabereki vevakomana ava, pamwe negweta rainzi Robbie Rangwani, hapana akakurumidza kunyumwa kuti vese ava vakange vave kurumwa nechekuchera.Ko, handiti vakomana ava ndivo vamwechete vekuita gombedzanwa rekubata chibharo musikana webasa ainzi Nhamo Mupariwa? Handiti ndivo vabereki vekurangana, sevanhu vaive nemari nechiremera muchita, kuti vana vavo vasapikire mhosva iyi? Zvino, kana vaifunga kuti mhosva yavo yairova, vakange vave kuzvionera kuti dzimwe mhosva hadzirove asi dzinodzoka dzakura, dziine masimba anotyisa.

First published as a paperback, 2015, ISBN 978-1-908690326, by Belontos Books, Middlesbrough, an imprint of Fairfield Media Ltd (reg. 10195030)

This paperback edition published 2017 by Belontos Books. Middlesbrough, ISBN 978-1-9997077-1-2

CHIZIVISO

Munyori wenganonyorwa ino anoda kukomekedzwa kuti nyaya iyi haina necheekuita nevanhu, nzvimbo, mapazi eHurumende, makambani, mabhizinesi misangano kana zviitiko zvechokwadi, uye kuwanikwa kwemazita azvo murungano urwu hazvifaniri kutorwa sechiratidzo chekuti zvingava nechekuita nekurondedzerwa kwazvaitwa murungano urwu.

Masimba Musodza ave nemukurumbira wapfumbira nepasi rose semunyori wechizvino weZimbabwe, zvikurusisa wengano dzinotyisa. Bhuku rake rekutanga, *The Man who turned into a Rastafarian*, rakabuda kupera kwa2006. Rino ndiro rechipiri rake mururimi rwechiShona, richitevera *MunaHacha Maive Nei?* Musodza akabarwa mugore ra1976, kuHarare (ichanzi Salisbury). Akadzidza paAvondale Primary School kuHarare kwakare, nepaSt Mary Magdalene's High School, Nyanga, ndokuzoita kosi yezvekugadzirwa kwemafirimu paVision Valley Film, Video & Television Institute, Harare. Anova mumwe wevanyori vakavamba musangano weAfrican Speculative Fiction Society, unosimudzira kunyora nekuverengwa kwengano dzemhando we*Speculative Fiction*. Kunze kwezvekunyora, Masimba Musodza mutambi wemafirimu.

MAMWE MABHUKU AKANYORWA NAMASIMBA MUSODZA

MUCHIRUNGU

The Man who turned into a Rastafarian

Uriah's Vengeance

A Smell of Paraffin and Other Stories

The Chi-Town Roughriders

Satanism: The Greatest Trick the Devil Ever Played

Herbert Wants To Come Home

MUCHISHONA

Muna Hacha Maive Nei?

Mukadzi WaMukoma Shepard

NHURIRO

Pamusana peuroyi nekushopera nezviitiko zvinotyisa, rungano rwangu nderwe rudzi runodaidzwa kuti *horror* muchiRungu, zvichireva kuti ngano dzinotyisa. Asi dingindira huru makare nderekubatwa chibharo kuri kuitwa madzimai muchita chedu, uye nekukundikana kwatirikuita mukudzivirira uipi hwakadai.

Kune masangano akawanda, pamwe nemapazi ehurumende anoona nezve kuchengetedzwa kwemitemo nekuranga vanoityora, nevanhuwo zvavo vari kuedza kurwisana nedambudziko iri rekubhinywa kwevanhukadzi, nekuedza kuporedza marwadzo arinokonzera pakati pedu. Iniwo, semunyori, ndakandawo changu chibhakera chekurova mhandu yedu tese iyi. Vamwe vakawana mukana wekurava rungano rwangu vanoti vakadzi vanobatwa chibharo makare vakawandisa zvionova zvakavatadzisa kunyatso nakidzwa naro senganonyorwa. Asi, handifunge kuti pane angapokane neshoko rekuti uhwandu hwevanhukadzi ava varimunganonyorwa rwangu hatingauenzanise nevari kubatwa chibharo muupenyu hwedu.

Tsanangudzo kana kuti dudziro dzandashandisa dzemagwaro engano dzeve pasichigare dzakaita se*Rungano rwaGilgamesh*, nemagwaro anonzi ndiwo anoshandiswa mukushopera kana kuita zveuroyi nemamwe marudzi ndedzangu, dzichibva mune dudziro dzinowanikwa mururimi rwechirungu. Sekuziva kwangu, hakusati kwave nedudziro yemabhuku akadai mururimi rwechiShona.

Ndinoda kupa kutenda vanhu ava, avo vakava nechekuita nebudiriro yechirongwa chekutsikiswa kwebhuku rino: Vimbai Beritah Chinembiri, Ednah Masanga, Simba Chikanza ndivo vamwe vakatanga kufambisa shoko rezvebuku rino kune veruzhinji. Nyanduri Vokal DaPoet, nekundidzidzisa rimwe izwi randakaona rakakodzera kukanda muchinyorwa chino. VaTinashe Muchuri, avo vakapawo mazano nemurairo. Muzvare Sikhanyisile Gumpo vakazvipira nenguva yavo kuti vapepete chinyorwa ichi. VaMarc Draco, avo vakabata basa rekuronga mapeji ebhuku rino, uye nekugadzira mufananidzo uri pamusoro wenyaya.

Masimba Musodza

Shiri iya inonzi Zu yairera manyana ayo mumapazi,

Uye, shavi rechikadzi, rinova Lilith,

rakange ravaka imba rayo mumhango.
Asi Gilgamesh, uyo akange anzwa nezve dambudziko raInanna,
akauya kuzomununura.
Akatora nhovo yake huru
akuraya nyoka iya nezidemo rake rebhuronzi,
iro rairema matarenda manomwe nemamina nomwe.
Zvino Zu yakambururuka ichienda kumakomo
nemanyana ayo,
apo Lilith, aomeswa nekutya,
akapaza imba yake akatizira murenje.............

       - **Rungano RweMuti weHuluppu**, Mavambo eRungano rwaGilgamesh

Mushoperi anonyengetera kuti pave negore pakati pake nezuva, rifukidze chiono chinotyisa. Anonzwa kutsva; anenyota huru; uye hapana ruyamuro rungauye kwaari, sezvo dombo rezviratidzo rinobvira nekusingaperi nehasha, nekutambudzwa, nekusviba, nekunhuwa kwenyama yevanhu. Matumbu evana vadiki anodzipurwa, okandwa mumukanwa make, uye muchetura unodonedzerwa mumeso ake. Uye Lilith, uyo anova katsoko katema kane tsvina, nezvironda, rimwe ziso rakadzurwa, kachidyiwa nehonye, meno ake akaora, mhino yake yakapera kudyiwa, muromo wake uri zvi her mouth a putrid mass of green slime, mazamu ake achirembera, aine gomarara, anomugumbatira achimutsvoda.

       - **Kuchema kwaÆthyr Kwetatu, kunodaidzwa kuti Zon** (runova Rugwaro rweruzivo rweuroyi rweThelema)

Nyaya iyi yakabuda mupepanhau re*Lomagundi Times* remusi wa17 Zvita 1973.

Mutapi wenhau wedu.

Mapurisa aramba kuwedzera pamusoro penhau yekuti vanakomana veanazvinapurazi vemunharaunda vanodarika shanu vakapondwa mazuva maviri apfuura aya.

"Hongu, kune majaya akasangana netsaona dzakasiyana", Sgt Peter Du Plessis, mukuru wemapurisa muLomagundi akadaro, "Asi zvainge zvakafanira kuti veruzhinji varege kuwedzera shungu dzevabereki vevafi ava nekungokusha makuhwa. Ndiri kukumbira vavakidzani vemhuri dzaka rasikirwa idzi kui varatidze kunzwisisa pane nyaya iyi."

Zvisinei, vagari vemumapurazi eLomagundi, vanosanganisira vashandi vechitema nemhuri dzavo, vanoti kufa kwevana ava handi tsaona chete, asi kutoti ininji. Mai Van Zyl, mumwe wevabereki vevana ava, vakapindura kune mutapi wenhau uno vachiti, *"This whole thing started when they raped that Kaffir-girl!"* Havana kuwana mukana wekuwedzera pane mashoko aya, Baba Van Zyl vakabva vaenda navo kumotokari yavo, ndokundipa yambiro yekuti ndisiyane nenyaya iyi.

Mukufeya-feya kwangu, ndakaona kuti svondo rapfuura, 'Kobus Van Zyl aive mumwe wevakomana vashanu vakapomherwa mhosva yekubata chibharo Amina, mwanasikana waAssani Five, aimbove mushandi papurazi ravaArthur McGregor. VaMcGregor vakaramba kuti papurazi pavo pakamboshanda munhu anonzi Five. Vamwe vashandi vatakavhunza vanoti Five nemhuri yake vakatama mushure mekufa kwaCecil, mwanakomana waMcGregor, nemusi wa14 Ndira.

Hapana zvimwe zvakabuda mukufeya-feya kwangu, kunze kwekuti mudzimai wamushakabvu Cecil McGregor, LeeAnn, ari muchipatara cheAndrew Flemming kuSalisbury. Mumwe wevashandi vepachipatara ichi- uyu akatisungira kuti tisadure zita rake- anoti Mai McGregor ava vari kurapwa chirwere chepfungwa, ichi chakakonzerwa ne "kusangana nekuvhunduka kukuru."

Zvakare, pakati pevashandi vechitema munharaunda, pane vazhinji vanonzi vaka"sangana nekuvhunduka kukuru". Vamwe vari kunzi vakatama. Hapana ari kuda kunyatsodura kuti chakakonzera kutya kukuru uku chii. Pekutanga, ndakambofunga kuti vashandi ava vari kutya varungu vavo. Asi, zvave pachena kuti kana ivo varungu vacho, pane nyirenyire yakaitika pakati pavo, iyo yavasingagone kukurukura nezvacho.

BHUKU REKUTANGA

Tarira! Rufu rwazvipa chigaro cheushe

Muguta rakamira roga

Muzasi, muchadima chekumadokero

Kunovako vakanaka nevakaipa nevakaipisisa nevakanakisisa

Vakaenda kuzororo yavo isingaperi.

- **Edgar Allen Poe**, *The City and the Sea*

1

Vainge vagere muhambautare yemapurisa yerudzi rweSantana, iyo yakange imire pedyo nemugwagwa waibatanidza guta guru reHarare neMarondera, Macheke nedzimwe nzvimbo dzekumabvazuva kwenyika.

Kumavirira kwaive nemidurukidzwa yeHarare. Zuva rakange ronyura, makore aive pamuchecheto atindivara neutsvuku hwemaoshanhede aro kunge donje rakange rapukutiswa chironda namukoti ndokukandwa mubheseni rebhuruu. Iyo midurukidzwa yainge mumvuri wakanamatira neutsvuku huya.

Mumwe wemapurisa maviri aya akange ari mutsva pakamba, achiri zvake chijaya chakange chichiine mapundu kumeso. Zvisinei hazvo, aive ari mukomana akasvika, mukomana wekuti ukamupakurira tsinde resadza, airipedza rese, kusuka ndiro chaizongova chirango. Zvakare, waiti wamuona achidya kudaro, hawaida kuzodenana naye kusvika pakukandirana zvibhakera. Zita rake raive Dermot Mhike .

Chifo chaaizvishora pachezvake ndeche kuti semunhu ainge akadzidza pabhodingi, Mhike akange asati ave neruzivo rwakadzama maererano nezvaiitika munyika, zvikurusisa izvo zvakange zvisingatenderwe kuti munhu akabva kune vanhu angaite kana kuti angafunge nezvazvo, asi zviri zvakare zvinhu zvekuti pane vamwe vezera rake munhu angazvirovere dundundu nezvazvo. Vanhu vanowanzofungira kuti pabhodhingi ndipo panoitwa zvinotyisa, asi chokwadi ndeche kuti vana vanobva pazvikoro zvakadai vanotozotanga kuchangamuka vapinda munyika.

Zvino vakuru vakange vari parutivi rwake, Sgt. Nguruve, vakange vari gamba chairo reHarare. Pane yose yaizivikanwa kunzi mitambo yevagari vemuguta guru, hapana yavakange vasati vatamba. Dai shasha dzemitambo iyi dzaipihwa menduru, aiwa, Sgt Nguruve vaizoda masheti anodarika gumi kuti vapefeke nyembe dzavo dzese. Izvi zvakange zvisinganyanyoshamisi nekuti Sgt. Nguruve vaive nemakore ekuti vaigona kuva baba vaDermot.

Vari muhambautare kudai, Mhike akatanga kuchinyatsofunga nezvavakange varangana. Chokwadi chaivepo ndechekuti iye akange asingade kuzviita. Kana kuti azive chakange chamugara chikamusakisa kuti abvume kuperekedza Sgt Nguruve, Dermot akazvibvunza ndokushaya mhinduro. Zvimwe kwaive kuri kuda kuzvionera oga kuti idi here vanhu vangaite zvakadai. Asi sezvaanga aona munguva pfupi iyoyi ari mupurisa, vanhu vakawanda ndizvo zvavaita.

Svondo rapfuura, Mhike nevamwe vake vakange vaenda kunobata pfambi dzainzi dzakange dzawandisa mumigwagwa yemukati meHarare. Pamutemo wenyika, hapana zvavaikwanisa kudziita kunze kwekumbodzi vharirira kwemaawa makumi mana nenomwe mushure mezvo dzaizosungirwa nedare kuti dzibhadhare muripo wemari, kana kuti, hunge dzabvuma mhosva yekumbeya-mbeya nemigwagwa nechinangwa chekuita chipfambi, dzaibva dzangobhadhara faindi yacho ipapo dzorega kuvharirwa. Zvino, sezvo upenyu hwepfambi uri wekugarotsvaga mari chete, zvaionekwa zvakafanira kuti panguva dzakadai, pfambi idzi dzichichimbidza kusvika pakunzwanana nemapurisa.

Kune vaya vanogozherwa nechibhende, regai ndinyatso tsanangura zvakaitika. Mapurisa aya anoti akasunga pfambi, anodzipa mukana wekupukunyuka mumambure, waive uri wekurara nemapurisa aya, nyaya yacho yongonzi yapera pasina zvekunyorerana dhoketi. Izvi zvaireva kuti dzaigona kudzokera zvakare kubasa kwadzo zuva risati raedza, saka dzaizviona sezviri nyore pane kumbovharirwa vana kumba vachirara nenzara, rendi yakamirira kubhadharwa. *So rongu raifi*, yakarehwa neimwe chembere paMusika weMbare.

Mhike haana kuda kubatana nevamwe vake mumachikichori aya, zvinova zvakavashamisa zvikuru. Kwete kuti aizvitora semunhu akarurama bodo. Chakange chisinga zivikanwi neruzhinji ndeche kuti wedu Mhike uyu akange asati amborara nemukadzi. Aitya kana kuitanga nyaya yacho, nyangwe zvazvo aida chose kutaura nevasikana. Kwake kupfimba vasikana kwaingogumira mukutambidzana maDVD nemabhuku chete. Parizvino, sezvo akange asati asvitsa hake makore makumi maviri neshanu, hama neshamwari zvake zvakange zvisati zvave kunetsekana neunhu hwakadai. Zvakare, vakange vasati vave kuziva kuti muchinda uyu aisasvika kuzvikamu zvevakuru. Pese pavaimuona aine musikana, vaitoti mupfanha ari kurova ngoma sengoma.

Shavi Rechikadzi

Saka, nekusaziva zvakadzama nezveupenyu, vamwe vake pavaita nhasi tazviwanira pano nevanasikana vanofamba usiku, Mhike akazvivharira muhambautare achichema. Aichema neshungu dzekuda kuziva kuti sei akange akasiyana nevamwe varume, sei zvakange zvisiri nyore kwaari kuti ature nyaya dzekuita zvepabonde nemusikana. Zvakare, aichema nekuti aiziva kuti zvavaita izvi- zvekumanikidza pfambi- zvakange zvakaipa, sekuipa kwakange kwakaita mhosva dzavaisungira vanhuwo. Izvi zvaiwedzera shungu dzake nekuti akange asinganzwisise kuti sei iye oga aizviona sezvakaipa vamwe vake vaitozvitora semimwe yemibairo yebasa ravo.

Zvino, Sgt Nguruve vaive shasha yemutambo uyu wemapurisa wekurara nepfambi dzemuHarare vasinga dzibhadhare. Iyi yaive tsika yavo kubvira kare, kubva mazuva apo zvibodzwa zvemutambo uyu zvaigona kuva mwana wemusango kana zvirwere zvesiki. Zviviri izvi zvakange zvawanisa Sgt Nguruve mikombe yendarama isingaverengeki.

Mumazuva apfuura, Dare rePamusoro rakange ratara kuti tsika yekusunga mukadzi wese anenge awanikidzwa achifamba kana kuti akamira mumugwagwa usiku nemhosva yekufungidzirwa kuti ipfambi yakange isiri pamutemo, kunze kwekuti paive nemunhurume aipupura kuti zvedi amai ava vauya kwandiri vakati, *Hamudiwo here chigwishu, changamire?* Igaroziva kuti nhaurirwa iyi yakatambirwa nemufaro kune vaivenenzeve dzekunzwa. Asi, parizvino, yakange isati yafamba nenyika yose. Saka mapurisa emuHarare akange atanga tsika yekubuda muguta, vachitsvaga twunzvimbo twuchakasarira. Izvi hazvaida kuenda kure, nyangwe ukati makiromita mashanu kubva muHarare, waisangana nemisha izere vanhu vasati vambotumira imeiri.

Masvondo apfuura, Sgt Nguruve vakange vari kuchipatara, nepamusana pemubairo huru hwemutambo hwavo uyu, mubairo waveko mazuva ano. Haiwa, uyu ndiwo mubairo mukuru manje. Zvimwe Musiki vakange vaona kuti mimwe mibairo yakange isisadzore vanhu, asi yaita seyaitokurudzira vanhu kuti vaite mitambo iyi, vagone kuwana mibairo yacho. Mubairo uyu waive chirangamapenzi chaiwo, asi waizoranga nevasina mhaka vakawanda kudarika iye anenge aita wekupinda mumakwikwi ose kuti auwane.

Chakaendesa Sgt Nguruve kuchipatara chakatanga sechikosoro nekuoma kwepauro, ndokuteverwa nekupera simba mumaoko nemakumbo. Mushure mazvo, miromo yavo yakatsvuka kuti piriviri, uye mbatya dzavo dzakange dzave hombe kwavari zvekuti waiti zvimwe ndedze kupihwa nevaya vanobatsira vanoshaya akana kuti dzaive dziri dzenhaka pakagovewa nhumbi dzemuimbi uya wekuCongo, Pepe Kalle. Umuwo muhapwa, kuseri kwenzeve nepahudyu, zvakange zvave zvazvimba nemutochera. Dai pasina kuti, nemutemo wechipurisa, vaisungirwa kuva nemuparavara nguva dzose, inga dai mwerere webvudzi ravo wakafandanura kune ruzhinji kuti pano pakange paita urwere uya unogarotaura nezvahwo.

Vaona kuti chikosoro chiya chaenderera kwemwedzi yakati wandei, uye utano hwose zvawo hwakange hwadzikira, Sgt Nguruve vakaenda kunoona chiremba. Vakatorwa ropa, asi chiremba akange atozviona kare kuti mukuru wemapurisa uyu akange ave nechirwere chiya chapedza ruzhinji pasi rose.

Pavakaudzwa izvi, Sgt Nguruve vakazvitambira hazvo. Ko, mukore uno, zvakange zvichashamisa here kuti munhu angawanikwe aine utachiwana hweHIV? Asi chavasina kugashira ndechekuti chirwere cheShuramatongo ichi hachirapiki. Iyi mishonga yaiveko iyi, yerudzi rwema*Anti-Retroviral*, kana kuti ma*Tete Vee*, sekudaidzwa kwaraitwa nevaita jeye nechirwere chapedza mhomho dzevanhu, Sgt Ngwerume havana kumboita rudo nayo. Ko, yaigove mushonga rudziwayi isingarape chirwere chacho, asi kuti yaiwedzera mazuva eupenyu hwekuchirera? Zvakare, maTete Vee aya aivhiringa zvakawanda pamuviri wemunhu. Philemon, mwana wemukoma waSgt Ngwerume, akange ave kumera mazamu kunge mukadzi pamusana memapiritsi aainwa.

Sekuziva kwavaita, hapana chirwere chisingarapiki. Kana anachiremba vechizvino vaifambisa manyepo aya, uku kwakange kusiri kusada kuti vanhu vapone chete, asi kuti aive matandanyadzi evanhu vakange vakoniwawo. Ko, handiti vaishandisa ruzivo rwechiRungu chete, iko kuine ruzivo rwemarudzi akasiyana epasi rino? Aiwa, kana ivo vechiRungu vakundikana, kwaive naanachiremba vaigona kurapa zvose zvaikandisa vekuchipatara mapfumo pasi.

Saka Sgt Nguruve vakafamba, sekutaura kunoita vanhu. Zvavakange vaudzwa nagodobori ndizvo zvakange vakamirira kuti vaite manheru aya. Asi, vakange vasina kurangana naMhike uyu zvakadzama kudaro. Vakange vamuti vaida kusunga vanhu vaita basa rekuba huni papurazi reshamwari yavo, asi kana paive ne"mhuka", vaifanirawo kudzibayawo sevarumezve.

Saka kana akange asingade zvekubaya mhuka, chii chaainge avinga? Uyu ndiwo mubvunzo mukuru wainetsa Dermot Mhike. Pose paaizvipa nguva yekutsvaga mhinduro, Mhike aicherechedza tsumo inoti, Wadziya moto wembavha wavewo mbavha. Angatange nhasi kuona uipi hwetsika iyi, ko pese pazvaitika aivepi? Zvakare, chii chaaigona kuita kurambidza vamwe vake? Chii ch-

"Avo, Shefu!"

Sgt Nguruve vakapepuka. "A, ko ndanga ndave kutobatwa nehope, mupfanha!"

Mapurisa akatarisa vanhu vaisvika gumi neshanu, vakati rododo vachibva musango. Vaive vakadzi nevana vakasiyana mazera, kubvira mhandara nejaya zvichidzika. Vese vakange vakatsiga huni.

"Tsika mafuta, mupfanha!" Sgt Nguruve vakadaro. Vakapuruzira makukumire avo neruoko rumwe, meso akati nde-e pane vanhu ava, meso eshumba inotsvaga pane mhembwe dziri kupfuura, ichitsvaga iri nyore kudzingirira.

Shavi Rechikadzi

Hazvina kuvatorera masekondi makumi kuti vaone mhembwe iya. Kano kapunha, kaimbimbishira nerino zidanda raita seraikapfuura kureba. Bhurauzi rako raive diki, rakakaka nemuviri, richiratidza michero yakange yave kutukudza pachipfuva chake. Kasiketi kake kairatidzawo kuti kaive kari keKisimusi yegore ra19Takadyakare-kare. Asi kusakara kwako kwaita kuti Sgt Nguruve vaone zvese zvavaida kuona panguva iyi.

Mhike akange ozvibambadzira nepfungwa yekuti vakange vauya kuzosunga vagari vemuGoromonzi vaita tsika yekuba huni papurazi. Ko, pane zvimwe here zvaaigona kufungidzira, kunze kweizvi zvaakange audzwa nashefu wake? Zvemutambo wemapurisa uya, zvekubaya mhuka, pamwe zvakange zvakarongerwa Growth Point.

Sekuona kwaDermot, kusunga vanhu ava kwakange kusina kufanira. Ko, handiti risati rave purazi pamutemo wakauya nevapambi, iyo nzvimbo iyi yaive nyika yevanhu ivava? Zvakare, kutema miti kwavaita kungaenzane here nekwemakambani, zvikuru ekunze kwenyika, anobatana nevamwe vashandi veHurumende vane uori mukuparadza masango, kure nemisha kusina anoona?

Vanhu vaya vakabva vaona kuti kunze kwaipa, ndokutanga kungambaira vachakatsiga huni dzavo. Vaya vakati chenjerei pakati pavo vakatsveta mitoro yavo iyi, ndivo tsoka ndibereke vakananga musango. Asi paive nevamwe vakange vashinga kuteedza mugwagwa, uye vakange vashinga kuti vaizosvika chete kumisha yavo nemisengwa yavo iyoyi.

Kasikana kaya kaive pane avo vakange vonenereka vakananga musango.

"Misa mota, mupfanha!" Sgt Nguruve vakadaro.

Mhike akaita sekuraidza kwashefu wake uku. Akada kuti atevere, asi Sgt Ngurve vakapfiga musuwo wavo zvehasha, ndivo avo, vachiita zvekusvetuka kunge ingwe yavhundutsira mhembwe.

Sgt Nguruve vakanzwa mapfupa avo kudaira. Kudzimba uku kwakakange kusiri kwekubva zera kwega bodo, asi kwekusava neutanho. Aitove mashiripiti seemuBhaibheri chaiwo kuti vaiwanikwa panguva iyi vachimhanya nesango kudai, munhu akange aendeswa kuchipatara nebhara mwedzi nhatu dzapfuura.

Sgt Nguruve vakamhanya, asi vakange vachidzingirisana nemwana aitemwa dzinobvaropa. "Iwe, mira musikana iwe!"

A, ko iye musikana wacho ndipo paaigomira? Sgt Nguruve vakange vave kufemereka, vachinzwa sekunge moto watungidzwa mumapapu avo. "Manje..... ndave..... ku....enda kumba kwako...... ndino...... sunga munhu..... wese..... wandichawanako!"

Musikana uya akabva amira, ndiye pasi pu! kunge arohwa. Sgt Nguruve vakambo zendama nemuti, ndoku takwaira vamire kudaro. Femo roga raita kunge raisimudza magirazi achimara chirakaraka chavo. Asi, zvakange zvisingaite kuti varege kufema, ndiwo masikirwo atakaitwa naMwari kuti tinofanira kunge tichifema nguva dzose.

Musikana uya akaramba arere muvhu kudaro, akatarisa pasi, akashadabura makumbo ake. Sgt Nguruve vakanzwa moto weruchiva rwuchikuchidzirwa zvakare, rwopfuta, rwuchivapa simba nechinangwa. Pakange papfuura mwedzi mingani kubvira pavakapedzisira kunzwa ruchiva urwu? Ruchiva rwakatova marwadzo emuviri wavo kunge mushonga wakasimba.

Musikana uya paakanzwa mumvuri waSgt Nguruve wanzunzuma paari, paakarohwa nekufemereka kwavo kunge mweya wedhirihora, akacheudza musoro wake ndokusanganisa meso navo. Zvaakaona mumaziso emupurisa uyu, nyangwe akatadza zvake kunzwisisa zvakange zvave kuda kuitika, asi zvakawedzera kutya kwake. Misodzi yaingoyerera, akaipukuta nekaboko, ndokusimudza muviri wake kubva muchiunu zvichikwira, akazendama nako.

"Chirega kuchema, mwana'ngu," Sgt Nguruve vakadaro. Vakataura nezwi remufundisi wezvemweya, izwi rizere netsitsi nerudo, izwi rekuti nyangwe gororo rakaita sei raiziva kuti rasangana neruregerero uye pakange pasisina chekutya.

Musikana uya akanyatsovatarisa, kumeso kwake kwakati finyami, kumeso kwekanyenye kari kuona chikara chesango asi kachinzwa izwi raamai vako.

"Handina kuba huni, ndapota! Ndiri mwana mudiki, hapana zvandinozivawo." Kasikana kaya kakatanga kuchema zvakare.

"Hazvina mhosva, asikana" Sgt Nguruve vakadaro. Rumwe ruoko rwakange rwave pane bendekete remwanasikana uyu. Rumwe rwakange rwave kubhandi rebhurukwa ravo.

"Zvino mukatisunga toita sei? Baba vangu vakabuda basa, huni idzodzo ndidzo dzatinotengesa kuti tiwane mari yeupfu. Tofa here nenzara?" Mwana uya akange atirapata zvakare, akatsamhira ruoko rwake, achichemera muhapwa. Njodzi yaakange yanangana naye iyi akange asingaizive. Chaaifunga ndeche kuti mupurisa uyu akange amunzwira tsitsi, uku kwakange kuri kuchema kweshungu.

"Chinzwa, chisikana," Sgt Nguruve vakadaro, vachimhanyisa meso avo nemasango. Nerima rakange ravepo, vakange vasinga nyatsoone, asi kwairatidzira sekunge Mhike asina kutevera. Nyangwe dai atevera zvake, aigovadii? "Ini handichakusungei, asi unofanira kubvuma zvandiri kuda kuita."

Vachitaura kudai, vakange vadzikisa matirauzi avo neandapendi, ndokunzwa kamhepo. Zvisinei hazvo, chombo chavo chakange chakati shwi! kumira zvekuti waigona kuturika heti pakare. Neruoko rimwe, vakafugura kasiketi kaya. Bhurugwa remukati rakange rakapfekerwa kuti zvinziwo munhu ane bhurugwa, asi rakange rave chikorobho chaicho. Sgt Nguruve vakatanga kupuruzira magaro emusikana uya.

Musikana uya ndipo paakaona kuti akange ari mumukanwa meshumba zvake. Ivo Sgt Nguruve vakabva vayeuka kuti zvavaita zvakange zvisiri zvemukomana nemusikana vapfimbana zvavo, asi zvechikara chesango chabata mhuka. Musikana uya akavhura muromo kuti aridze mhere, ndokunzi paya nerino ziboko rinenge regudo pa! Sgt Nguruve vakange vave pamusoro pemusikana uya, rimwe ruoko ruchitsvaga mucheka webhurugwa rake. Semunhu akange asingaone zvaaita kuzasi uku, vakabatata dzamara vazvirega, ndokutsvaga rimwe remaburi ebhurugwa riya, ndivo nezinyoka ravo zho! Mwanasikana akagwina muviri wose, zvakavayeuchidza musi wavakabatsirana nevamwe vemumba mavo mukubata hanzvadzi yavo apo yaitumburwa munzwa naambuya vavo.

Musikana uya akaona kuti hapana mapukunyiro aaigona kuita, ndiye zii, kunge sheshe iri kutenyerwa nejongwe. Pasina nguva ipi, Sgt Nguruve vakange vasimuka, vave kusunga bhandi ravo.

Chombo chavo chakange chatota neunyoro hwaipisa, uye hwaitaima chiedza pfumbu chemwedzi. Ndizvo zvavange vachida, ndizvo zvavakange varairwa nen'anga. Kana uchida kuti chirwere chako chipere zvachose, unofanira kurara nemhandara. Ropa remhandara rine simba rekupisa utachiwona hwaunawo.

-Ko, nhai vaSekuru, ko zvazvinonzi nemadhokotera....?

-Iwe, chienda kumadhokotera acho! Handiti kuuya padare rangu hunge wamboedza zvemadhokotera zvacho? Zvandiri kukuudza ndirwo ruzivo rwavakuru. Inga wani, muBhaibheri revaKristu, zvinonzi apo Mambo Dhavhidhi vakange vave kurwara, vakavatsvagira mhandara yekurara navo?

"Chimuka ndikuperekedze kumba," vakadaro kune musikana uya. "Ukangoudza chete nyangwe ani zvake nezvaitika izvi, ndinouya kuzosunga mhuri yako yose. Wazvinzwa?"

Musikana uya haana kana kupfakanyuka. Sgt Nguruve vakambofunga kuti zvimwe vamuuraya. Asi, vakanzwa kuti fiko-fiko kwemwana asisina simba rekunyatsochema. Vachimunzwa achidaro, moyo waSgt Nguruve wakarwadza.

Pfungwa idzi dzetsitsi vakadziramba kunge dzaibva kuna iye Munyengedzi Satani chaiye. Iyi yakange iri nyaya yeupenyu hwavo, upenyu hwemukuru pakamba yemapurisa, samusha, musimboti wedzinza. Upenyu hwekantombi kakadai hwaive chii kana waienzaniswa nehwavo? Ko, ndipo pakaizokurawo kakava munhu ane chiremera muupenyu? Kachikudzwa nei, kana vabereki vacho vaigona bedzi kukapfekedza kambikiza ikako? Vaivewo nechii, vaivewo chii pano panyika? Mumakore maviri anotevera, kanenge kazadzwawo nerimwe remarombe aimbeya-mbeya paGrowth Point kunge mbudzi dzakatandirwa munyama kana kuti aitengesa zviwitsi nemaputi mukabhokisi pamitsetse yevanhu vakamirira michova kudhorobha.

Vari kuzvishingisa kudai necherechedzo yemamiriro ezveupfumi nekushomeka kwemikana kune ruzhinji kuti rwuzvisimudzire, zvinova zvisiri mhosva yavo, Sgt Nguruve vakanzwa kunge kwaive nemhunu ainyoshwaira achiuya kwavari. Kunze kwakange kusati kwanyatsosviba, asi dzimwe nyeredzi dzakange dzave kubwaira mudenga rakange rave neruvara rwe ingi, uye mwedzi wakange wabuda.

"M-M-Mhike?" Sgt Nguruve vakabvunza nezwi raidedera. Hana yavo yakatanga kurova nefungidziro yekuti vaigona kunge vari ivo baba vekasikana aka, kana dzimwe hama dzechirume.

Vakaona chiedza chemwenje wake chichitambatamba murima umu kunge chitai-tai huru.

"Shefu, ndine vandabata pane vanhu vaya, ndavasiya kuSantana yedu." Apo aimhan'ara kudai, Mhike akange asati aona kuti pedyo netsoka dzemukuru wake paive parere munhu.

"Vangani?" Sgt Nguruve vakabvunza, vachisunga bhandi ravo.

"Vashanu, shefu," Mhike akapindura. Haana kuda kuzvitaura, asi zvakamunetsa kuti zvairatidza sekunge Sgt Nguruve vakange vasina kana mumwe wavakange vabata. Vakange vakamafuratira, saka Mhike akafunga kuti zvimwe vaita weti.

Ndipo paakanzwa sokunge munhu ari kugomera. Mhike akavheneka nemwenje wake, ndokuona inga parere kamunhu.

"Kamwana kamhanya ikaka!" Sgt Nguruve vakaseka, ndokukakava negumbo. Kasikana kaya kakagomera zvakare. "Rega kambofurwa nemhepo. Kana kuti rega ndinokatorera mvura kubva kuSantana. Ndinoda kukaratidza kuti isu mapurisa tinewo tsiyo nyoro, saka tichakaendesa kumba kwako. Asi vanhu vakuru ava kana vasingakwanisi kubhadhara faindi, toenda navo kuHarare, tovasiya pamugwagwa weMabvuku tovati vamhanye vakananga misha yavo."

Sgt Ngurve vakaita zvekumedzwa nechadima-mwedzi wainge wafukidzwa negore- vonanga kuhambautare yavo. Mhike akanongedza zvakare mwenje wake, ndokuona inga mashura, kasikana kaya kakange kakafugura siketi yako. Aya akange asiri iwo mashura ega, asi kuti zvaive pachena kuti kakange kayaruka. Mihomba miviri iyi yaaiona yakange yakanyatso tsvukirira yakantaso umbika. Uye, kasikana aka kakange kakatambanudza makumbo ako.

Mhike akamboramba akakatarisa kudaro, ndokusangana neunhu hwake kunge zvinonzi aizvitarisa muchiringiso. Aitya kupfimba musikana nekuti aitya kurambwa. Zvakare, aitya kuzozviratidza semunhu asina masimba ekuwana zvaaida pane musikana. Zvino pano panga pamuka mukana wekuvawo murume, pano aigona kuita zvaainge aona vamwe varume vachiita, zvisina kutya kurambwa. Zvaaipfugama pane musikana uya, achikakaradzana nezipi yake, aiziva kuti pakanga pasina rudo pakati pake nemusikana uyu. Zvaanga ave kuda kuita zvakange zvakafanana neapo aibvutira vaya vaitengesa mumigwagwa zviri kunze kwemitemo zvekudya zvavo. Asi, sezvaakange aona munyika, kazhinji kacho pakange pasina rudo pakati pemukadzi nemurume apo vaisangana. Kwaingova kuti murume aida mukadzi, uye mukadzi aivepo.

Zvisinei kuti chaimupa kudaro chii, usiku uhwu, Mhike akaziva mukadzi kekutanga muupenyu hwake, ndokutapurira panguva imwechete iyi utachiona unokonzera chirwere cheShuramatongo.

2

Zvino, nhai, kuita here uku?! Zuva rake rekutanga basa, Nomusa Mpala ozvidira tsvutugatsike pahembe yake, kunge pwere kudaro kana munhu ane nhetemwa pamusana pekuchembera!

Nomusa akaita seachaputika nehasha, ndokutaura mashoko asingaite kuti adzokorerwe, mashoko akasakisa kuti vamwe vaidyira muresitaraundi maaive vasimudze misoro, nzeve dzakati ngwangwangwa, vakaringa kwaari, zvisinei kuti vakange vasina kunyatsonzwa mashoko chaiwo aainge akanangura.

Vakangoona tsvarakadenga yaive igere yoga, chimubato chekomichi chakaitsigira netafura, tsvutugadzike ichierera kunge tangi yedoro yadhuuka patsaona.

Asi, semunhu aiwanzotarisa kudivi riri nani pane zviitiko zvose muupenyu hwake, hasha dzaNomsa dzakabva dzaserera. Akatenda hake nekuti tsvutugadzike iyi yaitonhora. Dai yakange ichipisa, kana kuti dai akange ari muresitaraundi svinu, resitaraundi ina mwene anoziva temberecha yetsvutigadzike inopuwa vanhu vanenge vabhadharawo mari dzavo, zvimwe nyaya yacho yaizenge yapinda muzvikamu zvekudaidzwa kweamburenzi nekubvunzana zveMedical Aid.

Mumwe wemawaitiresi emurestaraundi umu akange ave kuuya nechikorobho. "Ndine urombo chose, vakoma!" akakumbira ruregerero, achifemereka. "Regai ndiipukute."

"A, chisiya zvako, mwana waamai!" Nomusa akamupindura, ave kusimuka. "O, inga yatooma pabhurauzi rangu. Zvandichaita pano, ini ndave kutopfuura nemuna George Silundika, ndichitenga rimwe. Ndirikutanga basa ritsva nhasi saka kuti ndiende nehembe yatindivara kudai nezuva rekutanga, hazvitaridze mufananidzo wakanaka kuvakuru vangu!"

"Manje iyi inochena here?" waitiresi akabvunza, achitarisa kutindivara kuya kwaive pabhurauzi raNomusa sezvinonzi chaive chisasa pachiso chetsvarakadenga inobuda mumamagazine ichishambadza zvizorwa zvakasiyana zvichinzi zvinowedzera runako. Apa akange ave kukorobha tafura iya, achishandisa maoko ese kunge ari kukuya nzungu dzedovi.

"Aiwa, Mainini, musatye zvenyu," Nomusa akapindura, "Pane dhiraikirini iri pedyo nepamba pangu, ndaana mazvikokota chaiwo. O, hapana kunyanya kutindivara, asi kungoti sezuva rekutanga kudai, zvaida kuti nditange netaridziro yakanakawo."

"Asi muri kunopinda basa mubhangi?" waitiresi uya akabvunza.

"Kwete, Mainini" Nomusa akambonyemwerera, ndokuti. "Ndiri kuenda kukamba yemapurisa."

Waitiresi uyu akaratidza kusatenda mhinduro yaakange apihwa. "Vakoma, muri kureva kuti nemachenero enyu aya, anoratidza zviri pachena kuti mari haizivani muchikwama umo, muri kunotanga basa reupurisa?"

"Ko, zvinoramba here, nhai Mainini?"

"Aiwa, makanyanya kuchena!" waitiresi uya akadaro. "Kuzoti makanaka, zvekuti dai hanzvadzi yangu yaive isati yawana, ha-a, dai maona kuti vaTete vanoita sei kuti kumusha kwavakarerwa kuve nerombo rakanaka rekuva nemhenya yakaita semi so! Basa rechipurisa nderevaya vakadzi vane zvimiro zvevarume, vane tsapfu dzinenge...."

Haana kuda kupedzisa, nekuti makabva mapinda mapurisa echikadzi maviri. Kana paive nechinhu chaitanga kuonekwa pavari nemunhu wese, ndechekuti majoni aya akange asina kuumbwa sevarume. Midhabha yavo yebasa yainyatsobata miviri yavo kuti shwe-e, ichiratidza maumbiro avo. Zvakare, vakange vakapenda nzwara, nzeve dzavo dzaive nemichero yendarama yaingaima. Vakange vasingasvike zvavo panaNomusa, asi vaizadzisawo zvaitarisirwa nawaitiresi uya kuti muroora aifanira kuve ari.

"Chiregai ndikuudzei, 'asikana," Nomusa akachinyatso tsanangura. "Ini ndichange ndiri chipangaruzivo kumapurisa munezve kutsvaga umbowo panzvimbo inenge yaparwa mhosva. Ruzivo rwangu nderwavanoti Forensikisi."

Waitiresi uya ndokuvhura meso, "Munoreva sevemumafirimu here? Munoziva, ndinofarira *C.S.I. Miami* ne*Murder, She Wrote.* Zvenyu mune mabasa anoshamisira pane evamwe kudai!"

"A, ko ramunoita munoti nderekutamba naro here, nhai, Mainini?" Nomusa akabvunza.

Waitiresi uya akamboseka. "A, Vakoma, kana ndimiwo! Muchindiona kudai, munofunga kuti pandaikura, ndaikarira kuzoswera zuva nezuva ndichipukuta matafura aya, ndichigaro popoterwa nekamuChaina kari mukicheni umo?"

"Saka shungu dzenyu dzaive dziri dzekuzova chii muupenyu?" Nomusa akabvunza.

"Ndaida kuva munyori," musikana uya ndokupindura. "Ndine nganonyorwa iri kuverengwa kune imwe kambani yezvemabhuku kuBhotswana. Pane tarisiro yekuti vangaitsikise, sezvo vakandikumbira kuti ndishandure zvimwe zvikamu zvayo."

"A, zvese ndezve kushinga, mwana waamai" Nomusa akadaro. "Ndingade chose kuverenga nganonyorwa yenyu."

"Kana neniwo, Vakoma, ndingade kuti muiverenge, nekuti inova pamusoro pematikitivha. Zvimwe mune mazano amungandipewo. Kana mukapfura nepano mangwana, ndinenge ndine kopi. Ini ndinonzi Sekai Tengende."

Nomusa akambotarisa mudenga, achiedza kuyeuka kuti zita iroro akamborinzwa kupi. "Tengende, imi hamusirimi maive nenganopfupi dzaibuda mune rimwe magazine rekuSasafurika?"

Sekai akagutsurira musoro. "Ii, asi kaakare. Handaimbofunga kuti kuchine munhu achiri kurangarira ngano idzodzo"

"A, ko ndipo pandaigokoshiwa nyaya yakanyorwa nemwana wekumusha, ichibata nezve basa randaidzidzira kuSasafurika kwakare?"

Sekai akafinyamisa kumeso. "A, manje paya ndakange ndichiri kutanga."

Ndipo Mai Ho, muridzi weresitaraundi iya, pavakadongorera nepamusuwo wekicheni. Vakananganisa meso nawaitiresi wavo, ndokuzunguza musoro wavo, vachiratidza kusafara.

Nomusa akabva awanawo mukana wekuti achienda. "Imi, regai tiende!" akadaro, ndokusiya mari yekudya kwaanga aita, neyawaitiresi yekuti atengewo kana chinwiwa, ndokubuda.

Harare yakange ichangomuka, migwagwa yakange iri dututu yehambautare, zvimudhudhudhu, mabhasikoro nemhomho dzevanhu-vanapedhe vayaka vakarehwa naUncle Jaundah mukambo kavo kaya- vaienda kumabasa kana kuzvikoro. Nomusa akaona kuti zvaive nani asiye hambautare yake paanga aipaka, sezvo kamba yemapurisa yaive pedyo. Zvakare, zvagara zvakanaka kumboswatutsawo makumbo.

Nomusa aive musikana ane makore makumi maviri neshanu. Aive murefu, mutema. Zita rake remadunurirwa pabhodhingi raive Mma-Lowe, asi rakazove J.Lo payunivhesiti. Nomusa akayaruka kuva situtu inoyevedza chose, paine sungawirirano mune kukura kwenyama dzakasiyana dzemuviri wake. Waiona nemafambiro ake, kakuzvinzwa kasina kuzonyanya kurerekera kuunzenza, musana wakati twasu, meso akatarisa mberi, ukuo chiunu chichiti kuruboshwe, kurudyi. Ruva reAfurika chairo!

Bvudzi rake rakange rakarukwa, rakaita magodha matatu aidzika nemusoro wake, kugotsi akarukirwa chuma chemavara matatu atinoona pamireza dzenyika zhinji dzemuAfurika. Ainge akapfeka bhurauzi, iro rainge radirwa svutugadzike, nesiketi dema. Shangu dzaive dema zvakare, uye dzaisvika kumabvi.

Nomusa aive nemukomana waainge akavimbisana naye kuti vaizoroorana. Mukomana uyu, Chamunorwa, aive kuNew Zealand, uko kwaaita zvidzidzo zveGlobalisation Studies. Vaionana nenguva iri kure, asi maimeiri nemaSMS eparunharembozha vaita ekunairana. Vakange vave nemakore mashanu vachidanana, asi vakange vasati vamborara vese. Nomusa akange achiri musikana, uye aikoshesa umhandara hwake sechipo chaaida kuzopa uyo aizochikoshesawo. Mafungiro ake pane nyaya dzakadai akange asingapindirane nezvechizvino, asi Nomusa aiziva zvakare kuti matambudziko eupenyu hwechizvino akange asingakwanise kugonyera paari.

Nomusa haana kutora nguva refu muchitoro, ndokunanga kukamba huru yemapurisa muHarare, inozivikanwa nezita rekuti Charge Office. Akatarisa chiringazuva cheparunharembozha rwake, ndokuona kuti nguva dzakange dzichiripo. Nomusa aive munhu aikoshesa kuchengetedza nguva, uye zvaimushatirisa kuti ruzhinji rwakange rwaive nemaiitiro aipikisa tsika yakanaka kudai.

Akamirira kuyambuka mugwagwa, Nomusa akanzwa izwi rechirume kumashure kwake richidaidza kuti, "Minda mirefu muri kuiketa here, machinda?"

Akacheuka ndokuona murume mukuru, akange akapfeka ino sutu yaiwanikwa muzvitoro zvevaya vatave kudaidza kuti mbada. Nyangwe aive zvake mbada, asi aive nechiso chemvuu. Chimiro chake chaive chiri chekatunu iya yeGurukota yeHurumende inobuda kazhinji mumapepanhau anotsigira mapato anopikisa, chimiro chekudya kunovaka kwete muviri, asi dumbu, mutsipa, magaro nemiromo.

Mhene iyi yakange isingaratidze kunyara kuti yakange yakatarisa Nomusa nemeso eruchiva, kunge bere raona nyama yakaturikwa pekuti rikati svetu, rinogona kuikwashura. Ko, aigonyare chii zvake? Mari yaive muhomwe make,

kana kuti kuakaundi yake kubhangi ndiyo yaimupa kuzviti ndiri pano. Ndiwo
upenyu hwatave kurarama muZimbabwe, hwekuti varume vane mari vanotora
vanhukadzi semidziyo kana zvimwe zvezviro zvinoshambadzwa muzvitoro.
Naivo vakadzi vave kuedza kupedza nhamo nekuzvishambadza. Kune zvakare
vakadzi vanemari vave kuzviitawo zvekutsvaga vavanoti maBen 10.

Nyangwe zvavo Nomusa akamutarisa neziso rairatidza kusafarira maitiro ake,
murume uya akazhinya kunge atomupuwa kunzi, Tora zvako uite zvaunoda
naye. "Ende, amai makatakura masofa manje!" akadaro. "Masofa andiri kuona
makapfeka siketi, ko kuzoti dai makakiya *spandex*? Ichi ndicho chinonzi
chimhamha chacho, mhani! Imi kana mukanzi makapedza zviuru zvevarume
nemukondazi, ini ndazvipira hangu kuva mumwe wacho! Ndini hangu *Aids
Statistic Number 1001* wenyu, nekuti ndiri kutoda nyoro chaiyo!"

Robhoti rakashanduka ruvara, vese vakange vakamirira kuyambuka
ndokutanga kufamba. Murume uya akaramba achiteera kumashure
kwaNomusa. "Hm, ende zvinondengendeka manje! Kana muine murume
kumba uku, ndinofunga kuti anorara pamba everyday. Aiwa, *kuja kulipo!*"

Vakomana vaitengesa vakaseka kunge mapenzi anzwa nyambo yegore iro.
Nomusa akamboda kuita hasha, asi akaona kuti zvakange zvisinga batsire
kuzvizadza neshungu pasina dano raaizotora pane murume uyu. Hongu,
mutemo wakange wavepo wairambidza kuti munhurume ashandise mashoko
akadai kune mukadzi asiri kuzvifarira kana kuzvikurudzira. Asi tsika iyi
yakange yave kutoenderera mberi mukore uno, zvekuti kuvepo kana kusavepo
kwemutemo uyu, pakange pasina musiyano.

Vasvika kune rimwe rudivi rwemugwagwa, Nomusa akacheuka,
ndokunyatsomutarisa murume uya kubva kumusoro kusvika kutsoka dzake.
Murume akatanga kupukuta maoko ake, achiti midzimu yake yakange
yamunzwa, dzakange dzawira mutswanda.

"Aiwa, amai mambotipa kudya kwemeso!" akadaro, achinyemwerera.
"Chivakashure chenyu tachifarira. Kuzoti dai manga makapfeka maspandex,
ha-a!" Akazunguza musoro, achiridza muridzo. "Ukuwo kumberi futi, aiwa,
Dairiboard riripo mhani! Unoyamwa ukaguta zvekudzvova. Nema*hips* anenge
akaita zvekuvezwa, kuitwa *zveprecision engineering* chaiyo! Zvino yanga
yakaipei tikaenda ku*lunch tese* nhasi chaiye, *then* toona kuti tingazvifambise
sei? *I am a busy man*, but ndatozvipa *off* so. Chimhamha chakaita semi hachisi
chekuti ndichamboenda kubasa, chinotoda *full time* yangu."

"Ko, imi zvamuri kuona chivakashure changu, ko chivakamberi chenyu hatisi
kuchiona wani!" Nomusa akapindura.

Vanhuwo vaipfuura vakacheuka, vamwe ndokumira. Zvakange zvisiri zvitsva
muHarare kuti murume ataure mashoko ekupfimba mukadzi ari kuzvifambirawo,
achishandisa mashoko ekusaratidza ruremekedzo kana nyadzi. Asi, zvekuti munhukadzi

anga misidzane naye, achiratidzawo kusaremekedza kana kunyara, aiwa, kana zvirizvo zvinonzi navakuru gona ana gona wakewo! Kubasa ngakunonokwe zvako, tanzwa hedu kuti nyaya iyi iri kuenda kupi. Kana iye murume uyu akarohwa nehana, ndokungoti tuzu nemeso anenge mazai akabhoiriswa, muromo uchishama wovhara kunge wehove yahwapurwa kubva mumvura, ndokutsvetwa pasi.

"A, ko, asi izwi ratorwa nevaroyi masikati machena kudai?" Nomusa akabvunza. "Kwatabvira muchingotaura nezve muviri wangu kunge matanga nhasi kuona mukadzi. Kana tukomana twabva kubhodingi hatudaro wani."

Murume uya akasanganisa meso netumwe tukomana twainge twamira kuti twunzwewo nyaya, itwo ndokupwatika kuseka. Akada kuti atarise kune rumwe rutivi, ndokuona kuti akange akomberedzwa nevanhu vaimuona sebenzi remuraini. Zvekuti akange akapfeka sutu uye aigona kuve ari manija kana dhairekita zvakange zvisisina basa, akange azvibvisa ega chiremera pane vanhu.

"Ndakatarisa zipi yenyu, hapana chandirikuona ini!" Nomusa akadaro. "Mune chunhu here mumabhurukwa menyu imi?"

Murume uya akada kuti apindure, ndiye, "Nda-nda-nda!"

Nomusa haana kuda kumirira kuti baba vaya varapwe chirwere chekukakama ichi chakange chauya pavari, ndokuridza tsamwa. "Hamuna zera neni, baba imi, saka regai kuda kuonererwa pane vanhu. Dai muri munhu anoziva kuti muri chii panyika, maidzokera zvenyu kune mudzimai wenyu nekuti ndiye oga angasekerere ubenzi hwenyu. A, ndikataura zvemukadzi wenyu ndinenge ndaresva, nekuti handifungi kuti kumukadzi wenyu mungataure marara enyu iwaya! Zvinotoda amai venyu chaivo, nekuti maitiro enyu anoratidza kuti munoda kumborerwa zvakare mukure."

Akanangisa meso ake kuzipi yababa vaya ndopedzisa oti, "Zvino nyangwe mukanorerwa zvakare, pane zvimwe zvinhu pamuri zvakatotemerwa naMusiki kuti hazvimbofa zvakakura."

Vanhu vanga vaungana vakaombera maoko, uko vachisvereredza baba vaya. Murume mukuru akashaya pekupoya napo. Akada kuti pfakanyu neuku, ndokuona inga kwakaromba, kune vakadzi vari kudya marasha. Ukuwo kune mukomana aipenga achiti hanzvadzi dzake hadzinga tadziswe kufamba mutaundi dzakasunnguka nekuda kwemapenzi evarume akaita semvuu yakapfeka sutu iyi.

Nomusa akacheuka kekupedzisira, asati apota nemhandiko achipinda mumugwagwa waienda kukamba huru yemapurisa muHarare, ndokuona murume uya ave kunzvenga nepakati pemotokari dzakapakwa. Vanhu vakamhanya kuti vamukomberedze, murume uya ndiye kambaire netara, ndiye pakati pemakumbo evamwe amai pfocho. Sezvo aive hofuru yemurume, haana kukwanisa kupoya napo. Amai vaya ndivo pidigu nepamusana pake, ndokumugarira vakashadabura makumbo avo, rokwe ravo rakamuvhara kunge chigaro chepabhiza kana ngamera.

Asi, murume uya haana kuda kumira kuti akumbire amai vaya ruregerero. Pasina nguva ipi, amai vaya vanga vagere patara, makumbo ari mudenga, akatsvuka kuti piriviri kunge emuKaradhi. Murume uya akamboti karamata netara iya, ndokuti simu, ndiye tsoka ndibereke.

Uku kwakanga kusiri kupukunyuka, nekuti vanhu vaive mberi kwaakange akananga vaisaziva kuti aitizei. Dai vaive musango, vaiti heno chikara chaari kutiza, vobva vatizawo. Asi, muguta muno, chakatanga kupinda mupfungwa dzavo, vachiona achimhanya seodzingirirwa kudai, ndechekuti aive mbavha. Zvino, tose tinoziva zvinoitwa mbavha, kana munhu anenge aita munyama wekufungidzirwa kuti imbavha nevanhu, mumigwagwa yedu.

3

Inisipekita Henry Mabhedla, mukuru weboka ritsva remapurisa reSexual Offences Investigation Unit, S.O.I.U. muchidimbu, vakasimudza meso avo ndokuona Nomusa achiratidzwa muhofisi mavo.

VaMabhedla vaive murume wekumazera ababa vaNomusa, zvichireva kuti vaive nemakore aidarika makumi mashanu. Asi, usina kunyatso kuvatarisa, waigona kufungidzira kuti vaive nemakore asingadarike makumi matatu neshanu nekuti nyangwe zvazvo vaive nemhanza, bvudzi ravo rakange risina imvi uye vaive nechirebvu chemukomana asati ayaruka. Zvakare, vaive nekamuviri kadiki. Dai pasina nyembe dzavo, waiti wavaona vakapfeka yunifomu yaipfekwa kare nemapurisa, iya yezvikabudura, waingoti heno mumwe wemaBoy Scouts kana kuti weboka remajaya echechi yekwaMai Chaza.

VaMabhedla vakange vapihwa masimba ekutsvaga vega vanhu vavaikwanisa kushanda navo mubato reritzva rechipurisa iri reS.O.I.U. Vakange vaona zvakafanira kuti vatorewo vanhu vekunze, vanhu vakange vasiri mapurisa, vakaita saMuzvare Mpala ava.

"Ende magona kubata nguva, ambuya!" Ins. Mabhedla vakadaro, vachitambanudza ruoko kuti vakwazisane naNomusa. "Izvo zvega zvabva zvatondiratidza unhu hwenyu pabasa! Garai zvenyu nepapa."

Nomusa akagara akatarisana navaMabhedla, ndokupihwa kanguva kekumema hofisi yavo, ivo vachivhara mafaira avanga vachiverenga pakomupuyuta yavo. Vapedza, vakabvunza, "E, modirirwa svutugadzike here?"

Nomusa ndokuzunguza musoro. "A, ndichangobva mukunwa!"

"A, kana pakadaro, regai tipinde muchikamu chacho." Insp. Mabhedla vakavhura faira raNomusa raive padhesiki yavo. "Pano zviri kunzi imi makaita zvidzidzo zveForensikisi kuSasafurika?"

"Hongu, changamire," Nomusa akapindura.

"Zvakare mune Kosi yeVictim Support yamakaita kuKenya." Insp. Mabhedla vaitaura vachiverenga bepa raive muruoko rwavo. "Aiwa, izvi zvese zvakaongororwa nebazi redu rekupinza vanhu basa. Ini hangu handina kunge ndiripo musi weindavhiyu, ndaive nerimwe basa randaita kuChipinge chaiko. Ndinovimba kuti vamakaonana navo vakakutsanangurirai mamiriro ebasa racho. Asi, zvataonana kudai, pane here zvamungade kubvunza ini?"

"Hongu," Nomusa akapindura. "Ko, sei zvakatora nguva refu kuti Hurumende ive nechikwata chemapurisa chinoona nezve kubatwa chibharo kuri kuitwa madzimai?"

Insp. Mabhedla vakagutsurira musoro, ndokunyatsozendamisa musana wavo nechigaro chavo kunge munhu ari kuvhunzwa nemutapi wenhau. "Mubvunzo wakanaka, ambuya. Muchidimbu, ndingati tose tirikuona kuti nyaya dzevanhu vari kubatwa chibharo dzawedzera mukore uno. Zvisiri kuzivikanwa panguva ino naanamazvikokota ndezve kuti kuwedzerwa kwenyaya dzakadai kunoreva here kuti uipi hwawedzera pakati pevanhu, kana kuti mhosva idzi dzagara dzichiparwa asi dzakange dzisingamhan'arwi kumapurisa chete."

"Handifungi kuti gakava iroro richapera," Nomusa akadaro.

"Zvisinei hazvo," Insp. Mabhedla vakaenderera mberi, "Zvave pachena kuti isu mapurisa, pamwe nemamwe mapazi ehurumende, tirikukundikana mukubata basa redu nemazvo. Nyaya dzevanenge vapara mhosva asi vachipukunyuka musi wavanomiswa pamberi pedare, uye nenyaya dzevanozoonekwa kuti vakange vasina mhosva asi vatombogara mujeri, dzawanda. Saka, Hurumende yakatikumbira semapurisa kuti titarise kuti chii chingade kugadziriswa mumashandiro edu kuti tinge tinoonekwa tichizadzisa donzvo redu. Takaona kuti rimwe dambudziko huru raive riri rekushomeka kwevanamazvikokota munyaya dzakadai. Muripoti rwangu, urwu rwakazotariswa naGurukota wezveMukati meNyika, ndakakumbira kuti kuve neboka remapurisa nevamwe vanamazvikokota, rinoona nezvekubatwa chibharo chete, rinova S.O.I.U. ino. S.O.I.U inova zvakare bazi remusangano weSexual Offences Action Committee, unobatanidza isu mapurisa, masangano ekodzero dzemadzimai, vanamazvikokota mune zvekurwara kwepfungwa vanoshanda nevanenge vakambobatwa kana kuti vane vavanoziva vakambobatwa chibharo, mapazi

ehurumende anoona nezve matare nekurangwa kwevananyakuparamhosva,
uye nevatapi venhau."

"Inga hondo iyi inemasoja akawanda!" Nomusa akadaro.

"Haiwa, nyika yaona zvakafanira kuti isunge dzisimbe, tisati takurirwa
nedambudziko iri. Saka, Muzvare Mpala, nguva dzemusangano watinoita
pakutanga pesvondo dzasebera. Ndati muwane mukana wekuona vamwe
vamuchange mushishanda navo." Insp. Mabhedla vakasimuka. "Bva, handei
zvedu kuimba yatinoitira misangano yedu."

4

Achipinda muhofisi huru yaishandiswa nevatapi venhau ve*Murindi*, Chine Makawa akasvikowana padhesiki pake paine katsamba kubva kumupepeti wake, kaive nemashoko ekuti: UYA UNDIONE USATI WATANGA BASA RAKO. Chine akamboramba akakatarisa kari muruoko rwake, kunge zvinonzi kaive kakanyorwa nechimwe chirudzi chakaita sechiJapani, icho chine mavara akasiyana neatakapihwa nevaRungu.

Vamwe vatapi venhau ve*Murindi* vakaita seasimo muhofisi umu. Vainge vakati makomupuyuta avo nde, uko minwe ichitamba mbakumba pamakiyibhodhi. Chakatanga ndochakachenjedza, nyaya dzinaChinembiri Makawa mukati ndedze meso, muromo zii! Aka kakange kasiri kutanga Chine achisvikodaidzwa namupepeti wepepanhau iri, uye kakange kasiri kutanga kuti aizouya kubasa vamwe vave kutarisira tsvutugadzike yemakuseni, kana kuti vatobuda nebasa.

Chine akasvinga katsamba kaya muchibhakera chake, ndokukapotsera kukabhini. Akapotsa, kapepa kaya ndokuti pambangu yaDominic pa! Dominic akasimudza musoro, akabata mhino yake, asi Chine akange ave kutogugudza pamusuo waive nechikwangwari chakanzi ALBERTINA BANDA, MUPEPETI. Dominic akaridza tsamwa, ndokufinyamisira chiono chekomupuyuta yake, sezvo akange asisanyatsoone nemeso ainyubwaira nemisodzi.

"Chinembiri Makawa, dai pasina kuti hanzvadzi yako yakaroorwa nehanzvadzi yangu .....!" Mai Banda, mupepeti we*Murindi* vaigaroyeuchidza Chine kuti sei akange achiri pabasa zvisinei kuti masaramusi ake aipfurikidza muyero.

Asi ichi chakange chisiri chikonzero huru. Hanzvadzi yaChine yairehwa iyi yakange iri yekure. Chaitadzisa Mai Banda kuti vadzinge Chine ndeche kuti aive mutapi wenhau wemhando yepamusoro. Asi, panguva iyi zvakange zvisina kufanira kuti vamuudze izvi nekuti aizomera zenze raidarika iro raakange akamera kare.

Mai Banda vakamboramba vakamutarisa, ndokunongedza mapepa aive patafura yavo nebhiro. "Ndochii, manje, ichi, nhai iwe mwana wekwaMakawa?"

Chine akambotarisa mapepa aya kunge uku kwaive kutotanga kuaona muupenyu hwake, mupepeti akamudzvokora, hasha dzichiwedzera kunge moto uri kudirwa mafuta. Ndipo paakavatarisa, achivamwaukirira. "Nyaya yandakanyora."

"Verenga!"

Chine akanhonga peji rekutanga. "Chii chaizvo chakaitika papurazi reLiko?" Apedza kuverenga musoro wenyaya kudai, Chine akambomira. Aita semwana wechikoro adaidzwa nemudzidzisi maererano nebasa raakange atadza zvachose, uye kutadza uku kwaigona kumupinza panguva yakaoma. Chine akayeuka nyaya yaakambonyora ari mufomu yekutanga pamusoro peguhwa rekudanana kwemukuru wepachikoro chemishoni nemumwe wemasisita echechi. Chakamuponesa zuva iroro ndeche kuti yaive iri yechokwadi, zvekuti havaikwanisa kumuranga semarangiro avaida nyaya iyi isina kukwira makata kusvika pakudzingisa vanhu basa.

"Iwe, Makawa, asi unoda magirazi? Haugone kuverenga zvawanyora?" Mai Banda vakabvuta peji riya, ndokurisvinga nechibhakera chavo, ndokuriti kumeso kwake po! Chine akada kunzvenga, asi zvaita sekunge vadzimu vaDominic vanga vave kutsiva mhosva yake kune chizukuru chavo. Chine akanzwa mucheka webepa uchikenga nemutanda wemhino yake, ndokunzwa kuswinywa apo munyu uri mudikita wakasangana nenyama nhete yaive pasi peganda rake.

"Zvino kana iwe nyakubharangadza pupupu yakadai usingakwanisi kuiverenga, wanga uchida kuti zviverengwe nani? He?"

Chine haana kupindura. Akangoramba akati nde-e pane shangu dzake.

Mai Banda vakanhonga imwe peji. "O, une shuwa kuti ungatambise mari yepepa rino kuti uzotiratidze marara iwaya!"

"Mai Banda, manga maona mifananidzo yacho here?" Chine akabvunza nezwi remunhu achangoerekana ave kuchema.

Nyaya yakange ari kupopoterwa nezvayo yaive iri yepurazi raizivikanwa nezita rekuti Liko. Purazi iri raive riri remuRungu, ainzi Tseppes. Mugore ra2000, pane chikwata chemagamba ehondo yeChimurenga, nhengo dzebato reZANU-PF nevanhuwo chakaenda kupurazi iri pasi pechirongwa chekubvuta nechisimba mapurazi aive mumaoko evaRungu. Zvakazoitika mushure mekusvika papurazi apa hazvina kunyatsojeka, asi mapurisa akange agutsikana kuti vanhu ava vakange vachiri papurazi apa uye vairima havo zvakanaka.

Asi Chine akange asina kugutsikana netsanangudzo iyi. Aive neshamwari yake, Tapuwa Mawushe, akange aperekedza vanhu vaibvuta purazi iri, iye ari mubatsiri wemutapi wenhau aibva kuBhuriteni. Tapuwa akange achangotizirwa nemusikana wake, Percy. Chine haana kuzombonzwa nezvevaviri ava. Hanzvadzi yaTapuwa, Mai Kimberly, yakamuudza kuti Tapuwa naPercy vakange vave kugara kuBhuriteni, vabatsirwa nemutapi wenhau uya kuti vavawane mapepa aidiwa kuti vabvumidzwe kupinda munyika umu. Asi, haana kukwanisa kupa Chine kero, kana nhamba dzerunhare nyangwe kero yeimeiri.

Mukutsvaga-tsvaga kwake, Chine akange asangana nezvairatidza kuti purazi reLiko rakange rine nhoroondo yeuroyi nezvinotyisa zveusiku. Mumagwaro aichengetwa kuNational Archives maive neuchapupu hwevaridzi vemamwe mapurazi munharaunda pamusoro pezvirango zvaiitika paLiko, zvainzi zvaisanganisira kubaira vana vacheche nemhandara kune chimwari chainamatwa nevarungu vepapurazi apa. Chine akange aona zvakare kuti pakati pevanhu vaidarika makumi mana vaizivikanwa kuti vakange vaenda kunopamba purazi iri mugore ra2000, hapana kana mumwe wavo akazomboonekwa nehama dzake zvakare.

Chine akaedza kutsvaga nhoroondo yaTseppes, muridzi wepurazi iri. Zvakamushamisa kwazvo kuziva kuti mhuri yekwaTseppes yakange isina kubva kuBhuriteni seruzhinji rwevaRungu vemuZimbabwe, asi kudunhu reWallachia munyika yeRomaniya. Asi paakatsvaga nhoroondo yeWallachia, ndipo paakanzwa ropa rake richipera kudziya kwaro, rikasara rave aizi chaiyo. Tseppes raive zita redzinza remurume ane mukurumbira weutsinye, uye aityiwa nevanhu vaaitonga pamusana pefungidziro yekuti aita zveuroyi; Vlad Drakul, uyo anozivikanwa mumabhaisikopo nemabhuku achinzi...... Dracula.

Mukuronda kwake, Chine akawanikidza kuti pane mazwi endimi dzemudunhu iri reWallachia akange akafanana neaive muchiShona. Muenzaniso waakatanga kuona waive uri wezita rewemweya wemhunu akafa waionekwa nevapenyu, *gybbok*- izwi iri rakamufungisa chipoko- neremunhu anoshandisa masimba akaipa, *moroi*. Sezvo akange asina ruzivo rwakadzama pamusoro pendimi yekuWallachia, iyi nyaya akamboisendeka.

Mushure mazvo, Chine akange atarisa magwaro ebato ren'anga reZINATHA, ndokuona kuti mumwe wen'anga dzakange dzakadzingwa kubva mubato iri

pamusana pekupomherwa mhosva yekukurudzira "kushinha" kusina
kunyatsodudzirwa ainzi Mutsepeshi.

Izvi ndizvo zvakange zvatuma Chine kuti anyore nyaya, achiti pane rimwe
remapurazi evaRungu, paiitwa mabasa emasimba erima. Mai Banda
vakaramba kuti ibude mupepanhau, saka Chine akatora dano rave kutorwa
neruzhinji pasi rose kana rasangana nemitemo inorambidza kufambiswa
kwemamwe mashoko kana vapepeti vanoita sekunge vanorambidzwa
nemutemo kuburitsa mamwe mashoko; akaisa nyaya yake pa*blog* rake
paIndaneti. Mhinduro yakatanga kun'aira pakati peusiku, apo vekuAmerika
vanenge vagere mudzimba dzavo vapedza basa.

Paive nemumwe muRungu aiti akarwa hondo yeChimurenga ari kudivi
raSmith, asi ezvino akange ave kugara kuKanadha. Akati iye vamwe
vechikwata chake vakatsakatira pakare munguva yehondo, uye iye ndokugara
kwemakore zhinji muchipatara chevanorwara nepfungwa pamusana
pezvaakange aona papurazi apa. Pane vamwe vanhu vakamutumira
mifananidzo yavaiti yaipupura pamusoro pezvavaitaura. Mifananidzo iyi
yairatidza vaRungu vakapfeka magemenzi matema, vari panze.

Mazuva iwayo, muHarare makange mambofamba runyerekupe rwekuti imwe
chechi yechiKristu yaive iri yevaya vanonamata Satani. Nyaya dzakange dzave
kutendera dzevanhu vaiti ivo vakange vasvinura panguva dzekunamata
muchechi muya apo vaisungirwa kuti vatsinzinye, ndokuona nyoka huru
mudenga ichisvipira vatendi vose. Mushure mezvo, pepanhau reSunday Mail
rakaburitsa iyo yaraiiti irondedzero yendanga yeboka yevanonamata Satani.
Rondedzero iyi yainzi yakange yasiiwa nemumwe weboka iri mune imwe Kombi
muHarare, saka bepanhau reSunday Mail rakange rave kurifumura kune
maKristu kuti agare akangwarira.

Chine aive mumwe wevashoma muZimbabwe vasina kutora "ndanga" iyi seidi.
Zvaive pachena kuti yakange yabharanganzwa nemunhu aive nechinangwa
chekutyisidzira vanhu kuti vatizire kuchechi kwake. Mazuva ano kwaive
nemachechi echiKristu aienderera mberi nebasa raaitwa nemadzisvikiro
nen'anga dzepasichigare; basa rekutyisidzira vanhu senzira yekuwana upfumi
kubva kwavari. Sezvaiita machechi ekuEurope mumakore ave kudaidzwa kuti
Mediaeval kana kuti Dark Ages nevadzidzi venhoroondo, paive
nekusakurudzira mafungiro kana maonero akasiyana neevaya vainge vazvipa
masimba ekutemera chita chose chitendero chakakodzera kana chakafanira.

Paive zvakare nekukusha makuhwa pamusoro pezvinamato kana mamwe
maboka, izvi zvaikonzera kuti vamwe vanhu vatadze kana kupinda chikoro
kana kuwana basa kana pekuroja, zvisinei kuti kwaive nemutemo wairambidza
rusarura pamusana pechitendero chemunhu.

Iye Chine pachezvake akange akarerwa semuMethodist yekwaMuzorewa
(sekudaidzwa kwainoitwa nevanhu vachiisiyanisa neimwe Methodist, iyo yainzi

Hwisiri kana kuti yemabhachi matsvuku kana kuti yekwaBanana), asi Chine akange asina zvake divi raakange akarerekera. Nekusangana nekwaaiona seudzvanyiriri nekufambisa mashoko ekukurudzira ruvengo kana kusanzwisisana pakati pevezvitendero zvakasiyana, Chine aive nedonzvo rekukurudzira ruzivo nekupanana nzvimbo yekuti umwe nemumwe wezvizvarwa zveZimbabwe asununguke nechitendero chake.

Chine akange aedza zvakare kuti nyaya yake yepapurazi paya ibude mupepanhau, aona kuti nyangwe zvazvo yaityisa, paive nenyaya yaikwanisa kushandura maziviro aita ruzhinji rwemuZimbabwe maererano nezveuroyi netsika dzemarudzi akasiyana. Asi, Mai Banda vakange vasingaone utsvene hwedonzvo rake.

"Chine, zvauri kutaura umu, kana newe hausikuona kuti zvinoratidza kuti njere dzako dzave kuenda?" Mai Banda vakadaro. "Unoziva, uri mutapi wenhau ane chipo chaicho. Haikona kuchitambisa nemarara akadai!"

Chine akange ave kudzvokora shangu dzake zvakare. Mai Banda vakazvitora senyadzi. Hongu ainyara, asi Chine ainyanyozvishorera kuti akange ashayiswa zvakare mukana wekupangura ruzivo rwake. Iri ndiro raive dambudziko huru rake semunyori; aiona chita chake sechakaputirirwa nedonje kubvira makore euranda hweRhodesia. Vanhu vaitya kutsauka kubva munzira yakapfumba, vasingambozvipi nguva yekuzvibvunza kuti sei paive nenzira yakapfumba pakati pemunda murefu.

"Chinzwa, chikomana," Mai Banda vakadaro, "Ini ndave kukupa rimwe basa rekuita. Kubva nhasi uchange uchinyorera peji yedu yezveMadzimai."

Chine akasimudza meso, akasokosa nzeve, achiti zvimwe akange akanganisa kunzwa. "P-p-peji yedu yeMadzimai?"

"Ehe." Mai Banda vakamboda kusekerera, vaona chiso chaChine.

"Ko, Susan naKere..."

"Kutanga nhasi, Peji yeMadzimai yave kukosha kudarika mamwe ese e*Murindi*." Mai Banda vakange vasisadi zvekutambisa nguva. "Zvichireva kuti ndinoda kuti basa racho ribatwe nenyanzvi. Sue naKere vachange vave kushanda kuhofisi yedu yekuMutare. Sezvaunoziva, murume waKere akaendeswa kwaMutare kwakare kuti anoita maneja webazi rekambani yake, saka ndaona zvakanaka kuti Kere wedu ateere murume wake."

Mai Banda vakafambisa kamausi kekomupuyuta yavo, ndokutinya kabhatani kayo kuti ka! Purinta yakatanga kurutsa mapepa akadhindwa. "Sezvaunoziva, *Murindi*, pepa rino, rakawana mubairo wekurwira kodzero dzemadzimai gore rakapera. Basa redu riri kucherechedzwa nemapazi ehurumende, uye masangano akazvimirira oga. Svondo rapfuura, Gurukota rezveMukati meNyika, rakavamba chikwata chekurwisa kubatwa chibharo muchita chedu.

Chikwata ichi chinobatanidza mapurisa, vezvekurwara kwepfungwa nevemasangano ezvitendero, vematare ekutongwa kwemhosva, magweta nevamwe. Saka iwe ndiwe uchange uchiona nezvekudyidzana kwemapato aya nesu vezvekufambiswa kwemashoko muhondo iyi yedu tese. Pamusoro pemari yawagara uchitambira, uchange uchiwana imwe kubva kumusangano weSexual Offences Action Committe, unova uriwo unobatanidza mapato andareva."

Vachipedza kudaro, vakamutambidza mapepa akange arutswa nepurinta yavo. "Ndinovimba kuti uchazadzisa tarisiro yedu tose mukufambisa basa iri. Kana uchinge wapedza kuverenga ripoti urwu netsamba yako yekukuzivisa nezveurongwa utsva, unofanira kuenda kumusangano wechikwata ichi iye nhasi."

Vaitaura sevakange vamukwidziridza pabasa, asi Chine akange asingaone sekudaro. Peji yeMadzimai! Akange asati amboiverenga zvake, asi aive nefungidziro nezvaiwanikwa pakare; marwadzo ejeko, mishonga inoita kuti vhudzi rirebe kana kuti ganda ritsvuke, kuzvinyima chikafu nekuda kuita muviri wakawondoroka sewevatambi vemumabhaisikopo, kubika machikichori uye zvidavado zvekufadza murume pabonde. Nyangwe kuri kunzi iyi yaive misoro yenyaya dzaainzwa kusununguka achidorongodza nezvadzo neruzhinji, aiziveiwo zvake nezvadzo?

Uku kwakange kusiri kukwidziridzwa pabasa, asi kuti kwaive kuri kurangwa chete, kutumwa kudunhu rinonetsa kutonga kunoitwa jinda risisina tsvete pamuzinda wachangamire.

Asi hapana zvaaigona kuita. Iyi yakange isiri nguva yekutsvaga muromo nemukuru wepabasa. Nekuvharwa kwakange kuchiita mapepanhau muZimbabwe, kwekuenda chaiko akange asina zvekuti angade kutsvaga kudzingwa paMuirindi.

Chine akaita seari kudhambisa chiso chake, dzamara akwanisa kunyenama. "A, zvakanaka, shefu," akadaro nezwi rairatidza kuti kwaari zvakange zvisina kumbonaka nopaduku pose.

5

Insp. Mabhedla naNomusa vakasvikowana dzimwe nhengo dzeS.O.I.U dzigere patafura mumba mekuitira misangano. Vese vakasimuka, asi Insp. Mabhedla vakaratidza neruoko kuti vaida kuti varambe vagere. Ivo naNomusa ndokutora zvigaro zvavo.

"Ndinoda kukuchingamidzai mose," Insp. Mabhedla vakadaro, vachiratidza nematauriro avo kuti vaida kuti musangano uyu usatore nguva refu. "Sezvo nhengo dzechikwata chedu dzese dzave pano, ndaida kuti tese tizivane mazita uye mabasa atichange tichibata. Ndinotanga neni. Zita rangu ndiMabhedla, asi amai vangu vanondiziva ndichinzi Henry, uye adzimai vangu vanondiziva ndichinzi Baba VaSimi. *Small house* yangu inondiziva ndichinzi John Muswe."

Vose vakaramba vakavati nde-e.

"Aiwa, kutamba hangu, handina small house ini. Mai Simi vakandikwanira, asi dai ndaita *zvemasmall house*, ndaita mabasa anonyadzisa kudaro ndakahwanda nezita rekuti John Muswe!"

Vose ndokuti bvu-u kuseka. Inisipekita vaiziva zvavo kurairidza musangano, vakabva vadzoka zvakare kudingindira rawo. "Ini ndini ndichange ndiri mukuru wechikwata chino. Uku hakusi kuda kwangu, asi kweGurukota, saka handifunge kuti tingaite nharo pamusoro pekukodzera kwangu kuva mutungamiriri. Saka, toenda pane mumwe."

Insp. Mabhedla vakagutsurira musoro vakatarisa kune mumwe mudzimai mukobvu wechiIndia. "Ini ndinonzi Anuradha, asi handisirini mutambi wemafirimu e*Bollywood*. Ndini Anuradha Patel wepaBharubhadiya pedu apa, kwete wekuIndiya. Kumba ndinonzi Mai Jimmy, kana kuti Ambuya vaBeemal. Ndinobva kuHofisi yaMuchuchisi. Ini ndini ndichange ndichiona nezve kuunganidzwa pamutemo kweumbowo ungatibatsire kana toenda kudare nenyaya dzekubhinywa kwevanhukadzi."

Parutivi rwaMai Patel paiva nekakomana kairatidza kusafara kuvepo. "E, ini ndinonzi Chinembiri Makawa. Ndiri munyori wepepanhau re*Murindi*. Ndini ndichange ndichiona nezve kudyidzana kwechikwata chino nevezvekufambiswa kwemashoko."

Mai Patel vakamutarisa. "Ko, Keresenzia Chitepo ari kupi?" vakabvunza. "Ndiye anowanzonyora nezvekodzero dzemadzimai mupepanhau renyu."

"Mai Banda vati ini ndiuye," akapindura Chine." Chokwadi chaicho ndeche kuti ini zviri kundinetsawo, nekuti Chitepo anova... "

"Regai kunetsekana, Babamudiki." Ava ndiInisipekita Mabhedla. "Ini ndakakumbira nyanzvi kubva kune masangano akatsaukana, saka kana murimi matapuwa, zvinoreva kuti makafanira kuve pano. Zvekuti hamuna mukurumbira sehwaMai Chitepo ava hazvinei nebasa ratirikuda kuti riitwe. Ehe, vamwe vacho."

Vamwe vacho vaive mupurisa. Vaive rino zihofuru remurume, uye yunifomu yavo yairatidza kuti yaitambura mumhu hwavo. Asi waiti ukaona kumeso kwavo, kana uri munhu anonyatsotarisa, waiona kuti kwakange kwakaita kuumburuka kunge kwemunhu akange abva mukushamba uye asati azora mafuta. Zvakare, miromo yavo yakange yatanga kutsvuka.

"Ini ndini Sajeni Albert Kwete," vakadaro. "Ndiri mupurisa. Ndini ndichange ndichitungamirira mukufeya-feya nyaya dzekubatwa kwevanhukadzi chibharo."

Sajeni Kwete vakabva vatarisa kuna Nomusa, vachinyenama sezvinonzi vakange vaudzwa nemuporofita kuti kana vaida kudzinga mweya yematare yavaikandirwa nevavengi, vaifanira kutora Nomusa uyu vomuita mukaranga wavo. "Apa ndiri kufungidzira zvangu, asi tsvarakadenga iri pedyo neni iyi ndiye mazvikokota wedu wezvekuunganidza nekuongorora umbowo tichishandisa ruzivo rwemazuva ano."

"Ava ndiMuzvare Nomusa Mpala." Inisipekita Mabhedla vakafinyamisa kumeso kwavo vakatarisa kuna Sajeni Kwete.

"A, saka muri kureva kuti Sisi ava havasati vawanikwa? " Sajeni Kwete vakabvunza. Kana vanga vazviona kuti mukuru wavo akange atogumbuka nemaitiro avo aya asina kufanira pabasa, havana kuzviratidza.

"Garozviya, Kwete," Insp. Mabhedla vakabvunza, vachiita sevairwisana nenyama dzekumeso kwavo idzo dzaida kuti vanyemwerere, "Mudzimai wako wamuona ari sei kuchipatara nhasi?"

Sajeni Kwete vakatarisa mukuru wavo kunge anga avafumura pane ruzhinji kuti vanozviitira weti mumagumbeze. Ndokuzoti, "Ndavaona vari nani, shefu. Ndanga.."

"Aiwa, tinotenda Mwari." Insp. Mabhedla vakange vasiri kuda zvekutaura twakawanda. "Saka tose tave kuzivana. Ndinoda kuti murangarire mose kuti tichange tichiita misangano iyi mazuva ese. Zvakare, kamwe pasvondo tichange tirimumisangano nevamwe veAction Committee yemubatanidzwa wemapazi ehurumende nemamwe masangano ane nechekuita nezvekubatwa chibharo kwevanhukadzi kwatirikurwisa uku."

Vakamboti zii, ndokupedzisa voti, "Imwe nguva yese, tinenge tichirwisana nevanhu vari kukanganisa madzimai edu. Tichange tichivhima mapere aya, tichange tichibhomba mapako avanohwandira, zvisinei kuti ndeemari, zvinzvimbo muchita kana munezve matongerwo enyika. Zvakare, tichange tichiedza nepatinokwanisa kuporedza marwadzo kune avo madzimai ari kusangana neupi hwakadai."

Inisipekita Mabhedla vakabva vazendamisa musana wavo nechigaro chavo, zvichi ratidza kuti vakange vapedza, zvichireva kuti musangano wakange wapera.

Kunge mutambi aiziva apo aifanira kupinda mudarira, mupurisa aishanda padhesiki paitanga kusvika vanhu vanenge vauya kuzomhan'ara akabva apinda kuzozivisa Insp. Mabhedla kuti pakange pauya mumwe mukadzi kuzomhan'ara kuti akange abatwa chibharo.

Basa reS.O.I.U. rakange ratanga zvomene.

6

Kakange kasiri kekutanga kuona mukadzi achangobva mukubatwa chibharo. Asi Nomusa aiziva kuti chiono chakadai chaisambofa chakava chinhu chaiwaigona kuti, Ha-a, tazvijaira isu. Zvakange zvakasiyana nekure nekushanda mumochari uchiona mitumbi yevanhu zuva nezuva. Nemitumbi yevanhu, nyangwe washushikana sei nemafiro avo, waiziva kuti uku kwakange kuri kuguma kwematambudziko avo.

Zvino, nemukadzi abatwa chibharo, aitove mavambo.

Achipinda mumba yavainge vapihwa nechipatara nanesi aizomubatsira basa, Nomusa akanzwa mvura dzeshungu dzichifashaira muzibhodho mumoyo make.

Pamubedha paive mukadzi arere, akazvigonya muviri wose kunge kamwana kachiri mudumbu raamai vako. Akange apihwa gauni rechipatara. Mukadzi uyu akanzwa kuti mapinda munhu, ndokusimudza musoro wake. Kumeso kwake kwakange kwazvimba, kuine mavanga ekumarwa. Rimwe ziso rakange ravhara nekuzvimba. Rimwe racho raive riri ziso remhembwe yasangana nechikara chesango.

Sekuziva kwaakange ave kuita, mukadzi uyu ainzi Mai Modesta Murefu, uye aive akautendi paine imwe kambani huru muguta reGweru. Akange auya nevamwe vake kuno kuguta guru newekishopu. Mumwe wevaaishanda navo vaanga auya navo, Tobias Samuriwo, ndiye aipomherwa mhosva yekuita uipi uwhu. Ainzi akange apindira mukadzi uyu mumba make pahotera yavange vachigara, ndokutanga nemashoko ekupfimba. Mai Murefu vakaramba, Samuriwo uya ndokuchishandisa chisimba.

Panguva iyi, Sajeni Kwete vakange vatora mumwe wemapurisa kunotora sitatimende yavaSamuriwo ava.

"Mai Murefu?" Nomusa akaita seomutsa munhu arere, nokuti nyangwe zvazvo Mai Murefu vakange vakamuti nde-e, vaita sevakange vasingamuone. "Ndadzoka. Ndati tiite zaminishoni yacho yatambotaura nezvayo."

Vakamboramba vakamutarisa, kunge zvinonzi akange ataura navo nechimwe chirudzi chavasinganzwi. Misodzi yakatanga kuyerera zvakare.

Nomusa akasebera pedyo. "Munoziva, vakoma, ndinenge ndave kunyepa ndikati ndinoziva zvamuri kunzwa mukati memoyo menyu. Asi, matoratidza kuti nyangwe masangana nezvakadai, muri munhu akashinga. Kuuya kumapurisa kwamaita uku, zvikuru chaizvo. Zvainge zvakafanira kuti tiite zvese zvinodiwa."

"Ndamuudza kuti handisi kuda..." Mai Murefu vaita sevaitaura vega. "Iye angoseka zvake. Kuseka, kunge ari kuseka masaramusi ebenzi mumugwagwa."

"Ndosaka zvakafanira kuti amire pamberi pedare." Nomusa akakomekedza. "Amire pamberi pedare, arangwe, nekuti haana kodzero yekuita zvaaita izvi! Ndizvo zvakatarwa nemutemo."

Mai Murefu vakange vavhara kumeso kwavo neruoko, vachichema. Nomusa akavasiya, akange asingade zvekuvamanikidza bodo.

Papfuura maminiti mashanu, Mai Murefu vakasimudza musoro, ndokupukuta misodzi yavo nembama. "Itai zvenyu zamanishoni yacho."

Nomusa akaburitsa karikodha kake, ndokukabatidza. "Nguva dzave 1230. Ndiri mumba yezaminishoni, ndine mudzimai watapa nhamba 16 naNesi Tingaitei Muradzi."

Apedza kudaro, akawedzera vharumu yako yekutapa mazwi, ndokukagadzika patafura. Nesi Muradzi vakange vogadzirira midziyo yavo.

"Ndatanga nekutsanangurira nhamba 16 zvatichange tichiita. Vanzwisisa kuti ikodzero yavo kuramba kuti tienderere mberi chero pavanenge vaona kuti havachadi, uye vanzwisisa kuti kuramba uku kunogona kunonotsa kana kuvhiringa zvachose basa redu rekuunganidza umbowo hwekuenda nahwo kudare."

Mai Murefu vakagutsurira musoro.

"Ndinopupura kuti Mai Murefu varatidza nekugutsurira musoro kuti vanobvumirana nezvandataura." Apa Nomusa aitaura izvi, aitira karikodha kaya. "Ezvino, vakoma, tichange tichipara munzara dzenyu, zvimwe pakurwisana nemunhu akubhinyai masara twuganda nyangwe turopa twake. Utwu twunogona kuongororwa murabhoritari, zvimwe twungatiratidze kuti twabvapanani. Zvakare tichafefa nepanzvimbo yenhengo yenyu yechikadzi, zvimwe iye nyakupara mhosva anongona kunge asiya tvubvudzi. Sezvo mapupura kuti haana kushandisa kondomu, uye sezvo mapupura kuti imi hamuna kugeza, tinogona kuwana zvakare mbeu yake. Saka, ndinokumbira zvangu kuti panguva ino murare nemusana."

Mai Murefu vakaita sezvavanga varairwa. Nomusa haana kuda kuvanza kuti zvaaiona zvaimupa shungu. Uye haana kuvanza kuti akange ari kuwana umbowo hwekuti hwaigona kumira padare redzemhosva.

"A, hamusati mapedza?!"

Nomusa naNesi Muradzi vakacheuka, ndokuona Sajeni Kwete vachipinda. Mai Murefu vakavhomora ziso rakange richiri kuona riya, ndokuedza kuzvifugidza kumeso, vachifemereka kunge munhu anorwara neasima.

"Sajeni Kwete, mungabude here izvozvi?" Nomusa paaitaura izvi akange ave kuvasunda. "Hamusi kuona zvatirikuita muno?"

"Saka munofunga kuti handisati ndamboona chinhu chemukadzi here?"

Nomusa akakatyamadzwa nemashoko aya, ndokumbozvipa kanguva kwekurwisana neshungu dzekuda kubvisa zhinyu raSajeni Kwete nembama. "Sajeni Kwete, amai varere apa vane kodzero...."

"Aiwa, tibvire! Unofunga kuti ndauya kuzovaonerera?" Sajeni Kwete vakasunda Nomusa, ndokunyatsosebera pedyo nemubhedha uya. Mai Murefu vakange varere vakashama, vakashadabura makumbo avo kunge vari kuzvara. Vakange vasingaone kuti mupurisa uyu aitoyeva zvake makumbo avo, nekuti vakange vavhara kumeso kwavo nemaoko, vachichema.

Dai vaive mumwe munhu, inga dai vakanzwa kunyara nemaitiro avo. Asi Sajeni Kwete vakange vasinganyare. Kwavari, vanhukadzi vakange vasiri vanhu vakakwana, kukosha kwavo panyika kwaienzanawo nemukana wavaigona kuwana wekurara navo. Vaaisakwanisa kuisa mugwara iri ndeava ; amai, madzimbuya nehanzvadzi dzavo dzakabarwa nevabereki vavo. Vamwe vese, zvichisanganisira hama dzeopedyo dzaive mhuka dzekuvhima.

"Imi amai imi, chimbomirai zvekuchema izvi."

Panguva yakadai, pane munhu akambonyaradzwa nenzira iyi? Zvimwe ndizvo zvaiwanzoitika mukushanda kwaSajeni Kwete, nokuti vakaenderera mberi nemata\uriro avo aya. "Chimbomirai zvemariro izvi, hapana afa. Ini ndiri pabasa, uye handisi amai venyu, saka hapana wekuyemera pano."

"Sajeni Kwete!"

Kana ivo Mai Murefu vakambonyarara kuti zii pavakanzwa Nomusa. Sajeni Kwete vakacheuka, ndokuona mwanasikana akavadzvokora nemaziso matsvuku.

"Maitiro enyu haana kufanira." Nomusa akadaro. "Ndinoda…"

"Iwe, uri mupurisa here? " Sajeni Kwete vakasebera pedyo naye, asi Nomusa akaramba amire paaive. Zvaive pachena kuti akange asingavatye. Paurefu, Nomusa akange ari murefu zvishoma, zvekuti aikwanisa kusanganisa meso Sajeni Kwete akatarisa pasi.

Sajeni Kwete vakange vasati vamboona munhukadzi asingavatye. Aitofanira kuvatya chete! Vakafunga zvekumurova, asi pane chaairatidza mukumema kwavakaita chimiro chaNomusa kuti danho rakadai vaizorioona nenguva pfupi pamberi apa kuri kukanganisa chaiko.

"Anantombi vekumacollege, ndimi munonetsa!" Apa Sajeni Kwete vakange vave kuda kuzviita munhu ane ruzivo rwakadzama rwebasa rake asangana nepwere ichangobva kuchikoro. "Saka, iwe unofunga kuti muupenyu hwangu handisati ndambosangana nenyaya dzakadai? Svondo rapfuura chairo, apo iwe waitadza kudya kana kurara, usati wave kuziva kuti basa rino wanga wariwana here kana kuti kwete, ndakasangana nenhatu chaidzo."

Sajeni Kwete ndokusebera pedyo nemubhedha. "Imi Amai imi, ndakuyambirai kare kuti zvenyu zvekuita kunge matambira nhau dzerufu chimbosendekai. Ini ndichangobva mukutaura navaSamuriwo. Vandiudza ivo kuti nyaya iripo ndeye kuti imi navo magara muchidanana. Chazokupai kuti muvapomhere mhosva yekukubatai chibharo ndeche kuti puromoshoni yamainge makatarisira hamuna kuiwana, yakapihwa musikana anokukundai parunako."

Mai Murefu vakange vamuka zvino, vari kunyatsoteerera. Vakatarisa kuna Nomusa, neziso raiti, Hezvo, mumwe wangu, ko mashuraka aya!

"Sekuona kwangu munhu akaita savaSamuriwo munhu ane chiremera muchita, uye mune zvemabhizinesi. Havangazvibvisire chiremera chavainacho nekubata chibharo mabiribodi akaita semi."

"Sajeni Kwete!" Nomusa akange ave kuda kuputika nehasha.

Sajeni Kwete vakacheuka ndokuti, "Iwe, ukaramba uchiedza kuda kuvhiringa basa rangu ndave kuzokusunga manje! Vakadzi vakadzidza munoshupa, ndimi maparadza misha yakawanda. Hamumbofungi kuti kunyepa kwenyu kunogona kunganisa chiremera chemunhu mukuru, uye kunokonzera kuti mumhuri yake iwire mumatambudziko."

Apa, Sajeni Kwete vakange vave kutaura nemadzimai ose aive mumba umu, pamwe nerudzi rwose rwevanhukadzi pasi rose. "Mudhara uya wandakakwira naye bhazi raienda Kariba gore riya akabaya dede nemukanwa apo akati vanhu ava taiva ziva vachinzi vatadzi. VaRungu ndivo vakavhenganisa mavara ndokutipa izwi ritsva iri rekuti vakadzi, asi pasichigare vainzi vatadzi. Zvino zviri pachena kuti vanhu ava vatadzi chete!"

Nomusa akaramba akavati zhwerendende. Nesi Muradzi vanga vakatarisa pasi, vashayawo zvino kuti voita sei. Vaikatyamadzwa nemashoko avainzwa, asi panguva imwe, vaitya kuti zvimwe Sajeni Kwete vaive benzi zvekuti vaigona kutanga kungorova vanhu.

Nomusa, aona kuti shungu dzaSajeni Kwete dzakange dzaserera ndokuti, "Sajeni Kwete, munoreva here kuti hamuna kusunga vaSamuriwo, sedano rekuti tivaongorore mukutsvaga kwedu umbowo?"

"Chandichavasungira chii?"

Sajeni Kwete vaiita sevaivhunza muvhunzonhando. Asi kuna Nomusa, zvakange zvave pachena kuti pakange pasisina nyaya. Nyakupomhwerwa mhosva akange awana mukana wekugeza, waiva mukana wekubvisa paari umwe umbowo hwaikosha. Zvakare, mapurisa akange aratidza kusada kumusunga kuti amire pamberi pedare.

Ndosaka madzimai akawanda aisarudza kunyarara zvavo kana vainge vabatwa chibharo. Pane zvakawanda zvakange zvaibva zvakanganiswa muupenyu hwavo, nehwemhuri dzavo. Nyangwe munyika dzaionekwa sedzakasimukira mune zvematongerwo enyika nekuremekedzwa kwekodzero dzevanhu, vakadzi vaizosara voita kunge ndivo vakange vapara mhosva huru.

7

Nomusa akasimuka, ndokutora karikodha kaya kubva patafura yaInsp. Mlalazi, ndokukadzima. Akakadzosera muchikwama chake, ndokugara zvake pasi.

Chiso chaInsp. Mabhedla chaiive chiri chemunhu ari kurangarira zvakasoitika kare, aona kuti zvadzoka kuzovhenganisa zvanhasi. Nomusa haana kuda kuvatinha, asi akange achida kunzwa mhinduro yavo nekurumidza.

Papfuura mamineti mana, Insp. Mabhedla ndokuti, "Rega nditaure naKwete wacho."

"Ko, ripoti rwangu?" Nomusa akabvunza. "Ndinofanira kumhan'ara zvese zvaitwa naSajeni Kwete."

Insp. Mabhedla vakazunguza musoro. "Nyaya dzacho dzingawande," vakadaro. "Chiripo, asikana ndeche kuti Kwete aneAids."

"Saka, ko, zvineyi nekutadza basa kwake?" Nomusa akabvunza.

Insp. Mabhedla vakambotura mafemo, ndokuti, "Kwete agara ari munhu anonetsa kushanda naye. Zvino, gore rakapera, pakaregera mamwe mashefu aimuchengeta vachinoita mudyandigere, ini ndakaedza kumudzingisa basa. Iye akabva apinda neye kuti ndiri kuita rusarura pamusana peurwere hwake. Panguva iyi, nyaya dzerusarura mumabasa maererano neurwere hwakadai dzakange dzichitsviriridza mumapepanhau. Nekusada kupokana nemasangano ezvekodzero dzevane utachihwana hweAids, Gurukota rinoona nezveMukati meNyika mbune vakachaira Fakasimbi runhare, vachimurambidza kudzinga Kwete."

"Fakasimbi?"

Insp. Mabhedla vakazhinya, kunge mwana awanikidzwa achishereketa asi achiziva hake kuti hapana aizomuranga. "Jee rechipurisa. Ndino reva Sapuritendeti Fungisai Alicia Kasimbi, saka vanhu vese tinongovati F.A.Kasimbi kana vasipo. Asi ivo vanozviziva, nekuti izita remadunurirwa rinonzi rakabva kuchikoro chaiko. Baba vavo vaivewo mupurisa, uye zvinonzi ivo vainziwo Fakasimbi."

Insp. Mabhedla havana kufungidzira kuti Nomusa angakurumidze kuona chaisetsa pane tsanangudzo iyi, saka havana kushamiswa nekuramba akavandundumira kwaakaita.

Hapanawo zvaaiziva nezvekudyidzana kwemapurisa, asi Nomusa akakonewa kunzwisisa kuti Sgt Kwete vaijaidzwa kudaro nekuda kweurwere hwavo. "Saka makatadza here kuvatsanangurira Gurukota kuti Sajeni Kwete ndivo vaive nemhosva?"

"Aiwa, Gurukota nevamwe vakuru vangu vaiziva zvose. Asi, panyaya dzakadai, zvematongerwo enyika ndizvo zvinowanzoenda pamberi. Apa chaizogona kuitika ndeche kuti masangano aya aizokomerera isu, vachiti tirikudzinga munhu basa nekuti ane chirwere. Ndine urombo kuti ndine imwe nyaya yekuratidza kusafarira kushanda nemunhu aneutachiwana chinokonzera chirwere cheShuramatongo. Ndakange ndisati ndave neruzivo rwandinarwo. Zvakaitika kare, asi handifungi kuti vatapi venhau vane hanganwa pane kukanganisa kwemunhu wavanenge vati nanga naye. Muzvare Mpala, ini ndave nemakore matatu dakara mudyandigere wangu. Ndine mwanasikana achiri kuchikoro. Ndikada kutanga kusimudza huruva pamusana peubenzi hwaKwete, naMwari ndinenge ndave kuzvitsvagira upenyu hwekudya nhoko dzezvironda."

Inga Nomusa akange apinda chikoro cheupenyu zuva iroro. Akange adzidza kuti tingade hedu kuva vanhu vakashinga mukurwisa uipi hwatinoona pabasa kana mukugarisana muchita chedu, tingade chose kugara tirikudivi revakarurama, asi tinoonekwa tichikundikana pamusana pezvinhingamupinyi zveupenyu.

Iri raive zuva rake rekutanga rebasa. Kwaive nemazuva mangani pamberi apa iye asati asanganawo nepaaizova munhu anokundikana mukuzadzisa donzvo rake rekurwisa uori neuipi muchita chedu?

Pakange paive nematanho maviri apa. Yekutanga, aigona kungonyarara. Yechipiri, aigona kukwidza nyaya yacho. Akafunga kuti atange naChine Makawa.

Paakarovera Chine runhare, akanzwa kuti Mai Murefu vakange vazviburitsa muchipatara. Zvakare, vakange vasisadi kupira nyaya yavo kumatare. Vakange vasingade kutaura nevemasangano anoona nezvekodzero dzemadzimai, uye vakange vasingade kutaura nevatapi venhau. Kwavari, nyaya yacho yakange yapera.

Paaitsanangura izvi, Nomusa akaona sokunge Chine akange ave kuratidza hanya nebasa rake.

8

Vasara vega muhofisi mavo, Insp Mabhedla vakasara vari mukunetsekana nekupishana kwepfungwa. Vakange vave kuona sekunge vakange vaita seuya wetsumo wekukanga nyimo apo vakabvuma kuva mukuru weS.O.I.U.

Vakayeuka zuva rakauya Mabharani Mukuru muBazi rezveMukati meNyika kuzovatambidza ripoti rwebazi iri. Mukuongorora ripoti urwu kwakaita vanamazvikokota ndimo makabva zano rekuve neboka raiona nezvenyaya dzekubatwa chibharo chete. Hongu kwaive nevaipikisana nepfungwa iyi, vachiti chipurisa chakange chave kuitwa mipanda yakasiyana sezvaiveko kunyika dzakaita seU.S.A. KuU.S.A. kwakatanga ne*Secret Service*, asi nhasi uno kune masangano anosanganisira *Federal Bureau of Investigation* (iyo yakavambwa kuti ibate basa raive kunze kwezve*Secret Service*), *Drug Enforcement Agency* (inoona nezvinodhaka), Bureau of Alcohol, Tobacco, Firearms and Explosives (inoona nezvedoro, fodya, zvombo nezvinoputika) nemamwe.

Sekuona kwaita VaMabhedla, zvekuita mapoka akawanda zvaitovhiringa basa rechipurisa, sezvo zvakange zvisiri nyore kuti ashande pamwechete, uye aida vanamazvikokota akawanda, achiita basa rinogona kutiwa nemupurisawo zvake. Zvakare, mapato aya aida madhairekita nevamwe veadhimini, avo vaidawo mari nehambautare nezvimwe zvakadaro. Zvainge zviri nani kuwedzera zvose zvinoshandiswa muchipurisa, uye nekupa mapurisa ruzivo rwunodiwa mubasa ravo mazuva ano. Asi, waizviudza ani izvozvo?

VaMabhedla vakange vasarudzwa kuti vatungamirire boka iri nepamusana peruzivo rwavo pamwe neunhu hwavo semunhu aimira pachokwadi nguva dzose.

Zvino, nezuva rekutanga, vakange vave kukundikana!

Pfungwa dziri kutenderera mumosoro mavo kudaro, vakanzwa kugugudza pamusuo wavo. Zvino aive ani uyu.

"Pindai!"

Insp Mabhedla vakavhunduka chose kuona Sajeni Kwete achipinda muhofisi mavo. Sajeni Kwete vakarova sarupu, Insp Mabhedla ndoku vasimudzira ruoko. Vaiyedza kuratidza kusatya, asi chokwadi chaive chiri chekuti vakange vasati vazvigadzirira kuonana naSajeni Kwete. Kuuya kwaSajeni Kwete mbune kuhofisi kwavo kwairatidza kuti musharukwa uyu aiziva kuti akange akaromba. Vakuru vakati, Ukaona bofu rati rinokurova rinoziva parakatsika.

"Ndine urombo, Shefu, asi ndichangotambira shoko rekuti mudzimai wangu arwarisa." Sajeni Kwete vakadaro. "Sekupirwa kwandaita nyaya yacho, hapasisina upenyu. Zvino, ndanga ndichikumbirawo kuti sezvo mazuva angu ezororo asebera, ndimboenda zvangu kumba, dakara dambudziko rangu iri rapfuura."

Insp. Mabhedla vakaedza kusaratidza kufara kwavo pavakanzwa mashoko aya. Kufara, kwete nepamusana pekurwara zvekuenda kwaMai Kwete, asi kuti Sajeni Kwete vakange vave kumbovasiya kwekanguva. Zvimwe zvaigona kuti nyaya yavanga vaparira mapurisa ese iyi yaigona kukukurudzwa nerwizi. ZvaMai Kwete izvi zvaisiririsa, asi vanhu vese vakange vazvitambira kuti nguva yavo yakange yakwana. Kana ivo Sajeni Kwete vaioneka kuti vaizoruzirira musi Zimbabwe waichatora mukombe mumakwikwi eNhabvu rePasi rose.

"Zvakanaka, ndipe mapepa acho ndisaine." Insp. Mabhedla vakadaro. "Saka pano pave kudiwa munhu anofanobata basa rako, handiti?"

Zano raive mumusoro mavo raive riri rekuisa pachinzvimbo ichi munhu wechidiki. Munhu anowirirana neshanduko yaivepo munezve kudyidzana kwemapurisa nevanhuwo, uye nemamwe masangano ari pasi peHurumende. Vaive vapinza basa mumwe muzukuru weshamwari yemudzimai wavo. Chikomana ichi chakange chine ungwaru, uye chaivimbika. Insp. Mabhedla vakange vasina tarisiro yekuti Kwete aidzoka, saka vaiona semuzukuru wavo uyu aigona kuzobata basa racho zvachose.

Sajeni Kwete vabuda muhofisi umu nemvumo yekuenda kuzororo yasainwa, Insp. Mabhedla vakaraira muchairi wechiovha kuti atsvage mupurisa anonzi Dermot Mhike.

9

SemaSvondo ese, bhero rechechi yeIngirandi yaive kurukesheni rwaive mhiri kwebani rakazotanga kudaidza vatendi vemunharaunda kuMisa apo Nhamo Mupariwa akange atogeza, atopfeka mbatya dzake dzemucheno kuti afambe rwendo. Nhamo akange asiri muIngirandi, uye chechi iyi yaive kure nepamba paaigara. Asi kurira kwebhero iri mangwanani kudai raive chiratidzo kwaari kuti nhasi raive zuva rake reofu.

Nhamo aive musikana webasa. Aive nemakore gumi nenhanatu ekubarwa. Vamwe vezera rake mumusha uyu mutsva wevane mari, Villiers Park, vaienda kuzvikoro uye hapana chavaishaiwa kubva kuzvekudya nezvekupfeka kusvika kumidziyo yekuzvivaraidza nayo inoshamisira. Nhamo aive nerimwe zita, Jessica, asi hapana aimudaidza neiri. Mutaridziko yake, mubasa rake, pane zvairamba kuti uone zvakakodzera kumudaidza nezita rakaita saJessica. Iri rekuti Nhamo ndiro raienderana naye semaenderano anoita hembe inofukidza mabvi nemagokora kumunhu akapikira usisita.

Aya mafungiro anguwo zvangu semunyori, asi ndinoona sekunge munhu wese ane mukana, kana kuti nguva yaanopihwa naMwari yekugadzirira vana vake nhaka. Nhaka iyi inogona kusava zvayo imba, midziyo kana imwewo pfuma, ingave unhu kana tsika nemagariro zvekuti vana vakazvitora seraviro inobva kuvabereki, inogona kuvanangisa negwara rakanaka. Chinhu chese chatinopa vana vedu inhaka yavo. Zvinozosara kwavari, kana vaona havo zvakafanira, kuti varambe nhaka iyi kana kuti vangaite sei kuti ive inozadzisawo tarisiro yavo. Asi, chikuru kupa vana nhaka.

Baba vaNhamo vainge vakaita rombo rakanaka rekuwana basa mudhorobha, pamwe nekuwanawo mudzimai akanaka zvese pameso neunhu. Asi, vakatsauka kubva munzira yakanaka, ndokuteedza doro nemvana dzemudhorobha apo vaifanira kunge vachiwedzera ruzivo rwavo kuti vakwidziridzwe pabasa nekutengawo imba nezvimwe zvinotarisirwa kuti munhu anenjere angaite neupenyu hwake kana achinge awanawo mukana wacho.

Sezvinogarorehwa asi zvichishaya hazvo anoteerera, nyika haigumi kudyiwa rutivi asi kuti munhu ndiye anopera. Baba naMai VaNhamo vose vakarwara nechiya chakapedza mbudzi, ndokusiya chisikana chine makore gumi, ichi chavakange vatuka nezita iri. Zvaita sekunge zvinonzi vakange vanoshoperwa, vakaudzwa kuti mwana wavo ainge atemerwa kugara mumatambudziko.

Kana ariwo masimba emazita atinopa vana, raNhamo raizadziswa zvakapetwa kaviri, zvigopetwa zvakare. Kufa kwakaita vabereki vake kwakamusiya asina aikwanisa kana kuti aida kumutora. Hama dzavo dzaitoshupikawo, uye chirwere ichi cheShuramatogngo chakange chavaka musasa mumusha mavo chichiita kuvadaidza umwe nemumwe kuindavhiyu. Nenguva diki, Nhamo akange asisiri ega nherera mumusha make.

Rujeko rwakazouya muupenyu hwake mushure mekudzoka kumusha kubva kuBhuriteni kwaVaSolomon Musembwa, dangwe raMuraidzi Mukuru wepachikoro cheSt Pausanias, nemhuri yake. Baba Musembwa vakakumbira mwana wavo uyu kuti atore Nhamo, agare naye kudhorobha reHarare. Shungu dzavo dzaive dziri dzekuti Nhamo awane mukana wekuendawo kuchikoro.

Chiitiko ichi, kuunzwa kwaNhamo kudhorobha, kwairatidza sokunge ramangwana remwana uyu rakange rave nechiedza. Asi, vakuru vakati, chako ndechawadya chesango mutoro wamambo.

Mavis Musembwa, mudzimai waSolomon haana kufara nekuuya kwakaita mwana uyu mumba make. Chekutanga, akange asina kumbosumwa nezveurongwa uhwu. Zvisinei hazvo, dai akange asumwa, dai akaramba nekuti aivewo nevekumusha kwake vaaida kubatsirawo.

Solomon naMavis vaive nevanakomana vaviri. Fanuel, uyo akabarwa muZimbabwe ndokukurira kuBhuriteni, naTakabvakure, uyu akaberekerwa ikweyo kunyika yaMai vaCharisi.

Pakati pavo vakomana vaviri ava, Fanuel ndiye aita sekunge akaberekerwa kuBhuriteni. Mwana akaburuka ndege paGatwick achichibwereketa cheZhira, asi pasina mwedzi mina, akange ave kutaura chekumabvazuva nemadokero eRandani, chekuti kana ivo Mai vaCharisi vanonzi ndivo muridzi wendimi yechiRungu, havaimbonzwa kuti chikomana ichi chirikutii. Mazwi aaiwanzoshandisa nderiya ratinoziva tose, riya rinotanga na"F", nemamwe anorishandisa sechivakashure kana chivakamberi. Aive nemamwe aakange akurumidza kubata, akaita sa*bumbaclaat*.

Fanuel akange asina kugumira mukuteedzera matauriro evana vaaisangana navo kuchikoro chete, asi akange anhonga unhu hwavo. Waiti ukamuona akafinyamisa kumeso kwake, kunge katsoko karuma remoni, achiti, *"Shut up, Mom, jus' shut your mouth right now!"* kuna ivo nyakumuzvara, hazvaida n'anga kana muporofita kuti zvinzi mwana uyu aive nezvakamugara chete. Apo vainzi vanyarare, vanenge vabvunza havo kuti zviri kunzi kudii nenziyo yaanenge achiridza nevhorumu yemubhawa.

Chita chedu chichiri kutsvaga muroyi pane nyaya iyi yevana vedu vanorasa tsika neunhu zvedu kana vachinge vaenda kunyika dzakaita seAmerika. Ini ndinoona sekutsvaga kuda kunzwisisa kuti sei zviri kuitika kuedza kunzvenga mhosva. Kana isu vanyori tatanga hedu kushandisa kodzero dzedu dzekunakurira chero ani zvake watinenge taona kuti akafanira nyoka mhenyu, vazhinji vedu tichanongedza minwe yedu kune vabereki vevana ava. Zvimwe hapana akaudza vanhu ava kuti mwana haarerwi nemari chete. Vakuru vakati chinokura choga isango, munda kukura huona tewe. Zviri pachena kuti kana Nyamuzihwa vachida kuti vana vavo vakure vachiziva kuti ndaanaNyamuzihwa, vanofanira kuvapa ruzivo rwekwaNyamuzihwa.

Zvino, vazhinji vedu tinenge tinopa basa rekudzidzisa vana vedu kune dzangaradzimu, Indaneti nemamagazini. Hongu, idzi ndidzo nzira dzekuvambiswa kwemashoko neruzivo kwanhasi, asi kangani uchiona chirongwa chiri pamusoro peunhu hwaNyamuzihwa padzangaradzimu? Harisi dama here kutora ruzivo rwedu, toita kuti rwuwanikwewo pazvirongwa zvinobuda padzangaradzimu, paIndaneti nemumamagazini? Ivo vanogadzira zvirongwa zvationoona, vane zvikonzero zvavanoagadzirira. Kana tichiona zvirongwa izvi zviri kuvhenganisa magariro edu, chaticharamba tichiita gakava tichibvunzana zvinangwa zvavo chii? Matanho anofanira kutorwa ari pachena.

Vadzoka kuZimbabwe kudai, Fanuel akange ave mhuka zvayo, benzi muraini, svuuramuromo. Akaramba chikoro, achiti aida kuita zvekuimba. Vabereki vake vakange vamutengera midziyo inodhura yekugadzira nayo mimhanzi yacho, asi hapana changa chati chamuka. Zvakange zvisingarevi kuti Fanuel aive asina chipo. Aiwa, kune avo vanofarira nziyo dzekuganza, dzekuratidza kana kukurudzira kusaremekedza vanhukadzi nemamwe marudzi, dzinokurudzira kurwa nekutyisidzirana neumwe unhu hwakadai, aiwa, Fanuel aive nechipo chaicho.

Chainetsa ndechekuti musambo wakadai waifarirwa nevanhu vakaita saFanuel, vasinawo mari kunze kweiyo yavaipuwa nevabereki vavo yekutenga nayo marekodhi acho. Zvakare vana ava vanowanzoda musambo uyu vanoda uchibva kuAmerika kwakare.

Saka, nyangwe zvazvo Fanuel akange ane makore maviri aburitsa dambarefu
rake, akange asati ava nemukurumbira. Akamirira kuwana mbiri kudai,
Fanuel akange ave kutorarama upenyu hwagwenyambira wekunyika dzakaita
seBhuriteni neAmerika, upenyu hwekudhakwa, hwekurara nevasikana
vakasiyana, hwembanje, Bronco nezvimwe zvinodhaka, hwekufamba
nechikwata chevakomana vekurovesa navo vanhuwo.

Dai pasina kufanana kwezviso zvake naFanuel, waiti zvimwe Takabveyo akange
asiri mwana wepo. Chizvarwa cheBhuriteni ichi chaitaura ChiShona
neChiNdevere. Zvakare, Takabveyo aive nerukudzo kune vanhu vese. Aive
nechinangwa chekuzovawo munhu ane chiremera muupenyu, kwete kugumira
pachidano chekuva mwana wembozha asi munhu wekuzvisimudzira oga
nekuzvishandira. Uyu Fanuel paaitsvaga ushamwari nevana vevatema
vekuBhuriteni, Takabveyo akange ashamwaridzana nevamwe vakange vabva
kuAfurika, avo vaiziva kwavainge vabva uye vaive nechinangwa chekudzokera
kumusha. Mabhuku aaiverenga ndeaya aitaura nezve kusimudzira vanhu
vatema, aya akanyorwa nemagamba kana kuti anotaura pamusoro pemagamba
akaita saSteve Biko, Marcus Garvey nevamwe vakadaro. Mhanzi yaaiteerera
yaive nedingindira imweyo. Apo mukoma wake aifarira mazwi anonyadzisira
aive munziyo dzavana Snoop Dogg, Taka aisarudza mashoko ekusimidzira
vatema aishamararwa nezvikwata zvakaita sePublic Enemy neArrested
Development.

Pamusana peunhu hwake hwekuda kusimudzira chivanhu, Takabveyo akange
asinganyatsowirirane nevabereki nemukoma wake. Taka akange
asingabvumirane neunhu hwavo hweukambirazvevamwe, hwekuda kuzviita
sevatema vekunyika dzevaRungu.

Nhamo agere pamubhedha wake kudai, akatondera zuva raakatanga
ushamwari hwake naTaka. Aitsvaira mugota maTaka uya. Iri raive zuva
rechipiri Taka adzoka kumba kuzororo kubvira musi wakatanga Nhamo basa.
Panguva iyi, Nhamo akafunga kuti Taka aidada nyambisirwa kamuitiro kake
kaibva mukusajairirana nevasikana.

Taka akapinda mumba muya akazvimonera netauro, achibva zvake kunogeza,
achiimba kambo kaya kekuKameruni kane mufananidzo wakaita mbiri
pachirongwa cheMutinhimira weMimanzi/Ezomgido, mazuva akare ichanzi
Mvengemvenge.

Jime zangalewa, hai! Jime zangalewa, hai!

Apo aimba kudai, Taka aifora, achiteedzera zvaiita vaimbi vekambo aka.

Akavhunduka paakaona inga mugota make mune munhu.

Shavi Rechikadzi

"A, ndine hurombo vahanzvadzi!" Mwanakomana aishaya kuti zvino oitei nekunyara.

Nhamo akatarisa kurutivi, akabata muromo. Asi mapendekete ake aizunguzika nesetswa. Kunyara kwaTaka kuya kwakabva kwapera. "A, manje muno mumba mangu, kana ndikada kutamba hapana anoti bufu!"

Nhamo akaita seatyisidzirwa, ndokutyora mudzura, achiombera. "Ndapota, ndiregerei, Mukoma Taka! Ndanga ndisingakusekei!"

Izvi zvakashamisa Taka, uye zvakamubaya moyo kuti munhu anga abva azvininipisa kudai, kunge ari pamberi pechigaro chaMwari chaiye.

"Aiwa, ndanga ndisingarevesi zvangu," Taka akadaro, nezwi rakatonhora. "Chisimukai, mubude nekuti ndiri kuda kupfeka."

Nhamo ndokusimuka. Matauriro aTaka aimuratidza kuti mukomana uyu aisamutora semuranda wepamusha apa, asi semunhu akangofananawo naye. Asi, aka zviyeuchidza kuti ndizvo zvaaive, uye aifanira kuzvininipisa pamberi pemwana watenzi wake.

"Ko, zvino handisati ndapedza kutsvaira!" Nhamo ndokutanga zvakare kutsvaira kapeti iya. Paakakotama kudaro, bhurauzi rake rakati fugu zvishomanini, ndokuratidza dumbu rakanyatsoumbwa kunge chivezwa. Nhamo akasimudza meso, sezvinonzi akange azimbwa, Taka ndokubva acheuka nekuchimbidza.

"A, munofunga kuti handigone kutsvaira mugota mangu here?" chikomana chakabvunza. Kwete kuti aitsvaga mhinduro pane mubvunzo uyu bodo; mashoko aya aive matandanyadzi zvawo

"A, munofunga kuti kwangu kuva mu*Girl Guide* here kuuya kuzotsvaira mugota menyu?" Nhamo akapindura. "Ndiri pabasa so."

"Aiwa, tsvagai kumwe kwekunoitira basa renyu." Taka akadaro. "Makore ese aya, ndaizvitsvairira ndoga wani."

"Regai ndikutsvairirei kani!" Apo aitaura kudai, Nhamo akange ari mubishi yekutsvaira uku. Taka akamunzvaurira zvakare, ndokuona kundengendera kwedzimwe nyama dzemuviri wemusikana uya. *Maihwe kani!*

"Ndati ndinoita ndega mhani!" Taka akange asina kuda kuita zvehasha, asi aiedza kuvharidzira chiratidzo chezvaakange ave kunzwa mukati memweya wake zveze nenyama dzake.

Nhamo akavhunduka, ndokurega zvaaita, otuzura Taka.

Taka akanyemwerera, kuri kuda kuratidza musikana uyu kuti akange asina kumugumbukira.

"Zvino, Amai vakazvinzwa kuti ndiri kukuregai muchitsvaira mugota menyu ini ndiripo.."

"Vanenge vaudzwa nani?" Taka akamudimbudzira. "Imi munogona kuuya semazuva ese, moitawo zvimwe. Munogona kuverenga mabhuku, kana kuona mafirimu, kana kuenda paIndaneti."

Vamwe mungati uku kwaive kuteya gonzo nemafufu, asi vaviri ava vakange vasina uori hwepfungwa sehwatova ihwo unhu hweruzhinji munyika yedu. Zvisineyi kuti Taka ainzwa ropa rake richifamba, uku kwakange kuri kuyaruka kwakewo sejaya. Chaaida kushamwaridzana nemusikana uyu.

Nhamo onanga kumusuo, akanzwa Taka oti, "Asi kana mouya, moita muchiziva nguva dzekuuya. Musauye apo ndinenge ndichitamba Zangalewa!"

Ndiwo matangiro akaita ushamwari hwaTaka naNhamo, uhwo hwakapfumbira nekufamba kwenguva kuva rudo rwechokwadi. Taka aive pabhodhingi kumishoni kumusha kwababa vake, uye aigara kwakare achidzoka panguva dzezororo.

Zvino, musi unotanga nyaya yedu, vaviri ava vakange varangana mutsamba kuti vaizosangana kumba kweshamwari yaTaka, Chenge, uyo aigara kuChitungwiza. Sezvo sekuru vake vaive muraidzi mukuru wepo, Taka aiwanzopihwa mvumo nechikoro kuti amboenda kumba- zvaingonzi arikunoonekwa maziso ake nachiremba. Taka naNhamo vakange varonga kuti vaizoswera kumba kwaChenge, vachitandara zvavo vachiona mafirimu. Sezvandamboreva, rudo rwevaviri ava rwakanga rwusiri rweunhu hwatave kuona pakati pevaya vanozviiti vakabudirira kana kuti ndevechizvino nyamba vakatorasika.

Nhamo akamuka, ndokunyatsogeza. Mwanasikana akange asina zvake mari yekutenga twekuzora netwekupoda twunoshamisira, uye akange asina zvake kugadzirwa musoro. Asi pamusana pekushaya uku, aitoradza kuti runako urwu rwunobva mumabhodhoro, rwunako rwemishonga, rwaidarikwa nekure nerwunako rwakasikwa naMwari. Nhamo aiti amire nevaya vamunoti maSalad, ivo vaisara voita kunge zvifananidzo zviya zvatinosiya muminda kuti zvitande makondo nemajesa.

Mbatya dzaakasarudza dzakange dzisinganyanye kushamisira, asi izvi zvakare zvaitowedzera runako rwake. Ino siketi dema, irefu, yaishwinya zvishoma. Kano kabhurauzi kepaMupedzanhamo (apo pakadunhurirwa rekuti Pedgars nevamwe) katsvuku, uye *bandana* dema. Mune rimwe ruoko, aive nendarira yaakapuhwa naTaka.

Nhamo akazvitarisa muchiringiso, ndokuzviona sezvaaive; mwanasikana ari kuyaruka, ruva riri kutumbuka. Achizviyeva kudai, akacherechedza kuti chiso chake chaive chiri chaamai vake. Akanzwa kusuwa kukuru, nekushuwa kuti dai vaivepo vachimuona akura kudai.

Achibuda mumba make, Nhamo ndiye dhumadhuma naMai Fanuel, vachibudawo mumba mavo.

"Mangwanani, Amai! Mamuka sei? Ndichamboendaka kuzororo!"

Amai VaFanuel vakamutarisa kunge zvinonzi panguva iyi, Nhamo ainhombora marutsi kubva pasi paakange akoroba mauro, achizvipaka.

"Ko, kumboswera pamba zvinei, munhu wemusikana?" Amai Fanuel vakabvunza. "Dai pasina kuti uriwo zvako marara, ndaiti zvimwe wanewo kakomana." Vakaseka, mapendekete kuzunzika, chipfuwa ndokundengendeka. "Nyangwe ari bofu, paanonzwa chizwi chako, rudo rwunobva rwapera! Asi kuti wamuwana asinganzwe, pamusoro pekuva bofu zvakare? E, chienda zvako ndimbosara zvangu nemwana wangu! Ndiye wandakafondokera ndichipisikira chembere dzechiRungu kuti tizogara zvakanaka muzimba rino, tisina twuvanhu twunongounzwa kubva kumusha."

"Zvakanaka, Amai."

Mai Fanuel vakafinyamisa kumeso, dzamara Nhamo abva mumaziso avo.

10

Dermot Mhike ainge akazendama nemotokari yaNomusa. Vaive pamasitoro erukisheni rweUnit H, muguta reChitungwiza. Nomusa anga apinda mukati mechimwe chitoro kunotsvaga zvekudya, sezvo vanga vafumobata jongwe muromo kuti vagone kubata nguva dzavo. Mumwe mupurisa wavaive naye aive ari wechikadzi, ainzi Ratidzai Makombe.

Mhike ndiye akange ave mutikitivha mukuru muS.O.I.U. Kukwidziridzwa pabasa uku kwaiuya nehambautare mbishi, runharembozha, hofisi ine midziyo yose yemazuva ano, nemari. Kana ariwo anonzi makomborero acho, Dermot akange apuhwa akapetwa nekusingaperi.

Asi panguva iyi, chiso chaMhike chairatidza kusuruwara chaiko, kunge chemukwasha akange asina kupedza kuroora ari pamariro emudzimai wake.

Nguva dzose dzaakange asiri pabasa rake, Mhike airangarira zuva riya raakabata kasikana kaive pane vanhu vaiba huni dzepapurazi chibharo. Pakange papfura masvondo mangani? Mhinduro yacho yakange isina nebasa rose. Zvaiita sekunge mufananidzo wousiku uya hwakange hwagara pane ndangariro dzoupenyu hwake hwose. Aiti nyangwe akatondera musi wakauya sekuru vake kubva kumusha, iye aine makore sere ekuzvarwa, ndokumuigira nehanzvadzi dzake chitsapu chezviwiti, mufananidzo uyu waibva washanduka.

Shavi Rechikadzi

Aibva aona musana wekasikana kaya, kakatarisa pasi, iye Mhike akachonjomara kumashure kwako. Aibva anzwa kachigomera, achinyatsonzwa kuti hakusi kugomera kwemafaro sezvinota vanhu vari kuita zvepabonde. Aigova mafaro sei, ivo vanga vasina kumbotanga vapfimbana?

Aibva ayeuka achisvika kumba, achigeza ropa raive panhengo yake nepambatya dzake. Nanhasi, zvakange zvichiri kumunetsa kuti ropa riya rakange rakawanda kudaro. Mhike akange asati ambobvisa hake musikana umhandara hwake, asi sekuverenga pamusoro penyaya yacho kwaainge akamboita, paisafanira kuva neropa rakawanda kudaro.

"Nhai, Mhike, uri kunyanyogaya chii?" Mutikitivha Makombe akabvunza. "Asi une kasikana kawakazadza?"

Uyu mubvunzo uyu waive wakanyanya kuva pedyo nechokwadi. Makombe akaramba akamuti ndee, Mhike akaona sekunge mutikitivha uyu akange ave kutoziva nyaya yose. "Handina kasikana kandakazadza ini," Mhike akapindura, ndokushamiswa nekuomarara kwakange kwaita mukanwa make.

"Unako!" Makombe akatora kamuitiro kaMhike aka sechiratidzo chekuti ndizvo zvakange zvaitika. "Ko, manje ungabva waramba nyaya yako here? Ko, pane chakaipa here? Muroora tinomuda isu!"

Nomusa akabva asvika, ndokuvatambidza zvinwiwa. "Havasati vauya?" akabvunza.

Matikitivha aya akazunguza misoro yavo. Vakange vakamirira mumwe mudzimai ainzi Mai Felistas. Mai Felistas vaive muroja pane imwe imba murukisheni urwu. Vaigara zvavo voga, sezvo vainge vakasiyana nemurume wavo. Vana vavo vaigara kumusha, uye vaivaririra nekusona mbatya.

Mai Felistas vakange vauya svondo rapfuura kumahofisi eS.O.I.U kuzomhan'ara kuti vaifungidzira kuti baba vepamba yakatarisana nepavaigara vaibata mwanasikana wavo chibharo apo amai vacho vainge vaenda kunoona nezvechitoro chavo kuChivhu. Baba ava, VaMbiriyadi, vaiva muzvinabhizinesi, asi zvainzi nevanhu pfuma iyi yaive iri musoro wegudo riya rinorehwa netsumo, wakange wave chinokoro. Chainyanyoshungurudza Mai Felistas panyaya iyi ndechekuti VaMbiriyadi ava vainzi vaive nechirwere cheShuramatongo, uye mwanasikana wavo uyu, Chawapihwa, aive akaremara. Akange asingagone kufamba kana kutaura. Izvi zvaireva kuti akange asingagone kupa ufakazi.

Mai Felistas vakange varangana neveS.O.I.U kuti vaizouya kurukesheni, vaone kuti vangabate here vaMbiriyadi ava vari kuita uipi uhwu. Mhike aive newarandi kubva kumatare edzemhosva, yaivapa mvumo yekupinda mumusha wavaMbiriyadi neye kutora matanho ose anotenderwa nemutemo kuti vatsvage umbowo mukufeya-feya kwavo.

Chine akabva asvika, achifemereka kunge anga achimhanya.

"Yasvika *Paparazzi!*" Makombe akamuchingamidza, achinyemwerera. Vamwe vavo vakange vave kufungidzira kuti mutikitivha uyu aive neshungu chaidzo dzekuzova Mai *Paparazzi* vacho. Zvino Makombe, saMhike waairwarira kudai, ainge akadzidzawo pabhodhingi. Ndosaka aiwanzodaidzwa kwete nezita rake, asi redzinza rekwake sezvinoitwa pachikoro.

"Zvino wanga uri kupi?" Mhike akabvunza. Ndiye aive mukuru wechikwata ichi.

"A, imi, isu tirivemaKombi kaisu," Chine akapindura. "Mungatienzanise nanaMpala vakambogara kunze kwenyika ava ndokutenga michova yavo mbishi?"

"Tanga tisina kurangana here kuti tisangane mutaundi?" Mhike akabvunza.

Chine haana kuwana mukana wekupindura, Mai Felistas vakabva vasvika. "Maita nekuuya kwenyu. Mai Chawa vakaenda nezuro kuChivhu. Pamba apa pane maroja chete, naivo Baba vaChawa. Mumwe wemaroja aya ishamwari yangu. Andiudza kuti izvozvi so Baba vaChawa varere naye mumba mavo."

"Bva, hambai!" Mhike akadaro.

Vese vakazadza hambautare yaNomusa, ndivo ava netumigwagwa twemarukisheni, ndokusvikomira pamwe pamba paive pakakomberedzwa nerusvingo. "Pane imbwa here?" Mhike akabvunza.

"Mazuva ano hapana," Mai Felistas vakapindura.

"Tisati tabuda," Nomusa akadaro, "Zvimwe tinogona kushaya umbowo hwekusungisa nawo VaMbiriyadi ava. Zvimwe vanoita mhanza yakanaka yekutuhwina mudziva makwena avete, zvimwe havanawo zvavo mhosva. Hazvizokutadzisei kugarisana here vakakuonai muchisvika nemapurisa kudai?"

Mai Felistas vakazunguza musoro. "A, ini handina wandinotya. Uye handaimbouya kwamuri ndisina kugutsikana nezvandaona nemeso angu aya. Handiti nguva ino, dai ndiri kusona so? Vana vangu vanoda mari yechikoro, kudya nezvimwe zvakadaro. Asi, ndati ndirwire mwana uyu, nekuti iniwo ndakazvara, vangu vana kwavari uku naamai vangu handizivi kuti nhasi varara sei. Ini ndiri muKristu, Bhaibheri rinoti, Ida muvakidzani wako sezvaunozvidawo iwe. Vanhu vese vemumusha muno vanoziva zviri kuitika, asi vanhu tinotya. Zvino ini handityi munhu wenyama, zvikurusisa anaSatani pedyo naye nekuti wanguJesu mukuru kuna Satani! Ndinotya iye Jesu naBaba vake nekuti Mwari ndiye achandibvunza kuti sei ndaisiya uipi hwakadai uchiitika."

Vose ndokubuda muhambautare muya. Mhike akavhura gedhi. Vakawana mumwe mukadzi achiyanika mbatya dzaakange awacha. Mhike akaburitsa chikwama chake, ndokuvhura paive nechitupa chake. Mune rimwe ruoko, aive netsamba iya yedare. "Mangwanani Amai. Isu tirimapurisa, tauya kuzoona vaMbiriyadi maerarano ne..."

Mhike haana kupedzisa, nokuti amai vaya vakange vave kuchema. "Pindai zvenyu, vana vamambo, munozvionera mega! Ndakati kune murume wangu ngatibve pamba panoitika kushinha kwakadai, asi haanditerere nekuti anotengerwa doro naBaba vaChawa vacho. Pindai zvenyu, musuo uri kuruboshwe wekutanga. Ende futi!"

Makombe akasara achitora sitatimende yavo, uye nekuona kuti hapana aibuda kana kupinda pamba apa.

Mumba muya maive nerunyararo rwemuchechi chaimo, sezvo vagari vepamba apa vakange varere zvavo. Mhike akagugudza pamusuo wavaMbiriyadi. Hapana akadaira. Nomusa akange agadzirira karikodha kake, uyuwo Chine aive nekakamera kemavhidhiyo kadiki. Mhike akagugudza zvakare.

"VaMbiriyadi?"

Papfuura kanguva, vakanzwa izwi gobvu roti, "Ndiani?" Iri raive izwi remunhu akange amutswa achiri kutapirirwa nehope.

"Mangwanani vakuru, tingaone here vaMbiriyadi?"

"Ndimi ani?"

"A, zvaive nani mazarura, tanyatsoonana, vakuru," Mhike akadaro.

Izwi riya rakaridza tsamwa, ndokuti, "Horaiti, ndiri kuuya."

Pafura maminetsi aidarika gumi, vakanzwa sekunge munhu ari kusimudza chinhu chairema. Paive nekugomera kwemunhu ari kusimudza zvinorema, kuchiteverwa nekunge kukweshera kwesaga pasi. Mushure mezvo, vakanzwa kunge pane musuo uri kuzarurwa.

"Imi, ko kana vari kuyedza kupoya nepahwindo!" Nomusa akadaro.

Mhike akati, "VaMbiriyadi, Dare ratipa mvumo yekupinda mumba menyu nechisimba," ndokuzarura musuo uya.

Vakavatambirwa nembama yemunhuwiro weimba isati yavhurwa mahwindo mangwanani. VaMbiriyadi vaive murume mupfupi, ane makumbo nemaoko matete-tete, nedumbu rainge rekanyana. Dumbu remurume uyu raita sekunge rakange ranzi rizova apuroni zvakare. Kuzasi kwedumbu iri, kwaita sekunge paive nekagonye kakarara pamusoro pemaavhokadho maviri.

VaMbiriyadi, vasina kusimira kudaro, vakange vamire parutivi rwewadhiropu yavo. Vaita sevaishaya kuti zvino voringepi. Asi, uku kwakange kusiri kunyara kuti vawanikwa vakashama.

Chavainyara ndechekuti vakange vabatwa vari kuyedza kukaisira mwana wavo muwadhiropu muya. Nomusa ndiye akatanga kumuona. Chawapihwa akange akagonya, akazendama nezisutukesi raive muwadhiropu muya. Akange akapfeka bhurauzi raisvika kumabvi, makumbo ake ainge ari matete kudarika ababa vake, zvekuti akange asingashande.

Nomusa akasvika pedyo, ndokutarisa chiso chaChawa uya. Mwanasikana aive akaremara, izvi zvaive pachena, nezvimwe zvekurwara kuya kwekuzvarwa nako, kunoita kuti mwana asakure zvakanaka munezvese, muviri wake pamwe nenjere. Ipapa, Chawa ainyemwerera zvake, masiriri achingodona. Asi, Nomusa akaona sekunge meso aChawa airatidza kurwadziwa kwaainzwa nezvaaitwa, nyangwe zvazvo akange asinga gone kutaura.

Nomusa akasimuka paainge akachonjomara, ndokutarisa vaMbiriyadi nemeso matsvuku.

"Mumwe wenyu anorwara," VaMbiriyadi vakadaro. "Zvino kana muchipinda mumba muno kudai, munoita kuti atye."

"E, ndimi VaMbiriyadi here?" Mhike akabvunza.

"H-H-Hongu, ishe wangu." Maziso boi.

"Uyu ndiye Chawapihwa Mbiriyadi here?" Mhike akakanda mumwe mubvunzo.

"Ehunde, changamire wangu."

"Imi VaMbiriyadi, tine fungidziro yekuti imi muri kushinha naChawapihwa uyu. Sezvo asingagone kutaura ega, kana kupa umbowo, Dare ratipa mvumo yekutsvaga tega umbowo pane musikana uyu, pamuri, uye nepamba penyu. Saka, naizvozvo, imi matosungwa pasi pemutemo we*Criminal Evidence and Procedure Act*, nema*Statutory Instrument* ari maererano nemutemo uyu."

VaMbiriyadi vakabata musoro, vachiratidza kukatyamadzwa kukuru, kunge munhu asvika paarikufunga kuti akokwa kumabiko, osvikoudzwa nezverufu rwaamai vake. Vakaita sevachadona, ndokusvikogara pamubhedha wavo. Pakapfura mamineti mana vakatarisa madziro, vachiita sevatizwa nenjere. Pavakasimudza meso avo kuna Dermot, Chine naNomusa, vaita sezvinonzi uku kwaive kutanga kuvaona.

"Munoziva, vana'ngu, muri vadiki, muchine mukaka pamhuno. Muri kundiona kudai, ndaimbova nemabhizinesi anotyisa. Hapana hama yandisina kuyedza kukwidziridzawo. Asi, sezvatinoziva, vanhu havatendi."

VaMbiriyadi vakambonyarara, sezvinonzi vaimirira kuti hama dzavo dzese dzingonyuka, dzopupura kuti zvedi vakange vamboedza kudzibatsira, asi dzakange dzisingatendi.

Shavi Rechikadzi

"Vakuru vanoti kusatenda uroyi," VaMbiriyadi vakaenderera mberi nenyaya yavo. "Zvino ndizvo zviri kuitika mumusha muno, tirikuroyiwa. Mwana wangu uyu, akabarwa akakwana. Asi izvi zvakazongouyawo. Ini wacho, mabhizinesi angu haachafambi, mazuva ano ndinongorwara. Saka mukufamba kwandakaita, mukutsvaga rubatsiro kubva kune vanoruzivo rwakadzama nezvezvinhu zvinonetsa vanhu, ndakarairwa kuti ndinge ndichiratidza kushinga, ndichita zvose zvavakandiudza kuti ndiite."

"Nyangwe zviri kunze kwemutemo?" Chine akabvunza.

VaMbiriyadi vakatura mafemo, sezvinonzi vainge vaneteswa nemubvunzo uyu, ndokuti, "Vana vamambo, handisi kuramba kuti pamutemo wakanyorwa nevaRungu ndine mhosva yandapara."

"Saka, iwe mudhara, unoreva kuti zvaunoita nemwana uyu zvinotonderwa nemutemo wechivanhu?" Chine akaita seachavati nechino chibhakera pamatadza, asi Nomusa akabva amira pamberi pake. Nomusa aive murefu kwaari.

"Ndirikuyedza kurapa hosha yapinda mumusha mangu. Ndaikumbira kuti imi sevanhu munge muchinzwisisawo. Mese mune zvinonetsa kumamisha enyu. Inga vakuru vakati, Kutsva kwendebvu varume vanodzipurana. Zvino, ini, o, honai."

VaMbiriyadi ndokubva pamubhedha paya, vave kutsvaga matirauzi avo. Nomusa ndipo paakaona kuti pamubedha paya, nechekumusoro, paive nemifananidzo yevakadzi vasina kupfeka. Vamwe vacho vairatidza kuva vari pasi pezera raibvumirwa pamutemo kuti vainge vaine nechekuita nezvekusangana kwevanhurume nevanhukadzi pabonde.

Nomusa akanongedza kwairi nemeso ake. Vamwe vake vakatarisa mifananidzo iya, Chine ndiye akatanga kuinhonga kuti anyatsoona. VaMbiriyadi vakange vawana bhatye ravo, ndokutora chikwama. "Vana'ngu, hapana here imwe nzira yataigona kugadzira nyaya iyi? Munoziva, mazuva ano munyika muno mune twakawanda twunoitika asi twunotsikwatsikwa kana vanhu vataurirana kusvika pakunzwisisana. Ngatitauriraneiwo, madzishe angu."

Mhike akatanga atarisa kuna Nomusa, ndokuti, "A, VaMbiriyadi, nguva yedu tamboitambisa. Nyaya iri pano ndeiyi, imi masungwa pasi pegwara ratauya naro iri kubva kuDare sezvo pane chikonzero chekufungidzira kuti imi muri kubhinya mwana wenyu, Chawapihwa Mbiriyadi uyu. Maonekwa zvakare muine mhosva yekuva nemifananidzo kana kuti zviverengwa zvisingatenderwi nemutemo. Ezvino mave kuedza kuvhiringa basa redu nechioko muomwe. Mhosva dzenyu dziri kuwanda."

Mhike akatarisa kuna Nomusa. "Ngatiite zvatavinga pano. Imi baba imi, chipfekai."

Nomusa akaisa karikodha kake padressing table, ndokubatsirana naChine kusimudza Chawapihwa, vachimuisa pamubhedha. Achirondedzera zvose zvaaita, Nomusa akaita zamanishoni pane musikana uyu. Nyangwe zvazvo basa rake, uye nedzidzo yaakange apuhwa, zvaimusungira kuti aite adudzire zvaaiona chete, pasina pfungwa dzakewo, Nomusa akatadza kuita izvi asingacheme, asinga bvunzi Mwari nezwi repamusoro kuti sei aingotarisa zvakadai zvichiitika pakati pezvisikwa zvake.

Kubowa uku ndiko kwazopa maroja nevavakidzani zvivindi zvekuti vauye kuzoona kuti chii chakange chaitika mangwanani akadai. Pavakaona vaMbiriyadi vachibuda mumba muya vakasungwa maoko, vakabva vaziva kuti yaive nyaya yei. Vakatanga kusvereredza, nekupotsera matombo. VaMbiriyadi vakaedza kuhwanda naDermot, asi mutikitivha uyu akange aneta nemuitiro wavo, ndokuvasundira mberi.

Nomusa akasara naChawa naMakombe, vakamirira amburenzi kuti iuye kuzotora Chawa, uye nekutsvaga umwe umbowo.

Manheru iwaya, Mhike akaenda kumufundisi wechechi yeRoma, ndokunoreurira zvose zvakange zvaitika musi waakabata kasikana kaya chibharo musango. Akafunga kuti zvimwe mutoro waaitakura waibva wareruka.

Zvaizotora mamwe masvondo kuti aone kuti hauna.

11

Mavengero aita Mai vaFanuel Nhamo, aitova maninji kuti vakange vasati vatora demo, vamuita zvidimbu zvidimbu.

Chainyanya kuvazadza neukasha ndechekuti Nhamo aisaratidza kurwadzikana kana kushatirwa nezvese zvavaimuita kana zvavaimuudza. Aingoita basa rake chinyerere. Kana pavaimutuka, hapana kana ribodzi raaipindura naro.

Mai Fanuel vaigaromutuka nezvechiso chake, asi chokwadi chavaigona kusanganisa meso nacho vari vega kudai ndeche kuti Nhamo akange ave kutumbuka kunge ruva, ave kumera michero inoyevedza. Runako rwaNhamo rwakange rusiri rweku "gadzirwa" musoro kana kuzora mafuta. Rwaive runako rwaibvira mumoyo make semvura inodiridza ruva kuti ritumbuke.

Nyangwe zvazvo vaimupfekedza marengenya, zvaita sekunge akatoshongedzwa nemamvemve iwaya kunge mwenga wanevanji vamambo. Vese vaimuona, vaimuyemura.

Sezvavaigaroita kana achinge abuda, Mai Fanuel vakapinda mumba maNhamo. Vakange vave kuzviziva kuti aisaba zvake. Vakuru vakati, Gudo kuipa zvaro asi haridyi chafa choga. Chavaipindira mumba make chaive chiri chekuti vazive zvese zveupenyu hwake. Izvi ndizvo zvinoitwa nemunhu anoziva kugara nemusikana webasa. Mamwe madzimai aingomuka rimwe zuva achiziviswa kuti Sisi vave kuenda kuAmerika, kana kuti vakaroorwa, kana kuti vari kutanga kuyunivhesiti, vogoshaya kuti zvabva nepi.

Mumba maNhamo makange musina zvakawanda. Dai pasina kuti zvaizonyadzisa pamberi pevaenzi, Mai Fanuel vaida kuti Nhamo asave kana nemubhedha zvawo. Semaonero avo, munhu wepasi anofanira kurara pasi.

Mukadzi mukuru akabvonyonza kunge huku iri kutsvara-tsvara mumarara. Kana paine chavaitsvaga, havana kuchiwana. Ko, vaiziva here zvavaitsvaga, kunze kwekuti vaiziva kuti vachiwana apo vainge vawana chaivaigona kukuvadza nacho muvengi wavo?

Mai Fanuel vakavhundutswa nerunhare rwakatanga kungiriridza mumba mekutandarira. Vakada kuti vamhanye, ndokutsvedza, ndivo pasi pu! Vakasimuka, ndokutaura mashoko asina kufanira kubva kune munhu ane chiremera chaamai vemba. Runhare rwakange rwuchiri kungiriridza chete.

"Hallo?"

"A, nd'Ambuyawasha!" Izwi rakapindura iri rakange risiri itsva kwavari, asi vakashya kuti ndiani. "NdiSekuru vaFanuel kuno kumusha."

"A, ndiBaba!" Mai Fanuel vakapindura zvavo nezwi rekuratidza mufaro, asi vaitonzwa kugumbuka kwavo kuchiwedzera. Ko, handiti ivo atezvara vavo ndivo vakange vaunza Nhamo mumba mavo?

"Mave kumutswa nevakwasha kudai! Ndanga ndati kana mukomana uyu amuka, ndanga ndichida zvangu kumuyeuchidza pane zvandakamuraira kuti azondiigira apo odzoka nhasi. Akange ati zvake akange asingade kuyeuchidzwa, asi ndangoti zvinondirerutsira ini nyakutuma kuziva kuti anyatsobata mashoko angu."

Mai Fanuel vakambofunga kuti vatezvara vavo vaireva Fanuel, kana kuti Baba vaFanuel, asi pavakanzwa nezve kuuya mauro, vakabva vavabata muromo. "E, Baba, ini ndarasika. Muri kureva mukomana upi? Handiti nyangwe baba vepano mukomana kwamuri?"

"A, ko Taka wanguzve! Mumwe wandinoonana naye ndiani, nhai ambuya? Aripo here, kana kuti achakarara zvake?"

Mai Fanuel vakati, "A, zvino munomuziva muzukuru wenyu, kana apinda mumagumbeze anoita seafa! Hameno kuti iko kuchikoro munomukwanisa here. Zvino zvamakamuita purifekiti!"

"Aiwa, kuno anofumobata jongwe muromo uyu!" Sekuru vaFanuel vakadaro. "Zvimwe kana ari ikoko, anenge achizvitora seari pazororo. Ndizvo zvakafaniraka."

"Kudaro? Aiwa, kana amuka ndichamuti hanzi naSekuru, Usakanganwe zvinhu zvangu!"

"Zvakanaka, ambuya. Ko, mukoma wake amuka sei?"

"A, zvemukoma wacho muchabvunza here? Uyu anenge apindawo manje manje achibva zvake ku*club*. Iye tinozomuona zuva radoka ave nenzara."

Baba vaFanuel vaive kuKariba nebasa.

"A, bva ndichazoedza kuchaya runhare masikati chaiwo ndabva kuchechi. Aiwa, tichazotaura hedu, muroora."

Mai Fanuel vakaisa runhare pasi, ndokumborambavamire, vakadzvokora madziro kunge zvinonzi mhinduro kune mibvunzo yaipishana nenjere dzavo yaive yakanyorwa pakare.

Vakanyatsocherechedza kuti aka kaive kutanga mwana wavo achivanyepera. Ko, anga azviitirei? Uyu mukuru wacho, Fanuel, hapana akange asingazivi unhu hwake uye hapana chaiita chakange chichiri kushamisa, zvekuti kana iyewo akange asisanyepi. Kana aienda kubhawa, aitaura kuti ndiko kwaimge akananga apo aibuda. Zvino vaitiwo ndzivo zvimwechete naTaka.

Asi apa pakange pasina chekuita panguva iyi, dzamara nguva dzaTaka dzekuti aitarisirwa kunge adzoka kuchikoro dzakwana. Mai Fanuel vakaedza kufunga kuti zvino mwana wavo aive kupi, kwaaisaudzwa vamwe kuti, Tichamboenda kwakati. Taka akange asinganwe doro, uye akange asingasvute mbanje kana kushandisa zvimwe zvinodhaka. Kana kuti vafungidzire kuti angaite zvevasikana, Mai Fanuel vakaona zvisingaite. A, inga ndiwo maninji chaiwo!

Mai Fanuel vakaona kuti nyaya iyi yakange yave kutovadya moyo. Ko, vaigodii, uyu aive mwana wavo? Vakafunga kuti zvimwe vakatanga kurongedza nekutsvaira mumba mavo, vangabvise pfungwa dzavo pane nyaya iyi. Kubvira paakatanga kushamwaridzana naTaka, Nhamo akange ave netsika yekusaita basa remumba nemusi weSvondo. Kodzero dzake akange ave kudziziva.

Pavairangarira izvi, Mai Fanuel vakange vosimuka. Vakabva vawira zvakare musofa muya, kunge zvinonzi vakange varohwa. Vakaona sekunge pakange paive nemhepo yakange yavhuvhuta, ndokutanda mukute wainge wakafukidza ninji remwana wavo iri.

Mai Fanuel vakasimuka, ndivo bhidha-bidha vonanga kumba kwaNhamo. Vakanyatsobvujunura zvose zvaivemo, hapana pavakasiya. Hamvuropu huru yaive pasi pembatya musutukesi yaigara pamusoro pewadhiropu. Muhamvuropu muya, haikona tsamba dzanga dzirimo. Maakaivhi acho ese. Kwete kuti tsamba idzi dzaive dzakawanda, asi kuti bepa rimwe nerimwe ravakati verengei zvishoma raingoparidza zvakare vhangeri ravanga vanyumwa vega asi varamba, zvekuti mwanakomana wavo aidanana nemusikana wavo webasa.

Mai Fanuel, vagere kudaro pamubhedha waNhamo, vakazunguza musoro sezvinonzi vakanyatsochiramba nesimba, chokwadi chavakange vasangana nacho ichi chaigona kuva manyepo bedzi. Asi, vanga vazviverengera vega mutsamba yakanyorwa neruoko rwake rwavainyatsoziva kuti Taka wavo aive mukomana waNhamo. Aitova neurongwa hwekuti kana achinge apedza chikoro, aizotsvaga basa, omuroora.

"Ani? Achiroora ani? Kambwa kakaita saNhamo? Vavakidzani vese vachizoti chii nemashura akadai? Kwete, muyera Dziva ati, Kwete!"

Vachingopedza muromo iwowo, Mai Fanuel vakati simu, ndokusangana nemufananidzo wavo muchiringiso. Vakambovhunduka, vachiti heno chimwe chezvikara zvatinoona mumabhaisikopu anotyisa. Chiso chavo chainge chachena kuti mbu-u nekushomeka kweropa, meso aya akatsvuka kunge madota, bvudzi rakamira kuti ngwi-i! Dai Nhamo akabva apinda mumba umu panguva iyi, inga dai vakaita semhuka yesango ine chirwere chembwamupengo.

Vaona chiso chavo kudai, Mai Fanuel vakaedza kuzvidzikamisa. Zvainge zvakafanira kuti vanyatsozvipa nguva yekufunga matanho avangatore pane nyaya yakadai, pasina kusungwa njere nengetani dzeshungu.

Mupfungwa mavo, vakanyatsowaridza jira , ndokuchitanga kukanda hakata. Vakaona kuti Nhamo kubuda kwaange aita uku, ainge aenda kunosangana naTaka. Chakange chisina kujeka ndeche kuti vainge varangana kuti vaindosangana kupi. Zvimwe mhinduro yaive mutsamba idzi. Kana kuti vaive nenzvimbo yavaigarosangana.

Vachingobva mukuzvibvunza mubvunzo uyu, mhinduro yakauya kwavari kunge masaisai ewairesi. Vakanyatsoverenga tsamba dziya, ndokuona inga kufembera kwavo kwaita sekushopera kwemunhu akambotorwa nenjuzu. Vana ava vanga varonga kunoswera kumba kweshamwari yaTaka, iyo yainzi Chenge.

Kana paive nemunhu wavaivenga kudarika Nhamo, Chenge aive nyoka yapinda mumba chaiyo. Vaimuona seaifurira mwana wavo mukuteedzera unhu hwevaya vasingageri misoro yavo, vasingadye nyama. Aisawanzosvika zvake pamba pavo, sezvo vakange vakamuudza kuti vaisada kumuona mumaziso avo. Mai Fanuel vaiziva kuti aigara oga, uye dzimwe nguva aimbobuda munyika. Sekutaura kwaiita tsamba yavainge vakabata, panguva iyi akange ari kuGhana.

Mai Fanuel vakabvunza chiringazuva chavo, ndokuita matematikisi dzacho. Pakange paine nguva yekuti vatange vambogeza zvavo. Asi, pakange pasina nguva yekurongedza mumba maNhamo umu.

12

Paakaburuka Kombi pazvitoro zvepaZengeza 3, Nhamo akange onzwa nyaviri mumakumbo ose. Rwendo rwose kubva kuVilliers Park kusvika kuno kuChitungwiza rwaitora maawa maviri nechikamu, zvichisanganisira nguva yekubva paimira maKombi aibva kuVilliers Park achipinda mukati meHarare kusvika pane aya anoenda kuChitungwiza.

Zvino nepamusana pekuponja kwevhiri munzira, nekumbomiswa nemapurisa, rwendo rwacho rwakange rwadarika maawa mana. Vatendi vaipinda machechi aive pedyo nezvitoro vakange vazara mumugwagwa, vonanga kudzimba dzavo, vazvimbirwa nevhangeri neYukaristi. Iwo mabhotositoro aive pazvitoro akange ave mubishi yekudutirawo imwe mhando yeYukaristi.

Uyai kwatiri, imi mose mune nyota. Asi, uyai zvakare nemari yacho....

Pane imwe imba, paive nemabiko. Vana baba, naanamai, netuvana, majaya nemhandara, vese vainhonga jaivhi, vachiita iya inonzi *Borrowdale*. Iye nyakupa mutambo uyu mukurumbira, shasha iyaka, Macheso, achiita seachabvarura masipika avanhu, achivatondedza kuti zvakanaka zvakadaro, zora bhata. Munhuwiro wenyama yaigochwa wainge wazara nemweya wose wekufema wemunharaunda. Nhamo akabva atanga kunzwa mudumbu make mave kurira. Akabva awedzera mafambiro ake. Chenge, semunhu aiteedzera murau wechitendero chake, akange asingadyi nyama. Asi mufiriji make maiwanikwa zvigadzirwa zvesoya zvaive nemunakiro wenyama.

Zvaiwanzo itika ndezvekuti Taka naNhamo vaibuda vese vombotenderera nemusika vachitsvaga zvekubika. Vaizobika zvavo vese, asi Taka chaainyanyogona kusuka ndiro. Vaita mahumbwe chaiwo, asi aya aive mahumbwe evanhu vakange vatsiidzirana kuti vaizova nemba yavowo pamberi.

Achingopinda mumugwagwa waive nemba yaChenge, Nhamo akasangana naTamara. Tamara aigara paimba yakatarisana neyaMasimba, ari mukunda wepo. Nhamo aizviziva kuti Tamara airwarira Chenge, asi sezvo Chenge akange asati ambotaura naye nezverudo, aingokwarirawo mukati. Aiwanzoenda kumba kwaChenge, achikumbira mabhuku, asi aisaaverenga zvake. Iyi yaive iri nzira yekutsvaga matangiro.

"A, hesi Nhamo!" Tamara akamukwazisa. "Ko, kuchona kudai?"

Vasikana ava vakarovana maoko, Nhamo ndokuti, "A, ko, iwe kumbo donerawo kumaraini kwedu zvineyi?"

"E, kuma*'Dale* kwenyu uku tinga kukwanise isu ana *Ghetto Princess* zvedu?" Tamara akaseka. "Chenyu chemumhino tinga chiburitse here, tasangana nawo ma*What's up, Nigga?* amunogara nawo?

"A, iwe unoziva kuti Taka wangu haana kudaro."

"Taura zvako, wena." Tamara akadaro. "Taka haaite sevamwe vakomana vekumasabhabha vanoti kana vauya kuno vachitsvaga vasikana vanoita sekunge vauya kuzotenga mombe pamusika."

Vasikana vaviri ava vakamboti nyararei, Nhamo ndokuzobvunza, "Saka, Taka ariko here kumba kwemufesi wako?"

Tamara akazunguza musoro. "Handisati ndamuona, asi anofanira kuve aripo nekuti motokari yaamai vake yakapakwa panze."

"Motokari yaamai vacho?" Nhamo akarohwa nehana.

"Hameno kana vari amai vacho, asi pane mumwe mukadzi akafanana naye..." Tamara akatadza kuenderera mberi netsanangudzo yake sezvo chiso cheshamwari yake chakange chave kuita sekunge chaisvetwa ropa rese nemuchina werabhoritari. Tamara akacheuka, ndokuona mukadzi uya wainge amboona achibhidhaira pagedhi pemba yaChenge.

Mai Fanuel vakaita sevasiri kuona Tamara uyu. Meso avo aive pana Nhamo chete. Vakamboramba vakamuti nde-e, sezvinonzi dzvokora raive nesimba remheni chaiyo rekumurakasha amire pakare. Zvimwe vakabva vacherechedza kuti shiripiti rakadai raigonekwa nevatambi vemumafirimu chete, nekuti vakabva vamuti ino mbama yebveni twa!

Shavi Rechikadzi

Mugwagwa wese wakaita semufananidzo wevhidhiyo wamiswa nekutinywa kwebhatani rimwe, kunze kwaMai Fanuel, avo vakanzwikwa neaive kwaigumria mugwagwa vachifemereka kunge munhu anorwara neasima, naMacheso akaramba achikurudzira zvake kuti vanhu vazore bhata. Nhamo akatadza kana kusimudza ruoko kuti abate dama raakange akwaturwa, asi ainzwa sedama riya risisipo paraifanire kunge riri.

"Heya, waifunga kuti wakangwara!" Apa Mai Fanuel vaidaidzisa, zvimwe vaida kuti zvidhakwa zvaive kumabhotositoro, uye vepamba paya paive nemabiko, nevanhu vese vakange vachiri mumachechi vambomira zvavaiita vanzwe kwavari. "Uchizviita kanhererera kanopisa tsitsi, nyamba uri kahure zvako kemakoko! Zvino rinamanyanga hariputirwi. Nhasi uchazviona, waigochera pautsi!"

Vakabva vamuti nepabhandana rake apa dzvi, ndiye naye vonanga kumotokari kwavo.

Kune vakambogara murukisheni, vanoziva kuti nyaya dzakadai dzine ruzha, zvikurusisa kane dziine izwi rekuti "hure" mukati, hadzitore nguva refu dzisati dzatengwa nevanhuwo zvavo.

"Maiguru, kadzipei kahure ikako!" vamwe amai vainge vagere zvavo nemurume wavo patsangadzi yepamba pavo vakadeedzera. "Itwo twusikana nditwo twunokwezva varume vedu! Kateme-temei, kana muchida mamwe maoko, ndiri pano muSena!"

"Imi zvenyu imi haadanane nemurumwe wavo!" Tamara aitevera kumashure. "Musikana wemwana wavo!"

"A, saka ndivo vaya vanoshusha varoora, nhai?" Mumwe murume akabvaitengawo nyaya iyi. "Ndine chimwe chimbudzi chaamwene vemwana wangu, haiwa, vamuonesa pvumvu ivava! Zvino muraini medu vanhu vakadaro hativade."

Mai Fanuel havana kuona kuti vakange vave kukomberedzwa nevanhu, uye zvinhu zvaigona kuvanyangarira pasina nguva ipi. Mukadzi uyu aizvitemba kwazvo, semunhu wekumaDale. Zvakange zvisina kufanira kuti abvunzwe kana kutongeswa nevanhu vemurukisheni. Kuna Mai Fanuel, nyangwe zvazvo vainzwa mazwi emhomho, pakange pasina munhu. Vakavhura musuwo wehambautare kurutivi rwekuboshwe, ndokusandudzira Nhamo makare. Akada kuti abude, ndokuitambira nepano padumbu iyo shangu yakatengwa kuDhubhayi. Musuwo wakanzi bha!, Mai Fanuel ndokunovhura wavo.

Uya murume uya weshungu dzake akangozunguza musoro. Ko, zvaakatadza kumisidzana naamwene vemwana wake wekubereka, ndipo paaizoti bufu pane vemumwewo mwana, zvikurusa ivava vane hambautare yekuti kana Gurukota reHurumende chairo raiyemura?

Hambautare iya yakangoti zhiimu, mataya tswi-i, vanhu vanga vaungana ndivo ava nemativi ose; akamhanya, akakambaira nemabvi, akasvetuka kunge datya, aminyuka, arovera nemadziro, apingirishwa, atsika bhodhoro.

13

Muhambautare muya, hapana akataura. Nhamo akange achiedza kufembera zvaive mberi. Zvekurohwa akange azvijaira zvake muupenyu hwake, zvekuti akange asingazvitye. Asi, semaziviro aaita Mai Fanuel, Nhamo aiziva kuti amai ava vaikwanisa utsinye hwekuti tichizvienzanisa nahwo, kurova kwaive kuratidza tsitsi dzaMusande Maria kune vanorwara chaiko. Ko, inga wani vabereki vanorova vana vavo, zvikurusisa pamusana peidzo nyaya dzerudo rwavanenge vasingade kuti rwuvepo pakati pevana ava nevavanenge vasingade. Aiwa, Mai Fanuel vakange vaine zvimwe zvavamurongera zvakaipa chose.

"Kagudo kakaita sewe, nemwana wangu!" Mai Fanuel vaitaura vega. "Mwana wangu akazvarwa kuBhuriteni, nhasi chaiye ndikaenda ku*British Embassy* ne*birth certificate* rake inobuda passipoti dzvuku iya inorwarirwa neruzhinji muno. Mwana wangu akadzidza nevaRungu. Chaangade pane kanhu kakaita sewe chii?"

Uyu waive mubunzo nhando. Nyangwe dai Nhamo aisungirwa kupindura, Mai Fanuel vakange vasina njere dzekuti vanga nziwisise tsanangudzo pamusoro perudo.

"Vana vakakurira kumusha, wakamuisira mushonga chete kuti akude!" Mai Fanuel vakaenderera mberi nekutukirira uku. "Ukati uroorwe naTaka, ugare zimba riya!" Vakaseka zvavo. "Ukati zviri nani uzadze mwana wangu zviAIDS zvakapedza vabereki vako! Zvino wairasa! Haa, wairasa chisikana. Ini ndiri bhonirukesheni!"

Nhamo akaedza kuvhara nzeve dzake, nokuti mashoko aya aibaya moyo sebopoto remiseve ineuturu. Akazvibvunza kuti Taka aivepi panguva iyi. Uye, ndiani akange audza amai vake nezverudo rwavo?

Pakange pasina mhinduro. Akatarisa kunze, ndokuona kuti vakange vadarika mugwagwa waipinda mumusha weVilliers Park, vonanga kumaruzevha. Asi, Mai Fanuel vakange vaita pfungwa dzekumudzosera kumusha? Zvino, kana idzi dzaive dziri pfungwa dzavo, iyi yaive isiriyo nzira yacho.

Vafamba kwemakiromita aidarika makumi mana, Mai Fanuel vakamisa motokari. Nhamo akanzwa kurira kuti ka! ndokuona inga musuwo wake wakinurwa. "*Right*, chibuda!"

Nhamo akati cheu, kuti anyatsoona nechiso chavo kuti Mai Fanuel vairevesa here, ndokunzi imwe mbama pa! "Ndati kahure ngakabude mumota mangu, kasati kaizora AIDS!"

Nhamo akatanga kuchema.

"Hapana chauri kumbochema apa! Buda mumotokari mangu, izvozvi. Ini ndichamboenda kwaSisi vangu. Pandinodzoka kumba, ndinoda kuona waveko. Uri kuzvinzwa here?"

Nhamo akasikizwa neimwe mbama, ndokugutsurira musoro.

"Ya, chibuda! Kasoro kazere mvura!"

Nhamo akabuda mumotokari muya, achiita kunge murwere ari kuburuka kubva pamupedha muchipatara.

"Ndiri kuda kuwana uriko kumba, wabika! Utaure marara kune mumwe munhu, unosangana nenjodzi mwana iwe!"

14

*Ipai kuna mambo utongi hwenyu, O Mwari, nekururama kwenyu kune
mwanakomana wamambo. Achatonga vanhu venyu nekururama....*

Uyu ndiwo muteuro waDhavhidhi, mambo wavaJudha. Mambo Maturasvinga
vakashamiswa kuti ndima iyi yakange yagara muhana mavo nekuti vakange
vakapedzisira kuverenga Bahibheri mugore ra1977 vari pamishoni yeSt
Augustine's.

Zvimwe vakange vaichengeta muhana mavo nekuti vaiziva kuti nerimwe zuva,
vaizova mambo, vachigara nhaka yemadzisekuru avo. Vakange vave nemakore
mana vaine chigaro ichi, uye vakange vachipihwa mushure mekusiya basa
reumanija, ndokudzokera kumaruwa vari pamudyandigere.

Nhasi uno, nyaya huru yainge yapirwa kwavari ndeye mukomana ainzi Tambai
Marufu, uyo ainzi akange abata mumwe musikana ainzi Lucy Nyarutanda
chibharo. Sekurondedzerwa kwayainge yaitwa, Tambai akange awanikidza
musikana uyu musango achitsvaga mbudzi dzakange dzarasika,
ndokumubhinya.

Asi, mukuchinyatso bvunzurudza vaviri ava pamwe nehama dzavo, pakatanga
kubuda twakawanda. Chekutanga, hama dzaLucy hadzina kutenda kuti

akange akamanikidzwa naTambai, asi dzakati ndiye akange azvitsvaga. Dzaida kuti aende kunogara kwaMarufu. Ivo vekwaMarufu vaitiwo muroora vaimuda.

Nyaya yakadai yakange isiri itsva kuna Mambo Maturasvinga. Ndiyo yaizove mhedzisiro yadzo nyaya dzakadai, yekuti musikana airoorwa neainzi apara mhosva, zvekuti zvaizonetsa kuikwidza kumapurisa.

Zvakange zvabuda kuti amai vaLucy vakange vasingagare pamusha apa, asi kuti vainge vakaroorwa kumwe mushure mekurambwa nababa vake. Lucy aigara naamainini. Mambo Maturasvinga vainge vacherechedza kuti amainini vaLucy ava ndivo vainyanyoenda pamberi, murume wavo nedzimwe hama dzakati zi-i.

Zvakange zvabuda zvakare kuti nyaya iyi yakange yapirwa kudare naLucy mbune, kwete nehama dzake, arumwa nzeve nemumwe mudzidzisi wepachikoro chake waaivimba naye. Vakuru vakati chakafukidza dzimba matenga, asi chiitiko ichi, chekuti mwana achine pamukaka pamhuno anopira nyaya yake kudare raMambo chaitaura zvizhinji pamusoro pemhuri yekwaNyarutanda.

Zvikurusisa, chaitaura zvizhinji pamusoro paiye Lucy.

Zvino, nyaya iyi yakange yave kuda mutongo waMambo. Changamire vakamhanyisa meso avo nevanhu vakange vagere paruvanze rwavo, vakamirira kunzwa mashoko avo. Vakatarisa kuna Tambai, ndokuona inga chikomana ichi chakange chakazendama nasekuru vacho, avo vakange vakapfeka zvechitaundi.

Ukuwo, Lucy akange agere zvake zvine ruremekedzo. Asi, munhu anogona kucherechedza chiso chemunhu aiona kuti chigadairwa ichi chakange chauya kuipa.

"Hezvo, ka, izvi, Musimboti," Mambo vakatanga nejinda ravo.

Jinda riya ndokuzendama nemadziro emba, richipurudzira chirebvu nekaboko kunge katsoko kagere paruvare. "Aiwa, tainzwa, Changamire! Zvino, iniwo, ndanga ndati sezvo mukomana uyu abvuma hake mhosva yake, uye aratidza kuti angaroore mwanasikana uyu, zvichingoita saizvi."

Vanhu vakatanga kuburumbudza, vachiita makakatanwa pamusoro pemutongo uyu. Tambai nehama dzake vaisekerera, vachirovana maoko kunge twusikana twekubhodhingi twasangana pamabhazi nezuva rekuvhurwa kwezvikoro.

Mambo Maturasvinga ndokusimudza ruoko rwavo rwekurudyi. Vanhu vese vakanyarara kuti zi-i.

"Nyangwe Bahibheri chairo rinoti iro kana murume abata musikana chibharo, anofanira kumurora," Mambo vakatanga kutsanangura mutongo wavo.

Shavi Rechikadzi

"Vadzidzi venhoroondo vanoti mutemo uyu wakatarwa nekuti chita chenguva iyo, sezvinongoitawo chino chita, chairanga musikana anenge abatwa chibharo sekunge ndiye apara mhosva."

Vakasimuka, kuti vanyatsove pedyo nevanhu vavavitaura navo. "Aya ndiwo mafungiro eruzhinji munyika dzakasiyana patsika nemagariro. KuYuropu, Ezhiya, nemuno muAfurika, mukadzi anenge abatwa chibharo anoitwa sendiye akazvitsvaga. Anobva asemwa, nyangwe nevemumba make chaimo."

Vachitaura mashoko aya, Mambo Maturasvinga vakadedera neshungu. Vanhu vakafunga kuti vaishungurudzwa nekusemwa nekuzvidzwa kunoitwa munhukadzi anenge abatwa chibharo. Chavakange vasingazive ndeche kuti vairangarira hanzvadzi yavo, Vera.

Vera Maturasvinga aive chimbwido munguva yehondo yeChimurenga. Usiku wega, aienda nevamwe kumakomo kunopa makomuredhi sadza. Asi, pakatanga kufamba guwa rekuti sadza handiro chete raaipa kumakomuredhi aya.

Dunhu rese raiziva chokwadi, hapana musha wainge usina nyangwe mwanasikana mumwechete airara usiku achingochema mushure mekuenda nesadza kumakomo aya. Asi Vera akange akumura mbatya dzake pakazara vanhu ndokupupura zvakange zvichiitika, ndokubvunza kuti rwaive rusunguko rwudzwai rwaiunzwa nemakomuredhi kana vaita zvavanoda nevana vemumusha umu? Hapana akamupindura. Vanhu vakashaya pekutarisa nekunyara, kwete kunyara kuona musikana akamira paruvanze akashama, asi kunyara mashoko ake. Kunyara kwakasangana nekutya kumisidzana nemakomuredhi.

Vakuru vakati mbudzi kuzvarira pane vanhu hunzi nditandirwe imbwa. Asi, kufumura zvinoyera uku kwaakaita kwakakonzera kuti Vera ave kunge munhu ane maperembudzi mudunhu iri. Vamwe vake vakazvinyararira vakasvika pakuroorwa, zvisinei kuti vaive nevana vaive naanababa vasingazivikanwe. Asi Vera akava chisemwa mumaraini- ndokubatwa chibharo kashanu nevamwe varume, akazodzamara atizira kuguta reHarare, kwaakava pfambi yemakoko. Akazofira mubhawa, abaiwa nebanga nechimwe chikomba.

"Nhasi uno, kuNajeriya, kune mukadzi anonzi Safiya Hussaini Tungar-Tudu akatongerwa rufu nekuti akaita pamuviri mushure mekubatwa chibharo," Mambo Maturasvinga vakaenderera mberi. "Dare rakamirira kuti arumure mwana wake chete, obva aurawa."

Vakambotura mafemo, vachimema matambirwo aitwa mashoko avo hana dzevateereri. "Zvino, kana takatarisa mabatirwo anoitwa mukadzi anobatwa chibharo, zvikurusisa akaita mwana, chinova chitondedzo nekusingaperi chemhosva iyi, vamwe vangati kuratidza ngoni nenyasha tikati Lucy uyu aroorwe naTambai. Akaroorwa naTambai, nyadzi dzekuva munhu akabatwa chibharo dzinobva dzagezwa. Tikazvirambidza, acharoorwa nani?"

Ruzhinji rwakagutsurira musoro, ndokutanga kuburumbudza zvakare. Asi, mashoko akazotaurwa namambo wavo akabva avabata miromo. "Mapenzi evanhu!"

Dare rose ndokuti zii.

"Saka imi munoti pane ramangwana tsvene ipapa?" Uyu waive mubvunzonhando, handifungi kuti changamire vaive nevimbiso yekuti pakati pevanhu ava paive neane dzakati tweserere zvekuti angape mhinduro yakafanira. "Zvino, kana dai Tambai aida kuroora Lucy, handiti nzira dzedu dzewanano anodziziva? Tikamupa Lucy uyu, munoti vanogarisana zvakanaka? Ko, iye Lucy wacho tambomubvunza kuti anoda chii? Ndiye atiunganidza pano, asi hapana amboda kunzwa chichemo chake. Saka taunganirei pano kana tisingade kutsvaga nzira dzekumubatsira? Kumubatsira here kwekumuroodza kune munhu amunyangadzira?"

Changamire vakatarisa kune musikana uya. "Nai, mukunda, taurira dare zvaunoda. Havanzwe vanhu ava, asi iwe ikodzero yako yekutaura."

Lucy akaombera, ndokusimuka. "Zvekuroorwa naTambai handidi. Chero ndikazoshaya hangu murume nepamusana pezvakaitika kwandiri, hazvina mhosva. Chandinoda kuripwa kukanganiswa upenyu hwangu uku. Ndosaka ndauya pano. Dai ndaenda kumapurisa, Tambai aingopfigirwa mutirongo chete, asi ini hapana chandaiwana, uye ndaizosara nenhamo yekusemwa muno mumusha. Ndipo pandinodawo rubatsiro, changamire. Ndinoda masimba ekuzvimirirawo, kuti ndigone kuzviriritirawo sezvo hama dzangu dzandisvipa."

Lucy akaombera zvakare, ndokugara pasi. Changamire Maturasvinga vakamuyemura chose. Mwana aiziva zvaaida, uye aigona kutsanangura zvisingatore nguva refu.

"Chinzwa manje, chisikana. Mari yakange yaunganidzwa nemhuri yekwaMarufu, ngavachiisiya pano. Ndeyako yekukupinza chikoro. Zvakare, Tambai achashanda kwemaawa anosvika iwo mazana matatu. Ini ndanga ndati akurimire munda wandichakupa kuti ufanoshandisa, mbesa dzacho dzichava dzako. Vabereki vako vachakuripa nemombe, nemhosva yavo yekutadza kurwira kodzero dzako nekuda mari yeroora."

Mambo Maturasvinga vakanyemwerera. "Tinogona kubvumirana tose takaungana pano mukuita izvi, kana kuti nyaya yacho yoenda zvayo kumapurisa. Zvakare, vanhu vekwaMarufu havakwanise kuitiza nekuti nyaya dzakadai dzinogona kugara kwemakore akawanda dzisati dzamhan'arwa kumapurisa. Ndinotanga nejinda rangu, ndichizoisvitsa kune ruzhinji, kana pane aona ndatadza kutonga."

Mambo Maturasvinga vakadzokera pachigaro chavo, ndokumirira kuti pave neaive nemutongo waiona waive nani. Nechemumoyo, vaiziva kuti dai kuri kunzi vamirire dzamara pave nemunhu anyatsorodza pfungwa dzake kuti apemhinduro, zvaitoda kuti kuti vanhu vavavake misasa vambogara padare ipapa kwemwedzi yakawanda.

15

Dai aive mumwe munhu, zvimwe aibva azvipunzira pasi oridza mhere. Zvimwe aibva apfugama, oita munamato uya wechechi dzemazuva ano dzinonzi dzemweya. Matanho akadai aitorwa chete nemunhu aive negaroziva yekuti akachema, haaishaya nyangwe munhu mumwe aisiya zvainge achiita kuti auye kuzoona kuti ari kuchemei.

Haiwa, Nhamo aiziva kuti vakuru vakanyepa apo vakati mwana asingachemi anofira mubereko. Ko, chaaizochemera chii, iye aive nherera? Ndiani aimunzwa? Kukura kwake kose, ndiani akange ambomuitira tsiyo nyoro, kunze kwaTaka?

Taka achingopinda mupfungwa dzake, akauya nemisodzi. Asi Nhamo akakurumidza kuzvishingisa, nekuzviyeuchidza kuti mudiwa wake akange asipo pano. Paaive musango kudai, aive oga.

Nhamo akatanga kufamba, onanga kuVilliers Park. Paive nemufambo, asi pakange pasina zvimwe zvaaikwanisa kuita apa kunze kwekunanga kumba. Aiziva hake kuti kwakange kusina kumira mushe, asi akange asina kumwe kwekuenda. Zvimwe, aizowana hasha dzaMai Fanuel dzaserera. Zvimwe, aisvikowana Taka avepo.

Shavi Rechikadzi

Aingocheuka achiti zvimwe aiwana bhazi. Asi nyangwe zvazvo uyu waive
mugwagwa waibatanidza guta reHarare nematunhu ekumaodzanyemba,
Villiers Park yaive kumucheka weguta guru. Mabhazi akange asati atanga
kufamba nenzira iyi. Motokari dzaipfura hadzo, asi ndiani angamirire
musikana masikati machena akadai?

Pakazoti zuva ragara pamusoro pemiti dzaive kumadokero, uye denga ratsvuka
kunge madota embaura, Nhamo akanzwa kunge konzeti yaJacob Moyana iri
kuuya kwari. Akanzwa kukweshera kwemataya emotokari pajecha raive
pamuganhu wemugwagwa. Paakacheuka, akaona kano kasikorokoro, kaita
kunge kari kukambaira nemugwagwa uya, uye sekunge kari kuremerwa
negurumwandira rezvidhakwa zvakange zvirimo.

Mutyairi wacho akaburitsa musoro, ndokumwechura kunge munhu aratidzwa
mufananidzo wenzvimbo ingafadze kushanyira. Pfungwa nechinangwa zvake
zvaive pachena.

"Chisikana, handei tinokuisa kuHarare!" akadaro, vamwe vake ndivo bvuu
kugegedzera.

Nhamo agara ari munhu aitya vanhu vakadhakwa. Ari mudiki, imwe hanzvadzi
yaambuya vake yakambopinda mumba mainge akarara. Nhamo akange
akatarisa kumadziro, asi munhuwiro hwedoro hweusiku ihwohwo haambofa
akaukanganwa. Sekuru vaya vakapinda mumagumbeze, Nhamo ndokunzwa
sekunge vairwisana naMainini Ririani, avo vakange varere pedyo naye. Pasina
nguva ipi, Nhamo akanzwa sekunge Mainini Ririani vaisvima musodzi, avo
Sekuru vachigomera kunge munhu ari kushandisa chisimba, mweya wedoro
uchiuya kwaari kunge kufuridza kwe mvute. Akazonwa Sekuru vaya vogomera
kekupedzisira, ndivo zii. Kunze kwekuchema kwaMainini Ririani, imba yose
yakave nerunyararo. Papfura kanguva, akanzwa musuo wozarurwa, uchibva
wapfigwa zvakare. Asi munhuwo hwedoro hwakagara mumba umu kwemazuva.

Nhamo akatanga kuchemawo, asi chaaichemera akange asingachizive.
Mangwana acho, Nhamo akaona kuti unhu hwaMainini Ririani hwakange
hwashanduka. Kugaroseka kwavo kuya kwakange kwapera. Usiku hwega,
vaingochema. Nhamo aida chose kutaura navo, asi aitya. Papfura masvondo
maviri, Mainini Ririani vakatiza pamba. Nhamo haana kuzonzwa nezvavo
kwemakore mana asi mupfungwa dzake, unhu hwechidhakwa hwaibatanidzwa
nezvakaitika kuna Mainini Ririani. Kana Fanuel waaigara naye aimutyisa.

Pakaitika izvi, Nhamo aive nemakore manomwe ekuzvarwa. Mainini Ririani
vaive nepfumbamwe.

"Iwe! Ndati, handei tinokuisa kuHarare! Haudi kunoiswa here?"

Nhamo akavhunduka, ndokuona inga motokari iya yanga yave parutivi rwake,
zvekuti varume ava vaigona kuvhura musuo, vomupinza makare. Akatanga
kufambisa, hana ichirova kuti dhi! dhi! dhi!

"Ha-a, kasiye kabharanzi aka!" akanzwa mumwe wezvidhakwa zviya odaro.

"Kabharanzi zvako, asi kane chivakashure wena!" uyu ndimutyairi.

"Hmm, mahure ifararira kuHarare, zvekuti inotofanira kunzi Hurere. Handei, mhani. Zvimwe kajaira vafudzi vemombe, hakachaziya vane mari svinu! Wakapusa, musikana, waramba mari yemakorokoza nekuda anaMukoma Sauro vanofudza mombe pamba penyu. Tsika mafuta, mudhara."

Ndikati mutyairi uya akabva atsika mafuta ndinenge ndave kutaura zvisingaitike, kunge mashiripiti anoitwa negamba remufirimu. Mamhanyiro ehambautare iyi aive ekuti kana ngoro chaiyo nemadhonza maviri yaigona kukwikwidza ichitoiisiya. Nhamo, achiona sikorokoro iya yokambaira nemugwagwa, yakatsveyama nekuruboshwe, mizvambarara yemaLexus nemaPajero evaya vagere mune imwe Zimbabwe isingagarwe neruzhinji ichingoidarika zvisina pamusoroi! kana tipindeiwo, akatanga kuseka ndokumbokanganwa kuti aive pai.

Zuva ranga ronyura, kwasviba zvino. Zvakamunetsa kuti akange asati aona kana munhu mumwe. Nhamo aive nefungidziro yekuti aive pedyo neVilliers, sezvo anga ava nemawa akawanda achitimba netara. Nzara nenyota zvanga zvakanganikwa, chaainzwa kuneta kwaainge asati amboita muupenyu hwake.

"Imi Sisi imi!"

Nhamo akarohwa nehana, ndokumira. Akacheuka, ndokuona vakomana vashanu vachibuda kubva musango. Mumwe wevakomana ava ainge achisvuta fodya, asi fodya iyi yaive nemunhuwiro weiya yaiwanzoputwa naFanuel neshamwari dzake. Meso avo akange akatsvuka kuti piriviri, uye vaingosekerera kunge mapenzi.

"A, kutomira zvenyu, muri kufunga kuti kwakanaka?" Mumwe wevakomana ava akabvunza, achiseka.

Zviri zvekutya zvoga, Nhamo akange ari kutya zvekutya zviya. Asi, anga apera simba nekufamba kwaanga aita.

"A, chimbotiudzai, muri kutsvagei murima rakadai?" mumwe akabvunza. "Asi muri hwaga? Muri kutengesa chikwama chine mvere here?"

Vamwe vake vakaseka. Nhamo haana kuda kuvabvunza kuti chii chinonzi hwaga kana chikwama chine mvere.

"Ndiri kuenda kumba kuVilliers Park," Nhamo akapindura. "Ndanga…"

"Villiers Park? A, mu*Salad* uyu!" mumwe wevakomana ava akabva asebera pedyo kuti anyatsoona. "Tipei foni, Sisi!"

Shavi Rechikadzi

"Kwete kani! Handina foni ini." Nhamo akabva avarondedzera zvakange zvaitika zuva iri. Vakomana vaya vakanyatsoteya nzeve, asi vainoseka kunge Nhamo aivaudza nyambo.

Apedza, anga atanga uya kutaura naye ndokuti, "A, asikana, nyaya yenyu yandibaya moyo. Kwatiri, imi makafanana nesu, mutoriwo nherera iri kushupika sesuwo. Zvino isu, basa rekutsvaira mudzimba dzembozha hatirigone. Saka muchitiona kudai, tirimashumani."

Nhamo hapana chaakapindura nacho nekuti aka kaive kutanga achinzwa izwi iri.

"Iwe, ma*sistren* aya haatomboketi kuti shumani chii! Akatobva kumapfanya vachipinda mumaDale straight, vasina kumboita via rukesheni imwe iya," uya wefodya yake akadaro, ndokuti kuna Nhamo, "Sisi, isu tirimbavha. Tinotaimira vanhu vanenge vachibva kubhawa repapurazi tovabata kwiyo. Munoziva kunonzi kubata kwiyo?"

Nhamo akazunguza musoro.

"Hazvina mhosva. Ya, ndiro basa redu, ma*sistren*, ndiko kurarama kwedu," mukomana uya akadaro. "Zvino imi vahanzvadzi, nyika yamunofamba iyoyi yakanyangara. Saka isu zvatave kuita pano, tave kukuperekedzai, tokusiyai pedyo neVilliers Park. Tave kunokuratidzai nzira yekudimbudzira nayo. Asi, isu hatikwanise kukusvitsai pamba penyu chaipo, nekuti vamwe vedu- ini ndiri mumwe wacho-zviso zvedu zvino zivikanwa nemangonjo. Tikaonekwa munzvimbo yakaita seVilliers Park, kudzokera zvakare kusadza neRoyco Soup paChikurubi."

"Mukadaro, vahanzvadzi, munenge mayamura chose! Handizive kuti ndikakutendei sei," Nhamo akadaro.

Vakomana vaya vakatanga kuseka zvakare, asi pasina anga ataura nyambo. Zvimwe vaive nenyambo yavaiziva. Nhamo, akakomberedzwa nevakomana ava, akapinda navo musango mune rima.

16

"Hona hure, riri kure!

Harina shure, ngatiripfure!

Ringasure!"

Uku ndiko kwaive kushamarara kwaF.T. Flava, uyo aizivikanwa nevabereki vake saFanuel Tinotenda Musembwa. Apa paaidobera shamwari dzake musambo wake uyu wekushamarara kana kudeketera, dzakange dzizere naye muhambautare yababa vake, vachiivheyesa kunge zvinonzi vaive kunhandare yemijawe yeDonnybrook kuMabvuku.

Igaroziva nemashoko atanzwa aya kuti baba vacho vakange vasiri mutokorai umu panguva iyi. Fanuel ndiye aityaira. Kurutivi kwake kwakange kwakagara Oliver Mwale, uyo wavaidaidza kuti O Flava. Kumashure kwaiva kwakamanikidzana Jeremiah Ncube kana kuti J Flava, Henry Kazembe kana kuti Kaz Flava, Marlon Kasiya kana kuti Leave Flava (chikomana ichi, sekuziva kwacho, chakange chisina ukama naKasiya wezvematongerwo enyika, asi zita iri rakangopfumbira) naGerald Moyo kana kuti Flava G. Vese vakomana ava vakange vakarukwa musoro, vaine mhete munzeve. Vakange vakapfeka midhabha yaidona, sezvo vakange vasingasungi mabhandi. Chikwata chevakomana ichi chaizivikanwa nezita rekuti The Flava Crü.

Fanuel ndiye aive mukuru wechikwata ichi, sezvo aive ari iye ega akange akambogara kuBhuriteni. Ndiye ainge akambogara kunyika dzavaiona mumifananidzo, ndiye akange ambodanana nevarungu. Hapana waakange asingazive pane magamba avo aibuda pamavhidhiyo, hapana kwaakange asati ambosvika. Kwavari, aive mutumwa waMwari chaiye akauya kuzovaratidza gwara. Zvakare, ndiye aive nemuchovha, uye ndiye aigara aine mari zvisinei kuti raive zuva ripi remwedzi.

Muteedzeri wake aive O Flava Mwale. O Flava ainge akambogara zvake kwekanguva kuAmerika, asi akange adzoswa nevabereki vake nepamusana pemusikanzwa. Vabereki vake nehanzvadzi yake vakange vachiri kuAmerika kwakare. Paaitaura chiRungu, vose vaimunzwa vaiti zvimwe heno muNegro ari kushanya, asina kana rimwe remutauro waamai raanonzwa. Matauriro aya akange aadzidzira nekuteedzera vatambi vemumafirimu.

Uyu ndiwo waive upenyu hwevakomana ava, kumbeya-mbeya neguta nehambautare dzevabereki vavo, kudhakwa, kurwa nevakomana vekumarukesheni, nekurara nepfambi dzakaenzana pazera naanamai vavo kana tusikana tudiki twusina zvatunoziva, utwo twavaiteya nemafufu semakonzo nekututengera twunonaka. Mushure mezvo, vaizoenda natwo kumasango kana kudzimba dzavo votubhinya. Nekutya vabereki vatwo, nekusaziva kuti twaigona kutsivirwa nemutemo mhosva iyi, pamwe nekuda twunonaka twatwaipihwa, twusikana utwu hatwaimhan'gara zvainge zvaitika izvi.

Panguva iyi, chikwata cheFlava Crü chakange chichibva kunoridza pane imwenaitikirabhu mutaundi. F.T. Flava akange akwanisa rwiyo rumwe asati awira pasi nekudhakwa, zvekutoti vanga vaita zvekutotiza panaitikirabhu apa. Mushure mezvo, vakange vaenda kunotsvaga pfambi dzaimira mumigwagwa yedunhu retaundi reAvenues, ndokusvikosangana nemapurisa ari mubishi rekudzisunga pamwe nemakasitoma adzo. Vakomana ava havana zvavo kusungwa sezvo vaive nemari yechiokomuhomwe, asi vakange vaona mufundisi wekuchechi kwavaienda, Pastor Placidio Mugwadi vabatwa vari pane imwe hotera yaive nembiri yakaipa.

Vabva kuAvenues, ndivo avo kutaundishipi yeMabvuku kunoona musikana waLeave Flava. Musikana uyu akange asiri zvake musikana pazera, iri izwi randashandisawo nekuti aidanana nemukomana. Asi sezvatinoziva tose, zita ratinogona kupa munhurume harireve kuti tinofanira kutsvaga rinoenderanawo nemunhukadzi waanenge achidanana naye. Kana tikaona chiremba, hazvireve kuti mukadzi wake ndinesi! Pazera, musikana waLeave aive amai chaivo, vaive nedangwe rakaenzana nemukoma wake. Amai ava chavaidira Leave ndechekuti aivapa mari, sezvo vaive shirikadzi. Iyewo aiwana rwaaifungidzira kuti ndirwo rudo rwemunhu ane sukupirienzi yakarehwa nevamwe. Akange asati ave kuzviziva, asi akange achiwana zvakare chipo chakasirwa amai ava nemurume wavo, chinova icho zvakare chainge chakumendesa kunyikadzimu.

Hanzvadzi yaamai ava yakange yavatengesera mbanje neBronco. Muhambautare umu makange muine chiutsi, kunge mukute unokwidibira makomo apo koyedza. Zvikomana izvi zvaingogegedzera, pasina chaicho chaisetsa, vachiimba nziyo dzavo dzizere zvinyadzo.

Upenyu hwaitofamba so. Hapana aigona kuvaratidza kuti zvavaita izvi zvakaipa.

17

Nhamo akabuda muchisango chiya, ndokusangana nemugwagwa waienda kuVilliers. Mashumani aya aimuperekedza akamukomberedza nemunhuwiro wefodya, hwahwa nembanje. Asi zvakare, vakange vamukomberedza neushamwari chaiwo, zvekuti akange ave kutovatora sehama. Zvekuti vaita basa rekugarira vanhu, zvimwe vaivabaya nemapanga kana kutovauraya, izvi zvakange zvisina mhaka.

"Uyu ndiwo mugwagwa uno nanga kuVilliers, masistren" mumwe wevakomana vaya akadaro. "Mukaiteedza munosvika manje-manje, handiti magetsi acho muri kuaona?"

Kuaona, Nhamo aiaona zvake, asi aive kure.

"Pano ndipo patinoparadzana, Sisi," mukomana uya akadaro. "Mufambe bhoo, nhaika."

"Zvakanaka, vanahanzvazdzi."

Vakomana vaya ndokunanga nerumwe rutivi, vakafuratira Villiers Park. Vakati fambei, ndokucheuka, ndokuona Nhamo uya amire.

"Machinda, kuti sisi ava vaende vega, taidai tavaperekedza," mumwe wavo akadaro.

"Iwe, Onward, haikona kutaura sebenzi. Unofunga kuti utsinye hwedu here? Ko, handiti dai tisipo, ndiko kwaagara ari kuenda ega?"

Onward akazunguza musoro. "Asi, mafesi, uyu musikana, haana zvaanoziva maererano nezvinoitika nhelazi. Ko, ngatiiti asare nesu, ozopedzisa rwendo rwake kwachena."

Mukuru wechikwata ichi akaramba. "A, hazviite, manje. Isu kwatirikuenda kune maone. Angazozvigone here zvekurova sporo kana chabvondonga?"

Achitaura kudai, kumeso kwake kwakabva kwavhenekerwa nehambautare yaipfuura. Hambautare iyi yaitaridzika kuva yembozha, iri yerudzi rwe4 x 4, uye mbozha iyi yaifarira kuridza mhanzi nevharumu yekumutsa vakafa. Mahwindo ayo akange akavharwa, asi vakomana ava vakafungidzira kuti vakanzwa munhuwiro wembanje.

"O, vhuzhi iyi iri kuenda kuVilliers Park, zvimwe vachamutakura," mukuru wembavha idzi akadaro.

Hambautare iya yakasvikomira, asi sezvo yaive kure, havana kuona kuti yainge yatakura Nhamo here kana kuti kwete. Asi, zvaitaridza kudaro. Kwavari, ndiko kwaive kupera kwenyaya iyi. Vakange vabuda usiku kundovhima, kwete kuita vanamuSamaria akanaka.

18

Nhamo akanzwa kutinhira kwemhanzi panguva imwechete yaakaona nzira pamberi pake yojeka. Akacheuka, ndokuona hambautare ichiuya kwaari. Akaitsaukira asati aratidza neruoko rwake kuti aida kuti imire. Hambautare iya yakamudarika, ndokusvikomira mamita aidarika makumi mashanu pamberi pake.

Nhamo akambokanganwa marwadzo aive mumakumbo ake, ndokuimhanyira. Hana yakarova paakaona kuti iyi yaive hambautare yaVaMusembwa. Nyangwe zvazvo moyo wavo wakange usina kuoma sewemudzimai wavo, Nhamo akange asinga kwanisi kutsanangura kuti aibvepi kusingafambe michovha manheru akadai.

Achisvika paive nehambautare iyi, akanzwa haikona munhuwiro wembanje. Zvakare, haikona ruzha rwemhanzi iri kuridzwa pavharumu yepamusoro. Musuo wekurutivi rwamutyairi wakange wazaruruwa, J Flava ndokuburuka.

Chikomana ichi chakaratidza kushamiswa kukuru, ndokuti kune vamwe vacho, "A, machinda, ko, zvaanenge mudhidhabhazi wana F.T.?"

Vamwe vake ndokubuda muhambautare makare, vamwe ndokudongorera nepahwindo, ndokuona inga ndiNhamo.

"A, ndeipi naNhamo, ko kuzo famba usiku so?" Kaz Flava akabvunza.

"Ndasiiwa neKombi, saka ndangokwidzwawo nevamwe, asi vandisiya pa*junction*." Nhamo akanzwa kudedera kwezwi rake, akati zvimwe akange ave kunzwa chando. Ndiyo tsanangudzo yaainge arongera VaMusembwa. "Ndaita rombo rakanaka kuti ndakumisai."

Vakomana vaya ndivo bvu-u kuseka.

"Inga waita rombo rakanaka!" FT Flava akadaro. "Nekuti watimisa. Inzwai machinda,"

Onai kasikana ako

Inga kane matako

Isu handei nako, kubako

Tinokapa zvinhu zvako

Ti.....

Zvino akange asisina mamwe mashoko ane mutinhimira, vamwe vake ndivo bvu-u kuseka zvakare.

"Asi F.T., zvimwe ndezvimwe hazvo, kamudhidhabhazi kako kakabatana," O Flava akadaro, achinyatsosebera. *"Goddam, your maid has got it made, nigger! I'm feeling that shit!"*

Nhamo akabva asuduruka. "Mukoma Fanuel, handei, nekuti ndatonnooka.."

"Kana uchida kukwira vhuzhi yedu, unofanira kuti isu tikukwire!" Uyu ndiFlava J. "Handiti, machinda, kamoko kanofanira kumboti anaboys tya!"

Vese vakabvumirana nazvo. Asi mukuru wavo, F.T.

Flava aita seaizeza.

"F.T, uri kutaura kuti hausati wambokabhaudha here?" Flava G akabvunza.

"Ha-a......"

"Unofunga kuti handizvikete kuti kamuzukuru kangu kaya kakamboshanda padheni pedu iwe naKaz maikachinjanisa *rough*? Kakazoroorwa zvako, *but damn, that was one used pussy.* Mmm, makakasakadza amana."

"A, ndisiye!" Kaz akadaro. "Ndi F.T. naLeave."

"A, manje nhasi tirikudya kumba kwako, F.T." Achitaura kudai, Kaz Flava akange ati ruoko rwaNhamo dzvi. Musikana akatanga kupfakanyuka, Kaz ndokumuti nerimwe ruoko nepamagaro dzvi, ndokumudhonzera kwaari. *"I know you want it, baby,"* akadaro.

Nhamo ndokudeedzera nezwi raidedera, "Fanuel, nd-ndiri m-m-musikana waT-T-Taka!"

Pakambova nerunyararo, asi Kaz akaramba akagumbatira Nhamo.

"Wati chii?" Fanuel ainge achisebera pedyo, zvishoma nezvishoma. "Uri kupinda nekamupfanha kangu, he? *You fuckin' my little bruvver, yeah?"*

"I*live* here iyoyo?" O Flava akabvunza.

"Saka uri kuto bhurarisa mupfanha wangu zvako? Manje nhasi uchanzwa machinda ese aya, tisu veFlava Crü!" Fanuel akange agumbuka nekuti munun'una wake angavewo nemusikana asina kumuudza. Kusvika usiku uno, Fanuel akange asati amboona Nhamo semusikana angayemurwe nemunhu. Zvekuti angadiwe nemwana waamai vake zvakamupa hasha neuturu.

Nhamo, achiita pfakanyu, achiridza mhere kunge ari kutumburwa munzwa, akaradzikwa pasi naKaz naO Flava. Fanuel akachonjomara pamberi pake, ndokubanwa nepamatadza, ndiye negotsi pu! Paakamuka, hasha dzakange dzawedzera. *"Try that again, bitch and I'll fuck you up!"* mukomana akan'audza, achinaira Nhamo mate.

Leave na Flava G vakati pana Nhamo mumwe gumbo iri mumwe gumbo iro, ndokuashadabutsa. Fanuel akamufugura siketi yake, ndokumubvisa bhurugwa remukati.

Nhamo akapfakanyuka kunge munhu ari kubviswa madhimoni nemapositori, asi zvakashaya basa. Fanuel akatanga kumubata mazamu, achiita seachaakwachura, ndokubvarura bhurauzi riya. Vakomana vakapembera vachiona mutungamiriri wechikwata chavo achizvigadzika pamusoro paNhamo. Mwanasikana akaridza mhere yakanzwikwa kuVilliers Park. Aka kaive kari kekutanga kuziva murume.

"Mukoma Fanuel, musadaro kani, mandikuvadza!"

"Shut the fuck up, bitch!" Fanuel akadonedza masiriri kunge bere riri kudya, kumeso kwakati ngwi semunhu akange ari mubishi. Akaita zvekubaya Nhamo zvomene, ndokunzwa mwanasikana oita seaoma kunge chitunha. Ndokumubaya zvakare, ndokumubaya zvakare, ndokumubaya zvakare, dzamara Nhamo asisina simba rekurwisa.

Nhamo akaedza kudzima mupfungwa make zvakange zviri kuitika izvi, asi zvakaramba, pamusana pekurwadziwa kwaainzwa pakati pemakumbo ake, nenzimwe nzvimbo pamuviri wake. Apedza, Fanuel ndokusimuka. "Uri kuona mutambo wacho? Flava Crü, baby! *We hit it like that, bitch."*

"F.T, suduruka," Flava J akadaro. Vose vakanzwa kuti taramu kwezipi yake.

Nhamo akange asimudza musoro wake, akabvati negotsi pa, ndokunzwa sekunge adonherwa nezisaga rizere mabwe. Zisaga rainhuwa fodya, nepefuyumu nemuto wenyama yakagochwa. Izvi, kunhuwirwa uku, zvaive nani pane kubaiwa kwenhengo yake yechikadzi. Vamwe vake vaideedzera mashoko ekukurudzira.

"Mupfanha, unoisa kunge imbwa yasekuru vangu!" Iri raive izwi raFanuel. "Izvi zvave kutoda vatapi venhau." Akabva aburitsa runhare rwake, ndokutanga kutora vhidhiyo. Murima umu, zviso zvevanhu zvaisanyatsooneka. Vakomana vaya vakamusimudza, ndokumuraidza pekuti ainge akavhenekwa nemagetsi ehambautare. Kuna Nhamo, zvekuridza mhere zvakange zvapera, aona kuti hapana akanzwa. Akange ave kungoti, hameno Mwari wacho.

Vakomana ava vakaita madiro nemuviri wake. Vaiti mumwe achivheneka netochi, mumwe ari kutora vhidhiyo, vamwe vari kuita nezvimwe zvisingatsanagurike nemutaro wevanhu vasati vambonzwa nezvazvo. Vaya pakati pedu vakamboona mabhaisikopo erudzi rwunodaidzwa kuti pornography muchiRungu, vangave nemufananidzo mupfungwa dzavo wezvandiri kuyedza kurondedzera. Vangave nemufananidzo wevarume vatatu vachizivana nemunhukadzi mumwe panguva imwe chete, vakati mumwe achipinda nepamuromo, mumwe napo patinoziva tose, uye mumwe achipinda nepandisingagone kutaura nezita.

Kune vakambozviona pavhidhiyo vakasemeswa nazvo, zvisinei kuti vaiona mutambo wevanhu vanenge vapfimbana pautatu hwavo ndokuwirirana zvavo, vaizozvitora sei vachiona mwanasikana asina mhaka achibatwa chibharo? Kana ivo vakange varangana kuti vangaita izvi, vaive mhuka rudziiko? Kana masekero avo pavaita izvi, akange ari masekero ekuti kana benzi rinoti hiriri raimbomira richizvibvunza kuti vanhu ava vapindwa nei chose.

Chisingaperi chinoshura. Uku ndiko kureva kwevakuru. Nyangwe chiitiko chacho chiri shura pachezvacho, chinopera chete. Nhamo akaita seanonzwira kure, vakomana vaya vachipinda muhambautare mavo. Zvechokwadi, vakange vave kuenda.

Akaedza kusimudza musoro, asi muviri wese wakaita seworidza mhere nemarwadzo. Tsinga dzose dzakadaira, kunge tambo dzegitare dzakwenywa. Nhamo ndokuisa musoro wake pasi kunge ave kurara. Asi akange asingatsvage hope, chaaidisisa panguva iyi rwaive rufu.

Asi rufu haruna kuuya kuzomutora. Kwakauya mvura zhinji, ndokupoodza mamwe emarwadzo emuviri wake. Asi sekuuya kunoita mvura ichikukurudza zvose, inosiya makoronga, mavanga, semucherechedzo wekupfuura napo kwayo.Nhamo akaita searere, asi idzi dzakange dzisiri hope dzine maroto.

Shavi Rechikadzi

Pakatanga kunaya mvura, mbavha dziya dzakange dzaperekedza Nhamo,
dzakabva dzadzokera kudzimba dzadzo.

19

"Lezi, wave kumhanyisa futi!" Elizabeth akanongedza sipidhomita, iyo yakange yave kuratidza manhamba nhatu.

Lezelalem Beta- Lezi kune shamwari dzake nemudzimai ake- akada kuti apindure nehasha. Asi paakatarisa Elizabeth- Lizi - akanzwa moyo uchinyunguduka kunge aizi iri muzuva. Iri raive zuva rerudo, miranzi ayo aijekesa mukati mehambautare yavo, achimupa masimba ekuona chiso chemudiwa wake murima.

Baba naAmai Beta ava vakange vomhanyira kumba kwavo kuVilliers Park, vachibva kunobata maoko eshamwari yaLizi kuChinhoyi. Vakange vave nemwedzi mina varoorana. Vaviri ava vakange vasati vave kuzviziva, asi Lizi aive nepamuviri pemasvondo matatu.

Chaisakisa kuti Lezi atsike mafuta kudai, zvisinei kuti adzimai vake vaitya njodzi, ndechekuti vese vaifanira kufumobata jongwe muromo mangwanani. Lezi aive nekambani yake yaiona nezve kutengeswa kwenguva dzevashambadzi pawairesi kana dzangaradzimu pamwe nemumapepanhau, Rainbow Circle Advertising Agency. Lizi aive nechitoro chake chaitengesa mbatya dzechivanhu dzenyika dzakasiyana dzemuAfurika. Aifanira kumukira nekuti aive nerwendo nendege rwekuenda kuAddis Ababa.

Shavi Rechikadzi

Lezi akabatidza wairesi, achiti zvimwe mimhanzi ingaporedze hana yaLizi. Zvechokwadi, ainyatsoziva zvaida mukadzi wake. Paakangonzwa Pah Chihera achiimba *Runonzi Rudo*, Lizi akabva aradzika musoro wake, hope ndokunyangira kwaari, ndokumugumbatira.

Zvimwe Lezi wacho akange abatwa nehope ari kutyaira kudaro, nekuti akazongonzwa izwi remudzimai wake richiita seremunhu ari kure, "Lezi, watsika munhu!"

Lizi akange amuti ruoko dzvi! Lezi akabopa mabhureki, ndokunzwa matai achichema kunge madhimoni amwaiwa nemvura inoyera namufundisi wechechi yeRoma. Chimiro chemunhukadzi chakazadza hwindo rekumberi kunge bhaisikopu. Hambautare yakamira zvayo, asi yakange yakagumhana naye.

Lezi akabuda muhambautare. Ndipo paakaona kuti mukadzi uyu aive musikana abve zera zvake, asi asati apfuura makore makumi maviri ekuzvarwa. Rimwe ziso rakange ravhara nekuzvimba. Muromo wanga wafuta, wakatsemuka, uchibuda ropa. Akange asina kupfeka, muviri wose wakamarwa-marwa kunge webandadzi rarangwa namuvinapurazi mufirimu iya, *Roots*, uye wakazvimba pane dzimwe nzvimbo. Ropa raichururuka kubva pakati pemakumbo ake.

Lezi akanzwa mudzimai wake achibuda muhambautare, ndokuti, "Lizi, dzokera mumota," nezwi rakapora, izwi raisaratidza kupishana kwepfungwa nepamusana pezvaaiona uye nezvaaisaona panguva iyi. Akange achiri kuedza kunzwisisa kuti zvairevei kuti musikana asina kupfeka, achiratidza kunge akuvadzwa zvakaipisisa, angawanikwe pakati pemugwagwa musango pakati peusiku kuchangobva kunaya.

Lezi akamhanyisa meso nemasango akange akavakomberedza. Zvimwe paive nembavha dzakange dzakamirira kuzovarwisa, dzichisotiza nehambautare yake. Zvimwe dzaisiya dzabata mudzimai wake chibharo. Pakapinda pfungwa yekubatwa chibharo, Lezi akabva aziva kuti ndizvo zvakanga zvaitwa musikana waakange akatarisa uyu.

Aifanira kuti amubvunze zvakange zvaitika, aone kuti angamubatsire sei. Asi, akatanga kufunga zvaigona kuitika. Akaenda naye kumapurisa, kwaizova nemibvunzo yakawanda yekupindura. Semaziviro aaita mapurisa, nyaya yacho yaitomukorera muto chete. Ndiani aizotenda sitatimende yake, ndiani aizobvuma kuti iye Lezi haasi riye apara mhosva iyi? Lezi akange asati asangana nemupurisa akange asingatendi kuti munhu wese wechiRastafarian, kana kuti ane bvudzi rakamonana kuita mhotsi, akange asingapare mhosva. Muduramazwi rechipurisa, izwi rekuti Rastafarian rakange rakadudzirwa kunzi zengairwa. Zvimwe mapurisa acho, sezvo kwaive neveruzhinji vakange vave kutsutsumwa nekwaita sekukundikana kwemapurisa nevematare edzemhosva mukurwisana nedambudziko rekubatwa chibharo kwevanhukadzi, aigona kungomupomhera mhosva obva amuvharira kuti pazova nemuenzaniso wepavakabata nyakupara mhosva ndokumuranga.

Pane muenzaniso waidarika wakadai here?

Lezi akapwatika kubva mukufunga uku. Musikana uya akange ave kutaura. "Ndapota, ndibatsireiwo!" achiuya kwaari zvishoma nezvishoma kunge munhu ane maperembudzi ari kuuya kune musande wechiKristu. Aiuya aine shuviro yekubatsirwa, asi neruzivo rwekuti aigona kusemwa.

Shungu dzaLezi dzerusarura rwaaisangana nemuRastafarian rwakabva rwakurirwa neshungu dzake dzekuzadzisa murau wechitendero chake wekuyamura nyangwe ani zvake. Lezi akacheuka, ndokuti, "Lizi, uya kuno!"

"Inga wamboti ndi..."

"Elizabeth, ndati uya kuno mhani!" Lezi akaridza tsamwa.

Lezi aisawanzodaidza mudzimai wake nezita rake rizere.

Zvakare, aisawanzodaidza nezwi raidedera kudaro.

20

Vakange vari muhofisi yechiteshi chemapurisa chepachipatara huru cheParirenyatwa. Lizi naLezi Beta vainge vagere pabhenji, pedyo netafura yemapurisa. Matikitivha Dermot Mhike naRatidzai Makombe vakange vari mubishi yekubvunzurudza Baba naMai Beta ava. Vakange vavati vadzokorodze zvose zvakange zvaitika.

"Imi baba imi, hamuna here mhosva yakadai yamakambopara muupenyu hwenyu?" Makombe akabvunza.

Mukadzi nemurume ndokutarisana, vachiratidza kushamiswa kwazvo.

"Nyaya iripo, vabereki," Mhike akatsanangura, "ndeye kuti gweta revana nyakupara mhosva iyi rinogona kukunongedzerai imi kuti ndimi maita izvi. Nyangwe zvazvo zvichizoonekwa kuti hamusirimi, vanenge varatidza dare kuti pane kodzero yekufungidzira kuti pangave nemumwe munhu aita izvi kunze kwevatinenge tapomhera mhosva. Isu tirikuda kuvhara maburi ese munyaya iyi tisati taipira kumatare, nekuti dzawanda nyaya dzatirikurasiswa nadzo pamusana pekutadza kunyatsoita homework yedu."

"Ha-a, ndapanzwisisa," Lezi akadaro, achiratidza kugadzikana kwehana yake. "Handina zvangu mhosva yakadai. Handiti munochengeta magwaro enhoroondo dzevose vakambopara mhosva?"

Nechemumoyo, Dermot Mhike akazviyeuchidza kuti iye nyakuvhunza vamwe ndiye aive nemhosva yakadai. Akatarisa zvaakange anyora. "Bva, kana zvakadaro, mungaverenge here masitatimende aya. Kana magutsikana kuti ndiko kurondedzera kwamaita maererano nezvamaona pane zvaitika, sainai zvenyu."

Mhike akatambidza Baba naMai Beta maafidhavhiti avo, ndokuvamirira dzamara vapedza kuaverenga ndokuasaina. "Aiwa, tinotenda. Ndingati hangu kwanhasi, tapedza. Changosara ndeche kuti muziviswe zuva rekuti munosungirwa kuzopa ufakazi kudare."

Vaviri ava ndokubuda. Nguva yekugadzirira kuti Lizi aende kunhandare yendege pakange pasisina, asi vaizoona zvekuita.

"Iyi nyaya iri pachena," Makombe akadaro. "Asi vakomana ava vapindwa nei?"

"Vapfanha vembanje hauvazive here?" Mhike akamupindura, ndokuzvibvunza kuti ko iye zvaakabata kasikana kaya chibharo akange asvuta mbanje here?

Asati awana mhinduro, akazvibvunza kuti ko iye mukadzi waaive naye muhofisi umu, chaimutadzisa kumubata chibharo chii? Nyangwe zvazvo aimudaidza nezita rababa vake kwete rake rekuzvarwa, zvaive pachena wani kuti aive mukadzai akanoyemurika. Makombe akabva adonedza mafaira aainge akabata, ndokukotama kuti aanonge. Ichi chaive chiratidzo chaifambisa ropa remunhurume wose, asi Mhike akatarisa kurutivi. Asi kose kwaaitarisa, aisanganisa meso neunhu hwake. Akange asingakwanise kupfimba musikana akaita saMakombe nekuti aive gwara. Aitya kurambwa, aitya kutariswa pasi. Kuva gwara uku ndiko kwaimutadzisa kuzvimanikidza pana Makombe, nekuti Makombe aive nemasimba, aikwanisa kuzvichengeta semunhu akakwana. Akange akasiyana nekasikana kaya.....

"Mhike, inga wadhamba!"

Mhike akapwatika, ndokuona Makombe amire pedyo naye, achinyemwerera. "Chimboenda kumba unozorora, shamwari."

Mhike akapukuta kumeso kwake nemaoko ake. Zvechokwadi, akange adhamba. "A, Mpala haasati adzoka."

"Saka ini unondiita mushoma here?" Makombe akabvunza, akabata muchiunu. "Ndingatadze kuunganidza machinda ekunosunga vakomana ava? Zvakare, Mpala agara haasi mupurisa."

"Haasi mupurisa zvake, asi anofanira kuvepo," Mhike akadaro.

Nyakurehwa akabva apinda muhofisi muuya, pamwe naSajeni Mabhedla. Meso aSajeni akange akachena kuti mbe-e, zvisinei kuti vakange vachangomutswa. "Ndimi munaro basa iri, vakomana nevasikana," Sajeni Mabhedla vakakwazisa mapurisa.

Shavi Rechikadzi

"Zvamauya kudai, shefu!" Mhike akapindura.

Sajeni vakazunguza musoro. "Mpala, nachiremba, vapedza zamanishoni yavo. Mpala achakuperekedzai kumba kwaMusembwa, kunova kuriko kune hambautare yashandiswa nevakomana ava, ozodzoka onyora ripoti. Imi, torai machinda atasiya panze munosunga Fanuel Musembwa neshamwari dzake. Rugwaro urwu rwunotipa mvumo yekuvavhunzurudza, uye kuti tibvujunure dzimba dzavo. Mirai ndiite fotokopi rugwaro rwacho."

Matikitivha maviri aya akarovera mukuru wavo sarupu, ndokubuda kunoita zvavainge vatumwa.

Vasara vega, Sajeni Mabhedla vakanyatsofunga nezvavanga vaona panaNhamo, ndokutanga kusvima misodzi.

21

Baba vaFanuel vakapinda mumba mavairara naadzimai wavo, vachibva zvavo kunogeza. Mai Fanuel vakange vakafa zvavo kurara. Kunze kwakange kwachena, asi kwairira shiri chete, sezvo uku kwaive kuri kumasabhabha.

Baba VaFanuel vakazora mafuta avo, ndokupfeka ino sutu dema, ine tayi yacho chena. A, munhu aivaona aibva aziva kuti apa paita munhu akabudirira, munhu akange akabva kure neupenyu uye ainge asvika patinofanira kusvika tose kuri kunzi taita rombo rekuva nemukana wacho nemakore akawanda eupenyu.

Vapedza kupfeka, Baba VaFanuel vakatarisa mudzimai wavo, ndokuyeuka kuti vakange vave nemazuva akati wandei vasina kumbotaura naye. Asi, ndiwo waive hupenyu hwacho, hwekugarofamba mativi mana enyika nebasa. Upenyu hwekuuya usiku, nekubuda machongwe achavata. Sezvo mudzimai wavo akange asati ambogunun'una nazvo, Baba vaFanuel vaigarozviudza kuti upenyu hwavairarama uhwu hwakange usina kuipa. Inga, kwaitove neruzhinji rwaiuchiva wani.

Baba vaFanuel vakapinda mumba mekutandarira, ndokubatidza dzangaradzimu nerimoti. Semunhu aive zvake nemari, vaigona kubata masaisai edzimwe nyika. Semhunu akambogara kuBhuriteni, vaiwanzoda kutarisa nhau dzaiburitswa paB.B.C.

Steph McGovern aitungamirira hurukuro pakati pevanhu vaizivikanwa nebasa ravaita rekusimudzira magariro evachangobuda mujeri muBhuriteni. Nguva dzenhau dzakange dzapfuura. Zviya, vakange vasiyana neBhuriteni nemawawa maviri kubvira svondo rapfuura. Baba vaFanuel vakatarisa kutafura, ndokuona inga kudya kwavo kwemangwanani kwakange kusati kwavepo. Izvi zvakange zvisati zvamboitika kubvira kuuya kuzoshanda pamba apa kwakaita Nhamo.

Baba vaFanuel vakapinda mumba mekubikira, ndokuona inga midziyo yose yainge yakatonhora. Hapana akange ambopinda mumba umu. Ko, asi Nhamo akange arwara here? Baba vaFanuel vakayeuka kuti nenguva dzavaisisvika pamba, hapana nzira yavaigona kunge vazvizivi swa, sezvo vaisawanzodaira runhare rwavo kana kutarisa maSMS.

Vakanogugudza pamusuwo waNhamo. Hapana akadaira.

"Nhamo? Urimo here, mwana'ngu?"

Zvakare, hapana akavadaira. Imba yose yainge zvino chechi, sezvo dzangaradzimu mumba mekutandarira yaive iri pavharumu yepasi. Baba vaNhamo vakavhura musuwo waNhamo, ndokupinda.

"Nhai, Nhamo, ukati nhasi......." Baba vaFanuel havana kupedza mubvunzo wavo, izwi ravo ramboenda kwekanguva pamusana pezvakasvikoona. Mumba maNhamo maita sekunge makange mambovharirwa imbwa kana mhuka dzesango chaidzo. Zvinhu zvose zvakange zvakati bvu-u, mapepa, mbatya, magumbeze.

Baba vaFanuel vakatanga kunhonga mapepa, sezvinonzi vaigona kuwana Nhamo wacho ari pasi perimwe peji. Ko, zvino ari kupi? Anga atiza basa here?

Vakati simudzei musoro, ndokuona nepahwindo Santana yemapurisa ichisvika pagedhi pavo. A, zvino chaachii zvakare? Vakaona mapurisa maviri achiburuka Santana iya, mumwe wavo achinongedzera kune bhero repagedhi. Paive zvakare nechekutaura nacho nevaive mumba. Pasina nguva ipi, Baba vaFanuel vakanzwa bhero racho richingiriridza. Chaigona kudairwa mumba yekutandarira, kana mavairarira.

Baba vaFanuel vakamhanya kunodaira. "E, mangwanani vana vamambo! Kwakanaka here?"

"A, zvaida tichionana, changamire. Tirikutsvagawo Fanuel Musembwa."

Baba vaFanuel vakarohwa nehana. Vakange vambopindwa nepfungwa yekuti mapurisa aya anga auya maererano naNhamo. Ndokufunga zvakare kuti zvimwe pane zvanga zvaitika kuna Fanuel, sezvo vakange vasati vamuona zuva iroro. Vachicherechedza kuti vakange vasati vaona Nhamo naFanuel, vakapindwa nepfungwa yekuti vaviri ava vainge varara vese.

Inga, paive nezvakawanda zvaigona kunge zvasara zvichiitika, zvisinga zivikanwi nababa vemusha.

"E, vakuru! Vhurai gedhi rino!"

A, ko zvaivange vatokanganwa nezvemapurisa aive pagedhi pavo! Asi, Baba vaFanuel havana kufara nematauriro emupurisa uyu, ndokuti, "A, zvehasha here?"

"Iwe mudhara, haikona kuita zvekutamba nesu! Hamudi kunyarwa, vanhu vekumasabhabha munobva mationa setinokutyai. Isu tine gwara pano rekupinda pamusha penyu, nyangwe nechisimba. Vhura gedhi chete, mudhara!"

Baba vaFanuel vakatinya kabhatani kekuvhurisa gedhi. Vakafunga zvekumutsa adzimai vavo. Vonanga kumba yekurara, vakayeuka kuti mapurisa aya aida Fanuel, ndokunanga kumba kwake. Aka kakange kasiri kutanga Fanuel achitsvagwa nemapurisa. Nyaya dzacho dzaive dziri dzimwechete-dzekurwa kana dzekutyaira akadhakwa. Dzaigadziriswa nechioko muhomwe.

"Fani, mapurisa ari kukuda panze!" Baba vaFanuel vakagugudza, asi zvakare hapana akavadaira. Vakavhura mumba muya, ndokutambirwa nemunhuwiro waikatyidza, munhuwiro wemakwikwi pakati pedoro, dikita, mbanje, bhutsu nedzokono, kusapinda kwemhepo uye kusagezwa kwemuviri nekwembatya. Ndiani anga fungidzire kuti nzvimbo yakadai yeVilliers Park ingave neimba yainhuwa kudai? Nyangwe dzimba dzevarombo dzaisadai mhani!

Dangwe ravo rakange rakati rapata nedumbu pamubhedha paro, richiridza zvaro ngonono. Baba vaFanuel vakada kuti vamuzunze, asi vakanzwa musuo wogugudzwa, ndokunouzarura. Mapurisa aya ndokupinda.

"Fanuel ari kupi?" mumwe wavo akabvunza.

"A-A-Akarara!"

Vasati vapedza muromo iwoyo, mapurisa aya akange atopinda mumba muya. Pasina nguva ipi, Baba VaFanuel vakanzwa mukadzi wavo oridza mhere. Vakada kuti vamhanyire, asi vakange vapera simba mumakumbo. Hana yairova kunge yebhiza riri kumhanya mujawe.

"Fanuel aripi?" vakanzwa mumwe wemapurisa achibvunza. Apa, Mai Fanuel vaingozhamba chete. "Imi amai, handina nguva yekutambisa mhani!"

"Ari muno!" akanzwa mupurisa wechipiri akadaidzira.

Pakava nekukakaridzana nekungwendereka, nekugomera kwevanhu vari mubishi. Mukati mebongozozo umu, vakanzwa izwi remwana wavo richibowa kunge mbudzi yasangana nevakuwasha vepamusha nemusi weKisimusi. Vachiri kuyedza kufunga danho ravaigona kutora risingavapinzewo munjodzi, Mai Fanuel vakabva vapinda mumba muya, vari kuridzawo yavo mhere.

"Solomon, ndochii, murume mukuru kungoti tuzu kunge kamupugunyoni, mwana achiitwa kanyamakanyama nemakava mumba mako! Iniwo ndichipindirwa mumba mangu ndisina kusimira! Ha-a, dhemeti, mhani!"

Baba vaFanuel vakavhura muromo wavo kuti vapindure, asi izwi ravo rakabva raenda zvakare nekuti mapurisa aya akabva apinda aine musungwa wavo. Ndikati Fanuel akange abvuma kuva musungwa, ndinenge ndave kudarika nyangwe murau wedu isu vanyori wekuwedzera pane zvinogona kuitika. Ngetani dzaaive nadzo dzaimutadzisa kushandisa maoko ake bedzi, asi hadzaimudzivirira kubana, kuruma, kusvipira nekutuka nemutauro wainge akadzidzira kuBhuriteni. *"You take hands off me, you fucking bumbaclaat! You fuckers have no right to touch me, you get me?!"*

Zvimwe aifunga kuti aive mutambi mukuru mubhaisikopu, nekuti paakaona baba vake, Fanuel akabva anyemwerera. Baba vaFanuel ndipo pavakaona kuti mumwe wemapurisa ava ainge ave kubuda mututu. Zvechokwadi, vanga vamusunga zvavo, asi anga avaonesa pfumvu!

"Imi baba imi, ndimi baba vaFanuel Musembwa here?" mumwe wemapurisa akabvunza.

Zvaishamisa chose kuti, nyangwe zvazvo zviso zve vamwe vavo zvakange zvave kuita sezve vatambi vetsiva, mapurisa aya airatidza kuzvidzora chaiko.

"Ehunde!" vaMusembwa vakapindura. "Nda-!"

"Mwana wenyu anopomherwa mhosva yekubatsirana neshamwari dzake mukubata musikana anonzi Nhamo Mupariwa chibharo nezuro mauro. Sezvo ari zvake abve zera, hamusungirwi kunge muripo, asi sezvo muri imi munogara naye, makasungunguka kutiperekedza kukamba yedu."

Baba vaFanuel vakamboramba vakamutarisa mupurisa uyu, sezvinonzi akange ataura navo nendimi yeimwe nyika. Mushure mezvo, vakabata gotsi neruoko rumwe, ndokutanga kuridza mhere.

22

Mai vaTinga vakapepuka kubva muhope dzinotyisa, hope dzemadzitsirirwa, ndokuona mvuri uchivheya nemadziro, uchibva wangotsakatika. Meso avo akamhanya neimba yavainge varere nemurume wavo, asi zvaive pachena kuti kunze kwaBaba vaTinga, vaive vega mumba umu. Vakada kuzviudza kuti uku kwaingova kurota chete, uye chavanga vaona waive mumvuri waikonzerwa nemwedzi nekufamba kwemakore mudenga, zvakare nendangariro dzavo.

Ndizvo vakange vaudzwa nachiremba wavo. "Hope dzamunorota idzi, Mai Moyo, dzinogona kuve dzichibva mukungotya kwenyu kusangana nematambudziko atinowana muupenyu. Mareva imi kuti bhizinesi raVaMoyo wenyu harisi kufamba zvakanaka. Zvimwe, muri kunyanya kugaya nezveramangwana remhuri yenyu. Sezvo musingazive kuti ramangwana richava chii, munoriona semvuri unotyisa. Imwe tsanangudzo yandingape ndeye kuti hope idzi dzinobva mundangariro yezvakaitika kwamuri. Mune here….ah! Mai Moyo, ko, zvamave kuchema?"

Nyangwe zvazvo chiremba anongedza muroyi kudai, nyangwe zvazvo Mai Tinga vaiziva chaikonzera kuti varare vachivhumuka, vachimuka pakati peusiku muviri wose watota nedikita, vakange vasina zvivindi zvekunangisana meso nedamudziko ravo. Asi vakange vasingagone kuritiza. Vairifuratira, asi vainge vagere naro pabhenji rimwe. Hongu, ndizvo zvatinoita tose, asi matambudziko edu akasiyana. Nhamo yekusakohwa zakanaka pamazamanishoni yakasiyana neyekuziva kuti musikana waunodanana naye hauna chinangwa chekumuroora.

Mai Tinga vainge vatsvaga rubatsiro mumachechi ariko mazuva ano aya ekuombera maoko nekutaura nendimi, anovimbisa zvishamiso nezviratidzo nemasimba ekutanda zvose zvakaipa. KuGlorious Fellowship International Ministries ndiko kwavakaudzwa kuti vaive nemadhimoni emadzinza, aida kuti vapenge, varambwe nemurume wavo. Vaifanira kuitirwa mastrong prayer ekutanda madhimoni aya. Zvakare, vaifanira kubvisa chegumi, uye zvipo muchechi makare sezvo Mwari aida vanhu vanotenda.

Vakange vave nemakore gumi vari muchechi umu. Nyangwe zvavo vasina havo kuzosvika pakupenga, uye nyangwe zvazvo bhizinesi raBaba vaTinga rainge rasimuka, hope dzinotyisa hadzina kupera. Kutya kusara vega nemunhurume hakuna kupera. Kunogoerekana vave kuridza mhere hakuna kupera.

Mai Tinga vakasimuka kubva pamubhedha ndokutanga kunamata. Vaiti vakasimudza maoko, votaura mashoko emunyengetero, voombera, voatambanudza zvakare. Vakange vakaudzwa kuti dambudziko ravo raikonzerwa nemweya yetsvina yechivanhu, asi vaiituka nechirungu. *"I chastise you in the name of Jesus, I rebuke you in the name of Jesus!"* Heno, zvimwe dhimoni racho raive riri retateguru akamboshandira murungu munguva yeudzvanyiriri hwevatema apo nyika yedu ichanzi Rodhezhiya, saka raigona kutyisidzirwa nemutauro wabaas, uye nezita ramwari wake!

"I chastise you ...."

Vakanzwa kugugudza pamusuo. Moyo wavo wakambomira. Vakatarisa kumubhedha, ndokuona kuti Baba vaTinga vanga vamukawo. "Iwe, Gerald anga asati apinda here?" vakabvunza, vachisvokotora meso avo.

"Gerald apinda kare, uyu!" Mai Tinga vakapindura. "Handiti dzave kundoedza?"

Mwana wavo mukuru, Tingaitei, aigara kuAmerika nemhuri yake.

"Saka angava ani?" Baba vaTinga vakazvifugura magumbeze, ndokuburuka kubva pamubhedha. Vakafunga kuti zvimwe angave munhu auya nenhau dzerufu. Angave ani zvino, asingazive nhamba yerunhare rwavo? Kana kuti mumwe wevavakidzani vavo? Zvimwe aida kushandisa runhare, pane zvaitika zvakange zvisingaite kuti amirire kuchene. Dzimwe dzimba dzemuVilliers Park dzakange dzisati dzapera kuvakwa zvekuti dzakange dzisati dzave nerunhare.

Mai vaTinga vaifungidzira zvakangoda kufananawo. Nyangwe zvazvo musuo waive kure neimba yavainge varere, vakanyatsonzwa mazwi emurume wavo neevanhu vakange vagugudza.

"A, kwakanaka here, nhai vana'ngu?"

"Kwakanaka zvishoma, baba, muchitiona tichi famba nenguva dzino." Iri raive izwi rechikadzi. "Ndipo panogara Gerald Moyo here?"

"Ehe."

"Aripo here?"

"Hongu. E, ndinga…"

"Baba Moyo, mwana wenyu ari kupomherwa mhosva yekubata chibharo musikana anonzi Nhamo Mupariwa."

Pavakanzwa shoko iri, Mai Tinga vakaona sekunge imba yose yakabva yaita chamupidigu, ndokusvikowira pavari. Izwi remurume wavo achipikisana nemapurisa rakava sevharumu iri kudzorwa, dzamara pasara runyararo chete. Izvi zvichienderanawo nerima, nekusaziva zvakazoitika.

23

Ndirwo rufu rwacho here?

Nhamo ainzwa sekunge aiyerera nemasaisai emvura, mvura yeruvara rwakaita ubhuru unopenya kunge magetsi eniyoni, mvura isingatonhore kana kupisa. Muviri wake aiunzwa seusisina uremu. Akange asinganzwe kupiswa kana kutonhorwa. Aingonzwa sekunge ari kuyerera chete.

Zvino kana kuri kufa, chii chakange chaitika kuti zvizodai? Ndangariro dzakafashaira nenjere dzake kunge bopoto. Pasina nguva ipi, marwadzo akadzoka. Marwadzo enyama, uye emoyo- marwadzo ekushandiswa kunge chinhu chenhando nevanhu vaaiziva, aya ndiwo marwadzo aizosiya mavanga kunge ivhu rakaoma rarimwa negejo.

Vachimuona achipfakanyuka kudai pamubhedha paainge arere, Chiremba Ananda Bhagat vakazunguza musoro, ndokutarisa kuna Nomusa.

"Handingakwanisi kufungidzira kurwadziwa kuri kuita mwana uyu," Chiremba vakadaro. "Asi parizvino, hazvichaita kuti timupe mumwe mushonga wekuporedza kurwadziwa uku, tinenge tave kupfurikidza muero watinosungirwa nemutemo."

Nomusa akatarisa kuna Nhamo. Chiso chemusikana uyu chakange chaputirirwa nemabhandeji. Akatarisa kuna Chine Makawa. Mutapi wenhau uyu haana kana remuromo raainge ambotaura kubvira kupinda muwadhi umu kwaainge aita.

"Vana'ngu, handisi kuramba basa rangu rekurapa, asi zvakadai hazvifanire kuitika pano pasi," Chiremba Bhagat vakadaro. "Ndinoda kuti muite zvose zvamunokwanisa kuita kuti kusava nemumwe munhu munyika medu anobatwa chibharo."

Chiremba Bhagat vaitaura nezwi remunhu ari kuzvishingisa, aiedza kuti atange apedza mashoko ake, asati akurirwa neshungu. "Tinogona kurapa nyama dzake, asi mweya wake watomarwamarwa. Uchava nemavanga, semakwenzi nemagoronga panyika yaimbova enupenyu asi yave gwenga. Achava namaronda anochururuka urwa neropa rinopisa kunge muchetura. Achagara nerima pamberi pake, kunge mweya wetsvina. Handingade zvangu kufungidzira nezvematanho aangatore mukuyedza kubvisa ngetani dzezvaitika izvi. Ndosaka ini ndichiti hapana mutongo unogona kutsiva zvizere mhosva yekubatwa chibharo"

Vachingopedza kutaura izvi, pakabva papinda Lezi naLizi Beta. Vaviri ava vakwazisa Nomusa naChiremba Bhagat, ndokutarisa kuna Nhamo. Vaviri ava vakangozunguza musoro. Mai Beta vakabva vakurirwa neshungu dzavo, ndokutanga kuchema vakazendama nemurume wavo, vakatsamira fudzi rake.

"Ini pangu papera, Chiremba," Nomusa akadaro. "Regai ndinoona vakomana vaya, vanofanira kuongororwa zvakare. Mushure mezvo, ripoti rwangu, rwunofanira kuve muhofisi maMai Patel apo vanotanga basa. Zvichireva kuti ndine maawa matatu chete. Vanhuwe, toonana"

Ave kubuda, Nomusa akamira pamusuo. "Gara zviya, hama dzepedyo dzemusikana uyu dzave kuzivikanwa here?"

Chiremba vakazunguza musoro. "Aigara kumba kwemumwe wevakomana vari kunzi ndivo vamubhinya. Hatina zvimwe zvatave kuziva parizvino."

Nomusa akabata muchiuno akazunguza musoro, ndokutura mafemo.

24

"Imi, mukaramba muchingoti fiko-fiko kunge zvinonzi ndimi marepwa, ndave kuzotsamwa manje!" Mutukitivha Ratidzai Makombe akange ave kutadza kuzvidzora zvino semunhu ari pabasa. Akatarisa vakomana veFlava Crü, ndokurwisana nechido chekumbo vakwatura vese nembama. "Manga muchifunga kuti zvaizoguma sei?"

Vaive mumba mekubvunzurudza vasungwa pakamba yemapurisa. Vakomana veFlava Crü vakange vagere pabhenji, vachiita sevari pamariro. Zvekuzvinzwa zviya, zvekuzviita tiripano, hapana aiziva kuti zvakange zvaenda nepi. UF*lava* hwose hwakange hwave kushata kunge muchero wakaora.

Ratidzai naMhike vaifamba nemba iyi, vachitonongora mibvunzo. Hapana chakange chabuda mukubvunzurudza uku. Kwemaawa akange ave kusvika mana, vakomana ava vanga vavatenderedza. Vakange vatsika madziro mukuramba kuti vakange vaona Nhamo mauro, asi vaitadza kutsanangura kuti vaivepi panguva dzaifungidzirwa kuti akange abhinywa. Vakamboda kuti vaive vose, ndokushandura zvakare uchapupu uhwu vachiti mumwe akange aenda kunoimba kunaitikirabhu, vamwe vakasara kudzimba. Runhare rwainzi rwainge rwashandiswa kutora mufananidzo rwakange rwusisina kakadhi kememori.

Mhike akati, "Ini handichadi zvekutambiswa nepwere! Regai zvimbovharirwa, zvikatsi zvevana. *Constable!*"

Mumba muya makapinda mapurisa akapfeka yunifomu. Mhike akati kwavari, "Vapfanha ava vanoda kurara!"

"Zvakanaka, shefu!" mumwe wavo akapindura.

Zvimwe vakange vanzwa sezvanzi ngavanodimburwa misoro yavo nekuti vakomana ava vakabva vawedzera mhere yavo. Zvimwe vaifunga zvavakange varatidzwa nemabhaisikopo zvichinzi ndizvo zvaiitwa mumajeri- zvekuti vatsva kana kuti manyunyu anoitwa vakadzi nevaya vakange vave kuzviona sevagari vemo.

Kana iye mupurisa aivaperekedza aive nepfungwa dzimwechete nekuti akabava ati, "Vapfana, kwamuri kuenda uko, kana masenior eko achinge apedza nemi muchange mave kuti mukagarira *ashtray* musina kupfeka mabhurugwa, pamunosimuka vanhu vanongoona *ashtray* iya pasisina! Fanika iwe une mhete kunge dzaSisi Dhori kudai…Kozoti ava vanekajini kanokaka dako kudai…" Mupurisa akazunguza musoro, ndokuridza muridzo wekufuridza nepakati pemazino. "Gore rino, michato hobho paChikurubi."

Mumwe ndokuti, "Zvino kana muchichema kunge anamainini pazuva remuchato kudai, ndizvo zvinokwezva ma*senior* acho manje!"

Vabuda, Ratidzai ndokuti, "Ko, Nomusa achiri kuitei kuchipatara?"

"Anofanira kuve ari munzira ezvino," Mhike akadaro. "Ngatifanotanga neripoti. Vabereki vevana ava vachiripo here panze?"

Vabereki vevana ava vakange vagere pamabhenji, panze, vachiedza kuwirirana pane zvekuita kuti vabatsire vana vavo. Vakange vakati: Baba naMai Musembwa, vabereki vaF.T Flava; Baba naMai Moyo, vabereki vaFlava G; Shirikadzi Lucretia Kazembe, amai vaKaz Flava, Baba naMai Frank Ncube, mukoma namaiguru vaFlava J, uye Baba naMai Kasiya, vabereki vaLeave Flava.

Panguva iyi, zuva rakange rigere pachigaro cheushe, richitonga pasi rose nemiranzi rayo. Vabereki vevakomana veFlava Crü vakange vabvisa mabhatye avo.

"Pano tirikungotenderera kunge nhunzi iri paronda!" Frank Ncube, mukoma waFlava J akadaro. "Sekuona kwangu, ngatitsvage isu gweta rimwe, rinovamirira vese, sezvo vari kupomherwa mhosva imwe, vari pamwechete."

Vose vakabvumirana nazvo. Frank Ncube ndokuenderera mberi, "Ndine shamwari yandakadzidza nayo kusekondari, anonzi Robbie Rangwani. Ave gweta rine mukurumbira mazuva ano."

Mai Kazembe ndokuti, "Rangwani, ndiye here wekubuda mupepa mazuva apfuura nenyaya yeGurukota rakange risingachengete vana vemukadzi mudiki?"

"Aiwa," Frank Ncube akapindura, "Imi muri kureva baba vacho, vanonzi Robbie zvakare. Wandiri kutaura nezvake mwanasikana wacho, Roberta Rangwani. Haiwa, kana makanzwa mbiri yababa vake, igaroziva kuti mukunda wacho igamba chairo. Mbudzi kudya mufenje hufana nyina. Ndikamurovera runhare, anouya izvozvi."

Achitaura kudai, akange ave kutotinya-tinya runharembozha rwake. Akati sudurukei, zvekuti havana kunzwa zvaakataura.

Pavairangana kudai kuti vanunure vana vavo, havana kuzviona kuti pane mumwe pakati pavo asina kana izwi rimwe raakataura. Munhu uyu ndiMai Moyo, amai vaFlava G.

Nyangwe zvazvo vasina kunge vazvitaura, vabereki ava vaiziva kuti vana vavo vainge vapara mhosva yavaipomherwa iyi. Zvakare vaiziva kuti aka kaigona kunge kasiri kutanga. Dai pasina maRastafarian aya ainge anhonga Nhamo achidzungaira nemugwagwa pakati peusiku, zvimwe dai nyaya iyi isina kumbosvika kwese uku.

Sevanhu vepamusoro muchita, vabereki ava vakange vasingazvione zvakafanira kuti vana vavo vaende kujeri kunge mbavha. Uku kwaizo kanganisa upenyu hwavo zvachose, uye zvaizosvibisa zvimiro zvemhuri dzavo pakati pevanhu. A, inga mumwe wavo aitarisirwa kuti aizoenda kunotamba bhora kunyika iri mhiri kwamakungwa.

Zvekuti vakange vakanganisira mumwe munhu upenyu hwake zvakange zvisina mhosva kwavari. Kwavari vose, kunze kwaMai Tinga, kana kuti Mai Moyo. Nyangwe zvazvo vakange vasati vaenda kuchipatara kwaainzi aive arere, Mai Tinga vaiziva marwadzo aNhamo. Marwadzo enyama, uye marwadzo emoyo.

Nekuti, aya ndiwo aive marwadzo avo.

Frank Ncube akadzokera pane vamwe, ndokuti, "Ndataura naye. Ari kuuya izvozvi."

Zvaitaridza sokunge nyaya iyi yaive pedyo nekupera.

25

Tsoka dzavana mukoti dzakarira nemawadhi ese epachipatara kunge mataipureta ari kushandiswa nemapenzi anemheterwa. Vakapinda muwadhi mainge murere Nhamo. Mwanasikana ainge agare pamubhedha, achiridza mhere yainzwikwa nevaive kubhasisitopu chaiko. Vamwe vavo vaimunzwa kudai vakabva vayeuka nyaya dzinombobuda mumapepanhau dzichipomhera vashandi vemuzvipatara ustinye kune varwere.

"Mukoma Fanuel, kani! Maiwee, ndapota hangu……!"

Vana mukoti vaya, vakati mumwe kurutivi urwu, mumwe neuku, mumwe anobata muchina waibatsira Nhamo kuti afeme, mumwe anobata dhiripu. Mumwe akange agadzirira nejekeseni, vamwe vake ndokusiya zvavanga vachiita kuti vamubatsire mukubata Nhamo, agone kumubaya.

Pakatora nguva refu- nekurwisana chaiko- dzamara mukoti uya agona kumuti nepamutsipa apa ju! Nhamo akamoramba akamuti nde-e neziso rimwe rakange risina kuvharwa nebhandeji, ndiye, Bva, toonana hwedza! Vana mukoti vaya ndokunyatsomuradzika.

Aka kaive kari kechitatu kubvira kuunzwa kwainge aitwa pachipatara apa. Nemutemo, vakange vaine muyero wavaisungirwa wemushonga wekuti arare wavaimupa uyu. Zvakange zvisinga wanzoiitika hazvo, asi kwaive nevanhu vekuti muyero wakatarwa uyu waishaya basa.

Vave kubuda vana mukoti vaya, vagutsikana kuti zvino Nhamo akange arere zvake, mumwe wevamwe varwere akasimudza musoro. "Nesi, ndinga taure nemi?"

Vamwe vanamukoti vakange vatobuda. Nesi Mlambo vakamboda kuita sevasina kumunzwa, asi akange abvuta mucheka wehembe yavo. Murwere uyu aive musikana ainzi Gladys Munzara. Gladys akange auya kuchipatara mushure mekurohwa zvakaipisisa nematsotsi achida kumubira runharombozha rwake. Gladys akange ari muKristu. Aigaro imba nziyo dzekurumbidza Mwari nekunamata nekusingaperi. Zvakare, aida zvekuparidza. Izvi ndizvo zvaizezwa naNesi Mlambo, kuti zvimwe neusiku hwakadai, Gladys aida kuvakomekedza zvakare kuti vagashire Jesu.

Asi, pavakaona chiso chaGladys, Nesi Mlambo vakaona chichiratidza kutya chaiko. "Muwadhi muno mune muroyi," akadaro.

Vakamboda kuti vaseke, asi pavakangovhura muromo wavo, Mukoti Mlambo vakabva vacherechedza kuti mwana uyu akange asati ambotaura nezvevaroyi. Yanga iri imwe nzira here yekuti vamuteye nzeve?

"Ndaratidzwa neMweya Mutsvene kuti ndirere pakati pevanhu vakaipa," Gladys akaenderera mberi.

"Aiwa, zvakwana, Gladys. Chirara!" Mukoti Mlambo vakadaro. "Ukatanga kufunga zvakadai, unogona kuguma wave kupenga. Isu tinoda kuti upore, uende kumba, hatifaniri kukuridzira kuti utange kufunga zvisina maturo."

Vakaedza kumuradzika, asi Gladys aive neshungu dzekuti vanzwe zvaaiedza kutsanangura. "Nesi, handisi ndega ndiri kutadza kurara. Uyu musikana wamapa jekiseni uyu, munoti chii ichocho?"

"Iwe, chirega kuramba uchitaura izvozvo. Ukanzwikwa nachiremba, vanogona kufunga kuti dzako dzave kutenderera."

Gladys akambofunga nezvazvo kwekanguva, ndokuti kuna mukoti, "Bva, zvinoita here kuti mundibvise muwadhi muno?"

Mukoti Mlambo vakamboda kuti vamuyeuchidze kuti pachipatara apa paive nedambudziko huru rekushomeka kwemibhedha. Asi pavakatarisa chiso chaGladys, vakadzora moyo. "Ndicha taura naChiremba," vakadaro. "Chirega ndiende, nhasi tine basa rakawanda."

Gladys akazviradzika, ndokurara akafuratarira rutivi rwaive rurere mumwe mukadzi. Mukadzi uyu akange arere panguva iyi. Aitaridzira kuve nemakore epakati pemakumi mana neshanu nemakumi mashanu ekuzvarwa, zera raivo

Mukoti Mlambo. Mukadzi uyu akange atyoka gumbo achitiza mapurisa aida kumusunga nemhosva yekuita musika panzvimbo isingabvumirwi.

Mukadzi uyu ainzi aive nevana vatatu, asi asina murume. Zvimwe vana vacho vaitya kuuya kuzovaona nekuti vaitya kuzobvunzwa nezvemari yekugara kwavainge vaita muchipatara ichi. Mukoti vaifungidzira kuti vakange vasina dzimwe hama muno muHarare, sezvo vaive nezita rechirudzi.

Amai ava vainzi Amai vaKisma. Rekuzvarwa ravo raive Amina Five.

26

Aive masikati apo Robbie Rangwani akasvika parisepusheni rwepakamba yemapurisa yemusha weVilliers Park.

Gweta iri rakaburuka kubva muTwin Cab rayo kunge Clint Eastwood ari kuburuka kubva pabhiza rake mubhaisikopo yerudzi runodaidzwa kuti *Spaghetti Western* muchiRungu. Sezvaidudzira zita redzinza rake, iro rakange rapihwa sekuru vake nemurungu, *Long one*, Robbie aive neurefu hwadarika mamita maviri. Pakukura kwake, aive nezita remadununurirwa rekuti Ipwa, sezvo aive zvakare mutete. Asi akange ayaruka, ave zigadzi zvino.

Akamema nzvimbo yose, kunge aitsvaga akaenzana naye pazera.

Asi, paakaona Frank Ncube achiiuya kwaari, chiso chake chakabva chasununguka. Vaviri ava ndokumbundirana, sezvo pakange pane nguva kubvira pavakapedzisira kuonana. "Ndeipi naFrank, ko zvawave kumera dumbu! Inga muroora wangu, Prisca, ari kugona kukuchengeta!"

Prisca, mudzimai waFrank akangonyemwerera. Frank, sezvo aive iye aizivana naRobbie, akakurumidza kurondedzera zvakange zvaiitika. Robbie akanyatsoteerera, dzamara sahwira wake uyu apedza.

"Iyi nyaya ndiyo isinganetse manje," Robbie akadaro. "Mapurisa airasa pane zvakawanda mukufambisa kwavaita nyaya iyi."

Vabereki vaya vakanzwa kufaranuka chaiko, kunge vanhu vakange vakamirira muroora achisununguka muchipatara.

"Saka, mwana'ngu, todii zvino?" Mai Kazembe vakabvunza.

"Ndichakumbira mapurisa kuti varege vakomana ava vaende zvavo, nyaya yacho ibva yangofa yakadaro," Robbie akatsanangura. "Zvikakona, tinoenda hedu kudare, asi iko ndiko kwavachaona kuti havana kungwara."

"Bva, ngatipinde zvedu mukati," Frank akadaro.

Vabereki vaya negweta ravo ndokupinda mukati mekamba yemapurisa. Vachipinda murisepusheni, vakasvikowana mazara nevanhu vakange vauya kuzomhan'ara dzavowo nyaya, kana kutsvaga rumwe rubatsiro kune iro Ziso RePovho, sekutaura kunoita vamwe.

Robbie akaita seasina kuona mutsetse wevanhu ava, ndokusvikozvipfekera pamberi. Vanhu vakatanga kugononda pakati pavo. Mapurisa aipirwa zvichemo nevanhu akambotarisana, voshaya kuti maitiro amai ava airatidza kusaziva unhu hwakafanira panzvimbo yakadai kana kusava nehan'ya negwara rinoteedzerwa.

"Mangwanani vana vamambo," Robbie akavakwazisa. "Zita rangu ndiRobbie Rangwani, ndabva kufemu inonzi Muzvindo & Associates. Vanhu ava vandidoma sagweta ravo munyaya yevana vavo vamasunga. Ndauya kuzokumbira kuti muvasunungure izvozvi, sezvo mavasunga zviri kunze kwemutemo."

Mupurisa waaiudza mashoko aya akaramba akamuti nde-e, kunge zvinonzi aitaura nendimi yaasati ambonzwa muupenyu hwake. Akanangisa meso kune vabereki vaya, ndokudzosa meso ake pana Robbie zvakare. "Imi, vahanzvadzi, vanhu vese ava vakamirira kubatsirwa!"

Robbie aive munhu asina nguva yekutambisa, uye zvaigaro mutsamwisa chose kuti vamwe vanhu vaaisangana navo vaive nayo yakawanda.

"Ambuya, munonyanyo zvitemba neyi?" mupurisa uya akabvunza.

"Iwe, handina kuuya kuzokurukura newe mhani!" Robbie akapindura. "Muri kundipa here vanhu vandauya kuzotora kana kuti ndoenda kumatare?"

Mumwe mupurisa, aita sekunge aive nechinhano chaive pamusoro pecheuya aitaura naRobbie ndokuitenga nyaya yacho. "Vari kudei?"

"Vapfanha vaya vekurepa kamusikana kebasa, shefu," mupurisa uya akapindura.

"Watoirasa nemuromo iwowo, shamwari!" Robbie akamuyambira. "Vana ava havasati vamiswa pamberi pedare, asi mave kutovatora sevakapara mhosva!"

Mapurisa aya akamboti zii, vaona kuti nyaya yakange yave kuvaipira. "Gwaze, enda unodaidza Mabhedla!" mupurisa uya aita kunge ndiye aive mukuru akadaro. Ndokuti kuna Robbie, "VaTete, nyaya yenyu iri kuboka reS.O.I.U, saka mujaya wandatuma uyu aenda kunodaidza shefu weboka iri. Ndanga ndichikumbirawo kuti mumbogara zvenyu pamabhenji apa."

"A, manje mukada-!" Asi Robbie akabva abatwa muromo nemupurisa uya. "VaTete, inga ndati Inisipekita Mabhedla vanodaidzwa wani. Vanga vasiya shoko rekuti tivadaidze apo munenge mauya. Nyaya yenyu havasi kumboita zvekutamba nayo bodo."

Robbie akagutsikana netsanangudzo iyi, ndokuti vabereki vaya vagare pasi.

Pasina nguva ipi, Insipekita Mabhedla naRatidzai Makombe vakabva vapinda. Robbie achivaona, akabva asimuka. "Ndimi Inisipekita Mabhedla-"

"Ya, chii chanetsa?" Nyangwe zvazvo vainge varaira kuti vaizoshevedzwa kana gweta revakomana vaya richinge rauya, Insp. Mabhedla vakange vasina kufara kuti zvainge zvazoitika pakati pemusangano wavo nematikitivha avo.

"Vamwe vevana vamasunga vari pasi pezera rinobvumidzwa nemutemo," Robbie akatanga kurondedzera zvaimunetsa.

"Ati vasungwa ndiani?" Insp. Mabhedla vakabvunza. "Vari kuti batsira mukufeya-feya kwedu."

"Ho-o? Asi ikodzero yavo kuti gweta ravo rivepo apo munenge muchi vabvunzurudza."

Insp. Mabhedla vakagutsurura musoro wavo. Nechemumoyo, vakangoti, Inga tairasa "Bva, handei munovaona."

Zvechokwadi, mapurisa akange atadza kuteedza gwara. Asi, paive neumbowo hwakakwana kuti nyaya iyende kudare. Gweta iri raigona kuzoita zvaro dhirama pamberi pedare, asi sekureva kwakaita vakuru, rinemanyanga hariputirwi. Zvisinei kuti mapurisa aigona kuonekwa akanganisa pane zvimwe zvikamu zvemutemo unobata nezvekutsvaga umbowo nekufeya-feya mhosva we*Criminal Evidence and Procedure Act*, Muzvare Nomusa Mpala vakange vaita basa ravo nemazvo. Vakange vagona kuratidza kuti Nhamo ainge abatwa chibharo, uye vainge vawana umbowo hwekuratidza kuti vakomana ava ndivo vakange vaita izvi.

Insp. Mabhedla havana kuvhundutswa nekuuya kwegweta iri, kana nemashoko aro.

27

Achingopinza gumbo rimwe mukicheni, munhuwiro wemufushwa waive pamoto wakamurova kunge mbama, Tutsirai ndokuti nekuseri kwemba kuya toro. Asati ayambuka ruvanze, mhino dzake dzainge dzazara nemunhuwiro waibva muzasi mehana yake, munhuwiro wenyongo. Musikana uya ndokukotama, ndokuburitsa rino bopoto rezvekudya kwemangwanani zvakasangana nemvura yaipisa nezvinenge madziwa.

Tutsirai akamboramba akatarisa marutsi ake aya, pachipfuva pake pachikwira, pachidzika kunge achangobva kumhanya mumakwikwi. Akanzwa matumbu ake oruma zvakare, ndiye uyu mumunda muya. Marutsi akatashukira pane tsoka dzake, Tutsirai akanzwa kupisa kwawo, izvi zvakamuyeuchidza musi waakatashukirwa neropa rehuku yauraiwa naamai vake.

Akanzwa nyama dzake dzodzimba zvakare, asi mudumbu make makange musisina chokurutsa. Tutsirai akafushira negumbo rake marutsi aya, ndokupukuta tsoka dzake nemashizha embambaira.

"Warutsa futi?" Amai vake vakabvunza, vachimuona achipinda. Nechemumba umu maive nechadima, asi pavakamutarisa, vakaona zvakawanda. Vakamboramba vakamutarisa.

"Mazuva ano ndiri kungonzwa kusvotwa," Tutsirai akanyunyuta. "Hameno kuti chii, asi muriwo wamuri kubika wandinhuwira zvausati wamboita."

Kuna Mai Tutsirai, mashoko aya, achitaurwa nezwi remwanasikana wavo uyu, izwi rakatsetseka kunge tswiriri, aive mbezo dzevaroyi mumoyo mavo. Vakanzwa dzungu chairo, kunge mukute uchiuya kwavari kubva kumativi ose.

"Amai? Ko, zvamakangoti zii?"

Amai Tutsirai vakanzwa izwi remwana wavo seremunhu ari kudaidzira ari kure.

"Amai? Amai kani?"

Vakanzwa ruoko rwuchivabata pafudzi, ruchiedza kuvazunza. Ndipo pavakaona njere dzavo dzichodzoka kunyikadzino. Tutsirai akange apfugama pamberi pavo. Chiso chake chairatidza kunetsekana kukuru.

Amai vaTutsirai vakamubata matama, ndokupuruzira mapfeka evhudzi rake. "Mwana'gu, wave nenhumbu."

Uyu wakange usiri muvhunzo. Tutsirai akaedza kunzvenganisa meso ake. Akange ave nemwedzi miviri ave kucherechedza kuti pane zvakange zvichiitika kumiviri wake. Mwedzi miviri kubvira usiku uya, hwaakabatwa nemapurisa....

"Mwana'ngu, wandigura kunorira kani!" Mai Tutsirai vakatanga kuzvizunza, vakabata muchiuno kunge munhu atambira shoko rerufu. Tutsirai akabva atanga kuchemawo.

Vakuru vakati mimba haibvi negosoro. Ini ndinowedzera ndichiti haibvi nyangwe nekuchema. Amai vaTutsirai vakambomira kuchema, ndokumutarisa. "Nhai, Tutsi, nditaurire. Ndiani muridzi wenhumbu iyi?"

Tutsirai haana kupindura kunze kwekuwedzera vharumu yemhere yake.

"Iwe, ndati nditaurire kuti akakupa nhumbu ndiani?" Mai Tutsirai vange voita hasha manje, asi Tutsirai akaramba achizhamba. Amai vakamuti pamafudzi dzvi-i. "Iwe, ndirikutaura newe, mhani! Kana kuti unoda kuti baba vako vazvizive? Unomuziva Japhet!"

"Mu-mu-mup-pu-pu-purisa!" Iri ndiro chete izwi ravakabata pane mhinduro yavakapihwa. Hasha dziya dzakabva dzaserera, Mai Tutsirai ndokugara pasi zvakare. Pavaida kuziva muridzi wenhumbu iyi, vaifunga kuti heno kakomanawo zvako kemuraini. Zvino mupurisa here? Chokwadi ainge agarwa nei kuzosvika pakudanana nekamwana kakadai? Kaizivei zvako, kaTutsirai aka? Shuwa, pane vasikana vose vemumusha muno, maruva enyika sekutaura kwananyanduri nana gwenyambira, ndokugonyera pane aka kakange kasati kanyatsotumbuka?

Asi, ndizvo zvakange zvaiitika. Mai Tutsirai vakabva varangarira murume wavo. Zvaive nenjodzi kuti adzoke nyaya iyi iri mudarira kudai. Kuti zvivanakire, Mai Tutsirai vaifanira kuinakurirawo mumwe munhu.

"Iyi nyaya yandikurira," Mai Tutsirai vakadaro. "Inofanira kupirwa kuhama dzako, nekuti vakazoinzwa ichibva nekumwe unenge wandipinza panguva yakaoma."

Vakazunguza musoro wavo. "Pano, zvatoita, iwe wochienda kuna Tete Mai Kanjiva. Unovaudza zvaitika, ivo ndovochifambisa nyaya iyi."

Vachitaura kudai, Mai Tutsirai vakange vave kupindura poto yavo. "Zvimwe ndizvo zvakareva vakuru, apo vakati kuipa kwechinhu kunaka kwechimwe. Zvimwe mupurisa wako angatokuroora, tikawana kamari kangatibatsire pamusha pano."

Vakamutarisa, ndokuti, "Iwe, zvandiri kutaura hausi kuzvinzwa? Simuka ipapo unorongedza twunhu twako!"

Tutsirai akasimuka, ndokubuda. Ko, kurongedza kwacho kwaimbotora nguva refu here? Aive nechiiwo zvake? Iwo marengenya ake iwaya? Kana ivo amai vake, vaive neidi here kuti vaifunga kuti paive nemukomana akange amuona aine mamvemve iwaya ndokumupfimba? Seka zvako, mwana waJaphet!

Apakira nhumbi dzake mukapepabhegi, Tutsirai akanooneka amai vake, ndiye uyo, onanga kuGrowth Point. Tete vake vaigara paGrowth Point apa, uye vaishandira Bazi rezveMukati meNyika, kuhofisi yezvitupa. VaKanjiva, murume wavo, aive mukuru pane imwe hofisi yeHurumende, Tutsirai akange asinga nyatsozivi kuti bazi iri raive rei.

Hapana waainge akaudza nezvekubatwa chibharo kwainge aitwa nemapurisa usiku uya, awanikidzwa achiba huni papurazi. Aitya kuti vabereki vake vaigona kusungwa.

Asi, mushure mezvo, nyaya yekubhinywa kwevana yakazotaurwa nezvayo kuchikoro nemudzidzisi wavo. Tutsirai haana kutaura panguva iyi, akaramba anyerere nekuti aitya kuti vabereki vake vaizosungwa. Tutsirai aiziva vasikana vakawanda vainzi vakabatwa chibharo, asi hapana dano raaiziva kuti rakatorwa rekuranga vakapara mhosva iyi.

Zvino, anga apindwa nepfungwa yekuti Tete vake vaigona kumutaridza kune vakuru muHurumende kudarika mapurisa, avo vaaikwanisa kumhan'ara kwavari mhosva iyi. NaTete Mai Kanjiva vaiwirirana zvavo, asi vaionana nenguva iri kure nekuti amai vake vaiti Tete Mai Kanjiva vanovhaira.

Achisvika paGrowth Point, Tutsirai akananga kumahofisi eHurumende. Ndiko kwaakanzwa kuti tete vake vakange vasina kuuya kubasa zuva iroro, vachinzi varwara. Akaratidzwa kuhofisi kwavaKanjiva.

"A, Mainini Tutsi! Titambire!" VaKanjiva vakasimuka kubva padhesiki yavo, vachiratidza kufara chose.

"Motambirei ko, nhai Babamukuru?"

"A, ko, mukadzi wandiri kuona uyu!"

Vakakwazisana nemaoko, vaKanjiva ndokuramba vakamubata. Vaive rino zirume, zvekuti Tutsirai aigona kuhwanda mvura muhapwa mavo.

"Hanzi Tete varwara?" Tutsi akabvunza.

"A, ko imi mazvinzwa nani?" babamukuru vake vakabvunza.

"Ndatanga nekuhofisi kwavo," Tutsirai akapindura.

"Heya? Zvandinetsa, sezvo ndanga ndisina wandati ndaudza. Ndikati asi manzwa kuti hama yenyu yasuduruka mukati mutange muri imi kugara mapfihwa!"

Asi Tutsirai akange asingade zvejeya. "Zvaita sei?"

"Ha-a, musatye, Mainini," VaKanjiva vakadaro. "Munoti ndingaseke nezve kurwara kwemudzimai wangu here? Vakadya *salad* yaive nemazuva, zvino vamuka vachinzwa mudumbu. Saka vamhanyiswa kuchipatara, vanodzoka havo kana mangwana. Dai pasina kuti mabhazi nhasi hakuna inga dai vadzoka nhasi, uye iniwo mota yangu yakafa."

"A, kana zvakadaro..." Achitaura kudaro, Tutsirai akadonedza pepabhegi yake yaive nembatya dzake.

"A, zvamauya nenhumbi, maigona kuenda kumbazve," VaKanjiva vakadaro. "Nhasi ndanga ndapinda panzara chaipo, zvino zvamauya, ndichadya rinopisa semazuva ese. Saka, ndokupai makiyi mofanoenda zvenyu kumba? Vana venyu vanodzoka manje-manje kubva kuchikoro. Ko, imi nhasi marovha?"

"A, nhasi ndanga ndichinzwawo mudumbu, asi ndave nani." Tutsirai akatambira makiyi ekumba kuya.

"A, kana mave nani zvinofadza. Chiendai zvenyu kumba. Imba yenyu, Mainini," VaKanjiva vakadaro, "Chamunenge mada kudya kana kubika, itai madiro aJojina chaiwo! Ini munotozondiona manheru chaiwo, saka remasikati musasiye zvenyu."

"Zvakanaka, Babamukuru. Toonana manheru".

Paakati cheu kuti anange kumusuo, babamukuru vake vakasara vopindwa netarisiro guru yekuoonana nemuramu wavo mauro iwayo. Vaive netarisiro yekuti vaizoramba vachimuona.

28

"Onward! Urimo here?"

Onward akapwatika, ndokufugura musoro wake. Achingodaro, akafinyamisa kumeso kwake, achitsinzinya zvakare, sezvo miranzi yezuva yakange yati mumaziso make mha-a. Akange asina maawa matatu apinda mumagumbeze kuti arare, mushure mekubva kunobata vanhu kwiyo nechikwata chake usiku hwose.

Ari kusango achihwandira vanhu vaibva kuhwahwa, imba yake yaisara ichishandiswa nehanzvadzi yake sehofisi yayo. Vamwe vangade kubvunza kuti hanzvadzi yacho yaita basa rei. Ko, kune marudzi emabasa angaitwe mumba mune mubhedha bedzi mangani?

Panguva iyi, hanzvadzi iya yakange yaenda kunogara patsangadzi pane imwe imba yaigara pfambi chete, iyo yaidaidzwa kuti pa*Girls High*.

"Onward! Vhura, mhani"

Onward akaedza kuti apindure, asi izwi rakabuda raive riri remurwere. Mukanwa make maishata, kunge maive nechafiramo. Akaburuka kubva pamubhedha wake, ndokunzwa tsinga dzerimwe gumbo dzichidaira nechiveve. Mauro kwakange kwakapenga, mhani! Munhu iyeye akange arwa seshumba chaiyo. Sekuziva kwavo, izvi zvaiwanzoitwa nevainge vakadziruma zvomene. Ndosaka vakomana ava vasina kumusiya achienda, ndokukikiritsana naye. Zvekukikiritsana zvakazopera apo Onward akamuisa chidhina kugotsi, ndiye zi-i. Akange asina zvake kufa. Onward aiziva muyero wechisimba waigona kuuraya kana kungoti munhu ambodzima kwekanguva. Dai akawana mukana, zvimwe dai akazovawo chiremba.

Onward akavhura musuo, ndokubwaira akatarisana naZanda, mukuru wechikwata chake. Zanda akaita zvekumukaisira, ndokupinda mumba muya, achifemereka.

"Onward, uchiri kuketa kamudhidhabhazi katakaperekedza kuVilliers Park?" Zanda akabvunza. "Ndimarimwe zuro, zviya?"

"Ehe, kakati…"

"Kari kuchipatara so!" Zanda akadaro. "Kanonzi kakabatwa nevakomana vemuVilliers, ndokukachinjanisa. Iwe, vapfanha vanopenga ivavo. Unoketa yema*salad* yekuona maporno, hanzi vamwe vaikaisa kumagaro vamwe vachikayamwisa blambi!"

Zanda akazunguza musoro. Zvamunoona, vakuru vakati, Gudo kuipa zvaro asi haridyi chakafa choga. Nyangwe zvazvo aive gororo raive nenyaya dzakange dzatove kushandiswa semuenzaniso mumabhuku ekudzidziswa basa kwemapurisa, Zanda aivewo nezvaaiti muupenyu, Izvi handiiti nekuti kunyangadza pamberi paMwari. Kurova munhu musoro nechidhina nekuti anenge aramba kukutambidza chikwama chake kwaive kutsvaga kurarama. Asi kubhinya mwanasikana asina hake mhosva? Aiwa, izvi zvanga zvashungurudza Zanda, zvikurusisa sezvo aimuziva musikana uyu.

Zanda aizvitora semunhu akadzidza pakati pechita chembavha nepfambi dzemutaundishipi umu. Zvechokwadiwo, dai amai vake vakakwanisa kumupinza chikoro, haa, pamwe dai ari manija chaiye. Zvimwe neumbavha hwaive maari, ainge dai akazova manija vanoshereketa nemabhuku eakaunzi nemainivhentori pakambani. Asi, nemari yavaiwana nekutengesa madomasi nematumbu ehuku, Amai vaZanda vakagona kumusvitsa paFomu Yechipiri bedzi. Chaive nani pamamiriro ezvinhu akadai ndechekuti akapedza Fomu Yechipiri Hurumende isati yapindwa nepfungwa yekuti mazamanishoni eFomu Yechipiri kwaive kutambisa nguva nemari. Inga dai Zanda asinawo rugwaro rwedzidzo paari ipapa. Aigona zvake kuverenga, uye aive neshungu dzekuzoenda ku*night school*. Aiziva zvakare kuti kwaive nemakosi awaigona kutanga neFomu Yechipiri chete.

Ari mudiki, hanzvadzi yake yakabatwa chibharo nasekuru wavo, hanzvadzi yaamai vavo. Pamusoro pekunopika jeri, Zanda akabvisa sekuru vake ziso rimwe. Iye paakazopika jeri, nemhosva yekuba, Zanda aive mumwe wevasungwa vakarova zvakaipisisa mumwe wavo ainzi akange abata mwana wake chibharo. Nyakukinditswa uyu akanoita kafiramberi kuchipatara.

Onward akanyepedzera kuverenga pepanhau raainge atambidzwa naZanda, achitsutsuma, achiridza tsamwa. Zanda akamutarisa, ndokuona inga chikomana ichi chakati nde pane nyaya yezve kweuhwandu hwevanhukadzi vaitenga mapiritsi aibva kunze kwenyika, achinzi anokonzera kuti magaro akure.

"Pane vakomana vabatwa, vari kunzi ndivo vakabata musikana uyu chibharo," Zanda akadudzira. "Mumwe wacho mwana wepamba paishandira musikana uyu, zviya ndiro zita racho riri mupepa raakatiudza, rekuti Nhamo?"

"Ehe, akati anonzi Nhamo." Onward akazunguza musoro. "Unoziva, yekubata madhidhabhazi chibharo ndiyo inototambika kumaDale. Kana muno mu*ghetto*. Asi, yakaita machinda aya haisi bho-o."

"Aiwa, madhidhabhazi ndaana sistren edu, waona," Zanda akadaro. "Kana vachitsvaga *graft*, hazvireve kuti vanoda zvekupinda nevaridzi vepamba waona. Zvimwe anenge ari mukadzi wemunhu, kana kuti ane mukomana ari kuda kumukanda pakitchen imwe iya. Unoziva, kana wabata dhidhabhazi, uchishandisa *advantage* yechibhanzi so, unogona kuimeriza futi. Dhidhabhazi itoriwo munhu, pamwe anozobvuma kuiswa achiti zvimwe anga merizwe, kana kuti hapana marambiro nekuti uyu ndishefu wake saka basa rinogona kupera. Yakaita machinda aya, so."

Zanda akazunguza musoro, asisina kana neremuromo.

Mbavha idzi dzakamboti zii kwekanguva, dzichinyatso funga nezve uipi hwevanhu pano pasi.

Onward ndokuti, "Saka isu tinofanira kuenda kumapurisa tinopawo ufakazi....." Achiona chiso chemumwe wake, akabva aziya kuti akange ave kubvotomoka zvakare.

"Iwe, asi wamukira Bronco here?" Zanda akatanga akwidza izwi, ndokucherechedza kuti nyaya yavo iyi yakange isingaite kuti adeedzere. Akatanga acheuka kumusuo, ndokuti, "Iwe, mufesi, chekutanga, tese titori mashumani ari kutsvagwa nemangonjo. Unofunga kuti yedu iya yekukuvadza nhengo yekanzuru yetaundishipi inorova here?"

Onward haana kupindura, akaramba akadzvokora pasi semunhu aitsiurwa.

"Chechipiri, unofunga kuti vabereki vevana ava vangade kuti vana vavo vapike jeri nenyaya yakadai? Mazita evana ava waona here? Mazita evakuru, kani! Mbada, varidzi venyika. Zvimwe ndiyo tsika yavo, unofunga kuti munhu akakwana angaite zvakadai asingazive kuti ane zvaakatemba nazvo kuti isamuitire simoko? Chingavatadzise kuti pomera mhosva yacho chii? Isu zvedu mbavha dzemu*ghetto*, *versus* vana vembozha?"

"Asi zvavaita kune musikana...."

"Iwe, nyangwe ari mwana wababa vako, ndipo pawaizovaita sei, iwe zvako?"

Onward akaona kuti mashoko aZanda aive neungwaru. Akatura mafemo. "Zvandirwadza, mufesi, asi ndinofanira kubvuma kuti iyi inhamo yemumwe, hairamwirwi sadza. Isu hatimo munyaya iyi."

Zanda akagutsurira musoro. "Wataura semurume. Asi, Onward mufesi wangu, rega nditokubatise live. Vapfanha ava tikangodhumana navo, mumwe ndiri kumuratidza chakasara."

Vakamboti zii, vachifunga zvavaizoita vakomana vaya. Zanda ndipo paakazoti, "Sha-a, hauna here kambichana ndimbobhemahangu?"

29

LIBRA (23 Gunyana - 22 Mbudzi)

Unhu hwako ndehwechikero. Uchadudzirwa nezvaucharangana nevamwe nhasi. Kune rimwe divi, paita mukana wekuita zvakanaka. Asi kune rimwe, zvakaipa kana kuti zvinoda kuti ufunge kaviri.....

Chenzira Nhiwatiwa haana kuda kupedzisa. Akaridza tsamwa ndokutsveta kopi yake ye*Murindi* padhesiki pake. Ko, kana ivo vanonzi vanogona kufembera zviri mberi nekuona nyeredzi vaida kuti isu tizivewo zvavanenge vaona, chinovapa kushandisa chibhende chii? Zvino zvairevei izvozvi?

Hapana akapindura, nekuti Chenzira aive ega muhofisi umu. Miranzi yezuva yaibaya semapfumo nepahwindo, ichinanga pasi, pedyo nedhesiki rake. Kumadziro kwaive nemufananidzo wedatya rakamedzwa muromo nedambiramurove, makumbo edatya riya ari mudenga, Ukuwo, maoko aro akange akadzipa dambiramurove riya pahuro. Pazasi, pakange pakanyorwa nechiRungu chidzidziso chemufananidzo uyu; *Never give up.*

Chenzira aive murume wechidiki, aive nemakore makumi neshanu ekuberekwa. Aive mutsvuku, mupfupi uye mutete. Musoro wake wainge wakarukwa zvechizvino. Usopo hwake hwainge tsiyo dzemwana mudiki, uye tsiyo dzake kunge makonye agere paguma rake akatarisana.

Akaedza kudzima mupfungwa make izvo zvaainge achangoverenga maererano nenyeredzi yake. Paive nezvaikosha kudarika izvi.

Zvimwe zvezvakakosha izvi zvaisanganisira tsamba yaainge atambira mangwanani iwayo yekumuzivisa kuti akange asarudzwa kuva mumwe wejuri raizovepo pakutongwa kwenyaya yekubatwa chibharo kwaNhamo Mupariwa.

Chenzira akazhinyura netarisiro yekuzosiya mbiri munezve matongerwo enyaya padare. Aitoona rondedzero pamusoro peuchenjeri hwake mupepanhau re*Murindi* iro raainge atsveta. Chenzira akaritora zvakare, ndokuverenga mashoko aya ekufembera.

"Inga ndizvo chaizvo zviri kuitika!" Chenzira akacherechedza, ndokuseka. "Ndiwo mukana wekuitira vamwe zvakanaka. Ndichaedza nepandinogona kuti vakomana ava vavharirwe mutirongo kwenguva refu!"

Achizvibambadzira kudaro, Chenzira akabva aona kuti zvakange zvakanyorwa mupepanhau riya zvainge zvakatisiyanei nezvekusarudzwa kuva nhengo yejuri. Akabva azendama nemusana pachigaro chake ndokuchinyatsogaya.

"Ko, kurangana kwapinda papi apa? Handiti kwangouya tsamba iyi chete, ko ndarangana nani?"

Chenzira akavhunduka apo runharembozha rwake rwakatanga kudambura kambo kaTongai Moyo. Akakasimudza, ndokuona zita remunhu wainge akapedzisira kutaura naye kare-kare zvekuti chaive chisamiso kuti nhamba dzake akange akadzichengeta. Chenzira akadaira runharembozha rwuya.

Vakataura kwekanguva. Apedza hurukuro iya, Chenzira Nhiwatiwa akange ave nedudziro izere pamusoro pechibhende chaive mupepanhau. Chirangano ndicho chaainge aita nemunhu akange amurovera runhare. Chirangano ichi ndicho chaisakisa kuti mukana wekuita zvakanaka-chekuva mumwe wejuri-uve zvakare wekuita zvakaipa chose.

Asi zvekuti afunge kaviri zvakange zvisingaite.

30

Mai Banda, mupepeti wepepanhau re*Murindi*, vainge vagere muhofisi mavo, vakabata musoro. Pamberi pavo, patafura, paive netsamba dzaive dziri idzo dzaivasuwisa kudai.

Yekutanga yaibva kubhangi. Tsamba iyi chaive chiziviso chekuti bhangi rakange rine fungidziro yekuti mari yavakange vakwereta muzita rekambani yavo vakange vasina kuishandisa mune zvavanga vaikweretera. Saka, bhangi raida kuti vadzose mari iya nekukurumidza. Zvichikona, nyaya iyi yaigona kupirwa kumatare. Tsamba iyi yakavayeuchidza kuti kwaive nemitemo mitsva yakatarwa mushure mekubhombwa kweguta reNew York kuAmerika yekuedza kudzivirira nzira dzekuti vaiita mabasa aya vasawane mari yekuafambisa. Zvakare, pamutemo utsva wezvekukweretesana mari, bhangi iri raifanira kuzivisa hofisi yaiona nezvemafambisiro ebasa remabhangi nemamwe makambani anoona nezvemari, zvaizokonzera kuti pepanhau raMai Banda rive nezita rakashata semukwereti. Iyi yakange isiri nyaya diki.

Imwe tsamba yaibva kune kambani yaivatengesera mapepa, ichivazivisa kuti kubvira musi iwowo, urongwa hwagara uripo hwekuti yaivapa mapepa kwemwedzi mitatu vasati vabhadhara hwakange hwaongororwa patsva. Chikonzero chakapiwha ndeche kuti kwaiva namanija mutsva, uyu aive nemaitiro ake akasiyana neeuyo aimbovepo.

Shavi Rechikadzi

Chokwadi, vakuru vakati nhamo haibve pane imwe. Asi kuna Mai Banda, aya akange asiri matambudziko akasiyana aiuya kubva kumativi mana panguva imwechete. Ose aikonzerwa nechunhu chimwe; basa raChine Makawa rekujekesera veruzhinji nezvaitika kune vanhukadzi. Nyaya yaNhamo ndiyo yakange yakoka zvirango izvi kubva kuvaya vaizvitora sevaridzi venyika ino nekuda kwemari yavo.

Patsamba yeBhangi reNhari Commercial Bank paive nemazita emadhairekita aisanganisira vaShottfield Moyo, baba vaGerald Moyo. Pamutsetse wemazita emadhairekita eFauntelroy Printers, kambani yaitsikisa pepanhau ravo, paive zvakare navaHumphrey Moyo, babamukuru vake.

Mai Banda vakange vari pakamanikidzika. Kune rimwe rutivi, vaive nedonzvo rekurwira kodzero dzevanhu. Asi, zvaive pachena kuti vakaramba vari mukati mehondo iyi, vakange vakasangana nekubhuroka kwekambani yavo.

Vazhinji tinofunga kuti hurumende dzenyika dzakasiyana ndidzo dzinowanzoshandisa chisimba mukuva chinhingamupinyi mune zvekufambiswa kwemashoko kana kukosheswa kwekodzero dzevanhu yekuti vataure zvavanenge vachifunga pane chero nyaya ipi zvayo. Nyangwe munyika dzakaita seUSA, dzinowanzoonekwa semuenzansio munezvekukoshesa kodzero dzevanhu, tinoona nyaya dzichibuda dzevatapai venhau, vanagwenyambira nevamwe vakadai vachishushwa nemauto kana mapurisa.

Asi kune vanozvipa nguva yekunyatsoongorora zviri kuitika, zvinoonekwa kuti kune masimba ari kushanda pano pasi ekurwisa kodzero dzevanhu dzezvekufambiswa kwemashoko nekutaura zvavanoda. Masimba aya akaipa kudarika mitemo inonyorwa pasi nematare, kana mauto kana mapurisa anouya kuzosunga kana kuuraya vanhu vanenge vaburitsa mashoko anogumbura vatongi vavo.

Masimba aya ndiwo akange anangana naMai Banda.

Asi, Mupepeti we*Murindi* akange atove nezano nakare. Mai Banda havana kunge vasvika pavaive nhasi uno nekusava nemazano. Vaiziva kuti nyika yavairarama vari yaive sango chairo rinorura. Zvisinei kuti chita chedu chaisangana neshanduko huru, zvakange zvisati zvave nyore kuti munhukadzi angovamba pepanhau rake muZimbabwe. Zvikurusisa pepanhau raitsiura nyika yose, zvisinei kuti mamiriro ezvematongerwo enyika netsika yeudzvanyiriri.

Murindi raidiwa nemhomo dzevanhu, asi vanhuwo havasi rivo vaikwanisa kuritsigira nemari yaidiwa mukunyatsofambisa basa rayo.

Mai Banda vakasimudza runhare, ndokuchaya nhamba dzaChine. "Svika kuno, chikomana."

Pasina nguva ipi, vakanzwa pamusuwo pavo pogugudzwa, Chine ndokupinda. Mai Banda vakanongedza kune chigaro, Chine ndokugara zvake. Vakaunganidza matsamba aya, ndokumutambidza. Chine akangoti verengei maviri acho, achibva aziva kwaienda nyaya.

"Tadenha mutunhu une mago," Chine akadaro. "Inga pepanhau rino raita Mafirakureva chaiye!"Akazunguza musoro. "Chasara kutumirwa chikwata chevakomana kuzotirova."

"Dzese tsamba idzi dzakanangana nenyaya yaNhamo," Mai Banda vakadaro. "Vabereki vevakomana vakamubhinya ndaana mbozha."

"Saka, toita sei?" Chine akabvunza.

Mubvunzo uyu wakashamisa mupepeti wake. Zvechokwadi, unhu hwaChine hwakange hwashanduka kubvira paakatanga kunyora nezvekodzero dzemadzimai. Paaimbova Zanondoga, Chine aitanga anzwa pfungwa dzevamwe mazuva ano.

"Tinogona kukanda mapfumo pasi," Mai Banda vakapindura.

"A, hazviite!" Chine akavadzvokora neziso raiti, Munorevesa here, kana kuti muri kuda kundinzwa?

"Ko, zvino pepanhau rovharwa here?" Mai Banda vakabvunza.

"Ndinogona kusiya basa!" Chine akadaro. "Ehe. Ndosiya basa, ndoramba ndichinyora nezvekubhinywa kwevanasikana…"

"Uchinonyorera ani?" Mai Banda vakamubata muromo. "Redu ndiro pepanhau raramba rakashinga kusvika pachidanho chino."

"PaIndaneti!" Chine akapindura. "Ndine *blog*, uye…."

Asi uku kwakange kuri kutaura zvisingaitike, zvana Tsuro naGudo. Vangani vaive neIndaneti muZimbabwe? Chine akazendama nemusana pachigaro chake, ndokubvuma nechemumoyo kuti akange asisina mazano.

"Chinzwa zvatichaita," Mai Banda vakadaro. "Nhasi, tichanyora pamusoro pako."

"Pangu?"

"Ehe. Vaverengi vedu vangade kuziva kuti iwe chinokupa shungu dzekunyora pamusoro penyaya iyi, uye zvimhingamupinyi zvaunosangana nazvo."

Chine akanyemwerera. "A, ndazviona! Ndipo pandinotaura nezvekurangana kwezvemabhizinesi mukuyedza kuti vhara muromo!"

Mai Banda vakagutsurira musoro. "Unoziva, chikomana, pane dzimwe nguva, unomboita seunoziva zvaunoita. Ndosaka ndisati ndakudzinga pabasa. Saka, nhasi, chimbosiya nezvaNhamo uyu, umboudza vaverengi vedu kuti ndiani Chinembiri Makawa."

"Aiwa, zvakanakai, ambuya."

"A, gara zviya, iyo nyaya yaNhamo yave papi?" Mai Banda vakabvunza.

"Iri kuenda kudare mangwana. Nomusa apfuura nekuchipatara. Ndiye andiudza kuti iye Nhamo wacho ave nani, zvekuti anogona kupupura pamberi pedare."

"Bva, chienda hako unoita basa rako. Uti Sithole auye kuno."

"Zvakanakai."

Chine ndokusimuka ndokubuda.

31

VaShottfield Moyo, sachigaro weS.M. Financial Holdings Ltd, vakanyemwerera, ndokuti, "Ha-a, kamukadzi kaya kachaona kuti hakana kungwara."

Vaive vagere muhofisi yavo munhora yaiita muka tienzane neriya gomo rakapa guta guru reZimbabwe zita rayo. Vainge vashanyirwa nevabereki vevamwe vakomana veThe Flava Crü. Aka kaive kari kamusangano kekuona kuti matanho avange vatora mukurwira vana vavo akange ari kushanda zvakadii.

"Kanofunga kuti kuwana mubairo zvinoreva kuti kapepanhau kake kava nerizinesi yekuparidzira nhema."

Zvirokwazo, vabereki ava vakange vavhundutsira pepanhau re*Murindi*. Uye, vakange vatsvaga mazvikokota pamagweta. Asi, zvaive pachena kuti nyaya iyi yemhosva yevana vavo yakange yavagura kunorira.

Mapoka emadzimai akange ataura kuti kana asina kugutsikana nemafambiro enyaya iyi, aizovhara maakaundi awo nemabhangi aive pasi peS.M.Holdings. Zvakare, aizotemera zvirango chero ipi kambani yaizivikanwa kuti yaive neakaundi nebhangi iri.

Izvi zvairatidza kuti chita chaive nepfungwa yekuti vabereki ava vaishandisa zvinzvimbo zvavo kuti nyaya iyi itsikwe-tsikwe.

Makautora kupi, moyo wakaipa kudai? Kutora Satani, kuisa muhomwe?

"Saka tese tine tarisiro here kuti tinoihwina mangwana?" Frank Ncube akabvunza.

Vose vakaratidza kubvumirana naye. Kunze kwaMai Moyo, avo vaita sevakange vasiri mumba umu. Vakange vakatarisa zvavo kunze, asi pfungwa dzavo dzaive kure.

"Kana tese tiine tarisiro yekukurira, bva ngatidzokere hedu kumabasa edu, tisiye vaMoyo neravo." Frank Ncube ndokusimuka, ndokutungamirira vamwe vabereki mukuoneka VaMoyo nekubuda.

Vasara vega, VaMoyo vakaramba vachinyemwerera. Zvekuti mwanakomana wavo aizomira pamberi pedare mangwana nemhosva yekubata musikana chibharo yakange isiri nyaya yavaizvidyira moyo nayo. Dai pasina kuti vakomana ava vakange vakawanda, dai pasina kuti vakashaya mukana wekutaura nemusikana wacho, vaigona kunge vaigadzirisa nekumuroora.

Ko, chakange chagara vakomana ava chii kuzosvika pakumukuvadza?

Nyaya dzekubatwa chibharo kwevasikana dzakange dzisiri dzitsva kwavari. Ivo pachezvavo vaive neimwe yekamwana kaiita Form 2, kavakazoroora kabisira. Nyaya yacho haaina kuzosvika kumapurisa. Kuna VaMoyo, vasikana vaindomhan'ara kumapurisa vachiti vabhinywa vaitsvaga mari chete kuvapfumi vakaita saivo.

VaMoyo vakazunguza musoro. Gerald nevamwe vake vaifanira kuziva kuti mitambo iyi yaida kutambwa wakachenjera. Vakange vasati vambogara pasi naye zvavo. Asika, vakange vasati vacherechedza kuti Gerald wavo anga ayaruka.

Vakanyemwerera, vachimuona mupfungwa dzavo achidzingirira twusikana. Aiwa, uyu ndiye aive mukorore chaiye, chidadiso chababa vake!

Runharo rwavo rwemuhofisi rwakangiriridza. VaMoyo vakapwatika kubva mukugaya kwavo, ndokuidarira.

"Pane musikana ari kuda kukuonai." Uyu aive rusepishonisti. "Ati anonzi Henrietta, abva kuMiss Villiers…."

"A, rega auye kuno!" VaMoyo vakanzwa kufara chose.

Henrietta aive mwanasikana wechikoro cheVilliers High School. Aitamba nemuzukuru waMai Moyo. Aida kupinda mumakwikwi ekutsvaga tsvarakadenga pachikoro ichi e*Miss Villiers High*, aya aitwa pagore rega. Zvino, aive nedambudziko rekuti vabereki vake vakange vasina mari yekumutengerawo mbatya dzinoshamisira, kana zvekuzora nezvekufirita, neye kugadzirwa musoro kuti runako rwese rwunyatsobuda.

Musikana uyu akange apira chichemo chake kuna VaMoyo, achiti zvimwe kambani yavo yaigona kumupa rubatsiro. Henrietta aifunga kuti akakunda mumakwikwi aya, izvi zvaimubatsira kuti azivikanwe nevemakambani anoita nezvekushambadza zvinhu zvakasiyana uye vemafirimu nemamagazini efashoni. VaMoyo ndokuti vaigona kumubatsira mune zvese zvaaida, nyangwe kubhadhara vaizoongorora tsvarakadenga dzose kuti vamusarudze. Asi, sezvavakatsanangurira Henrietta, kandiro kanoenda kunobva kamwe. Chaunoda kuti akuitire, newe muitire ichocho, akaimba mushakabvu Paul Matavire.

VaMoyo vakamuendesa kuhotera. Mwanasikana akateyewa nekubwinya kwemagetsi, nemunhuwiro wezvekudya zvaibikwa, nechiRungu chaitaurwa makare, zvese zvaaidzidziswa kumba, kuchikoro nekuchechi ndiye tsve!

Musi wavakarara naye, Henrietta akabva aziva chikonzero chazvairambidzirwa. Iye hapana chakamunakidza pane zvakaitika, asi kutoti akasara ave kunzwa kuzvizvidza nekuzvisema nekubvuma kunyangadzwa kwaainge aita. Henrietta akange asiri zvake mhandara, asi aiziva musiyano pakati pevanhu vaviri vari kuita zvekuda kufadzana, nemunhu ari kushandisa mumwe semudziyo kana bhiza. Asi paakaona zvipfeko zvavakamusarudzira muzvitoro zvinodhura zvepaWestgate, mwanasikana akavaregerera baba vaya, ndokuenda navo kune imwe roji. Mushure mazvo, vakamutengera runharembozha rwechizvino, rwaimupa mukana wekutumira mifananidzo yake paIndaneti, zvekuti akange atove nemukurumbira pa*Facebook* nepa*Instagram*.

Saka nhasi akange auya kuzopa kutenda zvakare.

VaMoyo vakazhinya zvomene, pavakanzwa musuo wavo wogugudzwa. *"Come in!"*

Henrietta akapinda, achiita zvekudadamira nepamusana peshangu dzaainge akapfeka, chiunu chichiti kurudyi, kuruboshwe. Aiwa, apa paive neutepe hwemusikana. Muviri wake wakange wakanyatsoumbwa, usina kunyanyoondoroka, asi usina zvawo kuzosimba. Akange akapfeka zvemazuva ano, mumusoro mainge makaiswa wivhi yekuti asati akucheukira waiti hameno muIndiya. Waiti ukamuona, waibva waziva nekukosha kwembatya dzake uye magadzirirwo ebvudzi rake kuti ava ndivo Nyachide vashe, havatangwi naanaWanga vemuraini. Kudya kwevakuru.

Akasvikogara pamakumbo aVaMoyo. VaMoyo vakaseka, ndokuti mazamu ake dzvi kunge munhu ari kutemha michero. Dai dzinge dzakakwana mumusoro mavo, VaMoyo havainge vachizvinyepera kuti kamwana aka kaivada. Zvimwe vakafunga kuti kunyebudza apo kaiedza kunzvenganisa muromo ivo vachiedza kukatsvoda. Chakaida imari chete.

VaMoyo vakapinza maoko mubhurugwa maHenrietta. Musikana uya ndokusimuka kubva panababa vaya. "A, ko, Mai vaTinga vakapinda!"

"Mai Tinga vaenda, ava!" VaMoyo vakadaro. "Iwe, ndakakuudza kuti ino ihofisi yangu. Ndinoita zvandinoda. Uya pano."

"Ndiri kudawo mari yebhutsu," Henrietta akadaro.

"Yebhutsu chete? Usatye, mudiwa. Chiuya pano."

Asi Henrietta akaramba amire. "Asi, Baba VaTinga, munoziva kuti ini ndiri mwana mudiki chaizvo?"

VaMoyo vakasekerera, asi nechemumoyo vakaedza kufembera kuti kamwana aka kakange kakanangepi nemubvunzo uyu.

"Ehe, ndosaka ndichikuda!" vakadaro. "Kamwana kanoti *tadha!* ndiko kangu manje. Kana ndinewe so, ndinobva ndadzokera kuita jaya chairo!"

"Nhasi zvatadzidza kuchikoro zvandiratidza kuti imi muri kundikanganisira utanho hwangu," Henrietta akaenderera mberi. "Zvese zvamunondiitisa ndezve vanhu vakuru. Mazuva ano ndiri kunzwa mudumbu....."

"Iwe, zvese zvauri kutaura handinei nazvo!" VaMoyo vakanzwa hasha dzavasati vambonzwa. "Hausiriwe wega wakauya uchida mari yekutenga hembe? Wauya kuzotsvaga mari here kana kuti wauya kuzondirondedzera zvamadzidza nhasi? Zvinei neni, ini ndakaita chikoro changu kare! Uye, handisi mubereki wako. Kana baba vako vasina hanya nedzidzo yako, vachikurega uchiteera twusina maturo, ko ini ndinozoita hanya pakai?"

"Nda-nda-ndaida mari chete, kwete zvimwe zvamave kuda kuti ndiite..."

"Saka wanga wanzwa kuti ndinongopa mari? Waifunga kuti itsitsi dzei idzodzo? Unofunga kuti paWerufeya here pano? Pawapinda nepamusuo waona chikwangwari chakanzi *N.G.O.* here? Waifunga pano ndepeGirl Child-*Empowerment* inongotaurwa mazuva ano?"

Vachitaura kudai, VaMoyo vakamudhonzera kwavari, ndokutanga kumubvisa mudhabha wake.

"Nd-nd-ndinoridza mhere!" Henrietta akamboedza kuvatyisidzira. Asi, aiziva kuti zvino akange ari kutamba nemuswe wengwena.

"Ridza mhere, nyika yose izive kuti uri kahure kanoteera madhara kumabasa kachida mari yembatya. Vabereki vako vanoti kudii vakazvinzwa?"

Henrietta akazviona kuti akange azvipinza oga mumambure. Haana kuzorwisa apo VaMoyo vakamuti akotame akatambanudza maoko ake nedhesiki ravo. Apo vaMoyo vaimutenyera kudaro, Henrietta akambonyatsofunga nezveupenyu hwake. Chaaida chii muupenyu kuti zvizosvika padano rino? Zvino, kuda kumboshamisira pachikoro, zvemusi mumwe chete zvanga zvamupei? Kana iyo mbiri yepaFacebook nepaInstagram, hapana chayainge yamupa kunze kwekunetswa nemamwe madhara aidawo kumushandisa.

Vapedza, VaMoyo vakakanda chisvinga chemari patafura. "Chibuda uende!" Mamwe mapepa emari iya akasvikomhara pamusana wake, mamwe ndokuwira pasi.

VaMoyo vakanomira pahwindo, ndokusunga bandi ravo pamwe nekuvhara zipi. Pavakacheuka, vakaona kuti Henrietta akange asati apfeka. "Iwe, ndati chibuda muhofisi mangu! Kwanhasi ndapedza newe."

Henrietta akakwinyira mudhabha wake neruoko rimwe. Nerimwe ruoko, aipukuta misodzi yaingochururuka. Kana aifunga kuti zvimwe VaMoyo vachamunzwira tsitsi, akange airasa.

"Ndave kuenda," akadaro, nekazwi kekuzvininipisa.

Achibuda, VaMoyo vakaridza tsamwa. Inga kamwana aka kaishura chose! Handiti kakauya kega kuzotsvaga mari kwavari? Manje, changa chanetsa chii?

Zvino kakange kasangana nazvo. Kakange kave kuziva kuti kuna Shottfield Moyo! Zvetusikana twaimbeya nemaraini twuchitiza chikoro, twuchiti twakachenjera!

Vaitofanira kunomuona mauro iwayo, vombomupa zvinhu zvake futi. Hapana marambiro aaigona kuita nekuti Henrietta, nevamwe vasikana vakadai, vaive mumaoko ake. Vana baba vavo vakange vakavarasa, vachikoshesa doro, kuchechi nezvimwe kudarika kudzidzisa nekuraira vanasikana vavo. Wavo Tingaitei aive kuAmerika.

Ndiwo matambiro acho aitwa mutambo wacho aya! Zvino dai mujaya wavo Gerald nevamwe vake vaizviziva, dai pasina nyaka-nyaka yese iyi.

32

LIBRA (23 Gunyana - 22 Mbudzi)

Pane zvatinoita tisingazive, uye tisingazive kuti hatizive...

Chenzira Nhiwatiwa akabuda muToyota Cressida yake, ndokumira akatarisa mugwagwa waibva kuHarare wonanga kumabvazuva. Paive pasina hapo chekuona, kunze kwemichovha yakasiyana yaipfuura. Imwe yaitsauka ichipinda pane unowaienda kumusha weVilliers Park.

Aive masikati, zuva riri pachigaro charo cheushe mudenga. Asi, kwaive nekamhepo. Dikita rakatanga kuoma muhapwa nemusana wake, ndokusiya ganda richisosona.

Chenzira aifamba zvishoma nezvishoma nemugwagwa waienda kuVilliers Park. Kurudyi rwake, kwaive nesango. Kuruboshwe, kwaive nebani. Chenzira aimhanyisa meso ake nesango riya.

Ave kufunga kuti aitsvaga tsono mumahuswa, sezvinoreva dimikira yevaRungu, Chenzira akabva aona paaitsvaga. Kanzvimbo kasina miti kana uswa, kairatidza kunge paimbomira mabhazi.

Ndipo pakange pakabatwa Nhamo chibharo, sekufungidzira kwaiita mapurisa uye sekupupura kwaainge aita iye Nhamo wacho. Chenzira akaburitsa kakamera, ndokutanga kutora mifananidzo yenzvimbo yacho.

Ari kutora mifananidzo kudaro, pakabva pasvika imwe Mazda pfumbu. Makabuda mumwe musikana mutete, mutsvuku. Ainge akapfeka mudhaba nebhurauzi dema. Bvudzi rake rakange rakagadzirwa, asi riri pfupi. Akauya kuna Chenzira achinyemwerera aona shamwari.

"Masikati, VaNhiwatiwa," musikana uya akakwazisa Chenzira.

Chenzira akamboramba akamudzvokora, ndokuzoti, "E, masikati, vahanzvadzi."

"Ko, zvamunenge manditadza," musikana uya akadaro. "Ndini Samantha Kuimba."

Chenzira akange asati amborinzwa zita iri, ndokuzunguza musoro wake.

"Munyori we*Zvemuguta*," Samantha Kuimba akatsanangura. "Takaonana kumhembero yemusangano weChegutu Women's Support Network, ndikakumbirawo mukana wekuita indavhiyu. Zvino hamubatiki, VaNhiwatiwa."

"A, ndinogara ndiri pabasa," Chenzira akadaro.

"Zvino nhasi ndakuwanai," Samantha akadaro. "Ndiri kunyora maererano nezvebasa remapurisa mukufeya-feya nyaya iyi yaNhamo. Imi senhengo yejuri, muri kugutsikana here kuti zvinofanira kuitwa zviri kuitwa nemutoo chaiwo?"

"A, mapurisa edu munoazvia," Chenzira akapindura. "Vachakasarira munezve kufeya-feya. Zvakare, mari yechiokomuhomwe vanoida. Ndosaka ndauya ndega kuti ndizvionere mbune panzvimbo panonzi ndipo pakaitikira nyaya iyi."

"Saka pane chamaona here?" Samantha akabvunza.

Chenzira akatambanudza maoko ake. "Pane chekuona here pano? Ndinoda kuona kuti mapurisa aya achiratidza chii chingagutse munhu anedzake shanu kuti pano pakabatwa munhu chibharo."

Samantha uya akatorawo mifananidzo yaChenzira uya, ndokuenda zvake.

Chenzira haana kuzonyanyo pagara panzvimbo paya. Akapinda muVilliers Park, ndokukurukura nevakomana veFlava Crü. Zvakamushamisa chose kuti vakapindura mibvunzo yake vakasununguka.

Zuva rakange roshandutsa mahwindo epaReserve Bank munaSamora Machel akava mashiti endarama inobwinya apo Chenzira akadzokera kutaundi. Akasiya hamabautare yake pachechi huru yeHingirandi, sezvo aive nhengo inechiremera muchechi iyi zvekuti aibvumidzwa kupaka hambautare yake, ndokukkwidza naSecond achiita seonanga kumaAvenue. Asi, akapinda munaCauseway, ndokukwidza nayo dzamara asvika paine imwe imba. Nemavakirwo ayo, waibva waziva kuti iyi yaive imba yaigara vaRungu mumakore vakatanga kupinda munyika ino, Harare ichanzi Salisbury. Asi nhasi uno, yakange yave kushandiswa semahofisi emabhizinesi akasiyana. Ndipo paive nehofisi yeRainbow Circle Advertising Agency.

Achisvika kudai, ndiye dhumadhuma nemumwe murume wechiRastafarian aive ari muhurukuro parunharembozha. Ainge akapfeka sutu yake yebhurawuni, ine mitsetse yendarama, tsvuku negirini. Ukuwo, bvudzi rakange rakasungwa ndokusiyiwa riri mutsetse waienzana nemusana kunge muswe webhiza. Ndebvu dzake kunge dzembudzi. Chenzira akabva aziva kuti ainge akatarisana navaLezelalem Beta.

"Pamusoroi, changamire," Chenzira akamutanga, nezwi rairatidza ruremekedzo.

Lezi Beta akati, "Sha-a, ndokubata manje-manje," kune munhu waaitaura naye parunhare, ndokuidzosera muhomwe make. "Changamire ndimi, chirombowe," akapindura kuna Chenzira. "Pindai zvenyu mukati, ini pane kwandichambo mhanyira. Asi, vabatsiri vangu vanogona kukuonai."

"Aiwa, VaBeta, zvandafambira zvinotoda imi," Chenzira akadaro. "Hongu, ndiri kufambira zvebasa. Asi kana nyaya yacho yakarerekera kwamuri, i*Personal*."

Lezi akashaya kuti murume uyu aiedza kuda kuti kudii chaizvo. "Nyaya yacho iri maererano neyi?"

"Ini ndinonzi Chenzira Nhiwatiwa. Ndiri mumwe wejuri rakasarudzwa kuti rinzwe nyaya yaNhamo.."

"Saka muri kudei pano?" Lezi akabva amudimbudzira nezwi rehasha rakavhundutsa Chenzira. "Asi hamuzive kuti ndiri mumwe wevafakazi..."

"Hongu, mukuru wangu, ndosaka nda..."

Lezi akabva amuti nemapendekete dzvi, ndokumusunda. Chenzira akawira negotsi. Akanzwa mumvuri uchiwira paari, vanhu vaipfuura zvavo nemugwagwa vainge vomira kuti vaone kuti chii chaitika. Akaedza kusimudza musoro wake.

"Mukaramba murere ipapo ini ndave kudaidza mapurisa!"

Lezi akaburitsa runharembozha rwake. Minwe yake yakange yave kutsvaga nhamba dzemapurisa. Asi, akabva acherechedza kuti zvakange zvisina kufanira kuti mapurise awane murume uyu pano. Ko, iye chaaida pano chii? Akange asingazive here kuti nhengo dzejuri dzakange dzisingabvumidzwi kutaura nezvapupu zvedare? Mapurisa akauya pakadai, izvi zvaizovhiringa nyaya yacho yose padare mangwana.

Zvimwe yakange yatovhiringwa nakare.

33

"Imi, pane akazonoona kuti Nhamo wacho ari sei kuchipatara?" Mai vaTinga vakabvunza.

Vainge vagere muhambautare yaMai Fanuel, vonanga kuVilliers Park vachibva kudunhu reKopje kumusangano muhofisi maBaba vaTinga, mukati meHarare.

Mai vaFanuel vakagona kudzora mashoko ehasha akange ari pamuromo pavo. Asi maoko avo pagazvo akabva aumburuka nekushomeka kweropa.

"Tinganomuona sei isu tiriisu vana nyakutumbura vaari kuti ndivo vakamubhinya?" vakabvunza. "Ko, tikasangana nehama dzake, tikarohwa zvedu? Ko, *Prosecutor* akazotiiti taida kumutyisidzira kuti asapupure mangwana?"

Mai vaTinga vakambonyarara, ndokuzoti. "Asi ini zvinondirwadza kuti mwana uya angabatwe chibharo, shuwa!"

"A, Mai Tinga, mapindwa nei?" Mai Fanuel vakatsiura mumwe wavo. "Munhu ari kuda kuti vana vedu vapike jeri ndiye womonzwira tsitsi?"

"Saka imi muri kuti anoreva nhema here?"

Mai Fanuel vakaita sevanzwa mashoko ekutuka Mwari chaiye. "A! Mashura chaiwo! Saka, Mai Tinga, muri kuti vana vedu....."

"Unhu hwevana vedu tose tinouziva!" Mai vaTinga vakadaro. "Handisi kuti ndiyo tsika yavo, yekufamba vachibhinya vasikana. Asi, tose tinoziva kuti vanosvuta mbanje, vanonwa doro uye vanoshandisa zvimwe zvinodhaka."

"Mai Tinga, unhu hwaNhamo ndinouziva. Vasikana vebasa ndiwo muitiro wavo, wani!" Mai vaFanuel vakadaro. "Akaedza kukwezva vana vangu, achiti zvimwe angave muroora wepamba pakakwirirawo. Zvakona, ave kuda kuparadza mhuri yangu."

Mai Tinga vakamboti nyararei. Mai Fanuel vakavatarisa, ndokuona kuti muvakidzani wavo uyu akange asina kugutsikana netsanangudzo iyi. Asi zvakare, kumeso kwavo kwairatidza kumwe kushushikana mumoyo.

"Regai tigonzwa mangwana kuti zvichafamba sei," Mai Fanuel vakadaro. "Chandirikuda ndeche kuti nyaya yacho ichingopera."

"Ko, zvino Nhamo wacho anodzoka here kumba?"

Mai Fanuel ndokufinyamisa kumeso. "Achidzoka kwani? Kuti azoti mangwana murume wangu amubhinya? Aiwa, takaedza kumubatsirawo mwana uya tichiti inherera. Nyamba kwaive kurera imbwa nemukaka! Ngaadzokere kwaakabva. Ndakambovaudza Baba vaFanuel kuti zvekuitira vanhu vemumaraini kumusha tsiyo nyoro izvi, havazotendi nekuti vagara vachivaiitira shanje. Dai pasina kuti tirivanhu vanonamata, zvimwe dai akatipedza neuroyi."

Mashoko aya akasiya Mai Tinga vasina kana neremuromo. Kana pakange paive nefungidziro kana garoziva, zvakange zvave pachena kuti maonero avo nyaya iyi akange akatosiyana chose. Vakazosvika kuVilliers Park vave kutaurawo dzimwe.

Asi zvainetsa Mai Tinga zvakaramba zvichivadya moyo, dzamara vakwira bhazi vodzokera kuchipatara kunoona Nhamo.

Vakasvikowana arere. Mai Tinga vakatarisa chiso chemwanasikana uyu, icho chakange chakaita sechemutambi wetsiva, ndivo misodzi chururu.

"Ndine urombo chose, mwanan'gu! Dambudziko rako nderangu, dai zvaigona inga dai ndakurwira. Asi, pazvakaitika kwandiri, ndakatadza wani!"

Nhamo haana kuvapindura, akange arizvake mumaroto. Asi Mai Kisma, avo vainge varere pamubhedha wekupedzisira kwewadhi iyi, vakasimudza musoro ndokuvatarisa kwekanguva.

34

Mutongi Joshua Harinamhuru, LLB, LLM, vakapinda, vanhu vose ndokusimuka, kuri kuratidzaka ruremekedzo. Mutongi vakagara panzvimbo yavo, vanhu vose ndokugarawo pasi. VaHarinamhuru vaive murume mutsvuku, mupfupi, aive nemhanza yekuti vaikwanisa kuvhura musuo nayo. Tumagirazi twakange twakaenzaniswa nepamunho kunge zvikero. Chiso chavo chakange chiri chamutambadziri chaiye, vakange vasingaratidze kunge munhu aive nezvaimusetsa kana kumusuwisa. Chavainangana nacho inyaya inenge yapirwa kwavari semutongi.

Vakange vasati vaverenga*Zvemuguta* rezuva iroro.

"Munyaya ichadaidzwa kuti Nyika *versus* Musembwa, Mwale, Ncube, Kazembe, Kasiya uyeMoyo, Mutongi Joshua Harinamhuru vari kutonga!" Achipedza kudaidzira mashoko aya, Bheirifu ndokuombera Mutongi Harinamhuru, ndokutora chinzvimbo chake.

Naiyewo akange asati averenga Zvemuguta rezuva iroro.

Mutongi Harinamhuru vakatarisa kuna Mai Patel, "E, Mai Patel, mungatiudze here kuti inyaya yechii yamaunza kuno kudare rino?"

Uku kwaive kuri kubvunza kwechirango. Hapana munhu aive muZimbabwe, nedzimwe nyika zhinji dziri mhiri akange asinga zvizive zvakange zvaitika. Asi, semutongi, VaHarinamhuru vaisungirwa kuti vatarise nyaya semapirwo ainenge yaitwa padare ravo chete. Nyangwe dai vaive varipo musi wakaparwa mhosva iyi, zvainge zvakafanira kuti vaite sevatotanga kuinzwira padare mavo.

Mai Patel vakasimuka, ndokuti, "Changamire vangu, Nyika inoti nemusi wa 17 Gumiguru mugore rino, kuma10 dzemanheru, vakomana ava vanoti Fanuel Tinotenda Musembwa, Oliver Mabvuto Mwale, Jeremiah Hlabati Ncube, Henry Kanyama Kazembe, Marlon Augustus Zviripai Kasiya naGerald Tamiranashe Moyo, vose vari vagari vemuVilliers Park pakero dzakasiyana, vakasangana naJessica Nhamo Mupariwa, wepakero imwe naFanuel Tinotenda Musembwa, mumugwagwa unobva kuguta onanga kumusha weVilliers Park wakare, ndokumurova uye ndokupanana mukana wekumubata chibharo. Changamire vangu, vakomana ava vakaita uipi unodarika zvatisati tambonzwa munyaya dzakadai, zvino anganisira kusangana naye nenhengo yake yekuburitsa nayo tsvina, inova iri imwe mhosva yavakapara. Zvakare, vakatora vhidhiyo yechiitiko ichi nechinangwa chekuzoitaridza paIndaneti. Saka, mhosva dzavarikupomherwa dziri pasi pemitemo inoti *Sexual Offences Act, Miscellaneous Offences Act, Criminal Evidence and Procedure Act, Communications Act uye Entertainment Control Act.*"

Nyangwe zvazvo vanhu vese vaive padare apa vakange vanyatsorondedzerwa nevatapi venhau zvakange zvaitika, vese vakashungurudzwa chose vachinzwa zvakare mashoko aMuchuchisi. Nyangwe iye Mutongi, waiti ukanyatsotarisisa chiso chavo chaita sechakavezwa negiraniti, waigona kuona sekunge changa chati pfavei.

Asi waiti ukatarisa kuna Robbie, nevakomana vaaimirira, ndipo pawaitenda kuti zvirokwazvi Satani ariko, uye kana achinge apinda muhana yemunhu, anenge atoisa chikwangwari pamuso chekuti, Ndini ndinogara pano! Zviso zvevabereki vevakomana vainenedzerwa mhosva iyi zvaita sezve vanhu vari kuona mutambo usinganakidze, vakangomirira kuti upere zvawo.

Robbie akanzi asimuke, ape mashoko ekuvhura. "Changamire, mhosva iri kupomherwa vakomana ava inotyisa chose. Tose tinoziva kuti nyaya dzakadai dzinonzi dzawanda munyika medu. Ndinoziva zvakare kuti nyaya idzi dzabata nezvematongerwo enyika ino, zvave kuita kuti ani naani zvake ane chinangwa chekuzvikwidziridza munyika muno azviratidze segamba rekurwisa kubatwa chibharo kwevanukadzi."

Gweta riya rakambomhanyisa meso nedare rose, richimema pfungwa dzevanhu. Vazhinji vakange vave kunyatsoteya nzeve, vachida kuona kuti zvino amai ava vakange vonangepi nenhanganyaya yavo. "Changamire, sekuona kwangu, ndicho chinhinamupinyi huru mune chibatanishi chenyika yose mukurwisana nekubatwa chibharo kwevanhukadzi. Ndinokumbira chose kuti dare rino risavhiringise chido chekurwisa uipi nemakakatanwa agara aripo muchita pakati pevarombo nevapfumi."

"Muzvare Rangwani, munoreva here kuti imi munofunga kuti Dare rino harina njere dzekuona mutsauko?" Izwi ravaHarinamhuru raive riri remudzidzisi ajaira kushanda nevana vakapusa zvakapfurikidza asi ainevimbiso yekuti rimwe zuva pane chaizobaka mumisoro yavo.

"Kwete, Changamire wangu!" Robbie akachimbidza kuedza kuda kugadzirisa apo ainge aresva. "Ndiri kutya kuti nezvazara mumapepanhau..."

"Saka mave kuti mutongo weDare rino unoburikidzwa nezvinenge zvabuda mumapepanhau?" Mutongi Harinamhuru vakange vave kuda kutsamwa zvino.

"Nda.."

"Munoziva, Muzvare Rangwani, nhasi, izuva rekutanga muchimira pamberi peDare rangu. Zvimwe munofunga kuti ndakasiyana nevamwe Vatongi."

VaHarinamhuru vakazendama zvishoma, ndokuti, "Muno tinongoita semamwe matare. Munopihwa mukana wekutaura zvamange maronga, pamwe newekuvhunzurudza zvapupu. Ini ndozoenzanisa zvose izvi, ndobvapa ndapa mutongo wangu. Munofunga, mukambozviedzawo, mungazvikwanise izvozvo here?"

Pakati pevanhu vakange vagere kumabhenji, pane akatanga kugegedzera, ndiye zi-i apo vaHarinamhuru vasimudza musoro kuti vaone kuti aive ani.

Robbie akatora maminitsi maviri kuti kuzvitutumadza kuya kudzoke. Akanongedza kuna Nhamo. "Vakomana ava havana mhosva yavakapara kunze kweyekuva majaya! Sezvo pane kurangana pakati pevatapi venhau nevemisangano yemadzimai, chinangwa chiri chekusvibisa zita revanhurume vose, uye sezvo pane chirongwa chemapurisa chekuwedzera masitatisitikisi avo evanhu vavenenge vagona kusunga, ndinotya kuti dare rino ringabatwe kumeso, rotadza kuona....."

"Gweta Rangwani, unenge unoda kutiudza kuti hauvimbi neDare rino."

Robbie akacheuka, ndokuona inga Mutongi vakange vazendama vakarerekera kwaari, vakafinyamisa kumeso kwavo.

"Kwete, Changamire wangu!" Robbie akazviona kuti akange azonyanya. "Ndiri kuti ini tikaongorora umbowo hwaMuchuchisi, tinoona usingagutsi...."

"Iwe, chisikana! Ini Mutongi ndini ndine simba rekuramba umbowo unenge hwapirwa padare pano!"

"Ehunde, Changamire wangu!"

"Saka, pane zvimwe here?" Mudzviti Harinamhuru vakabvunza.

"Zviripo, Changamire." Robbie akaita seoda kuzvitswasanudza. "Ndino kumbira Changamire vangu kuti vacherechedze nyaya inodaidzwa kuti *Nyika vs. Parkinson, 1983*."

VaHarinamhuru vakaramba makamuti ndee. "Enderera mberi."

Mai Patel vakati simu, asi ziso reMutongi rakabva ravananga. Zvimwe raive nemuranzi weinfuraredhi serimoti yedzangaradzimu nekuti Mai Patel vakabva vanyarara.

"Dare rakaona kuti sezvo nhengo dzejuri dzakange dzavhiringa mutoo wekupirwa kwenyaya paDare nekuenda kundovhunzurudza zvapupu, zvakange zvisina kufanira kuti Parkinson amiswe pamberi peDare nemhosva yaaipomherwa." Robbie akanyatsorondedzera kunge mwana wechikoro ari mukirasi.

Apedza kutaura mashoko aya, Robbie akadzokera kudhesiki rake ndokutora pepanhau raakasimudza kuti vanhu vese varione. "Ndinoziva kuti vazhinji hativerenge *Zvirimuguta*, nekuti rinoonekwa sepepanhau revasina kudzidza. Rinowanzoenzaniswa nemapepanhau akaita se*Sun* rekuBhuriteni. Asi, ipepanhau rinocherechedzwa nemitemo yenyika inoona nezvekufambiswa kwemashoko."

Vadzidzi vepayunivhesiti vaifunda zvemitemo nemagweta akange azara kuzonzwa nyaya iyi vakatanga kukwenyana nekuburumbudza.

Mutongi Harinamhuru vakarova nesando yavo kamwe, dare rose ndokuti zii. Asi waiona nemeso avo kuti vose vaiziva nezvemuenzaniso we*Nyika vs. Parkinson, 1983* vakange vasisina kugadzikana.

"Sezvamunogona kuzviverengera mega mupepanhau rino," Robbie akange oenderera mberi, "Mumwe wejuri ratinaro pano akaonekwa achifeya-feyawo pachezvake nezuro chaiye. Ndine mifananidzo, uye ndine mazita evanhu vaakataura navo pamusoro penyaya iyi. Vamwe vacho tinavo padare pano"

Pabhenji rejuri pakange pasisina chakanaka. Paiti anobata muchiunu kunge munhu audzwa nezverufu, anosimuka kuti anyunyute, anoda kuziva kuti ndiyani pakati pavo akange aita chisakaitwa ichi. Chenzira Nhihwatiwa ainge agere akatarisa makumbo ake.

Ko, zvino chii chakange chave kuitika? Inga munhu akange amufonera musi uya achimupa basa rekunyatsofeya-feya akange amutsanangurira kuti ndizvo zvaidiwa neHofisi yeMuchuchisi? Munhu uya akange anyatsomukomekedza kuti asataure naani zvake wedzimwe nhengo dzejuri. Akange amukomekedza zvakare kuti achengete marisiti eputuru nezvimwe zvakadaro, kuitira kuti aone kudzoserwa mari yaanenge ashandisa.

Mutongi Hadzinamhuru vakatsveta mapepa avainge vatambidzwa naRobbie, ndokurova nekasando kavo. Chiso chavo change chasviba nehasha.

"Nezvandaratidzwa pano, hapana zvandingaite kunze kwekuramba kuti nyaya iyi itonge padare rino. Ndinoraira kuti vakomana ava vasunungurwe zvavo. Zvakare, ndinoraira kuti Chenzira Nhiwatiwa asungwe mhosva yekuvhiringa mafambisiro ebasa redare rino."

Vapedza kutaura mashoko aya, Mutongi Harinamhuru vakabva vasimuka, ndokubuda. Pakapfuura maminiti maviri Bhairifu asati acherechedza kuti vakange vabuda.

35

Paive pakati peusiku. Nhamo akapwatika. Akaedza kucherechedza kuti aive pai. Pakapfura kanguva asati ayeuka kuti aive pamubhedha muchipatara. Ndipo pakauya cherechedzo yemarwadzo emuviri wake. Asi, akange asiri marwadzo enyama dzake bedzi. Mweya wake waive nemaronda aijucha urwa neropa.

Ndangariro dzezuva rekutongwa kwenyaya yake ndokudzoka. Nhamo akayeuka Mutongi vachipa mutongo wavo, dare rose ndokusara rangova mhirizhonga, pakatozodaidzwa mapurisa. Mai Musembwa vachidzorwa nevanhu, vachida kumurova. Robbie achitaura nevatapi venhau.

"Mainini!"

 Nhamo akacheuka, ndokuona Mai Kisma vamire nechekumusoro kwemubhedha wake. Chiso chavo chichipenya netsitsi nerudo, kunge chaamai vane mwana wavo. "A, vana mukoti vakubayai jekiseni kuti mukotsire. Marara kunge dawa chairo"

Havana kumirira mhinduro. "Mungazorora sei nezvaitika izvi? Nyangwe zvazvo vakomana vaya vavharirwa, imi...."

"Havana kuvharirwa ava!" Nhamo akadaro. "Vakanzi nedare havana mhosva."

Mai Kisma vakaratidza kukatyamadzwa nemashoko aya, ndokugara pachigaro chaivepo. "Saka, kana mabuda muchipatara muchadzokera kwakare kumba ikoko?"

Nhamo akazunguza musoro. "Basa rakapera. Dai mukomana wangu auya kuzonditora, asi ndinofunga kuti achiri kuchikoro."

"Zvino muchaenda kupi?" Mai Kisma vakabvunza.

"Hameno, vakoma."

"Munoziva, Amainini, ini ndiri hama yenyu. Dambudziko renyu nderangu. Zvimwe mune kabako kekuhwandira kamunoziva. Ini zvangu, ndiri kubuda muchipatara muno nhasi. Ndanga ndati ndikusirei kero yangu, kuzoitira kuti mukaona kabako kenyu katorwa neingwe, aiwa, munouyawo kwangu."

Mai Kisma vakamutambidza kapepa. Nhamo akatora, ndokucheuka, kuti akarongedze pane zvimwe zvinhu zvake, ndokutadza kuona kuti Mai Kisma vakange vave kunyemwerera.

Asi Gladys akazviona, ndokutanga kunamata arere pamubhedha wake.

36

Muzvare Sylvia Muuris, sachigaro wemusangano unoedza kusimudzira
madzimai weCoalition for Action for Women in Zimbabwe, C.A.W.S. vakabatidza
magetsi. Zvaiita sekunge vanhu vese vakange vari mumba umu vakange
vambomubuda, asi parizvino vakange vadzoswa makare nemasimba
anoshamisa.

Vanhu ava vaisanganisira nhengo dzemusangano wavo, mapurisa, magweta,
vatongi vezvemhosva, vakuru vezvezvitendero nevatapi venhau. Muzvare
Muuris vakange vavaratidza mufananidzo waive pamusoro penyaya yetsika
yechichaichai nekubatwa chibharo kwevanhukadzi muZimbabwe.

"Hameno, vana baba naana mai, manga mati timbotura mafemo, kana kuti
toenderera mberi nehurukuro yedu?" Muzvare Muuris vakabvunza.

"Ngatienderere mberi!" mumwe murume akadaro. Akange akapfeka *kippah*
chena yechiJudha. Zita rake raive Rabhi Shimon Moyo. "Tave nemakore
akawanda tichiti tikambo nyenyeredza nyaya iyi, toitsveta tozoisimudzira
zvakare asi pasina chinobuda. Zvatakwanisa kuva pano tose kudai, ngatione
kuti tingaizeye yese ichipera! Tikabuda muno, vamwe tinenge tave kufunga
nezvekushomeka kwemafuta edhiziri, kana kuwanda kurikuita zvigadzirwa
zvemhando yepasi zvinobva kuChaina muzvitoro."

Vamwe vakatanga kugutsurira misoro. Muzvare Muuris vakanzwa kufara kuti pakati pevatungamiriri ava nevanamazvikokota, paive nechido chekubatana mukurwisa uipi uhwu hwekubatwa chibharo kwevanhukadzi.

"Zvakanaka," Muzvare Muuris vakadaro. "Tose tanzwa uchapupu hwevakadzi ava vakabatwa chibharo. Pane zvataona here muvhidhiyo iyi zvatingati zvinogona kuti batsira mukurwisa uipi uhwu?"

VaFrederick Mlambo, mumiriri wesangano remagweta, akati, "Vazhinji vevakadzi ava vakabatwa chibharo nevarume vavaizivana navo nakare. Taona kuti vavanoshanda navo, hama nevamwe vekuziva ndivo vananyakupara mhosva idzi."

"Hongu!" Muzvare Muuris vakadaro. "Hazviwanzoitika kuti munhurume ari kungo zvifambirawo osangana nemunhukadzi waasingazive, otongomubhinya. Tinowanzoona kuita kwakadai kana kuine hondo, sezvataona pachikamu chabata nezve zviri kuitika kuSudhani, Kongo nedzimwe nyika. Izvi zvino tiratidzei? E, Rabhi Moyo?"

"Magariro edu emazuva ano anowedzera mikana yevarume vanoita izvi," Rabbi Shimon Moyo, vaimirira vechitendero chechiJudha vakadaro.

"Mapfekero emazuva ano!" mumwe wevezvitendero akadaro. Akange akapfeka yunifomu yemaSarivhesheni.

"A, regai tinyatsonzwisisane ipapa!" Rabbi Moyo vakapindura. "Hongu magwaro ezvitendero zvedu zvakasiyana anotiratidza, uye nemararamiro edu anoratidza kuti kune mapfekero emukadzi anokurudzira ruchiva. Asi kana tichipa mienzaniso, seyaDhavhidhi, uyo akaonaBhatishebha achishamba ndokumuchiva, ngatiyeuke kuti vaviri ava vakadanana. Zvakasiyana nezvatirikutaura pano. Kuchiva mukadzi nekuti aratidza nyama dzake pachena zvakatosiyana nekumubata chibharo. "

Rabhi Moyo vakambotura mafemo, ndokubata kippah yavo zvisinei kuti yakange yakagadzikana pamusoro wavo. "Pamifananidzo yataratidzwa, pane mwana ane mwedzi mina ekuzvarwa, nechembere ine makore makumi pfumbamwe. Tikada kuti mapfekero chete evanhukadzi ndiwo ari kukuchidza moto weruchiva muvarume, zvichizoita kuti varume vave mabhinya, ndinga bvunze kuti kokasvava aka kataratidzwa, iko kashava naGogo ava vanga vakapfeka zvakaita sei kuti vakwezve varume vakavabata chibharo? Mungati imi napukeni remwana mucheche ringaenzaniswe nebhikini inopfekwa naBeyoncé? Ko, iye Beyoncé wacho zvaanowanzobuda asina kusimira, pane akamubhinya here?"

Vese vakaratidza kuti vaibvuma kuti zvakange zvarehwa naRabhi Moyo raive dama chairo. Muzvare Muuris vakange vave kunzwa kuda kupururudza nemufaro, kunge mudzidzisi wekirasi yemashasha chete. Ko, handiti vaive nemakore aidarika makumi maviri vachiedza kupinza nyaya yavaikurukura nezvayo mudarira?

"Chandaona chiri kunyanyokonzera kuti izvi zvirambe zvichiitika, kukonewa kwechita chedu kuchengetedza madzimai aya." Ava ndiMai Fatima Kassim, sachigaro weZimbabwe Muslim Women's Society. "Taona apa muenzaniso wemusikana akabatwa chibharo nasekuru vake, hanzvadzi yaamai vake asi hama dzake dzakatya kupira nyaya iyi vachiti havangaendese sekuru kujeri nendava yekuti ndaamai, vanoita ngozi."

"Zvakare," mumwe mutauri akaisimudzirawo, "ndinoona kuti dzimwe nguva mutemo unoonekwa uchikundikana kuranga vanopara mhosva idzi." Ava vaive Mai Samantha Dhliwayo, mukuru weSD Christian Fellowship. "Taona amai ava vanoti vakamhan'ara kumapurisa, asi pakashaikwa umbowo wakakwana. Sezvo aive ari muzvinachitoro chavaishandira aivabata chibharo, basa rakapera uye murume wavo akavaramba achiti vamufumura pane vanhu. Sezvataona, nhasi uno amai ava vari kutodanana namuzvinachitoro iyeye nekuti havasisina imwe nzira yavangashavire nayo mhuri yavo."

Muzvare Muuris vakange voda kupindawo, ndokuona Nomusa Mpala akasimudza ruoko. "Ehe, Nomusa,"

Nomusa ndokuti, "Hongu vezvemutemo vanosangana nezvinhingamupinyi zvakawanda zvinoita kuti titadze basa redu. Asi, sezvarehwa naMai Kassim, chita chose chinofanira kubatana mukurwisa dambudziko iri. Kana ndichiti ngatibatane, tese tanzwa vamiriri vemasangano akasiyana vatinawo pano vachibvumirana pakuti kubata mukadzi chibharo imhosva. Saka kana tese tichibvumirana kuti zvakaipa, hapana patinofanira kuonekwa tichikonewa mukuchengetedza kodzero dzemadzimai. Isu vemutemo tinosungirwa kushanda nemiganhu yakatemerwa nemitemo. Kana munhu asina kumhan'ara, isu hatigone kusvika pamusuo penyu tichiti tauya kuzokusungai nemhosva yekubhinya mwanasikana wenyu. Saka tose tine basa rekuita, ngatiriite, uye ngatishingisane mumabasa edu akasiyana aya."

"Aiwa, wabva wataura mashoko angu, munin'ina," Muzvare Muuris vakadaro. "Saka, ndopinza imwe mudarira. Kune vave kuti tsika dzedu dzechivanhu, dzakaita sechiramu, ndidzo dzirikuita kuti vasikana vabatwe chibharo. Ishe Nematombo, ndimi muchengetedzi wechivanhu, munotiiwo?"

Ishe Nematombo vakambopuruzira ndebvu dzavo, ndokuti, "Ehe, mafungiro iwayo ari kubuda mumapepa nemuwairesi. Vanhu vanotaura kudai ndevaya vanoona chivanhu sekusarira chaiko kana kusaziva zvachose upenyu hwanasi. Zvimwe iwe, chisikana, uri mumwe anofunga kudaro sezvo wabva wanditi nditange kupindura."

Muzvare Muuris vakada kuti varambe, asi Ishe ava vakange vachida kuti vapedze. "Kana vanhu vatadza, nekusaziva kwavo, kuziva kuti chii chinonzi chiramu, isu toshoropodza chiramu chacho here kana kuti tinofanira kunangana nevanhu ava? Imi, kunyika dzakaita seBhuriteni ndiko kune nyaya dzevanobhinya vana vadiki dzakawanda kudarika dzemuno. ZvekuBhuriteni zvakasvika pakuti nhasi uno, hakubvumidzwi kuti ungotora mufananidzo wemwana wese wese, nyangwe wako. Asi kune tsika yechiramu here kuBhuriteni kwakare?"

Ishe Nematombo havana kuda kumirira mhinduro. "Tarisai maripoti anobva kunyika idzi, zviri kuitika kwakare zvinotyisa, unototi isu tigere. Regai ndipedzise mukutsinhira kuti hapana chivanhu chinokurudzira kubhinywa kwevana. Ndinovimba kuti vamiriri vezvimwe zvitendero zviri pano vanobvumirana neni. Ehe, vezvitendero zviri muno, nyangwe zvazvo zvine nhoroondo yakatangira kune dzimwe nyika, nekuti zvakadzikisa midzi munyika ino tinofanira kuzvitora zvavanodzidzisa kana kukurudzira sechivanhuwo."

"Ko, zvekupa mwanasikana sekuripa ngozi?" Aibvunza aive musikana wezera raNomusa. "Hachisi chivanhu here ichocho?"

"Regai ndikugamei, asikana," Ambuya Chiungadzi, avo vaimirira bato revanorapa vachishandisa ruzivo rwepasichigare reZINATHA, vakadaro. "Kana mhuri dzawirirana mukuripa mhosva nemusikana abve zera, uye iye musikana wacho abvumirana nazvo, pane chakaipa?"

"Aiwa, asi..."

"Kana pasina chakaipa, hapana mhosva!" Ambuya Chiungadzi vakadaro. "Asi kana pazoita zvamareva, zvekumanikidza kasikana kachiri pwere, aiwa, ndizvo zvataunganira pano kuti tione kuti tingarwise sei. Ini sen'anga, handisi kuramba kuti zviri kuitika. Asi wani kuchipurisa kune chioko muhomwe, zvino tingati bva chipurisa chakaipa? Pano ndipo panoda kushanda pamwe kwambotaurwa kuya. Mapurisa akaratidza nemienzaniso kuti haachazezi kusunga n'anga dzinokurudzira kuti vanhu vape mwanasikana wavo semuripo wengozi. Zvakare, vatapi venhau vari kudzidzisawo ruzhinji, isuwo sen'anga tave kukoshesa kodzero dzevanasikana."

Haiwa, hurukuro yakaenderera mberi. Nyaya dzakabuda pane dingindira imwechete, kunge mapazi nemasanzu emuti. Mumwe mutapi wenhau akabvunza kuti zvaibvira here kuti tsika yekubhinya vakadzi ingapere zvachose.

"Chinhu chese chine matangiro acho, nemagumo," Muzvare Muuris vakapindura. "Chisati chave kuzivikanwa panguva ino ndechekuti nyaya dzatirikunzwa mazuva ano dzinoreva kuti zvekubhinywa kwevanhukadzi zvawedzera kudarika makare here, kana kuti vanhu vanomhan'ara mhosva idzi ndivo vawanda, zvichireva kuti zvagara zviripo asi zvakange zvisingataurwi nezvazvo. E, Nomusa, sahwira, wanga uchida kuti chii?"

"Ndanga ndichida kuyeuchidza tose tiripano kuti nhasi uno kunyika yePapuwa Nyu Gini, kune vakweguru vanopupura kuti vakadya nyama yevanhu vavakuraya muhondo. Iyi ndiyo yaive tsika yeko, asi yave kuenda ichipera nekuda kwekupinda kuri kuita chiKristu nechizvino. MuBhaibheri nemuKorani tinoverengawo kuti kwaive netsika yekupira vana vacheche kuchimwari chainzi Molech. Zvakare, hapana mazana maviri apfuura munyika muno muine tsika yekuuraya mapatya nevana vaizvarwa vakaremara kana kuti vari masope. Zvandiri kureva ndezve kuti tsika dzinoshanduka, maitiro anoshanduka. Zvave kuda kuti shanduko yacho ive inoyemurika here kana kuti inoshoreka."

Vese vakaombera maoko.

Nomusa haana kuda kumirira mhedzisiro, sezvo aiziva kuti wekishopu imwe hayaigona kuti vose vaivepo vape pfungwa dzavo kuti pave nechibvumirano pane urongwa hwaizotevera.

Abuda muhotera muya, Nomusa akafunga zvekumbonodongorera Sekai, waitiresi uya aive neshungu dzekuva munyori.

37

Dutavanhu raibva kuHarare parakasvikomira pazvitoro zvepaNhemera, rakabva rakomberedzwa nevaitengesa chibage chakabikwa, mazai nezvimwe zvekuti vaya vakange vachine rwendo vaifamba vachitsengerera kana kuigira vari mberi.

Nhamo akaburuka bhazi riya, ndokusendekera zibhegi raaive naro nemusana, ndiye uyu onanga kuchikoro cheSt Pausinus. Vanhu vaimuona vaiedza kunzvenganisa meso avo, asi, apfuura, vaibva vatanga kukurukura nezvake.

Chakange chisati chave kuzivikanwa naNhamo ndeche kuti mudunhu iri, vanhu vese vaifungidzira kuti iye akange adzingwa basa mushure mekuwanikwa akarara nevakomana vakawanda, vachiita zvekumuchinjanisa. Nyangwe zvazvo nyaya iyi yakange yabuda mumapepanhau, Nhamo akange asina kudomwa nezita. Saka vose vakange vaiverenga, vakakatyamadzwa nayo, havana kumbozviisa mumusoro kuti yakange yakada kufanana neiyi yaitenderera, yekuti Nhamo akange apanduka zvachose kuHarare.

Saka vanhu vose vaiziva chete guwa rakange rafamba nemaraini, rekuti Nhamo aive nzenza ine shavi chairo. Sezvatinoziva tose, guwa rikatenderera kakawanda, rinotanga kuva chokwadi. Munhu anorinzwa rodzoka kwaari anofunga kuti riri kutsinhidzira pane zvaanenge akambonzwa ndokutaurirawo vamwe, nyambisirwa ndiro zvakare guwa rake radzoka kwaari!

Asvika pachikoro cheSt Pausinus, Nhamo akananga kurisepushoni, ndokukumbira kuona Mukuru wepachikoro apa, Baba Musembwa. Musikana weparisepushoni akapindura achiti VaMusembwa vakange vaenda kuHarare nebasa. Nhamo ndokubvunza nezvaTaka. Zvakare Taka akange asipo pachikoro apa, akange ave kudzidza kumwe.

Nhamo akadzokera zvakare kuzvitoro zvepaNhemera. Nzara yanga yaruma zvino, saka akafunga zvekutanga ambotsvaga zvokudya, asati ananga kumusha kwake.

Achisvika pazvitoro, akanzwa munhuwiro hwenyama yehuku yakagochwa. Mari yaanga apihwa naNomusa yaikwana kuti atenge sadza.

Nhamo akange amire kunze kwechitoro chaive nechikwangwari chaive nemitengo yezvekudya zvakabikwa. Zibhegi rake akange ari tsveta pakati pemakumbo.

"Nhamo!"

Musikana akasimudza meso, ndokusanganidza neababamunini vake, Rameki Mupariwa, avo vaibuda muchitoro chiya. Babamudiki Rameki ndivo vakange vave baba pamusha paNhamo. Vakange vashaikirwa nemudzimai wavo, zvekuti kana ivo vaizvizivira kuti vaive nacho chirwere chiya.

Izwi ravo rairatidza kushamiswa nekuona mwana wavo. "Nhamo, uri kuitei pano?"

Asati ati bufu, vakange vadzika, ndokumuti nekuseri kweruoko twa! padama. "Kahure! Zvino wauya kuzoitei? Unoti wakatinyadzisa zvishoma?"

Babamudiki Rameki ndokumuti dzvi napauro, ndivo naye muhuruva pu! Nhamo akatanga kuridza mhere, uko babamudiki vake vaidaidzira kuti vaida kumuita kafira mberi. Pakaita varume vaviri, ndivo vakabata Babamudiki Rameki vaya. Nhamo ndokupukunyuka, ndiye toro asi kwaakange akananga aisakuziva. Hembe yake yakange yabvaruka, yadambuka ndori, uye mazamu akange ave pachena. Kumberi kwake kwaive nedutavanhu rakange rave kusimuka.

"Mhanyai, *sistren!*" kondakita akadaro. Chiso chake ndokuratidza kushamiswa, achiona inga *sistren* vacho vaita semunhu ave kupenga. Vhudzi iri ranga racheneruka neuruva, vaibuda mututu, uye vakange vasisina ndori dzepahembe yavo kumberi. Konidhakita akarova mugonhi wedutavanhu, achida kuti mutyairi atiske mafuta benzi riya risati ravabata.

Asi, Nhamo akaita setsuro chaiyo, ndiye svetu mugonhi usati wapfigwa. Akasvikogara pake ega, ndokuzendanama nemusana, achifemereka. Akazoti paapaya, ndokuedza kuvhara kumberi kwehembe yake neruoko. Konidhakita ndipo paakaona kuti pane musikana uyu, dzakange dzakakwana zvadzo, ndokusebera pedyo kuti amubvunze kwaaienda.

Zvaita sekunge vadzimu vake vaive naye, nekuti akange achine chikwama chake, uye dutavanhu iri rakange rakananga kuHarare. Nomusa akange amupa mari yaikwana kuti adzoke kuHarare kana zvekumusha zvichinge zvaramba. Hameno kana paine kumwe kuramba kunodarika kuchingamidzwa nembama nababa vemusha.

Ivo baba vemusha vaya vakasara vochonjomara muruhuva, vachivhura zibhegi rakange rasiyiwa naNhamo. Maive nezvipfeko negirosari zvaakange atengerwa naNomusa.

Babamudiki vakagegedzera kunge kadhoma kawana muchipfuko muzere neropa. Girosari iri rakange risina zvaro kuwanda kana raienzaniswa neriya rakange rasiwa svondo rapfuura naMai Musembwa, muroora weMuraidzi Mukuru wepaSt Pausinus, apo vakauya kuzomhan'ara nezvemusikanzwa waNhamo.

Nyangwe dai Mai Musembwa vakauya vasina chavakabata, Babamudiki Rameki vakange varangana nedzimwe hama dzavo kuti Nhamo akange asisina nzvimbo pamusha pavo. Musikana aizivikanwa nenyika yose kuti akange arara nevakomana vakawanda panguva imwechete, ndokugadzira firimu inonyadzisa yakange yave kuonekwa nepasi rose, akange asingagarike naye. Zvino, Mai Musembwa vakauya nehambautare yakazara twunonaka twose, uye nehwahwa hwemugaba nemumabhodhoro. Izvi zvakange zvasiyiwa naNhamo, aiwa, zvaive bhonasi yacho. Vaya vakati mudzimu haipi kaviri vakange vasingazive zvavaitaura. Zvimwe girosari iri vaigona kuripa Forestina. Mazuva ano akange ave kudanana namumwe mudzidzisi wepaSt Pausinus. Zvino, paive nemudzidzisi mudunhu rino aizvigona izvi, zvekusvika pamba pemvana akagukuchira zipasuru rakadai?

38

Daisy Kanjiva akapinda muhofisi meshamwari yake, Plaxedes Bingura, uyo aive Mudzviti weDunhu, kana kuti D.A. Akasvikowana sahwira wake achiita gadziridzo yemashoko aangaanyora, ayo aaizotaura pane chimwe chiitiko mudunhu makare. Achiona Daisy, Plaxedes akabva atsveta bepa raive mumaoko ake, ndokusimuka kuti ambundire mumwe wake.

"Naro basa, asikana!" Daisy akakwazisa shamwari yake.

"A, tinaro," Plaxedes akadaro. "Zvingaenzane nekwenyu kunomboita mazuva amunongodya mari yenyika pasina zvamaita?"

Kuseka kuya kwakabva kwapera, apo Plaxedes aona kuti chiso cheshamwari yake chairatidza kusuwa. "Ko, chii?" akabvunza.

"A, rega tigare tinyatsotaura," Daisy akapindura. "Ende futi!"

Vagere, Daisy ndokutanga. "Ndine muzukuru wangu akauya masvondo mashanu apfuura, Tutsirai, mwana wehanzvadzi yangu ."

"Ndiye wandakaona marimwe zuro kumba kwako here?" Plaxedes akabvunza. "Mwana akafanana newe, ndizvo zvawakange wakaita urizera rake! Ukati hakasi ka*clone* ikako?"

Daisy akagutsurira musoro. "Ehe, iyeye wawakaona musi uya. Ndaida kukuudza nyaya yacho musi iwowo. Asi zvakange zvisingaite kuti titaure sezvo Baba vaMaxine vaivepo. Mazuva ano, kubvira pakakauya, vanoswera varipo pamba, nyangwe ndisipo. Uye, vave netsika yekudzoka kumba kuzodya masikati."

Plaxedes akabva abata muromo wake, uku maziso ati tuzu nekukatyamadzwa. "Uri kuyedza kuti murume wako ave kudanana nekazukuru ikaka?"

Daisy haana kupindura. Akabata muchiunu, chipfuva chake chichikwira chodzika, achifemereka kunge munhu ave pedyo nekufenda.

"Nhai, iwe Mai Maxine, nyatsotaura nyaya yako!"

Daisy akabva atanga kuchema. Ukuwo, sahwira wake akanzwa yake misodzi yave pedyo.

"Hazvisirizvo bedzi," Daisy akadaro, "Tutsirai akauya kumba kwangu aine nhumbu. Nhumbu iyi ari kuti ndeye mupurisa. Saka ini pandiri kuti tiritose nemurume wangu mukutsvaga mupurisa uyu, iye ari kuita basa reku-!" Daisy akabva abatwa neshungu, ndokutadza kupedzisa.

"Kamuzukuru kako kanenge kanzenza!" Plaxedes akadaro, ndokuridza tsamwa. "Kangati shuwa uku kane nhumbu yemumwe munhu, kotanga futi-."

"Plaxedes, haikona kundi sembura!" Daisy akadaro. Zvekuchema zvakange zvapera, usu hwake hwaratidza hasha nekushamiswa nezvanga zvarehwa nasahwira wake. "Nyaya yenhumbu ndanga ndakurondedzera mamimiriro ayo yose here? Zvino kana iwe wobva watotanga kuti Tutsirai wangu inzenza, uno revei? Haunawo vana vasikana vezera raTutsi? Mumwe wavo akabata pamuviri nhasi uno, ungautaure muromo iwowo wekuti inzenza?"

"Mudunhu rino ndiri kuona zvakawanda, Daisy," Plaxedes akaedza kutsanangura. "Nenhamo yapinda mudzimba dzakawanda..."

"Tutsirai akabhinywa nemupurisa akamupa nhumbu!"

Plaxedes akavhura muromo kuti apindure.

"Zvakare babamukuru vake vari kumubhinya." Achipedza kutaura izvi, Daisy akatanga kuchema. "Zvino, ndoitawo sei? Ndingamhan'arire murume wangu here? Hama dzake ndingazoonana nadzo here? Ko, vana vangu? Nyangwe zvikadaro, akapika jeri, asi ini ndinosara nemuzukuru ane nhumbu isina baba."

Plaxedes akambopa sahwira wake nguva yekupedza shungu dzake nemisodzi. Aona kuti shungu dziya dzaserera, ndokuti, "Unoziva, sahwira, ndine urombo chose nemashoko andatanga nawo. Mashoko akadaro haafaniri kubuda mumukanwa memuKristu, zvikurusisa mudzimai anewo vanasikana. In fact, haafaniri kubuda mumukanwa memunhu wose zvake"

"A, hazvina mhosva," Daisy akapindura. "Wanga usati wanzwa nyaya yacho yose."

"Ndizvo zvacho zvandiri kuti ndaifanira kukupa nguva yekupedza kurondedzera," Plaxedes akadaro.

"Aiwa, tingango tenderera pakukumbirana ruregerero. Ini ndauya kuzotsvaga mazano kwauri. Saka, wati ndodii, shamwari?" Daisy akabvunza.

Plaxedes akambofunga. "Mupurisa uyu makamboedza kumutsvaga?"

"Ehe. Sekuona kwemukuru wemapurisa mudunhu rino, mapurisa aya akabva kune imwe nzvimbo."

"A, ko mapurisa acho mangani zvakare?" Plaxedes akabvunza.

Daisy akazunguza musoro. "Inga ndakutaurira kuti inyaya hombe! Tutsirai akabatwa chibharo nemapurisa mairi. Wekutanga akamutyisidzira achiti aizosunga mhuri yake yose. Wechipiri akamubata, abva mukubhinywa nemumwe wacho."

"Zvino muridzi wenhumbu ipapa ndiyani?" Uyu waive mubvunzonhando. Plaxedes ndokuenderera mberi achiti, "Zvatingaite apa, bhururu, Tutsirai mwana mudiki, uye akabatwa chibharo. Nemutemo wenyika, anogona kubvisa nhumbu yacho, kana isati yakura."

Meso eshamwari yacho akamuratidza kuti ndizvo zvaakange afunga. Vakuru vakati zano pangwa unerakowo. "Anogona kudzokera kuchikoro," Plaxedes akaenderera mberi. "Asi panyaya yemurume wako…"

"Ndipo pandinoda mazano, veduwe," Daisy akadaro. "Musha wangu woparara here nekuda kwehama yangu? Imwe pfungwa inoti ndimhan'are, nekuti Baba vaMaxine vanogona kuzoramba vachibhinya vasikana vemumhuri medu."

"Zvimwe Maxine…."

"Kwete!" Daisy akabva akurumbidza kurambira mwana wake. "Izvo ndizvo zvandakatanga kunyatsobatisa idi nezvazvo. Asi, ndichiyeuka, pane mumwe wevazukuru vake, mwanasikana wehanzvadzi yake, wandave kufungidizira kuti anogona kunge akakanganiswa. Chinondipa kudaro ndechekuti akauya kumba ari chino chisikana chinofara, asi pasina mazuva matatu, akange ave kugara akasuwara. Zvakare, haana kuda kuzodzoka kumba kwedu. Musikana uyu akasvika pakuzvisungirira, hama dzikati kwaive kutya zamanishoni. Asi, nezviri kuitika kumba kwangu, ndave kufunga kuti ainetsekana mupfungwa, achishaya aida kumubatsira. Uye, ndinofunga kuti hama dzemurume wangu dzinoziva kuti ndizvo zvaari, nekuti hapana mwana wechisikana akazouya kumba kwedu."

"Asi iwe, ungamhan'arire murume wako here?" Plaxedes akabvunza mubvunzo mukuru zvakare. "Ungazotarisana nevana vako, vachiziva kuti ndiwe wakaendesa baba vavo kujeri?"

"Ndizvo zvandati undirumewo nzeve, sahwira," Daisy akadaro.

Madzimai maviri aya akamboti nyararei, vachiedza kutsvaga gwara riri nani pane ino nyaya.

Plaxedes ndokuti, "Chinzwa, Daisy. Ko, muzukuru wako akadzokera kumba kwake?"

Daisy akaita searohwa nehana. "Hanzvadzi yangu unoiziva mushe? Nyangwe dai aive munhu angagashire hake kuti mwana wake ave nepamuviri, hanzvadzi yangu ine nhamo inopfuta moto. Mwana wacho anomupei? Kana ipapa kana akazviziva kuti mukwasha wake ari kurara naTutsirai, anongoti ateera tete vake, hapana chakaipa, pfuma ngaiuye. Handiti ipapa dzimwe hanzvadzi dziri mumashure maTutsi dziri kubhadharirwa mari yechikoro naiye Baba vaMaxine?"

Plaxedes akabva asimudza maoko, kuratidza kuti zvakange zvamukonawo. "Unoziva, nyika ino inemitemo inonzi inodzivirira kubatwa chibharo kwevanhukadzi. Asi dzimweni dzenguva, pane zvinhingamupinyi zvinoita kuti isava nemasimba muchita chedu. Chinhingamupinyi huru munyika medu chinova icho chita."

"Zvino ndodii?" Daisy akadzokera kumubvunzo wake.

"Dzinga Tutsirai uyu, nekuti achakuputsira imba yako," Plaxedes akadaro. "Muti ngaanotsvaga kune muridzi wenhumbu iyi."

Daisy akambofunga. Zvakange zvakaoma kuti adzinge munhu waaiziva kuti akange asina mhosva yaapara. Zvakare, aimudzinga achiendepi?

"Ndafunga," Daisy akadaro. "Ndomuendesa kuna ambuya vake, mukadzi wehanzvadzi yaamai vake. Iko ndiko kwaangatogare zvakanaka. Sekuru vake munhu anovimbika, munhu ane unhu unoyemurika."

"A, kana zvakadaro zviri nani," Plaxedes akadaro.

"Asi zvinongondirwadza kuti asina mhaka ndiye orangwa," Daisy akadaro.

"Aiwa, Daisy, haasi kurangwa, asi kuti ari kutobatsirwa."

"Kudaro?"

"A, izvi ndizvo zvino toita manje," Plaxedes akatsinhira. "Hazvingaipiri munhu wese."

Daisy aiona zvake kuti iri ndiro raitova danho raaigona kutora risingakanganise vanhu vakawanda vaibatanidzwa munyaya iyi.

Asi, paive nedambudziko huru. Nyaya iyi yakange yaratidza kuti murume wavo aive bhinya. Zvino, chii chavaigona kuita nazvo?

39

Vanodiwa Muzvare Tengende

Ndinopa kutenda chose nenganonyorwa yenyu yamakatitumira mwedzi mina yapfuura. Ndakafara chose kuiverenga, asi ndine urombo kuti pari zvino, kambani yangu yakambomira kutsikisa nganonyorwa nekuda kwekuoma kuri kuita zvinhu munyika muno.

Saka, ndichikushuwirai rombo rakanaka, ndakudzoserai basa renyu.

Ndini Wenyu

G. Dodzo, Mupepeti Mukuru

Apedza kuverenga tsamba iyi, Nomusa akaiisa pane dzimwe dzakadaro, tsamba dzakange dzanyorerwa Sekai Tengende nemakambani anotsikisa mabhuku, ese achiramba nganonyorwa yake.

Vakange vagere mumba maSekai Tengende, mumusha weGlen View. Sekai aigara nevabereki vake. Aive nemwana mumwe, Takudzwa, chikomana chaive nemakore mana. Baba vemwana uyu vakange vari murume wemunhu, Sekai ndokuramba zvechipari. Shungu dzake dzaive dziri dzekuva munyori ane mukurumbira. Parizvino, aive waitiresi pane imwe resitaraundi muHarare.

Nomusa akange arava mapeji akati wandei enganonyorwa yaSekai. "Handisi hangu nyanzvi mune zvekunyorwa kwemabhuku, asi ndaona kuti chipo chiripo!"

Sekai akanyemwerera. "Munorevesa here, vakoma?"

"Idi," Nomusa akadaro. "Apa chiri kukutadzisai kuti bhuku renyu ribude ndechekuti hamusati mave kuzivikanwa. Vanodhindha mabhuku vanowanzoda munhu ane mukurumbira nakare, wavanoziva kuti bhuku rake rinotengwa chete. Zvino, vatsva vakaita semi, zvakangofanana kwavari nekubheja mabhiza kana kutamba makasa."

"Zvino ndingave nemukurumbira sei kana ndisati ndave nebhuku rakatodhindwa kare?" Sekai akabvunza. "Zvakangofana nevemakambani vanoti ivo vanoda munhu achangobva kuchikoro asi aine ruzivo rwebasa racho rwunowanikwa hunge akamborishanda kare."

Nomusa akazunguza musoro. "Zvino, mainini, regai ndikupei zano."

Sekai akanyatsoteya nzeve.

"Kune dzimwe nyika, kwava neyavanoti P.O.D, zvimirira kuti *Print on Demand*. Heno kana makambonzwa nezvazvo?"

Sekai akamboedza kufunga, ndokuzunguza musoro.

Nomusa ndokutsanangura. "Zvamunoziva, makambani ezvemabhuku anotya kutora munyori mutsva nekuti ifembera kuti mari yavanopinza muchirongwa chekuburitsa bhuku rimwe yakawanda. Vanotya kuzosara nedutu remabhuku ashaya anotenga, sezvo mabhuku aya anenge achidya mari akagara muweyahausi. P.O.D. manje, inzira yekudhindha mabhuku muchishandisa makomupuyuta. Zvinoitika ndezvekuti kopi nekopi yega yebhuku racho inodhindhwa kana paita anenge atotenga, zvikurusa paIndaneti."

Sekai akafinyamisa kumeso, achiratidza kuti akange achiri musango zvake pane nyaya iyi.

"Mirai ndipe muenzaniso. Tongoti munhu awana bhuku renyu richitengeswa pane zvitoro zvepaIndaneti zvakaita seAmazon, Megabooks nemamwe. Paanongoritenga, komupuyuta yechitoro chepaIndaneti ichi inobva yazivisa komupuyuta yekukambani inodhinda mabhuku, iyi yobva yadhindha bhuku riya."

Usu hwaSekai hwakabva hwaratidza kujeka. "Ho-o, saka sezvo vasingatange kutsikisa mabhuku akawanda, vanokwanisa kufambisa bhizinesi ravo pasina maziweyahausi nezvimwe zvinodya mari. Zvichireva kuti kudhindha mabhuku hakuvadhuriri sezvakunoita mamwe makambani aya, sezvo kopi rega rinodhindwa apo rinenge rine munhu ari kuda kuritenga!"

"Ehe! Zvakare, makambani aya anowanzotora vanyori vatsva. Mari yako chete."

"Mari?" Usiku uya ndokudzoka pausu hwaSekai.

"Hongu, mainini. Munobhadhara mari yekuti vashambadze bhuku renyu pazvitoro zvepaIndaneti, zvakaita seAmazon, Kalahari nemamwe akadaro. Zvakare, munogona kubhadhara mari yekuti vanyatsoriongorora vasati vadhindha, nezvimwe zvakadaro."

Sekai akambofunga. "Saka ini mari yangu ndinozoiwana sei?" akabvunza.

"Bhuku renyu rikatengwa, munogovana mari yacho. Rikasatengwa, hapana chamunowana. Asi chazvakanakira ndeche kuti munenge muine bhuku renyu rakadhindwa, rinotengeswa kunyika dzakaita seAmerika neBhuriteni. Zvakare, nyangwe rikatengesa makopi mashoma, mari yacho haienzani neyemuno."

"A, iri dama manje, vakoma," Sekai akadaro, achinyemwerera. "Ndine hanzvadzi yangu ari kuBhuriteni. Haangarambe kubhadhara mari dzacho dzinodiwa kuti titange, chero isina kuwanda zvayo."

"A, vanosiyana vemakambani anoita basa iri. Rega ndikupe mazita evandakanzwa vari nani, mozotarisa mega paIndaneti." Achitaura izvi, Nomusa akange achinyora mazita emakambani aaiziva nemusoro.

"Ko, imi makazvizivira kupi zveP.O.D?" Sekai akabvunza.

"Ndakambogara mhiri," Nomusa akamuudza. "Munongoziva, zvinonzi chitsva chiri mutsoka."

"Idi," Sekai akabvumirana nazvo. "Ndingafare chose bhuku rangu rikabuda, ndinyadzise vaya vanoti zvandave mvana kudai, handisisina rubatsiro pano panyika."

Nomusa akacherechedza mumashoko iwaya, ndokunzwa shungu dzaive makare. "Vanhu vagara havashaye chokutaura. Ini wani, nekuti handina kana mukomana, dzinza rose riri kungogunun'una nezvangu. Ndine muchinda ari mhiri watakawirirana naye, asi zvakasiyana nezvatinoona izvi zvekuti mukomana nemusikana vanoonekwa mumuraini vachisasana."

"A, ko kwenyu kushaya here, vakoma?" Sekai akabvunza. "Zvamunenge svusvurakwaedza wani!"

"Chii?" Nomusa akange asati amborinzwa izwi iroro. "Hanzi ndiri chii?"

Sekai akaumburuka pamubhedha paainge agere nesetswa. "A, kungoti munhu hauzvipfimbi, asi munhava mangu mune mashoko anonwisa mvura! Munoziva, hanzvadzi dzangu dzaiuya kwandiri apo dzaida zvekuwedzera nekurunga tsamba dzavainyorera vasikana vavo. Ndizvo zvakanakira kuvawo nemunyori mumhuri. Akazova munhukadzi, anenge achinyatsoziva mashoko anobata moyo wemusikana."

"Ko, baba vaTakudzwa vaive nyanduri here pavakatanga kutaura nemi?" Nomusa akabvunza.

Pausu hwaSekai, kufara kose kwakabva kwaita seshanduko yemamiriro ekunze. Mwanasikana akabva ava seshirikadzi parufu rwemurume wayo. Nomusa akanetsekana chose, asi akashaya kuti aitanga kubvunza achiti kudii.

Sekai akamutarisa. "Vakoma, kugumburirana kwakaipa. Hamuna mhaka yamapara nekuti makange musingazive nhoroondo yangu. Saka, kana ndichinge ndapedza kukuudzai, regai kuzvidya moyo kana kufungidzira kuti ndine chigumbu nemi."

Sekai akazviswatusa nemubhedha, ndokuti kune madziro nde-e. "Ndaive mufomu yechina, tabva kubhodhingi tiripazororo. Kumba kweshamwari yangu kwaive nemabiko. Shamwari yangu iyi yaigara nehanzvadzi yayo mutaundi, kumaAvenues."

Meso aSekai aita seari kuona mufananidzo wendangariro dzake uchiratidzwa pamadziro kunge firimu. "Sezvo vabereki vangu vakange vasingatibvumidzi kuti tiende kumafaro, ini ndakanyepa kuti zvikoro zvaivharwa nemusi wa10. Musi wa9 ndiwo waive nemabiko aya.

Nomusa akanyemwerera, achirangarira kuti kana iye akamboitawo seizvi, achida kuti vaende neshamwari dzake kuneimwe hotera kwakange kuchigara mumwe muimbi aishanya kubva kuJamaica ainzi Shabba Ranks. Vakaswera zuva rese vamire panze, kuchitonhora. Pakazobuda mumwe wevashandi vepahotera kuzozivisa mhomho dzakange dzaungana kuti muimbi uya akange atokwira ndege onanga kuKenya, uko kwaaive neimwe konzeti.

"Kumabiko uku kwakauya dzimwe shamwari dzehanzvadzi dzaDebra, shamwari yangu iya. Vakomana ava vakatikurudzira kuti tiedze doro. Pekutanga, ndakaramba. Asi pavakandipa chimwe chinwiwa so, chainaka kunge kirimu soda isina kusanganiswa nemvura, ndakatanga kunzwa kusununguka."

Sekai akacheuka, ndokusanganisa meso neshamwari yake. "Chakazotevera handizivi. Pandakazopepuka, aive mangwanani. Ndakange ndirere pamubhedha mune imwe imba yekurarira. Ndakange ndisina kupfeka, uye pashiti pakange patindivara nemadonwe eropa. Kungoaona, ndakabva ndaziva kuti aive maropa ehumhandara hwangu. Parutivi rwangu, achiridza ngonono, paive parere murume."

Nomusa akange ave kuda kuchema, achiyedza kugashira sechokwadi kuti pangaite munhu angaite zvakadai kuna Sekai. Kwete kuti Nomusa aive nemunhu waaishuwira kuti dai ari iye akashandiswa nenzira iyi, asi zvaimunetsa kuti neunhu hwaSekai, pangave nemunhu angamudaro.

"Saka wakabva waita sei?" Nomusa akabvunza.

Sekai ndokuzunza bendekete. "Ndakapfeka, ndokuenda kumba. Ndakaita sepasina zvakaitika. Asi, usiku hwega, ndaingochema."

"Saka, hauna kuudza…"

"Inga ndati hapana aiziva kuti ndiko kwandainge ndaenda!" Misodzi yakange yave kuchururuka pamatama aSekai zvino. "Saka, ndakazviudza kuti ndiko kuranga kwaMwari kune avo vasingateereri vabereki uye vanoreva nhema."

"Sekai, zvino unoti murume uyu akakupa zvinodhaka ndokukuita mukadzi wake iwe usisakwanise kubvuma kana kuramba aishanda basa raMwari here?" Nomusa akabvunza. "Ko, shamwari yako yakati kudii?"

"A, ko, handiti ndiye akafambisa mbiri kuchikoro kuti ini ndakanwa doro ndokurara neshamwari yehanzvadzi yake yakaroora? Pasina svondo tadzokera kuchikoro, zita rangu rakange rave kunyorwa pamadziro muzvimbudzi ndichinzi ndiri hure remakoko. Mukomana wandaidanana naye, Munashe, akanzwa mbiri yangu pachikoro chaaidzidzawo ndokunditumira tsamba yekundiramba."

Nomusa akatondera vamwe vevasikana vaakadzidza navo vakaita mukurumbira wakaipa pabhodhingi, ndokuzvibvunza kuti pakati pavo, vangani vaive nzenza chaidzo.

"Nekuda kwembiri yakaipa iyi, vadzidzisi vechirume vakange vave kuedza kundinyengedzawo, vachifunga kuti zvechokwadi ndaive nzenza," Sekai akaenderera mberi.

"Saka waka rara navo?"

Sekai akaratidza kushamiswa nemubvunzo uyu. "Pane mumwe akaedza kundibata andituma kumba kwake kunotora mabhuku, ndokunditevera. Ndakaridza mhere dzakanzwikwa nevamwe. Mudzidzisi uya akabva aburitswa pabasa. Panguva iyi, mukuru wechikoro akange aona kuti ini ndakange ndisisiri Sekai waaiziva. Ndakamuudza zvakange zvaitika pazororo."

Sekai ndokupfunya chisero pamubhedha paya akambundira piro yake. "Mukuru wechikoro, Mai Kabasa, vakandiudza kuti aka kakange kasiri kutanga kusangana nenyaya yakadai. Vaida kuti ndisungise nyakupara mhosva iyi. Ndakaramba, nekuti ndaifunga kuti vabereki vangu vaizogumbuka neni nekuvanyepera kwandakange ndaita. Mai Kabasa ndokundiendesa kuchipatara kuti ndinoonekwa kuti handina here kutapurira zvirwere. Ndakaonekwa ndisina zvangu, asi ndakange ndava nepamuviri."

Sekai akambotura mafemo. "Mai Kabasa vakadaidza Debra, shamwari yangu iya, ndoku nyatsomubvunzisisa. Munoziva, Debra uya akauya kwandiri akakumbira ruregerero. Paakandiona ndichibuda mumba makazobudawo shamwari yehanzvadi yake, akangofunga kuti ini ndaive nzenza. Zvakamushatirisa pamwe nekumurwadza kuti ini ndakange ndabatwa chibharo, zvikurusa pamabiko aainge andikoka. Sekuona kwake, ndiye akange andipinza mumambure. Mai Kabasa havana mumwe wavakataurira pachikoro pedu, saka ndakakwanisa kunyora zamanishoni yangu, ndokudzokera kumba."

"Ko, muridzi wenhumbu?" Nomusa akabvunza.

"Pamuviri pakange pave kuoneka zvino," Sekai akaenderera mberi. "Vabereki vangu ndokundidzinga. Ndakaenda kwatete, asi handina kuvaudza kuti ndakabatwa chibharo."

Paakaona Nomusa omutarisa neziso raireva kuti zvimwe aifunga kuti ibenzi, Sekai ndokuti, "Panguva iyi, ndakange ndiine pfungwa yekuti ndakange ndofira mazvokuda mavanga enyora, kuti zvaiitika zvose izvi ndini ndakange ndazvitsvaga. Neimwe nzira, ndizvo zvakange zvaiitika. Handiti dai ndakateerera vabereki vangu, zvimwe dai ndisina kuwira munjodzi?"

Akambotura mafemo, achiti zvimwe Nomusa angade kupikisa. Paakaona shamwari yake yakamuti nde-e, ichinyatsoteerera, Sekai ndokuenderera mberi.

"Natete vangu, takamutsvaga murume uya. Iye ndokuti aindida, asi aive nemumwe mudzimai. Saka, aida kundi rojera, ndigova *small house* yake. Ini ndikati kwete! Vabereki vangu vaida kuti ndibvume, vachiti ndiwo mubairo wemusikanzwa. Vaiti zvakare hapana aizoda kundiroora ndiine mwana kudai. Tete vangu vaona kuti ndatsika madziro kudaro, ndokunditora zvakare, ndokundi tsvagira basa paresitaraundi paya patakasangana. Pano pamba ndakazodzoka gore rapera, apo vabereki vangu vanzwa nevamwe nezveunhu hwangu. Zvakare, dzimwe nganopfupi dzangu dzakange dzave kubuda mumamagazini, saka vainzwa zita rangu richirumbidzwa nevanhuwo."

Nomusa akagutsurira musoro. "Inga mune nhoroondo, mainini," akadaro. "Nyaya yenyu inobaya moyo, asi inoratidza kuti muri munhu akashinga, anokwanisa kukurira matambudziko. Vazhinji vangadzidze kubva kwamuri."

"A, ko munhu ungaite sei?" Sekai akadaro.

"A, vamwe vanoti kana zvaitika kwavari vanobva vazvitora sevasisina chinzvimbo pane vanhu, vatova marara zvawo panyika. Vamwe vavo vanotanga kupinda mumabhawa, vamwe unozonzwa kuti vazvisungirira."

"A, manje ini ndakati ndinomisidzana nechero chipi chauya!" Sekai akadaro. "Hezvo nhasi ndiripo wani. Mwana wangu ndinochengeta, uye ndiri kusimukira semunyori. Vese vaya vaiti ha, Sekai zvaaita nhumbu achashupika vave kunyara. Vamwe vaiuya kuresitaraundi kwandinoshanda, kuri kuda kundiseka nebasa randinoita. A, vakaneta nazvo, vaona kuti handiratidze kugaya kana kuzvidya moyo."

Vachitaura kudai, amai vaSekai vakabva vapinda. "A, baba venyu vaenda kunoona nhabvu kubhawa. Saka ndati nditore chikomba changu ndimbotiwo kumaraini, ndimbovhairira dzimwe chembere dzandinotamba nadzo kuti ndawana kangu kanoti ta-dha!" Chikomba chavo aive Takudzwa, muzukuru wavo.

"Hapana chakaipa, amai," Sekai akadaro. "Tanga tambofunga zvekupinda mutaundi timbonoringa madziro, asi hatina kuona firimu yatinga farire mupepanhau. Ndanga ndati ndinotora DVD kwaSally tigoona zvedu pamba."

"A, hapana chakaipa, vana'ngu, toonana madeko." Mai vaSekai ndokuberekana nechikomba chavo chiya, ndokuenda kunoona shamwari dzavo.

Zvakazoitika ndezve kuti Nomusa naSekai vakatora maDVD akati wandei kwaSally kuya, ndokuaona dzamara nguva dzekubika dzakwana. Nomusa akanyengetedzwa kuti adyire kumba kwaSekai. Sezvo vakange vasati vapedza kuona maDVD aya, akazonyengetedzwa kuti asiye hope.

Nepamusana peizvi, Nomusa haana kudzoka kumba zuva iroro. Nepamusana pekuti haana kudzoka kumba zuva iroro, haana kuziva kuti Nhamo akange akamumirira kusvika nguva dzekuma11 dzeusiku.

Ndidzo nguva dzakarira runhare rwaNomusa. Hope dzakabva dzapera apo akanzwa mashoko aSgt Mabhedla, ndokugadzirira kuti amhanye kukamba yemapurisa.

Aona kuti hapana munhu achauya, Nhamo akatanga rwendo rwekuenda kumusha weMufakose, uko kwaigara mumwe mukadzi akange amupawo kero yake, ndokuti aigona kuuya kumba kwake kana achinge ashaya kwekuenda.

Mukadzi uyu aizivikanwa muraini nezita rekuti Mai Kisma. Rekuzvarwa rake raive Amina Five.

40

"Chine! Chinembiri Makawa!"

Chine akacheuka, ndokupererwa nemashoko paakasanganisa meso netsvarakadenga yakange yamutanga iyi. Chine akange achangobuda muhofisi yepepanhau re*Murindi,* onanga zvake kumba.

Chisikana chiya ndokuvhura meso chichiratidza kushamiswa, chaka bata muchiuno ndokuti, "A, hauchandiziva here?"

Chine akanyatsomutarisisa kumeso, ndokuzunguza musoro, amutadza.

"Iwe, hauchaziva Joe?" musikana uya akaseka. "Musashaine muchidaro, anaChine."

Chine ndokuzvirova mhanza. "Josephine Kambarami?"

Josephine Kambarami, Joe kune shamwari dzake, akaita seagumbuka, ndokufinyamisa miromo kunge katsuro kari kuda kudya shizha rekabhichi.

"A, ko takapedzisira kuonana rini, nhai shamwari?" Chine akaedza kuzvinatsiridza. "Waive uri kamwana zvako, ezvino wave...." Haana kuwana mashoko ekupedzisa, asi meso ake aireva zvose.

"Saka uri kuti ndachinja here?" Joe akabvunza. "Inga ndakuziva wani."

"Aiwa, shanduko yemunhukadzi yakasiyana neyemurume," Chine akadaro. "Mapfekero aya, anoratidza kuti pano pane chimoko, neiro bvudzi rakanyatsogadzirwa! Aiwa, mwana wevanhu mazuva ano uri kugeza manje! Asi uri mutambi wemafirimu?"

Joe akaseka. "Chine, haikona kundidaro shuwa. Ko, ndiri mukuru wezve kudyidzana nevanhu kune mumwe musangano wakazvimirira woga. Ndiwo mabasa atinokwanisawo netwumadhigiri twedu twekuIngirandi utwu."

Chine ndokombamisa tsiyo dzake nekushamiswa. Hongu, vakange vari vose kuchikoro chevatapi venhau, asi Joe waairangarira aive munhu akapusa zvekuti hapana aitarisira kuti angabudirire muupenyu. Paifamba guwa rekuti aipasa zvidzidzo zvake pamusana pekudyidzana kwaaita nevadzidzisi vechirume. Zvimwe ndiwo mawaniro aakange awana basa kuIngirandi.

"Saka uri kubata chibhanzika, iwe?" Chine akadaro. Kwete kuti aimunzwira godo, asi aiziva vamwe vechikadzi vaakadzidza navo vaiashaiwa mabasa, nyangwe ekutsvaira muhofisi, nekuda kwekuti vakange vasinawo zviso nezvimiro zvaiyevedza kune vakuru vemakambani.

"Aiwa, chibhanzi chiripo," Joe akabvuma. "Musangano wacho unoziva kuchengeta vanhu."

"Inga zvenyu, vanaJoe!" Chine akadaro, achiyedza kusaratidza shanje dzaakange ave kunzwa.

"A, mungatienzanise nemi vanaChine muri kunetsa nekufeya-feya kwamunoita," Joe akadaro.

"Asi, hapana mari, shamwari," Chine akadaro. "Basa randinoita nderemoyo murefu."

Joe akatarisa kachiringazuva kake. "A, iwe ko tikanotsvaga kwatingadyire? Ndine munhu wandinofanira kusangana naye kuma9, zvino pachine nguva."

"A, ndinga rambe mukana wekumbodya mari dzemaN.G.O.?" Chine akadaro.

"Bva, handei paresitaraundi iri paseri apo," Joe akadaro, ave kuto famba. Kuzoenda pamberi, naiwo mafambiro ekupedagaira, uku kwaive kuratidza Chine zvaifanirwa kuratidzwa.

Chine akambomutarisa, achinzwa ropa rake kufamba. Varume vese vavaipfuudzana navo vaitoti vacheuke chete vaone mafambiro emusikana uyu. Chine akabva anzwa manyukunyuku chaiwo. Hongu, akange ave zvake kushamwaridzana naMutikitiva Ratidzai Makombe. Asi, vakange vasati vambo kururukura nezverudo. Zvakare, ndiyani angaenzanise Makombe nemhenya iyi? Vakuru vakati nyati haisi mombe. Saizvozvo, zvinganziwo tseketsa haisi pikoko.

Nyangwe nemuresitaraundi muya, vanhu vese vaiva tora sevatambi vane mukurumbira pasi rose vemafirimu, kana kuti jinda reimba yeumambo nankosazana wake. Chine akaona varume vazhinji, nyangwe vaive nemadzimai avo vachiedza kuchenyera Joe.

Vaigirwa chikafu chavo, Joe ndokutanga nyaya. "Ndiweka wavenembiri, sezita rako. Pose pandinovhura pepanhau re*Murindi*, ndinoona kubharan'adza kwako."

Chine akaseka. "A, unoziva, pandakaripiwa basa iroro rekunyora nezvemadzimai ndakamboramba. Asi, nezvandiri kuona, ndave kuziva kuti basa rangu semutapi wenhau rinokosha chose mukurwisa uipi uri kuitika munyika muno. Ndinoedza nepose kuti nyaya dzekubatwa chibharo dzirambe dziri papeji yekutanga."

"A, ko handiti ndizvo zvinounza mari sezvo pepa renyu riri kutengwa."

"Joe, haikona kuita seusingazive mafimbisiro ebhizinesi repepanhau." Chine akashamiswa nemhinduro yaJoe iyi. "Kutengwa, hongu *Murindi* rave kutengwa zvakapetwa kanomwe. Asi maadhivheti adzikira zvatisati tamboona. Dzimwe nyaya dzatinofumura dzinosanganisira mbozha dziri kubhinya vana vadzo, dzichinzi nedzimwe n'anga dzenhema ndiko kurapa chirwere cheShuramatongo kana kuwana rombo rakanaka. Parizvino, tirikuraramiswa sepepanhau nemari inobva kumaadhiveti anoiswa pawebhusaiti yedu. Zvakare, kune vanhu vakazvarwa muno muZimbabwe, vanogara kuBhuriteni, vakabatanidza mari yavo ikasvika £13000. Ichapera zvayo, asi parizvino tichambodhonza nayo."

Joe akambonyenyeredza chikafu chake, ndokuti, "Saka iwe hautye here kuti kumisidzana nevakuru vakadai kuchakupinza muna taisireva?"

"Kutya ndinotya zvekutya zviya," Chine akabvuma. "Asi ndika funga chinzvimbo changu, ndini izwi revaya vasingagone kutaura, vasingagone kupira zvichemo zvavo kune avo vangavanzwe. Saka, dzamara ndanyaradzwa nevane masimba ekundinyaradza, ndichaenderera mberi."

Izvi zvakabaya moyo waJoe. "Bva uri gamba, shamwari," akadaro.

"A, hazvinei neugamba," Chine akapindura. "Vakuru vakati, Atota haachatyi kufamba mudova. Ndipo padanho randiri zvino."

Joe ndokuti, "Vakuru vakati zvakare, Dzivaguru idiva kamwe; ukadzokazve unowana ngwena dzasvinura."

Chine akambomira kudya. "Zvichi revei izvizvo?"

Joe ndokutarisa pasi, asingade kusanganisa meso naChine. Aona kuti mumwe wake aitoda chete mhinduro, Joe ndokuti, "Unoziva, Chine, basa raunoita iri rakafanana nerevaya vanoshoropodza kana kufumura zvinoitwa zvakaipa zvematongerwo enyika."

Chine akambotura mafemo, ndokunyatsozendama nechigaro chake. "Joe, shamwari, haikona kutaura uchindisembura kudaro. Iwe nhasi uno, ukanzwa kuti pachikoro chakati, muraidzi wezvemitambo ari kubhinya vana, apara mhosva ipapa ndiyani; ini ndamhan'arira avo vakundikana kuzvimhan'arira vega, kana kuti muraidzi uyu?"

Joe akada kuti apindure, asi Chine akamudimbudzira. "Tine mumwe mupositori, ari kurara nevakadzi vevanhu apo anenge achinzi ari kuvanamatira. Mari dzekuenda navo kumahotera dzaibva kunhengo dzechechi yake, uye kumutya kwavaita kwaibva mukutenda kwavo kuti aive nemasimba emashiripiti. Patakamufumura, mari dzake dzaimupa manyawi ndokupera. Vezvemitemo ndokuita basa ravo, nhasi uno ari mujeri. Pane angandipe mhosva pakadaro here, yekumisa mabasa erima akadaro?"

Joe akazunguza musoro, chiso chake chairatidza kuti akange ashandura maonero ake. "Bva, washinga, Chine. Asi ita waka chenjera, nekuti uri kudena vanhu vakuru."

Vaviri ava ndokutaura dzimwe. Vakabvunzana nezvevamwe vavakadzidza navo. Chine ndipo paakawana mukana wekubvunza mubvunzo mukuru. "Saka iwe wakawanikwa here, nhai Joe?"

Joe akazunguza musoro. "Zvevarume zvinonetsa izvi."

"Asi zvechii?" Chine akabvunza.

"Ndaimbove nemumwe mukomana wandaida," Joe akamuudza. "Mukomana uya ndokuenda ku*Harare North* kwakaenda ruzhinji. Takange tarangana kuti awana basa iko kuBhuriteni, aizotumira mari yekundiroora, mushure mezvo yetiketi racho rendenge neyaidiwa kufambisa zvekuwana vhiza."

Joe akazunguza musoro. "Ndaiti chishuviro chevasikana vose vemuZimbabwe chakange chazadzisirwa iniwo, nyamba kwaive kunyebudza chete kwevadzimu. Hama dzangu dzakaungana zuva ratange tarangana rasvika. Asi vakwasha nemunyayi wavo havana kuuya. Iyewo mukomana wangu akange asisadairi runhare, kana kupindura matsamba nyangwe andaitumira neimeiri. Papfuura mwedzi mina, ndipo pandakanzwa kuti akange aroora mwana wamwenebhizinesi wepagaraji paakange awana basa kuRandani kwakare. Unongoziva zvemaZimba akaenda kunoshava kunyika dzemakiwa, zvimwe munhu unenge wave kuda mapepa ekugara nekushanda muBhuriteni macho zviri pamutemo."

Chine aizviziva. Aive nehama neshamwari dzakaita saizvi.

"Saka, ndakabva ndangoti zvekuroorwa izvi handi zvedu tese," Joe akapedzisa nhoroondo yake.

Chine akambomutarisa, ndokuzvibvunza kuti Joe airevei chaizvo nesitatimende iyi. Aiedza kuti akange ave zvake sevazhinji vemudhorobha vanodanana nevakomana kana varume, asi vasina tarisiro yekuroorwa? Kana kuti munhu akange akazvibata, akazvichengeta, achiti zvimwe nerimwe zuva achawana mukomana amire pachokwadi.

Zvakange zvakaipa kungoita zvekufungidzira, asi Chine akacherechedza mapfekero aJoe, neunhu hwake, ndokubva aziva mhinduro yemubvunzo waive mumusoro make. Mhinduro iyi yakange isina zvayo basa, kunze kwekuti Joe airatidza kunge musikana anoda vane mari chete. Achifunga kudai, Chine akacherechedza kuti Joe ndiye akange ari kubhadhara kudya kunoshamisira uku kwaakange ari kutsengerera panguva iyoyi yaaifunga nzira yekumutenda nayo. Aiwa, Joe akange asiri pfambi yekutsvaga mari, asi zvekuti aive nzenza ndizvo zvaive pachena.

Kana Joe aive nzenza, ko iye Chine aive chii? Chita chedu chine mazita achinopa vakadzi vanoita tsika yekurara nevarume vakawanda, nekuda mari kana kusagutsikanawo nemurume mumwe, kana kuita munyama wekungorambwa wotorwa nemumwe worambwa zvakare. Asi pavakanyora duramazwi remutauro wedu, vakuru vanenge vakakoshiwa kutipa zita remunhurume anoitawo tsika yakadai. Kana kuti harizivikanwe neruzhinji, sezvo tichiwanzotarisa unhu hwevakadzi nekupa mutongo, varume vachiita madiro aJojina akarehwa. Vangani vasikana vemumaraini medu vasina kuzoroorwa nekuda kwembiri inenge yambofamba yekuwanikidzwa vachikwirwa mugota kana musendiraini?

Chine akange asiri nzenza yechirume zvake. Aivewo nenhoroondo yekurasiswa newaainge avimbisana naye kuti vaizoroorana. Izvi zvakamusiya nepfungwa yekuti vakadzi havasi vekuratidza rudo kana ushamwari asi vekushandisa, worasa kana muto wavo usisanake uye vasati vawana mukana wekukurwadzisa. Zvisinei hazvo, tsika yekungorara nevasikana pasina chinangwa chesvitsa aiita nenguva irikure.

Joe akatarisa chiringazuva chake. "A, ko tikanomirira munhu uya kumba kwangu?"

Gara zviya, Joe akange ati ane munhu waaifanira kusangana naye.

"A, zvino akauya akaona ndiri…"

"Ha, iwe, hachisi chikomba changu, mhani!" Joe akange ave kuto simuka. "Saka unoti ndingamire ndega mumba muya, ini ndichiziya kuti ndine munhu wandinogona kutandara naye?"

Chine akaona kuti pakanga pasina marambiro. Mumwe wemawaitiresi akauya kwavari nebhiri ravo, ndokuvaratidza pavainobhadhara. Chine akada kuti aburitse chikwama chake, asi Joe akatsika madziro.

Kunze kwanga kwasviba zvino, kuine kamhepo. Vanhu vaifamba zvishoma nezvishoma, vachiona zviro zvakasiyana zvaishambadzwa nepamahwindo ezvitoro. Paive zvakare nevaimira pamakona vachitengesa twakasiyana. Chine akatengera Joe maruva, achiti aive mubairo wekuva musikana akanaka kupfuura vose vaanga aona zuva iroro.

Joe akaseka, ndokuzendama naChine. "E, seka svako, Joe!"

"Ndiri kurevesa," Chine akadaro. "Kubvira pawandiudza kuti hauna mukomana, zviri kutondinetsa kuti sei? Matarisiro anoita varume hauaone here? Unoti wada zvako, nyangwe shefu akaita sei anototorwa moyo newe chete!"

"Saka unoti handizvizivi kuti ndakanaka?" Joe akamubvunza. "Ndaneta nevarume vanongoona kumeso kwangu, kana magaro angu, vasingaonewo ini semunhu akakwana, anewo pfungwa, ane zvaanotarisirawo muupenyu kunze kwekurarwa chete."

Chine akabva amira. Akaona kuti zvaaida kuita naJoe uyu zvakange zvisina kufanira. Ko, paizova nemusiyano here nevarume vaibata vakadzi chibharo? Handiti vese vaiona vanhukadzi senzvimbo yekuchengeta nekutakura chinhu chiya bedzi, chinova chakasikirwa kuti vanhurume vawane chinovavaraidza? Achida kuomesa musoro, aigona kuyeuka kuti akange asingashandise chisimba panaJoe uyu. Ase pane chisimba chinodarika chekutsvetera munhu ave nepfungwa yekutya kuramba kuita zvinenge zvichidiwa nemurume dzamara ave kuona sepasina marambiro nekuti iye anozorambwa?

Joe akaerekana ave kufamba ega, ndokucheuka. Zvakamushamisa kuona Chine amire, akamutarisa. "Chii chanetsa, manje?"

Chine akasebera pedyo. "Unoziva, vakuru vakati mapere haambofa akatamba nembwa. Asi mashoko ako andiyeuchidza gwara randinofanira kunge ndichiteedzera."

"Zvino unorevei…"

"Chandabvumira kuti tiende tese kumba kwako ndeche kuti ndafungidzira kuti ndingawane mukana weku…" Chine haana kuda kupedza. Asi airatidza kunyara kwazvo.

Joe akazvimanikidza kuseka. "A, ini ndagara ndazviziva kuti hausi kuuya kuzoona maDVD kumba kwangu, kunze kwekunge uri mumwe wevaya vanoti DVD zvinomirira kuti *Dako Vakomana Dako*."

"Joe, handisi kuita zvejeye mhani!" Chine akadaro, achiridza tsamwa.

"Ari kuita zvejeye ndiyani?" Joe akapindura. "Pane musiyano pakati pejeye nekusekera muhapwa. Ndinoziva zvamunoda vakomana vese, handiti ndizvo zvauri kuda? Handei, unozviwana. Kana kuti wave kutya *Aids*?"

Chine akamubata mapendekete. "Joe, ndabvuma wani kuti ndizvo zvandanga ndichida."

"Saka chashanduka chii?" Joe akabvunza.

"Njere dzangu dzadzoka," Chine akamuudza. "Ndave kuona kuti zvandanga ndichida kuita kukushandisa."

"Ko, kana ndichida kushandiswa kwacho?" Joe akabvunza. "Kunenge kuchiri kushandiswa here kana ini ndazvidawo?"

Chine akazunguza musoro. "Ungade kurara neni, Joe, handirambe. Uri munhu wenyama, seni. Asi handifungi kuti iwe unoda chete…"

Runharembozha rwake rwakatanga kungiriridza. Chine akarutarisa, ndokuona, ndi Mai Banda, mupepeti wake. Akaridza tsamwa, ndokudzima runhare rwuya. Chine akatarisana naJoe zvakare. "Joe, kana takanzi naMwari tidanane, ngatizvipe nguva. Tikamhayira mukuita zvepabonde, tinoruzirira zvakawanda."

"Zvakaita sechii?"

Chine akanyemwerera. "Rega tione, wena."

Joe akamudzvokora, kunge aitsvaga chiratidzo chekuti Chine akange asingarevese. "Idi here, nhai Chine?" akabvunza. "Ungade zvekupfimbana neni pachivanhu chaicho?"

Chine ndokuita seozeza. "Unoziva, Joe, ndine mumwe musikana wandinoona kubasa. Handisati ndambotaura naye, asi ndinogarofunga nezvake. Mutikitivha muchikwata chedu cheS.O.I.U."

"Ho-o?"

Joe akaita semunhu atambira nhau dzakaipa asi ari kuzvishingisa. Chine akapererwa nemashoko ekumunyaradza. Nyangwe zvazvo akange asiri musikana, aifungidzira kuti aiziva kurwadza kunoita kurambwa, zvikuru kana musikana aita chisakaitwa muchita chedu chekutanga iye mukomana.

"Zvatabudirana pachena, zvichiri kuita here kuti tiende kumba kwangu tinomirira munhu uya?" Joe akabvunza.

"A, handei hedu," Chine akapindura. Ko, chaairambira chii?

Hazvina kutora maminiti akawanda kusvika kufurati kwaJoe. Asi, sezvatinoziva, pane zvakawanda zvinogona kuitika nemaniniti mashoma. Mukungoramba achimugumha kwaaita, zvichisangana nepefuyumu yake, Chine akange ave kunzwa ruchiva rwuya rwokuchidzirwa. Pavakasvika pamusuo wefurati, Joe paakati opinza kiyi, Chine akamubata magaro. Joe akanyemwenya kunge chidhakwa, ndokunyatsokwizanisa magaro ake nehudyu yaChine. Wedu chikomana ndokuimisa kunge zvinonzi aigona kusunda musuo nayo ukazarura.

"Inga wamboti unoda ushamwari chete?" Joe akadaro.

"Ndataura twakawanda," Chine akadaro, nezwi raidedera negoho yaainzwa. "Handichadi zvekutaura!"

"Vanhurume hamugone kuzvidzora!" Joe akanyunyuta, ndokuvhura musuo uya. Vapinda, abatidza magetsi, Chine akange ave kumukumura mbatya. Ukuwo, miromo yavo yaive mumakwikwi ekuona inokwanisa kudya mimwe.

Chine naJoe vakanjanjaridzana vakambundirana kudaro vopinda mukati memba, ndokuita gumi rakadya vaviri pamberi perino zidzangaradzimu rerudzi ruriko mazuvaano rweplasma. Kana aimbenge akarairwa kuti mukadzi anotanga ambonyatsotsvodwa nekubatwa-batwa nyama nhete dzose kusvika ave pamahombekombe ekuda murume, Chine akange azvikoshiwa. Joe akaitwa zvekusandudzirwa ndiye manhede pakapeti paya. Akakwinyira siketi yake, ndokukumura bhurugwa remukati, ndokushadabura makumbo ake. Paaita izvi, meso ake akange akati nde-e kuna China. Iyewo mukomana akange akatarisa pakati pemakumbo aJoe, achicherechedza kuti painge pave kutota kunge chitubu. Joe akabva atambanudza maoko ake, ndokumudhonza kwaari.

Chine akaipinza nechisimba, Joe ndokugomera kunge munhu aneta. Vakange vakatarisana, asi meso aJoe akange akavhara, muromo wakashama kunge aida kunyatsoteerera mumvee wainge watanga kutunga chibereko chake.

Joe akasimudza makumbo ake, kuita kunge tsoka dzake dzichagumana nekuseri kwenzeve dzake. Kuzasi kuno, chiunu chake chaita serusero, chichipeta Chine sezvaakange asati amboitwa muupenyu hwake hwose. Iyewo, hapana chaaifunga kunze kwekunyudza chombo chake munyama dzaive neunyoro unopisa, dzamara-

"Chine!"

"J-J-J-oe!"

Achitaura zita rake kudaro, Joe akabva amonera makumbo ake nemuzongozo waChine uyo. Vaviri ava vakava senyama imwe, ndokugwinha kunge vabatwa nepfari panguva imweyo. Chine akanzwa uronyo hwake uchinyuka kunge mvura yechisipiti, uchi perekedzana nemagetsi ekuzipa kukuru akafamba nemuviri wose. Akanzwa mboro yake seyodhonzwa, sezvinonzi Joe aida kukweva uronyo hwose hwaibuda mairi.

Joe akavhura meso ake, kunge munhu apedza munamato, ndokunyemwerera achifemereka. "Machemero ako!" akadaro. "Mai vako vanozviziva here kuti ndiwo machemero aunoita iwaya, mwana wavakayamwisa?"

"Ko, iwe!" Chine akapindura. "Nyangwe mhandara haidaro!"

"Hmm, mhandara munodzi zivirepi, anaChine?" Joe akaseka. "Makwiriro ako ndeemunhu ajairana nemvana dzemutaundishipi."

Chine akasimuka, ndokugara pasofa. "Saka unotoziva nemakwiriro aunenge waitwa kuti uyu uri kubva kumvana, uyu ari kubva kumhandara?"

Joe ndokuti, "Ha-a, pfutseke! Unoziva kuti wandikuvadza izvozvi? Musana wese uyu watsva nekukwizana nekapeti."

"*Sorry*, sha-a," Chine akadaro. Ndipo paakazvipa mukana wekuona kuti mumba maJoe makange muine midziyo yose yemazuva ano. Komupuyuta, X-Box, rino zidzangaradzimu rekuti hauzoda kuenda kubhaisikopu nekukura kwaro. Aiwa, mwanasikana agere mhani!

Joe akange achiedza kuzvitarisa kumusana nepagirazi raive pamadziro. "Ende ndichabuda mhoni musana wese."

Joe akacheuka, ndokumutarisa. "Unoziva, Chine. Zvavambotaura zviya zvambonditi ndifunge kaviri. Asi pawatanga kundibata-bata, ndabva ndaona kuti varume vese makangofanana chete!"

Achinzwa mashoko aya, Chine akarohwa nehana. Akayeuka kuti akange asina kushandisa kondomu. Ndiko kuyeuka bako mvura yanayaka uku? Chine akange asati ambozviita muupenyu hwake zvekurara nemusikana asina kupfeka kondomu. Zvakare akange asati amborara nemusikana waakange achangosangana naye. Asi, aiziva machinda akawanda akazviita. Machinda aya aizosara oudzwa nemusikana wacho kuti akange ave pane mhomho dzeZimbabwe dzine utachiwana unokonzera chirwere cheShuramatongo.

Asi Joe haana kutaura mashoko aya. Akazvirova kumeso nembama, dzamara ave kubuda mututu. Akabvanyangura bvudzi rake, dzamara raita sengundu yen'anga. Ndipo paakatanga kupwanya chero mudziyo waaikwanisa kusimudza.

"Ko, nhai, uri kuitei?" Chine akabvunza, nezwi raibuda mumukanwa makange maoma kuti papata. Akafunga kuti zvimwe Joe akange ave kurwara nepfungwa.

Kana akamunzwa, Joe haana kupindura. Akatanga kubvarura mbatya dzake. Chine akasimuka, ndokusvikopfugama paive naJoe uya. "Joe, wapindwa nei?" akaita seachazhamba.

Ndipo paakanzwa musuo wogugudzwa. "Josephine, urimo here?" Iri raive izwi remukadzi. Runhare rwaJoe rwakatanga kungiriridza.

Musuo wakazarurwa, vanhu vatatu ndokupinda. Vakasvikomira pamberi paChine. Iye ndokusimuka, akoshiwa kuti akange asina kusimira.

Ndipo paakaona kuti kukatyamadzwa kwairatidzwa nezviso zvevanhu ava kwakange kusiri kwekuwanikidza munhurume asina kupfeka mumba meshamwari yavo. Chine akanangisa meso pasi, ndokuona Joe akagonya arere pakapeti paya, achisvima misodzi.

Ndipo paakabva aziva kuti Joe akange asina kutizwa nenjere asi kuti ainyatsoziva zvaaita. Izvo zvaakange aita zvekupinza Chine mumambure.

41

Mumba yekuvhunzurudza makange muine runyararo rwekumarinda. Maive nevanhu vatatu. Wekutanga aive agere pachigaro, ari iye musungwa. Akange akatsamira dhesiki, akati zii kunge arere zvake. Waizoona nekuzunza kwaaita mapendekete ake kuti munhu uyu aichema.

Munhu wechipiri aive mukadzi, Mutikitivha Ratidzai Makombe. Panguva iyi, yekuedza kutora sitatimende yaChine Makawa, Makombe airwisana neshungu dzaive mumoyo make, shungu dzaida kubvuta masimba kubva kunjere dzake, dzimutume kuti arove Chine agere apo.

Ko, chawazviitira chii, nhai Chine? Chiona manje, wakanganisa zvese! Baba vangu, Humba, ndiwo mashura chaiwo awatiitira aya, Chine.

Idzi ndidzo dzaive dzimwe pfungwa dzaMakombe. Kubvira kudaidzwa kwaainge aitwa kufurati kwaJosephine Kambarami mauro iwayo-kubvira paainge asanganisa meso nemunhu ainzi ndiye akange arapara mhosva yekubata musikana chibharo, Makombe akange ari muchakamanika.

Moyo waMakombe-sewaNomusa nevamwe veS.O.I.U.-wairamba chose kuti Chine ndiye akange aita izvi. Asi umbowo hwacho hwaivepo. Paive neuchapupu hwemusikana wacho. Paive zvakare nezvapupu zvaiti zvakasvikowana Chine achangobva mukushereketa uku. Zvakare, paive neumbowo hweforensiki hwairatidza kuti Chine akange ambosangana naJosephine uyu.

Chine aigona kunge asina kubata musikana uyu chibharo sekupika kwaaita, asi zvairwadza Makombe kuti Chine akange arara naJosephine, chinova chiri chiitiko chaainge abvuma zvake.

Makombe aida Chine. Izvi zvaive pachena kune mumhu wese aivaziva, kunze kwaChine wacho. Usiku hwega, Makombe aizvitarisa muchiringiso, achiedza kuzvibvunza kuti sei Chine asina kumbobvira amupfimba. Inga aive akanaka wani, aine tsika dzinoyemurika. Asi Chine aingomutora semupurisawo. Aimudaidza wani nezita rake redzinza, apo Makombe aida chose kunzi Ratidzo.

Zvimwe aiti zvavaishanda vese muS.O.I.U., zvakange zvisingakodzere kuti vadanane nekuti zvaizovhiringa basa. Ko, zvino zvaanga aita izvi zvakange zvisinga vhiringi basa here?

Makombe akatura mafemo, ndokupukuta kumeso kwake neruoko, sezvinonzi aikwanisa kudzima pfungwa dzaipishana idzi. Asi, hadzina kuenda zvachose. Akazvibvunza kuti aikwanisa here kuita basa rake rekunyatsobata chokwadi nezvakange zvaitika. Zvakange zvisiri nani here kuti akumbire kuti mumwe mutikitivha apihwe basa iri?

Kwete. Makombe akange asati amboramba basa. Akange asati ambovhiringwa pabasa nepfungwa dzakewo, kana zvaimunetsawo. Zvakare, ndiani aikwanisa kutora nzvimbo yake. Mhike aivewo shamwari yaChine.

Aiwa, Chine akange avaparira!

Makombe akacheuka ndokutarisa kuna Chine. Mumwe munhu wechitatu mumba umu ainzi Fraser Gava, aive gweta raChine.

Musuwo wakazarurwa, Nomusa naMhike ndokupinda.

"Panguva ino, Mpala naMhike vapinda muno," Makombe akadaro, achiitira karikodha kaitapa mazwi.

Nomusa akasimudza faira raaive naro, ndokuzunguza musoro. Aibva kurabhoritari, uko kwaainge aongorora umbowo hwakaita semadonwe erunyoro nechoya zvakange zvawanikwa pana Josephine Kambarami. Zvese zvairatidza kuti zvaive zviri zvaChine. Iyi nyaya iyi yaive iri pachena.

Vaviri ava, paushamwari hwavo, vakaita kamusangano.

"Hazvina kumira mushe, vanhuwe" Nomusa akadaro. "Sekuona kwangu, vaviri ava varara vese. Ini hangu, nemaziviro andinoita Chine, moyo unoti pupuro yaatipa ndeyeidi. Asi hapana dare ringa bvume kuti haana kubata musikana uyu chibharo."

Makombe akafinyamisa kumeso. "Nai, Nomusa, unorevei? Uri kufunga kuti haana?"

"Saka iwe uri kuti azviita?" Nomusa akadzosera mubvunzo. "Rati, yeuka kuti ndiChine wedu wandiri kureva!"

"Ehe. Chinembiri Makawa. Murume. Varume vakangofanana!" Makombe akange oita hasha, ndokudzokera kuna Chine. "E, SaMakawa, vamwe vangu vauya neripoti rwavo. Gweta renyu iri rakauyambirai kuti mubvume mhosva yenyu, sezvo nyaya yenyu iri pachena. Mungade here kushandura sitatimende yenyu panguva ino?"

Chine akasimudza musoro wake. Maziso akange atsvuka kuti piriviri. Uye, mhino dzaibuda madzihwa. Asi ichi chakange chisiri chiso chemunhu akurirwa, bodo. Kudzimbirwa, zvedi, Chine ainzwa kudzimbirwa, asi ainzwa zvakare shungu dzekuzvirwira uye nerudaviro rwake rwekuti aigona kuzvimirira padare.

"Sitatimende yandakupai ndiyoyo," Chine akadaro. "Ndinokumbira kuti mundipe ndisaine zvangu."

VaGava vakavhura muromo, ndokunzi, "Iwe, mufesi, haubetsere chunhu, vhara gaba rako!" ndokuita seizvi.

Makombe akamutambidza afidhaviti. Chine akasaina, ndokubvunza, "Ndingaende zvangu? Zvimwe dofo rangu iri ringa kwanise kutaura nemi nezvebheiri." Akakanda meso kune gweta rake.

"Munotaurirana naMudzviti mangwana," Makombe akamupindura. "Nhasi, unomborara mujeri. Kwanhasi, tapedza hedu."

Makombe akadzima karikodha kake, ndokubuda. Mhike naNomusa vakateera.

"Ende Chine atambwa yakapenga nekanzenza aka," Mhike akadaro.

"Watanga!" Makombe akadaro. "Umbowo uripo hwakakwana!"

"Aiwa," Mhike akapikisa. "Umbowo unoratidza zvino pindirana nesitatimende yaChine. Zvekuti varara vese, uyu musikana ndokuzvikuvadza kuti aite seabhinywa."

"Achizviitirei?" Makombe akabvunza. "Hongu, tine nyaya dzakawanda dzatakasangana nadzo, dzemadzimai anoyepera munhu iri nzira yekutsiva kukanganisirwa kwavanenge vaitirwa. Asi, Chine ataura ega kuti sekuziva kwake, pakange pasina chigumbu pakati pavo."

"Ko, kana zviri zvekuti musikana uyu atumwa nemunhu ane chigumbu naChine?" Nomusa akabvunza.

Vamwe vake vakamutarisa zveninonzi izvi zvakange zvisati zvapinda mupfungwa dzavo.

"Zvino angava ani?" Makombe akabvunza.

"Muteedzeri weGurukota uya wekubhinya musikana wake webasa, mukuru wechechi uya wekubata muzukuru wake, nesi wechirume aishanda muwadhi yevanorwara nepfungwa…." Nomusa akatanga kudoma dzimwe dzemhandu dzaChine. "Vanhu vese vakambobuda mupepanhau re*Murindi*."

"Zvino tingavapedzi?" Mhike akabvunza.

"Tinofanira kuvapedza, Mutikitivha!" Nomusa akadaro. "Nekuti Chine mumwe wedu. Hatingamurase panguva yakadai."

Vachifamba kudaro mupaseji, vakaona Sgt Mabhedla naMai Patel vachiuya kwavari. Vakaswedzesana, ndokuenda kuhofisi yaSgt Mabhedla. Vagara, Sgt Mabhedla vakatanga vobvunza kuti paive neaidawo svutugadzike. Pakange pasina, kunze kwavo. Mukuru weS.O.I.U ndoku zvibikira yavo bedzi.

"Pano paita manyama amire nerongo," Sgt Mabhedla vakadaro. "*Disaster* yakaimbwa naMukanya. Zvisinei hazvo, svutugadzike ino iri kunaka!"

Asi hapana akaseka. Sgt Mabhedla ndokuisa komichi yavo pasi, vachinhanzvirira. "Hama vadiwa, mumwe wedu apinda paya panonzi pashinyazi nevechidiki. Mai Patel vandiudza kuti semamiriro akaita nyaya iyi, kuenda kudare kuteedza gwara chete. Asi hazvidi n'anga kuti tifembere kuti Chine achange akapfeka chikabudura chichena, achicheka uswa mumakwenzi nebhemba kwemakore akawanda pamberi apa."

Sgt Mabhedla vakazunguza musoro. "Ndinovimba kuti tose tinoziva kuti Chine haana kubata musikana uyu chibharo."

Zvakavashamisa pavakaona meso evamwe oti kuna Makombe dzvoko. "Chine asangana nedambudziko revatapi venhau pasi rose, rekufira chokwadi kana kuti rekufira donzvo rekuburitsa chokwadi. Ndambenge ndiina Mai Banda, mupepeti wake. Amai ava vari kubvumirana neni kuti Chine akwidzwa mumuti. Mhosva haaisi yake, mhosva ndeye chita chedu chizere vanhu vanoda kuita zvavanoita muchihwande nekuti vanoziva kuti zvavanoita zvakaipa. Vandinonzwira urombo panguva ino ndivo zviuru zvemadzimai ari kubhinywa, pamwe nemhuri dzavo, varasikirwa negamba raivarwira."

Sgt Mabhedla vakambomira, ndokutarisa kuna Makombe. "Makombe, zvaunenge usiri kutenda mune vhangeri randiri kuparidza? Une zvimwe zvaunoziva pane nyaya iyi?"

Makombe haana kupindura. Akangoti bwai-bwai kune mukuru wake kunge zvinonzi akange abvunzwa nechimwe chirudzi. Sgt Mabhedla vakange vasingade zvekuti musangano uyu utore nguva refu. "Sezvandareva, umbowo uripo unorerekera kunaJosephine. Zvakare, masangano ekodzero dzemadzimai ari kudya marasha. Ndaroverwa runhare nevamiriri avo masere usiku uno. Nyaya yatotenderera neHarare, neWhatsapp iriko mazuva ano, ichange yatove mhiri kwamakungwa. Tikada kuonekwa takarerekera kuna Chine, inotiipira tose. Inoipira basa reS.O.I.U. Saka, ndiri kuraira mose kuti mungwarire miromo yenyu kunze uku."

"Saka torega kutsvaga nzira dzekununura mumwe wedu here, Shefu?" Mhike akabvunza.

"Handina kudaro ini," Sgt Mabhedla vakapindura. "Ndati chete imi batai miromo yenyu. Ndizvo chete, kana pasina mumwe ane zvaanoda kuwedzera?"

Hapana, musangano ndobva wapera.

Chinembiri Makawa akaonekwa nedare aine mhosva yekubhinya Josephine Tineyi Kambarami, ndokutongerwa kupika kwemakore sere. Makore mana ndokusendekwa, hunge aratidza kukungura mhosva yake iyi. Gweta rake raifungidzira kuti raigona kuita apiri, zvekuti gore risati rapfuura aigona kumira pamberi pedare zvakare.

Mai Banda vakasara nehondo yekuchengetedza mabhizinesi akange achiri kutsigira pepanhau ravo. Mapoka emadzimai akange ave kumisidzana navo, kusvika pakukurudzira vanhu kuti varamwe zvigadzirwa zvemakambani aitsigira pepanhau iri. Tose vanhu tinoda kuitirana zvakanaka, nekuita zvatinoona zvakanaka. Asi, hapana anoda kubhuroka nepamusana pekuva munhu akanaka. Mazuva ano, mari ndiyo iri kutonga.

Chine Makawa ave nemasvondo maviri ari mujeri, Josephine Kambarami akakwira ndege yaienda kuBhuriteni.

42

"Nhamo, mwanan'gu!"

Nhamo akagomera kunge murwere, ndokupinduka zvishomanini. Aive murima, rekuti nyangwe rwoko rwake akange asingaruone. Akaedza kuteera nedivi raaifungidzira kuti ndiko kwaibva izwi riya. Ndipo paakanzi dzvi nemaoko akasimba.

Ndeipi naNhamo? Iri raive izwi rechikomana zvino. Akanzwa mamwe mazwi achiseka, zvichiva sekunge akakomberedzwa nevakomana.

"Nhamo mwanan'gu!" Izwi riya rechikadzi rakadaidza.

"Vari kundi...!"

Bvarura mbatya...! Vachiseka kunge mapere asangana nemutumbi wemombe musango.

"Nhamo!"

Minwe ine nzwara dzinokenga ichinyudzwa pakati pemakumbo ake, zvidya zvichidaira nemitsetse wemoto. Vamwe vaidaidzira mashoko ekurudziro mururimi rwechiRungu *(Fuck that bitch, nigga!)* kunge vari kukurudzira mujawe wemabhiza. Makumbo ake achishadaburiswa, maoko achimuti dzvi....

"Nhamo!"

Nhamo ndokupwatika achiridza mhere. Meso ake akati tuzu, kunge emhukayesango yateyewa nemagetsi ehambautare, asi zvaita seasiri kuona. Muromo wakashama, ndokuoma wakadaro, uchiburitsa ruzha rwaita sezviuru zvemazwi.

Mai Kisma vakamuti dzvi nemapendekete, ndokumuzunza mwana. Musoro waNhamo wakaita seuchati kwachu, kunge wechidhori chiri kurwirwa nembwa. Zvakona, vakamuti mbama pa! Nhamo akabva ati zii, asi muromo wakaramba wakashama.

"Nhamo!"

Nhamo akavatarisa, achiita seakange asinga nyatsovacherechedza. Pakazoti paapaya, ndipo paakaita seoziva, ndokutanga kuchema. Mai Kisma ndokubuda mumba muya, ndokumusiya nendangariro dzake idzi.

Pakange papfuura mwedzi mina kubva usiku hwakagugudza Nhamo pamusuwo wavo. Mai Kisma vakamutambira, ndokumupa imba yake yokurara. Asi, aitya kurara ega, usiku hwose aingovhumuka. Ndokumuti arare naNaima, mumwe wevazukuru wavo, mwana wehanzvadzi yavo. Naima wacho ndiye aishaya hope, nekuda kwekuvhumuka kwaNhamo uku. Saka, vakange vave netsika yekumupa mapiritsi ekukotsirisa avaipihwa nemwana weshamwari yavo nesi.

Asi, mangwanani ega, dzamara nguva dzekurara manheru, Nhamo aive munhu chaiye. Unhu hwake hwekare hwaibva hwadzoka. Kufara, kusununguka pane vamwe, aiwa hawaimbo fungidzira kuti mwana uyu aitadza kurara kana kuti ndangariro dzake dzaityisa kudaro.

Kumusika kwaaibatsira Mai Kisma uku, vamwe vaaitengesa navo nevanhu vaiuya kuzotenga vai muyemura. Hapana aifungidzira kuti mukati meruva iri maidyiwa nehonye dzendangariro nemarwadzo asingapore.

Mai Kisma vakadzokera kumba kwavo ndokupinda mumagumbeze. Hope dzakaramba kuuya. Pfungwa dzaMai Kisma dzakadzokera kunezano ravo, ndokunzwa mudumbu mavo semashanduka kuva dombo.

Ko, chavai zvinyepera vachiriti zano ravo chii? Handivo vakange vazvifunga. Nyangwe ruzivo rwemafambisiro ebasa raifanira kuitwa rwaibva kune vamwewo.

Mai Kisma vakapinduka varere kudaro, sezvinonzi vaigona kufuratira pfungwa dzavo. Asi chavakagona kufuratira idziro bedzi. Zano riya rakaramba riri mupfungwa dzavo, zvekuti vakatya kubatwa nehope nekuti vaiziva zvaizouya kwavari. Zvakare, havana kuda kutarisa kumadziro aya zvakare nekuti vaiziva kuti pfungwa nendangariro zvavo zvakange zvave semvuri wakange wakamira wakavatarisa nemaziso akatsvuka kunge madota, zvichivasekerera nemazino aichanjaika.

43

Chiremba Victoria Mlotshwa vakapfeka magirazi avo kuti vanyatsoona vanhu vaipinda muhofisi mavo. Vanhu ava vaive Baba naMai Chikwinya. Vakakwazisana zvavo, asi Chiremba Mlotshwa vairatidza kuti vakange vasina nguva yekutaura twakawanda.

"Baba naMai Chikwinya," Chiremba Mlotshwa vakatanga nyaya yavo. "Ndakudanai kuno pamusana pemuzukuru wenyu, Tutsirai."

Mukadzi nemurume vakabva vati swatu pazvigaro zvavo, asi havana kutarisana.

"Tutsirai ari pasi pemakore anotenderwa nemutemo wenyika ino kuti anowanikwa aine pamuviri," Chiremba Mlotshwa vakaenderera mberi. "Asi ndiri kutaura zvamunoziva mose. Saka, sachiremba, ndakamubvunza kuti zvakafamba sei."

Chiremba vakatarisa VaChikwinya, ndoku tarisa mudzimai wavo. "Kana muri imi muri kuchengeta mwana uyu, chakakutadzisai kumhan'ara chii? Mwana uyu akabhinywa nevanhu vatatu, vaviri vacho mapurisa."

VaChikwinya vakazunguza musoro. "Kana akakuudzai mamiriro enyaya yacho, imi sachiremba, hamuna kuzviona kuti isuwo maoko edu akasungwa nengetani pane nyaya iyi?"

Chiremba ndokuti, "Aika, saka murikupa mhosva ini yekubvunza?"

"Kwete!" VaChikwinya vakakurumidza natsiridza. "Imi mune basa renyu, zvamunenge maona zvakafanira sedano ratingatore kuti tibatsire muzukuru wangu, isu tinobvumirana nazvo. Tinoda…"

Chiremba vakasimudza ruoko, VaChikwinya ndokunyarara. "Zvekubatwa chibharo kwemwana wenyu imwe nyaya. Kwete kuti handineyi nayo. Ndakaipirawo kumapurisa, saka zvimwe vachange vachiuya kuzokuonai. Chandakudaidzirai kuno, ndinoda kuti muzive kuti nekuda kwezera raTutsirai, zvichanetsa kuti abare mwana wake zvakanaka."

Vakambomira, kuti vateereri vavo vanyatsobata mashoko aya. "Dano ratinowanzotora pakadai nderekuita siza. Sezvo Tutsirai ari mwana mudiki, mutemo unotisungira kuti tikumbire mvumo kune vabereki vake, kana munhu anomira semubereki, kuti tiite opareshoni yakadai."

Vachitaura kudaro, chiremba vakatambidza VaChikwinya rugwaro rwavaida kuti vasaine, rwaipa chiremba mvumo yekuita operesheni yesiza yacho. Yasainwa, Chiremba Mlotshwa ndokuisa mufaira raTutsirai.

"Ndinotenda chose, vabereki," Chiremba Mlotshwa vakadaro. "Pane zvakare imwe nyaya. E, takaongorora ropa raTutsirai. Zvimwe makange musingazive, asi isu tinosungirwa kuongorora ropa remadzimai akazvitakura, tichiitira utano hwemwana ari mudumbu. Ndine urombo kuti ropa raTutsirai rakawanikwa rineutachiwana unokonzera chirwere cheShuramatongo."

Mai Chikwinya vakabata gotsi, ndokuita mariro sezvinonzi Tutsirai wacho akange afa. "Baba'ngu Soko iwe! Nhasi ndagurwa kunorira! Ko, Satani wabva nepi nhai? Maiwe kani?"

Kana VaChikwinya vakange vachiri kuyeuka kuti vaive nemudzimai, uye ndiye aita mhere ari parutivi rwavo, havana kuzviratidza. Vakange votarisa pasi, musoro uri pakati pemakumbo, vapererwa zvachose. Mwana wehanzvadzi yavo here? Inga ndizvo zvinorehwa kuti vadzimu vakupa ronda kuti nhunzi dzikudye!

Chiremba Mlotshwa vakasimuka. "Regai ndinotarisa vamwe varwere. Asi ndinokusiyai mumaoko emumwe weanachipangamazano vatiinavo pano. Ndiye achakubatsirai kuti mugashire dambudziko raTutsirai ratataura nezvaro.

Vanhu vavaionekana navo vaita sevasina kunzwa.

Vachienda kumawadhi avo, Chiremba Mlotshwa vakapfuura neparisepusheni, ndokuudzwa kuti boka remapurisa reS.O.I.U. rakange ratuma mapurisa maviri kuti vazokurukura nenyaya yaTutsirai yavakange vaman'ara. Chiremba Mlotshwa vakashamiswa kwazvo vachinzwa mazita emapurisa aya, sezvo umwe wacho aive munhurume. Zita rake raive Dermot Mhike .

44

Pakapinda mukomana uya mukamba yemapurisa, vaimuona vaiti zvimwe
akapera nedoro zvake. Aititatarikei, okamhina, ombomira, otitatarikei zvakare.
Chiso chake chaive chiri chemunhu ari kuzvishingisa, asiri kuda kuti vanhu
vamutarise nemeso etsitsi.

Mukomana uya akasvika parisepusheni, ndokumirira kubatsirwa. Haana
kugara pasi, nyangwe zvazvo paive nenzvimbo pamabhenji.

"E, mukoma, tinga kubatsirei nei?" akabvunza mumwe wemapurisa
eparisepusheni. Mupurisa uyu aitaura akatarisa taipureta yake.

"Ndingaonewo weS.O.I.U, changamire?" mukomana uya akapindura.

Ndipo pakasimudza mupurisa uya musoro, achiti zvimwe akange atadza
kunzwa.

"S.O.I.U? Wabva kupi, nhai mupfanha?"

Mukomana uya akacheuka ndokunyatsosebera pedyo nekaunda, kunge
gumaguma yepaMusika weMbare iri kuda kutengesa mawachi ari mubachi
mayo. "Changamire, ndiri kukumbirawo kuona veS.O.I.U!" Akatanga kuuchira.

"Iwe, uneyi neveS.O.I.U? Asi une musikana wawarepa?" mupurisa uya akabvunza zvehasha.

Kune akambosvika parisepusheni rwepakamba yemapurisa, harusi ruzha rwunowanikwa pakare! Vanotadza kumhan'ara nekuda kweshungu dzinovapa kukakama, vanochema, vanotanga kurovana, vanoudzana magaramoyo, vanofumurana hapwa. Asi pavakanzwa izwi rekuti "repa", vose vakati zii, sezvinonzi pane munhu akange adzima vharumu yepadzangaradzimu nerimoti.

Mukomana uya akaridza tsamwa, ndokukamhina akananga kumusuo, akatarisa pasi. Ratidzai Makombe naDermot Mhike vakange vachipindawo, vachibva kuchipatara kunoona Chiremba Mlotshwa. Semunhu akange akatarisa pasi, mukomana uya akasvikodhumana navo. Makombe ndokumuti naparuoko dzvi. "Ko, hauti pamusoroi?" akamubvunza.

Mukomana uya akazunza ruoko rwuya, ndokuenderera mberi nerwendo rwake. Makombe akatarisa kumapurisa aive parisepusheni. Mupurisa akange abvunza zvisina kufanira akazunguza musoro. "Hameno, ati ari kuda imi, shefu!"

Makombe akabva anyumwa kuti yaive nyaya yei. Akati kune mupurisa uya, "Iwe, Mawema, ndichada kutaura newe, wazvinzwa?", ndokutevera mukomana uya.

Mukomana uya akange ave kusvika kugedhi. Akada kusunda Makombe, kuti abve pamberi pake. Asi mutikitivha uyu akamubata maoko, ndokumuti, "Nhai chikomana, handisirini ndakugumburisa. Ndirikuda kukubatsira!"

Mukomana akatarisa nemeso matsvuku kuna Makombe, ndokuona kuti uyu mupurisa akange akasiyana nevaive parisepusheni. Akada kuti ataure, asi shungu dzakamukurira, ndokutanga kuchema. "Nda-nda-ndanga ndisingazive kuti muk-k-k-kadzi wemunhu!"

Makombe akaedza kumunyaradza. "A, chirega kuchema. Kuuya kwawaita, waratidza kuti uri murume akashinga.."

"Murume? Murume, iye andi -"

"Chiuya kuno titaure kuhofisi kwangu kusina mumwe munhu," Makombe akamudimbudzira. Muhana make aingoti, Maihwee zvangu.

Vave muhofisi muya, mukomana uya ndokurondedzera zvakange zvaiitika.

Zita rake raive Overtone Makubhu, uye aidzidza payunivhesiti. Svondo rapera, akasangana nemumwe musikana ainzi Mabel, ndokupfimbana. Mabel uyu akamukoka kumba kwake, achiti iye aigara ega uye aizviriritira nekuenda kuSasafurika nekuZambiya kundotengesa.

Hwave usiku, arere mumba maMabel uya, pakauya mumwe murume. Murume uyu aiti aive murume waMabel, uye akange achangobva kujeri, uko kwainge apikira kwemakore mana. Igaroziva kuti haana kupembera kuwanikidza mukadzi wake aine chikomba. Sekuripa mhosva, akati Overtone aifanira kuitawo mukadzi wake, ndoku mumanikidza kushinha naye zvinoita vaya vanonzi ngochani. Overtone azowana mukana wekutiza pamba apa masikati iwaya, ndokunanga kumapurisa kundomhan'ara.

Apedza, Makombe akamboramba anyerere. Ndokuti, "Unoziva, chikomana, zvawaita izvi hazviitwi nevarume vakawanda. Isu mapurisa tinoziva kuti nyangwe varume vanogona kubatwa chibharo. Asi, kwemakore akawanda munyika muno, takange tisina mutemo unoti imhosva kuti munhurume anzi abatwa chibharo. Saka munhu wese aimiswa pamberi pedare aipomherwa mhosva yekangofanana neyekubata mukadzi mazamu iye asina kupa mvumo. Asi, izvi zvashanduka, kwave nemutemo unobata mhosva yakafanana neyawaman'ara."

"Saka toita sei, *officer?*" Overtone akabvunza.

"Chimboteerera, shamwari," Makombe akamuyambira. "Iwe waratidza kushinga nekuuya kuno, sezvandareva. Asi, ndinoda kuti unzwisise kuti mapurisa akangofanana nevanhu vatinosangana navo muchita chedu. Ruzhinji rwevanhu harutendi kuti munhurume anga batwe chibharo. Nyangwe kune nyika dzine vanhu vanotora ungochani semaramiro akasiyana asi asina kuipa kana kuti asiri kushinha, handinyore kuti munhurume abude pachena achiti, Ini ndabhinywa. Pasi rose, kune vakawanda vari kukwarira mukati, vachiona mapurisa seasingakwanise kuvabatsira."

Overtone akagutsurira musoro.

"Uchasangana nevakawanda vachakuona sewashoresa vanhurume vose. Uchawana vanotenda kuti sezvo zvakadai zvisingaitike, uri kunyepa kana kutoti uri ngochani uye wakazvifarira zvakaitika. Iwe wega, uchazvibvunza wega mibvunzo iyi. Saka, toenderera mberi here negwara racho?" Makombe akabvunza. "Gwara riripo, asi mhingamupinyu guru mafungiro echita chedu pane nyaya yakadai. Handisi kuda kuti uore moyo, asi zvimwe uchasara uchienzanisa kuhwina kwako nyaya iyi padare nezvaucharisikirwa nazvo, zvinosanganisira chiremera pakati pevamwe vako, ogosara uchidemba zvakare."

"Munoziva, *officer*," Overtone akadaro. "Zvamataura ndazvinzwa. Asi, ndinoda kuti tiedze gwara remutemo. Kana zvarambawo, asi tinengetaedza. Hapana asisazive nezveS.O.I.U. munyika muno, pamusana pekunyora kwaMakawa. Dai akange asina kuzopikawo jeri, zvimwe Makawa aigona kunyora zvingajekese ruzhinji kuti rwunofanira kushandura pfungwa."

Paakataurwa zita raChine, Makombe akanzwa kubaiwa moyo. "Bva, handei kuhofisi kwangu."

45

Pavakanzwa musuo kugugudzwa, kamupurisa kechikadzi kainge kagere
pamakumbo aSajeni Nguruve kakati svetu sezvinonzi kainge kagarira chitofu.
Kakatanga kukoponora mabhatani, kachitomuka-tomuka sezvinonzi kakange
kakiyiwa neweti.

Kagutsikana kuti kaitaridzikawo, kamupurisa kaya ndokubuda. Dermot Mhike
ndokupinda. Mutikitivha akasvikozvikanda pachigaro chaive nechekumadziro.
Sgt Nguruve havana kuzviona kuti Mhike aive nezvaimunetsa, ndokutanga
kuseka.

"Mupfanha, waona kanzenza kabuda izvozvi?" vakabvunza, vachizhinya.
"Mwana anoikara manje iyeye! Kachadzoka zvakare manheru, asi ndiri kuda
kukarasisa, nekuti mazuva ano ndine vamwe amai kuDepot chaiko vandiri
kubhaudha zvakasimba. Mai ava vane murume, asi vari kuti haasi kuvagutsa."

"Shefu, muchiri kuyeuka musi watakasunga vanhu vaiba huni papurazi raCol.
Mbago?" Mhike akabvunza.

Sgt Nguruve vakambo finyamisa kumeso, vachiedza kurangarira. Vakati
shamei muromo wavo, ndokuuvhara, kunge hove. "A-a-mupfanha, unoti ndiri
komupuyuta here....?"

"Shefu, haikona kuita zvekutamba neni!" Mhike akange azviona kuti Sgt Nguruve vainyatsoziva zvaaireva.

Sajeni vaya ndokuratidza hasha. "Iwe, uri kuziva wauri kutaura naye here? Tunyembe twako twekuswera uchipenengura mapeche evakadzi vakarepwa utwu…!"

Mhike akasimuka, ndokusebera pedyo nedhesiki yavo.

"Shefu, kamusikana katakabata usiku ihwohwo kane pamuviri."

Kuzviita ndini mukuru kwaSgt Nguruve kwakabva kwapera. "Ko, iwe unozviziva sei?"

"Ndiri kubva naMakombe kunoona chiremba wake," Mhike akatsanangura. "Musikana uyu anonzi Tutsirai."

Sgt Nguruve vakatarisa kuhwindo, voita sevari kuzeya zvakange zvataurwa naDermot. "Saka zita rangu kakarinzwa nani?"

"Handina kuti kanoziva mazita edu!" Mhike akadaro. "Asi nyaya yacho payarondedzerwa nachiremba ava, ndabva ndaziva kuti tisu tirikurehwa."

"Saka wavaudza kutii?" Sgt Nguruve vakabvunza.

"Kuvaudza kuti chii kwekuita sei?" Mhike akapindura zvehasha. "Pane mhosva ngani ipapa?"

Sgt Nguruve vakambo funga. "Ko, iwe uri kungoti 'isu', 'taka', asi wakakaisawo?"

Mhike haana kupindura nemuromo. Chiso chake chaidura zvose. Sgt Nguruve vakaseka. "Mupfanha, unoziva kuti ndakange ndave kutya kuti zvimwe uri mumwe wevaya vakagadzirwa nemishonga kuti vasade vakadzi, kana vaya vemazuva ano vanozviti ikodzero yavo yekukwirwa nevamwe varume. Zvino nhumbu yacho ndeyani?"

"Kane Aids," Mhike akadaro.

Akacheuka, ndokuti, "Mazvinzwa zvandataura here, Shefu? Ndati Tutsirai ane Aids!"

"Ane Aids, ane mhopo, ane chirimi! Zvine basa rei zveAids yake?"

"Zvinoreva kuti ini ndave neAids. Kana imi futi….."

Dhesiki rakanzi uku, sajeni vaya ndivo svetu, ndokumudzvinya pauro. "Wati chii? Wati chii, mupfanha?"

"Nda-nda-nda!" Mhike haana kukwanisa kuburitsa mazwi nekutya.

"Hapana aneAids, wazvinzwa?!" Sgt Nguruve vakadaro, vakamudzvokora neziso raiti ingoti bufu chete ndikuratidze chakasara. "Ndati chii?"

"H-h-h-hapana ane Aids!" Mhike akadaro.

Sgt Nguruve vakamusunda, akanowira nechigaro chaive kumadziro. Paakasimuka, akaona Shefu vake vakamutarisa zvezvinonzi aive zvinhu zvinosemesa. "Simudza dhesiki rangu!"

Mhike akaita seizvi nekuchimbidza.

"Chibuda muno!"

Mupurisa wechisikana uya, paakanzwa musuo wovhurwa, akabva atiza nepaseji. Mhike paakabuda mohofisi maSgt Nguruve, haana waakaona mupaseji muya. Shungu dzakamukurira zvakare, ndokuzendama nemadziro, ndokutanga kuchema.

46

"Yowe! Kukura kwemazai here uku? Kunge emhou, kwete huku! Kana kuti ndiwo ma*Genetically Modified* atinongonzwa nezvawo!"

Achinzwa mutengi achirumbidza mazai aaitengesa pamusika pake, Nhamo akanyemwerera. "A, ndeepapurazi remushandirapamwe riri pedyo neNorton," akadaro. "Heya, maiti munhu mutema akapihwa pekurima paimbove pemurungu anoshaya zvekuita napo!"

"Aiwa, chakanaka chakanaka!" mutengi uya akabvuma. "Isu vamwe hatineyi kuti mwenepurazi murungu kana mutema, kana gudo chairo. Chatinongoda chete kuti muAfurika muno musave nenzara. Ndipe madhazeni maviri emazai ako aya, chisikana!"

Mutengi uya aenda, Nhamo ndokugara zvake pamugomo waaishandisa sechituru. Wake musika waive wakatarisana nepanomira mabhazi, nezvitoro zvemutaundishipi uyu weNational.

Mai Kisma vakange vaenda kumba kunomirira mwana wavo, uyo aibva kunoshanya kuSaudhi Arabhiya nemurume wake. Murume waKisma aive mudzidzi weIslam, saka vaipota vachienda kunyika iyi kunova kuriko kune nzvimbo mbiri dzinoyereswa muchitendero chavo.

Mai Kisma vaida kuti Nhamo atendeuke kuva muMuslim, uye anoshandira Kisma semusikana webasa. Aizowana mukana wekuenda kuchikoro, uye newekushanyira nyika dzakasiyana. Asi, vakange vasingade kumumanikidza kuti ave mutendi.

Ivo Mai Kisma pachezvavo vakange vasiri munhu anganzi pane vanhu aive mutendi akasimba. Asi vakatanga kuenda naNhamo kumoski. Vakuru vekumoski uku vaive nechirongwa chekudzidzisa vanhu nezve chitendero cheIslam, icho chainzi chaive chakabata moyo yezvidimbu zvishanu kubva pazana rega revanhu veZimbabwe. Vazhinji veava vaive zvizukuru zvevakabva kunyika dzakaita seMaravi nePakistani, asi pakati pemarudzi ave nemazana emakore arimunyika ino, pakange pave nevamwe vakati wandei vaiyemura zvidzidziso zveIslam.

Paaitengesa pamusika kudai, Nhamo airava rimwe remabhuku aainge apihwa kumoski kuya. Raidzidzisa pamusoro peunhu hwemunhukadzi wechiMuslim pane vanhu, mumba, mumoski, kubasa, uye kunzvimbo dzekutandara.

Asi hapana charaitaura pamusoro pemunhukadzi anenge abatwa chibharo.

Pfungwa idzi akadzitanda, idzo ndokuenda. Asi hadzina kuenda kure. Dzaidongorera nepamaketeni enjere dzake, dzichimuzvidza kunge tuvana twusingazivi kuti urema hwemunhu hausekwi.

Wakarepwa, wakarepwa, wakarepwa!

"Magaka ako uri kuaita marii nhasi, chisikana?"

Wakarepwa, wakarepwa, wakarepwa!

"Ndati.."

Wakarepwa, Taka haachakuda nekuti wakarepwa!

"….magaka enyu imarii?"

Watova kahure, kahure, kahure!

"Nhai, Nhamo, haunzwe kasitoma iri kukubvunza?"

Fanuel ari kuuya neshamwari dzake kuzokurepa zvakare nekuti uri kahure kanofanira kurepwa kusvikira zvanaka!

"Nhamo!"

Inzwa kutinhira kwehambautare yavo, vari kuuya vakomana kuzo ku-!

Mhere dzakaridza Nhamo dzakaita kuti musika wese uti zii. Vose pavakatanga kucheuka nekubvunzana kuti chii chakange chaitika, Nhamo akange ave kumhanya nemugwagwa. Vamwe vevaitengesawo pamusika apa vakazunguza musoro. Aka kakange kasiri kutanga achiita zvakadai. Sekuona kwavo, zvakange zvave kuwedzera.

Nhamo akamhanya dzamara asvika kumba. Pagedhi paive nehambautare itsva yerudzi rweHonda. Paakaona hambautare iyi, akamboita senjere dzake dzodzoka. Dzichidzoka kudaro, Nhamo akapindwa nekutya kuti Mai Musembwa vakange vamutevera.

Pasi pemuti wemba yaMai Kisma pakange pamire mumwe murume. Murume uyu airatidza kunge mutema wemuno muZimbabwe, asi akange akapfeka nguo dzechiArabhiya. Aive nendebvu refu, asi bvudzi rake pasi pekaheti rakange rakaveurwa. Magirazi aive kumeso, pamwe nendebvu dziya zvaimupa chiremera chemunhu ane uchenjeri hwaMambo Soromoni chaivo.

Achiona Nhamo achipinda nepagedhi, murume uya akanyemwerera, ndokuti, *"Salaam aleikum."* Uku ndiko kukwazisana pakati pemaMuslim, zvichireva kuti, Rugare, hama yangu. Mashoko aya akangofanana neekukwazisana pakati pemaJudha, ekuti *Shalom elechem.*

"Aleikum salaam," Nhamo akapindura, kumeso kwake kuchiratidza kunetsekana.

Kana akazviona kuti musikana uyu aisanzwa kusunguka pamberi pake, murume uya haana kuzviratidza. "Ndinofungidzira kuti ndiwe Nhamo. Ini ndinonzi Suleiman Msoni, zvimwe wakambonzwa Amai vachitaura nezvangu?"

"Ehe, muri mukwasha wavo," Nhamo akapindura.

"Pinda zvako mumba," VaMsoni vakadaro. "Ini pano ndiri kumirira runhare kubva kuSudhani, zvino masaisai erunharembozha anenge asiri kunyatsofamba mumba umo. Saka ndangoti ndibude zvangu."

"Zvakanai." Nhamo ndokupinda zvake mumba.

"Ko, zvaita sei?" Mai Kisma vakadaro.

Nhamo haana kupindura, ndokugara zvake pasofa. Mai Kisma vakazunguza musoro wavo.

"Ndichazova munhu akakwana here?" Nhamo aita seotaura ega, kana kuti aibvunza madziro. "Vanhu vanoti kukurukura hunge wapotswa, saka zvinoreva here kuti ndichiri munyatwa nekuti handigone kutaura zvaka...." Nhamo akatanga kuchema zvakare.

"Muregei, shungu dzake dzipere," akanzwa Mai Kisma vodaro.

Nhamo akatisimudzei musoro wake zvishoma, ndokuona kuti Amai Kisma vakange vasiri vega mumba umu. Pane rimwe sofa, paive pagere mumwe mukadzi. Mukadzi uyu akange akachena kuti mbe-e, kunge murungu chaiye. Asi, sezvo akange akapfeka zvechiMuslim, Nhamo akafungidzira kuti aive muArabhu. Asi paakatanga kutaura, mukadzi uyu aitaura ChiShona chemhandorokwati.

"Kaziwai, mudikani," akadaro. "Zvinondirwadza kuti tisangane kudai imi muchichema."

Nhamo haana chaakapindura, akangotarisa kuna Mai Kisma neziso raive nemubvunzo.

Mai Kisma ndokuti, "A, Nhamo, ava ndivo Mai Msoni. Ndivo mukunda wangu, Kisma. Vabva mhiri kwamakungwa nemurume wavo, mheno kana wamuona panze apo."

Nhamo akapukuta misodzi yake, ndokuti, "Tafara kukuzivai."

"Aiwa, kana nesuwo. Ko, zvino zvamuri kusvimha misodzi," Mai Kisma vakadaro. Chiso chavo chairatidza sechemunhu ane moyo murefu. Asi, zvakare, chairatidza kuva chemunhu werumwe rudzi. Izvi ndizvo zvainetsa Nhamo.

"Nhamo dzeupenyu, sezita rangu," Nhamo akapindura. "Amai venyu vari kuyedza nepavanokwanisa, asi zviri kukona n'anga murwere achida kupona. Ndinoda chose kutura mutoro uri muhana mangu, asi zvinogozha."

"Aiwa, hapana chinogozha pamberi paMwari," Kisma Msoni akadaro. "Mubhuku rake, *al-Quran*, Mwari anoti haatipe mutoro inodarika simba raakatipa kuti tigone kuitakura. Mwari ndiye ane ruzivo rwose, uye masimba ose. Munofanira kunamata, mainini. Kuzviisa mumaoko aMwari, munoona achikununurai."

Vakakurukura pamusoro pedzimwe nyaya. Nhamo akaona achitorwa moyo nerondedzero dzenyika dzakaita seSaudi Arabhiya, Sudhani nedzimwe dzevatendi veIslam. Asi, aive nemibvunzo yakawanda. Baba naMai Msoni vakavimbisa kuti vaizodzoka neMugovera

Nhamo haana kudzokera kumusika. Mai Kisma vakazoendako, ndokunovhara musika uya. Pavakadzoka, Nhamo akacherechedza kuti nyangwe zvazvo vaigarosiya musika wavo, hapana aivabira, uye vaiwana mari zuva nezuva yaikwana kuti bhizinesi ravo rifambe.

Asi mubvunzo wake mukuru waive pamusoro paKisma, mwanasikana wavo. "Nhai, Amai, ndingabvunzewo?"

Vakange vagere mumba mekutandarira, vachiona Mai Chisamba padzangaradzimu. Mai Kisma vakamutarisa, ndokuziva zvaaida kubvunza.

"Mai Msoni vakasiyana nevamwe vana venyu here?" Nhamo aishaya kuti obvunza sei.

Shavi Rechikadzi

Mai Kisma vakenda kudzangaradzimu, ndokuidzima. Vadzoka pachigaro chavo, vakati, "Nhamo, mwanawangu. Nguva yasvika yekuti uzive nhoroondo yangu. Uchaona kuti sei uri mumba mangu muno, uchichengetwa neni kudai, zvisinei kuti takangosanganawo muchipatara."

47

Vakamuvinga zvakare nesvondo rechinomwe kubvira paakavharirwa musero imwe navo. Asi usiku uwhu, semazuva ose, ainge akavamirira uye ainge akagadzirira.

Maive nevarume makumi maviri neshanu musero iyi, zvichiverengera iye Chine Makawa. Vazhinji vavo vaive vari manyunyu paChikurubi, uye nyaya dzavo dzakange dzakwidzwa kudare repamusoro zvekuti paive netarisiro yekuti vazhinji vavo vaizobuda mujeri mumazuva aitevera. Ndivo vairara usiku vachichema kana kunamata kunge vakomana vatatu vaya vechiHebheru vakakandwa mugomba remoto naNebukadhinezari.

Asi vashanu vavo vaive makororo chaivo. Ano mazirume akasikirwa kukuvadza vamwe vanhu nekubata mabasa ose akaipa. Vaizvitsaura kubva pane manyunyu aya.

Kana kuine nzvimbo inonzi kusina amai hakuendwi, nzvimbo iyoyo inonzi jeri. Chine nevamwe vake vairara pasi, sezvo mibedha nemametiresi zvakange zvisingakwanirane nevasungwa vose. Dai zvaive zviri izvo zvega, ko pane angatye kurara pasi here? Asi, nekuwanda kwevarwere mumajeri edu, uye nekushomeka kwesipo nemishonga yekudzivirira nayo utachiwana, vasungwa ava vairara mumarutsi, makararwa, weti neimwe tsvina yevamwe vavo. Pakati pavo paive nevasungwa vaive nezvirwere zvakaita sehepisi, mararia, T.B., neShuramatongo.

Magariro akadai haana kufanira mukore uno. Asi vePrison Service, bazi rinoona nezvemajeri, vangazvidiiwo? Dambudziko guru nderekuti majeri edu muZimbabwe azarisa, zvichireva kuti mari inobva muhomwe yenyika ichinzi ndeye majeri haikwani. Vamwe vanoti ngativake mamwe majeri, asi vamwewo vanoti ngatideredze uhwandu hwevanhu vanopara mhosva.

Chine paakapinda musero iyi achinzi ave kutanga upenyu hwemusungwa, akamboramba amire pamusuo. Vamwe vasungwa vaive vakadekara zvavo vari mutumapato twavo, asi vese vakambomira zvavaita, ndokumuti nde-e, vachimumema. Chine akasimudza ruoko, ndokuvakwazisa nemakwazisiro echizvino. *"Chindasburg!"*

Pane akadaira, Chine haana kuona kuti ndeupi. Asi akasvikogara pane vaakamema ndokuona vari vezera rake.

Asi, hapana akada kutanga hurukuro naye. Vazhinji vakanzvenga meso avo. Chine akaona kuti uku kwaive kutya. Kwete kutya iye, asi kuti chikwata chakange chigere kune rimwe divi resero iyi. Achingovatarisa, Chine akaona kuti ava ndivo vaive varidzi venzvimbo. Matarisiro avaimuita ndeaye ekuda kumuera.

Mumwe wacho akati, "Muno mave kuzowanda maKaradhi!" ndokuridza tsamwa.

"Iwe MuKaradhi, wabvepi?" mumwe akabvunza. Dai imbwa inotanga hukura kana pamusha pasvika murendo yaipihwa izwi remunhu, yaipihwa izwi rakaita seregororo iri.

"Uya kuno!" uyu mumwe zvakare. "Uya unyorese kunaIshe wepano!"

Chikomana chaive pedyo naChine chakabva chamukwenya paruoko. Chine ndokusimuka, ndokuenda kune gororo rakange ramudaidza. Gororo riya rakamutarisa kubva kumusoro kusvika kutsoka.

"Mukadzi wepi asingazive kuti anofanira kupfugama kana achitaura nevarume?"

"Handisi mukadzi, shamwari!" Chine akapindura.

Gororo riya ndokumbofunga nezvemhinduro iyi. "Wabva kupi, nhai musikana?"

"Shamwari, hauneyi neni!" Chine akapindura. "Kana usingaone kuti uri kutaura nemunhurume kana kuti mukadzi, handina chandinokurukura newe."

Ndokudzokera kwaainge agere. Chikomana chiya chainge chambomukwenya chaimutarisa neziso raiti, watidenhera tose.

"Zvino kana usiri mukadzi, sei waenda kunogara nemamwe madzimai?"

Chine haana kuda kupindura.

Pekutanga, Chine akagona kuvapa fodya nezvimwe zvaaigirwa nevaiuya kuzomuona, semuripo wekuti vasamubhinye. Chibvumirano ichi chakashanda kwemasvondo maviri. Asi, Chine akange ave kuona kuti zvekubatwa kwevanhu –vangave varume kana kuti vakadzi-kwakange kusinei nekuda kufadza nyama semasikirwo atakaitwa. Ndosaka tichinzwa zvevana kana chembere dzichibatwa chibharo, vanhu voshaya kuti zvino nyakubhinya uyu ainge ashaya here mukadzi wezera rake.

Chaituma munhu kuti abate mumwe chibharo chaive chiri shungu dzekuva nemasimba pamusoro pake. Ndizvo zvakatsanangurirwa Winston Smith naO'Brien mubhuku riya raGeorge Orwell, *Nineteen Eighty-Four*; kuti uve nemasimba azere pamusoro pemumwe munhu unofanira kumutambudza, kuparadza upenyu hwake zvachose, ouvaka zvakare nemaumbiro aunoda iwe. Kana uchikwanisa kudaro, zvinoreva kuti unesimba pamusoro pemunhu iye.

Chikwata chiya chemakororo chaiti chikaona munhu akaita saChine, chaiona munhu akawana mikana muupenyu yachisinawo. Chaimuona seaichishora, seaidada. Saka, aifanira kuratidzwa kuti mujeri muno maive nevaridzi vemo.

Shamwari dzaChine musero umu dzaive Godfrey Muda, Naison Mambara naLungisani Mathema. Godfrey aive kano kakomana kakazvininipisa, kaive netsika dzemunhu akakura aine hupenyu hwepamusoro. Ainge apinda mujeri nemosva yekuba mari kubhangi kwaaishanda. Aibvuma zvake mhosva yake. Chakamutuma kuti abe aive mudzimai wake, uyo akange asingade kukundwa nevavakidzani, dzimwe hama nevose vavakadzidza navo.

Godfrey ndiye aidaidzwa kunzi "Mainini" naWidza, mukuru wemakororo aya. Kazhinji, fumoyedza, Chine aimuona arere parutivi rwaWidza. Haana kutaura naye nezvazvaireva, asi zvakashungurudza Chine kuti kakomana aka kangashinwe nako kudai koshaya kana angati bufu kana angaite hanya nazvo.

Mazuva ekutanga, Chine akamboedza kumhan'ara kuvakuru vepajeri. Asi, sezvoGodfrey akaramba kuti ndizvo zvaiitika, nyaya yacho haina kuenda mberi.

Naison Mambara aive mufundisi wechechi. Ainge awanikwa aine mhosva yokubata musikana webasa wake chibharo. Iye airamba mhosva iyi, saka nyaya yake yainge yakwidzwa kudare repamusoro.

Lungisani aive chikomana chine makore makumi maviri. Ainge apomerwa mhosva yekupindira mumwe mukadzi mumba, ndokumubata chibharo. Aitsika madziro kuti akange asati ambosvika kuMarondera kwacho kwaainzi akange apara mhosva iyi. Aibva kuGwanda, anga auya kuHarare kuzotsvaga nzvimbo paPolytechnic, ndokunongedzwa nemukadzi aimupomhera mhosva yacho achizvifambira hake muguta.

Naison akange akashinga mukunamata nekuparidza, zvekuti pasina nguva ipi, akange ave nekachechi kake musero muya, zvikurusisa pakati pevaya vairwara. Ainge aive nemwedzi mina ari mujeri muya.

Zvino, hama dzaMainini Godfrey dzakakwanisa kuronga kuti abude mujeri muya. Zvimwe dzakakwanisa kudzosera mari iya, bhangi ndokuona kuti zvaive nani pane kuti agare mujeri muya asi mari yarova. Zvimwe aizokwanisa kudzima mundangariro dzake hupenyu hwaainge ave kurarama hwekuva mukadzi kune mumwe murume.

Nyaya dzaNaison naLungisani dzakapa Chine zano rekutanga bhuku raitaura pamusoro pevanhu vainge vatongerwa makore akawanda mujeri nemhosva yekubata vakadzi chibharo. Akatanga kutsvaga pakati pevasungwa kana paine vaida kurondedzera nyaya dzavo.

Zuva rakaenda Mainini Godfrey, Chine akapinda maigezera vasungwa, ndokuwana muinaWidza nechikwata chake. Vose bakabva vati zii. Chine akasvikomira pakati pavo, kuri kuyedza kuratidza kusavatya, ndokutanga kugeza zvake.

Gororo raive kwekupedzisira rakatanga kuzvibonyora, richifemereka rakatarisa mudenga. Pasina nguva ipi, rakange ramwaya mvura yairera nezvinenge madziwa. Raona kuti Chine akange akaritarisa, rakati kuna Widza, "Mukoma Widza, chimbofungai kuti dai muinaMainini so! Munofanira kuvanyorera tsamba, mhani. Pamwe vanogona kudzoka."

Widza aitaura mumwe wake uyu, asi meso ake akange akati nde-e panaChine. "Vakuru vakati vahosi kusiya pamusha, panopinda vamwe."

Chikwata chose ndicho bvu-u kuseka. Vamwe vakabata zvombo zvavo, mumwe ndokukoira mhepo. Zvaireva zviratidzo izvi zvaive pachena. Chine akaona kuti zvekugeza kwanhasi zvakange zvakwana, ndokubuda zvake. Achipfuura nepaari, Widza akaedza kumubata, asi Chine akakwanisa kunzvenga. "Pane *steak* apo, varume!"

Zvino, akange arere pedyo naPastor Mambara nemumwe mukomana ainziBismark. Vaviri ava vakange voridza ngonono, asi Chine akange akasvinura. Mune rimwe ruoko, ainge aine muchetura webhatiri. Mune rimwe, chivharo chebhodoro chaainge anyatsoveza dzamara mucheka wacho wave reza chaiyo.

Zvombo zvekuchengedza nazvo umhandara hwemujeri.

Zvimwe akange akotsira, nekuti akazongonzwa kunge akatsimbirirwa. Chine akambofunga kuti zvimwe madzikirira. Asi weya waimufuridza, hakuna nyangwe muroyi aive nemukanwa mainhuwa kudaro.

Chine akada kuti apfakanyuke, asi vamwe vaWidza vakange vakanyatsomubata. Widza aive pamusoro pake, chiso chake chiri pedyo. Mweya waibva mumukanwa make waipisa, uye waita sewemhuka yakafa.

"Nhasi tiripa*honeymoon!*" Widza akadaro. "Kana usingade kuva mukadzi wangu, uchava mukadzi wedu tese!"

Achitaura kudaro, mumwe akange obvisa Chine bhurugwa. Widza ndokuti swatanukei nerutivi kuti aibvisa uya agone kudzikisa bhurugwa riya nepasi pake. Chine akaedza kupfakanyuka zvakare, asi akange asangana nevanhu vaiziva zvavaiita.

Vakamupindutsa, Chine ndokutsvoda pasi. Mukanwa makazara nekuvava kwaive nemunhuwiro wemhangura. Akanzwa minwe ichipinzwa pakati pemagaro ake, ichipenengura zvemuviri wake.

Chine akanyatsokoka simba rose, ndokuita zvekusunda ura hwake. Mutinhimira wakaita seuchapunza madziro ose. Widza nevamwe vake vakatashukirwa netsvina. Chine akabva awana mukana wekutora zvombo zvake zviya. Akati chivharo chimwe muruoko rwemumwe wemakororo aya, ndokumuzvingisa chibhakera. Murume akazhamba nekazwi kemusikana avhundutswa nedzvatsvatsva. Akasara oona ruoko rwuya rwojucha ropa. Chine akange otomara Widza nechimwe chivharo.

Chine ndokuvhura bhodhoro riya, ndokumwaya uturi uya kumeso kwaWidza. Widza akavhara kumeso nemaoko aivhinza ropa kunge purasitiki remukaka ratsemuka, asi kumeso kwake kwakange kwave kutoburitsa utsi. Murume akazhamba zvakamutsa nyangwe vaya vanga vazvifukidza nekusada kuva zvapupu zvekubatwa chibharo kwaChine.

Mutapi wenhau uya akasimuka, ndokutarisa mhandu dzake idzi dzaakange akurira. "Kubvira nhasi, tese tirivarume muno. Michato yose yemuno ndaigura. Iwe, ndipe sheti yako."

Chine akashandisa sheti iya kuzvipukuta.

Makororo aya akange akuvara akatozowana ruyamuro fumoyedza. Widza akange atove bofu, zvikaonekwa zvakafanira kuti aburitswe zvake mujeri. Zvinonzi ave kumira paMbare achipemha mari. Vamwe vake, varasikirwa nemutungamiriri wavo, vakatanga kunyatsoteerera mharidzo dzaPastor Mambara, vakava vatendi.

Papfuura mwedzi, musikana akange asungisa Pastor Mambara akaenda ega kumapurisa akabvuma kuti akange afurirwa nevavengi vavo muchechi. Akange ave kureurira nekuti havana kumuzomupa mari yavakange vamuvimbisa. Zvichitevera izvi, mumwe wemagadhijeri akacherechedza kuti Lungisani Mathema akange akafanana chiso nerimwe gororo rakange radzoka paChikurubi, rainzi Reza Gombedza. Reza aive nemakore makumi mana, asi aive nekamuviri kekuti waifunga kuti aive mwana wechikoro. Aive nemhosva dzaisanganisira kubata vakadzi chibharo. Zvakare, akange abatwa ari kuMarondera.

Amai vaya vekusungisa Lungisani vakadaidzwa, dhoketi rikavhurwa zvakare. Nyaya payakamiswa pamberi pedare, zvakaonekwa kuti Lungisani akange asiriye akabata amai ava chibharo. Nyakuita izvi ndiye Reza Gombedza. Iyewo haana kumboramba mhosva yake. Uku ndiko kubuda mujeri kwakaita Lungisani Mathema.

48

Henrietta akati pwati, ndiye maziso boi-boi. Aive ari mune imwe yetumahotera twekumaAvenues muHarare. Parutivi rwake, VaShottfield Moyo, vairidza ngonono zvavo. Henrietta akambovatarisa, ndokunzwa kusvotwa chose. Maromo iwaya, akange akashama, rimwe dama richipenya nemutsetse wemarute akaoma kunge pafamba hozhwa, kufunga kuti akange akanamatira neake, achikweva mate ake. Murume iye aitsvoda kunge arikudya chibage chiri pamuguri.

Izvi zvaive nani pane zvimwe zvaaida kuita naHenrietta uyu. Mudhara Moyo aiwana mamagazini nemaDVD aibva kunze kwenyika. Ndimo maaaiwana mienzaniso ekushinha kwaaida kuti Henrietta avaitire, kushinha kwaaisakwanisa kuita naMai Tinga kumba uko. Achingofunga izvi, Henrietta akanzwa kusvota kuya kokwira nehana yake, ndokumhanya kuchimbudzi kunorutsa.

Paakodzoka, akaona dhara riya ramuka zvino, rakazendama negokora pamubhedha paya, richiita kunge zimvuu chairo. Parakacheuka kuti rimutarise, rakapukuta maromo aro ndokuita karuzha kemunhu ari kuridza tsamwa.

Shavi Rechikadzi

"Regai ndiende, nguva dzandinofanira kuve ndave kumba dzave pedyo,"
Henrietta akadaro nezwi raicherechedza kuti nyangwe zvazvo aikwanisa
kutaura zvaainge afunga kuita, mvumo yaibva kuna Mudhara Moyo.

Mudhara Moyo vakati, "Chienda, kwasviba."

Murume mukuru akaisa makumbo ake pasi, ndokutambanutsa maoko ake.
Henrietta akange ave kupfeka, achiita zvekuchimbidza. Apedza, ndokutarisa
kuna Mudhara Moyo uya. Baba vaya vakanongedza kune mudhabha wavo,
wakange wakananikwa pane chimwe chigaro. Henrietta paakakotama kuti
atore mudhabha uya, Mudhara Moyo akatambanudza ruoko, ndiye nembama
twa! pamagaro aHenrietta. "Chisikana chiri kutokora nema*pizza*
andinochitengera!" vakaseka. "Uri kuzviona kuti ukazendama nesu vanaMoyo,
unotakura nyemba nemusana? Haikona zvekutambiswa netukomana
twechikoro, kana ticha chaiye haakwanise kukutengera furiziti zvayo!"

Henrietta haana chaakapindura, ndokuvatambidza mudhabha wavo. Baba vaye
vakapinza ruoko muneimwe homwe, ndokutora chikwama chavo. Vakaverenga
makwati akati wandei, ndokuaisa muruoko rwaHenrietta. "Imwe unopa Amai,
handiti?"

Henrietta akange avaudza kuti amai vake vakange vatambira zvimwe zvipo
zvaakange avapa, vasina kubvunza kuti zvaibvepi. Baba vake ndivo vakange
vachiri mudima. Vaiswera zvavo pamba, semunhu akagumurwa kubasa
kwavaimboshanda, asi mazuva ano vakange vasinganzwe zvakanaka zvekuti
vaiswera vakarara. Kuchipatara vakange vanzi vaive neTB.

"Mazvita henyu," Henrietta akatenda achityora muzura.

"Mangwana tosangana pano, handiti?" Mudhara Moyo akasimuka, onanga
kuchimbudzi. "Ezvino vakomana vepadhesiki vave kukuziva, vanosvikokupa
makiyi."

Henrietta akabuda achishwetaira, ndokuzvibvunza nechemumoyo kuti
waaivhairira ipapo ndiyani. Vasikana vaitsvaira dzimba dzekurarira nekuwacha
magumbeze? Vakomana vaitawo tumwe tumabasa twepahotera apa? Anga
vhairire vanhu vari kuzvishandira iye achiita basa rekutiza kuchikoro achinoita
zvechihure nemurume wezera rababa vake? Aive nani ipapa ndiyani?

Mhinduro yakajeka mumusoro make kunge chiratidzo chinouya kumuporofita
paakaona tekisi yauya kuzomuendesa paimira mabhazi aienda kuVilliers.
Mutyairi wetekisi akataura mari yacho, achiti zvimwe kasikana aka kachazeza
uwandu hwayo. Asi Henrietta akapinda muhambautare muya ndokuti,
"Handei, mukwasha, ndanonoka!"

Achiona vanhu vaifamba mumigwagwa, Henrietta akazviyeuchidza kuti iye
airarama upenyu hwakasiyana neruzhinji. Aienda kumahotera anoshamisa.
Zvipfeko zvake zvaive zviri zvemuzvitoro zvembozha. Zvakare, kumba kwake

kwakange kwave kudyiwa twunonaka, utwo twakapedzisira kudyiwa baba vake vachiri kuenda kubasa.

Aiwa, kuhura kwaibhadhara. Akafunga kuti Mudhara Moyo akatanga amumanikidza kuti arare naye, Henrietta akaseka. Ko, zvino handiti dai akaramba kana kuti akavamhan'arira, dai achiri kukwangwaya nayo nhamo yakange yave kwese-kwese muZimbabwe?

Amai vake vakange vamuratidza gwara. Upenyu hwemazuva ano hwaida kuti munhu ungware. Vaya vaiti mabhuku ndiwo shamwari, aiwawo! Ko, inga wani vakaenda kuyunivehisiti ndivo vaitengesa madomasi mumigwagwa! Henrietta akange audzwa naamai vake kuti Mwari vakange vamupa chipo cherunako, icho chaaifanira kushandisa muupenyu. Inga wani anaMukanya vaishandisa zvipo zvavo zvekuimba, vana mushakabvu Parafini naMukadota vakasekesa vanhu. Saka kana iyewo aigona kushandisawo chake chipo kuti ararame. Kana ivo amai vake ndiko kuwanikwa kwavakange vakaitwa nababa vake ava.

Nyangwe zvazvo Henrietta akasvika kumba zuva risati ravira, aiziva kuti vamwe vaaidzidza navo vaifanira kuve vabva kuchikoro. Zvakare, iyi yaive nguva yekuti mwanasikana aitarisirwa kunge achibika kana kubatsira amai vake kubika.

Amai vake vakamuona nepahwindo remba yekubikira, ndokubuda vachimhanya. "Henrietta iwe, gava razodimbura muswe zvino! Pane kashamwari kako kauya kachikutsvaga pano! Zvino handiti wanga wati uchaenda nekumba kwake?"

Mai Henrietta vakaona kuti meso emwana wavo aive kune zviri kumashure kwavo, ndokucheuka. Vakaona murume wavo akamira pamusuo.

"Kufanana naamai, kahure!" vakadaro. Ganda ravo raive rakati shwe-e nemapfupa avo.

"Manje hamunyare kutaura mashoko akadaro?" Mai Henrietta vakatsiura murume wavo. Meso avo akati ringei-ringei, vachitya kuti vavakidzani vavo vanogona kunge vanzwa.

"Iwe nyarara!" Baba vaHenrietta vakapindura. "Ndizvo zvawakandizadzira chirwere izvozvo? Iwe Henrietta, dzokera kwawanga uri!"

Vakange vave kuuya kwaari. Ndipo pavakaona kuti baba vakange vakabata mupinyi. "Ndati ibva pamba pangu!"

Henrietta akabva ati cheu, ndiye uyu. Akanzwa kufemereka mugotsi make, ndokumira.

"Haunawo kambichana kaungandisiire?" amai vake vakabvunza.

Henrietta akapinza ruoko mubhegi rake ndokuburitsa chisvinga chemari yepepa, ndiye toro nepagedhi achitiza baba vake.

Shavi Rechikadzi

Henrietta haana kumira dzamara asvika panomira mabhazi. Akacherechedza
kuti akange asvika pane chimwe chidanho cheupenyu hwake. Zvekuenda
kuchikoro zvakange zvapera. Chaive chikuru pano kuzunza muzhanje wake,
dzamara wapera. Aiziva kuti pakange pasina nguva refu Mudhara Moyo ave
kutarisawo vamwe vasikana.

Sezvo ramangwana rake rakange rakajeka kudai, Henrietta haana kunetsekana
nekuti panguva iyi akange asina pekugara.

49

1974

"Iwe, Amina! Uchakonzera kuti tinonoke!"

Uyu ndiMaza. Pachaitaura mashoko aya, chigadairwa ichi chakange chimire pakati pedzimba dzepakomboni, papurazi ravaMcGregor mudunhu reSinoia. Zuva rakange rigere pamusoro pemarata edzimba idzi, asi pakange pamire Maza paive nechando. Mwanasikana akadedera, ndokuzvigumbatira.

"O, ndatopfeka, handei!" Amina akabva abuda mumba muya. Kumeso nemakumbo ake zvaipenya nemafuta aakange azora. Maza akamuti amire kunge chivezwa, ndokunhadziridza kumeso kwake. "Zvino ungabva wanuna nemafuta kudaro? Hm, so?"

"Ha-a, iwe, mumba mangu hamuna chiringiso!" Amina akange ave kutofamba. Maza ndokuteera.

Vasikana ava vaienda kunoona tete vaMaza, avo vakange vachangobva mukusununguka. Tete ava vaigara pane rimwe purazi remubhunu ainzi Haas, iro raiganhurana neravaMcGregor. Vasikana ava vaida kuti vadzoke musi iwoyo, sezvo vaibatsira vabereki vavo nebasa repapurazi apa.

Paive nenzira yekudimbudzira yavaiziva, yaipfuura nepadhamhu. Pasina nguva ipi, vakange vasvika pakomboni yepapurazi paVaHaas. Vakasvikowana vanhu vave kubika kudya kwemangwanani. Sezvo waive musi weSvondo, vashandi vazhinji vakange vaine zororo. Vakange varonga mitambo yakasiyana yekuzvivaraidza nayo. Vamwe vaienda kuchechi, asi ruzhinji rwevashandi epamapurazi muchimana chino rwaivevaChewa, uye vaive maMuslim. Maza naAmina vaida chose kuswera vachitandara nevamwe vasikana vepakomboni apa, asi pavakazopedza basa rekutsvaira mumba matete vaya nekuvawachira mbatya, nguva dzavo dzekuti vadzokere dzakange dzakwana. Nyangwe zvazvo hondo yaive kure nenzvimbo iyi, mabhunu akawanda akange asingade kuti pamapurazi avo parare vanhu vasiri vashandi vepo.

Vave kudarika nepadhamhu riya, Maza ndokuti, "Iwe, Amina, shamwari. Unoziva kuti tikakurumidza kusvika kumba, Missisi vanogona kutipa basa remumba mavo? Ndakanzwa Karimu achiti svondo rinouya kune mabiko ebhavhudeya remumwe wevazukuru vaMcGregor."

Amina akafinyamisa kumeso. Basa rekubatsira pamabiko emabhunu aya raisanganisira kusuka ndiro dzinemafuta enguruve, zvinova chinhu chaisemesa Amina. Hongu, Mai McGregor vaisamanikidza zvavo vana vepakomboni kuti vaite basa iri sezvo vaive nevasevenzi vemumba vakakwana. Asi, sezvo vaive vari verudzi rwaitonga nyika iyi yeRhodesia, zvakange zvisingabvivi kuramba chero chavainge vada kuti chiitwe. Nehondo yaiveko iyi, zvaigona kuunza matambudziko asingaperi.

"Saka dai tasara hedu kwaHaas," Amina akadaro. "Handichazivi kuti ndakapedzisira kuona zvigure rini."

"Nhai Amina, uri kufunga zvezvigure chete?" Maza akaseka. "Ko, Para wakazoti chii nenyaya yake?"

Paradzai aive munin'ina wababamukuru vaMaza, murume watete vake. Akange anyora tsamba yekupfimba Amina, ndokutuma Maza nayo, asi chisikana ichi chakange chisati chaipindura. Nemusi uyu, Paradzai akange aenda kuchechi.

"Hazviite, shamwari, inga ndakakuudza," Amina akadaro. "Hapana chandinoshora paari. Asi ini ndiri muChewa. Paradzai muZezuru, muKristu. Vabereki vangu havambofa vakamutambira semukwasha wavo."

Maza akagutsurira musoro wake, achiratidza kuti ainzwisisa chikonzero cheshamwari yake.

"Ko, ukamupindura uchimutsanangurira?" Maza akadaro.

"Saka, unoti iye haazvizive?" Amina akabvunza. "Kana iyewo kungotanga nyaya yakadai, anoshura chete. Amai vake vangatambire muroora muBhurandaya?"

"A, ko handiti Tete vangu vakaroorwa nemukoma wake?" Maza ndokupindura.

Amina akatarisa shamwari yake. "Saka iwe wave munyai waParadzai here?"

Maza ndiye gi-gi-gi kuseka. Zvaiwanzoitika nevaviri ava ndezve kuti mumwe akabatwa nesetswa, mumwe aibva ati neniwo. Amina akanyika ruoko mumvura, ndokukupira shamwari yake. Maza akainzvenga. "Iwe, ngatimbotuhwina sezvaiita kare!" akadaro, achiseka.

"Maza, unopenga chete!" Amina akapindura. "Hatisisiri pwere. Tikaonekwa nevanhu, vanoti chii nazvo?"

"Vanongoti vasikana ava vari kutamba zvavo." Maza akange ave kutokoponora mabhatani ebhurauzi rake. "Saka todii, zvino? Hazviite kuti tidzokere kumba."

"Ko, tikangoenda tinobatsira Misisi nebasa," Amina akadaro. "Zvimwe tinowanawo mabhisiketi netumwe twunonaka."

Asi Maza akange asisateereri. Meso ake aive mhiri. Amina akacheuka, hana yake ikarova achiona hambautare ichiuya kwavari. Neruzha rweredhiyo, nyangwe *zvazvo* vaisaona zviri mukati vakaziva kuti muhambautare umu maive *naPikinini Baas* Seamus McGregor, nevanji wamuzvinapurazi, neshamwari dzake. Seamus aive nemakore makumi maviri nerimwe. Akange achangobva kuhondo, ari pazororo. Hapana chimwe chaaita kunze kwekusvuta mbanje nekushusha vanhu vemudunhu umu, vachena nevatema.

"Amina, ngatitize!" Maza akadaro, ave kutokanda tsoka achipinda musango.

Amina akati otize akananga uku, ndokuona sekunge kusina mukana, kunze kwekutuhwina mudhamu. Akanzwa tsoka dzake dzonyura mumadhaka, achibva ayeuka kuti mumvura umu mainzi maive nemakarwe. Chaakange asingazive ndechekuti guwa remakarwe iri raifambiswa nevakuru pakati pevatema vaigara papurazi apa senzira yekudzivirira vana kuti vasatambire mumvura mavaigona kunyurira.

Akamboramba akamira mumvura muya, akaitarisa, achiedza kutsvaga zano pakati pekutya kwaita. Hambautare iya yakamira kumashure kwake, vakomana varungu vana vakabuda. Vaive Seamus McGregor, 'Kobus Haas, Jan Plaath, Craig Scheepers naGareth Van Zyl. Vakange vakapera zvavo nedoro.

"Wena, intombi, buya lapa! Gijima!" Seamus akadaidzira, achitaura chiRaparapa, ndimi yaishandiswa nevarungu mukuraira vashandi vavo vechitema.

Zvakashamisa Amina kuti angawane simba rekuita sezvanga zvarehwa namwana washe. Asvika pedyo, meso ake akaramba akati nde-e nevhu, kuri kuratidza kutya. Asi aiziva kuti meso evakomana ava aive paari.

"Ubani wena?" Seamus akabvunza.

"Nd-nd-nd..!" Amina akaedza kuburitsa mazwi, asi akange ave pedyo nekuchema. Kutya kwake kwakawedzera apo mumwe wevakomana ava akasebera achitendera, ndokusvikomira kumashure kwake.

"*Khuluma!*" Seamus akaomba.

"Amina Five! Ndinonzi Amina Five, baas!"

Seamus akaratidza kuti zita iri akamborinzwa. "Five?" akabvunza neChiShona chemhandorokwati. "Uri mwana waAssani, baas-boy waMadhala wangu?"

"Hongu, baas," Amina akapindura, aine tarisiro yekuti sezvo Seamus aitaura naye nechiShona chaicho uye aiziva baba vake, zvimwe akange asisina chinangwa chakaipa. Chinangwa chakaipa chaaifunga ndeicho chaakange akanzwa vamwe vachitaura nezvacho maererano nemumwe musikana ainge azvara mwana muKaradhi.

Seamus akaseka. "Ha, wakura kudai? Manje-manje unenge wave mafazi, uchiita hobho mapikinini!"

Amina akada kusekawo, asi paakasimudza meso ake pane zvaakaona mune emurungu uyu zvakamuratidza kuti jeye raSeamus rakange risiri reusahwira naye bodo.

"Saka watiza basa, kuti uswere uchizekana neka*skellem* kako kuno nhai?" Seamus akabvunza, achinongedza nechigunwe kunge mudzidzisi ari kutsiura mwana ane musikanzwa.

Amina akazunguza musoro. Akange asati amborinzwa izwi iri rekuti kuzekana, asi aifungidzira kuti raive nechekuita nezvevakomana.

"Saka hauna mukomana?" Seamus akadaro. "Musikana ane mazamu akura so?"

Achitaura kudaro, akabva aati dzvi, kunge ari kutemha michero iri pamuti. Amina akaridza mhere, ndokuedza kudzokashure. Akasvikozendama naCraig. Chikomana ichi chakamonera maoko acho nemuchiunu chaAmina. Musikana akada kuti apfakanyuke, asi Craig akange akanyatsomuti dzvi.

"*You ever fucked a munt before, ouens?*" Seamus akabvunza vamwe vake.

Kobus Haas, uyo akange akazendama nehambautare akasvipa mate. "*Ag, sies, man! Like fucking a baboon!*"

Seamus akamudzvokora neziso rairatidza kutsvinya. "*Ag, don't be so bleddy hypocritical man!*" akadaro. "*You fuck your grandfather's goats, why not a baboon, eh?*"

"*And also your father likes black uss, that's why you have all them goffel picanninies on your farm!*" Uyu ndiJan Plaath.

Kobus haana kugumbuka kunzi baba vake vaive netsika yekuzvarisa vakadzi vevashandi vavo vechitema. Akabva amira pedyo naSeamus.

"Come on. There's plenty for all of us, man." Uyu ndiSeamus. *"The bleddy sangoma gives these ntombis serious muti so they can fuck all night like horses, man! See how tired the workers get when they take a new mafazi!"*

Pane izvi zvaitaurwa, Amina hapana chaainzwa. Asi chaaiziva ndeche kuti aive munjodzi huru. Seamus akamuti bhurauzi rake dambu napamabhatani. Amina akada kuti aridze mhere, ndokubatwa muromo naCraig. Seamus akamukwinyira siketi yake, ndokumubvisa bhurukwa remukati.

Nhasi uno

Mai Kisma vakapukuta kumeso kwavo, ndokutarisa kuna Nhamo. "Ndakazosvika kumba pakati peusiku. Baba vangu vakandiendesa kuchipatara nebhara. Vekuchipatara ndivo vakada kukwidza nyaya yacho kumatare edzemhosva. Murungu wababa vangu paakazvinzwa, akabva adzinga mhuri yangu yose papurazi apa. Pamusana peizvozvo, baba vangu vakabva vandidzingawo."

Mai Kisma vakatambomira, vachifunga. "Mukadzi akabatwa chibharo, anoita sendiye apara mhosva huru. Nanhasi ndichiri kuiripa. Kubvira musi iwowo, hama dzangu handina kana kumbonzwa nezvadzo."

"Ko, shamwari yenyu Maza akaenda nekupi?" Nhamo akabvunza.

Mai Kisma vakaita sevaida kuseka. "Maza akaudza mapurisa kuti ini ndakarara nevakomana vechirungu ava, ndokuzonyepa kuti vakandimanikidza nekutya hasha dzababa vangu nenguva dzandakasvika kumba."

"Shamwari yenyu ingadaro shuwa?" Nhamo akakatyamadzwa nazvo.

"Ndakazonzwa kuti baba vaMaza vakazova *baas-boy*. Iye Maza akazoonekwa pataundishipu nembatya dzaimbove dziri dzaMisisi. Anonzi, mushure mezvo, mutumbi wake wakawanikwa wakachekwa-chekwa, zvinofungidzirwa kuti akauraiwa nemumwe wezvikomba zvake."

Hameno chakapa Nhamo fungidziro yekuti Mai Kisma vaiziva zvizere pamusoro pekufa kwaMaza uyu. Fungidziro iyi yakabata muviri wose sechando, ndokubva anyatsozviputirira mumagumbeze aainge arere.

Mai Kisma vakaenderera mberi nenhoroondo yavo. "Ndakachengetwa nevamwe vechiIndiya asi vari vaMuslim. Kisma akakurira panzvimbo yaichengeterwa nherera dzechiMuslim. Ini ndakazouya kuno kuHarare, ndokuwanikwa nemumwe murume, anova baba vevamwe vana vangu. Murume uyu akazoshaya zvake makore mashanu apfuura."

Shavi Rechikadzi

Mai Kisma vakasimuka kubva pane chigaro chavainge vari, ndokunanga kumusuwo. "Chirara zvako, Nhamo. Amangwana."

"Ndichazovawo munhu akakwana here?" Nhamo akabvunza.

Mai Kisma vakamira. "Ko, hauna kukwana here?"

Sekubvunza kwakange kwaita Nhamo, iyi mhinduro yaivewo mubvunzonhando. Nyangwe zvazvo Nhamo aive nemitezo yake yese sekuzvarwa kwaakange akaitwa naamai vake, pane zvakawanda zvakange zvisisipo paari.

Mai Kisma vakabuda mumba muya, ndokuenda kwavo. Asi, hope hadzina kuuya. Kwakauya ndangariro. Nekutya kukuru.

50

Vaive muhofisi yaChiremba V. Malotshwa. Vainge vakati Baba naAmai Chikwinya, nemuzukuru wavo Tutsirai, Chiremba Malotshwa, Matikitivha Dermot Mhike naRatidzai Makombe, uye Nomusa Mpala.

"Right, pano tine ripoti rwaMpala, nerwaChiremba Malotshwa. Uye isu semapurisa tawana mukana wekutaura naTutsirai uyu. Chasara kukwidza nyaya iyi kudare." Uyu ndiMakombe aitsanangura gwara racho.

Hameno kuti mumwe wake akange apindwa nei, asi akange asina kutaura zvakawanda. Zvimwe aive nezvaimunetsa. Kuti angave nezvinomunetsa zvaimutadzisa kuita basa rake aive maninji chaiwo. Asi Makombe akange asingade kuita hanya nazvo, sezvo mumwe wake akange asiri kutadza basa zvake, asi kungoti akange asingataure zvakawanda.

"Ko, mapurisa akaita izvi, maapapi navo?" Sekuru vaTutsirai vakabvunza.

"Tichiri kutsvaga, baba," Makombe akapindura. "Chatirikuziva ndeche kuti havasi vepaGoromonzi. Tirikufingidzira kuti ndeve muHarare, uye vakange vari kunze kwedunhu ravo."

"Saka zvinobatsirei izvozvo?" VaChikwinya vakabvunza, izwi ravo rokwira. "Mapurisa tinokuzivai nekuvhariridzana mhosva."

"Nhai, Maurice, ungabva wadaro?" Mai Chikwinya vakatsiura murume wavo. "Ndipo pavachabvunza mupurisa wese wemuHarare kuti, Hauna kurepa kamwana aka here, vakawana anobvuma?"

Hapana akazviona, asi chiso chaMhike chakava chemunhu anorehwa nemutsumo iya, ndokuvhunduka chati kwatara.

Nomusa akaona kuti akasapindira, musangano uyu waizoguma wave mhirizhonga chete. "VaChikwinya, ndinoda kuti munyatsonziwisise kuti isu seS.O.I.U. tinoshanda mukati memurau chete. Dai taitendeserwa kuvharira mapurisa ese muZimbabwe muchitorongo nekuvarova dzamara paita anoreurira mhosva iyi, inga dai tisingatambise nguva nekufeya-feya uku. Tati titange naVaKanjiva ava nekuti pane umbowo hwekuti tinogona kuvasungisa tikaenda nayo kudare."

"Saka mapurisa aya oenda zvawo?" VaChikwinya vakabvunza, vachiratidza kuti nyangwe zvazvo vaikwanisa kunzwa zvairehwa, hasha dzavo dzakange dzisina kuserera nepaduku pose.

"Vakuru vakati zuva nezuva rine zvaro," Chiremba Malotshwa vakapindirawo. "Nhasi, izuva rekubata VaKanjiva. Regai vatange neava vavanogona kubata."

Mai Chikwinya vakabata murume wavo bendekete, VaChikwinya ndokuzunza ruoko rwuya. Mai Chikwinya vakati, "Itai zvamaronga, vana'ngu."

Makombe akasimuka. "Isu regai titange rwendo rwedu. Handei, Mhike."

Mhike akaramba agere, achiita sekunge asina kunzwa. Vese vakamudzvokora, vakazvishairwa kuti unhu hwemutikitivha uyu wairevei.

"Mhike?"

Makombe akada kuti amubate, ndipo Mhike paakapwatika. "Hm? Ya, handei." Akasimuka, ndokuteera Makombe kumusuo.

"A! Ndafunga zano," Makombe akadaro. "Sezvo kwatirikuenda kuriiko kwakaitika nyaya iyi, handei naTutsirai anotiratidza paakaona mapurisa aya. Zvimwe tingawane umwe umbowo."

Mhike akaita seari kunzwa kuda kuita weti. "A, waive usiku, unoti achapaziva?"

Makombe akashamiswa nemhinduro iyi. Asi haana kuzvipa nguva yekuiongorora, ndokuti, "Haikona kuita kunge benzi, mhani. Anongotiratidza sango racho, toona kuti tinga tsvare-tsvare here pakamuka something."

Mhike haana kupindura, akangogutsirira musoro wake.

"Ini ndanga ndichikumbira kumbosara naTutsirai pamwe nasekuru naambuya vake ava," Chiremba Malotshwa vakadaro. "Pane zvandiri kuda kukurukura navo."

"Hazviite here kuti titange taenda kunzvimbo iyi, mozoita hurukuro dzenyu tadzoka?" Makombe akabvunza.

Chiremba vakasimuka. "Bva, handei zvedu, vana'ngu."

Mapurisa akashandisa hambautare yavo. Semazuva ese, Makombe ndiye aityaira. Chiremba vaitungamira nehambautare yavo, umo maive naBaba naAmai Chikwinya, naTutsirai.

Vadarika musha weMabvuku, Nomusa akabvunza, "Tirikure sei nekwatirikuenda?"

Hapana akamupindura. "Dermot? Ndati…." Haana kupedzisa mutsara uyu sezvo akabva aona kuti pfungwa dezemutikitivha uyu dzaive kune imwe nyika. Makombe akazunguza musoro, ndokuti, "Kana ini ndazvishairwawo, Nomusa."

"Dermot, ona nzou idzo!" Nomusa akadaro, asi Mhike akaramba akati nde-e, akatarisa kumberi asi achiita seakange asingazive zvaari.

Nomusa akaedza zvimwe. "Ona, ndakoponora mabhatani ebhurauzi rangu!"

Asi Mhike akaita seasina kunzwa.

"*Stress* pabasa!" Makombe akadaro, achiita seanonzwira mumwe wake tsitsi.

"Ko, iwe sei usingaite *stress* yacho, Rati?" Nomusa akabvunza.

"Ini ndiri mukadzi," Makombe akapindura. "Vanhukadzi vanokwanisa kubata hana nyangwe zvikaoma sei. Zvakare, ini handiraramire basa rangu chete. Ndinotamba hoki, ndiri mukwaya yekuchechi kwangu. Zvino mumwe wangu haana chinomuvaraidza kana kuzorodza pfungwa dzake. A, asi tasvika?"

Hambautare yaChiremba Malotshwa, iyo yaive mberi, yakange yotsauka ichibva pamugwagwa, ndokusvikomira. Makombe akasvikopaka parutivi rwavo.

"Ini ndakapinda nemusango umu," Tutsirai airondedzera, achinongedza.

"Saka uchiri kuyeuka nzvimbo yawakatizira usiku, kwakasviba?" Mhike akabvunza.

"Ehe!" Tutsirai akapindura neidi. "Tinowanzouya nepano kana tichibva kunotora huni."

Kana aifunga kuti achawana mashoko aigona kudzikamisa hana yake, izvo i-ish. Iye Mhike akange achiri kuyeuka nzvimbo iyi, nyangwe zvazvo akange akapasvika kamwe. Akafunga zvekureurira ipapo, mutoro waive nawo mumoyo make uende. Asi, aiziva kuti ugwara hwake, kutya kwaaita kuwanikidzwa aine mhosva, ndiko kwaive zvakare kutya kwake zvaizoitika mushure mekunge zvazivikanwa. Zvakamunetsa kuti Sgt Nguruve vakange vasina kana hanya nazvo, zvisinei kuti guwa rakange rafamba rekuti vaive nechirwere cheShuramatongo.

Tutsirai akange ave kufamba, achipinda musango. Mhike akafunga kuti atize pachine mukana. Sezvo vamwe vakange vave kuteera Tutsirai, aikwanisa kutora hambautare, odzokera nayo kuHarare. Hameno zvaizoitika mberi, asi chikuru chaive kubva panzvimbo ino. Dermot akaringa-ringa, ndokuona sango rese rizere neumbowo hwaikwanisa kumusungisa. Ko, sei Makombe naMpala vakange vasati vazviona? Kana kuti vaida kumbomuonesa moto?

Mhike akateera, ndokuvawana vamire panzvimbo iya. Zvakamushamisa kuti akange achiri kupaziva. Ko, aigopakanganwa sei, panova paripo paakatanga kuziva mukadzi muupenyu hwake? Nomusa akange achonjomara, achitsvaga-tsvaga mumauswa makare. Makombe akatarisa kurutivi, ndokuona Mhike amire, achiita searasika.

"Ko, iwe zviri kumbofamba sei mazuva ano?" akabvunza.

Mhike akazunguza musoro. "Hameno, pamwe kuneta. Patichadzoka, ndichanzwa kuti Sgt Mabhedla vanoti kudii nezano rekuti ndimbotora zororo. Ndino-"

Nomusa pane zvaakange awana. Akakasimudza kuti anyatsokaona muzuva. Kaive kabhatani. Nyangwe zvazvo vaive kure zvishomanini, Makombe naMhike vakaona kuti kaive kabhatani kepayunifomu yechipurisa. Vakasebera pedyo.

"A, honai!" Nomusa akabva akotama zvakare, ndokunonga kadimbu kechingamu yakaoma. "Aka kanhu aka kanogona kuve kari kadura keDNA."

"Ndagara ndazviziva kuti gondo harishaye!" Makombe akadaro achinyemwerera. "Shamwari, kana paine zvauri kuda kuti tiite, panguva dzakadai ndiwe Shefu pakati pedu."

"Aiwa, regai ndimboona," Nomusa akapindura. "Imi vhurai meso enyu, pane zvamunogona kuwanawo."

Mhike akanamata nechemumoyo, achikumbira midzimu yake, Mwari, nechinhu chose chipi chaive nemasimba ekunzwa miteuro yevanhu nekuvanunura kuti chimubatsire.

51

"Nhai, Peshi, inguvai?" Jannat akabvunza musikana aitengesa pamusika waive kurudyi rwake.

Peshi akatarisa chiringazuva chake. "Pasara mainitsi makumi maviri, Nhamo," akapindura, achishandisa zita rake rakare, ndokukurumidza kuzvigadzirisa, "A, sorry. Jannat."

"Asikana, farirai kujaira mazita evamwe matsva!" Jannat, uyo aimbonzi Nhamo, akadaro achiseka.

Zita rekuti Jannat akange aritumidzwa nemukuru wepamoski, mushure mekunge atendeuka kuva muMuslim akakwana. Jannat zvaireva nzvimbo yakanaka, ine michero yose ingadiwe nevanhu, nzvimbo inodaidzwa kuti Paradhiso kana kuti Edheni muzvitendero zvechiKristu nechiJudha.

"Tichajaira zvedu," Peshi akadaro. "Ende watoshinga kuva muMuslim. Asi shanduko yakanaka iri kuoneka pauri. Wave netumatama, neiwo masvondo maviri awave kunzi Jannat iwayo."

Jannat akaseka. Peshi haana kuda kuzvitaura, asi akange aona kuti mumwe wake akange asisaite seotizwa nenjere. Zvaireva kuti Islam chaive chitendero chakanakazve.

Pamusika apa pakabva pasvika mumwe musikana ainzi Atipa. Atipa aive muzukuru waPeshi, ari wezera rimwe. Aienda kukoreji mutaundi. Aigara zvake kune imwe taundishipi, asi aiti akawana mukana, aiwanzopfuura nepamusika paambuya vake apa.

"Ko, *Gogostren*, ndeipi yandiri kuketa iyi?" akabvunza, achigutsurira musoro akarerekera kuna Jannat. Wedu Jannat akange achirava zvake dudziro rebhuku rinoyera reIslam, *al-Q'uran*. "Mumwe wenyu, ko kuzongoita machira hobho so, asi ave muChawa?"

Peshi haana kufarira kuratidza kusava neruremekedzo kwaiita muzukuru wake. "Ehe, Nhamo ave muMuslim. Akatochinja zita, ave kunzi Jannat."

"Jannat?" Atipa akafinyamisa kumeso. "Saka ndiye achange ari mukadzi wemadhara e*Taliban*?"

Peshi akabata muromo wake, akashamiswa nemashoko aya aitaurwa nemuzukuru wake. "Nhai, Atipa? Chii...."

"Aiwa, zvinondigumbura kuti kungava nemunhukadzi wechitema angabatane nevechitendero vari kubhinya vakadzi vatema kunyika dzakaita seSudhani, kana zviri kuita veBoko Haram!" Atipa akange amira zvino, zvekuti musika wose wakamunzwa.

Jannat paakanzwa izwi rekuti "bhinya", akanzwa muviri wose wopinda chando. Atipa akanangana naye. "Iwe, wave kunzi Jannat, unoziva here kuti nhasi uno kune maMuslim anonzi Janjaweed ari kurepa vakadzi kuSudhani?"

"VeJanjaweed havamiriri maMuslim epasi rose!" Peshi akadaro.

"Ehe, asi pane kana mumwe chete wevanozviiti vakuru veIslam akabuda pachena kuti vanofungei nezveJanjaweed?" Atipa akavhura bhegi rake, ndokuburitsa mapepa. "Aya matsamba atakanyorera nhumwa dzenyika dzemaArabhu muno muZimbabwe. Hapana kana imwe yakapindura. Vanhu vanoti kunyarara hakuzi kutaura. Ha!"

Akatambidza Jannat mapepa aaive nawo.

"Ndosaka wave nemakore mashanu uri pakoreji, asi hausati wapedza zvidzidzo zvako, Ati!" Ava ndimbuya vaitsiura muzukuru wavo. "Unoda kugadzirisa zvose zvakaipa zvepano pasi, ndiwe Mesiya here? Ko, zvauri kutaura zvinei naJannat uyu? Saka veJanjaweed vachauya kuno kuzomurepa here?"

"Vachamurepa kana afa!" Atipa akapindura. "Iwe, hama yangu!" Apa ainangana naJannat. "Handiti vakakupa zita rekuti Jannat, handiti rinoreva Paradhiso?"

Jannat akagutsurira musoro.

"Verenga mubhuku mavo kuti Paradhiso yavo inzvimbo yakaita sei," Atipa akadaro. "Handiti unaro ipapo, vhura chikamu chinotaura nezveParadhiso."

Jannat akavhura.

"Uri kuona, vese veJanjaweed vanotenda vachawana kudenga vasikana vachagara vari mhandara. Pane pambonzi mhandara dzichawanei? Ndiwo mubairo wacho iwaya, wekuva…."

Haana kupedza, nekuti Jannat akabva aridza mhere, ndokutiza sezvaimboita, akananga kumba. Izvi zvakashamisa Atipa chose. "Nhai, mwana uyu, mukati dzakati tweserere?"

Peshi haana zvaakapindura.

52

Paakabuda murabhoritari yepakambani yeshamwari yake yerisechi, zuva rakange ranyura zvekudzikatidzwa nemiti yaive iri kumadokero emugwagwa, Nomusa akanzwa kachando ndokumhanyira hambautare yake. Mhike ainge akamira pedyo nayo, akazendama nemita yepakin'i.

"Kwaitikei?" Nomusa akabvunza, achiona kuti chiso chemumwe wake chairatidza kunetsekana.

"Hapana hapo," akapindura Dermot. "Ndanga ndichida kunzwa kuti pane chamuka here pachingamu chiya."

"Zvakaita sechii?" Nomusa akange asingawanzochename zvake, asi zvakange zvamutsamwisa kuti Mhike angaite zvekumudzingirira kunge zvinonzi iye Nomusa ainge asina chinangwa chekunyora ripoti pamusoro pekuongorora kwaainge aita chingamu chiya. "Chandawana iDNA yemunhu akatsenga chingamu iya. Ruzivo urwu haruna chiyamuro kana pasina zvimwe zvinozivikanwa, zvakaita semunhu akatsenga chingamu iyi."

Kune dzimwe nyika, sayenzi dzeDNA dzakange dzave kushandiswa kubata nyakupara mhosva pane nyaya dzakasiyana. MuZimbabwe, izvi zvakange zvisati zvave kuitika sezvo Hurumende yakange isina tsika yekuchengetedza dhetabhesi yeDNA dzevanhu vanenge vasungwa kana kumiswa nemapurisa, votorwa miyenzaniso yeDNA dzavo. Kana pachinge pawanikwa DNA panzvimbo panenge paparwa mhosva, mapurisa aigona kuiyenzanisa neiyi yaive mudhetabhesi mavo. Kana paine yaipindirana nayo, zvaireva kuti munhu iye akasvika panzvimbo yakaparwa mhosva iyi, zvichireva kuti paive nechikonzero chekufungidzira kuti ndiye akange apara mhosva iyi kana kuti aive nezvaaiziva pamusoro penyaya iyi.

Asi, nyaya yemadhetabhesi yakange yanetsa munyika dzaaichengetwa. Vamwe vaiona zvisina kufanira kuti Hurumende inoremekedza kodzero dzevanhu inge ichichengeta dhetabhesi. Inga Hurumende dzaive neruzivo rwakakwana maererano nevanhu vayo, rwakaita semagwaro ekuzvarwa, risinesi remutyairi nezvimwe zvakadaro?

Munyika medu, saenzi dzeDNA dzaiwanzoshandiswa panyaya dzemunhurume anenge achipomherwa mhosva yekumitisa musikana asi achiramba. Zvinoreva kuti kana ari baba vemwana iyeye zvechokwadi, chikamu cheDNA yake chinenge chakafanana nechemwana uyu. Zvakare, saenzi dzeDNA dzinoshandiswa mukutsvaga hama dzemunhu anenge afa asingazivikanwe zita rake nemapurisa.

Izvi zvese, Mhike aizviziva, saka chaangaateverera Nomusa kurabhoritari chaive chii?

"Saka hapana imwe nzira yatingaone kuti chingamu iyi ndeyani?" Mhike akabvunzisisa.

"Hapana zita rabuda, kana zvirizvo zvaurikubvunza!" Nomusa akamupindura. "Asi munhu iyeye ane mtDNA yemunhukadzi wechiIndiya, ane urongwa hweY-chromosome hwedzinza rinonzi Haplotype HC156008."

"Zvichirevei izvozvo?" Mhike akabvunza.

"Zvichireva kuti anogona kuve ari mumwe wemamirioni makumi sere evarume vari munyika dzekuzasi kweAfurika vedzinza ratinoti Haplotype HC156008."

Mhike akazunguza musoro. Asi meso ake akaramba ari emuvhimi, emuvhimi uya ari kumhanya nenguva nekuti kana naiyewo aivhimwa. Kana paine chaaitsvaga nemaziso matsvuku, aigaro cheuka nekuti ainzwa mhandu dzake dzichifema mugotsi make.

Nomusa akanongedza nekarimoti ndokukinura hambautare yake. "Kana pasina zvimwe, Dermot, toonana mangwana."

"Horaiti." Mhike ndokuenda kuhambautare yakewo.

Nomusa akamira, akaramba akatarisa Mhike uya dzamara asvika kuhambautare yake.

53

"Jannat, mwana'ngu, unoda kuti ndiite sei, zvino?" Mai Kisma vakabvunza.

Jannat, arere kudaro pamubhedha wake, akamboramba akati zii, akadzvokora madziro. Papfuura kanguva, musikana uyu akapinduka, ndokuvatarisa. "Ndichazovawo nani here, mupfungwa?"

"Ukanamata…" Mai Kisma vakatanga mhinduro yavo.

"Kunamata chii?" Jannat akabva asimudza musoro. "Kunamatira kuti kana ndafa ndigobatwa zvakare kuParadhiso?"

"Akuudza izvozvo ndiyani?" Mai Kisma vakabvunza.

"Ko, kana zvichinzi kuchava nevasikana vachava neumhandara nekusingaperi?" Jannat akabvunza.

Mai Kisma vakati, "Iwe, watadza kunzwisisa…."

"Ko, zvavari kubhinya vakadzi vechitema kuSudhani nedzimwe nyika?"

Mhinduro yaive pamuromo waMai Kisma haina kuzobuda. Mukadzi uyu akagara pamubhedha. "Jannat, nyika ino izere neuipi. Zvekubhinywa kwevakadzi hazvina kuti maArabhu, vaRungu kana mamwe marudzi atinowana pano pasi."

"Asi kana zvaiitika, toita sei?" Jannat akabvunza. "Ezvino, ndave kuita semunhu anopenga. Handichambove ndakavimba munhurume. Ndinorota hope dzinotyisa. Asi, vananyakupara mhosva, vanhu vakanditorera upenyu hwangu, vakandisiya ndakadai, ezvino vari kudya nyika rutivi!"

"Jannat!" Mai Kisma vakamudaidza vakasunga chiso chavo. "Ini ndakakutora nekuti wakange usina kwekuenda. Ndikakupa pekugara, neumwe upenyu uri nani."

Jannat ndokuti, "Ndine urombo, Amai. Asi handisi kugutsikana nerudo rwenyu."

"Saka unodei?" Mai Kisma vakabvunza, ndokutarisa kurutivi nekuti vaiziva mhinduro yacho uye vaiziva kuti Jannat akaona meso avo aibva aziva kuti vaiiziva.

"Ndinoda kuti vakaita izvi vasangane nemurango wakakodzera."

Mai Kisma vakada kuti vasimuke, asi Jannat akabva avati dzvi. "Imi zvamakarepwa nevaRungu, hamuna kuda kutsivawo here?"

"Ehe. Asi…."

"Asi, chii?" Jannat akaita seachava zunza. "Muri kuda kundiudza here kuti nekufamba kwenguva, makazokwanisa kuva regerera? Chii chakazoitika kuti mukwanise kuenderera mberi neupenyu hwenyu?"

Mai Kisma vakamutarisa, vakaziva kuti Jannat aida chokwadi chete. "Vakuru vakati, kumhunga hakuna ipwa, takabvaneko. Nyangwe ukatsiva, zvichakupei? Zvichadzosa umhandara hwako here?"

"A, saka iripo zvayo nzira yekudzosera?"

Mai Kisma vakamutarisa, ndokugutsurira musoro wavo zvishoma. "Nzira iyi handinyore. Uye, inoda kuti upire zvose zvaunazvo."

"Kana yakadaro," Jannat akadaro, "haina kuoma, nekuti zvose zvandinazvo hazvina kuwanda."

Mai Kisma vakambofunga. Papfuura kanguva, ndokuti, "Unoziva, mwanan'gu. Zvechitendero izvi ndakapinda mazviri nekuda kuchitsvaga zororo. Asi nzira yekutsiva nayo, ndakaiwana mune chimwe chitendero. Chitendero ichi ndechekare. Kare kare chaiko, kusati kwave marudzi atiinawo aya nezvitendero zvawo. Ichi chitendero ichi ndechamwari anezita rakazodzimwa nemarudzi iwaya, zvichinzi ndimwari wenhema. Asi, sezvandakaona, ndimwari weidi chaiye."

Shavi Rechikadzi

Jannat akati,"Kana ari mwari anogona kuparadza mhandu dzangu dzose, ndinoda kumuziva. Ndinoda kuteura kwaari."

Mai Kisma ndokuti, "Chimborara. Ndichakumutsa mauro."

Jannat ndokurara zvake.

54

Mauro iwayo, imbwa yepa123 Pikerere Crescent haina kudzoka kumba.

Vatenzi vayo vakafungidzira kuti zvimwe yakange yatsikwa nehambautare. Imwe pfungwa yakapinda mumusoro mavo ndeye kuti yakange yabiwa, sezvo yaive neruvara rwusinga wanzowanikwi, ruvara ruchena kunge musope. Zvakare, yaive nemaziso akachena kuti mbe-e; usiku aiteya chiedza kunge chuma chegirazi.

Vatenzi ava havana kufungidzira kuti kushaika kwakaita imbwa yavo uku kwaive nechirevo chaidarika uye chaityisa kupfuura kungobiwawo kana kusangana nenjodzi mumigwagwa. Inga dai vakaita fungidziro iyi, inga dai vakarara vakagumbatira chipiyaniso chaive mumba mavo mekutandarira.

55

Kune imwe taundishipi yeHarare, Gladys Munzara haana kunzwa nezvekutsakatika kwembwa iyi. Asi akanzwa Mweya Mutsvene uchimutuma kuti amuke anamate, uye akomekedze vamwe vake vemu*Prayer Band* yekuchechi kwake vaitewo seizvi. Mwanasikana akamuka, ndokuvatumira shoko ne*Whatsapp* parunharembozha rwake.

Apedza, akati apfugame, ndokunzwa kamhepo. Zvechokwadi, keteni rai vheya. Akasimuka, ndokuenda kuhwindo.

Gladys akarohwa nehana achiona gore dema richiita zvekuvheya nedenga, ndokudzima nyeredzi dzose kunge ingi yaenda pambatya. Chakamurovesa hana kwaive mavheyero egore iri, kunge zvinonzi paive nemunhu akange adzora keteni, achida kuvhara chiedza chose, kuti nyika yose isare iri murima chete.

Gladys akatarisa kunze, ndokuona kuti zvechokwadi nyika yose yakange yave murima. Paakasimudza musoro kuti atarisa mudenga, akaona gore riya ravekufashaira, dzamara rave kuita kunge chiso chemunhu.

Gladys akanzwa unyoro hwaipisa uchiyerera nedivi regumbo rimwe. Akange asati ambozviitira weti muupenyu hwake hwose.

"Muzita raJe…." Akatanga kunamata, izwi rake ndokuenda. Miromo yakaoma kunge arohwa nechiomesamutezo. Asi Gladys akange asiri munhu aibvuma kukurirwa, zvikurusisa nemasimba erima. Akasvinga chibhakera, ndokuona kuti akange achiri kugona kushandisa minwe yake. Gladys akatanga kunamata achishandisa minwe yake kuumba mazwi, sezvinoita mbeveve.

Muzita raJesu, ndinotuka nekutanda mweya yose….

Maziso echiso chaive mugore chiya akati boi kuvhura. Ainge akatsvuka nemoto hweuipi. Muromo wacho wakashama, izwi ndokubuda. Izwi raive nesimba rekuti mapfupa ake andengendenge kunge ari kuzunzwa.

Iwe naJesu wako muneyi nebasa randauya kuzobata?!

Gladys ndiye pasi pu! dzamara mangwanani, apo akawanikwa nemusikana webasa. Musikana uya hapana chaakabvunza, zvimwe akaziva kuti hapana tsananguro yaaiwana.

Zvakatora Gladys mazuva makumi maviri asati aona kuti chiitiko ichi chaive chiri cheusiku iwowo chete. Paakasangana nevamwe vePrayer Band yake, akabva aziva kuti umwe neumwe akange aine zvaakaona zvaakange asingade kukurukura nezvazvo bodo.

Nekufamba kwenguva, ndangariro yeusiku uhwu dzakadzimwa mundangariro dzaGladys

Asi kutya hakuna.

56

"Jannat, chimuka!"

"Hm?"

"Tasvika, Jannat!"

Jannat akavhura meso ake, ndokuona Mai Kisma. Akatarisa kuhwindo, ndokuona rima chete. Paakati kuna Mai Kisma kuti ava bvunze kuti nzvimbo yavainge vari yainzi chii, akaona vave kutoburuka bhazi riya. Nhamo akagumbatira imbwa iya, ndokuteera.

Akada kubvunza kuti vakange vave nenguva yakareba sei vari parwendo rwavo. Zvakare, aida kuziva kuti nzvimbo yavainge vasvika iyi yainzi chii. Uye, zita rebhazi iri, akange asati amborinzwa muupenyu hwake. *Yog-Sothoth Buses.*

Mai Kisma vakange vave kutofamba, vachiteedza kanzira kaipinda pakati pematombo. Jannat akatevera, ndokuvabata.

Kwakange kuchidziya zvako, kwakachena. Izvi zvakamushamisa, nekuti Jannat ainyatsoziva kuti marimwe zuro mwedzi wakange uri mutete. Akatarisa mudenga, ndokuona kuti denga raive jira dema rakange radonedzerwa makwene asingaverengeki enyeredzi.

"Tasvika!"

Jannat akacherechedza kuti aive panzvimbo yaive izere nemabwe, kunge kumarinda. Ivhu rakange riri regwenga, risina nyangwe sora zvaro. Mai Kisma vakapfugama, ndokutanga kunyora muvhu. Vakatanga nenyeredzi yaive nemiranzi shanu. Vapedza, vakanyora denderedzwa raikomberedza nyeredzi iyi. Vakapfungaidza rusenzi. "Iwe, chipinda mudenderedzwa iri, uite muteuro wako," Mai Kisma vakaraira. "Tirikumhanya nenguva."

Jannat akapinda mudenderedzwa riya, ndokubatidza nekudyara makenduru makumi maviri nemaviri akarikomberedza, ndokutarisa kumadokero. Akavhura muromo wake, ndokunzwa pauro kuoma kuti papata. Haana kumbofungidzira kuti angaburitse mazwi. Asi akaita sezvaakange arairwa naMai Kisma, akatura iwo mashoko aakange adzidziswa, mashoko emutauro wekare, wemukore apo nhoroondo dzemarudzi atinoziva isati yavepo.

- Bata guma rako [ruoko ngaurgwinhe]... *ardat lili*

- Bata zamu rako [ruoko ngarugwinhe].... *lil-la-ke*

- Bata fudzi rako rekuruboshwe [ruoko rwako ngarugwinhe]... *lama sh tu*

- Bata fudzi rako rekurudyi [ruoko rwako ngarugwinhe]..... *lillu*

- Bata sikarudzi rwako [ruoko rwako ngarugwinhe]... *lilitu*

-Isa zvanza zvemaoko ako pachipfuva chako mukuteura [ngaagwinhe]....*ahi hay lilitu*

Akanzwa chando chichimurova, nharaunda yose yakava sefiriji huru yemubhucha. Asi akaenderera mberi nechirango chaaita. Jannat akatarisa kune mwedzi mudenga, ndokunyora mumhepo zita rinonyorwa nemavara echiHebheru לילית

 -*lilit malkah ha' shadim* (Lilith Mambokadzi weChadima)

Mai Kisma vakamutambidza mukombe uzere neropa rembwa iya. Jannat akainwa, akanzwa muviri wake wose uchibvira nesimba reupenyu waive mariri. Sezvaakange arairwa naMai Kisma, akabva areva mashoko emuteuro wekudana Lilith. Izwi raJannat rakashanduka, rikava seremuimbi pamarekodhi ekare evhainiri ane mutenderedzwa we78r.p.m. achiridzwa pa33⅓ r.p.m. Zvakare, paive nerimwe izwi raita semauringira emunhu ari kutaura ari muninga, asi richipinduridza mazwi ake,

Uyai dzikai, imi dhimoni-Mambokadzi weMalkuth imi Hosi yeGehenna

imi mai vePfeve neZvinyangadzo zvepasi rino imi Mukunda weMatongo.

Ndinodana Rufu Ndinoshuvira Rufu!

Shavi Rechikadzi

Uyai dzikai imi Mwenga wa Samael imi Mai veDutu guru neRuchiva!

Uyai dzikai Zizi rinochema, Imi Kitsi inoungudza, imi Nyoka inotambudza!

Ndinodana Rufu Ndinoshuvira Rufu!

Uyai dzikai imi Bhizakadzi reUsiku imi Zizi reRima!

Uyai dzikai imi Mai veUsiku imi Mai veuPfeve!

Ndinodana Rufu Ndinoshuvira Rufu!

Uyai dzikai imi Magumo eMazuva Ose imi Magumo eVanhu Vose!

Uyai dzikai imi Mambokadzi weGehenna imi Mambokadzi weZemargad!

Ndinodana Rufu Ndinoshuvira Rufu!

Uyai dzikai ABEKO Ndinodana Rufu Ndinoshuvira Rufu!

Uyai dzikai AMIZU Ndinodana Rufu Ndinoshuvira Rufu!

Uyai dzikai BATNA Ndinodana Rufu Ndinoshuvira Rufu!

Uyai dzikai BITUAH Ndinodana Rufu Ndinoshuvira Rufu!

Uyai dzikai BATH ZUGE Ndinodana Rufu Ndinoshuvira Rufu!

yai dzikai BABALON Ndinodana Rufu Ndinoshuvira Rufu!

Uyai dzikai GILU Ndinodana Rufu Ndinoshuvira Rufu!

Uyai dzikai IZORPO Ndinodana Rufu Ndinoshuvira Rufu!

Uyai dzikai KALI Ndinodana Rufu Ndinoshuvira Rufu!

Uyai dzikai LAMIA Ndinodana Rufu Ndinoshuvira Rufu!

Uyai dzikai PARTASAH Ndinodana Rufu Ndinoshuvira Rufu!

Uyai dzikai LAMYAH Ndinodana Rufu Ndinoshuvira Rufu!

Uyai dzikai LAMASHTU Ndinodana Rufu Ndinoshuvira Rufu!

Uyai dzikai ARDAT- LILIT Ndinodana Rufu Ndinoshuvira Rufu!

Uyai dzikai LA-KAL-IL-LI-KA Ndinodana Rufu Ndinoshuvira Rufu!

Uyai dzikai KI-SIKIL-LIL-LA-KE Ndinodana Rufu Ndinoshuvira Rufu!

Uyai dzikai KI-SIKIL-UD-DA-KAR-RA Ndinodana Rufu Ndinoshuvira Rufu!

Uyai dzikai LILITU Ndinodana Rufu Ndinoshuvira Rufu!

Ndimi mhandara yakabvuta Chiedza!

Ndimi mhandara yakabvuta Chiedza!

Apedza mashoko aya, Jannat akacheka ruoko rwake rweruboshwe, achidzokorodza ahi hay lilitu. Mudenderedzwa muya, Jannat akange asisiri ega.

Parutivi rwake paive pamire munhukadzi. Kwete, asi kuti paive pamire chinhukadzi. Jannat akaringa kumeso kwacho kwemasekonzi maviri chete, ndokuziva kutya kwaakange asati ambonzwa muupenyu hwake.

Chinhukadzi ichi chaive neusu hwetsoko, asi chiine bvudzi rinoyerera. Madziwa nerute zvaingo chururuka, zvichiita kunge kununa kwedohwe pamiromo yacho. Meso acho aive enyoka, aipenya kunge madota. Pachipfuva pacho, mazamu airembera kunge mapapu ari kuorera pamuti paakasungirirwa.

Chinhukadzi ichi chakaringa-ringa, kunge munhu anoerekana ave panzvimbo iyi.

"Usiku uno uri wangu!" Jannat akadaidzira. "Manheru ano, Tenzi weNhunzi akupa kwandiri! Usiku uno, uri muranda wangu!"

Chinhukadzi chiya chakamboramba chakamuti nde-e, ndokubvaruka kuseka. "Ndakaramba uranda hwababa vako, Adhamu, ndozogwadama pane munhukadzi, mwana waiye akatukwa kunzi nekusingaperi achava muranda wemurume wake?"

"Zvino rusunguko rwako rwuripai? Unogara mugwenga, uchimirira vaya pakati pevana vaAdhamu naEvha vane ruzivo rwezvishamiso, vanogona kukusunga semasungiro andakuita aya nhasi uno!" Jannat akabva aisa maoko muchiunu, kuri kuratidza kutiwo ndiri pano.

Chinhukadzi chiya chakati, "Mukunda waEvha, unodei kwandiri?"

"Ndakabatwa chibharo," Jannat akadaro. "Ndinoda kuti vose vakandinyangadzira upenyu hwangu……" Akabva akurirwa neshungu, ndokutadza kupedzisa. Zvakamushamisa kuti muhana make maive neruvengo rwakadaro, rwaifashaira, rwugotutumira kunge mvura dzebopoto.

"Unoziva hako kuti vakapihwa mumaoko angu, iwe unofanira kuzvipira kuna Iye? Upenyu hwako, nehwavo. Sarudza, mukunda waEvha!"

Jannat haana kutora nguva achida kumbofunga. "Hwangu ucharevei? Kana Achida hwangu, ndinomupa izvozvi."

Jannat akasimudza ruoko rwake, achiita seari kuda kubhabhaidza, "O, ndapira ropa rangu."

Chinhukadzi chiya chakazhinya nemufaro mukuru, mufaro weuipi.

"Kufanana naAmai, vakanyengedzwa!" Chakatanga kuseka. "Chitsidzo ichi hachityoreki, Jannat! Ini ndichaita basa rawandituma. Tichasangana kunzvimbo iya……"

Chichitaura kudaro, Jannat akaona sekunge rima riri kukwidibira paari. Hapana zvimwe zvaakarangarira, dzamara apepuka ari mumba make mekurarira.

57

Vakuru vakati kuseri kweguva hakuna muteuro.

Asi, kunaKenias Makore, kuseri kwemakuva, munhu aikwanisa kurima fodya. Kuseri kwemakuva kwaive nesango. Vashoma vagari vemutaundishipu vaisvika kuno, nyangwe mapositori nemachechi avo asingaverengeki. Asi, hazvaireva kuti pamakuva apa pakanga pasina vanhu. Vaivepo, asi vaigara muvhu, mudzimba dzisina mahwindo. Pamakuva apa pakange pazara negore rimwe, pamusana pechirwere chedu chiya. Asi, hapana aifamba zvake nemisha iyi yedzimba dzisina mahwindo.

Izvi zvainge zvakanikira Kenias, hurudza yefodya mutaundishipi.

Fodya yairimwa naKenias yakange isiri yemhando dzeBarley, Virginia nedzimwe dzinozivikanwa neremadunurirwa rekuti *Green Gold* muchiRungu pamusana pemari yekunze yadzinounza munyika yedu. Fodya yaKenias yaiunzawo mari yakawanda. Saka, taigona kuiti *Township Gold*.

Mangwanani akadai, Kenias aienda kumunda kwake kunoona kuti zvirimwa zvake zvaive sei.

Achisvika pamakuva, akamira ndokunyatsoteerera, achiedza kudoma mupfungwa chaicho chakange chisina kumira zvakanaka.

Shavi Rechikadzi

Akange asati anzwa kurira kweshiri imwe zvayo. Tose tinoziva kuti munzvimbo dzatajaira, pane ruzha runongovepo, rwatinojairawo asi tisingazvipe nguva yekunyatsoteerera tichitsvaga nekutsaura mhando yezvikonzero zveruzha urwu. Kana ruzha urwu rwanyarara, kana kuti rwanyaradzwa, munhu anowanzotambira munzvimbo iyi anobva aziva kuti pane chisipo.

Kenias akange asati ambosangana nerunyararo rwakadai muupenyu hwake hwose. Akatarisa kune makuva aya, ndokunzwa sekunge bvudzi rake raitswinya, kunge remunhu arukwa zvinorwadza. Zvakare, akanzwa kuda chose kubva panzvimbo iyi nekuchimbidza.

"Manje haunyare, watanga kuaona makuva iwaya nhasi?!" Kenias akayedza kuzvishingisa nekuzviseka kudai. Asi kutya kuya kwakaramba kuyenda. Kwakangoti sudurukei, sezvinoita munhu afunga kumbobhema fodya kana kutaura parunhare asi anoramba ari mumwe wechikwata.

"Zvimwe ukamborova mashizha ako mbichana, unonzwa zviri nani!" Kenias akaedza kurangarira kuti pakange papfuura maawa mangani kubvira paakapedzisira kusvuta mbanje. Zvimwe ndizvo zvakange zvave kutamba nenjere dzake. Akange ambozviverenga mune rimwe bhuku kuti munhu ajaira kusvuta akashaiwa fodya yake anogona kuita seanorwara kana seanopenga. Chiwororo kana zvadai chaive fodya iya zvakare.

Kenias akange ave kutofamba nepamakuva aya. Chaimbokonzera kuti matombo awo atsveyame chii? Kusagona basa kwevaiavaka here? Kus-.

Ndipo Kenias paakati bamhama nemusoro wembwa waive wakaturikwa padombo rerimwe guva sezvinonzi waive tirofi kana mubairo wemuvhimi wakaturikwa pamadziro mumba. Imbwa iyi yaive ichena, meso ayo ave machena zvakare, achin'aza kunge chuma chegirazi kana matombo epabhichi. Kenias akange asati amboona imbwa inemaziso akadaro. Akange asati amboona imbwa yakaturikwa paguva.

Akaringa-ringa pasi, ndokuona kuti panzvimbo iyi pakange pakamwararidzwa nezvidimbu zvenyama yakagochwa. Zvakare pane mamwe makuva pakange pakaposherwa ropa, iri rakange ragwamba zvaro. Ndipo paakaona kuti iye aive mukati menhandare yakanyorwa nechoko mufananidzo wenyeredzi ine miranzi shanu.Zvakare, mukati mayo makange makanyorwa nemavara aakange asingagone kuverenga, echimwe chirudzi chaakange asati amboona muupenyu hwake.

Kenias akacherechedza kuti panguva iyi, akange aona zvakawanda zvaainge asati amboona muupenyu hwake hwose.

Zvakawanda zvaakange asingade kuzoona zvakare muupenyu hwake hwose, kana kuziva kuti zvairevei kana kuti zvaiitirwei.

Mabviro aakaita kubva pamakuva apa ndeemunhu asina zvaaona kana zvamuvhundutsa. Asi paakapinda mutaundishipu, Kenias akaziva kuti upenyu hwake hwakange hwashanduka zvachose nezvainge aona muchisango chiya. Paakapinda mutaundishipu, munhu waakatanga kuona achifamba mumugwagwa aiveFata weChechi yeRoma.

Mukuru weChechi uyu akashamiswa kuona chikomana ichi chichisvikopfugama pamberi pake. Chaita sekunge chakapera zvacho nehwahwa. Fata Mukoyi vakafunga kuti zvimwe chaida kuita zvejeye naye. Vakange vave kutotsauka, ndokunzi napamabvi avo dzvi-i. Pavakatarisa pasi, ndipo pavakaona musheti make, chipiyaniso chakazendama nepadundundu.

"Baba, ndiregererei, nekuti ndakatadza!" Kenias akadaro nezwi raidedera.

"Mwana'ngu, uri muRoma?" Fata Mukoyi vakabvunza.

Kenias akagutsurira musoro.

"Unoda kureurura?"

Zvakare, Kenias akapindura nekugutsurira.

"Bva, handei kuChechi."

Kenias akaenda nafata vaya kuchechi, ndokureurura zvivi zvose zveupenyu hwake. Asi, hapana kana rimwe raakareva pamusoro pezvaanga aona kumakuva. Izvi, kwaari, kwaive kuri kurangwa naMwari, kurangwa kwekuratidzwa uipi hwaive pano pasi, uipi hwaaive netarisiro yekutizira akananga kuuMambo hweDenga.

Papfura masvondo maviri, Kenias akazivisa Fata Mukoyi kuti aida kupikira ubhuradha.

58

Nomusa akange agere zvake muhofisi make pakamba yemapurisa, achitaipa pakomupuyuta ripoti rwake rweCoalition Action for Women in Zimbabwe. Kwakange kuchiri kuseni, zuva rakange richangodongorera nepamusoro pemidurikidzwa yeHarare, zvekuti mapurisa mazhinji ejana reusiku akange asati aenda kumba kunozorora.

Akavhunduka paakanzwa musuo wake wozarurwa, ndokusanganisa meso naSekai Tengende, shamwari yake weitiresi. Sekai aive zvake munhu aigarosekerera, sezvaidudzirwa nezita rake. Asi mangwanani aya, zvakange zvafurikidza. Mwanasikana akange akajekesa kumeso kunge mufananidzo waMai Maria watinoona mumachechi.

"Ko, nhai, muni'nina, asi wahwina rotari?" Nomusa akabvunza, ave kutosekawo.

Sekai haana kupindura, asi akasvikotsveta padhesiki yaNomusa bhuku raainge akabata. Nomusa akasimudza bhuku riya. *419 Is The Number* ndiwo waive musoro webhuku iri. Akaedza kufunga kuti zvairevei. Bhuku iri rakange rakanyorwa na........

Nomusa akaridza mhere, ndokumbundira Sekai, uyo akange ave kuzhambawo. Vakambundirana kudaro, vakatomuka-tomuka nehofisi yese. Mamwe mapurisa, anzwa kunge mhirizhonga, akauya achimhanya. Vaona izvi, vakazunguza misoro yavo, ndokudzokera zvavo kumahofisi avo vachiti vasikana ava vairwara nepfungwa chete.

"A, mira ndimbonyatsoona!" Nomusa akaritarisa bhuku riya zvakare. "*419 Is The Number*, naSekai L. Tengende. L?"

Sekai akakwasvaira ndokuti, "Lobelia. Hameno kuti baba vangu vakarinzwa kupi zita iroro. Unongoziva zvedu maZimbabwean zvekuda kutsvaga zita risina mumwe munhu."

"Rakanaka wani," Nomusa akadaro. "Handiti izita rerimwe remaruva?"

Sekai akafinyamisa kumeso. "Kana vaida zita reruva, vakadii kuti Rose, kana edu echivanhu, fanika Mbali? Iri zita iri rakanyanya kurerekera kuzita reimwe yemakambani anobika chingwa. Rakandionesa nhamo kuchikoro pamusoro pefananidzo iyi."

Nomusa akatarisa kuseri kwebhuku riya, ndokuona mufananidzo weshamwari yake. "Iri harisiriro bhuku rawakandiratidza musi uya?"

"Aiwa. Hanzvadzi yangu yakati nditange neiri sezvo nyaya yacho iri kunetsa iko kumhiri kwamakungwa."

Nganonyorwa yaSekai yaive iri pamusoro pemakororo, zhinji dzacho dziri dzekuNaijeriya. Mbavha idzi dzaitumira vanhu matsamba, zvikuru nepaIndaneti, dzichinyepera kuva mukuru pane kambani yezvekutengeswa kwemafuta kana rimwe remapazi eHurumende yeNaijeriya. Mbavha dzaigona kuti pane odhiti ichangoitika, pane mari inosvika US$20m isingatsananguriki kuti yakafamba sei. Saka mbahva idzi dziri kutsvaga munhu ari kunze kwenyika- sezvo vashandi veHurumende vakange vasingabvumidzwi kuita maakaundi kunze kwenyika-anogona kuigashira mari iyi, vozogovana nemunhu ari kunze kwenyika wacho.

Imwe yavaigona kupinda nayo ndeyekuti vaive shirikadzi yaNhingi aimbove gurukota muHurumende yemumwe wevatungamiriri vachangobviswa pachigaro, kana kuti vakange vabuda mumapepa nenyaya dzeuori. Imwe yakange yatumirwa Nomusa yaibva kune aizviti aimbove mumwe weanamuzvinapurazi vechiRungu vakatorerwa mapurazi avo neHurumende yavaMugabe. Asi akakandisa Nomusa mapfumo pasi ndeuyo aizviti Denson Mugabe, damgwe raVaMugabe, uyo aida kutiza Zimbabwe sezvo akange asingabvumirane nematongero ababa vake.

Kune vaidyira, mbavha idzi dzaibva dzakumbira nhamba dzeakaundi nezvimwe zvakadaro. Watumira, vaizopindura nemapepa akadhindwa, aine zita rako nenhamba dzebhangi, zvichiita kunge zvechokwadi nyaya yemari iyi iri kufambiswa. Asi, waizotumirwa rimwe shoko, richinzi riri kubva kugweta riri kufambisa nyaya iyi, richiti kuri kudiwa muripo wekana US$15000. Semunhu anenge achiti vadzimu vanzwa zvichemo zvake zvose, unogona kuti US$15000 haisi mari kana ichiyenzaniswa nemukana wekuwana chikamu cheUS$20m. Zvino ukaibhadhara chete, ndiko kupera kuonita nyaya yacho.

"Ko sei wakafunga zita rekuti *419 Is The Number*?" Nomusa akabvunza.

"Ndiro zita rinodaidzwa chitsotsi chacho," Sekai akapindura. "Rinobva panhamba yechikamu chemutemo wekuNigeria unobata mhosva dzefuraudhi. Iwe, une kofi here? Ndangomuka ndokugeza, ndokuuya kuno, ndisina kudya. Handina zvangu nzara, asi handidi kushaya kofi mangwanani."

Nomusa akanongedza paigara kofi, zvese netsvigiri neketero nezvimwe zvese. "Ko, kubasa?"

"Handichadi basa," Sekai akadaro.

"Nebhuku rekutanga iroro?"

"Aiwa, nguva yandinenge ndiri kuresitaraundi ndichipukuta matebhuru, ndinofanira kunge ndichiita zvimwe zvinondisimudzira semunyori."

Nechemumoyo, Nomusa aibvumirana neshamwari yake. Asi, dai zvainzi nedumbu, Handichadi chikafu nekuti hauchasevenzi nekuti wave kuda kumboita zvaunodisisa muupenyu, kumboregera basa kwaive kugona chaiko. "Nhai, Sekai. Handiti mari yebhuku unoiwana kupera kwegore? Zvakare, zvemabhuku zvakangofanana nezvemarekodhi. Makasa, unogona kuwana mazimari, asi unogona kushaya zvakare."

"Zvese ndinozviziva, Nomusa..."

"Zvino ungasiye basa raunoziva kuti mwedzi wega, rinokupa chekubata?" Nomusa akabvunza.

"Hanzvadzi yangu iri kuBhuriteni ichange ichindipa rubatsiro kwegore rino," Sekai akapindura. "Yakafara chose kuti kwava nebhuku rinezita reduwo, saka vakabvumirana nemuroora wangu kuti vachange vachindipa $200 pamwedzi kwegore, tichiona kuti zvichafamba sei."

Nomusa akanyemwerera. "Inga watowana *grant* rako, shamwari. Zvino, vaidii kukubatsira kare?"

"A, vaiti zvekunyora zvangu zvaive zvenhando. Sezvavareva, zvakangofanana nezvemarekodhi, hapana anokurudzira hama yake mune mabasa akadai dzamara nguva yekukohwa. Ezvino, vaona kuti handisikuita zvekutamba."

Nomusa ndokugara padhesiki pake. "Ngatitsvage bhuku rako paIndaneti. Uya"

Vakapembera zvakare vachiona bhuku riya richitengeswa paIndaneti kunyika dzakasiyana dzepano pasi. Vachiona kudai, runharembozha rwaSekai rwakangiriridza. Sekai akarutarisa, ndokuridza tsamwa. "NdiMai Ho, muzvinaresitaraundi."

"Asi wanga usina kuvaudza kuti hauchadi basa?" Nomusa akabvunza.

Sekai ndokuzunguza musoro. "*Hallo*, Mai Ho?.....A, nhasi mototsvaga mumwe anenhamowo zvekuti angasekerere kushusha kwenyu. Ini zvandikona, ndakawana imwe ndima.....A, zvino mungati ndingatambe nenyaya yakadaro?...Ndati..." Sekai akabva aridza tsamwa, ndokupedzisa oti, "Kana nemiwo!" ndokudzosera karunharembozha kake muchikwama. "Rimwe zuva kachazonyatsogaya nezvazvo, kamukadzi aka, kuti sei vashandi vako vachingoerekana vasiya basa vasina kuoneka. Vakoma, ini regai ndifambe. Ndine twakawanda twekuita."

"Kana ini, ndine ripoti urwu."

Sekai ndokuti, "Ndimi mune basa, vakoma! Ko, Chine Makawa ari sei?"

"Ariko zvake," Nomusa akapindura. "Rimwe zuva, mukawana nguva, tinogona kuenda tese kunomuona."

"Handiti? Ticharonga."

Sekai ndokubuda muhofisi muya. Asara ega, Nomusa akamboda kuti asimudze zvakare basa rake reripoti.

BHUKU RECHIPIRI: GEHENA HARINA MOTO

Imba yake inonyura kurufu,

Nenzira dzake kuvakafa;

Hakuna unopinda kwaari unodzokazve;

Havasviki panzira yavakanaka.

-**Zvirevo** 2:18-19

Masimba Musodza

59

Zvinotevera izvi zvakabuda mupepanhau re*Gambia Reporter*, Banjul, remusi wa14 September 2012

Mumwe vevatongi nevanamuzvinaruzivo munezvemutemo varikushanya kubva kunedzimwe nyika dzemuAfurika dzaimbove pasi peBhuriteni aonekwa akafa muhotera maanga achigara. Zvirikunzi VaJoshua Harinamhuru, chizvarwa cheZimbabwe, vakawanikidzwa nezuro mangwanani vakaitwa zvidimbu-zvidimbu mumba mavo pahotera, iyo yatarambidzwa kudoma nezita, uye imba yose yakaita kuchakwadzirwa neropa.

Zvirikunzi zvakare hapana chinoratidza kuti chinangwa chemunhu kana kuti vanhu vakaponda mutongi uyu chaive chiri chekumubira. "Panguva ino, tichirikufeya-feya," Mutikitivha Lamin Manneh vakaudza mutapi wedu wenhau. "Tine vanhu varikutibatsira netsvakurudzo yedu, uye tirikukumbira kuti kana paine ane zvaakaona kana zvaakanzwa, ngaauye kuno kuzotaura nesu."

Mutongi Joshua Harinamhuru vari muno muGambiya vakamirira nyika yavo muMusangano weVatongi veNyika Dzaimbove Pasi peBhuriteni. Vainge vakatarisirwa kuratidza vamwe vatongi vakabva kunyika dzakaita seNaijeriya, Yuganda, Kenya, Ijipiti nedzimwe bepa ravakanyora pamusoro pekutsvaga sungawirirano pakati pemitemo yeutongi hweBhuriteni ichine chisimba muZimbabwe, neiyo yakatarwa mushure mekuzowana kuzvitonga kuzere kwenyika iyi.

******

Mutikitivha Manneh vakaenda vega nehambautare yavo kunotambira Muzvare Tsitsi Mariseni panhandare yendege yeYundum International Airport, vachibva kuSenegari, kunova ndiko kwaive nemuzinda weMumiriri weZimbabwe kuSenegari kwakare nedzimwe nyika dzekumadokero kweAfurika, idzo dzaisanganisira Gambiya. Mutikitivha Manneh vaive netsamba yavainge vapihwa neBazi rezveKunze, iro raipa Muvzare Mariseni mvumo yekubata basa ravainge vatumwa; iro rekupupura kuti zvedi mapurisa emuGambiya akange afambisa nemutowo basa rekufeya-feya iyi nyaya yekufa kwaMutongi Harinamhuru. Nekuda kwetsamba iyi, Muzvare Mariseni havana kunonotswa panhandare yendege paya.

Zvino, vaive muhofisi yaMutikitivha Manneh, mukati meguta guru reBanjul. Kunze kwaipisa, asi vanhu vakange vakati dutu mumugwagwa.

"Muzvare Mariseni, ndinoda kukutendai nekuuya kwamaita," Mutikitivha Manneh vakadaro.

"Kana neniwo ndinoda kukutendai nekundipa nguva yenyu kudai," Muzvare Mariseni vakapindura.

"Muchitendei?" mutikitivha uya akadaro. "Musafunge kuti iyi nyaya taikoshesa nekuti nyakupondwa munyarikani weimwe nyika chete."
"Tagara tazviona, changamire, nekukumbira kwamaita kuti tinge tichitaura takatarisana. Pane zvamusingakwanise kuisa muripoti rwenyu."

Mutikitivha uya ndokunyemwerera. "Muzvare Mariseni, chipo cheutikitivha munachowo. Asi, kana maverenga ripoti rwandakutumirai neimeiri, munoziva kuti inga ndanyora wani kuti Mutongi Harinamhuru vainge varere nepfambi usiku hwavakapondwa, musikana anonzi Penda Drammeh. Zvakare, vakomana vatasunga, Ahmed Diouf naAhmed Samba, ndivo vakarongera Mutongi Harinamhuru musikana uyu. Tirikuvapomhera mhosva yekuponda Mutongi Harinamhuru."

Izvi zvaizivikanwa naMuzvare Mariseni. Zvekuti Mutongi Harinamhuru akange aine munhukadzi mumba make zvakange zvichitsikwa-tsikwa, asi zvaivemo muripoti. Chakange chisimo muripoti isitatimendi yaMuzvare Drammeh, anova ndiye chete chapupu aizivikanwa nemapurisa.

"Penda ane nyaya inoshamisa kwazvo," Mutikitivha Manneh vakadaro. "Mukuru wangu, nyangwe iye Munereri, varikuti ufakazi hwaPenda haufaniri kupinda mumagwaro enyaya iyi. Kana ari iye ega akaona zvakaitika mumba muya, zvaive nani kuti zvinzi hapana chaakaona."

"Zvino Penda wacho aripi?" Muzvare Mariseni vakabvunza.

Shavi Rechikadzi

"Penda ari muchipatara," Mutikitivha Manneh vakadaro.

"Akakuvara zvakaipisisa here?" Muzvare Mariseni vakabvunza.

"Ehunde," Mutikitivha Manneh vakapindura. "Asi, kwete zvamuri kufunga. Patakamuwanikidza, akange akatirapata pasi mumba muya, ari musvo, ropa remufi rakange ravekugwamba rakanamatira paari."

Inga nyaya yakora muto, Muzvare Mariseni vakadaro nechemumoyo.

"Njere dzaPenda dzakange dzave kutoenda," Mutikitivha Manneh vakaenderera mberi. "Akange arere muropa, maziso akati nde, akatarisa mudenga. Maromo aibvunda, asi izwi rime raibuda, looy mi! looy mi! looy mi! looy mi! looy mi! dzamara apihwa jekiseni rekuti arare."

"Zvichirevei manje, kuti looy mi?" Muzvare Mariseni vakabvunza.

"Zizi."

"Zizi?"

"Zizi, shiri inobuda usiku," Mutikitivha Manneh vakapindura. "Penda uya takazonyatsomubvunzurudza, mapiritsi aya apera simba."

Mutikitivha akambotura mafemo. "Anoti iye mumba mavaive varere makapinda zizi guru. Ndiro rakamedura nekubvarura Mutongi Harinamhuru kudaro."

Pakambova nekarunyararo. Zvimwe Muzvare Mariseni vaiti mutikitivha uyu achati, Kutamba hangu! Asi, haana kudaro.

"Pamadziro pakange pakabharangadzwa nemoto," Mutikitivha vakaenderera mberi. "Pane munhu akashandisa chinhu chinopisa sechinyoreso, ndokunyora nechirudzi chatisingazive. Zvimwe imi munogona kutibatsirawo." Vachitaura kudai, Mutikitivha vakatsaukisa monita yekomupyuta yavo kuti Muzvare Mariseni vaone mufananidzo wavaida kuvaratidza.

"Zvizhinji zvacho zvakange zvazorwa ropa, saka hatisati tagona kucherechedza mavara acho. Asi aya ndiwo akange aripane mitsara yakawanda."

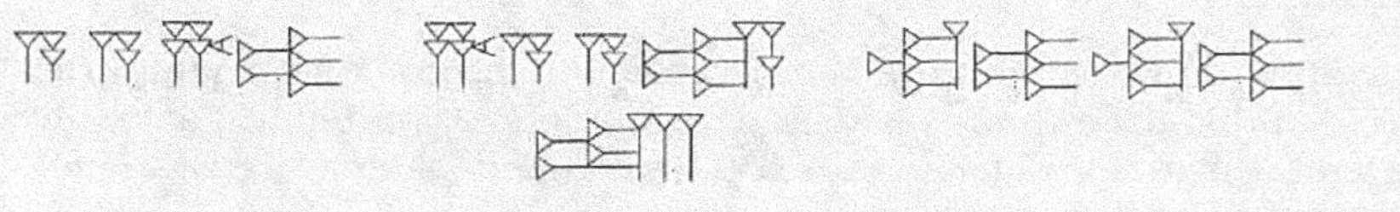

Muzvare Mariseni vakambotarisa chinyorwa ichi kwekanguva, ndokuzunguza musoro.

"KuZimbabwe hakuna vanonyora zvakadai?" Mutikitivha Manneh vakabvunza.

"Aiwa, hakuna. Saka imi hamunawo vamambobvunzawo?"

Mutikitivha Manneh ndokuti, "Ndine vamwePurofesa Gimler paYunivhesiti yeGambiya, avo varikushanya kubva kuBhuriteni, vanoti ivo mavara aya ndeekuMesopotamiya yakare. Havakwanisi havo kududzira kuti anorevei, asi vanoti ivo ndiwo erudzi rwatinoti cuneiform."

"Hongu, ndakambonzwa nezvecuneiform," Muzvare Mariseni vakapindura.

"Zvino, mubvunzo wangu, Muzvare Mariseni," Mutikitivha vakabvunza, "ndinoda kuziva kuti pane here zvamuinazvo kuZimbabwe kwenyu zvingabatanidze nhoroondo yeMesopotamiya kana zizi?"

"ZveMesopotamiya izvi, ini hangu handina zvandinoziva," Muzvare Mariseni vakapindura. "Asi kuchivanhu chedu, zizi chipfuyo chevaroyi. Hapana anoda kuti pamba pake pawanikwe zizi, nekuti anotopomherwa uroyi nevavakidzani vake chete."

"Horaiti, saka tingafungidzire here kuti Mutongi Harinamhuru vaibata-bata?"

Muzvare Mariseni vakaratidza kushamiswa kwazvo nemubvunzo uyu. "Muri kuda kuyedza kuti vaive muroyi here, mutikitivha?"

"Sekuona kwenyu, neruzivo rwenyu rwetsika dzevanhu vemuZimbabwe, pane zvamaona here panyaya iyi zvingakupei kufungidzira kuti vaHarinamhuru vangave vaita zveuroyi..."

"Kwete!" Muzvare Mariseni vakadaro. Vakambofunga. "Asi kuti zvatavekunzwa mazuva ano izvi, zveana*Illuminati* nevanonzi ma*freemason*?"

Mutikitivha Manneh ndokuti, "Manje zvamareva izvi, kunge mafemerwa, Muzvare Mariseni. Munhoroondo yaMutongi Harinamhuru iri pane imwe webhusaiti, zviri kunzi vaive nhengo ye4645, Chaminuka Lodge, musangano wema*freemason* muguta reChitungwiza. Saka ini zvandoita manje, ndinoda kuti ndivabvunze, ivo veChaminuka Lodge vacho, zvimwe pane zvavangatijekesere nazvo. Ndinoda kukutendai nekuuya kwamaita. Chasara kuti tiite pepaweki yacho, motora chitunha chenyu moronga zvekuti chiende kuZimbabwe. Izvi zvatange tichikurukura nezvazvo, ndanga ndichikumbira kuti zvisawanikwe muripoti rwenyu. Parizvino, isu mapurisa eGambiya tirikushanda nefungidziro yekuti VaHarinamhuru vakaurawa nembavha dzaida kuvabira. Ini ndanga ndati tiipinze kudare ichinzi vakaurawa nevakomana vakavarongera musikana uyu, Penda. Asi, Penda akapinda chete mumagwaro ekufambiswa kwenyaya iyi kudare, zvinenge zvave kureva kuti tave kutaura nezvezishiri raakati akaona mumba umu."

Zimbabwe yose yakakatyamadzwa nezverufu rwaMutongi Harinamhuru. Mhomho dzevanhu dzakauya kumba kwavo kuzovachema. Nyangwe Mutungamiri weNyika nemudzimai wake, nevamwe vakuru veHurumende, vakauya kuzobata maoko. Dai vakarwa hondo, zvimwe dai Mutongi Harinamhuru vakavigwa seGamba reZimbabwe. Minisiparati yeChitungwiza rakaita musangano, ndokubvumira kuti kuve nemugwagwa unonzi Joshua Harinamhuru Way.

Zvimwe dai zvakaitika kuGambiya zvakarondedzerwa zvizere, zvimwe dai pakava neakwanisa kududzira zvazvaireva. Zvimwe dai zvakazotevera kuZimbabwe zvisina kuzoitika. Zvechokwadi, kwaive nemumwe murume aive neruzivo maererano nezvezvinyorwa zvecuneiform. Zvikurusisa, murume uyu aiziva Mutongi Harinamhuru, zvekuti haaitadza kuona dingindira yenyaya iyi.

******

Iyi imeiri yakatumirwa Mutikitivha Manneh kubva kuVatenzi veChaminuka Lodge, Harare.

Kubva kuna: Bro. Abel Chisango <vatenzi@chaminukalodge.zw>;

Ichienda kuna: Lamin Manneh <lamin_manneh@gambiapolice.gov>;

Musoro wenyaya: RE: Mibvunzo

Tumira kopi: Mabharani

Chamgamire

Ndati ndipindure mibvunzo yenyu ndiri ini, mukuru we 4645, Chaminuka Lodge.

4645, Chaminuka Lodge ndiwo musangano wema*Free & Accepted Mason* emuGuta reChitungwiza.

Mushakabvu Mutongi Harinamhuru vaive nenhengo ye4645, Chaminuka Lodge kwemakore anodarika makumi maviri neshanu. Panguva iyi, vakazviratidza kuva mumwe vevanoyemurwa nevamwe veboka redu, uye tese tichaedza kubata basa reu*freemason* nemuyenzaniso wavatisiira.

Sezvamungave magara muchiziva, musangano wema*freemason* haupe murairo kune nhengo kuti dziteedzere chitendero chipi zvaro. Chitendero chemumwe nemumwe wenhengo dzemusangano medu ndechake, uye kana tirimuroji medu, hatitaure pamusoro pechero chitendero chipi, zvingava zvekukurudzira kana kushoropodza. Saka handifunge kuti pane mu*freemason* ari pachinzvimbo chekuti angamire achitsinhira kana kuramba fungidziro yenyu yekuti Mutongi Harinamhuru vaiita zvamuri kudaidza kuti "kudana masimba erima." Izvi zvinoreva kuti hatikwanisi kupikisa kana kutsinhira kuti zvinyorwa zvamakawana pamadziro emumba makafira Mutongi Harinamhuru zvine nechekuita nechitendero chavo. Chandingakwanise kukomekedza ndechekuti zvinyorwa izvi hazvina nechekuita nemabasa eu*freemason*..........

60

Achipindamo, O Flava akarohwa nemunhuwiro hwemubhawa kunge mbama yegudo. Kana ririro ruzha, O Flava akamboti zvimwe apinda muchipatara chevanorwara nepfungwa. Zvino kungava kutandara here uku, akazvibvunza, ndiko kunganzi kutsvaga kuzorodza pfungwa here uku kwaiita vanhu ava?

O Flava haana kuda kutsvaga mhinduro. Mwanakomana, amire pamusuwo kudaro, akatanga kumhanyisa meso, sezvo aive newaaitsvaga. Zita remunhu uyu waaida kuona akange asingarizive. Izvi zvakange zvisina hazvo mhaka nekuti nyangwe airiziva, ndipo paaizoridana akanzwikwa nemhirizhonga yaive mubhawa umu?

O Flava akasanganisana meso nevanhu vakawanda vakasiyana, vazhinji vavo vari vechirume. Akazoti ziso rake rasvika kukaunta kune vaitengesa doro, ndipo paakaona waaitsvaga. Aive pakati pevakawanda, asi O Flava akange atomuona.

Musikana uyu aive mutsvuku, ari mukobvu zvishoma. Akange akarukwa zvewivhi, kumeso kwakapendwa. Tsiyo idzi dzakange dzakagerwa, ndokunyorwa nepenzura. Mbatya dzake dzaive dziri dzekuMupedzanhamo, asi aipoza nadzo kunge dzemuzvitoro zvepaEastgate muHarare. Panguva iyi, hapana murume aive naye nekuti musikana uyu aida zvemari pamberi.

Varume vaida kurara naye zvavo, chavanga vasingade kutambisa mari nekutanga vambomutengera doro kana nyama yekugocha.

O Flava akasebera pedyo naye, ndokuti, "Ndeipi?"

Musikana akafinyamisa kumeso, asi paakazonyatsotairisisa, akabva aziva kuti uyu akange asiri mumwe wetukomana twemurukesheni. Mbatya dzake, shangu dzake, zvese zvaiti, *Label.*

"Hapana iripo, apa!" musikana akapindura, nekakudada kekubwairisa meso nekutarisa kurutivi, rushaya rwuchiita serwemombe nechingamu yaaidya.

"A, ko, handei zvedu kumba timboti chikiti *grrr-mwa* zvechigwishu!" O Flava akadaro.

Musikana uyu akamboita seoda kuseka. Zvaimunakidza kuti nyangwe zvazvo varume vaitsvaga chinhu chimwe, umwe neumwe aive nezita raaichipa. *Grrr-mwa* here? Zvimwe zvaibva mukusadzidziswa nezveupenyu izvi nevabereki vavo. "Hapana chakaipa, chero chibhanzi chiripo chete!"

"A, ndingataure nyaya dzechikuru here kana ndisina mbongo yacho, nhai chisikana?" O Flava akabvunza. "Ngativhaye zvedu."

Musikana akatungamidza. Mafambiro emusikana uyu! Muchiunu uchiita kunge musina mapfupa, ukuwo mazinyama akakombama aindengendera ari mumajini makare. O Flava akaridza muridzo, "Ha-a, mhamha makabatana zvenyu!" akadaro, vabuda mubhawa makare. Akatambanudza ruoko, ndokurova musikana uyu magaro, kunge zvinapurazi ari kumema nguruve iri pafidhingi.

Musikana uyu akaseka zvake. "Imi blazo, musaite kunge musati mamboona musikana muhupenyu hwenyu!" akadaro.

"Handisati ndamboona akaita so!" O Flava akapindura. "Munoti kana mukamira muguta chaimo, kana Minista zvake angatoti ngaupere uMinista hwacho!"

Musikana akaseka zvakare, ndokuzendanama naO Flava. Mukomana akatambanudza ruoko zvakare, ndokumuti muchiunu dzvi! Musikana akamubata pamberi pebhurugwa rake, ndokuratidza kushamiswa kwazvo.

"Yu-hwi! Zidanda rese iri riri kunzi ripinde mandiri? Nhasi ndinopona here, manje?"

A, zvino wedu O Flava akabva amera zenze! Chokwadi chaivepo ndechekuti musikana uyu akange asina hanya nekuti O Flava akange akakura zvakadini, kana kuti aida kurara naye zvenguva yakareba sei. Uku kwaive kutaura kwepabasa rake reupfambi. Ndiwo mashoko aaiudza ani naani zvake, kubvira harawa yatengesa donje kuCMB, yadokerwa nemabhazi ekudzokera nawo

kuMuzarabani, dzamara tasvika panaanaO Flava, vane mari yekutambisa,
kana tumwe twukomana twunenge twatumwa kunobhadhara magetsi topindwa
nemuyedzo.

Vakabva vati pote vachipinda pane imwe imba. Nyangwe zvazvo yaive muzinda
wachangamire pachezvayo, imba iyi yakange yakakomberedzwa
nemudhadhadha wetumajuluka. Vakapfuudzana nemamwe madzimai akange
ave kuendawo kubasa. Ava vaive vechikuru, ndivo vaiwanzomira murima kunze
kwebhawa sezvo vakange vasisakwanise kukwezva varume nerunako rwavo.
Ava vaikwezva nemafuta anonhuwirira kunge maruva.

O Flava akange asisagone negaho. Uyuwo musikana, aita seakange asingagare
pamba apa, achitadza kukinura musuwo wake. Akange akakotama pamberi
pemusuwo, achiedza kuona zvaanga ari kuita. O Flava akange akamira
kumashure kwake, ndokumubata muchiunu.

Vapinda mumba, musikana uyu akatungidza rambi reparafini. Akakanda
kondomu pamubhedha. "Tinokumbirawo kuti mupfeke," akadaro.

O Flava akamutarisa, ndokuti, "Tinokumbirawo kuti mukumure!"

Musikana uyu akaseka, ndokuti, "Mari yacho."

O Flava akaburitsa chikwama chake, ndokuverenga makwati akati o,
ndokusebera pedyo nemusikana uyu. Akaipakira mubhurugwa rake,
ndokunzwa kutekenyedzwa minwe yake nechoya. Akapinza chingunwe,
kunyatsochinyudza munyama nhete, yakanyorova, ichipisa. Musikana uyu
akagomera, meso ake akati nde-e neaO Flava.

"Iwe, mari yawandipa yakawandisa iyi?" musikana uya akadaro.
"Ndeye usiku hwese."
"Inga wamboti unoda zvekungoti grrr-mva?" musikana uya akabvunza.

"A, iwe, ndanga ndichizviketa kuti ndikati ndiri kuda usiku hwese, waigona
kujamuka. Kana kusati kwadoka, mahwaga munombovhaira, imi."
Ichi chaive chokwadi. Iyi yaive tsika yemahure yekubvuma veusiku hwese kana
bhawa rovharwa. Imwe nguva yese yaive iri yekutsvaga vechigwishu
nevanotenga doro kana nyama.

O Flava akavhunduka paakanzwa gosoro. Pasi, pedyo netsoka dzake, pakange
parere vana vaviri. Akambovatarisa kunge arikuona rudzi rwemhuka dzaasati
amboona muupenyu hwake hwose. "A, iwe, mune tumadhoni muno!" akadaro
nechizevezeve.

"Ko, iwe wauya kuzokwira tumadhoni itwotwo here kana kuti wainga ini?"
musikana uyu akamupindura, achizvambarara pamubhedha. "Siyana natwo,
twurare. Nyangwe kuri kunzi wasvikowana vabereki vangu varere muno, iwe
ziva zvawavinga chete, handiti?"

O Flava akada kuti haachadi, asi akafunga kuti zvino kwakange kwasviba, aizoenda kupi. Mukomana uyu ainetsekana mupfungwa nazvo, nekuti aive nendangariro dzaamai vake nemukomana wemugadheni apo baba vake vainge vari kunze kwedhorobha nebasa. Nyangwe zvazvo akange achiri pwere, asina zvaaiziva pane zvaakaona, ndangariro dzakange dzagara naye. Hapana mwana aifanira kuona amai vake vachirarwa, nyangwe zvirizvo zvaiunza mari yechingwa.

"A, manje kana wafunga zvekuramba wakamira ipapo, ini ndave kukotsira!" musikana uyu akadaro, ndokupinduka. "Hapana chinondirwadza, wabvisa mari yako kudhara."

O Flava akatora kondomu ndokuvhura paketi nemazino ake. Musikana uyu akapinduka zvakare, ndokumutarisa. Akatambanudza ruoko, ndokudzikisa zipu yake. O Flava akange ave kufemereka zvino, zvekuti mumba muya maive nevana zvakange zvisisina nebasa rese. Paakange asvika zvino, nyangwe aive muchechi chaimo, akange asisadzoreki.

Gu! Gu! Gu! Uyu waive musuwo, uchigugudzwa kunge nemupurisa chaiye. O Flava akabva aoma amire kudaro, akabatwa chinhu chake nemusikana uya.

"Iwe, Enia, vhura musuwo mhani!" Iri raive izwi remurume chete.

"A, murume wangu auya." Izwi remusikana uyu harina kuratidza kutya kana kuvhunduka, asi kusvotwa nekuti kuuya kwemurume wake kwaireva kuti muchato wake naO Flava wakange waguma. Enia akasimuka kubva pamubhedha paye, ndokunanga kumusuwo.

O Flava akamuti dzvi, "Iwe, ko, akandiwanikidza muno?"

"Haana basa!" Enia akapindura. "Anga asina kutaura kuti ari kuuya nhasi."

Kana hana yaO Flava yakange yagadzikana nemashoko aEnia aya, yakatanga kurova zvakare apo akazarura musuwo. Rume rakapinda mumba umu raive nechiso chairatidza kuti aive munhu wemhirizhonga. Aive nerino zivanga padama raita kunge nyora, sedzatinoona pane mamwe marudzi ekumadokero kweAfurika. Maziso make akange atsvuka kuti piriviri, uye maromo ake aive nemaronda.

Akatarisa O Flava, kubvira bhutsu, kusvika kuvhudzi, ndokutanga kuseka. Mukanwa make mainhuwa kunge akange adya tsvina yemunhu. "Ende kamuhuriro kawave kuita mazuva ano, Enia! Wave kubata ma*Salad* manje, he?"

"Ha, Simbom, ibvapo manhi!" Enia akadaro. "Manje, wanga uri kupi pese apa? Kana sendi zvaro rawakasiya, waiti tinodyei pano?"

"Saka iwe wabva wazvitsvagira kamusalala!" Simbom, murume waEnia akanangana naO Flava. "Ba'munini vekumaDale, mungaitwo mogo here? Ini ndiri kungodawo zvangu mogo, mudzanga mumwechete, semunhu asvirirwa mukadzi wake kudai so."

"A, mayazi, handirove mogo, mukoma. *Sorry* zvenyu." Izwi raO Flava raive riri remunhu akadzidziswa kuti ukaratidza imbwa kuti unoitya, inokuita kanyama-kanyama.

"Ma*salad* ndipo pamunonetsa ipapo," murume waEnia akanyunyuta. "Hamurove mogo, izvozvo so hamunwe. Saka ndinowanei manje, ini muridzi wemukadzi? Kana kuti unotoda kutanga wambondisvirawo?!" Simbom akaseka zvakare. "Vapfana vechi*salad* zvechingochani munenge munozvifarira futi! Horaiti, o!"

Akabva amufuratira, akati kotamei.

"A, iwe, haunyare kutaura zvakadaro mune vana muno!" Enia akatsiura murume wake.

"Ko, iwe zvawanga uchisvirwa zvako nemu*salad* wako mune vana kudai?!"

Zvino uriwo upenyu hwevamwe vanhu, hwekuti murume anowanikidza mudzimai wake aine chikomba, asina kupfeka, asi otoita hake zvejeye nenyaya yacho? O Flava akarangarira musi wakazowanikidzwa amai vake nababa vake. Pakazvarwa mwana asina vhudzi usiku ihwowo.

Zvino, sezvo babamukuru ava vakange vasinganzwe kunyangadzirwa nekuwana mumba mavo muine chikomba, zvimwe vaigona kutaurirana vakasvika pakunzwisisana zvekuti angarare zvake mumba makare.

"Ha, chirara, hwahwa userere!" Enia akadaro. Akange ave kudhonzana nemurume wake, vonanga kumubhedha.

"Ini ndave kuenda!" O Flava akadaro.

"A, enda hako, shamwari, nhasi hazvichaita." Paaitaura izvi, Enia akange ari mubishi rekubvisa shangu dzemurume wake.

"Ko, mari yangu?"

"Mupe mari yake, Enia!" murume wake akadaro. "Nhasi ndabata kwiyo mhene yanga ine chikwama chakazvimba! Pamwe ndimudhara wako, nekuti anga ari mu*salad* zvakare. Mupe mari yake anotsvaga rimwe hure, Enia. Iwe mupfanha, ukada kujaira kudhambisa gambi remukadzi wangu! Ende hazvina mhosva kuti wanga uripo, neniwo ndikambozorora ndiri kuto...." Murume uya akapedzisa nekuridza ngonono.

Mari iya yakange ichiri mubhurugwa. Yakaburitswa, ndokutambidzwa kuna O Flava.

Achingobuda mumba muya, O Flava ndiye uyu! onanga kuzvitoro. Mabhawa ese akange avharwa. Anga avharwa nguvai? O Flava akange asisatsvage zvemahure. Akange ave kuda kuenda kumba, uye anga asvipira mate mugomba ndokuti haaizodzoka kurukeshini rwuno zvakare. Akatarisa kuteminasi, ndokuona Kombi yave kutosimuka. O Flava akatanga kumhanya zvakare.

Kondakita weKombi akaburitsa musoro nepamusuwo weKombi. "A, shamwari, manje isu tave kunopaka."

"A, varume, mungabva mandisiya pano here?"

"Dzokera kumba mudhara!" Kondakita akadaidzira. "Nguva dzaenda!"

Dai mutyairi akaziya kuti O Flava aida kuvatsvetera nemari yevanhu vanozadza Kombi zvakapetwa kaviri kana katatu, inga dai akamira. Zvino, akafunga kuti O Flava aida zvekuchema-chema nemuromo chete, ndokutsika mafuta. O Flava akaona kuti zvechitsoka ndibereke zvakange zvisina chiyamuro, ndokumira achiedza kufunga zano. Kuti afonere FT Flava auye kuzomutora, aiziva kuti hazvaiedzwa nguva dzino. Otsvaga pekurara pazvitoro izvi here? Pangashaike ana mahobho ipapa? Dai azvifunga kare, ati Enia amukumbirire kune dzimwe shamwari dzake dzechipfambi.

O Flava akadzokera pazvitoro zviya asi hapana waakaona. Ndipo paakafunga zano rekuteedza mugwagwa waishandiswa nemaKombi. Zvimwe aigona kusangana nemotokari yaienda kuguta.

Ndiye uyu, ari kufamba, dzamara asiya dzimba dzevanhu, ave kungoona bani chete.

VaGiriki vekare vaitenda kuti pakati pavaanawari vavainamata, paive nemumwe ainzi Pan. Anowanzoratidzwa pamifananidzo kana zvivezwa semurume ane muswe, makumbo, ndebvu nenyanga zvembudzi. Pane mumwe mufananidzo unomuratidza akachiita zvepabonde nembudzi. Pan uyu ainzi ainakidzwa nekuzadza vanhu vaizvifambira havo musango nekuvhunduka kukuru kana kuti nhamburo, uku kwatave kudaidza muchiRungu kuti *panic*.

Zvimwe Pan uya akange ari kumbeya-mbeya nebani iri nekuti O Flava achifamba kudaro, akangotanga kumhanya. Mwana akarova pasi, tsoka dzichiti ta!ta!ta! kunge taipureta.

Ainzwa kunge pane chaimudzingirira here? Ainzwa sekunge chakange chave kumubata here? Kwete. Chaimudzingirira chaibva kumudenga. Uku ndiko kwakave kufungidzira kwake, nokuti akaona rima richizara paaive kunge mumvuri.

Akamira, ndokusimudza meso ake. Hapana chaive mudenga! Aive makore chete akange avhara mwedzi.

O Flava akatanga kuzviseka. Shuwa, angatye makore zvawo? Asi, kuseka uku kwakapera paakaona kuti akange arasa nzira. Akaedza kuyeuka kuti akange amhanya achibva nedivi ripi, asi akangoona uswa chete. Akaedza kuteya nzeve, achiti zvimwe anganzwe kutinhira kwehambautare, uku kwaizomuratidza divi raaifanira kunanga.

Ndipo paakacherechedza runyararo rwaive musango umu. Kwakange kwakati zii. Semunhu akange asati ambofamba mubani kunze kwerukisheni pakati peusiku, O Flava akange asina idi kuti, pakati peusiku, maigarove nerunyararo rwemakuva kudai.

Achifunga nezvazvo kudai, makore akazarurika, ndokuratidza chiso chezizi huru, raive nemeso akasviba, kunge mapurastiki akakombama, akazadzwa ingi. O Flava akawira pasi, ndokurovera padombo negotsi. Akaona zizi riya rovheya richiuya kwaari, mapapiro aro akatambanuka, dzondora dzayo dzouya kuzobvuta. Dzakangomuguma kwesekondi chete. Asi parakatisimu, O Flava akaona kuti zizi riya rakange rakasvinga matumbu ake. Pasina nguva ipi, akanzwa unyoro hwaipisa kumeso kwake pa! kunge mbama,

Papfuura kanguva, mwedzi wakanyura.

61

"Hwani ari ega, kutaundi!"

Uku kwaive kushambadza kwahwindi. Hwani ari ega, chikomana chakange chakaikiya sutu, chakapinda muKombi, ichibva yatsika mafuta yakananga kuguta. Imwe Kombi yakabva yanomira pamutsetse wezviuru zvevanhu vaimukira mazuva ese vachienda kubasa kana kuzvikoro.

Handivese vaida zvemaKombi. Vamwe vaimirira mabhazi nekuti aida mari iri nani kwavari kuti vaibvise. Zvakare, kune vaifunga kuti maKombi anomhanyisa, zvekuti aigona kusangana nenjodzi.

Dadirai ndiye aive kumashure kwemutsetse wemaKombi. Panguva iyi, zvainyatsomumara ndezvekuti vamwe vasikana, pamusana perunako rwavo, vakange vachisvikomira kumberi kwemutsetse. Iye pachezvake akange asiri bereidzvene remusikana, asi haaikwanisa kumisidzana netsvarakadenga dzaaiona dzichiseka nekurovana maoko naanahwindi.

Kurutivi rwemutsetse uyu, kwaive nezvitoro. Mhiri kwezvitoro kwaive nebani.

"Zvino isu ana*Shatiricia* tichaakwira maKombi iwaya nasi?" akanzwa musikana aive kumberi kwake achitsutsuma.

"A, vachapera, kosara vanokodzera kuakwira nepamusana pekuva nemari inodiwa chete ," Dadirai akadaro. "Rimwe zita *Shatricia* ndi*Moneyisha*."

Musikana uya ndokuti, "A, ko zvazvinonzi maruva enyika haaperi wani?"

Dadirai akaseka, ndokuti, "A, kana achiita kamuitiro ikaka, achapera neicho chakatikuuya ichi."

Vasikana ava vakambonyarara, izvi zvakapa Dadirai mukana wekunyatsoongorora mumwe wake. Musikana uyu aive mupfupi, ari mutete. Nyangwe zvazvo aive mhino yakakura, akange asiri munhu anganzi akanyangara zvekutadza kutsvetera vanahwindi nevatyairi vemaKombi. Nyangwe iye Dadirai, kwaingove kuzvishora zvake asi kubvira zuva remabiko ekupedza gore pane imwe kambani yaaimboshandira, aiziva kuti anyatsopfeka nekuzvipoda, aitumbuka seruva.

"Zvino hauna kunonoka here?" Dadirai akabvunza.

"Kwete," musikana uya ndokupindura. "Tinotanga kirasi yedu na9. Ndinowanzoda kupfuura nekuchechi makuseni. Ko, iwe unonamata?"

Dadirai akagutsurira musoro, achizeza kuti kana musikana uyu aive ari wechechi dzakati kuuya idzi, achatanga kubvunza twakawanda (Saka wakagashira Jesu here? Une Mweya Mutsvene here? Unonamata nendimi here? Wakapihwa *anointing* nesimba rekusunga ma*powers* ne*maprincipalities* nema*marine spirits* here?) zvisinei kuti twaigona kugumbura nyakubvunzwa.

"Hama yangu, kana usina Jesu muupenyu hwako, hauna rugare..." Musikana uya akange otanga zvino kupwapwatika.

Dadirai ndokutarisa zvake kurutivi. Sezvaaiziva, muparidzi uyu akange asingazvipe nguva yekuona kuti munhu waaitaura naye akange achiri kuteerera here. Dadirai akatarisa kubani, ndokuona imbwa dzichibvukudzirana nyama kunge makava, miromo yadzo yakatsvuka neropa. Dadirai akabva anzwa kuda kurutsa, ndokuti atarise kune rimwe divi.

"Imi, imbwa idzo asi dzabata mhuka?" mumwe murume aive mumutsetse akabvunza.

Mhuka iya yakapoya napakati pembwa dziya, ikadzisiya dzichidya nhengo dzayainge yasiya. Vanhu vese ndipo pavakaona kuti yakange isiri mhuka yesango, kana chipfuyo chepamusha, asi kuti aive munhu.

Kubva pahudyu zvichidzika, munhu uyu aive mamvemve embatya, nemanyama airemberera kunge edatya ratsikwa nehambautare richiyambuka mugwagwa. Paakasimudza musoro, vakaona kuti rimwe ziso rakaange ratushurwa. Zvakare, musoro wake wakange watsemurwa, zvekuti waiona uropi uchidhevenyuka. Aigwesha nemaoko ake, zvishoma nezvishoma, kunge gakandye ratyorwa mamwe makumbo, akananga kumutsetse uya. Vanhu vakaramba vakamutarisa achiuya kwavari kudaro. Ukuwo, imbwa dzaive kumachikichori, dzimwe dzichinanzva ropa rake.

Hapana akawanisa kufamba kuti atize, vakaramba vakamira kunge zvidhori zvakomererwa muvhu, munhu uya achigwesha achiuya kwavari. Akasvikoti pu-u pamberi petsoka dzaDadirai. Dadirai akatarisa pasi. Mukomana uya ndokusimudza musoro, asi akabva apererwa nesimba. Miromo yake yakadedera, achiedza kuumba mazwi, asi aingoburitsa ropa chete. Paakazobuda, aive nezwi raibvubvumira.

Akati, "Ndibatsireiwo," ndiye zi-i.

Mhere yaDadirai yakatinhimira nedzimba dzaive mhiri kwemugwadzwa, ikamhanya nemasango, kunge chihwiyo-hwiyo chemotokari yemapurisa.

62

Nomusa akamutswa nedzangaradzimu ichiburitsa rwiyo rwenyika, *Ngaikomborerwe Nyika yeZimbabwe*. Akange akotsira pasofa zvakare! Akazviswatanudza arere kudaro, ndokushaman'aya, achigwabvura dumbu rake, dzamara anzwa kuti zvino hope dzese dzapera.

Ndipo pakatanga kungiriridza runharembozha rwake. Ndiyani angamutsvage mangwanani akadai? Nomusa akaisumudza, ndokuona zita raSgt Mabhedla pachiono chayo. A, vakuru vakati, Basa mangwanani.

"E, Muzvare Mpala, ndine urombo kukumutsai!" Ava ndiSgt Mabhedla.

"A, ndichangomukawo," Nomusa akadaro.

"Bva, chinzwa, mukunda. KuMabvuku kwawanikwa mukomana akapondwa. Zviri kunzi akange achiri mupenyu apo akwanisa kugwesha kusvika pane vanhu, asi imbwa dzakange dzatanga kumudya. Mapurisa eko ari kuti zvinotoda mazvikokota chaiye angatsvagiridza umboo hwekuti vaone kuti chii chaizvo chaitika. Hameno kana uchikwanisa kusvikako usati wauya kuno?"

Nomusa akaedza kufunga mapinduriro. Sgt Mabhedla vakanyumwa zvaimunetsa, ndokuti, "Basa iri tinorinyora seovhataimu, mapepa acho ndatooafakisirwa nekamba yeMabvuku."

"A, kana zvakadaro, ndingarambe here?" Nomusa akadaro. "Regai ndinangeko izvozvi."

Nomusa akachimbidza kugeza, ndokupinda muhambautare yake, ndiye uyu onanga kuMabvuku. Zvakamutora maminitsi makumi maviri neshanu. Panguva iyi, akaroverwa runhare nemapurisa emusha uyu, achimurairidza kusvika panzvimbo yakange yaitikira izvi.

Akasvikowana mhomho dzevanhu dzakati chichichi nemugwagwa waimira mabhazi nemaKombi. Hapana akange achada kukurumidza kuenda kubasa kana kuchikoro! Nomusa akapinda nepakati pevanhu ava, ndokuona kumberi, kunova kwaitangira bani, kwakavharwa neribhoni rwakanyorwa yambiro yemapurisa kuti nzvimbo yainge yakakomberedzwa yairambidzwa.

"Imi amai imi, hamusikuona ribhoni iri?" Mumwe mupurisa akadaro achiuya kwaari.

"Ndiitire *steady*, shamwari!" Nomusa akange oshatirwa nepamusana pekusundana nevanhu kwaainge aita kuti asvike pamuganhu weribhoni uyu. "Saka unofunga kuti kwangu kupenga kuedza kupinda pandisingabvumidzwi?"

Nomusa akamhanyisa meso. "Shefu wako aripi?"

Achibvunza kudaro, akaona varume tatu vachiuya kwaari. Vaviri vaive vakapfeka masutu, asi wechitatu aive neyunifomu yevebazi rezveMasango neMhuka dzeSango.

"Nomusa Mpala?" mumwe wavo akabvunza, achitambanudza ruoko kuti vakwazisane. "Ndini Mutikitivha Majengwa. Ava ndiChiremba Gwiriri navaNkomo, vanobva kuBazi reMasango."

Nomusa akakwazisana navo. Uya mupurisa wekuda kumbomurambidza akange ave kunetsana nevatapi venhau vaifunga kuti Nomusa aive mumwe wavo akange apinzwa nemapurisa pachizivana.

Mutikitivha akatanga kurondedzera. "Vanhu vakange vakamirira mabhazi mangwanani ano vaona mukomana uyu achiita zvekuzvizvuva kwavari nemaoko, sezvo kubva hudyu zvichidzika akange asisina mitezo. Imbwa dzakange dzichimudya. Zvakare, akange amarwa kumeso, zvekuti akange asisina rimwe ziso. Achingosvika pane vanhu, abva angofirapo."

Mutikitivha Majengwa vakanongedza pakange pamire amburenzi, nemamwe mapurisa.

"Takwanisa kuteedza ropa nemapfupa kusvika panzvimbo yatirikufungidzira kuti mukomana uyu asangana nechamuuraya. Ndanga ndichikumbira kuti tisvike pakare, asi taigona hedu kutanga taona mutumbi wacho."

Vakaenda painge pamire amburenzi. Mupurisa aive akaichengetedza akazarura musuo. Nomusa akacherechedza kuti nyangwe mupurisa uyu haana kuda kupinda navo muamburenzi makare, sezvinonzi aizeza kupinda. Zvechokwadi, nyangwe zvazvo vanhu vese vaivepo vaita basa ravo nemazvo, Nomusa akazviona kuti maitiro avo aive nekusagatsikana kwehana mukati. Zvino chaive chii chaizvo chaiondesa mazirume akaita seaya?

Nomusa akapinda zvake, ndokuona inga vamwe vake vasara panze. Paakafugura jira rakange rakavhara mutumbi waive pasiterechabhedhi, Nomusa akasangisa meso ake nemapfupa nenyama dzakabvarurwa-bvarurwa. Kumberi kwaive nemusoro, wakatsemuka kunge nwiwa rakaora. Rimwe dama rakange rakadyika, zvekuti chiso ichi chaainyenama neparutivi, meno achiita kunge mhodzi dzemapomegiraneti. Paifanira kunge paine ziso paive negomba rakasviba neropa ragwamba.

Nomusa akabuda muamburenzi muya. "Chii chaitika?" akabvunza, nezwi raidedera zvishoma.

Varume vaviri vakatarisana, vachitsvaga angakwanise kupindura.

"Ndipo pari kunetsa," Mutikitivha Majengwa akadaro. "Umbowo hwose uri kuratidza kuti aurawa nechikara chesango."

"Chingava chii?" Nomusa akabvunza zvakare.

VaNkomo ndivo vakapindura uyu mubvunzo. "Ipapo ndipo pane ninji. Sezvarehwa naMajengwa, takwanisa kuteedza tsoka dzemushakabvu uyu. Akabva kutaundishipu yeTafara. Semaonero angu, akarasika achiedza kutsvaga mugwagwa wemaKombi. Akadzungaira chose nebani rino. Panzvimbo iri mamita mazana mana kubva pano, ndipo paakasangana nechikara chakamurwisa."

VaNkomo vairatidza kuti vaive nezvimwe zvavaida kuwedzera, asi vaitadza nekuda kwekuti zvaivaremera kutaura. Vakaita kakuseka. "Handei hedu tinopaona."

VaNkomo vakatungamidza, Nomusa nevamwe varume vaviri ndokuteera. Pasi paive nemutsetse wakasvibira weropa rakaoma, nezvimhitsa zvenyama yemunhu. Nomusa akautarisa achiedza kucherechedza kuti pane chii chaishamisa kunze kweizvo zvekuti mubani mungava nemutsetse weropa nenyama dzemunhu.

Mhinduro yacho yakaita kuti muviri wake wose ubude chizarume, zvisinei kuti zuva rakange rakati bha-a mudenga.

Nomusa akange asina kuona kana nhunzi imwe; hapana chisikwa chaida kuva nechekuita nemutumbi wemukomana uyu. Imbwa chete ndidzo dzakange dzasebera pedyo nemutumbi uyu pamwe nemagoo ake, kunge zvinonzi zvimwe zvisikwa zvose zvaiziva kuti uyu waive mutumbi wakan'ora.

"Handina nhunzi kana chimwe chipuka chandaona," Nomusa akadaro.

Hapana akapindura, asi vose vakaedza kusasanganisa meso naye. Vanhurume, kusada kunzi vasangana nezvavakonesa! Nomusa akada kuseka, asi akatya kuti kudaro kwaizomuratidza senzenza pane varume ava.

Wakange waita sei, mutumbi uyu? Sangana nemubvunzo wako, uratidze varume ava kuti wakasiyana navo, hapana chaunotya. Chaungatye chii, pane chekutya here ipapa? Pane chekutya here kana mutumbi wemunhu uchiwanikwa mubani uchiita sewabvabvanyurwa nechikara chesango, asi nhunzi dzichiusiya wakadaro? Pane-

"Tasvika," Mutikitivha Majengwa akadaro, omira paive nekamuti.

Sezvo pakange pasina aida kududzira zvavinge vawana, Nomusa akatanga kumhanyisa meso ake kuti atsvagiridze ega. Akaona tsoka dzemunhu mumwechete, tsoka dziri dzeshangu dzechizvino, shangu dzinodhura. Kana aive ari mugari wemutaundishipu umu, aifanira kuva aine hama iri mhiri kwamakungwa chete.

Asi zvanga zvisirizvo chete. Nomusa akaona zvakange zvaonekwa naVaNkomo, zvekuti mukomana uyu akange asanganira netsaona panzvimbo ino. Asi, pakange pasina kana chipandwa chekuratidza kuti chikara ichi chakange chabva uye chakaenda nepi.

"VaNkomo vave nemakore makumi mashanu vachishanda mumasango, zvekuti idura reruzivo pachezvavo munezve zviwanikwa zvesango nekuvhima. Asi vakonekwawo pano."

"Saka ini mandidanirei?" Nomusa akabvunza.

"Tati zvimwe mungaone zvatatadza." Mutikitivha Majengwa akange asiri munhu aizvitutumadza semurume; kana akundikana, aibvuma zvake kuti akundikana.

Nomusa akazunguza musoro. "Ndine urombo, vahanzvadzi," akadaro. "Sekuona kwangu, mateedza gwara rekutsvaga umboo. Kana pasina chamakwanisa kubura, zvinoreva kuti hapanawo chekubura. Zvamungaite pano, kunakurira nyaya iyi kuna Korona. Zvakare, kana mukaziva zita remukomana uyu, munogona kuchoromora mafambiro ake kusvika asangana netsaona iyi."

Varume ava vakagutsurira misoro yavo.

"A, ndizvo zvatange taranganawo," Mutikitivha Majengwa akadaro, chiso chake chichiratidza kurerutswa kwemoyo wake.

Vakatanga kufamba vachidzoka kwaive neamburenzi nemotokari dzake. Mutikitivha Majengwa akatanga kupa mirairidzo kune vamwe vake, ndokuperekedza Nomusa kuhambautare yake.

"Gara zviya, manga makwanisa kuziva zita remukomana uyu?" Nomusa akabvunza.

"Ehe," Majengwa akapindura. "Chitupa chake ainge anacho. NdiOliver Mabvuto Mwale. Zvakare runharembozha rwake taruwana, saka nhamba yekumba kwake yavekuzivikanwa, zvekuti pane vaenda kunozivisa vabereki kuti ndizvio zvaiitika izvi."

Nomusa akafinyamisa kumeso kwake, zvinova zvakashamisa mutikitivha uyu. "E, pane chanetsa here?"

"Hm? Aiwa, kungoti zita iri ndakamborinzwa. A, hameno. Regai ndiende."

Nomusa akapinda muhambautare yake, ndokudzokera zvake kutaundi. Akazoti ave kupfuura nepadhamu reCleveland, akatondera kuti Oliver Mabvuto Mwale aive mumwe wevakomana vakabhinya musikana ainzi Nhamo Mupariwa.

63

Rufu rwaOliver Mwale rwakashamisa musha wose weVilliers Park, sezvo vabereki vake nevamwe vakoma vake vaizivikanwa kwazvo. Zuva parakadoka, pamba paVaMwale pakange pakaungana vanhu.

Mhuri yekwaMwale yakashaya kunzwisisa kuti mwana wavo akafa sei. Neshungu dzavo, vakada kuti vapomere mapurisa mhosva yekusaita basa ravo nemazvo. Vaitoda kuti paitwe ongororo chaiyo nevakuru-vakuru muBazi rinoona nezveMukati meNyika, izvi zvaizosvika pakudzingisa mamwe matikitivha basa.

Mutikitivha Majengwa akazovadzora kubva pane danho iri nekuvayeuchidza kuti zvainge zvaonekwa kuti Oliver Mwale akange asangana nerufu rwake achibva kumba kwepfambi inonzi Enia. Zvakange zvisina kufanira kuti mwana aibva kuimba yakasimukira kudaro abude mumapepanhau kana ripoti rweongororo achinzi aita tsika yekunotsvaga mahure mumataundishipu.

Saka O Flava akavigwa zvake nemusi wechipiri kubva zuva rekufa. Ndiro rakava zuva rekutanga apo chikwata cheFlava Crü nevabereki vavo, naPastor Mugwadi, vakaungana panzvimbo imwechete kubvira musi wavakaenda kudare nenyaya yekubhinya Nhamo. Hapana akacherechedza chiitiko ichi, saka hapana akafunga kuti zvaigona kuve zvine zvazvaireva. Sekutaura kunoita vakuru, Demo rinokanganwa asi muti haukanganwi.

64

Kusina amai hakuendwi.

Josephine Kambarami akanyatsofunga nezvekarevo aka, achikaenzanisa nezviitiko zveupenyu hwake kwemwedzi yakati wandei yapfuura iyi. Akaunzi dzeupenyu hwake dzakange dzisingabharanze.

Kune rimwe rutivi, akange awana mukana waishuwirwa neruzhinji rwevanhu vemuZimbabwe, mukana wekuenda kuU.K. Asi, aiti akatarisa rimwe rutivi, aiona kuti uku kwaive kukohwa uruva chete, kudana mhepo wakabata rusero.

Kupinda kwaakaita muU.K., akasvikotambirwa nemukomana wake, Charlie. Nezuva rechipiri, Joe akatanga kuzvionera ega sefodya pamhuno kuti upenyu hweruzhinji rwevana veZimbabwe muU.K. wakatosiyana nehwatinovavarira tichiti tichawana apo tinongoti bhuruzuzu kubva mundege.

Ma*pounds*? A, ndeekutotsvaga nedemo, usiku nesikati, uchiita basa rese-rese. Zvekuti une dhigiri rako munezve kuvaka migwagwa, kana kuti ndaimbove mukuru-mukuru pakambani yezvekutengesa michina, haiwa, kana wauya kuU.K. unosvikoenzana nemumwe wauchasangana naye ikoko achakuudza kuti aishanda mutakishopu uye akadzidza kusvika fomu yechipiri chete.

Shavi Rechikadzi

Pekugara? Imi woye, nyika ino ineBuckingham Palace imwechete, unova uri muzinda waMai Charisi. Vapoteriwo zvavo vanoroja mudzimba dzemaIndiya akaita mhanza kare, ndokutenga dzimba dzichatengeka neruzhinji. Dzimba idzi dzaitangira pa£85 pasvondo. Iwe unenge uchitambirawo £170 pasvondo. Vakuru vakati charova sei chando kukwidza hamba mumuti. Unoona vanhu vachiita zvekubika mapoto nekuda kubatsirana panyaya dzekukwanisa kubhadhara pekuroja.

Joe akange ave nemwedzi mina ari muU.K. Pamwedzi mina akange ashanda mabasa aisanganisira kudhirivhara matsamba ekushambadza resitaraundi, kuchisa mbatya pane imwe imba yaichengeterwa vakwegura, uye kugeza zvimbudzi zvepane chimwe chikoro.

Charlie akabva apinda. Akasvikobatidza dzangaradzimu.

"Wazoti chii nenyaya iya?" akabvunza.

Joe akatanga, "Sha-a...."

"Iwe! Saka unoda kuti tiite sei?"

"Sha-a, zvinhu zvinorema..."

"Ko, zvawakaendesa munhu kujeri wani?"

Joe akaita searohwa nembama.

"Waifunga kuti handizvizive?" Charlie akabvunza. "Ndizvo zvaunoda kuzviita kamu*decent*, iwe uri satani zvake? Unofunga kuti chingandipe zvivindi zvekuti iwe, uri musikana wangu, ukwirwe nemumwe murume, chii? Ndinoziva unhu hwako, Joe. Saka hapana zvekuda kumbojamba-jamba apa. Ari kuuya kuma8, ini ndinenge ndaenda ku*shift*. Woona kuti wabhadharawo renti, handiti?"

Joe akange ochema zvino. "Charlie, ungabva wadaro here?"

Charlie ndokumudzvokora. "Iwe wakabva wadaro, kuendesa munhu asina mhosva kujeri!"

Akasimuka, ndokuti, "Ini rega ndigeze, ndione kuenda kushift. Mudhara uyu paanouya, wongomuitira bhoo, handiti?"

Haana kuda kumirira mhinduro, ndokubuda zvake.

Achingonzwa kuti musuwo wapfigwa, zvekuchema zvaJoe zvakabva zvapera. Chiso chake chairatidza kushinga chaiko. Kuchema kwaaimbenge achiita kwaive kuri kubata Charlie kumeso, kuti amuone semusikana asingakwanise kuzviyamura, munhu ari mumaoko ake. Varume vakaita saCharlie ndizvo zvavaidaka, zvemukadzi anovagwadama, asinawo kana zano rimwe muupenyu.

Akazvitarisa muchiringiso, ndokuti, "Manje ndiwe uchararwa naSingh wacho nhasi! Ko, handiti imba ndeyako?"

Ndokubuda mumba muya. Kunze kwakange kuchipura nechando, asi Joe haana kuchinzwa. Akasvika pachiteshi chezvitima zvaifamba nepasi peguta, *zveTube*, ndokutenga pamuchina tiketi raimusvitsa kunhandare yendege yeHeathrow.

65

"Nhai, machinda, ndiani achiri muhofisi make?" Mai Goredema, manija mukuru weG.M.A. Holdings vakabvunza magadhi.

Nguva dzakange dzave kuma12 dzeusiku. Mai Goredema vakange vadzoka kuhofisi vachida kutora zvimwe zvavainge vakanganwa, zvavaida kuenda nazvo kurwendo rwavo kuYganda fumoyedza. Havana kufungidzira kuti vaisvikowana kumahofisi ekambani yavo kungave nemumwe munhu kunze kwemagadhi.

"NdiMudhara Mwale," mumwe wemagadhi akapindura.

Mai Goredema vakange vanzwa guhwa rekuti Mwale akange ave kuita seairara muhofisi make. Mumusangano wemangwanani iwayo, aita seasina kunyatsogeza, kumeso kuine mabori uye bvudzi rake rakaita kunge mamvere ekitsi yavhundutswa. Sekuona kwavo, iyi ndiyo yaive nzira yaBaba Mwale yekuchema mwanakomana wavo, uyo akange ave nemasvondo maviri avigwa. Saka havana kuda kuitanga nyaya yacho, vachiti zvichapera. Uye, handiti zvinhu pakambani zvakange zvave kufamba nemumwe mutoo? Pane akambotsiurwa kuti anyanya kushanda here, zvikurusisa kana munhu wacho asingati vakuru ngavawedzere mari?

Magadhi akazunguza musoro. Zvaivanetsawo kuti mukuru uyu aita seaida kuzviurayawo nebasa.

Runhare rwepadhesiki pavo rwakabva rwangiriridza, mumwe wavo ndokudaira. Mai Goredema vakange vave kuenda kumarifiti, asi vakamira vachida kunzwa kuti ndiyani angachaye runhare usiku hwakadai. Vakanzwa gadhi uya achiti, "Regai ndivatarise, ndivaudze."

Zvakavashamisa kumuona achiuya kwavari. Vakatarisa zita rake pabheji rake; Maromo.

"Mwana waVaMwale," Maromo akatsanangura. "Kwai kune zvaitika kumba, saka ari kuedza kubata mangezha ake, asi havasi kudaira nyangwe runharembozha rwavo."

Mai Goredema vakaridza tsamwa. "Dhuze akaisa mahedhifoni munzeve, achiteerera mhanzi. Handei tese kuhofisi kwake, chikomana. Ndinodawo kutaura naye."

Vakapinda murifiti muya, ndokukwidza. Mai Goredema vaive nechinangwa chekutsiura VaMwale nemaitiro avo aya, nekuvakurudzira kuti vamboenda kuzororo. Hongu, kurasikirwa nemwana kwairwadza chose. Asi izvi zvavange vave kuita zvaizokanganisa utano hwavo, zvichitanga nehwemweya nenjere dzavo. Zvimwe vaitadza kunyatsosun, nguka kuti vanyatsochema mwana wavo nemudzimai wavo nehama dzepedyo, kwaive nevarume vakawanda vakadaro muchita chedu. Asi kana zviri izvo zvaifanira kuitwa, havangazvitadze.

Rifiti yakamira, ndokuridza kabhero. Mai Goredema vakatera gadhi uya mukubuda. Hofisi yaVaMwale yaive iri yechina kubva parifiti. Pavakasvika, Maromo ndiye akagugudza musuo.

Hapana akadaira. Akatarisa kuna manija wake. Pavakamugutsurira musoro, Maromo akavhura musuo uya.

VaMwale vakange vagere padheski pavo, asi musoro wavo wakange urere pedyo nehwindo. Muromo wavo wakange wakashama, maziso akati tuzu, kunge waikatyamadzwa necherechedzo yekusavapamwe nemimwe mitezo yavo.

Ropa raitubura nepamutsipa wavo, kunge hosipaipi isina kunyatsovharwa. Ukuwo kumashure kwavo, hameno akange atsutsutidza madziro neropa ravo, ndokunyora zvakare nemavara aita kunge echiArabhu.

Mai Goredema vakamboramba akati nde-e pane madziro aya

Mushure mezvo, vakanzwa Maromo achizhamba. Asi, aita kunge izwi rake raibva kure kwazvo, uye pane chadima chaiuya kwavari, dzamara chavafukidza.

******

Shavi Rechikadzi

Mutikitivha Langeveldt vakatenda Mwari kuti vakange vasvuta mbanje usiku ihwowo. Dai pasina kuti vakange vakavharwa kudaro, havaikwanisa kuita basa ravo rekubvunzurudza zvapupu mushure mekuona zvavange vaona muhofisi maVaMwale. Mumwe wevateedzeri wavo akange awira pasi, zvekutoda amburenzi. Vamwe vaiedza zvavo kuzvishingisa, asi Langeveldt aiziva kuti pakati pavo paive nevaifunga zvekurega basa.

"Saka hapana kana mumwe munhu akange ari muhofisi makare?" Mutikitivha Langeveldt vakabvunza.

Maromo haana kupindura. Langeveldt akasebera pedyo naye.

"Imi, amupurisa, munoti nyangwe dai aivepo ndipo paaizozivisa magadhi edu kuti, Ndauya kuzodimbura manija wenyu musoro ndosiya ndanyora madziro neropa rake?" Mai Goredema vakadaro.

Langeveldt haana kupindura, ndipo pakapinda Mutikitivha Denga, wekuVilliers Park.

"Wambopindamo?" Langeveldt akabvunza, achireva muhofisi maive nemutumbi waVaMwale.

Mutikitivha uya akagutsurira musoro zvishoma. "Handisati ndamboona zvakadai. Handidi kuzviona futi."

"Zvino chingava chii?" Langeveldt akabvunza.

"Chii kana kuti ani?" Denga akapindura. "Unoti chikara chingapinde muhofisi pakati peguta, pogoshaya anochiona?"

"Asi mukufeya-feya kwerufu rwamukorore Mwale, handiti zviri kufungidzirwa kuti akaurawa chikara chesango?"

Denga akazunguza musoro, seanoshora mumwe wake. "Langeveldt, haikona kuita kunge watanga basa nhasi. Hausi kuona kuti vanhu vemumhuri mumwe vari kupondwa."

"Vachipondwa nani?" Langeveldt akabvunza.

"Ini ndinoti maZhing atirikupinza munyika muno!" Denga akadaro. "He-e, *Look East-Policy*, he-e zvakazoti! Hezvo, maChaina aya, pamusoro pekutitengesera marara, ave kuita basa rekutema-tema vanhu vavanenge vagumburisana navo."

"Ko, wangonangana nemaChaina sei?" Langeveldt akabvunza.

"Nekuti ndiwo anezvivindi zvekutema-tema munhu kudaro," Denga akadaro. "Hausati wambozviona mumabhaisikopo here? Handiti vane zvikwata zvavanoti ma*Triad*, zvinoita basa rekuuraya vanhu?"

Mai Goredema ndokuridza tsamwa. "Saka utikitivha hwenyu ndewekuona mafirimu chete? Imi vana imi, mukati dzakanyatsotitwesere muzvisoro zvenyu izvi? Mashihza muri kuawanza, vana'ngu!"

Pakati pematikitivha maviri aya, Langeveldt ndiye chete akange asvuta mbanje. Zvino kana musiyano wacho usingaonekwe pakati peasvuta mbanje neasina.....

"Kana ari maChaina, ko sei zvino pamadziro panyorwa nemavara echiArabhu?" Langeveldt akabvunza.

Denga haana kupindura. Nechemumoyo, akange achishuwira kuti dai kwangobva shoko kubva kumuzinda wemapurisa rekuti ivo vabviswa pakufeya-feya nyaya iyi, uye yanga yapirwa kunaanmazvikokota. Zvese zvaange aona zvaimupa kusada kuenderera mberi nekufeya-feya nyaya iyi.

"Chinzwa, Denga," Langeveldt akadaro. "Isu ngatiti zvepano tapedza. Ava ngavachienda zvavo, isu topira maripoti edu, toona kuti vakuru vachati kudii."

"Zvinoita, manje," Denga akadaro. Akasebera pedyo nemumwe wake, ndokuvhunza nekazevezeve, "Ko, uchine kambichana here kedhobho ndimboputawo?"

Fumongwanani, mhuri yekwaMwale yakagara dare ndokubvumirana kuti kufa uku kwaifanira kunobvunzwa kuna godobori. Kwakaendwa kusabhabha reMt Pleasant, uko kwavakasvikouudzwa kuti ingozi yakasoparwa namadzisekuru avo kuZambiya yakange yavateera. Yaigona kuripwa zvayo nemari, asi zvaitoda kuti zviitwe nekurumidza sezvo ngozi iyi yakange yatonangana nemumwe munhu mumba umu.

66

"Vanhu vaviri kubva mumhuri mumwe kuurawa musvondo rimwe?" Chine akazunguza musoro wake, ndokutarisa kuna Nomusa naSekai. "Inga zvinokatyamadza chose."

Vatatu ava vakange vagere patsangadzi, panzvimbo yaibvumirwa vasungwa kuti vaonekwe nevanenge vavashanyira. Kunze kwehama dzake, Nomusa naMhike ndivo vainyanyo uya kuzoona Chine mujeri maainge ari. Nhasi uno, Nomusa akange auya naSekai.

"Kana ndifunge kuti mukomana wacho akasangana nechii mubani muya," Nomusa akadaro. "Nyangwe dai chaive chiri chikara chesango, chakabva chatadza kusiya kana ufakazi. Kukosi yandakaita yeforensikisi, takadzidziswa kuti chiitiko chese pano panyika chinotosiya chete ufakazi. Kosi iyi yaizotidzidisa nzira dzekutsvaga ufakazi hwacho."

"Pozoita zvinyorwa zviri pamadziro," Chine akadaro.

Nomusa akabva amutarisa. "Zvinorevei?"

Chine akasimudza zvakare mufananidzo uya, uyo wakange waunzwa naNomusa. "Ko, zvaari mashura. Chirudzi chakashandiswa apa chinenge cheMesopatamiya yekare."

Nomusa naSekai zvatakatarisana, zvichishaya kuti airevei zvino.

"Mitauro yaishandiswa makare-kare, munguva dzvana Abhurahama," Chine akatsanangura. "Yaitaurwa munyika yatave kudaidza kuti Iraki mazuva ano. Mazuva ano, kana vadzidzi vachitaura nezvenhoroondo yenzvimbo iyi, vanoidaidza nezita rekuti Mesopotamiya. Ndiko kunobva ruzivo rwakawanda rwemarudzi epasi rino. Rungano rwepasi rose kubva kusikwa kusvika kuvepo kwemadzibaba avaJudha."

"Ndinenge ndakambonzwa kudaro," Sekai akadaro.

"Ndingape muenzaniso wedu," Chine akaenderera mberi. "Munoziva here kuti rimwe remagwaro avaMesopotamiya, rinonzi Rugwaro rwaGirigameshi, runotaura pamusoro pemweya yemadzitateguru inodaidza kuti *iddimu*."

"A, zvakangoda kufanana nekuti midzimu," Sekai akadaro.

"Ehe," Chine akapindura. "Mumwe wemadzimambo weMesopotamiya anemukurumbira ainzi Hammurabi. Vamwe vadzidzi vanofunga kuti ndiye Abhurahamu wemuBhaibheri. Mbiri yake ndeye kusiya bumbiro remitemo yakanyorwa pasi. Mimwe mitemo ichiri kuteedzerwa nanhasi, inosanganisira yekuti munhu anofanira kutoorwa seasina kupara mhosva dzamara anokewa nedare kuti zvirokwazvo ndiye nyakupara. Ndiyo *presumed innocent until proven guilty* yevaRunguka. Chinzwai manje, zita raMambo Hammurabi kana richidudzirwa, zvinonzi rinobva pamazwi avaAkkaddiya, *Hama-* zvichireva zvazvinoreva muchiShona na*Rapi*, zvichireva zvakare kuti Murapi, munhu anorapa."

Nomusa akaona kuti nyaya yakange yatangwa naChine iyi hayaimbopera. "Saka unogona kuverenga chirudzi chacho?"

Chine akazunguza musoro. "Aiwa. As ndine munhu wandinoziva anogona kuturikira. Mumwe wevanhu vandaiwanzoita hurukuro paIndaneti. Zvino adhiresi yake handiizive nemusoro, asi anonzi Dr Bhageri. Zvimwe munogona kuwana webhusaiti yake."

Bhero rekuti nguva dzekuonana nevasungwa dzakange dzakwana rakabva rarira. Chine akadzosera mifananidzo iya kuna Nomusa. "Maita, mauya kuzondiona," akapa kutenda. "Muvamhorose vose. Ko, Makombe haasati awana mukana?"

"Makombe akabatidzikana nebasa," Nomusa akadaro.

Vose zvavo vakange vave kuziva chokwadi chechikonzero chaitadzisa Makombe kuti auye kuzoona munhu waaishanda naye.

Vapinda muhambautare yaNomusa, Sekai akati, "Unoziva, Chine wako uyu munhu aneuchenjeri zvese nerunako. Ndizvo zvandinotsvaga pane mukomana."

Nomusa akaita seachaseka, asi akakwanisa kuzvivhara negosoro.

"Kana Makombe asingamude, isu vana Sekai tiripedyo!"

Ndipo Nomusa paakatadza kuzvidzora, ndokuita seachabondera hamabutare iya nesetswa.

Masimba Musodza

67

Dzaive kuma1 dzemangwanani apo Frank Ncube akapinda mugota make, achibva zvake kunotandara neshamwari dzake kubhawa. Kudhakwa akange asina kudhakwa zvake, asi Frank akange achida zvekusvikorara.

Paakati getsi remumba mekutandarira mha, akawana Prisca arere pasofa huru. Mudzimai wake akabva ati pepu. Frank akafunga zvekungodarika, onanga kuimba yavo yekurarira.

"Frank, mira!"

Frank akamira, ndokuti, "Saka ndizvo zvawakanzi natete vako unopota uchiswedza nazvo kumurume wako kana achinge adzoka kubva kubasa?"

"Frank, haikona kutsvaga nyaya, uchisiya yatinayo iyi!" Prisca akange asingadaidzire, sezvo akange asingade kuti vana vavo vanzwe.

Frank akaramba amire zvake, asi akafuratira mukadzi wake.

"Frank, mumba muno handina mufaro."

Frank akaramba amire, akati zi-i. Ko, akange asingazvizive here kuti mudzimai wake akange asina mufaro? Akange asingazive here kuti kusafara uku kwaikonzerwa nei?

"Pri, pava nemwedzi mingani?" Frank akabvunza. "Inga wani tose takakwanisa kuenderera mberi neupenyu hwedu. Hezvo, tave kusangana nezvimwewo, zvekuurawa kwakaita Oliver nababa vake."

"Uri mumwe wangu, Frank, handinga kuvanzire," Prisca akapindura. "Nyangwe ndikararama kwezana remakore, handimbofa ndakakanganwa kuti murume wangu, baba vevana vangu, akarangana nevamwe vake kuti musikana akabatwa chibharo....."

"Shut up!" Mashoko aya akatinhira neimba yose. Chiso chaFrank chakange chiri maringa echikara chesango, chikara chisingazive ngoni.

Asi Prisca haana kuratidza kutya. "Haikona kuda kundityisidzira, Frank! Kana uchida kundirova, rova hako. Handiti mune mari, unogona kutenga gweta zvakare sezvamakaita nemupfanha wako..."

Haana kupapedza, nekuti Frank akabva amusvetukira, ndokumuti napahuro dzvi-i. Vakapunzikira kubva pasofa riya vose, Frank negotsi, maoko ake ari pamutsipa wemudzimai wake.

Ndipo paakaona kuti muchadenga, pamusoro paPrisca, paive neraita kunge zizi guru richidzika richiuya kwavari. Raive nemeso akasviba kuti ndo, ainge mabhora epurastiki azere ingi, uye asina mboni. Rakahwachura Prisca uya, ndokusvikomupwanyira nemadziro. Frank akanzwa kunge kutsemurwa kwehuni, nekuti posherere, nekubhabhama kwemapapiro aitadza kunyatsotamabanuka nekusakwana mumba umu. Akaziva kuti mukadzi wake akange akuvadzwa zvakasimba, asi haana kufa, nekuti Prisca akatanga kuhuhudza nezwi repasi, kunge imbwa yabanwa.

Ndipo Frank paakawana iwzi rekuridza mhere, akatarisa mutsetse weropa neuropi zvakange zvasiiwa nemudzimai wake pamudhuri.

Haana kuridza mhere idzi kwenguva refu.

68

Sapuritendenti Fungisai Alicia Kasimbi (Sapuritendenti FAkasimbi kune
mapurisa avo kana ivo vasipo) vakasvikowana Sajeni Albert Kwete vakavamirira
muhofisi mavo, sezvavange varaira. Sajeni Kwete ndokusimuka, ndokuchaya
sarupu.

"Gara zvako, Kwete," Spt Kasimbi vakadaro, ivo ndokuramba vamire.

Sgt Kwete vakange vasina kunyatsogadzikana. Vaitya kuti paive
nekukanganisa kwavaigona kunge vaita. Chimwe chavaitya....

"Mai Kwete vari sei?" Spt Kasimbi vakabvunza.

"Va-va-varinani, Shefu!" Sgt Kwete vakapindura. "Vachaitwa lumbar puncture
svondo rinouya."

"Saka vachiri kuchipatara?" Spt Kasimbi vakakanda mumwe mubvunzo.

"Ehunde, Shefu. A, kurwara kwacho uku! Vari mumaoko aMwari."

Spt Kasimbi vakamboramba vakava tarisa. Sgt Kwete ndokudzvokora pasi.

"Unoziva, Kwete, nyaya yandakudaidzira ndeiyi," Spt Kasimbi vakatanga nyaya yavo. "Zvino, neurwere hwaunahwo, ini ndave kufunga kaviri nezvekukupa basa iri."

Sgt Kwete vakanyatsoteereresa.

"Ndiri kubva kuneMunyori Mukuru muBazi reveMukati meNyika," Spt Kasimbi vakatsanangura. "Uri kuziva nezvekufa kwaFrank Ncube nemudzimai wavo nezuro manheru?"

"Frank Ncube?"

"Muzvinabhizinesi akapondwa mumba make." Spt Kasimbi vakayeuka kuti Sgt Kwete havainge vachiziva nezvechiitiko ichi. "Chinzwa Kwete, pava nevanhu vashanu vakafa masvondo apfuura. Zviri kufungidzirwa kuti, sezvo mafiro avo akafanana uye vanozivana, vari kuurayiwa nechinhu chimwe."

Spt Kasimbi vakamutambidza faira raive padhesiki pavo. "Iwe ndiwe wapihwa basa rekufeya-feya nyaya iyi. Murairo uyu wabva kuGurukota chaiye."

Sgt Kwete vakagutsurira musoro wavo zvishoma, vachiedza kufunga kuti zvairevei. Vakange vachipihwa basa iri nekuti vakuru vavo vaivaona sechamakwesha chaiye here, kana kuti vaitovaona semunhu asingabatsire, saka vaivatsvagira chikonzero chekuvadzinga pabasa?

"Uchange uchishanda neimwe yanzvi munezve forensikisi," Spt Kasimbi vakaenderera mberi. "Parizvino irikutibatsira kuSexual Offences Investigations Unit. Zita rake ndiNomusa Mpala."

69

Kubva:bagherih@ishtarmail.net

Kuna:Nomusa Mpala
Re: Zvinyorwa zvinoshamisa

Kaziwai Muzvare Mpala

Ndinopa kutenda chose neshoko ramakanditumira. Ndineurombo chose kuti VaMakawa vane dambudziko iri. Hatisati tamboonana zvedu, asi kana neniwo handibvumi kuti vangaite zvakadai. Ndinonamata kuna Mwari kuti chokwadi chichabuda nekukurumbidza.

Mifananidzo yamanditumira iyi inoshamisa chose. Sezvamaudzwa naVaMakawa, zvinyorwa zvamakawana panzvimbo yakauraiwa munhu uyu zviri muchirudzi chavaUgarit.

Ndine urombo kuti ndine rwendo, kune musangano kuFinland weInternational Biblical Archaeology Association. Ndinodzoka svondo rinouya. Ndinenge ndave nenguva yekutarisa mifananidzo yamanditumira iyi.

70

This computer has performed an illegal operation
and will now shut down.

Robbie Rangwani akaridza tsamwa, ndokutaura mashoko ekutuka amai vaBill
Gates. Amai vaBill Gates vakange vasimo muhofisi umu. Robbie aive hwani ari
ega akarehwa nevanahwindi. Chiringazuva chaiti nguva dzakange dzave
mamineti makumi maviri kubva pakati peusiku.

Aya ndiwo aive mashandiro aMuzvare Rangwani uyu. Nguva dzekuti vapedze
basa dzaizosvika vamwe vaaishanda navo vave kutofunga zvekutiza pafemu
paya, asi Robbie aigona kuzoenda kumba kwave kuedza, ave kunogeza kuti
atange rimwe zuva. Ko, chaaikurumidzira kuenda kumba kwacho chii? Akange
asina mhuri, kana mukomana waaidanana naye. Akange asingafarire
zvemafirimu, kana zvimwe zvakasiyana zvaitwa vamwe zvekuzvivaraidza nazvo.

Robbie akakurira mumba maikosheswa dzidzo kudarika chimwe chinhu.
Dzinza rose raive rizere nemainjinia, madhokotera, magweta, nevamwe
vanamazvikotota. Dzimba dzemhuri iyi dzaita makwikwi ekuzvara vana vane
uchenjeri.

Shavi Rechikadzi

Baba vaRobbie vaivewo gweta rine mukurumbira. Pakazvarwa Robbie, vakambotanga vaine pfungwa yekuti midzimu yakange yavaseka nekuti aive musikana. Asi, mudzimai wavo akati, zvatapuwa tinofanira kutenda, ndokumutumidza zita rinobva pane rababa vake, Roberta. Zvino mukukura kwake, nezita iroro, Robbie mwana waRobbie akaoneswa nevazukuru vachiita jeye naro.

Robbie akakura achiziva kuti baba vake vakange vasingamude nekuti aive musikana. Shungu dzake dzakava dzekutsvaga tsvete nerudo kubva kuna baba vake, nekuvaratidza kuti mwanasikana anogona kuvawo chidadiso kumubereki.

Ndozvaimupa manyukunyuku ekuti ashande kunge ane chakamugara kudaro. Hapana chimwe chinhu chaive nechirevo muupenyu hwake kunze kwetarisiro yekuti rimwe zuva baba vake vaizomuomberera maoko, vachiti, "Wagona, mwana'ngu! Ende uri chidadiso changu."

Kushanda kwaaita kwakange kwave kuonekwa nevakuru vefemu, sezvo kwairatidzika mumabhuku eakaunzi avo. Akange achiunza mari yaidarika yemamwe majuniya ose ari pamwechete zvakapetwa kaviri nechidimbu. Robbie akange asingazvizivi, asi vakuru vakange vabvumirana kuti gore iroro aizova mujuniya wekutanga kuwana bhonasi.

Kompuyuta yakaramba kubaka, zvichikonzera kuti Robbie atukirire zvakare Bill Gates nezvaamai vake. Akafunga kuti ashandise ka*laptop* kake, ndokuyeuka kuti akange akasiya kumba. Pakanga pasina zvekuzviita, kunze kweuenda kumba kwakare.

Achingobuda panze, Robbie akapindwa nechando, ndokuita zvekumhanya kuhambautare yake. Harare yakange yakati zii, irere zvayo hope.

Robbie akada kuti akinure hambautare ndokudonedza makiyi ake. Akati kotamei, ndokunzwa sekunge kumashure kwake kwaive nemunhu. Akasimudza musoro, ndokumhanyisa meso. Hapana waakaona. Asi kwakange kusiri kufungidzira kuti pakange papfuura mvuri. Asi gore here? Akatarisa mudenga, akacherechedza kuti mvuri waifungidzira kuti wakange wadarika wakange waita zvekuvheya chaiko. Makore haasidaro.

A, mira! Robbie akatarisa mhiri kwemugwagwa, asi hapana waakaona. Kekutanga muupenyu hwake, akatanga kunzwa kutya chaiko. Aiziva kuti usiku, aigona kubatwa kwiyo nematsotsi, otererwa runharembozha rwake kana iyo hambautare. Zvakare, aigona kubatwa chibharo. Ndosaka aifamba ne*Mace* muchikwama chake, uye akange ari nyanzvi ye*judo* ne*karate*.

Nyangwe zvazvo aizvitemba, Robbie aiona zvaive nani kuti apinde muhambautare make atsike mafuta. Zvino makiyi aya anga adonera papi? Robbie akapfugama nemabvi, ndokubatabata pasi. Akaedza kugadzika hana, asi yakange yave kurova kunge yemurwere nekutya.

Hameno chakamuita kuti asimudze musoro, asi paakaita izvi aiziva kuti aizosanganisa meso zvaakange asati amboona, nyangwe muhope dzinotyisa. Akaona kunge makumbo eshiri akatsika pasi, ari mhiri kwehambautare. Asi shiri yacho yaive shiri huru, shiri ine makumbo akadaro yaimisidzana nenzou. Kumusoro uku kwakange kwakavharwa nehambautare yake, zvekuti chaaiona mazidzondora iwayo chete.

Akanzwa kuhumwidza kwemapere. Akaziva kuti mapere nekuti marimwezuro, akange aenda kunzvimbo yaichengeterwa mhuka nebasa. Mapere aakaona kunzvimbo iyi aita setusikana twunongoseka zvose-zvose. Kunge twusikana...

Makumbo eshiri aya akange asisipo. Robbie akapfugama, ndokunyatsotarisa nepasi pehambautare yake. Ndipo paakasimuka, ndokuona madzondora aya ave pamusoro pehambautare yake. Robbie akasimudza meso ake, ndokusangana neezizi guru, rine maziso kwete anopenya kunge magetsi ehambautare, asi akasviba kuti ndo.

Kutya kwaakange asati ambonzwa muupenyu hwake kwakabva mukati memoyo wake, ndokukwira kunge mweya uri kubva mumzvimbo inopisa. Pawakasvika kumuromo, kwakava kuzhamba kwakamutsa vanhu vese vakange varere pedyo nechiteshi chezvitima muna Kenneth Kaunda.

71

Pane mumwe ekita wemadau wekuAmerika akambovhunza kuti sei vaya vatinoti madhodhabhini vachiuya zuva risati ranyura. "Chamunofumiro bata jongwe muromo chii?" akabvunza. "Murikuuya kuzotora marara mhani! Munoti achaora zvakare?"

Achirangarira mutambo uyu, Lucius akatanga kuseka.

"Wave kusekei futi, chikomana?" Stones akabvunza.

Stones ndiye aive mukuru wechikwata ichi chekutakura mabhini, icho chaibata chikamu chepakati pedhorobha. Lucius haana kupindura. Akange aratidza kare kuti zvekutaura nevamwe akange asingade zvake.

Lucius aizviona seakasiyana nevamwe ava vaaive navo murori makare. Vese vaive vakuru kwaari nekure, zera rababa vake chairo. Zvakare, vaive netsika dzaisanganisira kuputa fodya, mbanje, kunwa hwahwa nekurara nepfambi musi wekutambira. Zvaivanakidza kuti Lucius akange asati amboita zvese izvi muupenyu hwake hwose.

Asi chaainyanyovashorera ndeche kuti aivaona nebasa ravaiita sezviri pasi pake. Lucius aibva kuimba yakakwirira, asi varume ava vairoja mumataundishipu uye dzimba dzavo dzaive kumamisha. Zvechizvino-zvino, zvakaita seIndaneti, dzimwe mhanzi, nyangwe chiRungu chacho, zvaivagozhera. Zvakare, vaigutsikana nebasa ravaita, netumari twavaiwana itwotwo, vasina kana pfungwa yekutsvaga kuzvisimudzira.

Ko, kana akange asina rudzi nevarume ava, aitsvagei pakati pavo? Lucius akange apedza Fomu yeTanhatu. Apo aimirira kukohwa kuti aende kuyunivhesiti, ndokuzadza kamusikana kake, iko ndokutizira. Baba vake ndokuti, Zvino kana masvika zera rekuitisa munhu nhumbu, makura imi, mhanduwe. Motoona kuti mashavira mhuri yenyu iyi.

Pavakamuti vakange vamutsvagira basa kushamwari yavo, Lucius haana kumbofungidzira kuti ringave basa rekutakura mabhini mutaundi! Zuva rekutanga, akaenda akapfeka sutu yaakatumirwa nehanzvadzi yake yaigara kuAustralia.

Rino raive zuva rechitatu pabasa. Lucius akange ave kupinda mazviri zveumadhodhabhini izvi. Zvekuti paive nemunhu aimuziva akamuona achishanda, ndokumutora mufananidzo, ndokuuisa paFacebook hazvina kana kumbomunetsa.

Rori yakati pote nekamukoto kaive pakati pemidhuri. Lucius ndiye akatanga kubuda. Kunze kwakange kuchakasviba, asi denga rakange rave neruvara rwepepuru. Achingobuda murori muya, Lucius nevamwe vake vakaitwa mauya nemunhuwiro wemakabhichi nezvimwe zvekudya zvakaora. Mabhini akange akavamirira akange azara.

Lucius aisawanzoisa pfungwa dzake pane basa rake. Ko, raida njere dzese here? Asi, paaifamba akananga kumabhini aya, akacherechedza kuti pakange pasina kitsi dzaiwanzounganira chikafu chakaraswa ichi. Lucius akamira. Kumashure kwake, Stones akabva amirawo. Lucius akanzwa kufemereka kwake mugotsi make, kufemereka kwemunhu ai....

tya?

Iye Lucius aityawo. Chii chaaitya?

"Machinda, ngatirove chopazi ti..." Uyu ndiPedzisai. Achingosvika paive nevamwe vake, akabva anzwawo kupindwa nechando, kunzwa kuda kubva panzvimbo iyi nekurumidza.

Paakaona kunge chidenderedzwa pedyo nemabhini, Lucius akafunga akuti ikabhichi. Paakakotama kuti arinhonge, akaona kunge godha, ndokufunga kuti yaive wigi.

"Mahure zvaanotiitira, akomana!" Stones akadaro, "Anakirwa nechigwishu ndokubva akanganwa wigi yake. Abva a...."

Lucius akabva adhonza bvudzi riya. Stones ndiye akatanga kuona kuti yakange isiri wigi bodo.

Waive musoro wemunhukadzi akarukwa dhiredi. Chiso chake chairatidza kukatyamadzwa kukuru, muromo wakashama, maziso akati tuzu.

72

"Ndipo pakasimuka imwe chembere. Chembere iya ndoku bvunza; Nhai,
Mufundisi, imi mati pazuva iroro kuchava nekugedageda kwemeno. Ko, isu
vasina meno, tichange tichizogedagedawo chii?"

Bhawa rese ndokuti bvu-u kuseka zvakare, vamwe vachisimudza maoko
kuratidza kuti mbabvu dzavo dzakange dzanzwa zvino. Rameki Mupariwa
haana kusekawo, asi akangoti zhinyu, semuridzi wenyambo yacho. Akange
agere pakati pebhawa, chikari chaive pakati petsoka dzake chisati
chambobatwa.

"Zvino rimwe bharanzi manje, ratumwawo kuHarare," Mupariwa akatanga
imwe nyambo. "Chimupfanha chaive chakagumira giredhi yetatu, asi chaigona
hacho kuverenga. Chakaona mahwindo emubhazi riya akanzi; *In Emergency
Knock Out Glass*. Chasvika paMbare, muHarare, ndokutambirwa nehama
yacho. Hama iya ndokuti kune chimupfanha chekumagwasha ichi,
Ngatijambire mu*Emergency*, muzukuru. Ndivo avo, vonanga kuGlen View vari
muEmergency yaMukoma Sebastian. Chikomana chiya ndipo pachinorangarira
yambiro yaive mubhazi rachainge chabva naro kumusha, ndokutanga
kupwanya mahwindo mu*Emergency* muya."

Aiwa, kana kune vanhu vakapihwa chipo chekusekesa vamwe, chaRameki Mupariwa chakange chakapetwa kaviri ndokupetwa zvakare. Mudunhu umu, hapana mumwe aikwanisa kusiya, nyangwe ainge auya kuzokanganwa nhamo dzake ave kumara pasi, misodzi ichiyerera, uku mbabvu dzichiita sedzichabora napadumbu. Vamwe vaimuti endawo kuHarare unoona vezvekugadzirwa kwezvirongwa padzangaradzimu, vanotokutora chete. Asi, Mupariwa aigutsikana zvake nedoro raaitengerwa nevaaitandadza kudai.

Vanhu vachiseka kudai, Rameki Mupariwa akasimuka ndokunanga kumusuo. Mumwe akada kumudhonza, achifunga kuti zvimwe Mupariwa akange onanga kumba kwake. "Mirai, hama dzangu regai ndimbonozvibatsira panze apa."

"E, usaende kune rimwe bhawa, chikomana!" imwe chembere, iyo yakange isina meno ekuzogedageda nawo paZuva Guru, yakadaidzira.

Rameki Mupariwa, uyo akange asarirwa nemaminiti mashanu ari mupenyu, uye nhengo dzemuviri wake dzakabatana sezvazvaifanira, akabva ati pote nekona.

73

Sajeni Kwete vainzwa nyama dzose dzemuviri dzichivaremera. Vanhu vangani vanga vafa zvino? Asi mapurisa akange asina chaakwanisa kuita kunze kwekunotora mitumbi yacho, nekunyora maripoti!

Ko, iyo mitumbi yacho. Sajeni Kwete vaivepo pakadaidzwa mapurisa makuseni emarimwezuro, apo musoro waRoberta Rangwani wakawanikwa nevanotakura mabhini. Rimwe gumbo rakawanikwa pamusoro peimwe hambautare yaive pedyo. Rimwe gumbo pakati pemugwagwa. Zvemukati zvakange zvakaposhera nemahwindo echimwe chitoro. Imwe nhengo yakange yakaturikwa pane robhoti, chinhambwe kubva paive nehambautare yegweta iri. Rimwe ruoko haruna kuzowanikwa zvachose, asi rimwe racho raive pamusoro pemafurati pedyo neState House, Muzinda weMutungamiriri weNyika.

Maripoti ematikitivha akange asina mhinduro, asi kutoti aikoka mimwe mubvunzo. Chikara rudzii chakakwanisa kuchekacheka munhu nekumwaya ropa rake mukati meguta, pasina kana munhu mumwe aine zvaakaona? Muzvare Mpala vakange vagutsikana kuti panzvimbo dzose dzakawanikwa mitezo yaRangwani, pakange pasina nyangwe chii chaitaridzira kuti akange aurawa nemhuka yaifamba nepasi. Zvaafungidzira ndezve kuti chikara ichi chaigona kumbururuka, uye chaive nesimba guru.

Shavi Rechikadzi

Izvi zvaitsinhirawo zvakawanikwa naKorona, zvekuti dai pasina kuti hapana shiri yakakura yaaiziva yaikwanisa kutakura munhu anemhumhu hwaRangwani, aifungidzira kuti gweta iri rakange ratorwa neshiri yakaita sachapungu.

Zvino, vagere padhesiki nevamwe vechikwata chake kudai, Sajeni Kwete akanzwa kugumirwa chaiko kwepfungwa dzake. Vamwe vavo, Nomusa Mpala, Matikitivha Majengwa, Langeveldt naDenga, vaitarisawo kwavari semutungamiriri.

"Ndanga ndina Fakasimbi masikati ano," Sgt Kwete vakavhura musangano. "Hurumende haina kufara neripoti rwedu. Hapana chatagona kutsanangura pane zvakaitika izvi."

"Pane chinotsanangurika here?" Langeveldt akabvunza. "Ini ndinoti ngatiiti ndezve chivanhu zviri kuitika pano."

"Iwe, haikona kutaura kunge pwere!" Sgt Kwete vakamutsiura. "Hapana asingazvizive kuti sekuru vako yaive n'anga. Asi kana tave kuita zvebasa, tinoteedzera mutemo. Mutemo wenyika ino unoti hakuna chinonzi uroyi kana mashave nezvimwe zvechivanhu."

"Mutemo wakaiswa nevaRungu!" Denga akaridza tsamwa.

"O, mumwe futi ave kuda kuita kunge asingazive basa rake!" Sgt Kwete vakamutarisa, ndokuzunguza musoro wavo kunge mudzidzisi azosangana nedofo rekupedzisira. "Isu pano tinofanira kutsvaga nyakupara mhosva iyi, tomumisa pamberi pedare. Zvino tingabate ngozi tikaisunga here?"

"Asi kana iyo Hurumende haizvizive kuti chivanhu chiriko?" Denga akabvunza. "Handiti gore riya, iwo maMinisita chaiwo akaita chisekwa pamberi penyika yose nekuti mumwe mukadzi aizviti isvikiro akavati midzimu yamuratidza dombo raibuda dhiziri?"

"Denga! Ungwarire muromo wako, wazvinzwa?" Sgt Kwete vakamuyambira.

Denga akada kuti apindure, ndokutangirwa naNomusa. "Munoziva, zvatingaite pano ndezve kunyora muripoti rwedu kuti isu tirikufungidzira kuti pane boka rezvimwe zvezvitendero zvinoita zvekuuraya vanhu zvichivapira kuanamwari wazvo. Semapurisa tirikufeya-feya nyaya yacho, asi hatikwanise kudoma nemazita masangano atirikuongorora sezvo izvi zvichigona kukurudzira ruvengo kana kusanzwisisana pakati pevezvitendero zvakasiyana munyika muno."

Varume vaya vakambozeya dama iri.

"Asi mubvunzo mukuru kune vezvematongerwo enyika ndewekuti; Hurumende iripo iri kuitei nezvazvo?" Sgt Kwete vakadaro. "Parizvino, kune vanhu vanodarika mazana maviri vachange vachienda kuchiremba wezvepfungwa nepamusana pezvavakaona. Vamwe vavo mapurisa edu. Ruzhinji rwave kutya kubuda panze usiku."

"Ini handione paine chakaipa tikambonovhunza vane ruzivo rwezvakaita sengozi," Langeveldt akadaro.

"Ini handione chakaipa ukambovhara gaba rako!" Sgt Kwete vakadaro. "In fact, kana zvekuvhara gaba rako zvichikunetsa, ndinorivhara nembama."

Pakava nekakunyarara, asi Langeveldt akapeta maoko ake ndokuzendama nemusana pachigaro chake seatsamwa. Nomusa akaona zvakafanira kuti apindire zvakare, ayedze kugadzirisa.

"Munoziva, Sajeni, handifungi kuti mumwe wedu anoda kuti isu mbune tiende kun'anga. Ari kuti iye titsvage vane ruzivo rwenhorondo yezvinamato zvine tsika yekupira vanhu. Ruzivo urwu rwungatibatsire kuti tizive kuti iboka ripi raita izvi. Handiti ndizvo zvawanga uchireva, nhai Langeveldt?"

"Aiwa, zvine musoro izvi," Denga akakurumidza kudaira, aona kuti mumwe wake akange achakagumbuka. "Zvimwe Mpala une vaunoziva?"

"Ndine mumwe wandaishanda naye kuS.O.I.U, asi pari zvino ari mujeri," Nomusa akatsanangura. "Inyaya hombe. Asi pandakamuratidza mifananidzo ye…"

A, iwe mukadzi iwe, dzakakwana here?" Sgt Kwete vakatanga kupopota. "Uri kuita basa rekuratidza vanhuwo.…"

"Chinembiri Makawa handi munhuwo, Sajeni."

"Inengo yeboka rino here?" Nomusa paakada kupindura, Sgt Kwete vakamusimudzira ruoko kuti anyarare. "Saka akati chii?"

"Akati zvinyorwa zvaive pamadziro ndezve…"

"A, mira tione." Denga akavhura kopi yake yeripoti. "Ya, wanga wazvinyora pano. Zvinyorwa izvi zvinenge zvevaMesopotamiya vakare."

Sgt Kwete vakaratidza kuvhiringwa kwekupedzisira. "Mesopotamiya? Chii manje ichocho?"

"Mesopotamiya ndiyo yatave kuti Iraki mazuva ano, Shefu," Langeveldt akapindura, achinyemwerera, achifarira chiratidzo ichi chekuti Sgt Kwete vakange vasingazvizive. "Makare, marudzi enyika iyi akakwanisa kusvika pachidanho chebudiriro chinotishamisa isu tinorarama munguva ino."

"Saka tirikuda vanhu vakabva kuMesopotamiya?" Sgt Kwete vakabvunza.

"Aiwa, tirikuda vanoteedzera zvinamato zveko," Nomusa akapindura. "Chine akandipa emeiri yemumwe muzvinaruzivo ari mhiri kwemakungwa, waaiti angagone kuturikira zvinyorwa izvi."

Sgt Kwete vakagutsurira musoro. Vakange vave kutofunga danho ravaigona kutora. Sezvo rimwe ruoko rwaRobbie Rangwani rakange rawanikwa pedyo neMuzinda wePurezidhendi, Hofisi yavo yakange yaraira kuti yaida kuziviswa pamusoro pebudiriro yekufeya-feya kwemapurisa. Pane zvakwanda zvakanaka zvaigona kubuda mune chikumbiro ichi chaibva kuhofisi yekumusorosoro. Sgt Kwete vaigona kuzivikanwa nevakuru venyika semutikitivha wemhandorokwati. Izvi zvaikwanisa kuzarura misuo yakawanda muupenyu. Zvimwe vaikwanisa kunorapisa mudzimai wavo kunze kwenyika.

Sgt Kwete vaiziva kuti Hofisi yeMutungamiriri weNyika yakamboita kufeya-feya nyaya dzaibuda mumapepa dzemachechi ainzi ainamata Satani, uye aiwana kubva kwaari masimba ekuita mashiripiti. Sgt Kwete vaigona kukumbira faira racho vachiti vari kufeya-feya kuurawa kwaRangwani nevamwe ava.

Izviwo, zvaigona kuzarura misuo yakawanda.

Mamwe matikitivha naNomusa vakazviona kuti Sgt Kwete vakange vasisataridzike sevakaneta kana kupererwa zano, vakashaya kuti zvairevei.

74

Achipinda parisepusheni yemahofisi eS.O.I.U., Nomusa akaudzwa kuti Insp. Mabhedla vaida kumuona kuhofisi kwavo. Nomusa akabva ananga ikoko, ndokusvikowana Dermot Mhike , Ratidzai Makombe, Mai Anuradha Patel varimo, pamwe nemumwe musikana nemurume vaakange asati amboona. Musikana uya akange ari wezera raNomusa. Akange akatarisa pasi, achisvima misodzi.

"A, Mpala, zvaita wauya," Insp Mabhedla vakamuchingamidza. Pano tine gahadzo risina akamboona. Cheya ndiyoyi, mwanasikana. Iyi inotoda wakadekara."

Nomusa akagara pedyo nemusikana uya. Akangoti hameno mumwe auya kuzomhan'ara kuti abatwa chibharo. Zvimwe zvainzi naInsp. Mabhedla zvinga shamise ndezve kuti akange abhinywa nemunhu anozivikanwa neruzhinji.

"Amai ava uchava yeuka here, Mpala?" Insp. Mabhedla vakabvunza. "Nyatsovatarisa."

Musikana uya ndokusimudza musoro kuti anyatsoonekwa. Nomusa akabva amuziva.

"Josephine Kambarami!" Nomusa akabava atarisa kuna Insp. Mabhedla.

"Muzvare Kambarami vane zvavanoda kuti tose tizive," Insp. Mabhedla. "Regai muzvinzwire."

Joe akapukuta misodzi, ndokunyatsozvishingisa. "Chine haana kundirepa. Pane zvose zvakaitika, hapana chandakaramba. Ndini ndakamuti tiende kumba kwangu, asi iye akange asina kutaura mashoko ekupfimba. Ndini ndakamukwezva."

Pakambova nerunyararo. Mhike ndokuti, "Iwe, musikana, zvese zvauri kutaura, igaroziva kwatiri. Chandingade kuziva ndeche kuti wakazviitirei zvekumunyepera pamberi pedare?"

"Pane mumwe mukuru wezvematongerwo enyika ane nyaya yekubhinya vana vari payunivhesiti," Joe akatanga kustanangura. "Anodanana nemumwe wandaidzidza naye, uyo anoshandira rimwe pepanhau huru. Saka varikumba kweshamwari yangu iyi, shefu vaya vakaona mufananidzo wemusikana uyu amire neni naChine. Pavakabvunza, shamwari yangu ndiyo payavakaudza kuti taizivana."

"Saka wakatumwa kuti unoteya Chine kunge mhembwe?" Nomusa akasimuka.

Joe akange ave kuchema zvakare.

"Wakapihwa marii?" Nomusa akabvunza.

"Nomusa, gara pasi!" Insp. Mabhedla vakadaro.

Nomusa akaita seacharamba, asi ndokugara zvake.

"Nyaya iri pano ndeye kuti Muzvare Kambarami ava vanoda kutipa zvakare imwe sitatimende maererano nezvakaitika musi uya wakasungwa Chinembiri Makawa. Sezvo vari ivo vega chapupu pane zvakaitika, ndinovimba kuti dare richati Chine achibuda zvake mujeri."

Insp. Mabhedla vakambonyarara. "Tisati tatanga kupururudza, regai ndikuyambirei kuti nyaya iyi inogona kutiipirawo. Zvimwe vakuru vangu vangade kutipa mhosva yekusaita basa redu nemazvo, izvi zvakakonzera kuti munhu asina mhaka apike jeri. Ini hangu ndaverenga zvakare magwaro ese maererano nenyaya iyi, asi hapana chandaona chingaratidze kuti pane akatadza basa rake pakati pedu. Neumbowo hwaivepo, hapana zvimwe zvataigona kufunga kunze kwekuti Chine akange abata musikana uyu chibharo."

Vakamira kutaura zvakare, ndokutarisa kuna Ratidzai Makombe, uyo akange ave kusimuka.

"Makombe, zvaita sei?"

Makombe akabva abuda mumba muya. Nomusa akateera.

Makombe akange akamira pamberi pegirazi muchimbuzi. Paakaona Nomusa achipinda, akacheuka.

"Hameno kuti ndichamutsanangurira sei," Makombe akatanga kudemba. "Kana riri basa racho, ngaripere zvaro. Zvese zvakaitika imhosva yangu. Zvino ndichati chii?"

Nomusa ndokuti, "Imboedza kutsanangurira ini."

Makombe akatura mafemo. "Nomusa, nyangwe dofo rekupedzisira raikwanisa kuzviona kuti Chine haana kubata munhu chibharo! Iwe wakazvitaura wega wani kuti pawakamutarisa musikana uyu, pakange pasina chiratidzo pamukana wake kuti wakange wapinzwa zvechisimba. Forenzikisi dzako dzakaratidza kuti ava vakange varara vese chete, kwete kuti akange arepwa. Zvekurepwa zvakabva muuchapupu hwaJoe."

Nomusa akabva aziva zvakaitika. "Wakapofomadzwa neshanje," akadaro. "Zvakakurwadza kuti Chine angarare nemumwe musikana, saka iwe wakada kumuranga."

Makombe akatanga kuchema akabata kumeso neruoko rimwe. Nomusa akasebera pedyo, ndokumubhabhadzira musana.

75

Jeremiah Ncube, J Flava kune shamwari dzake, akafunga kuti uhwu hwaive usiku hwake hwekupedzisira ari muZimbabwe, ndokunzwa kakusuruwara. Hongu, masvondo apfuura aya, akange arasikirwa neshamwari yake, Flava G, pamwe nemukoma wake naamaiguru vake, zvekuti zvaive nani kuti adzokere nevabereki vake kuAmerika kwavaigara, uko kwaaigona kuzvinyaradza asina zvizhinji zvaimuyeuchidza maererano nekufirwa kwainge aita uku.

Vakuru vakati afirwa haatariswi kumeso. Zvirokwazvo, shamwari dzake dzechikwata cheFlava Crü, dzakange dzaenda naye kumafaro senzira yekuonekana naye. Vakatanga kwaMereki, uko kwavakazobva vave kutiza nePajero yababa vaFanuel mushure mekunge Leave Flava abata mukadzi wemunhu mazamu. Vakomana veFlava Crü vakakomberedza muridzi wemukadzi uya, vachiti zvaivaive vana kudai, vaimuratidza chakasara, nyambisirwa aive nepfuti. Ndipo pavakarova sporo, ndokushaika panzvimbo yemafaro iyi nekuchimbidza.

Vave kupinda mudhorobha, vaona kuti zvechokwadi, rufu vakange varutiza, vakomana vaya vakatanga kuitora senyaya inosetsa. "Tanga tapera, ma*ouens!*" F.T. Flava akadaro. "Ko, iwe, Leave, unongotanga nekubata zvinhu zvemadhara!"

"Haa, iwe, anga asina kunyorwa kuti ndewe munhu!" Uyu ndiLeave Flavour. "Kana mudhara uya, kuzongoda kushandisa ginya paya asi uya haasi mukadzi wake chaiye. Ismall house iya, unofunga kuti munhu akakwana anoenda pakadaro nemukadzi waakabvisira mari?"

"Ha-a, yapera iyo," J Flava akadaro. "Ini chandiri kuda kuziya ndeche kuti mandirongere chii zuva rangu rekupedzisira kudai?"

"Mufesi, unofanira kusvika kuStates uchinhuwa bhichana rekumusha!" F.T. Flava aitaura kunge mudzidzisi ari kuraira pwere mukirasi. "Iwe taura chete kuti uri kuda *flavour* ipi; *Salad, Avenues, Kopje, college,* chembiza, *ghetto, ghetto prostitute,* dhidhabhazi kana kuti *SRB*?"

J Flava akambofunga. "Hazviite here kuti ndiraire ese ma*flavour* acho?

Vakomana vakarovana maoko. "Mwana wangu iyeye, haadye chimwe chinhu!" F.T. Flava akadaro. "Aiwa, Soko, handeyi mumboinyudza musati mapinda mumasango! Totanga neAvenues here? Tabva kumaAvenues, tonanga kuJuru Growth Point, mosangana neSRB, todzoka hedu, tomboti chu paYunivhesiti..."

J Flava ndokuti, "Chero, *as long as I get some ass!* Handei chete isu."

Akange apera nedoro, asi vese vaimuziva ari bhuru chairo kana achinge awana mukadzi. FT Flava akatyaira hambautare akananga kuMbudzi. Ndiyo imwe nzvimbo yakange yanetsa nepfambi muHarare.

MunaSimon Mazorodze, vakaona mumwe musikana amire ega pabhasisitopu. Mwana ainge akapfeka kano kabhurauzi kaigumira muchiunu, guvhu riri pachena. Imo mubhurauzi maita kunge akaviga matenesi bhora maviri nepachipfuva apa. Ukuwo kuzasi, aive nemuchiunu makatetepa asi uchifaranuka mumatavi. Kumashure kwainge akapombwa mweya mumagaro, akagombanya kunge mabhora ebhasiketibhora.

Chiso chakange chakanakawo, chakapendwa zvairatidza kuti sisi ava vaive vechizvino. Vhudzi rake raive pfupi, rakapeturwa zvakanaka. F.T. Flava akamisa 4 x 4 iya.

Kasikana kaya kakapedagaira zvishoma nezvishoma kachiuya kwaive yamira, ndokusvikodongorera nepahwindo paF.T. Flava. Vese vakanzwa munhuwiro wepefyumu yake.

"Ndeipi chimoko, unoda kuendeswepi?" Flava J akabvunza.

Musikana uya ndokusekerera. "Chero kwamunoda. Ndiri kutsvaga *joy* chete, ndati nhasi ndimbokambura *joy*! Sisi vangu vanditumira chibhanzi kubva kuAustralia, saka ndiri kuda kumbobvisa stress imwe iya."

"Pinda muvhuzhi tivhaye!" F.T. Flava akadaro. "Flava J, buda, chimoko chigare pakati pedu."

Vagarisana, F.T. Flava akafunga zvekudzokera kutaundi. Musikana uyu akati ainzi Lamya. Aigara muWaterfalls, iye nehanzvadzi dzake vakasirwa imba nevabereki vake, avo vakange vakafa. Sisi vake vaigara kuAustralia. Lamya aienda kukoreji mutaundi. Semunhu akange apedza kunyora mazamanishoni, aida kumbozvivaraidza.

"Chinzwa manje, Lamya," F.T. Flava akapira nyaya yavo. "Muchinda waugere naye ari kuenda kuStates mangwana chaiye. Isu seshamwari dzake tanga tafunga kuti hazviite kuti aende asina kumbobhaudhawo chimoko chemuno muZimbabwe. Saka iwe hapana zvaunga muitire here zvingaite kuti asakanganwe kumusha? *We want you to bless him.*"

"A manje kana neniwo ndagarisa ndisina kumboiswa," Lamya akapindura. Akatarisa kuna J Flava. "*Nigga, mainches* acho unawo here?"

"Usatambe naJ Flava!" Uyu ndiKaz Flava. "J Flava anogona kukubana asingashandise makumbo ake!"

Vakomana vakaseka.

"Manje ndinoda kuzvionera ndega," Lamya akadaro. "*Talk is cheap.*"

"Ungade kuona edu tese here?" Leave Flava akabvunza, ndokunzi musoro bha! naKaz Flava.

"Kaz, haikona kundirova, rega chimoko chipindure chega!" Leave Flava akadaro, achikwiza paainge arohwa neshamwari yake.

"Nhasi ndinoda Jeremiah," musikana uya akapindura. "Musagumbuke henyu, vakomana. Mese muchawana mukana, ndichauya kwamuri mose mumazuva anotevera."

 Chakasakisa kuti pashaye anoseka chakange chisiri matonherero akange akaita izwi raLamya paakataura mashoko aya. Zvakavatorera maminetsi anodarika gumi vakomana veFlava Crü vasati vacherechedza ninji raive mumashoko emusikana uyu.

Panguva iyoyo vachiri kunetsekana nemashoko aya, vakange vawana nzvimbo yekumira, kuti J Flava anyatsosimbaradza ushamwari hwake nemusikana uyu. Vakatsauka kubva mumugwagwa, J Flava ndokubuda naLamya uya.

Vakabatana maoko, ndokumhanyira kumiti. F.T. Flava naKaz Flava naLeave Flava vakasara vachiseka, vachikorokotedzana. "Achibva apa, tirikuenda naye kuHighfield, amboonekana nemagero epaFio!" uyu ndiF.T. Flava. "Ko, mangoma ngaarohwe. Monai mashizha, machinda!"

Akatinya kabhatani, rwiyo rwerudzi rwe*dancehall* ndokuzadza hambautare yose. Kaz akaburitsa chisvinga chembanje.

Vari vatatu kudaro vakabva vamira kunge mifananidzo yepadzangaradzimu yamiswa nerimoti. Vaiziva zvino chakange chavavhundutsa pane mashoko emusikana uyu, musikana aita senzenza rekupedzisira rinosvetuka madziro epamba richitsvaga chero murume wekushandiswa naye.

Lamya akange adoma J Flava nezita rake rekuzvarwa, kunge agara achiriziva, iko kaive kutanga kuonana.

Mucherechedzo uyu uchingopinda mupfungwa dzavo kudaro, hwindo rekumberi rakarohwa nechinenge bhora renhabvu rakasvikoti pwa! nehwindo riya, ndokumwaya mvura nhema, kunge muto wemuchero wakaora. Vakomana vaye vakavhiyika dombo riya, asi harina kuzopwanya zvaro hwindo. Rakasiya mitsetse kunge matandadzi anyamutanda.

Waive musoro waJ Flava, wakavhura muromo nemaziso nekushamiswa kusingaperi, uye wakamarwa-marwa. Wakamboramba wakati namatire nehwindo, ndokuchitanga kutsvedza zvishoma nezvishoma, uchisiya pakatindivara, asi pachiteya mwedzi nekutota kwapo. Wakasvika pabhoneti, ndokunguruka kusvikowira pasi neruzha rwemuchero wakaibvisa unodona kubva mumuti.

Kaz Flava ndiye akatanga kuridza mhere.

76

Dermot Mhike akabuda mumugwagwa, ndokumisa hambautare yake. Mwedzi wakange wakachena kuti mbe-e, kunge bhatani resirivha. Mhike akabopa mabhureki, ndokudzima injini, ndokubuda muhambautare muya. Kwaitonhorera zvishoma.

Inga anga achiri kupaziva! Ko, ndipo paaikoshiwa panzvimbo pakaitikira gahadzo rakaramba kudzimika mundangariro dzake? Handiti kuzodzoka pano, aiziva nechekare kuti kupawana kwaive nyore?

Chakange chisiri nyore kutsvaga zvairehwa naNomusa, zvaaiti zvacho aida kuzoongorora kuti abate mapurisa akabhinya Tutsirai. Asati auya kuno, Chine akange aita tsvakurutso yake pamusoro pezvekuongorora DNA. Asi, kuti azive kuti chaive chii chaizonhongwa naNomusa, musoro wakatendera asi mhinduro yakashayikwa.

Mhike akavheneka tochi yake. Chii chaaigowana mumahuswa makare?

Tishu raakashandisa kuputa ropa pachinhu chake. Akarirasira kumiti uko. Ko, zvino ringave richiri kubatsira here? Mhike akati bheshe achienda kumiti. Nyangwe kuri kunzi ari wana, paive nechii zvakare? Ko, kungozvirega, omirira hake kuti Nomusa amubate?

Ndipo tochi yake payakavheneka shangu dzechikadzi dzichena. Shangu idzi dzaive netsoka mukati, nemakumbo. Mabvi akange asingaoenki, aive akavharwa nesiketi dema. Mhike akanongedza tochi iya kumusoro kuya.

"Handifungi kuti pane chandingawane kubva mutishu iri," Nomusa akadaro. "Zvisinei hazvo, handifungi kuti pane chandichazvinetsera sezvo mumwe wemapurisa akabhinya Tutsirai abuda pachena."

Mhike akadzima tochi iya. "Wanga uchiziva hako. Wakazviziva sei?"

"Zvinonzi, Kuvhunduka chatikwatara, hunge uine katurike," Nomusa akapindura. "Handina kuziva kuti ndiwe. Ini ndangofambisa shoko rekuti pane zvandanga ndichauya kuzoongorora pano mangwana."

Mhike ndokutsinzinya, achizvizvidza nekupinda ega mumambure kunge hove kudai. Paakavhura, akaona Nomusa achakamira pamberi pake.

"Saka toita sei?" Mhike akabvunza.

Nomusa akakwasvaira, ndokuti, "Ko, handiti ndiwe mupurisa?"

"Ko, ndikasungwa, chii chichaitika kunaTutsirai?"

Uyu mubvunzo wakashamisa Nomusa. Akashama muromo kuti ayeuchidze Mhike kuti akange asina kuratidza hanya nezvaizoitika kuna Tutsirai apo akamurepa, asi mupurisa uyu akange asati apedza kupira pfungwa dzake.

"Ini ndikasungwa, ko, iye ave nechirwere. Uye, vabereki vake varombo. Havakwanisi kumuriritira, pamwe nemwana wake. Zvemishonga ichadiwa apo anenge ave kurwara hatichatauri nezvayo."

"Zvese izvi wakadii kufunga nezvazvo pawakarepa Tutsirai uchimuzadza chirwere?" Nomusa akabvunza. Hongu, Tutsirai akange arangwa neshamu inorwadza kudarika iyo yaizoranga nyakupara mhosva iyi.

Mhike, achisvima misodzi, akarondedzera zvakaitika musi uya. "Ndikuudze hangu, Nomusa, kubvira pandakapinda chipurisa, ndakaona zvakawanda zvinoitika, asi handina kumbobvira ndada kuita zvakadai. Saka zvino ndoti ndanga ndapindwa nei musi uyu? Hameno, Mwari. Hunzi nevakuru, Mudzimu wakupa ronda kuti nhunzi dzikudye. Ini ndakapindira chipurisa kuti ndive mhare, ndirwire chita. Zvino apo ndaifanira kuve mufudzi wemakwai, ndakava bere!"

Nomusa akanzwa kusemburwa achiona murume mukuru achibowa kudaro, asi haana kuda kumumbundikira kana kuda kumuratidza ngoni. Akafunga Chine Makawa, uyo akange ambovharirwa mujeri nemhosva yaainge asina kupara, nyambisirwa munhu akaipa ndeuyu! Hongu, paive nezvakamutuma kuti adaro, sezvaainge areva, aishanda nevanhu vakaipa. Asi, munhu nemunhu anozvisarudzira wani zvaanoda kuita muupenyu. Ko, ndepapi pakanzi

294

munhurume wese asati amboziva mukadzi anotanga nekubhinya twusikana twusati twanyatsoyaruka?

"Chinzwa, chikomana," Nomusa akadaro. "Zvatave kuita pano, iwe wave kuenda kuna Makombe, wozvipira hako. Unoda kuti tiende tese here?"

"Aiwa," Mhike akadaro. "Ndinoda kuti nditange ndamboenda kumba ndinogadzirisa twakasiyana twangu."

Nomusa akafunga kuti zvimwe Mhike aida kutiza. Pamwe zvaitove nani atize. "Horaiti. Ndinokupa awa nechidimbu. Kana usati wauya kuCharge Office, ini ndichaudza Makombe zvose."

"Ndinouya," Mhike akakomekedza. "Handichadi kuhwanda mhosva yangu. Toonana manje-manje."

Mhike akatsakatika nepakati pemiti dzesango. Nomusa akasara achiteerera mashoko emupurisa uyu, ayo aainge atapa nerunharembozha rwake. Mushure mazvo, akadzokera kuhambautare yake. Akafunga kuti ambonodongorera Sekai.

77

Nomusa paakatsauka kubva munaSimon Mazorodze, achangopfuura musha weWaterfalls, akarohwa nehana achiona 4 x 4 dema yaakafunga kuti aiziva. Asi, paive nemota dzechipurisa mbiri, zvimwe iyi yaivewo yemupurisa.

Achibuda muhambautare make, akasvikotambirwa nemurume musvatu ane mhanza yaipenya nezuva remangwanani raidongorora nepakati pemiti dzesango. Murume uya akatambunudza ruoko kunge ari kukwazisa munyarikani pamariro.

Kumashure kwake, mapurisa aisvika shanu aingo mirizika akatarisana nemiti kunge vanhu vari panguva yekumbotura mafemo pabasa. Mumwe aitosvuta fodya.

"Pano pane shura chairo!" murume uya akadaro nezwi remunhu apererwa neremuromo. Nomusa akange asati ambomuona, asi akange audzwa kuti ainzi Padera, uye ndiye aive mukuru weC.I.D. pakamba yemapurisa yeWaterfalls. "Kana muine hana nhete, ambuya vangu, ndaikumbira hangu marega kusvika pedyo."

"Zvino ini ndatumwa kuti ndisvike pedyo," Nomusa akadaro.

Shavi Rechikadzi

Achisvika pedyo, Mutikitivha Padera achiteera achiita kunge ari kunyangira, Nomusa akaona kuti mapurisa aya akange asiri kuzorora bodo. Mumwe akange akakotama akatarisa marutsi aainge abva mukudira bhutsu dzake. Mumwe aive ari kuita munamato wechiRoma, akadzvinya kachipiyaniso nemaoko aibvunda.

Mumwe akange agere pasi, akati nde-e kumberi kwake, maromo achibvunda.

Ropa rainge rakaposherwa pane miti yaive munharaunda yemamita makumi mashanu. Ropa nemitezo yakaitwa zvekubvarurwa kubva pamutumbi, kubvarurwa nehasha nesimba guru. Nomusa akatarisa zvese izvi, ndokunzwa kunge nduru yake yaikwidza nehuro. Pakange pasina zvekuzviita kunze kwekukotama paaive amire, ndokurutsa kudya kwese kwemangwanani.

Padera akagutsurira musoro, kunge mudzidzisi wezvemutambo akange agutsikana nezviratidzo zvemumwe wevadzidzi vake. "Muzvare Mpala, chii chaitika pano?" akabvunza nezwi raive rakati kwidzei kubva pakuzeveza.

"Handizive, mutikitivha," Nomusa akapindura. "Chandingakuudzei ndeche kuti hapana ruzivo rweforensikisi rwuchakupai rujeko. Kana paine zvapupu, motongozvibvunza, uye motora sitatimende yacho sezvairi."

Padera akambokwenya chirebvu chake. "Munoreva here.."

"Mutikitivha, ngatisaite kunge pwere!" Nomusa akaita seoshatirwa. "Tese tinoziva kuti hapana munhu angagone kuita zvatirikuona izvi. Vari kupi vakomana vacho?"

Padera akanongedza kune 4 x 4 iya. Nomusa akatura mafemo. "Ndeupi wacho aurayiwa panguva ino?" akabvunza

Padera akaratidza kushamiswa nemubvunzo uyu. "Asi munovaziva here?"

Nomusa haana kupindura, ndokuramba achifamba achienda kuhambautare iya. Akasvikovhura musuwo wamutyairi. F.T. Flava akatarisa kurudyi kwake, asi kana aiona Nomusa, hapana chairatidza kudaro pachiso chake. Nomusa akavhara musuo uya, ndokucheuka kuti atarisane naMutikitivha Padera.

"VaPadera," Nomusa akabvunza, "Munotenda here kuti kune ngozi?"

78

Hapano Nomusa achimisa hambautare yake munaSimon Mazorodze, Mhike akange opinda munaBishop Gaul. Magetsi ehambautare yake akabva ati mha! pane kano kasikana, kaive kakazviputirira nebhachi dema. Kachingopenyerwa kudaro, kakabva kafugura bhachi riya. Kaive kari mbusvu, pakati pemakumbo pakasviba kunge gomba. Mhike akamisa hambautare yake.

Paakavhura hwindo, akarohwa nepefyumu necocoa-butter. "Toita sei, Ba'mudiki?" kasikana kaya kakamutanga. Inga kaive kapunha zvako, nyangwe gumi neshanu kakange kasati kasvika chete. Kaive nekazwi kaitsviriridza, uye kainyemwerera zvaipedza ukasha nyangwe hwebenzi. Asi, waiti ukanyatsokarisa mumaziso, waibva waziva kuti ainge aona zvakawanda.

"Pindai, tiende," Mhike akadaro.

Chiso chemusikana uya chakabva chasungikana, akange asisade zvekutamba, iyi yakange yave nguva yekuti mushambadzi nemutengi vanyatsotaurirana.

"Aiwaka, B'amudiki, ndizvo zvazvinoitwa here? Totanga tataurirana kuti zvichafamba sei, ndisati ndapinda mumota menyu."

"Ndiri kuda hangu chigwishu," Mhike akadaro.

Shavi Rechikadzi

"Manga muinemaRand here kana kuti MaUsa?" musikana uya akabvunza.

Mhike haana kufarira mabvunziro emusikana uyu. Mabvunziro ekusaratidza kuremekedza. Zvaifanira kuti adzidziswe kuremekedza vakuru. "Iwe, ndati pinda tiende!"

Zvehasha here, nhai B'amudiki?" musikana uya akadaro. "Handiti tirikutaura?"

"Kutaura chii? Unondibvunza mari, hauzive here kuti chipfambi imhosva munyika muno?" Achitaura mashoko aya, Mhike akabva avhura chikwama chake. Hongu, vaive muchadima, asi chisimbiso cheZ.R.P. chaioneka pachitupa chaakaratidza musikana uya. Kana chinangwa chaive chiri chekumutyisidzira, zvakakona. Musikana uya akaseka. "Hede! Manje kana mafunga kuti ndichakwata nekabheji kenyu, mairasa, *officer*. Nhasi chaiye taswera tirikuwekishopu nevekodzero dzemadzimai. Hakuchina hure richasungwa pakati pemugwagwa zvenhando. Wataura wega iwe *officer* kuti unoda chigwishu."

"Zvino kana usingatye chitupa, ko, chinhu ichi unochizivawo here?" Achitaura kudai, Mhike akaburista chivhorovhoro chake. Haiwa, kutya kuuya kwaaitsvaga kwakabva kwajeka pachiso chemusikana uya. Musikana uya akapinda zvake muhambautare muya, ndokutanga kuchema.

"*Officer*, ndapota hangu, munogona kuita zvamunoda neni, asi ndanga ndichikumbirawo kuti dai mangondipa kana dhora zvaro. Munoti kumira murodhi kwangu kuda varume here? Vabereki vangu vakashaya, ndakasiirwa hanzvadzi mbiri. Ndikasadzoka nhasi ndisinawo nyangwe dhora, vanonofenda kuchikoro zvakare. Ndanga ndichikumbirawo..."

"Shut up!" Mhike akanzwa manyukunyuku anobva mukucherechedza kuti ndiye aive nemasimba ose pamusoro pemunhu ainge agere parutivi rwake. Vakange vasvika pakange pasina magetsi, Mhika ndokumisa hambautare yake. Akaradzika musikana uya kuseri kwehambautare, ndovhura zipi yake, ndokumurepa. Hazvina kutora nguva yakareba. Uye, nyangwe zvazvo akarutsira mukati make, Mhike haana kunzwa kuzipa kwaaifungidzira kuti murume anganze. Izvi zvakange zvisina hazvo basa. Kusvima misodzi kwemusikana uya kwaitozipa zvakakwana.

Apedza, Mhike ndokupinda muhambautare make, ndokudzokera kumba, kuWaterfalls. Chiringazuva chaiti akange asararriwa nemamineti makumi mana, asi runharembozha rwake rwairatidza kuti Nomusa zvese naMakombe vakange vaedza kaisvika kasere kumubata, uye vakange vasiya mashoko ekuti aigona kuteerera.

Vabereki vake vaiona zvavo *Wenera* padzangaradzimu. Novan, muni'ina wake, uyo aive kukoreji, ainge akatarisa karunharembozha kakewo, achizhinya kunge benzi. Aive nemusikana waaipengesana naye mazuva ano. Musikana uyu aive payunivehisiti yeN.U.S.T kuBulawayo, saka rudo rwavo rwaive rwuri rwepaWhatsapp. Mhike akavakwazisa, ndokunanga kuimba yekubikira. Akanzwa kunge Mhamha vaiti Makombe akange ambofona achimutsvaga, asi ainge avhara musuo.

Nguva yake yerufu yakange yakwana.

79

"Mai Kazembe!"

Vanzwa zita ravo kudanwa, Mai Lucretia Kazembe ndokucheuka. Vakange vamire pedyo nehambautare yavo, vachitsvaga makiyi avo muchikwama chavo. Mamwe madzimai emusangano weHarare East Women's Support Group vakange vonangawo kudzimba dzavo nezvifambiso zvakasiyana. Uyu musangano waive uri weshirikadzi, madzimai akarasikirwa nevarume nekuda kwechirwere cheShuramatongo.

Pavakacheuka kudaro, Mai Kazembe vakaona Mai Hlatshwayo vachiuya kwavari.

"Mai Kazembe, masiya runharembozha rwenyu!"

"A, apo ndanga ndaidzima foni iyi. Maita henyu, shuwa," Mai Kazembe vakapa kutenda, vachiombera maoko vasati vatambira runharembozha rwuya. "Ko, imi muri kufamba sei?"

"A, Mai Boora vati vanokwanisa kundisiya pamba," Mai Hlatshwayo vakapindura. Mai Hlatshwayo vaive nehambautare yavo, asi mazuva ano vakange vasinganzwe zvakanaka zvekuti vanga kwanise kuityaira.

"Handiti Mai Boora vanogara kuRuwa?," Mai Kazembe vakabvunza. "Pindai mangu umu, ndinokusiyai kumba kwenyu."

"Kudaro? Inga maita zvenyu!" Mai Hlatshwayo vakasimudzira Mai Boora ruoko, ndokunongedzera kuna Mai Kazembe. Mai Boora vakagutsurira musoro. Izvi zviratidzo, Mai Kazembe havana kuzviona.

Madzimai maviri ndokupinda muhambautare muya, Mai Kazembe ndokutsika mafuta. Vakatsvaga pamaCD avo, ndokusarudza dambarefu raMiriam Makeba. Vakairidza nevharumu iri pasi, sezvo vaida kubuya zvakare neshamwari yavo.

"Mazviziva sei kuti ndinofarira Miriam Makeba?" Mai Hlatshwayo vakabvunza.

"A, ko ndiani pavaimbi vemazuva ano anoenderana nezera redu?" Mai Kazembe vakapindura nemubvunzo. "Idzi ndodzeduwo!"

Mai Hlatshwayo vakatanga kuimba, asi waiti hameno mbudzi iri kushaura. Mai Kazembe vakafinyamisa kumeso. "Imi mai, zvamuri kutaura zvakafanana nezviri kuimbwa umu!"

Mai Hlatshwayo vakagegedzera kunge kasikana. Pavaiseka kudaro, waiona kuti kare kavo vaive mhenya chaiyo. Zvino, kufamba kwenguva nenhamo dzeupenyu zvakange zvatapudza rumwe runako rwavo. Asi mucherechedzo waivepo, chikwangwari chaiti APA PAIVE NEMUDZIMAI AKANGE AKANAKA PACHIMIRO NEZVIITO. KUNE VANE MESO, VANOGONA KUONA KUTI ACHAKANAKA.

"Handichaziva kuti ndakapedzisira kuseka zvakapfurikidza kudaro rini!" Mai Hlatshwayo vakadaro. "Chinokusekesa mazuva ano chii? Nhamo dzega-dzega. "

Mai Kazembe ndokuti, "Saka tine musangano wedu uyu. Unotibatsira kuti tione kuti nyangwe tiripa*go slow* yakarehwa nevamwe, upenyu une zvakawanda zvingatipe kuti tinyemwerere."

Mai Hlatshwayo vakaramba vakatarisa kunze. "Hameno, sahwira."

Madzimai aya akamboterera Miriam Makeba achivarondedzera nezvekurwa pakati paanampurwa. Mai Hlatshwayo ndokudzora vharumu.

"Mai Kazembe, vakuru vakati mwana asingachemi anofira mubereko," Mai Hlatshwayo vakatanga nyaya yavo. "Ini muchindiona kudai, ndine dambudziko rinodarika rekufirwa nekusirwa chirwere."

Mai Kazembe ndokuti, "Shamwari, taura nyaya yako wakasun'nguka. Ini ndiri mumwe wako."

"Kufa kwakaita murume wangu, akandisiira mabhizinesi, midziyo nemari," Mai Hlatshwayo vakaenderera mberi. "Vamwe vevanin'ina vake vaizvidawo, asi hapana zvavaigona kuita sezvo Thomas akange akasiya anyora wiri. Zvakare, kwave mutemo wekuti mukadzi wemurume anenge afa ndiye mudyi wenhaka wekutanga."

Mai Hlatshwayo vakange vave kuda kuchema, asi vakazvishingisa. "Zvino, svondo rapfuura mumwe weanababamudiki ava, Tito, vakauya kumba. Vakati ivo vakange vaudzwa kun'anga kuti ndini ndakange ndauraya murume wangu, uye vaigona kuiunza n'anga iya pamusha pedu kuti iratidze pane dzinza rose kuti ndaive muroyi."

"Ko, hakuna matsamba achiremba here anotsanangura kuti VaHlatshwayo vakafa nei?" Mai Kazembe vakange vasati vambonzwa nezveshirikadzi muZimbabwe isina kunzi nehama dzemurume wayo, Ndiwe muroyi! Vanhu vese vekwaKazembe vaiziva kuti mumwe wavo aive hure rechirume, uye dzimwe dzema*small house* ake dzakange dzafawo nechirwere chimwechete ichocho. Asi, nanhasi vaitya kana kumhoresana naMai Kazembe, vachiti vane makona anotyisa.

"Ndakanzi ndeekunyepa, matsamba andakazvinyorera ndega nekomupyuta kubasa." Mai Hlatshwayo ndokutura mafemo, zvichireva kuti vakange vasati vasvika pamusoro weyenyaya yavo. "Sekuratidza kuti vakange vasingatendi kuti mukoma wavo akafa neAIDS, babamudiki Tito vakandikanda pasofa, ndokundirepa."

"Baba'ngu Soko!" Mai Kazembe vakaita sevachakonzera tsaona, asi vakagona kuramba vakabata gazvo. Mai Hlatshwayo vakatanga kuchema.

"Nhai, Hlatshwayo, uri kundiụdza kuti kudii? Ko, kumapurisa...."

"Handina kuenda kumapurisa!" Mai Hlatshwayo vakapukuta misodzi neyehembe yavo. "Iwe, handinyore kuti munhu akaita seni audze vanhu vandisingazive nezveupenyu hwangu. Ndiyani angazvitende izvozvo, zvekuti ndarepwa ini ndiine chirwere? Ko, muramu wangu akati ndakamuzadza chirwere? Zvakare, handigade kuti vana vangu vazive kuti ini ndakarara nababamudiki vavo."

Mai Kazembe ndokuti, "Saka, kana usingade zvemapurisa, unoda kuti zviitwe sei?"

"Hapana, sahwira."

"Hapana?" Asi Mai Kazembe vakayeuka kuti ndizvo zvavaida kuti Nhamo Mupariwa asarudze, pane zvaakazoita izvi zvekuenda kumapurisa.

"Mai Kazembe, mirai! Pane musikana uyo!"

Mai Kazembe vakabopa mabhureki. Vakacheuka, asi hapana wakaona. Zvakavashamisa apo vakati vatarise mberi zvakare, ndokuona musikana uya amire padhoo ravo.

Asi anga aita zvekumbururuka here?

"Muvhurirei apinde," Mai Hlatshwayo vakadaro.

Sezvo akaramba amire parutivi rwavo, Mai Kazembe vakavhura hwindo ravo.
Vakadzi vaviri ava vakabva vatorwa moyo nerunako rwake urwu. Ko, zvino
aitsvagei usiku uno? Asi aive pfambi? Ko, zvino chaaimisira hambautare ine
vakadzi chete, asi akange asinganyatsoone?

"Manheru akanaka kunemi vakunda vaEvha," musikana uya akavakwazisa.

Pavakanzwa achitaura kudaro, vakati zvimwe aive nhengo yechechi, zvimwe
aibva musango kunonamata.

"Manheru, asikana. Ko, muri kuendepi?" Mai Kazembe vakapindura.
Vachibvunza kudaro, musikana uya ndokuisa maoko ake pahwindo paya. Mai
Kazembe vakaatarisa, ndokungoshama muromo, vapererwa nemazwi.

Maoko emusikana uyu aive dzondora dzeshiri.

Mai Kazembe vakanzi nezwara inopinza nepaziso dyo!, ndokunzi dzvi-i nepauro,
ndokuhwachurwa nepahwindo paya. Mai Hlatshwayo ndipo pavakaona kuti
paive nezvakange zvaitika. Asi zvavakaona zvacho zvichiitika, njere dzavo
dzaizviramba.

Chimunhu chine chezizi chaikakaritsana Mai Kazembe pabhoneti
rehambautare. Mukadzi akaridza mhere kwemasekondi gumi chete, ndiye zi-i.
Chimunhu chiya chakaramba chichijobora Mai Kazembe, chichibvisa zvidimbu
kubva pamutumbi wavo, chichizvisvipira uko. Chapedza, chakabva chatarisa
kuna Mai Hlatshwayo nemeso akasviba kuti ndo. Muromo wacho wakange
wakatsvuka neropa.

Dana zita rangu, ndinouya kuzokusungura kubva muudzvanyiriri hwamwana
waAdhamu.

Mai Hlatshwayo vakabva vaziva zvachaireva. "Zita renyu ndiyani?"

Vamwe vanonditi *Kisikil-lilla-ke*. Ndini *Zizi*, ndini *Shavi Rechikadzi*. Ndini
Muvhimi wechikadzi anofamba usiku nemapere. Dana zita rangu!

Chizizi chiya ndokutambanudza mapapiro acho, ndokuenda.

80

Rufu rwaDermot Mhike rwakakatyamadza rwukarwadza vose vaimuziva.
Shuwa here, mukomana aive neramangwana rakajeka kudaro, angangobva
kubasa nerimwe zuva semazuva ose, obva anwa muchetura wekuuraya
makonzo? Ndizvo zvakange zvaitika, mufunge.

Musha wese weWaterfalls wakauya kuzomuchema. Nyaya yaitsviriridza
paFacebook, Twitter, nezvimwe zvikamu zveIndaneti zvaigarwa matare ekuita
gakava ndeiyo yekuti vanhurume vairatidza sevakange vasina zvaivanetsa, ivo
vaine zvavipfimbika, dzamara vafunga kuzviuraya. Vanhu vaipa mhosva chita
chedu, ichi chinoti munhu ngaashinge "semurume", zvisinei kuti zvakange zviri
pachena kuti nyangwe murume ane paanotiwo "zvakwana."

Nyaya yaainge akapfimbika yakabuda. Dermot Mhike akawanikwa aine mhosva
yekubhinya mumwe musikana mudunhu reGoromonzi. Vakuru vakati, Nyadzi
dzinokunda rufu. Dai zvaivezvo zvega, asi pakabuda kuti paakazvitongera ega
rufu kudai, Mhike akange abva mukubhinya mumwe musikana aiita
zvechifapfambi, Benhilda Chikwanda. Vemasangano anoona nezvekodzero
dzevanhukadzi vakati vodya marasha. Chakanyanya kuvashatirisa ndeche kuti
Mhike uya akange ave kuremekedzwa segamba nehama, shamwari,
vavakidzani nevaaishanda navo. Vakauya kuzoratidzira kumariro ake,
vakamira mhiri kwemugwagwa, vakabata zvikwangwari zvaishoropodza tsika

yekuregerera murume anenge apara mhosva yakaipa kudai nekuti akange azviuraya.

Baba vaDermot havana kuda kutaura twakawanda kunevatapi venhau kunze kwekukumbira ruregerero kune vasikana vaviri ava, Tutsirai naBenhilda. Tutsirai akange atove nemwanakomana, uyo ainzi akange asina utachiwana unokonzera chirwere cheShuramatongo. Vakange vatotaurirana nemudzimai wavo, ndokubvumirana kuti, hunge Tutsirai naBenhilda vacho vabvuma, vaigona kuvatora vovapa pekugara pamba pavo kuWaterfalls. Zvakare, vabereki vaDermot vaizovabatsira nemari yekupedza chikoro.

Chiziviso ichi chakatambirwa zvakanaka nevanhu vese. Vaya vanozviita vanoziva vakatanga kunyora nezvechiitiko ichi vachiti iyi ndiyo yaive nzira iri nani yekuripa nayo mhosva, pane zvekumbonovharirwa mujeri, zvinova zvaidya mari yenyika. Zvechokwadi, Tutsirai, mwana wake, Benhilda nehanzvadzi dzake vakauya kuzogara pamba paBaba naAmai Mhike. Vaive nemari yekuvachengeta, asi vakapihwa imwe nevanhuwo vakange vabayiwa moyo nedanho ravainge vatora iri rekuyedza kunhadzisirisa mabasa emwana wavo.

81

Sgt Kwete vakadaidza musangano wematikitivha ose ainge ambobata nyaya dzekufa kwevakomana vechikwata cheFlava Crü nevabereki vavo. Kwakauya matikitivha matatu chete; Langeveldt, Padera nemumwe ainzi Lewanika, uyo akange afeya-feya rufu rwaRameki Mupariwa. Mamwe matikitivha acho ainzi akange akaregera basa, kana kuti akange ambotora rivhi.

"Tose tirikubvumirana kuti vanhu vatirikutaura nezvavo vakaurayiwa nenzira imwechete," Sgt Kwete vakatanga musangano uya. "Izvi zvinotipa fungidziro yekuti mhondi ndiyo imwe chete."

Vamwe vakagutsurira misoro.

"Asi, chatisiri kubvumirana nacho, kana kuti chatisina kutaura nezvacho ndeche kuti tinogona kunge tirikusangana nemabasa echivanhu."

Pakambova nekarunyararo. Hapana aida kuratidza kuti aitenda muchivanhu kana dzave nyaya dzeutikitivha. Mutikitivha aitarisirwa kuve ari munhu anobata chokwadi netsvakarudzo, kwete kungotenda kuti chiitiko chafamba nemutoo wakadai.

"Vanhu vese ava vane nechekuita nenyaya yekubhinya mumwe musikana," Sgt Kwete vakaenderera mberi. "Musikana uyu aive mushandi pamba pemumwe wevakomana ava. Rameki Mupariwa aive babamudiki vemusikana uyu. Nyaya yekubhinywa iyi yakasvitswa kudare, asi vakapukunyuka nekuti vakagona kutenga gweta rinoziva basa rekununura makororo."

"Saka, shefu, muri kuti musikana wavakabhinya amuka ngozi?" Uyu ndiLangevelt.

Sgt Kwete ndokuti, "Handina kudaro, Langeveldt. Ini ndiri kuti vanhu vese ava vakaurayiwa vaivemo munyaya yekubhinywa kwemusikana anonzi Nhamo Mupariwa. Ndingati, kunze kwekuti vakomana ava vanotamba vese uye vanogara mumusha mumwe, nyaya iyi ndiyo inovabatanidza."

"MaKaradhi hamungazvinzwisise zvengozi!" Lewanika akadaro.

Kumeso kwaLangeveldt kwakasviba nehasha kwemasekondi mashomanini. Asi, paakapindura, aitoseka. "O, chinzwaiwo MuBwidi uyu zvaanotaura!"

Pakava nekukweshera kwemakumbo echigaro nepasi, Lewanika achida kusimuka kuti arwe naLangeveldt, asi akabatwa ruoko naPadera.

"Gara pasi iwe!" Langeveldt aimwechuka zvekuda kusvotesa. "Zvinonakidza kana muchituka vamwe, handiti? *Anyway*, zveuKaradhi zvangu hazvinei newe. Hausiriwe *baas* vakanyengedza ambuya vangu, amai vakabereka baba vangu. Chandiri kureva, shefu, ndeche kuti sekuru vangu, vakabereka amai, in'anga. Zvengozi izvi ndingati hangu ndinoziva zvakawanda pamusoro pazvo. Zviri kuitika izvi zvinoti siyanei nenyaya dzengozi dzandakamboona."

"Saka iwe unoti chii chiri kuitika?" Sgt Kwete vakabvunza.

Langeveldt ndokuti, "Ini hangu ndinoenderana nepfungwa yekuti kuurayiwa kuri kuita vanhu ava kune nechekuita nemhosva yavakapara yekubhinya musikana uyu. Sekuona kwangu, anogona kunge akazosangana nevane ruzivo rweuipi hwatave kudaidza kuti *satanism* mazuva ano."

Padera akagutsirira musoro. "Zvine udzamu, mumwe wangu. Saka isu semapurisa hatigone kutsvaga ngozi tikaivhima, asi munhu anenge achiita *zvesatanism*, nyangwe ari munhu wenyama chete, tinofanira kumubata."

"*Right*, saka ndizvo zvatichaita, vana vashe" Sgt Kwete vakatanga kunyora manotsi. "Tinofanira kutsvaga ruzivo pamusoro pevanhu vanoita zvesatanism munyika muno."

Lewanika ndokuti, "KuSasafurika kune boka rechipurisa rinonzi Occult Related Crimes Unit. Zvimwe nguva yasvika yekuti tivewo neboka raanamazvikokota munyaya dzakadai."

"Occult Related Crimes Unit yamuri kutaura nezvayo, bhudhi, iboka remapurisa zvaro," Nomusa akadaro, "asi rinoshanda nemafungiro ekuti munhu wese asingaende kuchechi muranda waSatani. Nyangwe nyakuvamba boka racho, Kobus Jonker, akarega chipurisa, ari pamudyandigere, asi nhasi uno anoita zveupasita. Zvino tingaite matikitivha anoswera achiita minamato apo vanofanira kunge vachifeya-feya? Aiwa, pano tinoda munhu anogona kutsvaga chokwadi, asina kurerekera kuwawato yevafundisi vemachechi."

"Saka munhu akadaro anowanikwa kupi manje?" Padera akabvunza.

"Ndine shamwari yangu yakamboita risechi yakadzama," Nomusa akadaro. "Pari zvino ari kuSexual Offences Investigations Unit."

"Zvingatore mazuva akawanda sei tisati tawana ruzivo rwakafanira?" Sgt Kwete vakabvunza. "Vakuru vangu vave kunetsekana, vari kuda kuona ripoti ine musoro."

"Regai nditange ndamunzwa," Nomus akapindura.

"*Right*, kwanhasi tomboguma," Sgt Kwete vakataura izvi vachisimuka. "Tobatana parunhare, vana vashe!"

Vakaonekana zvavo zvakanaka, nyangwe Langeveldt naLewanika. Ave pamusuo, Sgt Kwete vakadaidza Nomusa kuti adzoke.

"Unoziva, Nomusa Mpala," Sgt Kwete akadaro, "Handizive kuti ndingakutende sei."

"Muchitendei zvakare?" Nomusa akabvunza.

"Nyaya yacho unoiziva," Sgt Kwete vakadaro. "Patakashanda tese kuS.O.I.U., ndaiva munhu asinganzwisise. Unhu hwangu hwakange usina kufanira pabasa, zvikuru pabasa serataita."

Nomusa haana kuziva kuti opindura achiti chii. Ko, vaigokumbira kuna Nomusa ruregerero, ndiye wavaive vanyagadzira here kana kuti mukadzi uya wekubatwa chibharo?

"Ndiri mupurisa wekare," Sgt Kwete vakaenderera mberi. "Makare, kwakange kusina zvese zvaveko mazuva ano kuchipurisa izvi. Asiwo zvakare, nyaya dzekubatwa chibharo kwevanhukadzi dzakange dziri shoma. Kana zvaiitika, nyaya dzacho dzakange dzisingasvike kunzeve dzedu mapurisa. Saka, hatina kunyatsorairidzwa kuti tingadzitambire sei. Muchidimbu, ndinoda kutenda nekushanda neni kwauri uri kuita, zvisinei kuti ndakakugumbura nemaitiro angu. Ndinoda kuti uzive kuti ndiri kuyedza kuva munhu ari nani kushanda naye."

"Zvekuva munhu ari nani zviri kuoneka, sajeni," Nomusa akapindura. "Kwandiri hangu ndingati handina chigumbu nemi."

Sgt Kwete vakanyemwerera. "Shuwa here? Mwari ngava kudzwe chokwadi! A, uri kushamiswa unchindinzwa ndichitaura nezvaMwari? Ndave kunamata ini.

Uye ndinoda kuti uzive kuti Mwari anogona, nyangwe chirwere chandaive nacho nemudzimai wangu akachirapa."

Kusekerera kwaNomusa kwakabva kwapera. Aitenda zvake kuti kuna Mwari, asi akange asinga tendi kuti Mwari aive netsika yekurapa vanhu vane chirwere cheShuramatongo. Kwaive nen'anga nemamwe machechi aiti airapa chirwere ichi, zvekuti Hurumende yaifunga zvekutara mutemo wekurambidza vanhu kuti vasafambe vachitaura zvisakaitika izvi. Pari zvino, kufamba munhu achitaura kudai kwairambidzwa pasi pemutemo we*Misleading Advertising Act* nemutemo waibata nemhosva yefuraudhi hunge papinda kutambidzana kwemari pakati penyakuti anorapa Shuramatongo nemunhu ari kufunga kuti anogona kurapwa. Asi kana munhu asina kushambadza semashambadziro anoita makambani kana mamwe masangano, ainge akasunnunguka muno muZimbabwe kufamba achiti anorapa Shuramatongo kana kuti inorapika.

Nomusa ndokuzviudza kuti iyi nyaya yekunyeperwa nemachechi emazuva ano eukoronyera yaive isineyi naye. Chikuru apa ndeche kuti Sgt Kwete vakange vazvipira kuva munhu akanaka wekushanda naye.

82

KuVilliers Park, pamba pavaMusembwa pakaitwa musangano nevabereki veFlava Crü vakange vachiri vapenyu. Vanhu vakauya kumusangano uyu vaibva kumariro aMai Kazembe. Baba Musembwa ndivo vakange vaudaidzira, asi mudzimai wavo akabvuta masimba asachigaro mushure mekupedza kupa vanhu svutugadzike nehangurwa.

"Nyaya iri pano tose tinoiziva," Mai Fanuel vakatanga. "Chandinoda kuziva ndechekuti mese mabvuma here rufu, kudyiwa makatarisa sematemba? Hapana afunga zano rekuti tizvidzivirire?"

Baba Moyo ndokuti, "Asi, Mai Fanuel, chii nemi? Ko, handiti ndizvo zvataunganira pano kuti tiise pamusoro pamwechete tisati tapera tese?"

"Saka imi manga mafunga zvipi?" Mai Fanuel vaya vakabvunza.

"Kana iri ngozi inogona kuripwa," Mai Kasiya vakadaro.

"Nhai, Mai Marlon, zvamunogoti 'kana iri ngozi', saka muri kuti chii ichochi?" Mai Fanuel vakabvunza. "Chingava chii chimwe?"

"Ko, handiti zvinonzi nyangwe babamudiki vaNhamo vakafawo?" Mai Kasiya vakadaro. "Zvino, ngozi ingamuke kuhama dzake here?"

"Ati ingozi yaNhamo ndiyani?" Ava ndivaMoyo.

"Ehe!" Mai Kasiya vakatsinhira. "Uye, tinoziva sei kuti Nhamo wacho akafa?"

"Iyi mivhunzo inogona kutitenderedza, isu tichingofa!" Mai Fanuel vakadaro. "Tinenzira dzekuvhunza nadzo."

Vose vakamboti zii. Hongu, vaive nefungidziro yekuti ingozi yavaipedza kudai. Asi pfungwa yekuti vangaende kun'anga, izvi zvakange zvisina akange ambozvifunga. Pakati pavo, hapana akange asati amboenda kun'anga. Vamwe vavo vaigara variko. Asi, muchita chavo, sevanhu vakadzidza, vanhu vakambogara mhiri, vanhu vaienda kuchechi, zvaishoresa chose kuzivikanwa kuti pakati pavo paive neaienda kun'anga.

Izvi zvaizivikanwa naMai Fanuel. "Imi, chiregai kuda kuita kunge vanhu vasati vambokandirwa hakata. Isu handei izvozvi so kune vamwe sekuru vechiChawa kuArcturus. Kana paine anopikisa, munhu iyeye anoziva zvaakabata."

Pakambova nekarunyararo.

Baba Kasiya ndokuti, "Hama dzangu, zvinhu zviyedzwa. Handei tinoona. Zviri nani pane kumirira rufu."

Mashoko aya ndiwo akapedza makakatanwa muhana dzemumwe nemumwe. Vabereki ava vakatora vanakomana vavo, ndokuyenda kwaSekuru Manjalima.

******

Sekuru Manjalima vakavaudza kuti vaive nemhosva yavainge vapara. Vaigona kuitanda, ingodzungaira nesango sezvaiita mhosva dzakaparwa nemadzitateguru edu. Mushonga wavo ndiwo waishandiswa nevaRungu apo vakapamba nyika dzavatema, ndosaka nhasi uno hapana mutema akamukira muchena ngozi.

Muripo waidiwa naSekuru Manjalima waive wakakura kwazvo. Asi, vabereki ava vakabatanidza pavavaive napo. Zvaidiwa zvacho zvaigozha, asi vakaita sekurairwa kwavaitwa. Zvakatanga nekugariswa mubafu kwemaminiti makumi matatu. Mushure mazvo, vakanzi vapinde musango vasina kupfeka, umwe nemumwe akabata hari yaainzi aasiye musango makare, vadzoke vasingacheuke.

Vachidzoka kudaro vasina mbatya, vabereki nevana vavo, VaMoyo vakanyatsoongorora maumbirwo aMai Kasiya, vakafunga kuti inga apa paive nemukadzi chaiye. Kana Gerald, mwana wavo, aive nepfungwa imwe chete.

Vanhu vakadzokera kuVilliers Park vaine vimbiso yekuti nyaya iyi yakange yapera. Changa chasara bedzi kudzoka kwevabereki vaJeremaiah Ncube kubva kuAmerika kuzoviga mwana wavo.

83

Insp. Mabhedla vakatarisa ripoti rwaNomusa. "Pane zvakawanda zvisinga tsananguriki apa, Mpala," vakadaro, vachizunguza musoro.

"Pane zvimwe zvatinofanira kuziva," Nomusa akapindura. "Ndataura naChine, uyo wandingati ndiye mazvikokota wezveshura ratirikuona iri. Ari munzira so, ndanga ndichikumbira kut tiite kamusangano."

Chine naSekai vakabva vasvika. Vaiti vaibva zvavo kunoona firimu mutaundi. Papfuura mamineti mashanu, Matikitivha Langeveldt naPadera vakabva vasvika, vachiteerwa naMakombe. Insp. Mabhedla vakati vese vaende kuimba yaiitirwa misangano neS.O.I.U. sezvo kwaive nezvigaro zvaikwanirana.

Vose vanyatsogara, Chine ndokutanga tsanangudzo yake. "Lilith chimwari kana kuti ishavi rechikadzi rinonzi rinouraya vanakomana. Lilith uyu anozivikanwa nemazita akasiyana. Iro rekuti Lilith rinowanikwa muBhaibheri, Izaya 34:14. Vakaturikira Bhaibheri redu, kuriisa muchivanhu vakati, *Shavi Rechikadzi.* MuchiGiriki, izwi rinoreva zvimwechete ndi*Onokentauros* kana kuti *Lamya.*"

Chine akambotura mafemo, achida kuona kuti vateereri vake vakange vachiri vose naye here. "Izwi rekuti Lamya rinodudzirwa richinzi, Muroyi. Ipapo regai ndiwedzere. Muzvinyorwa zvamarudzi aigara munzvimbo yeMesopotamiya, Lilith anowanzoratidzwa ari mukadzi ane mapapiro nemakumbo ezizi, kana kuti muviri wake wose uri zizi. Zvakare, aive nevaperekedzi vaviri. Mumwe wevaperekedzi ava ainzi Hecate. Akafanana nevaroyi vatinawo muchivanhu chedu, aifamba nezizi akatasva bere. Hecate uyu akazopinda muchivanhu chavaGiriki, ndokudaidzwa nezita rekuti Hekaterini, zvichidudzira udiki hwemhumhu hwake kana uchienzaniswa nehwaLilith. Zita iri ndiro rakatipa *Katarina* kana kuti *Catherine*. Ndati ndibate pamusoro pezita iri nekuti mazuva ano maKristu anoti rakabva pane izwi rekuti *Cathar*. Zita rekuti Catherine rakava rechiKristu mushure mukuva matera kwaCatherine wekuIjipita, uyo akava matera."

"Saka Lilith uyu anowanikwa muchiKristu here?" Sekai akabvunza.

"Kune vanofunga kudaro," Chine akapindura. "Zvikurusisa Tesitamende yeKare, nemamwe magwaro avaJudha anodaidzwa kuti *Agadot*. Ichi chikamu chezvinyorwa zvechiJudha zvisingakosheswe seMitemo irimumabhuku aMozisi, zvichireva kuti muJudha haasungirwi kutenda mazviri. Ndinofungidzira kuti maJudha akawana ruzivo rwaLilith uyu apo vakambova nhapwa kuBhabironi. KuchiJudha, zvainzi Lilith uyu ndiye aive mukadzi wekutanga waAdhamu. Asi, akaramba kuva pasi paAdhamu, nyangwe pabonde, ndokutiza kubva mubindu reEdheni. Sezvo izvi zvakaitika vanhu vasati vadya muchero uya, zvakazovadzingisa muEdheni muya, zvinonzi Lilith haana kutukwa naMwari kunzi achava munhu wenyama anofa. Kubvira musi uyu, Lilith anonzi anodzungaira neusiku achiuraya vanakomana. Mamwe maJudha nanhasi haageri vanakomana vacheche vhudzi ravo, kuti Lilith afunge kuti vasikana, orega kuvauraya."

"Saka Lilith ndiye wekutanga kuramba udzvanyiriri hwevanhurume, kusati kwauya anaPankhurst vatinoverenga nezvavo mumabhuku," Nomusa akadaro.

"Hongu," Chine akapindura. "Mazuva ano, kune madzimai anoti anopikisa kwavanoona seudzvanyiriri muzvitendero zvakaita sechiJudha, chiKristu neIslam, Lilith anotorwa sechiratidzo yedonzvo yavo. Vanoti ivo zvese zvekunzi muroyi inhema dzakanyorwa nevanhurume senzira yekudzvanyirira vanhukadzi. Mazuva ano kune magazini remadzimai echiJudha rinonzi Lilith."

Chine akatura mafemo zvakare. Inga vanhu vakange vakateya nzeve. Ruzivo urwu rwaive rwutsva kwavari.

"Tichiripanyaya yaLilith segamba rekodzero dzemadzimai, kune vanoti ivo kubvisa nhumbu kutori kupira kunaLilith uyu. Handiti tati Lilith anomirira munhukadzi anoramba kuva pasi pemunhurume, anopikisa izvo zvinonzi zvagara zviripo maererano nechinzvimbo chemunhukadzi mungava mumba kana muchita? Uye, kwava nemadzimai anechizvino anoita tsika yekubvisa nhumbu nekusada kuzvara, vachiti kuzvara kunova munhingamupinyi muupenyu hwavasarudza, zvekuti vanogarobvisa nhumbu. Saka kune vadzidzi vechiKristu vanoti kubvisa nhumbu kutova kupira chibaiwa kunaLilith uya."

Ratidzai Makombe ndokuda kuziva, "Ndimbo kubata ipapo, Chine. Wati iwe Lilith uyu aizivikanwa muBhaibheri."

Chine akambotarisa nzvimbo yaive pamusoro paMakombe, sezvinonzi mhinduro yacho yakange yaturikwa pakare. "Vanamuzvinaruzivo vanobvumirana kuti Izaya 34:14 anotaura nezvaLilith. Mutsara wacho muchiHebheru unoti; *pagšu iyyim et-iyyim w-sair al-rēhu yiqra akšam hirgiah lilit u-maah lah mano.* MuchiShona, zvinoreva kuti; *zvikara zvinogwauta zvinosangana; zvikara zvine mambava zvinodaidzira kune abii vazvo. liyliyth anodekara, anowana nzvimbo yakanaka yekuzororera.* Zvakare, tikatarisa maBhaibheri atinawo mazuva ano, tinoona kuti panoti *liylith* pakanzi *Zizi Rinokwama* kana kuti *Shavi Rechikadzi.*"

Inisipekita Mabhedla vakazunguza musoro, ndokuti, "Unoziva, nhasi chikomana ichi chatiudza dhigiri rese. Asi, chandiri kuda kuziva ndeche kuti Lilith uyu sei ave kuita mabasa ekuuraya vakomana ava nevabereki vavo?"

"Sekuona kwangu, pane akamudana," Chine akapindura.

"Nhamo?" Nomusa akabvunza.

Chine akazunguza musoro. "Aiwa, iri ibasa remunhu anoziva zvemashiripiti, anoziva muteuro wacho. N'anga dzedu tinodziziva, dzinoda mari kuti dziite basa rakadai. Nhamo akawana kupi mari yacho?"

"Ko, kana akaripa neimwe nzira?" Nomusa akabvunza.

"Hunge aiziva nzira iyi," Chine akapindura, kumeso kwake kwakafinyama. "Kune rugwaro rwakanyorwa makare rwunorondedzera muteuro wacho, asi rugwaro urwu rwakanyorwa nechiArabhu. Anogona kunge aita mupiro weropa. Inogona kunge iri yemhuka zvavo, achipira kunaSatani chaiye kuti amupe masimba. Asi, hunge averenga nezvazvo mubhuku randiri kureva."

"Iye Satani wacho chaanenge ave kuzobatsirawo kasikanawo zvako…"

"Anowana nekuti ava vese ava vari kufa vasina kuchenesa mweya yavo nekureurira mhosva yavo," Makombe akadaro. "Kufa kwavo kunovaendesa kuGehena."

"Saka Lilith wacho tinomukurira sei?" Sgt Kwete vakabvunza.

Chine akati, "Kune muteuro uri mumagwaro akasiyana ezvitendero zvakare. Uye, zvinonzi muchiJudha masimba emazita engirozi nhatu, Senoy, Sansenoy naSemangelof, anogona kudzivirira vana kubva kunaLilith. Mumagwaro akawanikwa panzvimbo inonzi Qumran, anowanzodaidzwa kuti ma*Dead Sea Scrolls* muchiRungu, tinowana minamato yekutanda mweya yakaipa, inosanganisira Lilith."

Chine akasimudza rimwe remabhuku ake. "Asi zviri kuitika pano ndezve kuti Lilith uyu akaita zvekudanwa nemunhu ane ruzivo rweuroyi, uye adanirwa basa guru rekutsiva kubhinywa kwakaitwa Nhamo. Fungidziro yangu ndeye kuti kana achinge apedza basa iri, hatichanzwi nezvake zvakare."

"Saka isu toita siya-so pane zviri kuitika izvi here?" Insp. Mabhedla vakabvunza.

Makombe ndokuti, "Shefu, musaite semusati mambosangana nengozi mubasa renyu, kanawo muupenyu zvawo. Mangani madhoketi evanhu vanofa zvisina tsanangudzo atinawo mumafaira edu?"

"Chiri kundinetsa, Makombe," Insp. Mabhedla vakadaro, "Kana chiri chokwadi kuti ndizvo zvatakanangana nazvo, hazvirevi here kuti pave nerimwe boka riri kuita basa redu seS.O.I.U rekuyedza kurwisana nekubatwa chibharokwevanhukadzi."

Makombe akavatarisa, ndokuti, "Nyangwe zviri izvo, Shefu, isu tingadii? Mutemo wenyika ino unoti hakuna chinonzi uroyi. Saka tikavabata vanhu ava, tinovapa mhosva yei?"

"Aiwa, Makombe," Nomusa akadaro. "Kana zviri izvo zviri kuitika, hazvisisinei nekuva mapurisa. Nhamo ari munjodzi, ari kushandiswa nevane masimba akaipa. Ngatitange taziva kuti chii chaizvo chiri kutora nzvimbo, tozoona zvatingaite."

"Iri idama," Insp. Mabhedla vakadaro. "Nhamo ngaatsvagwe."

"Iro ibasa rechikwata changu," Sgt Kwete vakadaro. "Tisu tirikufeya-feya kufa kuri kuita vanhu ava. Ndinokumbira mafaira ose amunawo pamusoro penyaya iyi.

84

Antiquities Bookshop yaive kumucheto kweguta, pedyo nepaMarket Square nenzira inoenda kuMbare. Chine naSekai vakapindamo. Kwakange kuchiri kuseri hako, asi hazvina kuvashamisa kuti makange musina mumwe munhu aitsvaga zvaangatenge. Zvinonzi vanhu vemuZimbabwe havatengi mabhuku kunze kweanenge achidiwa kuchikoro, chinova chishamiso kana tichitaura pamusoro penyika inonzi ine zvikamu makumi pfumbamwe nesere kubva muzana zvevanhu vavyo vanocherechedzwa kunzi vanogona kuverenga nekunyora.

Sezvaidudzirwa nezita rechitoro ichi, muAntiquities Bookshop maiwanikwa mabhuku ekare kana kuti anorondedzera nhoroondo. Vanhu vakawanda vakange vasingazvizive asi muzvinachitoro, Mai Donna Tedwick, vaive nemazana evatengi vaive kunze kwenyika, vaitumira mari yekunze kwenyika. Ndivo vaive musimboti webhizinesi iri, inga dai rakabhuroka kare.

Mai Tedwick vakacherechedza chiso chaChine, ndokunyemwerera vachimuona achipinda. Vaive mukadzi akura, vaiti ivo vaive nemakore makumi manomwe nerimwe, asi vaive neutanho hwemunhu wezera rekuva mwana wavo. Vhudzi ravo chete, iro rainge rakati mbe-e kuchena kunge gushe regwayana, ndiro rairatidza kuti vainge vatamba maKisimusi akati wandei. Nyangwe zvazvo vaipfeka magirazi avo, maziso avo aipenya kunge matombo anokosha pakati pekuunyana kwekumeso kwavo.

"Akomana, kudhura kudaro!" Mai Tedwick vaitaura ChiShona chemhandorokwati. "Musati kana musingatengi mabhuku hamuchapfuri muchidongorera kuti muchembere ari sei. Munoda kuzonzwa kuti takasofa kare?"

"Inga ndauya wani, Amai!" Chine akadaro, achirovana maoko naMai Tedwick kunge vaive madzisahwira kubvira makare.

"Ndiye muroora here, uyu?" Mai Tedwick vakabvunza, vachireva kuna Sekai. Vakanyatsomumema, ndokusekerera, vachizunguza musoro "Nhai iwe mwana iwe, ungadewo Chine? Wototi ndine mukomana! Anongoziva zvemabhuku chete uyu! Zvemaruva nemachokoreti nezvimwe zvinoitwa nemukomana arikupfimba musikana ito kanganwa zvako."

Chine ndokuti, "A, manje mabhuku ndicho chikafu chakewo. Sekai akatonyora rakewo bhuku."

Mai Tedwick ndokubata chipfuva chavo kunge varohwa nehana. "Idi? Aiwa, varoora vakadya mabhii ndivo vatinoda muZimbabwe. Asi iwe, chikomana, ndinoziva kuti hauna kuuya kuzondiratidza musikana wako. Zvimwe so hauna hurongwa hwekundikoka kumuchato wako. Pane zvawavinga, pane zvaunoda kubvunza chembere yakaita seni, yakaona zvakawanda. Mushure mazvo, uchaenda, wondikoshiwa."

"Mai Tedwick, pane zvamataura izvi, magona pane chimwe chete," Chine akapindura. "Ndine mubvunzo wandinofungidzira kuti imi ndimi mungave nemhinduro."

Mai Tedwick vakanyatsozendama nekaunda yavo. "Ehe, nzeve dzangu ndidzo dzauri kuona idzi, mupwere."

Chine akakwenya musoro, achitsvaga matangiro. "Muchiri kuyeuka pandakauya pano ndichiita risechi pamusoro peVaRungu vanonzi vaita zveuroyi munguva yeChimurenga Chekutanga?"

Mai Tedwick vakati, "Ndinga kanganwe zvakadaro here?"

"Hatina kuzodzika-dzika nemabhuku erudzi rwunonzi *grimoire* muChiRungu," Chine akavayeuchidza.

Mai Tedwick vakanyemwerera. "Inga takabvumirana kuti mazita emabhuku e*grimoire* awakauya nawo ndeekufungira kwevanyori venganonyorwa. Sezvinei, ndakazosara ndichiita tsvakarudzo yanguwo, ndikaona kuti zvechokwadi kwaive nevaRungu vaifungidzira kuti mamwe ma*grimoire* akasvika kuno makare. Makambonzwa nezve*De Vermis Mysteriis* here?"

Shavi Rechikadzi

"Chishamiso cheHonye?" Sekai akaedza kuturukira. "Honye Rinoshamisa? Ndakaita Ratini kuchikoro, asi handifungi kuti mukirasi mangu pane aaiita shungu nemutauro usisashandiswe kunze kweMisa yeChechi yeRoma."

Mai Tedwick ndokuti, "Rega mukomana wako akuudze kuti chii chinonzi *De Vermis Mysteriis.*"

Chine ndokurondedzera. "*De Vermis Mysteriis* rakanyorwa muna 1542 naLudwig Prinn, muroyi wekuBerijyamu. Rugwaro rwune mapeji anodarika mazana, rwuchirondedzera nzendo dzaakafamba munyika dzakasiyana, uye tsvakarudzo yaakaita munezveuroyi nemasimba emashiripiti. Kune makopi mashoma anozivikanwa nhasi uno."

Chiso chaSekai chakashanduka, chakatanga chichiratidza kunyatsoteya nzeve, asi akatanga kunyemwerera, kunge ari kunzwa nyaya yenhando.

"Aizve, muri kutoseka zvenyu, Sisi?" Mai Tedwick vakadaro. "Gara zviya, hanzi zita ndiSekai? Manje matimadii, hamusati manzwa yangu nyaya."

"Aiwa, ndiregerereiwo, Amai," Sekai akapindura. "Mukore uno kunge anoswerotsvaga zveuroyi mumabhuku here? Asi kutoti munyori uya akazvarwa muno, asi anogara zvake kuBhuriteni? Ndakaverenga nganopfupi yake imwe, onai o! Ndakutoita nyaviri nekufunga nezvayo."

Mai Tedwick vakazunguza musoro. "Manje chisikana, uyu muchinda wako anoswerotsvaga zevuroyi nezvezvinamato zverima neupi mumabhuku. Dai uri mumwe munhu watosiyana naye izvozvi. Asi, chimbomira arondedzere nezvaLudvig Prinn uyu."

Chine akambofunga zvekutsanangurira Mai Tedwick kuti Sekai akange asiri musikana wake. Asi, pfungwa yekumupfimba yakange yambopinda mumusoro make. Zvakare, aive nefungidziro yekuti iye Sekai aive netarisiro yekuti Chine aizokanda shoko. Hazvaibvira kuti Chine arambe musikana waakange asati apfimba.

Akatanga kurondedzera nezvaLudvig Prinn. "Zvinonzi Ludvig Prinn ndiye chete akasara pane vakaenda kuhondo ke*Ninth Crusade,* iyo yaka...."

"Chinzwa zvawavekutaura!" Sekai akamudimbudzira. "*Ninth Crusade* ndinoziva nezvayo, handiti ndiyo yevarwi vasina kuzosvika kuJerusarema kwacho here?" "Ehe," Chine akapindura.

"Handiti ndeya1271," Sekai akadaro. "Iwe wamboti Ludvig Prinn akanyora *De Vermis Mysteriis* muna 1542. Hausikuona kuti pane makore mazana maviri nemakumi maviri nerimwe pakati pemadheti aya?"

"Matsamba akapenengurwa nevakuru veChechi vakaongorora nyaya yacho anopupura kuti murume akasungwa muna1542 nemhosva yeuroyi ndiye

Ludvig Prinn mumwechete akararama kuma1200, uye aive nhengo yeboka remaKnights Templar. Sezvatinoziva tose, boka remaKnights Templar iri rakapokana neChechi yeRoma, nhengo dzayo dzikasungwa nemhosva yeuroyi. Zvekuva nhengo yemaKights Templar ndizvo zvakapa simba kune mhosva yaipomherwa Prinn uyu muna1542."

"Saka newewo unoti Prinn uyu akararama kwemakore ese iwayo here?" Sekai akabvunza.

"Ipapo handizive," Chine akadaro. "Asi zvinonzi munguva ye*Ninth Crusade* iyi, Prinn akabatwa nemhandu, maArabhu, ndokuvanhapwa yavo. Zvinonzi panguva iyi akahedhuka, asi akava mutendi wechinamato chevanhu vakange vamutapa vacho."

"Akava muMuslim?" Sekai akabvunza.

Chine akazunguza musoro. "Hongu, nyika iyi yaitongwa nemaMuslim, uye chinangwa cheHondo ye*Crusade* chaive chiri chekubvisa utongi hwavo kuti nyika yacho, iyo yaisanganisira Jerusarema, igova pasi pemaKristu zvakare. Asi, varozvi vakamutapa vaive nechinamato chinonzi chinotyisa kurondedzera, chekukoka masimba ekare-kare, vanhu vasati vavepo panyika."

"Chekunamata Gonye?" Sekai akabvunza.

"Zvinonzi Gonye iri rirere muzasi-zasi, asi rikadanwa, rinokomberedza pasi rose, richipasvibisa neuipi hwaro." Chine akadaro. "Asi Gonye rimwe rezvinonamatwa zveKare, zvakawanda zvimwari zvacho, zvine mazita anonetsa kududzira. Zvinonzi Prinn akasunungurwa kubva muunhapwa paakagashira chinamato ichi. Asi, nekusungurwa uku, akange ave kupinda muusungwa hwerima rinotyisa."

Chine akambotura mafemo. "Kwemakore anodarika mazana maviri, Prinn anozivikanwa kuti akagara kuIjipita, Israeri nedzimwe nzvimbo dzemunharaunda. Zvinonzi aipenengura magwaro ekare, achitsvaga ruzivo pamusoro pezvinamato zvaiveko kusati kwave nechiJudha, ChiKristu neIslam. Akadzoka kuBerijyamu kuma1300, ndokugara kumarinda, kure nevanhu. Naivo vanhu havana kuda kushamwaridzana naye. Zvisinei hazvo, Prinn akava nemukurumbira semuroyi anotyisa. Zvakare, aishanyirwa nenhumwa dzemapoka aisaonekwa zvakanaka nevakuru veChechi yeRoma. Kufambidzana nevemapoka aya ndiko kwakazomusvitsa pakusungwa. Zvinonzi vedare re*Inquistion* vakamukuvadza zvakaipisisa, asi aisaratidza seainzwa marwadzo ekukuvadzwa kwacho. Vakanetawo, ndokumusiya ari muchitirongo, dzamara zuva ravainge vatara kuti vamuuraye. Panguva iyi, asara ega zvakare, ndipo paakanyora *De Vermis Mysteriis*, ndokuriburitsa muchitorongo chiya pasara mazuva mashoma asati arangwa nekupiswa dzamara afa."

"Saka Prinn uyu aida kuti kuve nevanoteedzera chinamato chake ichi here?" Sekai akabvunza.

"Hapana anonyatsoziva chakamutuma kuti apedzise mazuva eupenyu hwake achinyora *De Vermis Mysteriis*," Chine akadaro. "Vanhu vese vakawana mukana wekurava nyangwe mapeji mashoma ebhuku iri vanoti rizere zvinhu zvisingafaniri kuzivikanwa nemunhu. Zvinofungidzirwa kuti kune makopi gumi nerimwe chete pano pasi, uye vanawo mabhuku aya havadi kuve nemumwe munhu angawane mukana wekuarava."

Vaona Sekai ovatarisa, Mai Tedwick ndokuti, "Muno hamuna bhuku rakadaro, shamwari. Haikona kundiringa nebandiko reziso."

Chine ndokuvati, "Mai Tedwick, muri kumboverenga mapepanhau mazuva ano?"

Mai Tedwick vakazunguza musoro. "Nhau ndinotodzinzwa paredhiyo. Zvakare ndinei nadzo hangu? Kunyika yakati kwafa zviuru zvevanhu; zvinenge zvichinzi ndidiiwo zvangu nenhaurirwa dzacho?"

"Muchayeuka nyaya yakabuda mwedzi shanu yapfuura, yemukomana akawanikwa kuMabvuku akaita seaida kudyiwa nemhuka yesango?"

"Ehe. Hakuna kuzova neimwe here, yegweta rechikadzi, muno mutaundi?" Mai Tedwick vakatsinzinya rimwe ziso, vachiedza kunyatsotondera. "Yakataurwa nezvayo paredhiyo, asi pakafamba guwa rekuti mitezo yake yakawanikwa yakaparara nemugwagwa."

"Pakafa vanhu vakati wandei iyo mwedzi yapfuura," Chine akadaro. "Vanhu vese ava vane nechekuita nekubatwa chibharo kwemumwe musikana anonzi Nhamo Mupariwa. Nyaya yacho yakakwidzwa kudare, asi vakaipukunyuka. Gweta ravo, Robbie Rangwani, ndiro ramakanzwa kuti rakaurayiwa muno muguta."

Mai Tedwick vakamboramba vakamuti nde-e. "Saka, Chine, unoreva here kuti musikana uyu akawana *De Vermis Mysteriis* , ndokudana masimba erima kuti atsive kubatwa chibharo kwaakaitwa?"

"Handizive, Mai Tedwick. Chandinoziva ndechekuti vanhu ava vanobatanidzwa nenyaya yekubhinywa kwaNhamo Mupariwa. Chandinoziva zvakare ndechekuti munhu ari kuvauraya ane ruzivo pamusoro paLilith. Ndi.." Chine akabva anyarara, aona shanduko pachiso chaMai Tedwick.

"Wati Lilith?" Mai Tedwick vakabvunza nezwi raidedera.

"Hongu."

"Mugore ra1973, pane musikana wechitema akabatwa chibharo nevakomana vechiRungu vashanu," Mai Tedwick vakatanga kurondedzera. "Sezvaigaroitika panguva iyi, vakomana ava hapana chavakaitwa. Asi, ivo nemhuri dzavo zvakapera kufa. Mafiro avo ndiwo mamwechete iwaya."

"Kana zvakabuda mumapepanhau, tinogona kuzvionera ku*National Archives*."
Uyu ndiSekai.

"Ko, Lilith apinda papi?" Chine akabvunza.

"Mushure megahadzo iri," Mai Tedwick vakatsanangura, "Pakatanga kuuya
muchitoro chino vanhu vakasiyana vaitsvaga iwo mabhuku erudzi rwegrimoire,
sezvamaitawo. Ravainyanyotsvaga ndiro *De Vermis Mysteriis* zvakare.
VaTedwick vakange vachiri kurarama. Zvakatishamisa kuti munyika muno
mungawanikwe kopi yebhuku iri. Asi, mumwe wevanhu ava, murume aibva
kuAmerica chaiko, aive nefungidziro yekuti mugore ra1896, pakange patove
nemunhu aive nebhuku iri munyika muno. "

Chine naSekai ndokutarisana. Sekai akati, "Saka, Mai Tedwick, muri kureva
imi kuti apo vanhu vairwa Hondo yeChimurenga, apo Chivanhu neChirungu
zvakange zviri kuita mukatienzane, kwaive nemumwe munhu aitsvaga ruzivo
rwunobva makare-kare, kusati kwatombova nemutsauko pakati peChivanhu
neChirungu, kusati kwatombova nevanhu vataigona kupa mazita iwaya ekuti
Mutema kana Muchena?"

"Ipapo handizive zvangu," Mai Tedwick vakapindura. "Asi, ndingati hangu pane
vanofungidzira kuti variko vanhu vakadaro, uye bhuku iri pane munhu ari
kurichengeta munyika muno."

Vese vakambonyarara vachifunga nezvazvo.

Chine ndokuti, "Saka imi hamunawo zvimwe zvamungawedzere, Amai,
zvingatibatsire kuti..."

"KuAmerika kuna Purofesa Carson Kuttner," Mai Tedwick avakadaro. "Ndiye
wemumwe wevakambouya kubva mhiri vachitsvaga bhuku iri. Sekuziva
kwangu, vachiri kutsvaga, asi vakapedzisira kuuya kuno gore rakatanga
zveminda zviya, izvo zvakasakisa vanhu vakawanda vanobva kunyika dzakaita
seAmerika vachitya kuuya kuno. Asi, ndichine nhamba neimeiri zvavo. Mirai."

Mai Tedwick vakapinda nepamusuwo paive kuseri kwekaunda, ndokudzoka
nekapepa kaive nenhama neimeiri zvaPurofesa Carson Kuttner, muzvinaruzivo
anoremekedzwa munezveZvinyorwa Zvezvinamato Zvakare paYunivhesiti
yeNorth Arkham. Vakakatambidza kuna Chine. "Ndamboedza nhamba yavo,
ndokuyeuka kuti pakati peusiku kuAmerika ezvino, saka munogona
kuzovabata masikati. Asi, kana mukavatumira imeiri, vanoiona masikati
enguva dzekuno."

Chine naSekai vakavatenda, ndokubuda muchitoro muya.

85

Vaive padhesiki paChine, muhofisi yevatapi venhau ve*Murindi*. Chine ndiye aive agere pachigaro, Sekai akamira kumashure kwake, akakotama zvekuti Chine aifema pefyumu yake chete. Asi, panguva iyi, pfungwa dzaChine dzaive pane zvaaiverenga pakomupyuta. Vaviri ava vakange vaswera vari pa*National Archives*, vachiita tsvakarudzo. Vakange vatanga kuma9 dzemakuseni, ndokuzopedza na5. Vakange vazvipa awa yekudya. Ezvino, vakange vave kuhofisi yepepanhau raishandira Chine, vachitsvaga zvakare paIndaneti.

Nyaya yeLiko Farm, iyo yakange yasvitsa Chine pedyo nekudzingwa basa yakange yamusanganisa nevanhu vaitsvaga nhoroondo yeZimbabwe, zvikuru yaibata nezvemafungiro evanhu maerano nezveuroyi nezvimwe zvenyikadzimu.

Izvi zvaive zvitsva kunaSekai. Asi, chaaigona kubatanidza magwaro akasiyana, kuona sungawirirano yaive pakati pawo. Chipo chake ichi ndicho chakavapa kugona nezuva rimwe kuona kuti nyaya yavaitsvaga yakange yafamba sei kwemakore aidarika zana. Sekuona kwavo, hapana mumwe munhu akange acherechedza nhoroondo iyi. Hapana mumwe munhu akange afunga nezvaMwalimu Jumah Rashid, hohonwa yekusungwa mugore ra1961 nemhosva yekuuraya mumwe mukadzi papurazi raCecil Geoffrey, mudunhu reLomagundi.

Vanhu vaiteedza nyaya yacho mumapepanhau vakakurumidza kukanganwa nezvayo, vanangana havo nechishamiso chemakore aRashid uyu. Paive neumbowo hwaigutsa, hwairatidza kuti panguva yaakasungwa iyi, Rashid aive nemakore aidarika zana negumi. Izvi zvakange zvisingashamise hazvo. Nyangwe zvazvo vakange vasina magwaro ekuzvarwa, kwaive neharawa nechembere dzaipupura kuti dzakange dzatove vanhu vakuru vane mhuri apo Sekuru Kaguvi naMbuya Nehanda vaifamba panyika. Chainyanyoshamisa panaRashid ndeche kuti aive murume ainge ambofamba neAfurika yose, uye nenyika dzemaArabhu.

Aive chizvarwa cheZanzibar, mumhuri yevadzidzi veIslam vaiyemurwa nechita chose. Hongu chiRungu nechiShona chaitaurwa neruzhinji rwevatema zvaimunetsa, asi ainge akamborava mabhuku akanyorwa muchiArabhu anobata nezvakawanda, kubvira nhoroondo yepasi rose, jogirafi nezvimwe zvakadaro. Asi, zvekurava magwaro izvi atanga achizvitora sezvevanhu vakura, vasisina simba rekubuda mudzimba vachiona kuti kunze kwaive nei. Saka, ari jaya raive nemakore gumi nesere, akasiya zvefundo, ndokudzidzira zvehondo. Ndiye mumwe wevaienda kunzvimbo dzemukati meAfurika kunotapa vanhu vaizotengeswa senhapa kumaArabhu.

Mugore ra1886, aive mutungamiri wemauto aTippu Tip akakurira varungu paStanley Falls munyika yeCongo. Akange asingatondere gore chairo raakapinda muRhodezhiya, asi zita rake rinowanikwa pane magwaro aMudzviti wedunhu reLomagundi muna1914 nenyaya yekutsakatika kwevana vatatu vemunharaunda. Pakashaiwa umbowo hwaigutsa dare, asi paive netsamba yemukuru wepaMishoni yaiti Rashidi aive munhu akaipa chose.

Uku ndiko kunyora kwaCecil Smith, muzvinapurazi aigara kuLomagundi mugore ra1914, 16 Nyamavhuvhu.

"Nhasi kwauya Meja Adolphus Wodehouse, mukuru wemauto eKing's African Rifles kuNyasaland nechinangwa chekutsvaga vakomana vechitema vekuwedzera navo uhwandu hwemauto ake ekutuma kuhondo. Isu varimi tinotenda kuti Hurumende inocherechedza kuti nyangwe zvazvo kuri kudiwa mauto, kumapurazi kuno hakufaniri kushaikwa vashandi. Saka, tirikufara kuti Hurumende yabvuma kuripa varimi vanenge varasikirwa nevashandi. Kidrow ari kufunga kuti nyangwe tikaiwana mari iyoyo, isu ngatiiende kuNyasaland tinotsvaga vamwe vashandi, nekuti mari yefodya yakanaka gore rino. Ko, ivo vakomana vedu vakadzoka kubva kuhondo? Kidrow akaseka pandakabvunza kudai. "Unoti pane achadzoka here? Vanhu vatema ava, Hurumende ichavaendesa pamberi kuti vapedze mabara emaJerimani!" Nyangwe zvazvo kuri kungofungidzira kwake, kufungidzira kwakazendama nezvatave kuona munyika muno maererano nemabatiro evanhu vatema......

Shavi Rechikadzi

Meja Adolphus vauya kumba kwangu, tikagara pavheranda. "VaSmith, ndauya pano nepamusana perimwe zita randaona pane vashandi venyu vamati vanogona kuenda kuhondo. Jumah Rashid."

Izvi zvakandishamisa. "Jumah Rashid mumwe wevandinonyanyo vimba naye pakati pevashandi vangu."

Meja Adolphus ndokuti, "Ko, baba vake? Mune ruzivo nezvedzinza rake here?"

Hapana zvandaiziva, kunze kwekuti Rashid aibva kuNyasaland. Akauya munyika muno muna1907, ndokuwana basa papurazi rangu. Sekufungidzira kwangu, aive nemakore arikumakumi matatu, zvichireva kuti akazvarwa kuma1870. Vamwe vashandi vechiMoslem vaimudaidza nezita reruremekedzo rekuti Mwalimu- Mufundisi. Pakati pavo, aionekwa semunhu akafunda chose. Anogozherwa neChiRungu, nyangwe ChiShona chinotaurwa nevamwe vatema, asi anoziva chiArabhu.

Meja ndipo pavakakumbira kuti vamuonewo. Ini ndakabva ndatuma mukomana wangu wemumba kuti anomudaidza. Pasina nguva ipi, takaona vodzoka vese. Ndipo pakaitika ninji risina akamboona. Pavakaona Rashid uya, Meja Wodehouse vakaratidza kuvhunduka, kunge munhu asangana nemunhu waaimboziva makare. Murume mukuru akadedera, ndokupera mazwi. Vakatora kagarafu kaive parutivi, umo mavaichengeta wiski yavo, ndokudzvuta. Vazvishingisa kudaro, ndipo pavakada kubvunza Rashid, vachitaura nechiArabhu. Mhinduro yavakapihwa yakasakisa murume mukuru kuti avhare nzeve dzake nemaoko ake, ndokumhanya achiridza mhere akananga kuhambautare yake....

Pawebhusaiti yeKings African Rifles, paive nenhoroondo yaMeja Wodehouse. Zvainzi akange akazvarwa kuBhuriteni muna1852, uye ndokurwa Hondo yepaStanley Falls muna1886. Sezvinei akange akanyora bhuku rairondedzera nezvehondo iyi. Sezvinei, muNational Archives maive nekopi. Sezvinei, zita raRashid raive mugwashamazwi kuseri kwebhuku riya.

Jumah ibn Rashid ibn Muhammad ndiye mabharani mutsva waTippu Tip, saka ndiye wataive naye pamusangano. Murume anogona kunge aine makore makumi matanhatu, asi nekuzvichengeta, anoita   kunge anechikamu chemakore iwaya, zvinova zvinocherechedzwa nevakadzi vanotandara mumabhawa....pp212

Paive nemufananidzo waJumah ibn Rashid ibn Muhammad uya, akamira pamwe nedzimwe nhengo dzechikwata chaive naTippu Tip pahurukuro nevamiriri venyika dzemuYuropu vaive nezvinangwa zvekuwedzera masimba eutongi hwavo munyika yakapfuma nezvicherwa yeCongo. Sekai akaitirwa sikani yemufananidzo uyu.

Paakasvika papeji 431, ndipo paakava neidi kuti mabharani waTippu Tip uyu ndiye munhu wavaitsvaga.

Zviri kutaurwa pamusoro pake nevashambadzi vechiSwahili kuti ibn Rashid haasi muMuslim akakwana... Hapana anoda kutaura nezvazvo, asi vinonzi murume uyu haaremekedzwi semunhu aneuchenjeri pakati peabi ake sezvaanoitwa nesu. Hongu, vamwe vanomudaidza kuti Mwalimu, Mudzidzisi, asi ruremekedzo urwu rwunoburikidzwa nekuva kwake munhu akarava magwaro akasiyana mururimi rewchiArabhu. Asi, zvakare, zvinonzi anoziva izvo zvisingafanire kuzivikanwa nemhunu anorarama pano panyika. Zvinonzi ane mamwe mabhuku anezvinotyisa. Hapana ari kuda kunyatsonzwa kusunguka zvekuti anganyatsondi tsanangurira kuti vanorevei kana vachitaura kudaro pamusoro pemurume uyu.

PaIndaneti, zvainzi Meja Wodehouse vakafira kuBlantyre muna1914 ndokuvigwa kuBhuriteni. Chikonzero cherufu hachina kududzirwa. Asi, Chine naSekai vaifungidzira kuti firo yemukuru wemauto uyu yaive nechekuita nekuvhunduka kwaakaita apo akaona Mwalimu Rashid. Chine ndokurovera shamwari yake, Paul Chinguwo, aive mutapi wenhau kuMalawi, ndokumubvunza nezvenyaya iyi. Zvirokwazvo, kumazuvarodoka, Paul akatumira sikani yenyaya yakabuda mu*Nyasaland Messenger* yemusi wa7 Nyamavhuvhu, 1914. Zvainzi Meja Wodehouse vakange vashaikira kuSouthern Rhodesia, uko kwavainge vaenda nebasa. Zvaifungidzirwa kuti vaive nechirwere chemoyo....

"Saka Meja Woodehouse vaiziva Mudhara Jumah uyu atove murume ave pedyo nekubata mudonzvo," Sekai akadaro. "Zvakavashaisa mate mukanwa kusangana naye kwapfuura makore aisvika makumi matatu, asingaratidze pachiso chake kufamba kwemakore."

"Zvino tikanyatsozvipa nguva, taigona kuona mafambiro ake kwemakore akawanda," Chine akadaro. "Asi, isu tirikuda kuona kuti akafamba sei kubvira paakasungwa muna1961."

86

Skype yepakomupyuta yaChine yakatanga kungiriridza. NdiPurofesa Carson Kuttner, chamakwesha munezveZvezvinamato Zvakare paYunivhesiti yeNorth Arkham kuAmerika vaidana. Chine ndokudaira.

Pachiratidzo chekompyuta pakabuda mufananidzo wemurume wechikuru, aine muparavara uye usopu hwakatetepa kunge chinyorwa chepenzura. Vainge vagere padhesiki, kumashure kwaingove nemabhuku chete ari pamasherufu. Chine ndokumukwazisa. "Kaziwai, Purofesa. Ndini Chine Makawa, uyu ndiSekai Tengende. Ndinoda kukutendai nekutipa mukanha wekuita hurukuro ino..."

"Muchitendei, changamire?" Purofesa Kuttner vakadaro. "Munoti imi ndipo pandaisiya nyaya ina Mwalimu Jumah mukati here? Pave nemakore akawanda kubvira pandakapedzisira kubata nyaya iyi. Handina musi mumwe wandakafungidzira kuti nyaya yemurume uyu ingamutsiridzwe zvakare."

"Tinoziva kuti Mwalimu Jumah vakange vakura kwazvo pamakavaona...." Chine haana kupedzisa mubvunzo wake, nekuti Purofesa Kuttner vakatanga kuseka.

"Ndine urombo, shamwari, handisi kuseka iwe," Purofesa Kuttner vakadaro. "Kune vanhu vakura, vatinodaidza kuti 'Sekuru' kana 'Ambuya'. Kozoita

munhu akaita saMwalimu Jumah, akarwa hondo yepaStanely muna1886.
Kune magwaro munyika dzinoti Tanzaniya, Omani, Itiyopiya, Kenya, Yuganda,
Siriya, Ijipiti uye Saudhi Arabiya dzinoratidza kuti murume uyu akange
avekurarama mugore ra1725. Ndikada kufembera makore ake ekuzvarwa,
ndikati 1694."

Chine naSekai vakambotarisana.

"Izvi zvandiri kukuudzai," Purofesa Kuttner vakaenderera mberi, "Hazvimo
mumabhuku andakanyora maererano nezvemurume uyu. Hazvisi zvinhu
zvandinowanzokurukura nezvazvo. Ndikazviti bufu chete pane abi angu,
ndinoswera ndave muwadhi yevanorwara nepfungwa. Asi, nhasi chaiye
ndinogona kukutumirai masikani emagwaro akasiyana, zvichitangira parejisita
rechikwata chechimwe chikepe chekuOmani mugore ra1715, chinodoma
Mwalimu Jumah, achinzi aive jaya remakore makumi maviri nerimwe
ekuzvarwa, kusvika gore ra1984, apo akatisiya."

"Akafa muna1984?" Sekai akabvunza.

"Ehe. Akange ave kugara kunochengetwa vanorwara nepfungwa kuChinhoyi.
Ndiko kwandakamuwanira kekupedzisira."

Chine ndokuti, "Saka kana akafa kare....." Akashaya kuti aitanga mubvunzo
wake sei.

"Muri kuda kubvunza maererano ne*De Vermis Mysteriis* here?" Purofesa
Kuttner vakanyemwerera vachiona zviso zvaChine naSekai.

"Tirikuda kuziva kuti ndiani anaro bhuku iri panguva ino," Chine akadaro.

"Jumah akaburitswa mujeri mugore ra1973," Purofesa Kuttner
vakarondedzera. Ini ndakazomuona muna1980, apo nyika yenyu yawana
rusunuguko. Ndakamuwana ave kurwara nepfungwa, asi izvi hazvina
kundishamisa. Vanhu vose vanozivikanwa kuti vakamborava *De Vermis
Mysteriis* vanosvika pakupenga. Kuno kuAmerika, kunofungidzirwa kuti kune
makopi mana. Aimbove mashanu, asi muna1850, rimwe racho rakatengwa
neimwe femu yevashambadzi, asi vashambadzi ava vaitoritengerawo mumwe
munhu."

"Saka Jumah aive naro here?" Chine akabvunza.

Purofesa Kuttner vakazunguza musoro. "Pandakasangana nemusharukwa uyu,
aive muchipatara chevanorwara nepfungwa. Akandiudza iye kuti bhuku iri
akaripa mumwe musikana aigona kuverenga chiArabhu. Izvi zvinotiratidza kuti
kopi yaJumah yaive yakaturikirwa, sezvo *De Vermis Mysteriis* chairo rinonzi
rakanyorwa nechiRatini, mutauro wevakafunda munguva yakararama Ludvig
Prinn."

Sekai ndokubvunza, "Purofesa, zvakafamba sei kuti asvike pakupa musikana uyu bhuku iri?"

Purofesa Kuttner vakambofunga. "Jumah aida kuti ndimubatsire kutsvaga bhuku iri, asi hapana zvizhinji zvaaiziva maererano nemusikana uyu. Chaaiziva ndechekuti ainge aburitswa kubva kuchipatara, iye Jumah achibva kujeri. Akange asisina kwekuenda, sezvo hama dzake dzakange dzamuramba. Musikana uyu akange abatwa chibharo nevakomana vakawanda asi vakomana ava havana kusungwa...." Purofesa ndokumira, vaona Chine naSekai vachitarisana.

"Taurai henyu, Purofesa, takateerera," Chine akadaro.

"Musikana uyu vakagara naye musango," Purofesa Kuttner vakaenderera mberi. "Vakamutora semwana wavo. Yeukai kuti panguva iyi, hondo yakange yotsviriridza. Pakauya masoja eRhodesia, ndokusunga Mwalimu Jumah. Vakagara mujeri kwemasvondo maviri. Pavakabuda, pavakadzoka kumusasa wavo, vakawana musikana uya aenda. Akange asina hake kurongedza twakawanda, asi bhuku akange atora."

"Vakati anonzani, musikana uyu?" Chine akabvunza.
"Anonzi Amina," Purofesa Kuttner vakapindura. "Ndakaedza kumutsvaga, asi iri izita rine vakawanda munzvimbo yemunharaunda meChinhoyi, zvekuti pekutangira chaipo panonetsa. Asi, ini pachezvangu, ndinogutsikana kuti bhuku re*De Vermis Mysteriis* ririmunyika yenyu. Musikana uyu anofanira kuve mukadzi mukuru. Kana painewo zvamungawedzere pane izvi zvandataura, ndingafare chose."

"Zvave kutoda kuti titange tatsvaga Amina wacho," Chine akadaro. "Handinyore asi. Mumakore gumi neshanu apfuura, vanhu vemuZimbabwe vapararira nepasi rose. Kuti tiwane munhu anga yeuke Amina uyu...."

"Regai ndikutumirei zvose zvandinazvo maererano nenyaya iyi,"Purofesa vakadaro. "Zvimwe mungawane pekutangira."

******

Chine akanosiya Sekai pedyo nepamba pavo nehambautare yake. Vakange vapurinta magwaro avainge vatumirwa naPurofesa Kuttner. Panguva iyi, Chine aida zvake kunoisa dama papiro. Asi, Sekai akange atotanga kurava mapepa aya, achidoma mumusoro make zvaaiona sezvaibatsira tsvakarudzo yavo.

"Chandisiri kunzwisisa," Sekai akadaro, "ndechekuti isu takatanga tichitsvaga nezvaLilith, Shavi Rechikadzi. Ezvino, tave kune*De Vermis Mysteriis*. Tatanga neZizi, ezvino tave kuGonye. Unobva washaya kuti zviri kumbofamba sei."

"Inga zvanzi ibhuku rine mapeji mazana manomwe," Chine akamuyeuchidza, "Uye, zvanzi rinobata zvakawanda maererano nezveuroyi nemweya yetsvina

329

inotyisa. Zvimwe Amina uyu akawana chikamu chebhuku iri chine zvaaida panguva iyoyo, zvinova zvekudana masimba aLilith."

Pakambova nekarunyararo. Chine akacherechedza kuti akange aswera nemunhukadzi waainzwanana naye chose. Kwakange kwasara kuona kuti nyaya yacho aifambisa sei kuti ipinde mune chimwe chikamu. Ko, kana Sekai wacho asingamuone semunhu waangawirirane naye mune zvese zveupenyu? Hongu, vaifarira zvekunyorwa nekuverengwa kwemabhuku, asi hupenyu hausi hwemabhuku chete.

Hameno. Ndiani angazive pfungwa dzemumwe munhu nekungomutarisa, kana kufunga nezvake? Nyangwe aona runako rwepameso pake, vakuru vakati chiri mumoyo chiri muninga. Pakange pasina imwe nzira yekuwana mhinduro kune mibvunzo yaive mupfungwa dzaChine kunze kwekubvunza Sekai wacho.

A, vakabva vapinda mumugwagwa waSekai. Nguva yekubvunza twakawanda pakange pasisina. Vakarangana kuzosangana mangwanani mutaundi, Sekai ndokubuda muhambautare muya, ndokupinda mugedhi mepamba pake. Chine ndokuizvetemutsa akananga kwake kuAvhrundeya.

87

Usiku iwowo, muramu waMai Hlatshwayo, Tito, akauya kwavari ndokuvarepa zvakare. Apedza, ndokukotsira.

Mai Hlatshwayo vakasimuka kubva pamubedha paya. Maropa aiyerera napakati pamakumbo avo, achidonera pakapeti. Kunze kwaive nemwedzi.

Mai Hlatshwayo vakataura shoko rimwe kazevezve, vakatarisa kuhwindo.

Kisikil-lilla-ke.

Madonwe eropa akange adonera pakapeti akatanga kufashaira, kunge amwaiwa pachitofu.

Mai Hlatshwayo ndokuenda kunogeza. Pavakadzoka, vakaona pamubedha paya pasisina munhu. Kana Babamudiki Tito vakange vafunga rwendo, vakange vasina kuoneka.

Zvaizotora muri yekwaHlatshwayo svondo vasati vaona kuti mumwe wavo akange angotsakatika. Sezvo akange asina waakaudza kuti ainge aenda kwamaiguru vake, hapana akauya achimutsvaga kumba kwavo.

88

Gillian, sekiritari waMuchuchisi Mukuru, akanzwa kuti ko ko ko kwegogo pamataira matsva emupaseji, ndokukanda runhare pasi. Aifunga kuti zvimwe shefu vake vakange vauya kuzotanga basa mangwanani. Zvakange zvisina kufanira kuti vamuwanikidze ari parunhare, zvikurusisa sezvo akange achitaura nemukomana wake, uyo aive kuJapani.

Achingoti runhare ruya pakarepo tsve!, musuo wakazarurwa, Mai Anuradha ndokupinda vachiita zvekubhidhaira. Vakamhanyisa meso avo, kunge vaine wavaitsvaga.

"Shefu wako uripi?" vakabvunza.

"M-m-mangwanani…!"

"Ndati shefu wako uripi?!" Mai Patel vakakaraidza, vachisebera pedyo nedhesiki.

Gillian akamhanyisawo meso. Kwete kuti aitsvaga shefu vake, asi pekutiza napo, sezvo zvaive pachena kwaari kuti Mai Patel vakange vachida zvejambanja. Giliian akange asati amboona Mai Patel vachiratidza kunetsekana kwakadaro.

"Chii chiri kuitika pano?"

Mai Patel vakacheuka ndokusanganisa meso naMai Kelta Munjanja, Muchuchisi Mukuru weNyika.

Mai Patel vakazunza bepa raive muruoko rwavo. "Kelta, chimbondiudza kuti zviri kurevei?"

Mai Munjanja vakati maziso boi, sezvinonzi aka kaive kutanga muupenyu hwavo kudaidzwa nezita rekuzvarwa kwavo. Asi iyi nyaya vakaisendeka apo Mai Patel vakavaisira bepa riya muruoko rwavo. Mai Munjanja vakaritarisa, ndokuti, "A, Anuradha, asi hauchagone kuverenga memorandamu?"

"Kelta, haikona kuita zvekutamba neni, hauna zera neni, wazvinzwa?" Mai Patel vakapindura

Mai Munjanja ndokuti, "Mai Patel, matauriro enyu anoratidza kusaremekedza ini, nechidanho changu muHofisi ino. Ndinoda kukuyambirai kuti maitiro akadai haana kukodzera."

"Kelta, ini ndave kukuyambira kuti ukaramba uchiita chikuwe neni kunge ndarara ndichikwirwa nehanzvadzi yako, wave kuzondibhowa manje!"

Mai Munjanja vakange vasati vambonzwa Mai Patel vachitaura mashoko anorema akadaro. Kuti vangaudzwe magaramoyo pamberi pasekiritari wavo, izvo manje ndizvo zvakange zvisingaite.

"Mai Patel, handei tinotaura muhofisi mangu,"

Mai Patel vakada kuti vakande zvakare rimwe shoko rinorema, ndokucherechedza chiso chaMai Munjanja.

Vapinda muhofisi muya, Mai Munjanja vakambomira vakatarisa kuhwindo, vachiona vasungwa vachicheka heji panze.

"Mai Patel, ini ndiri pakamanidzika," Mai Munjanja vakadaro. "Muchidimbu, Hofisi ino haikwanisi kufambisa nyaya iyi."

Mai Patel vakati, "Mai Munjanja, muri kudzokorodza zvamanyora mumemorandamu yenyu. Ini ndiri kuda chikonzero."

"Imi makambozviona kupi kuti Gurukota reHurumende ringa miswe paamberi pedare munyika muno?" Mai Munjanja vakabvunza.

"Taigona kutanga nhasi," Mai Patel vakapindura. "Taigona kutanga nhasi nekuti hazvichabviri kuti mhosva ingonzi ngairove nekuti nyakupomerwa munhu mukuru. Handiti ibasa redu...."

"Mai Patel, zvanzi neHurumende iyi nyaya tisiyane nayo."

"Saka ndinopa chikonzero chekuti kudii?" Mai Patel vakabvunza.

Mai Munjanja ndokuti, "Muno vatsanangurira kuti zvanzi nyaya iyi inogona kubvisa chiremera cheHurumende yedu. Panguva ino, nemamiriro ezvematongerwo enyika, kuda kuiendesa kudare kunogona kuonekwa sekuedza kupikisana nezvido zveHurumende. Yeukai kuti nyangwe zvazvo S.O.I.U. yenyu iri pasi peZ.R.P, inotsigirwa nemasangano akazvimirira oga. Mamwe emasangano aya anobva kunyika dzisiri kuwirirana neHurumende yedu, zvekuti iyi nyaya iyi inotokora muto."

"Kukora muto kudarika makorero ayaita iwaya, ekuti isu tarambidzwa kumisa pamberi pedare munhu apara mhosva nekuda kwekuti ndiMinista?" Mai Patel vachitaura izvi, vakabva vasimuka.

Mai Munjanja vakamboramba vakavatarisa, kunge mubereki ari kuona ubenzi hwemwana wake, oshaya zvino kuti anotanga kutsiura achiti kudii. Uchivaona vakadzi vaviri ava, waiti zvimwe Mai Munjanja ndivo vaive vakuru pazera. Izvi zvaisareva kuti Mai Patel vaive netsika dzepwere bodo; vaive nemakore aidarika aMai Munjanja ekuzvarwa vachiita basa ravo. Kana tikada kupinza zvematongerwo enyika, vaive mumwe wemagweta akambovharirwa neHurumende yaIan Smith nepamusana pekupikisa U.D.I. Zvakare, chitoro chababa vavo kumaruva chaishandiswa nevarwi verusununguko senzvimbo yavaigona kuviga zvombo nezvimwe zvavaida.

"Regai nditsanangure ndichidai," Mai Munjanja vakadaro. "Mukada kuenderera mberi nenyaya iyi, munenge mave kudena mutunhu une mago. Vamwe vatinavo muHurumende vanosarudza kuti S.O.I.U. yose ivharwe zvayo pane kuti vasimudzire utongi hwakanaka. Zvino zvikasvika padanho rakadaro, ko mamwe madzimai ose amuri kubatsira anozoita sei?"

Iri raive dama, Mai Patel vaibvuma. Asi, zvakange zvisingaite kuti varege mhosva yakadai kuti ingorova nekuda kwekuti vamwe vanhu muHurumende vaitya kunyadziswa.

"Ko, tikaedza madzimai ari muHurumende...."

"Mamwe madzimai acho amuri kutaura ari mutumapoka twurimuHurumende, uye muBato racho riri kutonga. Havangakwanise kupindira munyaya iyi vasingapinze zvematongerwo enyika mukati." Mai Munjanja vakazunguza musoro. "Mai Patel, ndinokutorai saamai vangu, zvisinei kuti ndakapihwa chinzvimbo chino. Asi imi pano munofanira kuita trial balance; kune rimwe rutivi muri kupikisa donzvo renyu rekurwira kodzero dzemadzimai ose, asi ukuo kuruboshwe, muri kupa mukana wekuti mugone kubatsirawo vamwe. Hamungavharise musangano wenyu nepamusana penyaya imwe."

Mai Patel vakasimuka, ndokubuda. Vasara vega, Mai Munjanja vakavhura mudhirowa raive parutivi pedhesiki, ndokutora kabhuku kekuchechi. Musoro webhuku iri waive, Kukunda miedzo yeupenyu.

89

VaShottfield Moyo vakazviringa, ndokunyatsosebedza chiso chavo pedyo negirazi. Vakaona ganda rakaoma kunge chikweshe, imvi, nemeso akange ave kuratidza chirwere cherumatizimu chakange chogugudza musuo chichida vepano. VaMoyo vkange vasati vasvika zvavo pachidanho chekuti hama dzingatange kuvabvunza kuti vakanyora wiri yavo here, asi ujaya hwakange hwave ndangariro chete.

Vaive kumba kwavairojera Henrietta, *small house* yavo yavainyanyofarira mazuva ano. Nyachide pakati pema*small house*. Nguva dzakange dzave kuma12 dzeusiku.

Henrietta akange arere pamubhedha, asina kupfeka. Nhumbu yake yakange yave kuoneka zvino. VaMoyo vakamutarisa, vakazvibvunza kuti ndiko here katsvarakadenga kakauya kuhofisi kwavo kachitsvaga mari yekutenga mbatya dzeBeauty Pageant.

Runako rwaivepo harwo, asi rwakange rwave kupera pendi. Paimbove nezvitsive, matama akange ave kurembera kunge muromo wembwa yechiRungu iya inonzi bhurudhogi. Mazamu aya aimbenge akanyatsoumbwa, akatsvuka kunge mapichisi, akange akura achiita seofuratirana pachipfuva chake. Zvidya zviya, manje manje zvinenge zvave nemidzira. Iyo imba yacho yaimbokoka nyuchi nemapefyumu akasiyana, yakange yave kuita kunge mukati mekatumba kemunhu anogara pamukoto mudhorobha.

VaMoyo vaive nekarevo kavaiwanzoshandisa apo vaidzinga munhu pabasa. E, chinhu chose kana chine matangiro, chinewo magumo. Mukadzi kana achinge apfimbwa, chasara kurambwa.

Aiwa, uyu muchero wakange usisina muto. Zvaibvira hazvo kuti Henrietta uyu adzokere zvake kuvabereki vake. VaMoyo vaive nekamwe karevo, Vahosi kusiya musha, kunouya vamwe. Ipapo pamba pairoja Henrietta, mukunda wepo akange ave kuita Fomu yechipiri. Marimwezuro, VaMoyo vakange vamukwidza hambautare achibva kuchikoro, ndokumupa mari. Sezvo pakange pasati pave neataura nezvazvo, zvaireva kuti kasikana aka kakange kasina kuudza munhu. Zvaireva kuti kaiziva mutambo wacho.

"Wave kushamura?"

VaMoyo vakacheuka. Henrietta akange amuka.

"Rega ndiende, mangwana ndiri kuenda kuMasvingo nebasa,"

Henrietta akaratidza kusuruwara. "Saka uchauya kuno rini?"

"Iwe, ndinouya pandinenge ndada, wazvinzwa? Pano pamba pangu!"

Henrietta akati simu, ndokuzendamisa musana nemadziro. "Ko, nhai, Shotty, zvehasha ndozvinei?"

"Iwe, ndakuudza kare kuti pano pamba pangu. Ndoita hasha kana ndichida!"

Henrietta akazviona kuti twababa ava twakange twakwidza. Zvainge zviri nani kuti vaende zvavo, vozodzoka vave kuda. Chero vachisiya mari chete.

Henrietta akabva azvifukidza, ndokuita seakotsira. Dhara iri rakange rave kuda kuzviita ani? Rakange risati rambonzwa here kuti murume anozviita shumba anobikwa-bikwa dzamara ave kanyenye chaiko? Amai vaHenrietta vakange vamuudza nezvevamwe ambuya vaibatsira vakadzi vaive nevarume vanonetsa. Kana kuimba huru aigona kukugara, Amai Moyo vatandaniswa.

Magetsi akadzima. Mushure mezvo, Henrietta akanzwa musuo uchizarurwa, ovharwa zvakare.

Henrietta akatanga kuchinyatsofunga nezveupenyu hwake.

A, chii icho? Mvuri wakange wadarika nepahwindo. Henrietta akabava ati swatu, osimudza musoro, ndokudongorera nepahwindo.

Akaona zishiri guru kwazvo richidzika richisviko mhara pahambautare yaVaMoyo.

90

Mai Kwete vakawanikwa vakaoma namukoti weshifuti yemangwanani. Chiremba vakadaidzwa, ndokuvatarisa, ndokusimbisa kuti zvirokwazvo Mai Philda Kwete vakange vashaya nenguva dza3:30 dzamangwanani. Chikonzero cherufu chaive chiri chekuparara zvekutadza kuzoshanda zvachose kwemapapu nedzimwe nhengo nepamusana pechirwere cheShuramatongo chavainge vagara nacho kwemakore anodarika gumi neshanu.

Vanhu vakaungana pamba pavo kuobata maoko. Asi Sgt Ngwerume havana kuuya kumariro sezvo vaive pabasa. Vakatozosangana mupaseji pakamba, Sgt Ngwerume ndokubata mumwe wavo maoko.

Sgt Ngwerume vakatambanudza ruoko. "Nedzoi, sahwira"

Sgt Kwete ndokuti, "A, inzira yedu tese. Tingaite sei, isu vanhu venyama, zvikuru kana zvauya seizvi so?"

Sgt Ngwerume vakazunguza musoro wavo. "Saka madhokotera akabva akonewa zvachose here?"

"Ha-a, vakakonewa. Ko, handiti ndizvo zvinonzi hazvirapike?"

Sgt Ngwerume vakamutarisa neziso remunhu ari kutaura nepwere. "Hakuna chisingarapike."

Sgt Kwete vakada kuti vapindure, asi vakashaya mazwi acho, vaviri ava ndokupfuudzana zvavo. Pakatozoti padarika mazuva maviri, Sgt Kwete vakazova nezvivindi zvekubvunza mumwe wavo kuti airevei chaizvo paaiti hapana chisingarapike.

91

Pamariro aVaShottfield Moyo, vakomana veFlava Crü vakaita kavo kadare, kuseri kwebhoyiskaya. Vese vakange vakadhakwa, vakavharwa nembanje nebronco.

"N'anga iya ndeye fake!" Achipedza kuburitsa mashoko aya, F.T. akasvipa mate nekusemeswa kuti shuwa kungava nemunhu anonyepa kudaro. "Akatiitisa mapenzi, tikaonerera vabereki vedu. Tinofanira kumbomugadzira."

Vose vakabuvumirana nazvo. Vaifunga kuti nyangwe vakaenda kunorova Sekuru Manjalima, ngozi yaNhamo yakange isati yaripwa.

"Tapedza kukadzidzisa kamhudhara aka kuti kasatambe nesu, tinofanira kutsvaga Nhamo."

Vamwe vake vakatarisa F.T. Flava kunge anopenga. Vaimutsvaga sei?

"Ngatitange nekuchipatara kwaaive," F.T. akaenderera mberi. Akange ave kutofamba.

"*Guys*, zvinoita kuti tingobva panhamo here?" Leave Flava akabvunza.

F.T Flava akacheuka. "Iwe, kana uchida kumirira rufu nekuti kwaitika nhamo, *it's up to you.* Gerald hazviite kuti abve pano, asi vamwe handei. Tinodzoka mauro."

Kaz Flava naLeave Flava vakateera mukuru wavo, ndokusiya Flava G ari pamariro ababa vake. Vakadzoka mazuvarodoka nenhaurirwa yekuti Sekuru Manjalima vakange vamhanyiswa kuchipatara.

Asi, maererano naNhamo, hapana chizviso chakange chauya kwavari.

92

Tikabva paK.G.6 nemugwagwa unoenda kuBorrowdale nemimwe misha iri kumadokero kweHarare, pane nzvimbo inonzi National Archives. Apa ndipo panochengetwa zvose zvakatsikiswa kana kuburitswa semashoko, mitambo, zviziviso, mabhuku, matsamba, mafirimu, marekodhi nezvimwe zvakadaro. Nemutemo wenyika, ani naani zvake anekodzero yekuona zvakachengetwa izvi. Chinongodiwa ndeche kuti anofanira kuratidza vepo chitupa chake kana pasipoti, uye onyora fomu achitsanangura kuti ari kuda chii uye ari kuda kuzoita sei neruzivo rwaanenge awana.

Chine akanyora kuti aive munyori, uye ainge ari kuita tsvakiridzo pamusoro peutongi hwavachena. Iye ndokubvumidzwa kupinda mainzi muReading Room, ndokunyora mazita emapepanhau aaida nemadheti aakabuda, ndokuapa kune murume aita basa rekunotsvagira vanhu zvavainge vachida uko kwazvainge zvakachengetwa.

Semazuva ese aakambouya pano, Chine ndiye ega munhu mutema aive muReading Room muya. Izvi zvaigaro munetsa. Ko, vanhu vatema vakange vasinawo hanya nenhoroondo yavo here?

Haana kuwana nguva yekutsvaga mhinduro kune mubvunzo uyu nekuti mapepanhau ake akabva auya. Chine akange akumbira *Lomagundi Times*, rimwe pepanhau rakazovharwa mugore ra1984. Asi mugore ra1973, raive neupenyu uye raiedza kutsvaga chokwadi pamusoro perufu rwevakomana vashanu vechirungu, vana veanamuzvinapurazi vemunharaunda.

Chine akakumbira mamwe mapepa e*Lomagundi Times* emwedzi yekutanga kwegore ra1973. Mune remwedzi waChivabvu ndimo maive nenyaya yekutanga yekuurayiwa kwevakomana vashanu ava.

Chita cheSinoia nemapurazi akaikomberedza chatambira nekukatyamadzwa kukuru nhau dzekuti Gareth Van Zyl, mwanakomana wemuzvinapurazi anozivikanwa muno, awanikwa akafa mufurati make muna Baines Avenue, Salisbury. Zviri kufungidzirwa kuti akapondwa nematsotsi aive nemapanga nematemo, sezvo akawanikwa akatemwa-temwa, mitezo yake yakaparara nefurati yose. Mapurisa anoti iwo parizvino haakwanisi kutsanangura kuti vananyakuponda ava vakapinda sei mufurati umu uye vakabuda sei sezvo maive makakiyiwa. Zvakare, hapana kana pakadhindikira tsoka nyangwe ruoko rwemumwe munhu kunze kwaiye mushakabvu. Izvi zvinoshamisa zvikuru, sezvo pasi paive neropa remufi rakawanda, uye madhindikiro   etsoka dzake nekukudubuka kwemidziyo kunoratidza kuti akakaritsana nemhondi idzi. Mapurisa achiri kufeya-feya.

Zvakamutorera maawa matatu kuti Chine anyatsoteedza mafambiro enyaya iyi. Dai Sekai aivepo, hazvaitora nyangwe awa. Amai vaya vaive nechipo chekupengura magwaro akasiyana.

Pakapfura mwedzi mitatu pasati pava nemunhu akaona kuti vanhu vese vaifa ava vaive nechekuita nekubatwa chibharo kwemumwe musikana anonzi Amina Five mugore ra1970. Munhu iyeye akanyora tsamba ku*Lomagundi Times*.

Changamire!

MaShona ane tsumo inoti, Demo rinokanganwa asi muti haukanganwe. Tsumo iyi yapinda mupfungwa mangu apo ndaiverenge nezve kuti Mai Nora Scheepers vakawanikwa vakafa mukicheni mavo, uye zviri kufungidzirwa kuti vakadyiwa nechikara chesango. Rufu urwu rwunotevera rwemurume wavo, vaPiet Scheepers nemwana wavo, Craig. Zvirokwazvo, tikatarisa mafiro evanhu vatatu ava vemhuri imwe, tinoona kuti akafanana nemafiro akaitawo vanhu vedzimwe mhuri dzevanazvinapurazi vemuno muSionia, uye mumwe musikana wechitema anonzi Maza Banda, baba vake, Givecase, uye mutongi wedare redzemhosva, VaBertram Durnford.

Mazita andadoma aya ane nechekuita nenyaya yekubatwa chibharo kwemumwe musikana, mwana waforomani papurazi ravaScheepers muna '70, anonzi Amina Five. Kana paine mhinduro iri kubvunzwa nevanhu, ini ndinofunga kuti inowanikwa tikadzokera pane nyaya iyi.

L. Faulkner, Sionia.

Asi, mushure merakabuda muna Zvita wa1973, pepanhau re*Lomagundi Times* rakange risadi kusimbirira nezvenyaya iyi. Chine akatsvaga mapepanhau kusvika Zvita wa1974, asi zvaita kunge vepepanhau iri vainge vakoshiwa kuti muguta ratave kuti Chinhoyi ezvino makaita tsaona yevanhu vanodarika gumi.

Chine akatsvaga mamwe mapepa enguva iyi. Akaona kuti paive mitsara mina mu*Herald* yaitaura nezvekufa kwaVaScheepers. Chine akambotura mafemo. Inga paive nebasa chairo. Apa ndipo paanga arangana naSekai kuti vaizoenda naTakudzwa kunoona firimu kuWestgate.

Vakuru vakati munhu ngaarege kudzingirira tsuro mbiri. Zvino, nyangwe dai vakuru vose vainge vamuka kuti vamuyeuchidze chirevo ichi, Chine haaimboteerera. Hongu, aive neshungu dzekutsvaga chokwadi pane zvaiitika izvi kune vakomana vakabata Nhamo chibharo nevabereki vavo, asi pamwepo hazvaita kuti angoraramira izvozvo chete. Inga vakuru vakati yemumwe hairamwirwi sadza. Ko, ndipo paaizonunura vasara kana kumutsa vakafa?

Chine akaronga kuti aitirwe mafotokopi emapepanhau ese pamwe nechengetedzo yekutongwa kwemhosva yekubata Amina Five chibharo. Iri raive zita rechiMalawi chete. Kuna Chine, zvaireva kuti zvaive nyore kumutsvaga kana akange achiri mupenyu.

Akamirira mafotokopi ake apere kuitwa, pfungwa dzaChine dzakaenda kuna Sekai. Ko, ndiani aiziva kuti gore iroro iye Chine aizosangana nemusikana waainyatsowirirana kudai? Waaigaro funga nezvake, waainzwa kusuwa kana asipo kunge hama yake? Waainzwa kusunguka naye kana vari vese, nyangwe kuri kungo gara vakati mumwe ari kuverenga bhuku rake mumwe ari kutaura neshamwari dzake parunharembozha? Aiwa, hapana ainyatsoziva kuti zverudo zvinofamba sei. Asi Chine chaaiziva ndeche kuti ainge awana mumwe wake.

Mapepa ake apera kufotokopwa, Chine akaonekana nevashandi vepaNational Archives, ndokutsika mafuta akananga kuWestgate.

93

"Gerald!"

Gerald akabva amira mupaseji muya kunge mbavha yawanikidzwa isati zvayo yatora chemumwe. Amai vake vakange vagere mumba mekutandarira. Kazhinji, vaiwanzonge varara nguva dzino. Zvimwe vaishaya hope nepamusana pemariro. Hongu hama dzose dzakange dzadzokera kudzimba dzavo, asi pakange pasina mazuva akawanda kubvira musi wavakadyara VaShottfield Moyo. Nyangwe Tinga, hanzvadzi yaGerald, akange asati adzokera kuAmerika.

"Uri kubvepi?" Mai Tinga vakabvunza.

"Ndambotenderera nemachinda angu," Gerald akavapindura.

"Muchitsvaga Nhamo!"

Gerald akarohwa nehana. Asi, akaita semunhu aisaziva kuti amai vake vairevei. "Nhamo?"

"Gerald, haikona kuda kuita zvekutamba neni. Handisi shamwari yako," Mai Tinga vakadaro.

Gerald ndokupinda mumba muya. "Amai, ezvino baba vafa. Tirikupera one one. Tinofanira kumuwana asati atipedza tese!"

"Kana mamuwana, muchamuita sei? Muchamurepa futi?"

Uyu mubvunzo wakasiya Gerald achingoshama muromo achiuvhara kunge hove. "Amai…isu…hatina kumborepa munhu!"

"Chii chakaitika?" Mai Tinga vakavhunza. "Gerald, waivepo, chii chakaitika."

"Hapana chakaitika!" Gerald akadaro. "Nhamo akatinyepera."

Mai Tinga vakambonyarara. Gerald akange obuda, achiti nyaya iyi yapera.

"Ndizvo zvakataura baba vaTinga neshamwari dzavo musi wavakamiswa pamberi pedare."

Gerald akabva amira pamusuo.

"Gerald, wazvinzwa zvandataura here?"

Gerald akange azvinzwa, asi aishuva nemoyo wake wose kuti akange asina kuzvinzwa. Asi, akatadza kuvhara nzeve dzake, akatadza kudzima ndangariro dzake.

"Muraini mataigara maive nemumwe mukomana akandipfimba, ndikamuramba." Mai Tinga vaita sevaitaura vega. Asi, vaiziva kuti aiteerera. "Mukomana uyu akaunganidza shamwari dzake shanu, vakandigarira ndichibva kuchechi ndokundibata chibharo. Chinangwa chaive chiri chekundichipisa nekuti vaiona sekunge ndainge ndadadira mumwe wavo. Nyaya iyi yakenda kumapurisa, ikakwidzwa kudare. Zvimwe vainge vatenga mutongi, zvimwe ndakaruziswa nekuti hama dzangu hadzina kufarira zvandakaita izvi zvekumhan'ara. Vakaona sendazvifumura pamberi penyika. Zvisinei, dare rakabvuma uchapupu hwevakomana ava hwekuti ndaivanyepera."

Maa Tinga vakamboramba vakati zii. "Baba vako pavakandiwana, takange tatama. Ndakavaudza kuti Tinga aive mwana wemusoja akatsakatika panguva yehondo nemagandanga kuTsholotsho, ivo vakazvitambira saizvozvo."

Ko, chavanga vamuudzira nhoroondo inorema kudai? Zvimwe vaiziva kuti aka kaive kupedzisira kumuona muupenyu hwavo. Kuti, aizowanikwa naTinga arere pamubhedha pake, asi musoro uri pamusoro pewadhiropu, ropa richichururuka nepagirazi kunge mapopoma.

94

Mukufeya-feya kwaRatidzai Makombe, zvakabuda kuti Nhamo Mupariwa akaenda kumusha musi waakaburitswa kuchipatara. Asi, akagumira pazvitoro paimira mabhazi, apo paakasangana nababamudiki vake, mushakabvu Rameki Mupariwa, vakamudzinga vachiti ainge anyadzisa mhuri yose. Nhamo akadzokera kuHarare.

Kubvira paMbare Musika paakaburukira bhazi, hwema hwakabva warasika. Makombe akadzokera kuchipatara chiya, ndokuvhunzurudza vanamukoti vaishandapo. Paive nemumwe akange achiri kuyeuka Nhamo. Aiyeuka zvakare kuti maive nemumwe musikana aiti muwadhi mavo maive nemuroyi. Asi nesi uyu akange asisanyatsorangarire kuti musikana uyu akaramba aine fungidziro iyi mushure mekuburitswa muchipatara kwaNhamo. Makombe akakumbira rejisita yevarwere vaive muwadhi imwechete naNhamo.

Makombe akapihwa fotokopi yerejisita iyi. Akamboita maminiti makumi maviri agere mumota make mupakingi yepachipatara, achitarisa makero aive parejisita paya kuti aone kuti angafambe sei neHarare achitsvaga vanhu vaive nemazita pakare.

******

Shavi Rechikadzi

Fanuel akanzwa nezverufu rwaGerald apo akaenda kumba kwake kunomutora kuti vaenderere nebasa rekutsvaga Nhamo. Akasvikopaka 4x4 yababa vake pagedhi, ndokumboramba akati nde-e pane kajira tsvuku kainge kasungirirwa pakare. Akaziva kuti Flava G ndiye akange ashaya nekuti akanzwa zita rake richidaidzwa nemumwe wemadzimai aipinda pamba apa, akabata gotsi, uku zambiya rakange rasungwa zvakanaka rave kudona.

Fanuel akarova gazvo nehasha. Shungu dzakafashaira, ndokuserera. Mazuva ano, aidziseredza nemapiritsi aaitenga pane chimwe chitoro chemaIndia muna Cameron St. Hapana aishambadza nezvemapiritsi, sezvo aisatenderwa neBazi rezveUtano, asi vose vaiada vaiziva pekuawana.

Fanuel akange atanga neMabvuku neTafara achitsvaga Nhamo uya. Nhasi uno, aida kupinda muGreendale. Amai vake vainge vatumavo hanzvadzi yaivo mupurisa kuti atsvagewo.

Nguva pakange pasisina. Zvimwe nhasi chaiye....Fanuel haana kuda kufunga nezvazvo. Akakabira zvakare rimwe piritsi, ndokunzwa ropa richifamba nemuviri wese kunge moto uri kufuridzwa nedhirihori.

Kutya kuya aikunzwira kure.

95

Patience naMuchaneta Tagarira, amai nemwana, vakange vakarara nedumbu pamubhedha. Sticks akapinda mumba muya, ndokumira, achivayeva.

"Ende mabhasikoro enyu akatakura mapasuru akafanana."

Patience naMuchaneta vakabva vasimudza misoro, Muchaneta achiita seaida kubva pamubhedha paya.

"Iwe, haunyare kutaura zvakadaro kumwana!" Patience akatsiura chikomba chake. "Mucha, gara zvako kani!"

"Aiwa, ndiri kuda kunoverenga," Mucha akadaro ndokubva pamubhedha paya.

"Kuti kunyepa here?" Sticks akadaro. Mucha achipfuura nepaari kuti abude, akabva anzi nembama pamagaro pa! "Aiwa, mwana wako ane *steak* wena! Zvanzi nevakuru, kudya mufenje hufana nyina!"

Muchaneta akavhara musuo.

"Zvichirevei izvozvo?" Patience akabvunza.

"Ma*born* ndipo pamunonetsa!" Sticks akativara pamubhedha paya, ndokudhonzera Patience kuti arare pakati pemakumbo ake. "Saka hauzvione kuti kamwana kako kakura? Kaibva. Zvino kana madhara akaita sesu anaSticks ave kuzviona, ko twukomana twekutaundishipu?" Sticks akaseka zvake.

"Haikona kutaura twusina basa mhani!" Patience akayedza kusunda chikomba chake, asi Sticks ainge adyarwa pakare. Sticks ndokumufugura dhirezi, ndokumubvisa bhurugwa. Patience haana kuda kuzoramba. Zvaibatsirei, Sticks aita zvaaida nemuviri wake. Handiti ndiye aibhabhara renti nechikafu?

Patience aive mumwe wevakadzi vaya vakaumbwa zvinotungidza reuchiva mumoyo wemurume wese, nyangwe anozviita munhu akazvidzora sei. Nyangwe mufundisi wekuchechi kwavaimbopinda, akazosvika pakukumbira kuvakuru vake kuti vamutume kune imwe chechi nekuti aizviona kuti aizowira mumuyedzo.

Asi sezvatinoona, runako rwakadai rwunobhuruvara. Nyangwe zvazvo Patience akange achiri zvake kudya kwemeso, zvikuru kune anenge achimutevera kana achifamba, kwaive nevamwe vaizomukunda nekuda kweudiki hwavo pazera. Nekufamba kwenguva, zvakange zvavekutoda kuti dumbu ritange razara nedoro, mapapu nezvinodhaka uye nzeve nemimhanzi kuti meso evarume vakawanda anzwe nzara panaPatience uyu. Zvikomba zvaimbove gurumuwandira, zvakange zvave kutenga kune zvimwe zvitoro, dzamara Patience uya akange asisakwanise kugara kumafurati mutaundi nekuendesa mwana kubhodhingi. Ndiko kuuya kwaakaita kuno kutaundishipi, kweupenyu hwekudanana nevakomana vekumafekitari.

Sticks akange asiri murombo zvake, asi akange asingazvigone zvekurojera mvana kumafurati. Zvemupanda mumwe pane imba yemutaundishipu izvi ndizvo zvaivewo zvake. Aive nemba yake, yaaigara nemhuri yake kuZengeza 3.

Sticks, ari pamusoro paPatience kudaro akagomera kunge abanwa mudumbu, ndokuomesa muviri wake wose kuti ngwi-i, ndiye *mapfupa azalila kwepete* yakaimbwa nevechechi yeC.A.P, chinhu chake chichisvipira mukondomu kunge nyoka yadenwa. Azorora kwemasekondi gumi neshanu, akaedza kutsvoda Patience, asi Patience akanzvengesa muromo wake. Aona kuti, semazuva ese, Patience akange asingade zvekutsvodana nemunhu waakange asingade zvechokwadi asi kurara naye kwaive kushava kwake, Sticks ndokukunguruka kubva pamusoro paPatience, ndokukotsira zvake.

Patience akamboramba akatarisa denga, achinyatsogaya zvakange zvave kuitika muupenyu hwake maererano nechikomba chake ichi. Mwedzi yose yavakadanana, haana kumbobvira aratidza shungu naMucha. Sticks aitomuona sechinhingamupinyi pane mafaro aaitsvaga kuna Patience, sezvo airara mumba mumwechete. Vaona kuti ndizvo zvaaitika, varidzi vemba vaipota vachikumbira kuti Mucha arare nemwanasikana wavo mumba make. Zvimve vainzwira Mucha tsitsi, vaida kuti akure asingaone zvisina kufanira kune mwana mudiki. Zvimwe vakange vasingade zvaigona kukanganisa muroja wavo, sezvo kuri iko kwaibva mari.

Asi nyaya yacho yakange yasvika panotyisa zvino. Hongu, Patience aizviva kuti akange asisakwikwidze neruzhinji rwevanhukadzi parunako, asi kuti afunge kuti mwana wake wekubereka ndiye angamudhingure pane murume wake. Asi zvairamba nei? Mucha akange asisiri pwere. Aiwa, Muchaneta akange ari ruva riri kutumbuka.

Patience aikwanisa here kudzivirira Sticks kuti asapfimbe mwana wake? Hongu, Muchaneta haaibvuma. Mwana akange akasiyana naamai vake paunhu. Pazera iri, Patience aiyeuka kuti akange atorara nevarume vaidarika gumi. Zvino Muchaneta aiziva zvemabhuku chete. Chirungu ichi aichisvisvina, zvekuti hawaimbobvuma uchimunzwa achitaura kuti haana kumbobvira aendawo mhiri. Zvakare, aitaura French. Shungu dzake dzaive dziri dzekuzovawo munyori wemabhuku. Pamwe ndosaka akange asina zvake shungu nevakomana vemunharaunda. Zvemabhuku vaizvizivirepi, vanhu vaiswerotamba yavaiti *zim dancehall?*

Zvakange zvisingade kuti Patience ave mushoperi kuti aone kuti muzvikamu zvaizotevera, Sticks aizobata Muchaneta chibharo. Kana zvichinge zvaitika, aizodii saamai? Angamhan'arire here musimboti wake? Kuti afembere zviri mberi izvi, akange asiri masimba ekuringidza bodo. Yakange yave tsika mumataundishipu yekuti varume vadanane nevana vemagerufurendi avo, kana kuvarepa. Mumakore apfuura, vainangana nevanin'ina vacho, anamainini. Ezvino, vakange vave kuvanasikana. Mumakore aitevera, waizonzwa kuti vave kuda vanakomana. Ko, kana zvaibuda mumapepanhau kuti kune varume vaibhinya vana vavo vekutumbura, chaizovatadzisa kuita zvimwechete izvi kune mwana wemumwe munhu?

Zvino odii? Patience akaedza kufunga zano. Odzosera Mucha here kumba kwehanzvadzi yake? Akayeuka chakamusakisa kuti amutore pekutanga-utsinye hwemuroora wake, mukadzi wehanzvadzi yake- ndokuona kuti izvi zvakange zvisingaite. Asi, kunyimwa sadza kwaienzana nekubatwa chibharo here?

Sticks akaburitsa mweya zvinhe ruzha, kunge mudhudhudhu. Patience akabva pamubhedha paya, ndokukwinyira bhurugwa rake remukati. Akazvitarisa mugirazi rewadhirpou. Akanzwa izwi rababa vake vachiti, "Chiona zvawave, Peshi, mwanangu." Akanzwa amai vake vachipindura baba vake, "Saka imi kana musingade kuti aite zvevakomana ndimi mucharara naye here?" Baba vake ndokupindura, "Amai Peshi, mukwasha ndinomudawo pamusha pano. Asi, ndiri kuti ino inguva yekuti mwana wedu agadzirire ramangwana rake. Munoti mazuva ano pane murume achada musikana asinawo chikoro here? Nyangwe nerunako rwake urwu, anozoda kuenda naye kuhotera nedzimwe nzvimbo dzinoshamisa ndiani? Handiti nyangwe tsika dzekunzvimbo dzinoshamisira anotodzifundira kuchikoro?" Akaona amai vake vachifinyamisa kumeso, ndokufuratira baba vake. Ndiyo dai ndakaziva yacho. Misodzi yakatanga kuyerera.

Sticks ndokuita mweya zvakare.

Muchaneta akange ari panze, achisuka ndiro. "Inga wati uri kuda kunoverenga?" Patience akabvunza, iri nzira yekutanga hurukuro.

"A, Rosemary achiri kubika, saka ndangoti ndimumirire," Muchaneta akapindura.

Mai nemwana ndokunyarara zvavo. Patience akashaya kuti otanga achitichii zvino.

"*Uncle* Sticks havasirivo vanobhadhara mari yangu yechikoro," Muchaneta akadaro. Paaitaura izvi, akange akatarisa kusingi, achikwesha poto. "Vakandibata futi, ndiri kuvaendera kumapurisa! Imi ndimi munoda zvavanoita. KwaSekuru Joel kutori nani, nyangwe zvavo Ambuya Mai Tino vane utsinye."

Patience ndokuti, "Saka unganogara naMai Tino here, nhai mwanan'gu?"

Muchaneta ndokuvatarisa. "Zvino ndoita sei? Amai vangu vanokoshesa chikomba kudarika mwana wavo..."

"Muchaneta, kani....."

"Mhamha, ini zvinondinestawo, asi ndozvidii? Mune upenyu hwamakasarudza, ini ndine hwandakasarudzawo. Semwana, ikodzero yangu kuti mundichengete dzamara ndave kuzvimirira. Asi, shungu dzangu ndedze kupedza chikoro, ndiwanewo basa repamusoro, ndigonewo kuzokuchengetai. Munofunga kuti mungazvikwanise here izvozvo, zvekundichengetedzawo dzamara ndave kuzvimiririra? Kwatabva ndokure, Mhamha."

Zvaita kunge mhindu-pindu, mubereki ndiye akange orairwa sepwere. Zvedi, Muchaneta akange akasiyana naamai vake, nyangwe pachiso. Munhu waainge akafanana naye ndiVaTagarira, sekuru vake, baba vaPatience. Dai vakange vachiri vapenyu, inga dai vakamutora.

96

Chine akakotamisa musoro kunge muKristu ari kugashira kudya kunoyera kuti agone kupinda mufurati make naTakudzwa agere pamafudzi ake. Sekai aive mumashure, achi seka. "Bvuma, shamwari, kuti wanzwa nekutakura iro zidhara rese iri!"

Nyangwe dai ainge aneta nekutakura mwana wemusikana wake, ndipo paaibvuma here? Chine akasvikokanda kakomana kaya pasofa huru yakanangisana nedzangaradzimu. Asi, Takudzwa uya, uyo akange achigegedzera sebenzi masekondi makumi maviri apfuura, akabva aisa dama pakusheni, ndokuoma akadaro. Mwana akange aneta zvake.

Sekai akatendeuka, ndokunyatsomutarisa kumeso. "Chine, ndinoda kuti tinyatsonzwisisana. Chikomana chirere pasofa rako icho handina kuchiwana neunzenza. Usafunge kuti zvandiri mvana handinawo shuviro yekuva nemba. Uye, usafunge kuti zvandauya mumba mako, unoita zvaunoda neni. Kuswera kwataita uku, mari yepangu nepemwana wangu yabva muhomwe mangu. "

Chine akagutsurira musoro. Akanzwa kunyara kuti anga ambofungira Sekai unzenza waainge asina. Ko, inga zvinonzi kuziva benzi kuswera naro, anga amuudza kuti Sekai aive netsika yekurara nevakomana ndiani? Nekuti aive nemwana? Ko, ndepapi pazvakanyorwa kuti munhukadzi wese ane mwana asi

asina kuroorwa ipfambi kana kuti anongobvuma kurara nemurume wese-
wese?

"Chirega kuzvidya moyo, Chine," Sekai akadaro. "Zvatabudirana pachena
kudai, kwandiri nyaya yacho yapera."

Chine akamutarisa, ndokunzwa rudo rwake ruchiwedzera. "Ndinotenda hangu
nekundipa mukana wekuratidza kuti ndiri pachokwadi, Sekai."

"Mukana ndiwo uyu, togoona. Chimira ndikuratidze chipo changu
chekukaringa."

Vapedza kudya, Chine naSekai vakadyara Takudzwa pamberi
pedzangaradzimu zvakare, ndokuchitanga kurava mapepa aya ainge
afotokopwa kuNational Archives. Apo Chine aiedza kuteedza mafambiro
ezviitiko kubvira pakabuda nyaya yekubatwa chibharo kwaAmina Five, Sekai
aitsvaga mudhairekitori mazita akadomwa mumagwaro umu.

Sekai akawana vanhu vaviri chete. Izvi hazvina kumushamisa hazvo; makore
ainge awandawo, uye vaRungu vakawanda vainge vatama kubva munzvimbo
dzvaisimbogara. Asi Godfrey Haas, mwanakomana wamuzvinapurazi Dirk
nemumwe wevashandi vavo wechitema, zvichireva kuti aive munin'ina
wa'Kobus, akange achiri kugara muChinhoyi. Aive mukuru wekoreji
yakazvimirira yoga.

VaHaas vakange vasina zvizhinji zvavaiziva. Purazi rababa vavo rakatengeswa
nehama dzavo dzechirungu apo Zimbabwe yakawana kuzvitonga kuzere. Purazi
rekwaMcGregor rakazotorwa mugore ra2000, pakatanga chirongwa chekubvuta
mapurazi evaRungu. Zvainzi Mai McGregor vaigara muHarare, asi vairwara
nepfungwa.

Izvi zvakamushamisa kuti Mai McGregor vaive mupenyu. VaHaas vakati
vaifungidzira kuti Mai McGregor vainge vasina kunangwa nengozi iyi nekuti
vaive mhiri kwemakungwa apo mwanakomana wavo neshamwari dzake
vakabata Amina chibharo ndokurangana nevabereki vavo kuti nyaya yacho
itsikwe-tsikwe. Sekai zvakamushamisa kuti VaHaas vaibvuma havo kuti yaive
ngozi yainge yapedza hama dzavo neshamwari dzadzo.

Wechipiri pane vanhu vakadomwa mumapepa aya akange achiri muChinhoyi
aive Baba Leif Faulkner. VaFaulkner ndivo vekunyora tsamba kuLomagundi
Times. Parizvino, vaive muzvinachitoro. Panguva yavakanyora tsamba
kupepanhau, vaive mabharani kudare redzemhosva. Semunhu aichengeta
nhoroondo yemhosva dzinenge dzapirwa kudare, vakagona kuona kuti mafiro
evanakomana vashanu nevabereki vavo nemutongi wedare zvaive nechekuita
nemhosva huru yavainge vapara.

VaFaulkner vakati ivo vaive nefaira guru, raive nemapepa akange avanzwa
nemapurisa mukuda kuvhara nyaya iyi. Zvakare, vainge vakaita risechi

kwemakore akawanda vachiedza kutsvaga kuti chii chaicho chakauraya vanhu vese ava. Chavainge vagona kubata sechokwadi ndeche kuti iyi yakange isiri ngozi semaziviro aiitwa ngozi muchivanhu, dai yakaripwa nenzira dzaizivikanwa nevanhu vese vemuno.

Tsvakurudzo yaVaFaulkner yakange yaburitsa zvakare kuti Amina akange abara mwana musikana. Sezvo yaive tsika yenguva iyoyo, yaibva pamutemo wenyika wairambidza kusangana kwemarudzi, mwanasikana waAmina akatorwa nemusangano wechiMuslim wekuchengeta nherera. Iye Nhamo wacho anonzi akaenda kuZambiya neimwe mhuri yekuPakistani yaaishandira.

"Chinzwa manje, iwe musikana," VaFaulkner vakadaro, nechiShona chemhandorokwati. "Unotenda here kuti kune varoyi kana madhimoni?"

"Kwete, baba," Sekai akapindura. "Ndiri wechizvino."

VaFaulkner havana kuseka kana kuratidza kushora. "Muri yekuPakistani iyi yaishandirwa naAmina yainzi Hamza. Inonzi yakauya muZimbabwe mugore ra1933. Tateguru wavo, Hamza wacho, akasvikoroora mumwe mukadzi wechiSwahili ainge abvawo kuZanzibar. Chinzwa manje. A, chimbomira."

Sekai akanzwa kunge munhu ari kuvhura dhirowa. VaFaulkner vakadzoka parunhare. "Mai Hamza vanodomwa mune imwe nyaya yakamiswa pamberi pedare yekuitira mhuka utsinye. Vanonzi ivo vakavhiya imbwa yemuvakidzani wavo."

Kana pane zvazvaireva, Sekai akange asingazive. Asi, VaFaulkner havana kuda kumusiya asina ruzivo. "Imbwa yacho inonzi yaive nemeso akachena, kunge magirazi. Kune vanoziva zveuroyi, imbwa yakadai ndiyo inoshandiswa sechibairwa kune mashavi ekare, mashave emadzitateguru edu tose ekuMesopotamiya."

Sekai akamboti zii. "Saka, VaFaulkner, imi muri kuti imi Mai Hamza ava vaita zveuroyi?"

"Handiwo chete umbowo hwandinawo, mwanan'gu. Une emeiri here, ndikutumire faira randinaaro?"

Akabvunza VaFaulkner vaya kuti vaive neruzivo here rwekuti Amina Five aive kupi parizvino. VaFaulkner vakange vasina ruzivo. Sekai ndokuvapa kero yake yeemeiri. "Baba Faulkner, makambonzwawo here nezvebhuku rinonzi...."

"...*De Vermis Mysteriis*." VaFaulkner vakataurira pasi, kunge vaitya kunzwikwa. "Kana muchiziva nezvaro, muri kuziva zvakawanda. Ndakagarapasi naMwalimu Jumah mbune, musharukwa uya akandiudza nhoroondo yake. Ndiye mumwe akatizwa nenjere..."

VaFaulkner, munoreva here kuti Juma mupenyu?" Sekai akavadimbudzira.

Shavi Rechikadzi

VaFaulkner ndokuti, "Ndakapedzisira kusangana naye muna2003, achigara pane rimwe purazi, asi uri musha usingatenderwi nemutemo. Musha uyu wakaparadzwa pasi pechirongwa cheMurambatsvina muna2005. Handizive kuti aripi ezvino. Asi, mumapepa andakutumurai, ndine zvizere nezvehurukuro yatakaita. Ezvino, ndinongoda kuti Mwalimu Jumah vakasvika pakuziva izvo zvisingafaniri kuzivikanwa...."

******

Uyuwo Chine akange anyora muchidimbu zvakange zviri mumapepa aainge abva nawo ku*National Archives*. Zvedi, vakange vawana mugodhi wendarama chaiwo weruzivo. Asi, pakati pavo, vakange vasati vaona kuti Amina Five akange afamba sei kubvira paakaenda kuZambiya semushandi wemumba. Kuti vati ndiko kwaakange achiri, vaviri ava vaisaona sekudaro. Kana iyewo Mwalimu Jummah, akange atsakatika.

Sekutaura kunoita vashamarari vepawairesi, nguva dzine shanje. Nguva dzekuti Sekai adzokere kumba dzakange dzakwana. Chine akamuendesa kumba nehambautare yake. Vari munzira kudai, Sekai akafonerwa naNomusa. Sezvo Chine aive pedyo, zvaisaita kuti vakurukure dzavo dzechisikana. Sekai akarondedzera nezvetsvakurudzo yavainge vaita naChine.

Nomusa akange asati aonana naMakombe. Saka aisaziva kuti Amina Five aive pane mazita evanhu vavainge vapihwa kuchipatara vachinzi vaive muwadi vese naNhamo apo akambogaramo.

97

Usiku ihwowo, VaMusembwa vakawanikwa vakafa muhotera mavaive kuJohannesburg, Sasafurika. Vainge vakaita zvekubvarurwa-bvarurwa, kunge mhembwe yasangana nemapere anechirwere chembwamupengo.

Kana pane aive nefungidziro yekuti VaMusembwa vainge vaurayiwa nemhuka yesango sezvazvairatidza, munhu iyeye aishaya kuti otsanangura kuti chikara ichocho chaizogona kunyora madziro neropa rake chichishandisa mutauro wekare unonziUgarit, mutauro usisina rudzi rwunoushandisa, unongodzidzwa nevanoda kuverenga magwaro epasichigare ekunyika yatavekuti Mesopotamiya.

98

Pastor Mugwadi, mutungamiriri weGlorious Fellowship Ministries, vaiti kana vagara patafura kudai, vaisawanzosiyana nendiro yavo dzamara yachena kuti mbe-e. Ko, vaigoirega iyo izere nemachikori kudai? Munhu waMwari aiti apa akatsenga, apa akasveta muto kunge nzou iri kunwa mvura, apa akachemerera nezwi riri pasi kunge kamusikana kari kubatwa-batwa nyama nhete nechikomba chake. Hapana akambodya navo asingasazomiri, ave kungovatarisa.

Baba naAmai Kasiya, nemwana wavo Marlon, vakangotarisa apo Pastor Mugwadi vachidya kudaro. Ivo vanga vaedzwa zvavo, ndokuramba. Zvakavashamisa kwazvo pavakaona ndiro yaPastor. Zvekukura kwayo zvaikatyamadza, asi chainyanyokandisa mapfumo pasi ndeche kuti yaive izere netwunonaka twunobva kunze kwenyika, twatinowanzotarisira patafura yedzinodzi mbozha chaidzo.

Zviro kwazvo, Pastor Mugwadi vakange vave kugara muuMambo hweDenga hwavaiparidza nezvahwo! Waiti wapinda mumba mavo kudai, waona midziyo yavo, wagara patafura pavo wanzwa munhuwiro wezvekudya zvavo, nyangwe waive muhedheni akaita sei, waitenda kuti kune denga.

Pastor Mugwadi vakapukuta muromo nekajira kachena, ndokusendama musana wavo pachigaro chavo, ndokudzvova. Kana vakange vazviona kuti pavanhu vese vemhuri yekwaKasiya vaive mumba mavo hapana airatidza kufara, havana kuzviratidza. Vakange vave kuedza zvavo kufembera kuti zvino vakange vavavigire chii zuva ranhasi kudai, uye chaive chekudya kana chekupfeka here.

Baba VaMarlon vakarova mugusvu. "Pamusoroi, Pastor," vakadaro, "Heno, zvimwe ndiri kukuenderai pamberi, ndinokumbira ruregerero!"

"Aiwa, taurai zvenyu, Baba!" Pastor vakadaro, vachinon'ona meno avo. "Muno mumba maPastor wenyu, pombonokai henyu, mhanduwe!"

Vese vakati bvu-u kuseka kuedza kutaura chiBuja kwaPastor uku.

Baba VaMarlon ndokuti, "Pastor, nyaya yedu yaida kuti itaurwe pasina vamwe vanhu vari pedyo kunze kwedu tirimuno!"

"Hapana munhu, kani!" Pastor vakadaro. "Musikana uyu anoti kana achinge apedza kubika, anobva aenda kumba kwake kuEpworth. Ini ndinosara ndichidzisa chikafu mumaikirowevhu apo ndinenge ndave kuda kudya."

Pastor, semunhu aiziva mawaniro avakaita chinzvimbo ichi chaivararamisa upenyu hwemadzishe chaiwo, vakange vasingade kuti musikana wavo webasa arare pamba pavo. Zvaigona kukonzera mutauro. Paive nemumwe mufundisi weimwe chechi akatopika jeri achinzi akange abata musikana webasa chibharo. Musikana uya akazopupura kumapurisa kuti akange apihwa mari nevamwe vaida kubvuta masimba eutongi muchechi umu kuti apomhere mhosva munhu akange asina mhaka.

"A, saka regai titaure!" Baba VaMarlon vakadaro. "Nyaya iri pano, Pastor, heno kana muchiri kuyeuka musikana webasa uya waMusembwa?"

Pastor vakanyepera kufungisisa vachiedza kurangarira, asi chokwadi chaive chiri chekuti zuva raipfuura vasina kumbofunga nezvaNhamo rakange risati rasvika.

"Uya wekuti vakomana vemuchechi mangu vakamubhinya?" Pastor vakabvunza. "Mwana uya akange akagarwa nawo madhimoni! Zvakatoita vakamudzinga."

Pakambova nekarunyararo. Pastor vakarohwa nebuka, vakatya kuti vachangoerekana Nhamo wacho angopinda mumba umu kuzovabvunza kuti vairevei chaizvo kana vaiti iave nemadhimoni.

"Zvino, Pastor, wana wapera kupfa!" VaKasiya vakadaro, vachidaidzisa neshungu.

Pastor vakagutsurira musoro. "Saka, imi muri kuti tsaona dziri…"

"Pastor, haikona kuita zvekutamba neni!" Baba Kasiya vakadaro. "Ezvino, pasara wakomana wairi bedzi pachikwata chaive tanhatu. Nowabereki wavo, uhwandu hwevanhu wakapfa panguva diki wanodarika gumi."

Runyararo ruya, rwevanhu vanozvinyepera kuti vakasataura nezvacho, chavanenge vachitya panguva iyi chinogona kungotsakatika. Pastor Mugwadi ndokuzoti, "Sakai mi muri kuti chii chiri kuitika?"

"Isu tirikuti vanhu vapera kupfa," VaKasiya vakadaro. "Kana iri ngozi, tanga tati munogona kunyengetera semunhu waMwari kuti iende."

Pastor Mugwadi vakambozeya dama iri. "Pangagova nengozi sei, ivo vasina kupara mhosva?"

Marlon pese apa akange anyerere zvake, zvekuti vakuru vakange vatokanganwa kuti aive mumba umu. "Pastor, chokwadi munochiziva."

Pastor Mugwadi vakamudzvokora, vachiita sevari kuda mutyisidzira, asi chikomana ichi chakaramba chakavati nde-e.

"Marlon, mwana wangu, chokwadi chandinoziva ndeche kuti imi vakomana maive kuchechi usiku hwamuri kunzi mainge muri...."

"Pastor, hatina kukuonai here kumaAvenues?" Marlon akabva avadimbudzira. "Imi makange mabatwa nemapurisa muchitsvaga mahure. Ndosaka makabvuma kunyepa pamberi pedare, nekuti imi mune yenyuwo nyaya."

Pastor vakatarisa kuna Baba naAmai Kasiya, vachiti zvimwe vachadzora mwana wavo. Vakazviona kuti nyangwe vabereki ava vakange vaitsigira mwana wavo uyu.

"Manje kana muchiuya mumba mangu muchitaura marara, tingabatsirane chirudzii?"

"Kwete, Pastor. Tanga tati tikabatana nevasara mukubvuma mhosva yedu, zvimwe Mwari vanotiregerera." Ava ndiMai Kasiya.

Pastor ndokuti, "Vanogobvuma sei mhosva, ivo vasina zvavakaita?"

Mai Kasiya vakafinyamisa chiso chavo, sevaida kuchema. "Pastor, inga mwana wangu uyu ari kuti..."

"Mai Kasiya, haikona kubatanidza nyaya!" Pastor vakapindura zvehasha. "Dare rakaona vana ava vasina mhosva. Zvimwe musikana uya akagara akavavenga, saka akavaendera kun'anga."

"Ndizvo zvatirikuti sevanhu vanonamata kudai, ko tikaita munyengetero, Jesu adzinge masimba aSatani ari kutenderera aya, tisati tapera tose." Ava ndiVaKasiya. "Hapana asingakanganise, nyangwe muBhaibheri wani tine muyenzaniso wemmwanakomana waMambo Dhavhidhi, akamanikidza hanzvadzi yake chaiye. Ko, handiti musikana uyu akangofanana nehanzvadzi yevakomana ava?"

Pastor Mugwadi vakagutsurira musoro, vachiratidza kuti vari kunyatsofunga nezvairehwa. Chavasina kuratidza ndeche kuti pane *zvimwe* zvavaifungawo. "Aiwa, ndazvinzwa zvamareva. Zvinofadza kuona imi muchiuya kuchechi nedambudziko rakadai. Zvasiyana nemahedheni anobva ati *straight* kun'anga."

Vakanyemwerera, kunge mukuru wechikoro ari kuona vana vapasa mazamanishoni avo, ndokupedzisa voti, "Saka isu zvatoita, toronga nevamwe vese kuti tisangane, toita minamato yedu. Ini, saPastor, ndinofanira kuitawo minamato yangu ndega. Ndinoda kutanga izvozvi."

Matauriro avo, airatidza kuti Pastor Mugwadi vakange vapedza kwanhasi. Asi vaenzi vavo vakaramba vakagere. Pastor ndokuti, "Vabereki, ini ndanga ndichikumbirawo nguva yekuita ma*strong prayer* angu ndega. Mangwana ndichakuroverai runhare, toronga zuva ratinosangana tose."

"Zvakanakai, Pastor," Baba Kasiya vakatenda, vachirova mugusvu. "Tomirira kunzwa kwamuri."

Vasara vega, Pastor Mugwadi vakatanga kunyatsozeya zano rakange rapinda musoro mavo. Pastor Mugwadi havana kusvika pachidanho chavaive muupenyu vasina njere dzekuona kana painge pamuka mukana wekuzvikwidziridza kusvika pane chimwe. Uku ndiko kwavaiona sekusiyana kwavo nepovho, iyo yaigaro nyunyuta asi isingakwanise kucherechedza nguva yekushandura zvinu kana ichinge yakwana.

Nguva yanga yakwana yekuti Pastor Mugwadi vaende kumafuro manyoro. Vakange vanzwa kuti kunyika dzekumabvazuva kweYuropu, idzo dzakange dzichangobva kuzvisunungura kubva muutongi hwekomyunizimu, dzakange dziine nzara yeVhangeri. Hongu, zhinji dzacho dzaive nechechi dzakaita seRoma neOritodhokisi, asi vanhu vemunyika idzi vakange vatorwa moyo nezvavaiona padzangaradzimu, zvevaparidzi vakaita saBenny Hinn naT.D.Jakes. Vhangeri revaparidzi ava, vhangeri reupfumi nemari, ndiro raizadzisa tarisiro yevanhu vakawanda munyika idzi.

Vamwe vaparidzi vekuAmerika ava vakange vahura mapazi emachechi avo munyika dzekumabvazuva kweYuropu uku. Saka, Pastor Mugwadi vakange vafunga kunovamba chechi yavo kuUkraine. Chaidiwa imari. Ndipo paipinda mhuri dzevakomana ava. Dzaive nemari yacho yaidiwa. Hanzi namushakabvu Paul Matavire, Chaunoda kuti akuitire, wemuitire ichocho.

Pastor Mugwadi vakaenda zvavo kunorara.

Vachingodzima magetsi, vakabva vaziva kuti vakange vasiri vega mumba umu. Maive nechinhu chitema, chinhu chine nzara yechikara chesango. Chinhu chine maziso aipenya kunge madota embaura.

Shavi Rechikadzi

Chinhu chakatambanudza maoko aneminhenga kunge mapapiro eshiri.
Chinhu chaikwama nezwi repamusoro-soro.

99

Pakarira bhero rebhureki, makirasi ese epaSeke 14 High School akarutsa mazana evana, pamwe neruzha rwainzwikwa nyangwe nevaive kumasitoro. Vamwe vaimhanyisana, vachiita chikudo. Vamwewo vaikurukura nezvedhirama ravakange vaona mauro. Vamwe zvakare vaita makuhwa pamusoro pevadzidzisi vavo. "A, uri kuona kuti mazuva ano hembe dzaMiss Dzikamai dziri kuita hombe pavari? Kupera muviri kwavari kuita. Mazigaro ese aya hapasisina. Vanayo mukondasi vaya, ndivo vakaendesa hedhimasita wepaPrimary uya." Vamwewo vaironga nezvemakwikwi ekutsvaga musikana akanaka pane vose vepachikoro.

Asi paive nemumwe musikana akange akazvigarira ega pasi pemuti.

Zita rake ainzi Muchaneta Tagarira.

Mangwanani iwayo, achibva kunogeza kuti agadzirire kuenda kuchikoro, Muchaneta akawana Sticks arere pamubhedha waamai vake, ari mumagumbeze. Aona kuti mune munhu, Mucha akatora yunifomu yake kuti anopfekera kubhavhurumu. Sticks akabva apwatika.

"Ko, uri kuendepi?" akabvunza, achinyemwerera.

"Ndiri kuda kuchinja," Muchaneta akapindura, achinzwa muviri wese uchiita nyaviri nekutya.

"Ko, ukachinjira muno zvine mhosva here?" Sticks akabvunza.

"A!" Muchaneta akaratidza kushamiswa, asi chaainzwa muhana make kwaive kutya.

"Pane chakaipa here? Ini haufaniri kundinyara. Uye ini handifaniri kukunyara. Ndizvo zvinoita vanhu vakuru…."

Achitaura kudaro, Muchaneta akabva abuda mumba muya, ndiye dhumadhuma naMai Rosemary mupaseji. Muchaneta akavhunduka zvekuti akadonedza mbatya dzake. Akabva apfugama, ndokudzinhonga. Mai Rosemary vakamutarisa, ndokutarisa kudhoo, iro rakange rakashama zvishoma. Pavakasanganisa meso naSticks, akabva azvifugidza nemagumbeze. Mai Rosemary vakatarisa kunaMuchaneta, kuti vabvunze kuti chii chakange chaitika, asi akabva atiza.

Ave pabhureki kudai, Muchaneta akatanga kuchinyatsofunga nezvakange zvaitika izvi. Chikomba chamai vake chaida kumubhinya. Paive nemumwe musikana wavaimbodzidza naye kuPrimary akange abhinywa nasekuru vake, hanzvadzi yaamai vake. Paakadzoka kuchikoro, hapana aida kutaura naye, nyangwe kumira pedyo naye kana kugumwa naye. Nyangwe vadzidzisi vaita sezvinonzi aive nechirwere chinotapurirana. Kumba, musikana iyeye aioneswa pfumvu naambuya vake, mudzimai waivo sekuru vekumurepa vacho, vachiti ndiye akange aendesa murume wavo kujeri.

Musikana uya akazosvika pakunwa mushonga wemakonzo. Hapana chaainge atadza, asi kutoti ndiye akange atadzirwa, ndokurangwa pamusoro pekutadzirwa uku.

Muchaneta aiziva nezvekubatwa chibharo kwevasikana mutaundishipu. Vakange vambodzidza nezvazvo kuPrimary. Muchaneta ndiye akange akunda vamwe vake mukuratidza ruzivo pane dingindira iri.

Zvino, chaakange ave kuona ndeche kuti nyangwe zvazvo aiona njodzi yaakange akatarisana nayo, akange asingaone nzira yekuzvidzivirira nayo. Kuti amhan'are kumapurisa kuti chikomba chaamai vake chaiyedza kumubata zvisina kufanira, ipapo painesta. Amai vake hapana zvavaigona kuitawo.

Saka odii?

Bhero rakarira, mucherechedzo wekuti bhureki yakange yapera. Muchaneta akasimuka, ndokuzvitwasananudza. Zvaakange achifunga nezvazvo akambozvisendeka, ndokunangisa njere dzake pane zvidzidzo zvake. Muchaneta akange arodza pfungwa dzake ari mudiki kuti akwanise kunangana nezvine basa panguva iyoyo, zvisina achizvisendeka.

Pakapera chikoro, Muchaneta akananga kumba. Ari munzira, akasonwa nekakomana kainzi Cyril. Cyril akange ave nemwedzi achimupfimba, asi Muchaneta akange asati ave kuda zvevakomana.

Kana iyewo Cyril chaimupa shungu dzekuramba achisona, hameno akange amunyepera kuti tsumo inoti sango rinopa waneta inoshanda panyaya dzekupfimbana. Asika, ndizvo zvakange zvoitika pano. Zvakamushamisa chose kuona Muchaneta achinyatsomupindura zvakanaka. Paakakumbira kuti vaonane manheru, zvakamushamisa kunzwa chisikana ichi chichiti chaipedza kubika nekusuka ndiro kuma7.

Paakasvika kumba, Muchaneta akafara kuona panze pasina hambautare yaSticks. Asi paakasvika pedyo nemusuo, akanzwa kunge mumba maive nevanhu vaipopotedzana.

"Manje ini handisi kutamba!" Iri raive izwi raMai Rosemary. "Chikomba chenyu ndikachiona pamba pano futi imi musipo ndiri kuenda kumapurisa. Iniwo ndine mwana musikana, uyu Rozi. Kana iye Muchaneta, haasi wangu zvake kana wemuni'ina wangu, asi kwandiri anokosha. Kana pane urongwa hwakaipa neupenyu hwake, hausi kuzozadziswa pamba pangu! Kana ariwo mawaniro amuri kuita mari yerendi, ngaigare zvayo! Pano mungatogara mahara, pane kuti mwana wenyu arepwe neiro zigudo ramunodanana naro!"

Muchaneta akanzwa amai vake vachichema, vachikumbira kuna Mai Rosemary kuti vasaende kumapurisa. Vakavimbisa kuti vaizotaura nechikomba chavo. Muchaneta haana kutenda nevimbiso iyi. Amai vake vakange vasina masimba ekurambidza *Uncle* Sticks kuti vaite zvavaida.

Nzira chete yekupukunyuka nayo ndiyo chete yaakange asarudza. Muchaneta akazvinbunza kuti ndiwo mapindiro akaita amai vake here mukusapedza chikoro vave kuita tsika yekudanana nevarume vakasiyana? Vaitizawo here zvepamba pavaigara, vakaona kuti zvaive nenani kugara musango? Aiwa, nhoroondo yaamai vake ainyatsoiziva. Zvakange zvakasiyana. Pamba pavakakurira pakange pasina munhu aivanetsa, kunze kwababa nehanzvadzi dzavo, avo vaida kuti vadzidze, vavewo munhu akasimukira.

100

Taka akadzoka kuZimbabwe kuzochema baba vake. Akabva kunhandare yendege ndokunanga kumusha chaiko kuSt Pausanias. Akatambirwa nemumwe muzukuru wake, Ephraim. Hazvina kumushamisa kuti mukoma wake, Fanuel, haana kuuya kunhandare yendege.

Vaviri ava vagara vaive Jakobho naEsau. Asi, kubvira pakabuda nyaya yekuti Nhamo aita upfeve unoshamisa naFanuel pamwe neshamwari dzake, Taka akabva acheka ukama nemukoma wake.

"Nhai, Ephraim, chimbondiudza kuti zvamudhara wangu zvakafamba sei,"

Uyu ndiwo mubvunzo waizezwa naEphraim. Asi, akange akaurongera. "Sekuru, mumusha mapinda ngozi. Ngozi yatisati tamboona, ngozi inobata mhuri dzakasiyana. Ngozi isingaripike kunze kweiko kufa kuri kuita vanhu. Ine vanhu vayakanangana nayo. Ichatora mukoma wako, naamai vako, yoenda zvakare kumba kwemadzisahwira enyu."

Taka akamboramba akanyarara. "Ini hapana chavanondiudza."

"Manje, Sekuru, itotendai Mwari nekuti hamumo munyaya iyi," Ephraim akadaro.

"Iri nyaya yei, nhai, muzukuru?"

Ephraim akatarisa sekuru vake ava kunge aishamiswa nemubvunzo wakadai uchibva kwavari. "Sekuru Taka, iyi nyaya haina kutangira imi mave mhiri. Maivepo pakabatwa Nhamo chibharo. Maivepo pakarangana vabereki venyu neshamwari dzavo kuti Sekuru Fanuel nevamwe vavo varege kupika jeri."

Taka akaramba akati nde-e, asi hapana chaaiona pane zvaive mberi. Aifunga Nhamo. Nhamo waainge aramba achiti aive hure rakaita zvakaipa nemukoma wake. Asi, mumoyo make, agara aiziva chokwadi.

Taka aiziva kuti haaikwanisa kutarisana naNhamo. Zvinonzi vanhu vanodanana vanofanira kuva vese mukufara nemumatambudziko. Asi, Taka haana kuona achikwanisa kuzogara naNhamo achiziva kuti ainge aita zvaainzi akaita nemukoma wake neshamwari dzake. Hongu, mhosva yaive kuna Fanuel nechikwata chake. Asi, iye Nhamo wacho akange asisiri Nhamo waaiziva, waaida. Nhamo akange ave...chisemwa. Akange asviba, uye akange asisagezeki.

KuU.K. kwaainge ave kugara, Taka akange atanga kuzvirongera upenyu hwake ega. Sechizvarwa cheko, aive nekodzero yekuva mugari weko. Aitarisira kuti nekufamba kwenguva, ndangariro dzaizodzimwa mupfungwa dzake.

Zvino nekufa kwaitika uku kune hama dzake neshamwari dzavo, Taka akange asisazive kuti odii. Ko, aive masimba rudziwai akange ave naNhamo?

Asi, hapana aive nemhinduro.

101

Muchaneta akavhara mvura, ndokutarisa kugedhi. Pedyo negedhi paive negetsi, zvekuti aigona kunyatsoona vanhu vese vaipfura usiku uwhu.

Cyril akabva apfuura. Muchaneta akatarisa-tarisa. Amai vake vaifunga kuti aiverenga naRosemary. Muchaneta akabuda nepagedhi.

Ko, Cyril wacho zvaanenge aizeza wani? Ka komana aka kaita kunge mbatya dzake dzisinganyatsomukwane.

"Ndeipi naMucha?" Cyril akamukwazisa.

"Hapana apa," Mucha akapindura. "Ko, iwe?"

"Sha-a, handisi kunyatsonzwisisa kuti ndiwe here umire pedyo neni kudai?" Cyril akazunguza musoro, kuratidza kushamiswa kukukuru.

"Saka uri kufunga kuti ndini ani?"Mucha akabvunza.

Uyu waive mubvunzo usina mhinduro. "Sha-a, nemakore ese aya ndichiyedza kusasa newe!" Cyril akadaro. "Machinda muraini anonditi ndiri kuita inonzi *syllabus* yekunyenga musikana."

Mucha akaseka, izvi zvakafadza Cyril. "Sha-a, handinyore kuti musikana angobvuma mukomana wese-wese anenge amunyenga. Hazvingoita so."

"Saka wakabvuma vangani?" Cyril akabvunza.

"Handisati ndamboita mukomana muupenyu hwangu hwose. Iwe ndiwe wekutanga," Mucha akadaro.

Cyril akashamiswa kwazvo nemashoko aya. "Saka wandibvuma here?"

Mucha akanyatsomuti nde-e. "Iwe uri kufunga kuti ndabudirei mugedhi usiku kudai?"

"Sha-a, kana wangobvuma chete..." Cyril akapedzisa nekusvetuka-svetuka kunge kambudzana. Mucha akaseka.

"Saka iwe chimbondiudza," Mucha akabvunza, apo aona kuti hana yejaya rake iri yakange yagadzikana zvishomanini zvekuti vaikwanisa kunyatsokurukura. "Zvawati iwe unondida, unechinangwa chei neni?"

Mucha aifungidzira kuti Cyril achada kunzvenga-nzvenga pane mubvunzo wakadai. Sekuziva kwaaita kubva kune shamwari dzake dzakange dzatanga kare zvevakomana, vanhurume vaihwandisa zvinangwa zvavo. Chavaida chinhu chimwe, asi vaisagona kuzvitaura. Vaisarudza kutaura twakawanda twusina maturo, twekuti musikana akangodyira chete sehove, aibva araurwa. Ndizvo zvakange zvakaitika kuna amai vaMuchaneta, kuti vasvike pavaive ipapa pekuva chikorobho chevarume vevanhu.

"Mucha, ini hangu ndapererwa pauri. Ndinoda kuti nekufamba kwenguva uve amai vemba, amai vevana."

"Kana uchiti nekufamba kwenguva, unorevei, nhai Cy?"

"Ndinoreva kuti ndinoda kugadzira chibhanzi," Cyril akatsanangura. "Ko, kana tave nemba yedu, ndinoda kuti tive neupenyu uri nani, handiti? Iwe unozviziva wega, kumba kwedu kwakakwirira. Asi ndinoda kuti ndigadzire chibhanzi changu ndega."

"Saka wanzwa kuti ini handidiwo kugadzira chibhanzi?" Achitaura muromo iwoyo, Mucha akazvitsiura. Zvaipikisana nechinangwa chake kuti aiye aonekwe semunhu aikoshesa chikoro kudarika zvemba. Sekuziva kwake kubva kune shamwari dzake dziya, varume vakange vasingade mukadzi anokwanisa kuzviriritira, nekuti zvaizonetsa kumutonga.

Asi Cyril akamushamisa nekunyatsotsanangura. "Aiwa, handizvo zvandiri kureva. Ndinoziva kuti uri kutema gwazhi, zvekuti uchavawo munhu anoshamisira muupenyu. Zvinenge zvakanaka kuti tese tigadzire chibhanzi, ndiwo upenyu hwemazuva ano."

Vakataurawo twumwe, semukomana nemusikana. Cyril ndiye akazoti, "Iwe, unoziva here kuti dzave kuma9? Sha-a, chienda kumba. Ndinokuona molazi, asi sha-a, nhasi handirare!"

"Kana neniwo handirare!" Muchaneta akadaro. "Rega ndiende, shuwa."

Akabata Cyril mapendekete, ndokumudhonza kwaari ndokumutsvoda pamuromo, ndokuti toro kutiza. Paakacheuka, akaona Cyril achangomira pakare, muromo wakashama kunge wemunhu arohwa nezveusiku. Muchaneta akaseka, ndokutanga kufamba akananga kumba.

"Muchaneta! Uri kutsvagei usiku uno?"

Mucha akarohwa nehana. Nedzungu raainzwa rerudo, haana kuona hambautare ya*Uncle* Sticks ichisvikomira parutivi rwake. Chikomba chaamai vake ichi chaimutarisa nepahwindo.

"Nda-nda-nda-ndiri kubva kunotsvaga mabhuku matsva ekunyorera." Mucha akange omona-mona mupendero wehembe yake zvino, achiti akasimudza gumbo rimwe oritsikisa kunge aida kuita weti.

"Handei kumba, tononzwa kuti mai vako vanoti kudii," *Uncle* Sticks vakadaro.

"*Please, Uncle* Sticks, ndapota musaudze Moms vangu!" Mucha akauchira akatyora mudzura. "Munondiurayisa kani!"

Uncle Sticks vakanyemwerera. "Horaiti, chisikana. Iyi ngaiite *secret* yedu. Chipinda mumotokari tiende kumba."

"A, ndatosvika wani. Regai ndichingopedzisa netsoka, *Uncle* Sticks."

Uncle Sticks vakaridza tsamwa. "Manje ndikaenda zvangu, ndichakutangira kusvika. Hauzivi kuti amai vako ndichavaudza kuti chii."

Ziso ra*Uncle* Sticks raive riri rechikara chesango chiri kuona kanyenye kasiyiwa naamai vako. Muchaneta akaona kuti pakange pasina mapukunyuro, kunze kwekuridza mhere, zvinova zvaizopinza vanhu vakawanda nezvakawanda munyaya yacho. Neruoko rerudyi, akavhura dhoo remotokari rekumashure.

Neruboshwe, akapukuta misodzi yakange yave kuyerera.

102

Mwana wepamba pakavakidzana navo akabva apinda mumba kunoudza vaivemo kuti mupurisa asina yunifomu akange auya kuzotsvaga Betty.

"Baba Munzara, musatye zvenyu." Makombe akadaro. "Ndine munhu wandiri kutsvaga, saka ndinofungidzira kuti Betty anogona kuti batsira sezvo vaive vese muchipatara."

Asi VaMunzara vaya vakaramba vamire pamusuo pavo, vakatarisa matikitivha sezvinonzi vaigona kufembera kana vainyepa.

"Baba vaBetty, regai vapinde, kani!" Iri izwi raibva mukati memba. "Munoda kuti vanhu vemuraini vazive kuti pano pauya mupurisa here?"

Murume uya ndokutsauka, mutikitivha ndokupinda. VaMunzara vakasara vachitarisa kuno neuko kuti hapana akange avaona, ndokusanganisa meso nevagari vese vepanekistidhoo vakazendama nemadziro kunge vari kuona firimu. VaMunzara vakavadzvokora nemeso ehasha dzaMambo Faro, vavakidzani vavo ndokutizira mumba.

Mai vaBetty vakatungamira Makombe mukupinda mumba mekutandarira. Twukomana twainge twuchiona dzangaradzimu twakamhoresa Makombe, ndokubuda.

Betty akabuda munhanga make panguva imwechete iyo baba vake vakapindawo mumba mekutandarira. Mai Betty ndokudzokera kukicheni kuti vabikire vaenzi svutugadzike.

"Betty, munin'ina," Makombe akatanga nyaya yavo, vapedza kukwazisana, "Ini ndiri mutikitivha, ndinoitwa Ratidzai Makombe. Ndiri kutsvaga mumwe musikana anonzi Nhamo Mupariwa. Hameno kana uchiri kuyeuka musikana aive muwadhi imwe newe ainzi akabatwa chibharo...."

"Ehe, ndichiri kumuziva!" Betty akapindura. "Makazombonzwa nezvake? Zvainzi nyaya yake haina kutongwa zvakanaka."

Makombe ndokuti. "Aiwa, haina kutongwa zvakanaka. Asi, sezvaungazive, dzimwe nguva matare edu anosungwa nengetani dzegwara raanofanira kuteedzera. Kakawanda tichiona kuti munhu uyu apara mhosva, asi hatigone kana kumusunga chaiko. Zvisinei, vahanzvadzi. Isu, mapurisa, tirikutsvaga Nhamo uyu. Tine fungidziro yekuti ane munhu waakashamwaridzana naye ari muwadhi umu. Pane mumwe watataura naye anoti Nhamo aikurukura kwazvo nemumwe mukadzi wechikuru, ainzi anotengesa pamusika."

Betty akafinyamisa kumeso. "Kutaura chokwadi, amapurisa, ini hangu handina kunyanyogara muwadhi macho saka handina kuita shamwari makare. Ini ndakange ndisina kunyanya kukuvara, uye ndakatadza kuraramo."

Chiso chaBetty chakashanduka zvishomanini kwemasekondi mashoma, asi matikitivha akazviona.

"Ko, wakabvisirwei?" Makombe akabvunza.

Betty akaseka. "Zvinonyadzisa kuzvitaura ezvino. Zvimwe kwaive kutya kurara muchipatara, kana kuti dzimwe mharidzo dzatinombonzwa kuchechi kwedu dzinotyisa. Munoziva, ini ndaitya kurara muwadhi umu, ndikanetsa manesi nekuti ndaiti muwadhi muya maive nemuroyi."

Chiso CaMakombe ndicho chakashanduka.

"Zvevana vadiki zvainoteedzerwa here?" Mai Betty vakadaro vachipinda mumba muya netirei ine svutugadzike nekeke rainhuwirira mahobo, zvekuti zvaMakombe zvekuti he-e, ndiri kuderedza kudya nekuda muviri mutete akambozvisendeka. "Ini ndini ndakaenda kuna mufundisi wedu ndikamutsiura netsika yake yekutaura nyangwe kupwere nezvevaroyi. Inwai tii, vasikana."

"A, maita, amai," Makombe akavatenda. "Keke rinosanganisirwa mahobo ndiro randinofarira manje. Amai vangu vanobhekawo."

"Saka imi Amai vaBetty munoti hakuna varoyi?" Baba vaBetty vakabvunza.

Mai vaBetty ndokuti, "Inzwai baba venyu. Gakava iri takariita vamwe vakuru vechechi varipo. Ini handisi kuti varoyi variko kana kuti hakuna. Chandiri kuramba ndeche kuti isu maKristu toonekwa tichingotaura nezvevaroyi chete.

Hapana kana pakambotaurwa nezvazvo muVhangeri. Tikada kusimbirira nezvevaroyi izvi, tave kutsauka pane dingindira guru rechinamato chedu. Onai zviri kuitika kuNaijeriya pamusana pemukadzi uya anonzi Helen Okpaibo, kana kuBhuriteni nepamusana pechechi iya yakabva kuKongo inoparidza nezvavanoti kindoki."

"Ndizvo zvandave kufungawo," Betty akadaro. "Ndakaona kuti muBhaibheri zvevaroyi hazvinyanyo taurwi nezvazvo, saka ini ndinoedza kusimbirira neshoko rinosimbirirwawo neBhaibheri."

"Saka hauzive kuti Nhamo akashamwaridzana nani?" Makombe akabvunza.

Betty akazunguza musoro, ndokuti, "Kwete."

Makombe ndokuti, "A, kana zvakadaro, ndingati hangu isu pano basa tapedza. Ndika pedza kunwa svutugadzike iyi, ndoenda pane mumwe pamazita andinawo evanhu vaive muwadhi umu. Sezvo tirikudivi rino reHarare, ndinoda kutsvaga Mai Amina Musa kuMbare."

"MuNyasarandi?" Baba VaBetty vakabvunza.

"Hongu, vanobva kuMalawi," Makombe akapindura. Haana kurifarira zita iri rekuti MuNyasarandi. Inga vanhu vepano vanga varatidza kunge vanhu kwavo, ko zvino vanga varasika papi? "Nyangwe zita ravo vasati varoorwa rinoratidza kudaro. Vanonzi Five. Amina Five."

103

Mupepanhau rezviziviso zveHurumende reGazette, makabuda kuti Gurukota rezveMukati meNyika, achisandisa masimba aaiphwa nemutemo akange atara murairo waidaidzwa kuti *Statutory Instrument 41/09* wekuwedzera pane mutemo unonzi *Sexual Offences Act*, uchiti iwo yaive mhosva kuti n'anga kana mumwe munhu anoita zvekurapa nenzira dzechivanhu kana dzechitendero araire murwere kuti anogona kurapwa chiwere cheShuramatongo nekurara nemwana mudiki.

Insp. Mabhedla vakatambira chiziviso ichi nemufaro. Pane nyaya dzevana vainge vabatwa chibharo, zhinji dzacho dzaive nechekuita nefungidziro yaive nevamwe varume yekuti vanogona kurapwa chirwere cheShuramatongo kana vachinge varara nemwanasikana achiri mudiki, nyangwe wavo wekutumbura. Nyangwe zvazvo mutemo waivepo wairambidza vanhu kuti vasabate vana chibharo, uipi uhwu wairamba kupera nepamusana pekutiwo kwaive nen'anga dzaidzisa vanhu zvimwewo.

Zvino kana paive nemutemo wekusunga vanhu kudai, Insp. Mabhedla vakange vafunga hondo nen'anga dzakaipa idzi. Vagere muhofisi mavo, vakatanga kutaipa mazano avo pakomupuyuta. Vaitove neimwe n'anga yavaida kutanga nayo. N'anga iyi yainzi Sekuru Kwangwari.

104

Baba VaFanuel vavigwa, mhuri yekwaMusembwa yakagara dare. Vekudzina rekwaMai vaFanuel vakakumbirwa kuti vavepo.

Babamudiki vaBaba vaFanuel, VaCharles Musembwa, ndivo vakavhura musangano. "Hama dzadiwa, zvatati tiungane pano ndezvizvi. Mumwe wedu tamudyara nhasi uno, haachadzoki. Ndiyo mhedzisiro yedu tose, sezvatinoziva. Asi, pane zvaitika pano panhamo zvandituma kuti ndidaidzire musangano uno. Chinangwa changu handichekupomhera munhu mhosva, asi ndinoda kuti ndinzwisise kuti mumwe wedu uyu akasangana nechii chaizvo. Mibvunzo yangu inobva pamashoko emadzisahwira, neveukama vauya pano kuzochema nesu."

Murume mukuru akambotura mafemo. "Vanhu vari kuti Solomon akarumwa nechekuchera. Zviri kunzi ingozi yapinda mumusha. Zvino ingozi rudziwayi inonangana nevanhu vemadzinza akasiyana?"

Vanhu ndokutanga kuburumbudza. "Mai vaFanuel, mungatiudze kuti imi nemurume wenyu makazvitora kupi izvi zvakupedzai kudai?"

Meso evanhu akabva ati nhoo kunge magetsi edariro yedhirama pana Mai vaFanuel. Mukadzi mukuru akaramba akatarisa pasi. Nyangwe zvazvo mumba umu mainge makachena kunge panze, apo paifanira kuve nemaziso avo paive

nemakomba chete. Kumeso kwavo kwainge kwakatindivara, kwaramba
zvachose mvura nemafuta, kukava kwemunhu akaura nenhamo. Chiratidzo
ichi chaisapindirana nembatya dzavo dzinokosha dzavainge vakapfeka.

"Ambuya," mumwe muzukuru wavo akavatanga. "Atezvara venyu vari..."

"Ndavanzwa!" Izwi ravo raive rechembere ine chikosoro.

"Muroora, pano hausi padare rekutongwa kwemhosva!" VaCharles Musembwa
vakadaro. "Tirikuda kutsvaga kuziva kuti chii chiri kuitika, tigone kubatsirana.
Ko, tine mhosva newe here? Hatinga kusiye wakatarisana nerufu, uri mumwe
wedu. Wakatizvarira iwo machinda atinawo mumba muno. Chatirikuda kuziva
ndeche kuti kana iri ngozi yamakapara, zvinowanikwa. Ngatiise misoro pamwe
chete, tioone kukununura."

Fanuel akabva ati simu. "Muroyi ndiNhamo! Tose handei tinomutsvaga izvozvo
so!"

Vanhu vakaramba vanyerere. VaCharles Musembwa ndokuti, "Nhai, Fanuel,
kana uchiti Nhamo ndiye muroyi..."

"Imi, tirikutambisa nguva tichiita zvetumatare izvi. *Let's go find the bitch!*"
Akamhanyisa meso nemba yose, asi wose waaitarisa aibva atarisa kurutivi.
Kunze kwemuni'nina wake, Taka. Iyewo Taka ndiye waaitya kutarisana naye.

Fanuel akaridza tsamwa, ndokunanga kumusuwo.

"Ko, iwe, unoendepi?" vamwe sekuru vake vakabvunza.

Fanuel akamira, ndokuvatarisa kunge vakange vabvunza mubvunzo usina
maturo. "Ini handisi kumirira rufu, sekuru. *I'm going to find her and kill her
first!*" Chikomana ichi ndokubuda. Pasina nguva ipio, vakanzwa injini
yehambautare yomutswa, matayi achikwesherana nejecha repamusha. Fanuel
akange aenda kunovhima mhandu yake isati yamuwana.

Mai vaFanuel vakange vatozvipira kuti rufu rwaive rwanangana navo. Ko,
ndiyani aimbofungidzira kuti iyi ndiyo yaizove mhedzisiro yavo? Vakayeuka
musi wakauya Nhamo pamba pavo. Kumunyangadzira kwavo hakuna
kutangira musi wavakawanikidza tsamba dzaainyorerwa naTaka. Kubvira iwo
musi waakasvika pamba pavo, hapana kana zuva rimwe ravakamuratidza
rudo. Dai ari mumwe, inga dai Nhamo akatuta twake nesvondo rekutanga
racho. Zvino, kwekuenda kwacho ndiko kwainetsa.

Mai vaFanuel vakacherechedza kuti paive nemunhu aitaura. Vakasimudza
musoro kuti vaone kuti ndiani. Aive Golden, munin'ina waBaba vaFanuel,
mwana waCharles. "Zvatoita pano, ini ndave kumhanya kudare raSekuru
Mutwira. Zvimwe vangabvume kuuya nhasi uno chaiwo. Tikada kumirira
mangwana, isu tave kuziva kuti zuva rikangoti pu! chete, zvinenge
zvanyangara...." Golden haana kuda kupedzisa.

105

Dixon Kaunye akamboramba akatarisa FT Flava, achimumema. "Blazo, muri ngonjo here?" akabvunza.

F.T. Flava akati, "Izvo hazvinei newe. Pindura chete mubvunzo kuti musikana anonzi Nhamo unomuziva here kana kuti kwete?"

"Inga vamwe venyu ndavaudza wani kuti handimuzive."

FT Flava akafinyamisa kumeso. "Vamwe vangu."

Dixon akananzvirira miromo yake nakururimi kadiki kunge kehanda. "Pane mutikitivha wechimoko asvika pano manje-manje so achitsvaga iye musikana uyu. Vanga vachitsvaga mumwe mukadzi anonzi Amina Five kana kuti Amina Musa."

FT Flava ndokuti, "Saka hapana agona kuvabatsira?"

"Aripo," Dixon akapindura. "Vaita rombo rakanaka kuti pabva pasvika mumwe mukadzi aiti anoziva Mai Musa ava. Aenda navo kumba kwacho."

F.T. Flava ndokuti, "Mukadzi aenda kunovaratidza pamba apa unomuziva here?"

Shavi Rechikadzi

Dixon Kaunye uya akambozeza, asi akabva atambidzwa $10 yemari yekuAmerika. "Hapana chakaipa, mudhara."

Asi, chakaipa chaivepo. Chaive chiri chekuti mari iyi yakange yauya apo mabhawa ave pedyo nekuvhara.

106

Mai Kisma vakati pwati, hana ichirova. Vakabva vaziva chakange chavamutsa. Pane munhu aigugudza musuo. Vakatinya kabhatani pachiringazuva chavo, ndokuona inga dzave kuma3. Zvino ndiani angade kuvaona usiku uno?

Mai Kisma vakakambaira kubva pamubhedha paya, ndokuenda kumusuo wemba yekubikira. Vakanzwa Jannat achimukawo mumba make.

"Ndiani?" Mai Kisma vakabvunza.

"Mapurisa, amai."

Mai Kisma vakabva vanzwa kutya. Mapurisa kuuya nguva dzakadai, asi vaiuya nenhau dzerufu? Vakatanga kukinura. "Mirai, ndiri kuvhura. Ndiri ku..."

Musuo wakasandudzirwa kubva kunze, ndokuvati nepaguma bho! Mukadzi mukuru akadzedzerekera shure, ndokurovera nekichiniyuniti. Mungwendere-ngwendere wendiro dzichiwira wakaita seruzha rwegehena chairwo.

Mai Kisma vakada kuti vasimuke, ndokunzi bhutsu nepamatadza. Mukadzi mukuru akasvikoruma pasi, meno ake ndokudaira nemamwe marwadzo. Akanzwa ruomba rwainhuwa kunge mhangura mumukanwa make.

"Muroyi! Nhasi ndinoda kukuratidza kuti *you fucked with the wrong nigger!*"

Shavi Rechikadzi

Wrong Nigger uyu aive Fanuel Musembwa, nechikwata chevakomana vashanu. Akakotama, ndokuti bvudzi raMai Kisma dzvi. "Nhamo ari kupi?"

Haana kuvapa mukana wekupindura mubvunzo uya, ndokuvarovera pasi nemusoro. "Chindiroyai, zve! Zveuroyi hazvishande kana zvasangana neG.B.H. Unoziva chinonzi *G.B.H? Good Bloody Hiding!*"

Mumwe wechikwata chaFanuel akange achitora mifananidzo nekamera yeparunhare rwake.

Fanuel akatarisa kune mumwe wake, uyo waakange atumidza zita rekuti Killa Flava. "Mafesi, musaite zvemuzerere, mhani! Tsvagai mumwe muroyi wacho!"

Vakomana vatatu vakabuda mukicheni muya. Pasina nguva ipi, Fanuel akanzwa kunge vanhu vari kukakaridzana kuseri kwemadziro. Ruzha urwu rwakateverwa nekudhindha kwetsoka panze. Fanuel akabva aziya zvakange zvaitika, ndokubuda.

Nhamo akange ave kukwira fenzi yepagedhi. Fanuel akaburitsa pfuti yake, ndokutevera. Paakakwanisa kusvetuka kuseri kwegedhi riya, Nhamo akange ave kupota achipinda mune umwe mugwagwa.

Vaviri ava vakadzingirirana kwemaminiti anodarika makumi mana. Panguva iyi, vakange vasiya musha, vave musango. Nhamo akange ave kuita achimbopunzika. Fanuel akambomira, ndokusekerera. Nepaaive, aigona kumupfura. Akanangisa pfuti yake, asi Nhamo akabva asimuka ndokutatarika akananga paive nematombo.

Fanuel akamhanya zvishomanini, ndokuwana Nhamo arere pakati pematombo. Mwanasikana akange akapfeka sheti chete, makumbo aya aive pachena, akarara nedumbu. Fanuel akanzwa ropa richimhanyira kunozara kuchombo chake, kuzvika chamira kuti ngwi-i.

"Nhasi kuroya kwese kuchapera!" Fanuel akadaro, ruoko rwake rwaive nepfuti rwuchivhura zipi. "Nhasi ndichaku...."

Gaho rakabva yapera paakacherechedza kuti Nhamo akange arere pamusoro peguva. Fanuel akati ringei-ringei, ndokuona kuti vaive vari kumakuva. Mucherechedzo uyu wakaita kuti anzwe nyama dzake dzikwizwe nechando.

"Fanuel Musembwa!"

Fanuel akacheuka. Pane vanhu vaiuya kwaari. Nomusa, Makombe, Chine naTaka. Paakaona wechishanu, meso aFanuel akabata musoro neruoko rekuruboshwe, akashama muromo asi mazwi airamba kubuda nekukatyamadzwa.

Nekuti munhu wechishanu aive ari Nhamo. Fanuel akaedza kutsvaga mhinduro kune mubvunzo wakange wapisa njere dzake, wekuda kuziva kuti kana Nhamo akange ari pane vanhu vaiuya kwaari, ko akange arere pasi apo aive ani.

Akatarisa pasi. Chinhu chaakaona chakamukonzera kuti azvipfure. Bara rakarova nepahudyu, Fanuel ndokunzwa seabayiwa nemoto chaiwo. Pamberi pebhurugwa rake pakabva patindivara, mitsetse miviri ndokuyerera nemakumbo ake kunge azviitira weti.

Ropa riya raiti rikadona pasi, raibva raita seradonera pachoto. Fanuel ndipo paakabva anyatsonzwisisa zvose zvakange zvichiitika. Kuti sei Nhamo nevamwe vake vasina kusvika pedyo.

Aive amire panzvimbo inoyera. Asi kuyera kwayo kwakange kwakasiyana nekwemachechi kana dzimwe nzvimbo dzinonzi dzinoyera nevezvinamato akasiyana. Pano pamakuva pakange pasiri panzvimbo paiyereswa naMwari wevapenyu, nyangwe vaimudaidza kuti Yahweh, Allah, kana kuti Neteru. Uku kwaive kuyera kweuipi, kuyera kwezvose hazvo zvinotyisa munhu wenyama, zvinogara muhope dzinotyisa, zvinhu zvemarinda, zvinhu zveusiku. Aiwa, nzvimbo iyi yakange isingayeri asi kuti yaive yakan'ora.

Apo painge parere Nhamo, pakange pamire rinenge zishiri rakatambanudza mapapiro aro. Fanuel ndipo paakazhamba zvomwene. Rakamuruma ruoko rwaive nepfuti, ndokuri kwachura. Ropa rakafashuka kunge mvura yepombi, rikagamuchirwa neivhu riya rakan'ora kunge ivhu regwenga rawana makomborero emvura.

Vashanu vaya vaiona shura iri vakanzwa ivhu richiita zvekusveta ropa riya.

Fanuel akange awira pasi zvino, achirwisana nezishiri riya. Rakamujobora-jobora, vakanzwa kuti pwa! pwa! kwedehenya nemamwe mapfupa zvichitsemurwa, kunge danda riri kutsemurwa nedemo.

Mushure mezvo, zishiri riya rakasimuka, ndokuvatarisa. Ndipo pavakaona kuti rakange risiri shiri bodo, asi kunge munhukadzi ane maoko ane munhenga. Mukadzi uya akavatarisa.

Ndokubva angotsakatika.

Nomusa akati, "Zvapera."

107

Mucha akarohwa nehana achipinda mumugwagwa wepaaigara. Pamberi pegedhi repamba pavo pakange pakamira Santana yemapurisa. Akabva angofunga kuti *Uncle* Sticks vakange vasungwa pamusana pezvavainge vakamuita. Zvino kana vasungwa, amai vake vaitomupa mhosva yekuvakanganisira upenyu hwavo.

Asi paakasvika pedyo, akasvikowana amai vake vachitaura nemumwe mupurisa. Hameno chakamupa fungidziro yekuti aiziva mupurisa uyu, pane kwainge akambomuona. Vachimuona achisvika, amai vake ndokuti, "O, uyu Mucha, uchamuziva here?"

Mupurisa uya ndokunyemwerera, achitarisa kuna Mucha. "A, inga atovewo zigadzi! Nhai, Muchaneta, ndiwe here?"

"Ngaafanane nasazita vake," Patience akadaro. "Ivo varisei ko, mazuva ano?"

Mupurisa uya ndokuti, "A, zvehanzvadzi yangu iya! Vakaenda kuBhuriteni nevana, ndokusiya murume kuno. Zviri kunzi vari kugara nemuRungu kwakare kuBhuriteni kuya."

"A, Bhuriteni yaparadza misha yedu kani," Patience akatsutsumwa.

"Bhuriteni ndiyo yadii zvayo, mhosva inotangira muno maita manyama amire nerongo. Handiti nhamo yawaridza munyika ino ndiyo inotuma zvizvarwa zvayo kuti zvipotere nenyika dzine unhu usingapindirane nehwedu?"

"Saka ari kutumira ma*pounds* here iye mukwasha mutsva?" Patience akabvunza.

"Kwani, ko?" Mupurisa uya akaseka. "Hanzvadzi yangu iri mujeri iya. Anorambidzwa kushandisa runhare. Mumwe musi ndakaichaya ndiri ini, ichibva yadairwa neiye murume wacho. Haana kana kundikwazisa, paakanzwa kuti iri izwi rekuZimbabwe chete, akabva ati, 'There's no money, mate', ndokukata runhare rwuya. Hanzvadzi yangu inorambidzwa kutaura ChiShona nevana vake, hanzi muri kundireva."

"Heya, vaRungu ndizvo zvavari?" Patience akadaro. "Inga zvinonzi ndivo vanhu vari pedyo naMwari."

"Aiwa, handivese kani," mupurisa uya akadaro. "Tine mumwe muzukuru akaroorwa nemuRungu iko kuU.K. Akauya naye gore rakapera, aiwa munhu chaiye. Zvinosiyana, sekusiyana kwazvinoita kuno."

Pavakambotinyararei, Muchaneta akasweredza amai vake.

"A, Mucha, ngatipinde mumba titaure," Patience akadaro, achisekerera.

Kutya kuya kwaMuchaneta kwakabva kwawedzera. Asi vanhu vakuru vaviri ava havana kuzviona.

"Aiwa, ko zvine mhosva here tikataura pano panze?" mupurisa uya akabvunza. "Muudze, Peshi, ndisati ndataura ndiri ini nekuti *excitement* yacho yandinayo..."

"Muchaneta, ava ndivo *Daddy* vako,"

Maziso aMuchaneta akaita seachaputikira mumusoro make. Achitarisa kumupurisa uya, akabvaona kuti chaive chokwadi. Vakange vakafanana kunge mabhanzi, musiyano chete waive pakuti ava vaive emumhu wechirume, uye vakange vakura pazera.

"Baba vako vati ivo vanoda kukutora, unogara navo," Paaitsanangura izvi, ainyatsotarisisa chiso chemwana wake. "Unoda here?"

Muchaneta akagutsurira musoro, achimwerera .

"Hazvisi zvekumanikidzwa, wazvinzwa here?" mupurisa uya akange anzi ndiye baba vaMuchaneta akadaro. "Kana ukaona usingafarire kumba kwangu, unogona kudzoka kuna amai vako ava."

Kukura kwake, Muchaneta akange aronga mashoko ekutaura kuna baba vake. Chekutanga, aizovabvunza kuti nguve yese iyi chaivatadzisa kuuya kuzomuona chii. Chechipiri, aizovavhunza kuti chakange chashanduka chii. Chechitatu, aizovavhunza kuti chaivapa fungidziro yekuti vaingoerekana vauya, vachisvikotambirwa nemaoko maviri chii?

Asi mhinduro kune mibvunzo iyi yakange isisina namaturo. Chikuru mupfungwa dzaMuchaneta chaive cherechedzo yekuti Daddy vake vakange vauya kuzomununura kubva mumaoko a*Uncle* Sticks. Saka, panguva iyi, Muchaneta akange achinzwa mufaro mukuru.

"Kana uchida, tinogona kuenda izvozvi so, rongedza twako tiende neSantana."

Muchaneta akabva amhanya kunoita saizvi. Patience akaseka. Aifarawo kuti baba vaMuchaneta vakange vave kuda nezvemwana wavo wemusango uyu. Naiyewo zvaimunetsa kuti sei vangoerekana vauya kudai. Asi akange agutiskana netsanangudzo yavo; mudzimai wavo akange ashaya, uye vana vavo nemudzimai iyeye vakange vakura vasisagare pamba zvekuti pakange pasisina aikwanisa kuzonetsa pakugarisana naMuchaneta. Zvino zvinganzi zvikonzero zvisina maturo?

Zvakare, Patience ive nepfungwa dzaienderana nedzemwana wake, dzekuti kuuya kwababa vaMuchaneta ava kwaive kuri kudairwa kweminamato chaiko. Matarisiro aiita *Uncle* Sticks akange asina kunaka chose. Semugari wemutaundishipu kudai, Patience akange asingade hakata kuti afembere zvaizoitika. Kuenda kuna baba vake uku kwaive kununurwa kubva mumukanwa meshumba. Zvikurusa zvavaive mukuru wemapurisa kudai.

"Gara zviya, wave nechidanho chaani kuchipurisa?" Patience akabvunza, achitarisa nyembe dzababa vaMuchaneta. "Sajeni? Hesi, mhani!"

Baba vaMuchaneta vaya vakanyemwerera nemanyau. "Sajeni, wena. Ukasvika pakamba huru yemuHarare, unoti unoda kuona Sajeni Kwete."

108

Musuo wepahofisi yemupepeti mukuru we*Murindi* wakazarurwa. Mai Banda
vakasimudza musoro, ndokuona inga ndiChine, nemumwe musikana. Vakada
kuti vatange kumupopotera netsika yekuita madiro aJojina nehofisi yavo, asi
Chine akabva azendama nedhesiki ravo, ndokuvaritidza hamvuropu yaive
muruoko rwake.

Mai Banda vakatora hamvuropu iya. Yaive nechitambi chefemu yekuU.K. yainzi
Declan Literary Agency, iyo inoita basa rekutsvagira vanyori nzira dzekukohwa
pakuru nemabasa avo. Mai Banda vakavhura hamvuropu iya, ndokurava
tsamba yaive mukati.

Changamire

Kambani inotsikisa mabhuku akarerekera kune renyu yeArc-Ane Press,
inofunga kuti mungagustikane ne£25000 pamberi. Zvakare, venhepfenyuro
yeDiscovery Channel vari kutuma vanyayi kubva kuAmerika svondo rinouya.....

Mai Banda vakatarisa Chine, ndokubvunza: "Zviri kurevei izvi?"

Chine ndokuti, "Zviri kureva kuti zvangu zvaita, Mai Banda! Saka ini ndafunga
kusiya basa pano."

Shavi Rechikadzi

"A! Kusiya basa?"

"Ehe, Mai Banda. Vakuru vakati chisingaperi chinoshura," Chine akadaro.

"Iwe unoshura, zvechokwadi," Mai Banda vakadaro. "Ndiani anga akatarisira kuti pako pano pachapera? Saka ibhuku ripi manje rawatengesa iri?"

"Rinotaura neizvo zvamakandirambidza pano," Chine akapindura. "Honai, vamwe vari kuda kundipa mazidzakwatira."

"A, totofara kana wawana anozvida, shamwari," Mai Banda vakadaro. "Makorokoto, Chine. Wabudirirawo. Asi, ziva kwakabva. Uye mari iyoyo, yeuka kuti midzimu haikupe kaviri. Uiite zvine musoro nayo. Tinavo vanyori vakambobata dzinopfuura ipapa vave marombe anoshaya nyangwe neandapendi. Zvino, dai wakaroora, une munhu anokubatsira kuronga zvekuita nayo."

"Mubatsiri ndakamuwana hangu," Chine akadaro, achinyemwerera.

Mai Banda vakabva vatarisa kunaSekai, ndokuti, "Zvinamare! Vatoriko vanoti vakaona Chine Makawa, vototi ndawana mukomana. Asi akakupfimba nekatsamba ikaka ke£25000?"

"Kwete, Amai," Sekai akapindura, achiseka. "Tave nemasvondo akatiwandei tichidanana."

"Heya? Bva vekwako vakakusaidzira kumafuro manyoro," Mai Banda vakadaro.

"Vekwangu vandisaidzira kune murume akarongeka," Sekai akadaro. "Asi, mukore uno, zvave kuda kuti zvifanane kunzungu kunyimo. Zviya zvekuti mukadzi wachiremba ndinesi zviya hakuchina. Mazuva ano, mukadzi wachiremba ndichirembawo."

Mai Banda vakagutsurira musoro, asi vakange vasati vaona kuti musikana uyu ainge akanangepi nemashoko ake.

"Mai Banda, vakuru vakati vahosi kusiya musha, unopinda vamwe. Saka ini ndangandichitsvagawo basa pano papepanhau renyu semutapi wenhau. Hamungati hapana basa sezvo mumwe wevatapi venyu venhau achangobva kurisiya."

Mai Banda vakamboramba vakamutarisa, vachiti zvimwe achati, "Ha-a, kutamba zvangu." Sekai haana kudaro, asi akasvitsa CV yake. Mai Banda vakatarisa pejei yekutanga, ndokuti, "Ndichakupai mhinduro mangwana chaiye."

Sekai naChine vakaoneka mupepeti uya. Vaida kunosangana naNomusa, uyo akange akasuruwara nekuti mukomana wake akange atumira shoko rekuti akange asisakwanise kuuya kuZimbabwe sezvavainge varangana.

109

Vakange vari mubani, pedyo nemugwagwa unoenda kuDema uchibva kuHarare. Varume vaidarika makumi maviri, nevakadzi pamwe nevana vaisvika zana. Vese vakange vakapfeka nguo dzakachena kuti mbe-e. Kumberi kwavo, kwaive nemureza wemitsetse miviri, imwe ichena, imwe tsvuku, nemichinjikwa nhatu.

Panguva iyi, nhengo idzi dzeChitungwiza North Apostolic Church dzakange dzimire dzakatarisa kumureza uyu, dzichiimba rwiyo rwokunyengetera kuna Mai Maria, Amai vaJesu.

Tsitsi dzaMai Maria

Tsi-itsi dzaMai Maria

Kune vanopinda 'Positori, Catholic kana Coptic kana mamwe emasangano echiKristu anodzidzisa kuti Amai Maria vanogona kunyengetedzwa kuti vataure neMwanakomana wavo, vanozvizivira kuti nziyo dzekuimbira Hosi yeDenga dzinoimbwa nemoyo wese, dzinoimbwa nemunhu asisina kunyara kana kuzvidzora, ari kudisisa kuti kuchema kwake kunziwikwe.

Bani rese rakangova *Tsitsi DzaMai Maria*. Vaive mudzimba dzaive mhiri kwebani vaita kanzwira kure kuimba uku, asi kana naivo vakanzwa kuchivabata moyo, kuchivatondedza kuti pakati pechita chedu pane vane matambudziko akasiyana uye vamwe vavo panguva iyi vakange vachitsvaga rubatsiro kubva kuna Mwari.

Madzibaba Mamvura vakasimudza ruoko, chechi yese ndokunyarara. Mukuru wechechi vakamira pamberi pevatendi, vakazendama netsvimbo yavo.

"Muri kuimba kudai, ndaratidzwa neNgirozi maererano nezvaMadzimai Patience Tagarira," Madzibaba Mamvura vakadaro. "Vari pano?"

Hana ichirova, Madzimai Patience vakaenda kumberi ndokupfugama pamberi paMadzibaba Mamvura.

"Pane mumwewo here aratidzwa nezva Madzimai ava?" Madzibaba Mamvura vakabvunza.

Madzibaba Donald vakasimudza ruoko. Jaya iri rakange rava nemwedzi mishomanana richipinda chechi, uye rakange richiri kuchikoro. Asi, Madzibaba Donald vakange vave kuratidza kuti simba raMwari raive pavari. Kune rimwe rutivi, zvaifadza kuti kwaive nevechidiki vainamata zvekuzosvika pakupuwa chipo cheuporofita. Asi, kazhinji kacho zvaikonzera godo mumoyo yevakuru, avo vaidawo chipo ichi kuti vagone kunyatsotonga nhengo dzechichi. Mukuva negodo umu ndimo maibva kupatsanuka kuita misangano isingaverengeki yechiPositori.

"Madzimai, mwanasikana wenyu aripi?" Madzibaba Donald vakabvunza, vachisebera pedyo naMadzimai Patience.

"Ndakamuendesa kumba kwababa vake nezuro," Madzimai Patience vakapindura. Vakada kuti vabvunze kuti ko sei madzibaba akange atanga kubvunza nezvemwana wavo, Mucha. Asi vakazvidzora, semunhu akange azvipira kuteedza mirairo yose yechiPosotori, nekuti vakange vatenda kuti pakanga pasina rubatsiro muupenyu hwavo kunze kwePositori.

"Makamuendesa kumba kwababa vake nekuti maitya kuti murume wamuri kugara naye ari kumubhinya!" Madzibaba Donald vakaendera mberi.

Madzibaba Mamvura vakagutsurira musoro, vachibvumirana nezvanga zvichitaurwa nejaya iri.

Madzimai Patience vakavhura muromo kuti vapindure, asi Madzibaba Donald vakange vasati vapedza.

"Makatya kuti mubvunze murume wenyu nezve nyaya iyi, nekuti ndiye anokuriritirai. Zvino, kudya kwamuri kuita, uku kwamunokwanisa kuzvitsvagira mega, kunokosha kudarika mwana wenyu here?"

Madzimai Patience vakange vave kusvima misodzi. Vaigoramba sei, ichi chaive chokwadi chaitaurwa.

"Muri kuona, vanhu vaMwari, zvandinotaura?" Ava ndiMadzibaba Mamvura. "Mese munouya pano muchitsvaga muroyi, asi dzimwe nhamo dzamuri kusangana nadzo ndezekuzvipa! Amai ava imvana isina murume akairora. Vane nungo dzekuzvishandira, basa ravo nderekutsvaga vanovachengeta. Zvino ndiyo mhedzisiro yacho iyi, nekuti vanovachengeta vacho havana matyira kana nyadzi. Vanoita zvavanoda. Asi, handiyo nyaya yatinayo pano. Madzibaba Donald, dudzirai madzimai aya zvarehwa neMweya Mutsvene!"

Madzibaba Donald vakaenderera mberi. "Zvino Madzimai imi, ndanzi ndikuudzei kuti kwamaendesa mwana wenyu ndiko kumapere chaiwo! Imi hamuna kumbozvibvunza kuti sei baba vake vangoerekana vave kuda nezvake?"

"Ndakati zvimwe miteuro yangu yanzwikwa!" Madzimai Patience vakadaro. "Ndapota hangu, mwana wangu achiri mupenyu?"

"Achiri mupenyu, Madzimai," Madzibaba Donald vakapindura. "Asi baba vake nhasi uno vanoda kumuita mukadzi. Pane n'anga yaka vaudza kuti vanofanira kurara naye kuti varapike chirwere chavainacho. Zvino nhasi chaiye vanoda kuti varare naye."

Chechi yose yakanyarara kuti zi-i, Madzimai Patience vachingochema pakavakange vakapfugamira.

Papfuura kanguva, Madzibaba Mamvura vakati, nezwi rehasha, "Imi, chamuchakapfugamira ipapo chii? Endai muno tsvaga mwana wenyu asati azadzwa AIDS nababa vake!"

110

Mucha akasvikowira patsangadzi, achigegedzera zvomene. Sajeni Kwete vakamira, vaneta. Murume mukuru aifemera pamusoro kunge munhu ane asima. Mucha akagara akapfunya chisero. "Saka, Daddy, zvino mbavha dzacho munodzibata sei kana musingagone kumhanya?" akabvunza.

Baba vake vakada kuti vataure, asi izwi ranga raenda. Vakangosimudza maoko, ndokusvikowira pedyo naye.

"E, regai mupepwe nemukunda wenyu!" Mucha akadaro, ndokuvhura bhasiketi rainge rine zvekudya. Mainge mune mabhodhoro emvura. Mucha akasimudza rimwe, baba vake ndokuribvuta, ndokurivhura nemazino, ndokudhudhutsa kunge munhu ari kumanikidzwa kuti anwe akanongedzerwa pfuti.

"A, ndanga ndafa, Mucha!" Sajeni Kwete vakadaro. "Unoziya, saShefu kudai, ndakapedzisira kumhanya kare-kare! Zvekumhanya izvi zvinowanzoitwa netukomana twakapinda basa nezuro twuya! Isu vanaKwete, chedu kuenda kumabiko nekugara muhofisi. Hausi kuona zidumbu racho?"

Mucha akange ave kuwaridza jira rekuti vagarire. Akatarisa baba vake, ndokunzwa rudo rwuchitutumira kunge tsime, rwuchibva muzasi memoyo wake. Chaive chokwadi here kana kuti airota zvake kuti baba vake vakange vamutsvaga, uye vakange vave kuda kuti vamboonana naye kuti vatsive makore ese aya avakange vasipo?

Vamwe vana vavo vakange vaenda kuchikoro. Sajeni Kwete vakange vatora ofu kubasa. Zuva ravo naMucha rakange ratanga nekuenda kuguta. Mwanasikana akanzi asarudze chese chaaida, ndokututa zvipfeko, marekodhi nezvimwe zvinoda musikana wemazuva ano.

Zvino vakange vave kusango raive pedyo neHarare. Mucha akange audza baba vake kuti pazvidzidzo zvekuchikoro, ainyanyofarira zvenhoroondo. Saka Sajeni Kwete vaida kumuratidza manhinga evanaMaisiri avaiziva kuti aiwanikwa musango umu. Vakange vamutengera kamera, kuti atore mifananidzo yenzvimbo iyi.

Zvekubatwa chibharo na *Uncle* Sticks akange asati azvikanganwa, asi kuna Mucha zvakanga zvisinabasa nekuti ndizvo zvakange zvakonzera kuti amai vake vamuendese kuna baba vake. Akazviudza kuti yaive mhosva yake akaitwa zvaakaitwa nekuti akazviratidza akashama kuna *Uncle* Sticks. Semunhurume, vaigodii? Ndizvo zvinoita varume vese, havagone kuzvidzora.

Zvakare, Mucha aigona kuzviudza kuti zvaakange aitwa aizvifarira. Zvaireva kuti akange akura, ave kuita zvechikuru.

Asi, pakati peusiku, mwanasikana uyu aipepuka achidikitira, achibvunda. Akange ave kuita sekunge aive vanhu vaviri vaigara mumuviri mumwe. Wekutanga akange aparadzwa mumweya nezvaakange aitwa, aive nepfungwa dzekuda kuzviuraya uye aitya kuti amai vake vakazviziva kuti akange arara nemurume wavo, vaizomuvenga. Mucha wekutanga uyu aitya kuti baba vake vakazviziva kuti akange asisiri mhandara, vaigona kumuramba zvakare. Asi Mucha wechipiri akange ave munhu anoruzivo rwakadzama mune zvepabonde, munhu akange asisina nyadzi, munhu aitora masimba ake ekutungidza moto weruchiva muvarume sezvombo zvekurwisa nazvo hondo dzeupenyu.

Sajeni Kwete vakamutarisawo, pfungwa dzichipishana mumusoro mavo. Kune rutivi urwu, vaiona mwana wavo. Mwana wavakange varamba nekuti vakange varamba amai vake. Mwana akange asina mhosva, asi wavakange vari panguva iyoyo kurongera kuitira kunyangadza kusingataurike nezvako. Asi, vakafunga kukurumidza kuneta kwavaita mazuva ano, nekusanzwa kuda kudya, ndokuzvishingisa pane zvavaida kuida nekucherechedza kuti nguva pakange pasisina. Vakange vatozvipira kare kuita izvi.

Vakange vanyanya kumudzvokora, nokuti akapwatika kuseka. "Ko, Daddy, kuzonditi nde-e kudaro!"

"Unoziya, mwana'ngu, ndanga ndichirangarira rimwe zuva ratakaita pikiniki naamai vako," Sajeni Kwete vakadaro. "Vakange vakapfeka zvakangoda kuita sembatya dzako, uye makafanana kunge mabhanzi mhani! Zvabva zvaita sekunge karenda yadzoswa shure."

"A, saka munoreva here kuti kare vanhu vapfeka mahipster?" Mucha akabvunza.

"Ehe! Vana vemazuva ano munozivei? Yamunoti fashoni, ndiko kupfeka kwaiveko makore makumi matatu apfuura! Amave kuti mahipster aya, taiati ma*bell bottom.*"

"Zvino, sei vechikuru muchishoropodza kupfeka kwemazuva ano?" Mucha akadaro. "Munoda kuti pomhera mhosva yekurasa tsika, nyamba tirikutoteedzera imi!"

Sajeni Kwete vakaseka. "Mwana iwe!"

Mucha akange akapfunya chisero. Nepavakange vagere, baba vake vaigona kuona mucheka webhurugwa rake remukati, uye nemutsetse wemagaro. Kumberi uku, mudhabha waakange akapfeka waibata zvekuti wakange wakadhindikira zvese zvemuviri wake. Zvakare, guvhu rake raive pachena. Pazasi peguvhu rake, ganda rake rakange rakati svibei nemuganhu wetubvudzi. Kumusoro uku, mazamu akange akazvimbisa bhurauzi rake.

Sajeni Kwete vakange vasisaone mwana wavo, asi musikana wavaida chose kurara naye. Vakasebera pedyo naye.

Iyewo Mucha, kuseka kwakabva kwapera. Matarisiro ababa vake aimunetsa, nekuti aimurangaririsa.......*Uncle* Sticks. Akabva azviona kuti akange akapfeka bhurauzi rinobata, uye mazamu ake akange akaita zvekunongedza kuna baba vake.

Asi, ava vaive baba vake ka. Nyangwe vakamuona asina kupfeka, zvakange zvakasiyan nekuwanikidzwa nemumwewo munhurume zvake. Akazvitsiura nepfungwa yakange yave kupinda mumusoro make.

"Mucha, une mukomana here?"

Munvunzo uyu wakamurovesa hana. "A, nhai, Daddy, mungabva mandibvunza zvakadaro?" Akamhanyisa meso, ndokuona kuti vaive vega musango.

"A, ndiri Daddy vechizvino, sezvauri kuona. Ndinoda kuziva zvese zviri kuitika muupenyu hwemwana wangu."

Zvakare, Mucha akazviudza kuti kutya kwakange ave kuita kwakange kusina kufanira. Daddy vake vakange vakasiyana na*Uncle* Sticks.

"Handina mukomana," Mucha akapindura. "Ndichiri mwana mudiki!"

"Uri zera raamai vako patakadanana," Sajeni Kwete vakamuudza. "Saka hazvingandi shamisi kuti wave nekamufesi kako. Ndiko kukura kwacho. Asi kanofanira kuziva kuti unaDaddy mupurisa, Daddy vane pfuti"

Mucha haana kunzwa kusununguka achitaura nyaya dzakadai nababa vake. Akada kutsvaga dzimwe, ndokuti, "Daddy, zviya mati muchandiratidza manhinga evanaMaisiri!"

"Wanga wapedza kudya here?" baba vake vakabvunza.

"Ndaguta ini, Daddy! Imi hapana chamadya. Asi handei, togona kuzopedzisa." Mucha akasimuka, ndokutanga kurongedza. Akange akakotamira baba vake. Sajeni Kwete vakaona kuzvidzora kuchivanetsa chose panguva iyi, vachiona maumbirwo emwanasikana wavo. Asi panguva iyi, akange asiri mwana wavo. Aive musikana wavairwarira. Musikana akange aine mushonga wekuvarapa chirwere chainzi hachirapike.

Mafungiro akadai, ekuona nyaya yacho seyekutsvaga kurapwa, aita kuti zvive nani mupfungwa dzavo.

Sajeni Kwete vakada kuti vamubate magaro, asi Mucha akabva ati swatu, apedza kurongedza. Akavanyemwerera. "Handei zvedu. Totakura here bhasikiti, kana kuti tosiya?"

"Siya," Kwete akadaro, ndokusimuka.

Mucha akatungamidza, kunge aiziva kwavainge vakananga. Sajeni vakagutsikana zvavo kuva kumashure. Ko, ndipo pavaigoramba here iko kwaive nekudya kwemeso kudai!

Mucha akacheuka kuti avabvunze nzira, ndokuona vakati nde-e. Mwanasikana akaseka. "Ko, Daddy, nhasi muri kunyanyogayei?"

"Hm? Ha-a, unongoziva isu mapurisa, nyangwe tiripakuzorora so, pfungwa dzedu dzinenge dziri pabasa."

"Inga mati basa nderevatsva wani?"

"Eheka, asi rangu nderekuona kuti vatsva ivava vari kuita basa ravo. Kanenge kauya kubasa kasina yunifomu, kamitisa musikana wako, kanenge kakuvara basa, zvese izvi zvinhu zvinoda kugadziriswa neni." Kwete akange ave kufemereka zvino, vachinzwa kuzarirwa. Vakambozendama nemuti.

"A, Daddy, haikona kuita sezvinonzi mune makore zana ekuzvarwa!" Mucha akavatsiura achiseka.

111

John aiwanzomirira kuti kusvibe asati avhara musika wake wemabhuku. Vazhinji vevatengi vake vainge vadzoka kubva kubasa. Uye, pakange pasina chekumhanyira kumba sezvo aigara oga. Asi, paakaona Sekuru Kwangwari vachiuya kwaari, akatanga kubata-bata mabhuku ake, achiakanda mukadhibhokisi yaive pasi petafura yemusika.

"Asi mave kuvhara chitoro chenyu, nhai Matemai?"

John akavhunduka paakanzwa izwi iri, izwi rakatsetseka kunge izwi remuChitawara anomisa vanhu mumigwagwa. Waiti ukarinzwa, hawaimbofunga kuti nderemunhu ane meso anenge echidhori chemudhisipureya yechitoro kudai.

"A, ndati zvangu ndipfuure nepachipatara ndidongorere muzukuru wangu akaendeswa mauro, mushure mekutsva nemvura yekugeza." John hazvina kumushamisa kuti izwi rake rakange rave kuita seremunhu ari kuimba ari panze pane mhepo yanyamavhuvhu. Kutya kwaainzwa panguva iyi kwakange kusingatsananguriki.

John aitengesa mabhuku aaiwana kazhinji kubva kuvaRungu ekumasabhabha eHarare. Mamwe mabhuku aya aive evakange vafa, araswa zvawo. Mazhinji aive nganonyorwa zvadzo, vanaWilbur Smith, vanaJames Hadley Chase, mururimi rwechiRungu. Kutengwa kwemabhuku aya kwakange kwawedzera nekuti akange ave kudhura muzvitoro. John akange ave kutengesa mabhuku anoshandiswa muzvikoro. Aya aimunetsa kuti atengese, nekuti aive nezvidhindho zvezvikoro zvakasiyana, zvichiratidza kuti akange akabiwa. John akange akakurira muchiKristu, uye mukoma wake aive mufundisi wechechi.

Mwedzi mina yapfuura iyi, John akawana mabhuku emumwe muRungu akange ashaya. John akakurumidza kuona kukosha kwemamwe emabhuku aya; aive nenhoroondo yeZimbabwe, sezvo mushakabvu uyu aimbove muhurumende yeRhodesia. Asi, mamwe mabhuku haana kuanzwisisa. Aive nemifananidzo yaaityisa, mifananidzo yezvivanhu zvine misoro yembudzi, nemashoko mururimi rweLatin. Chakamunetsa ndechekuti vaHanratty, muRungu waakatengesera mamwe acho enhoroondo akabva ashanduka chiso paakaona rimwe remabhuku aya.

"Nhai, chikomana, mabhuku aya wakaona kupi?" vaHanratty vakabvunza. Vaita sezvinonzi John akange avaratidza mbanje, kana zvimwe zvisingabvumidzwi pamutemo.

John akada kuti atsanangure, asi vaHanratty vakange vave kumusundidzirira kumusuwo wechitoro chavo. "Usauye pano futi, wazvinzwa!" murume akange ave kuita ruzha, zvekuti vamwe vatengi muchitoro make vakasimudza meso, vachiedza kunzwisisa zvakange zviri kuitika.

"Baba, hamunganitaurire kuti chii chakushatirisai?" John akabvunza, ndokunzvenga bhuku raakange apotserwa navaHanratty, ndiye pidigu. Arere pasi kudaro, mabhuku aya, pamwe nemashoko ekutuka, zvainaya kunge mavhuramahwe. Neshungu panguva iyi, vaHanratty vakange vakanganwa chiShona chavakange vadzidzira kwemakore makumi mashanu vari munyika ino. Vaimutuka neIrish, mutauro wenyika yekuzvarwa kwavo.

John akatarisa kumeso kwemusharukwa uyu, uko kwaiwanzowa nemufaro nejeya, ndokuona hasha nekutya. "VaHanratty, chamuri kundiitira hasha chaicho chii?" Apa, izwi rake raive riri remunhu ave kuda kuchema.

Akaona nechiso chavo kuti hasha dzavaHanratty dzakange dzave kuserera. Musharukwa akafinyamisa kumeso, ndokukotama kuti anyatsotarisa John. "Inga zvedi hapana zvauri kuziva!"

"Zvei?"

VaHanratty ndokupwatika kuseka. Mapfupa epamapendekete avo aya aita seachabora nyama nebachi ravo. "Heya, munofunga kuti varungu vese vanopinda Ingirandi kana kuti Roma seni? Tora mabhuku ako, unoapisa!"

Hameno chakasakisa kuti John asaapise. Zvimwe yaive fungidziro yekuti aigona kuwana mumwewo angade kuatenga. Ichi ndicho chaive chikuru, kutsvaga vanhu vanotenga mabhuku ake. Nyangwe echikoro acho akabiwa, ko ndipo pavaizorega kuaba here munyika macho mose? Uyu waive mubvunzonhando. Nyaya yaivepo ndeye kuti John aive mutengesi wemabhuku, zvekuti aive pamusoro pechii kana kuti anga abvepi, zvakange zviri kure naye.

John akayeuka musi Sekuru Kwangwari pavakatanga kusvika pamusika wake. Vakange vasinga wanzotaudzana zvavo, kunze kwekumhoresana. Zvakashamisa John kuti musharukwa uyu aimuziva nezita. Ivo Sekuru Kwangwari hapana akange asingavazive mutaundishipi, nekuti vaive n'anga.

John, sevazhinji vechidiki, aifunga kuti vanoita zveun'anga kana zvimwe zvepasichigare havana kudzidza. Saka, zvakamukatyamadza kuona Sekuru Kwangwari vachisimudza mabhuku aainge awaridza patafura, vachitarisa pfupiso dzaive kumashure awo.

"Iri iri kuita marii, John?" vakabvunza.

John akaritarisa. Raive nezita rekuti *Sepher Maphteah Shelomoh*. John akamboramba akaridzvokora, achizvibvunza kuti sei ainzwa bvudzi rake kumira kunge ari kugwinwa nemagetsi. Papfura kanguva, John ndokuti, "Ha-a, iri chero yaunenge wada kundipa mudhara!"

Sekuru Kwangwari vakaseka. "Mupfanha, unoziva kuti rinoita marii muzvitoro?" Havana kumupa mukana wekupindura, ndokubvunza. "Wakariona kupi bhuku iri, nhai mupfanha?"

"Ha-a, rainge riri pane mamwe emumwe mudhara wechiVheti akatila" John akapindura.

Sekuru Kwangwari ndokumudzvokora nerimwe ziso, asi zvaraireva, John akatadza kuzvinzwisisa. Raive ziso remunhu akange anzwa kubva kune kamwana kasina zvakanozivawo nezvechitsapu chematombo anokosha chakavigwa mubako rakanositambira. "Saka, pane mamwe mabhuku akadai here?"

"A, jahwi chairo!" John akavhura bhegi rake ndokuburitsa mamwe acho.

Sekuru Kwangwari vakaabata-bata, kumeso kwavo kuchiratidza kugumbuka. John zvakange zviri kumushamisa kuti n'anga ingave neshungu yekuverenga mabhuku. Asi chaive chikuru ndeche kuti yaida kuatenga. Zvekuti yaitsvaga mapepa ekushandisa muchimbudzi kana ekuputirira midzi zvakange zvisina basa. Kuna John nyangwe Paul Matavire auya kuzobvunza nezvenganonyorwa dzaWilbur Smith, chero arikuda kutenga, aingotengeserwa.

John akasimudza rimwe racho, rakange rakanzi *Orders and Constitution of the United Grand Lodge of the Free and Accepted Masons*. Rimwe rakange rakanzi the *Sixth and Seventh Book of Moses*. Rimwe raive nemusoro wenyaya wekuti, *Catalogue of Grimoire MSS Extant*. John akange akamborivhura-vhura, ndokuona chiRungu chaivemo chakamudzamira. Asi rairatidza kuti muridzi waro airiverenga kakawanda. Zvimwe zvikamu zvakange zvakakomberedzwa nemutsetse weingi dzvuku, zvikurusisa chikamu chakanzi *MSS in the possession of Mr Nicholas Tsepes of Liko Farm, Mashonaland, Southern Rhodesia*. Rechishanu rakange rakanzi *Aradia, or the Gospel of Witches*.

John akada kubvunza kuti mazita aya airevei, ndokunyaradzwa nemazidzakwatira emari akange ari kuita zvekuundurwa kunge manhenga kubva muchikwama chaSekuru Kwangwari. Muupenyu hwake hwose, akange asati amboona mari yakawanda kudai panguva imwechete, uye akange asati amboiona ichisvikomhara muruoko rwake.

"Chinzwa, chikomana," Sekuru Kwangwari vakadaro, "Pamabhuku aya, pane mamwe asipo andiri kuda. Sezvauri kuzvionera wega, chibhanzi chiripo. Saka iwe, rega ndianyore pasi, uatsvage zvakare kuvaRungu vako.

John akaedza kutsvaga mabhuku aya kumaoksheni, asi akaashaya. Munhu wese waaibvunza akange asati ambonzwa nezvawo. Vashoma vakange vakamboanzwa vaimupa rimwe ziso, kunge zvinonzi akange abvunza zvombo kana zvinodhaka. Mumwe akabva amupfidzisa kuuya kuoksheni kwake. Izvi zvakamunetsa chose, kuti zvino mabhuku zvawo ndiwo angakonzere mhinduro dzakadai muvanhu.

Akazoti mumwe musi, pamusika pake pakauya mumwe muRastafarian ainzi Tesfa. Muchimana ichi, sedzimwe nzvimbo dzemuguta reChitungwiza, maive nemaRastafarian akati wandei. Vazhinji vakange vaine tumabhizinesi twavo twakange twuchiri kutumbuka. Tesfa aive nekambani yekutsikisa mabhuku echitendero chake.

Aiwanzoda kutenga pamusika apa, nekuti aiti ndiyo yaive nzira yekusimudzira nayo chimana chavo, nekustigira mabhizinesi evagari vemo. Saka, aiedza kuvatengera vose, uye aikurudzira vanhu vese kuti vatengeserane pachavo.

Zvakare, Tesfa aida zvekuverenga. Aiti akasimudza bhuku so, akabata-bata mapeji mashoma, aibva atoziva kuti rine zvingawedzere ruzivo rwake kana kuti raidzokorora pfungwa dzevamwe. Tesfa airatidza seakange asingazvizive kuti ichi chaive chipo chevashomanini pano pasi. Muupenyu hwake, John aikwanisa kudoma mumwe munhu mumwechete waakange akamboona achiita seizvi; mushakabvu Dambudzo Marechera.

Masimba akange asimudza rimwe remabhuku aya, iri rakange rakanzi *Theory and Practice of Magick*. Tsiyo dzake dzakakombama nekushamiswa. "A, ko, Mukoma John, ndizvo zvamave kutiitira izvi?"

Tesfa akamuratidza bhuku riya.

"Munoziva, Dredhi," John akapindura, nezwi rairatidza kushushikana kwake. "Bhuku irori, nemamwe aro, ndakaatsvagira Sekuru Kwangwari, n'anga iya yemuna Chinzou Crescent. Vakangondiwanikidza ndinawo, ndokubva vati nditsvage mamwe akadai. Asi chiri kundinetsa ndeche kuti vanhu vese vari kuita zveku..."

"Mabhuku enyu aya ndeekushopera neuroyi!" Tesfa akange aona zviri nani kuti arege kupotera negomo. "Zvino kana Sekuru Kwangwari vari kukutumai kuti muatsvage, handifungi kuti vanoadira kuti vawedzere ruzivo rwavo rwekurapa. Aya mabhuku akaipa chose!"

Aona kuti John akange asina kugutsikana netsanangudzo iyi, Tesfa akavhura imwe peji yebhuku iri, ndokunongedzera pane mufananidzo. "Ringaizve, Mukoma John. Uyu mufananidzo ndewemunhu ane musoro wembudzi, unomirirwa zvakare nemufananidzo wenyeredzi inemiranzi shanu, inodaidzwa kuti *Pentagram* muchiRungu. Verengai dudziro iripo pamusoro pePentagram."

John akamhanyisa meso ake nepeji riya, ndokunzwa ropa rake richipindwa nechando nezvaaiverenga. Mukukura kwake, John akange asati ambozvinzwa kuti kungava nemabhuku ezveuroyi kana kukoka mweya yetsvina. Zvakare, akange asati ambozvinzwa kuti vaRungu, vaiva rudzi rwaaiona ruri pamusoro perwake mune unhu neuMwari, vangave vabati veupi hwakadai.

"Saka ndoita sei, Dredhi?" John akabvunza.

"Heno, zviri kwamuri."

John akaapisa mabhuku aya, ndokunanga kuchechi kwake, ndokunoreurira zvose kuna fata mutsva, Baba Kenias.

Zvino, achiona Sekuru Kwangwari vachiuya kudai, akabva aziva kuti nyaya yacho yakange isati yapera. Aive nefungidziro yekuti n'anga iyi yaigona kugumbuka chose kana isina kuwana zvayaida.

"A, big dhara!" John akavakwazisa achiedza kuseka. Asi kwaive kuseka kwekuti dai aive mutambi wemubhaisikopo, basa raibva rapera ipapo.

"Mupfanha, waswera mushe?" Sekuru Kwangwari vakange vasina kuzviona kuti John akange asina kugadzikana. Zvekuti vanhu vairatidza kuvatya zvakange zvisiri zvitsva kwavari. Meso avo aimhanya nemabhuku akange akawaridzwa patafura yemusika waJohn. Vashaya zvavaitsvaga, ndokusimudza musoro. "Mabhuku angu aripi?"

John akanzwa mate kuoma mumukanwa make. Akasanganisa meso naSekuru Kwangwari, ndokuona zvaakange asati amboona muzasiso emunhu. Akaona kuti Sekuru Kwangwari vaive nemasimba ekuverenga pfungwa dzake kunge peji rebhuku.

"Saka iwe wave kuteerera zvinotaurwa nemaRasta!" Uyu wakange usiri mubvunzo bodo, asi kutopomhera mhosva. "Ungarege mari ichienda, nepamusana pekamuRasta kako nemarara akanotaura?"

John akavhura muromo wake, kuti apindure, asi Sekuru Kwangwari vakamugamha. "Zvino ukada kuzviita munhu anoziva, uchaona hako zvichaitika. Kana iko kamuRasta kako kachati kasangana nazvo!"

John akapinza ruoko muhomwe make, umo maive nerozari yake. Sekuru Kwangwari vakazunguza musoro, kunge vaisiririswa nebenzi zvaro. Ndokucheuka, ndivo avo, kumba kwavo.

Murume mukuru akange achidedera nehasha. Kuitirwa zvakadai netuvanhu zvatwo, twusina zvatunoziva maererano nezvemasimba emashavi akasiyana? Zvino aizovaratidza kuti Wilberforce Kwangwari akange asiri munhu wekutamba naye!

Sekuru Kwangwari havana kutanga vari n'anga. Vakazvidzidzira kuhondo, apo vakambogara pane mumwe musha kuMozambiki pedyo nemuganhu wenyika ichanzi Rodhezhiya. N'anga iyi yaive iri yechiChangani, asi yakamuratidza kuti kwaive nerumwe ruzivo rwaive rwakanyorwa mumabhuku evaArabhu nevaRungu, ruchinzi rwaibva kumarudzi ekare evaBhabhironia. N'anga iyi yakamuudza kuti masimba aive mumabhuku aya ndiwo akashandiswa nevaRungu kuti vatape Afurika nedzimwe nyika dzepasi rose. Yaizviva nekuti yakawana mabhuku aya kubva kune mumwe muIndiya aive muhondo yaGuvheya mugore ra1853.

Sekuru Kwangwari vakaramba mashoko aya, n'anga iya ndokuburitsa dhora rimwe rekuAmerika. Ndipo pavakaona chisimbiso chiri pamari iyi, chaive neziso rimwe pamusoro pepiramidhi. Kumusoro kwakange kwakanzi ANNUIT CŒPTIS, zvichireva kuti ATIPA MUBAIRO WEVAVARIRO YEDU. Kuzasi uku kwaiva nemashoko ekuti NOVOS ORDOS SECLORUM, zvichireva kuti URONGWA UTSVA HWEPASI ROSE. N'anga iya yakamuratidza zvakare mifananidzo yemakambani makuru evaRungu emuno muZimbabwe neemhiri kwemakungwa, ichimutsanangurira zvaaireva maererano nezvinamato zvekare.

"Chinzwa manje, Kwangwari, pasi rino riri kushanduka. Asi kushanduka uku ndekwe kudzokera kupasichigare. Kana ndichitaura pasichigare, handisi kutaura Guruuswa kana Mbire. Ndiri kutaura nzvimbo dzaigara madzitateguru evivavo vatinoti vakabva Guruuswa. Ruzivo rwevekare ava rwave kudzidzirwa zvakare, ruzivo urwu rwune masimba andisingagone kukutsanangurira. Asi chandingakuyambire ndeche kuti kana uchida kurarama munguva iyi yatakatarisana nayo, unofanira kuti uve mumwe weavo vane masimba andiri kutaura nezvao. "

"Zvino ndinga wane sei ruzivo rwakadai?" Sekuru Kwangari vakabvunza.

N'anga iya ndokuti, "Unofanira kuverenga mabhuku akadai."

Sekuru Kwangari vakange vave kusvika pamba pavo. Semazuva ose, pamugonhi wavo paive nevanhu vakawanda, vakange vakamirira kuona chiremba. Pavakavaona, vakapatsanurana, ndokuvavhurira nzira yekuti vapinde napo. Sekuru Kwangwari vakapindura kwaziso dzvakanairwa nevanhu ava nekugutsurira musoro.

"Sekuru!"

Sekuru Kwangwari vakacheuka, ndokusanganisa meso naJennifer. Vakafinyamisa kumeso, sezvinonzi kaive kekutanga kumuona muupenyu hwavo.

"Pambosvika mapurisa, achida kukuonai. Ati achadzoka zuva risati ranyura, uye anga achikumbira kuti muamirire. Ati.... "

Asi Sekuru Kwangwari vakange vave kuchokera kiyi yekatumba kavo kekurapira. Vakaedza makiyi masere vasati vawana yaipinda. Izvi zvakawedzera hasha dzavo. Jennifer akange ateera kuti apedzise kuvapa shoko raakange asirwa nemapurisa, asi akaona kuti nhasi twasekuru vake twakange twakakwidza, ndokudzokera zvake mumba huru.

Sekuru Kwangwari vakapinda mukatumba kavo, ndokukapfiga. Maive nerima, asi pasi pakange pakanyorwa neingi yaipenya chisimbiso chaishamisa, chiya chinozvikanwa nevaRungu nezita rekuti Pentagram. Zvakare, paive nemashoko ekudana masimba anoshamisa. Sekuru Kwangari vakachikomberedza, ndokunotora dombo rakange riri mubiya yaive pasi. Vakatarisa mudombo iri ndokuona mufananidzo waJohn, akasunga maoko ake nemachuma erozari, miromo ichiita seinekainjini, kuri kunyengetera kuna Mai Maria, nevaSande neNgirozi dzese. Vakaona zvakare Tesfa, akapfeka hanzu dzechitendero chake dzemuteuro. Tesfa akange ari mumba make, akazvifukidza nejira chena huru raive nemicheka yeruvara rwedenga. Kurudyi akange akabata bhuku reminamato, kuruboshwe aive nechipiyaniso.

Sekuru Kwangwari vakatanga kuseka. Zvino kamuRasta kaitozvitembawo nhai? Chinamato chake chakange chisati chava nezana remakore chichizivikanwa pano pasi. Kana iye John, akange asingazvizive here kuti ruzivo rwaive naivo Sekuru Kwangari rwaitonzi nderwe pasichigare apo Romulus naRemus, mapatya anova madzitateguru avaRoma, akange achiri kuyamiswa nembwa yemusango?

Vachiona kudai ubenzi hwaJohn nehwaTesfa, mufananidzo uya wakashanduka, ndokuva weSantana yemapurisa ichiuya nemugwagwa wavo. Sekuru Kwangwari vakarohwa nehana. Asi vakaeuchidza kuti vaive nemasimba ose, uye nyangwe mapurisa chaiwo aive kwavari senhunzi kunenzou.

Zvisinei, nyangwe nhunzi chaidzo dzaida kuti munhu unge wakaromba. Sekuru Kwangwari vakakurumidza kukumura mbatya dzavainge vakapfeka, ndokupfeka gemenzi ravo, ndokupfunya chisero vari muchisimbiso chavo. Vakatanga kutaura mashoko avakange vadzidzira, ndokuona semukute wakange uchinyuka kubva muchisimbiso ichi, uchizara neimba yese.

Sekuru Kwangwari vakanzwa sevasundwa nesimba guru, ndokupunzikira pane gona ravo. Muviri wese wakaita sewakatsimbirirwa, asi vakazviziva nemunhuwiro hwetsvina wakazara nemba yose, uye nekunzwa mukanwa mavo kushata nenyongo, kuti ura hwavo wakange waburitsa nenzira dzose dzaive pamuviri wavo zvose zvavainge vadya mauro.

Vakaedza kuyeuka mazita emashavi avaigona kudana panguva iyi kuti avabatsire, asi hapana kana rimwe rakapinda mupfungwa dzavo. Sekureva kwakaita vakuru pavakati, N'anga haigone kuzvirapa, Sekuru Kwangwari vakatadza kuburitsa kana shoko rimwe remashiripiti.

Zvimwe vakambofenda. Asi vakangoerekana musuo wazarurwa nechisimba. Miranzi yezuva yakavarova kuti bha-a, kunge mheni. Vakanzwa kupinda kwevanhu kune mutsinda, maoko evarume vakagwinya achivasimudza.

"Apunzika here, mudhara uyu?"

"Mupei mvura!"

Panguva iyi, Sekuru Kwangwari vainzwa mazwi akawanda, asi vasingagone kucherechedza zviso.

Vakapihwa mvura kubva mubhodhoro. Matonorero ayo akacheka neura hwavo, vakaedza kusimudza ruoko rwavo kuti varambidze munhu aivapaka. Ndipo pavakaona kuti vakange vasingagoni kusimudza ruoko rwavo rwekuboshwe. Zvakange zvisingade ruzivo rwavo rwekushopera kuti vazvione kuti vakange vasitiroka.

Kusitiroka, kana kuti vanga varohwa nezvishiri? Kwete, kusitiroka. Nyangwe vaive nemasimba ekupinduka kuita imwe mhuka, nyangwe vaigona havo kubva pane nzvimbo ino vachierekana vave pane imwe iri kure zvisinga tsananguriki, Sekuru Kwangwari vaive munhu wenyama chete. Zvakange zvisingabatsire kutsvaga muroyi pakadai.

Zvino zvaireva kuti vakange vave kufa here? Vakayeuka mazita aUya ainzi ndiye aive pamusoro pemasimba ose emashiripiti. Uya ainzi aive neziso rimwe, raibwinya kunge zuva, asi rakakomberedzwa nerima risingajeki.

Sataniel, Beelzebub, ndiyamureiwo. Inga wani ndakaita Mhiko? Asi muromo wavo wakaramba kuumba mazwi. Vachiyeuka Mhiko yavakaita, Sekuru Kwangwari vakabva vaziva kuti Iye wavakaita naye sungano akange ave kuda mweya wavo, sezvavakange vakatemerana.

Ndipeiwo mamwe mazuva, ndikuitirei basa renyu. Hapana chimwe chandinoda kunze kwekubata basa renyu, ndichidzidza zvishamiso zvenyu…

"Wilberforce Josphat Kwangwari, wasungwa nemhosva yekuita basa reun'anga usina mvumo, neyekuraira vanhu vane mazita achadudzirwa kune dare kuti vabate vasikana, avo vane mazita achadudzirwa pamberi pedare, chibharo."

Sekuru Kwangwari vakatarisa kuna Mutikitivha Ratidzai Makombe, asi hapana chavakapindura. Makombe akati kune mapurisa akange akatakura n'anga iya, "Mukandei muSantana, vakomana."

Akatarisa kuna Nomusa, ndokubvunza, "Saka, tosiya nzvimbo ino iri mumaoko enyu here?"

Nomusa akagutsurira musoro. "Handifungi kuti zvichatora nguva huru."

Vari kutaura kudaro, mumwe mupurisa akauya kwavari, ndokurova sarupu. "Shefu, kwauya shoko kubva kuHQ. Kwai Sajeni Kwete vari kutsvagwa."

"Vari kutsvagwa?" Pakati pavo, Nomusa ndiye akakwanisa kupindura.

"Ehunde." Mupurisa uya airatidza kushushikana neshoko raanga atumwa naro. "Kwai Sajeni Kwete vabva pamba pavo nemwanasikana wavo, uye zviri kufungidzirwa kuti vanoda kumurepa."

Masimba Musodza

112

Muchaneta akamhanya achibuda mubako riya, ndoku svikopunzikira pedyo
nemuhacha. Akazendama nemuti uya, ndokuurova neshungu, dzamara simba
rake rapera. Vhudzi riya rakange ranyatsosetwa, zvino rakange bvanganyuka,
rave kunge gushe remhuka yesango. Bhurauzi rake rakange rabvarurwa,
mazamu ari pachena, ruvara rwavo rwemaroro rwaibva rwaburitsa mitsetse
mitsvuku yekumarwa-marwa kwaakange aitwa.

Kurepwa nababa vake here? Zvingaitike here zvinu zvakadai? Ko, kana kuri
kurota, aifungei chingamurotese zvakadaro?

Asi, paakaedza kusimuka, ndokupunzika zvakare nekuda kwemarwadzo
aainzwa pakati pemakumbo, Muchaneta akabva aziva kuti ndizvo zvakange
zvaitika.

Ndizvo zvavakamutorera kubva kuna amai vake izvozvo? Ko, zvaanga ati vauya
kuzomununura kubva mumaoko a*Uncle* Sticks? Ndizvo zvaireva vakadzi
vemuraini here pavaiti varume vese vakangofanana? Zvaireva kuti hanzvadzi
dzake, vana vababa vake vaakange asati aona, vaizodawo here kurara naye?

Zvino ndekupi kwaaikwanisa kuenda? Muchaneta akayeuka kuti kwaive
nemasangano aibatsira vasikana vakaita saiye.

Shavi Rechikadzi

Akayedza kusimuka zvakare. Kusimudza gumbo rimwe kwakakoka marwadzo
ekuti akambofunga kuti ainge atyoka mapfupa. Asi Muchaneta akange
atoshinga kubva panzvimbo iyi, baba vake vasati vabuda mubako riya
kuzomubhinya zvakare.

113

Nomusa akaedza zvakare runharembozha rwake. Nzvimbo ino yakange isina netiweki zvachose. Odzokera zvake kuhambautare yake, oedza kutsvaga vamwe vake here, kana kuti oramba achitsvaga Muchaneta?

Apa pakange pasina zvekuzviita. Nomusa akange atove musango riya. Zvakare akange asiya anyora katsamba ndokukanamira pahwindo yehambautare yake. Vamwe vake havaimbotadza kukawana.

Nomusa akamhanya nenzira yaaiyeuka kuti yaimusvitsa kumaninga aya. Mucheka wesiketi yake wakakururudza tsine, uye maoko ake akamarwa neminzwa yemaakashiya. Asi Nomusa akamhanya chete.

Paakasvika pakakwirira, Nomusa akambotura mafemo, ndokuringa-ringa nzvimbo yose. Matombo aive nemapako nemaninga aya aive kurudyi kwake.

Nomusa akange ave kufunga zvekudzokera kuhambautare yake paakaona Sgt Kwete vachipota nepakati pemabwe. Nomusa akabva akanda tsoka, achidzika akananga kwavari. Tumatombo nevhu zvakasvetuka pamberi peshangu dzake, kunge maputi ari kukangwa.

"Sajeni Kwete!" Nomusa akadeedzera.

Sgt Kwete vakamira, ndokucheuka. Vakamutarisa-tarisa, ndokutarisa nepamusoro pake kuti vaone zvaive kumashure.

"Sajeni Kwete, amai vaMuchaneta vamhan'ra zvese! Zvingave zano rakanaka kukanganwa nezveurongwa hwenyu pano!"

Sajeni Kwete vakashama muromo, ndokuuvhara.

"Mapurisa ari kusvika izvozvi," Nomusa akaenderera mberi. "Muchaneta aripi?"

"Haasi mhandara!" Sajeni Kwete vakadaro, vachiita kunge vari kutaura vega. "Kahure saamai vake, kakandinyepera kuti imhandara, asi hakasi. Ndoita sei?"

Vachitaura kudaro, Sajeni Kwete vakacherechedza kuti Nomusa akange ati mapurisa aive munzira. Zvichireva kuti akange ari ega panguva ino.

Nomusa akabva azvionawo kuti njere dzaSajeni Kwete dzakange dzadzoka, asi dzakange dzizere nechinangwa chisina kunaka. Akatanga kudzoka kumashure zvishomanini.

"Ko, iwe, Nomusa, uri mhandara here?" Sajeni Kwete vakabvunza. *"I need a virgin!"*

Nomusa akaona kuti kuedza kutizira kwakange kusingabatsire. Pano aitofanira kushinga semukadzi, kuita shumbayawonda kana kuti harayawonda.

Pavakamuti napahuro dzvi-i, Nomusa akasimudza gumbo kuti avarove neibvi pakati pemakumbo. Asi Sajeni Kwete vakange vafembera dano iri raaigona kutora, ndokugama gumbo riya. Pavakawira pasi vose, Nomusa akange akashadabura makumbo ake, Sajeni Kwete vari pamusoro pake. Zvakamushamisa kuti vaive nesimba rakadaro. Nomusa akati apfakanyuke kuno neuko, ndokunzi nechibhakera nepamatadza. Mwanasikana akaona nyeredzi kumeso, uye akanzwa marwadzo.

Pasina nguva ipi, akanzwa mamwe marwadzo aainge asati ambonzwa muupenyu hwake hwose.

114

Muchaneta akawanikwa achidzungaira nemugwagwa waidzokera kuHarare, ndokuendeswa kuchipatara. Vekuchipatara kuya ndivo vakadaidza mapurisa, pamwe nemasangano anomirira kodzero dzevanhukadzi.

Sajeni Kwete vakasungwa mauro iwayo. Sitatimende yavo yaive iri yekuti vakasiya Muchaneta ari ega vachienda kunozvibatsira. Pavakadzoka, vakashaya munhu. Hongu, Nomusa Mpala vaimuziva. Aiwa, havana kumbege vamuona zuva iroro.

Zvisinei, vakavharirwa kweusiku ihwowo, sezvaibvumirwa nemutemo wenyika.

Nomusa Mpala akazowanikwa mangwanani nemapositori ainamatira pedyo nemaninga, ndokuendeswa kuchipatara.

MHEDZISIRO

"Mufemberi!" ndakadaro ini, "chinhu cheuipi!—mufemberi sezvinei, nyangwe shiri kana dhimoni!—
Nyangwe wakatumwa neMunyengedzi, kana wakapupurudzwa nemhepo

Wakaraswa, asi hautyi, mugwenga rino rineminana—
Pamusha uno uneZvinotyisa—ndiudze chokwadi, ndapota—
Mune—mune bharisamu muGireadhi here?—ndiudze—ndiudze, ndapota!"

-**Edgar Alan Poe**, *The Raven*

115

Papfuura mazuva matatu, Ratidzai Makombe, Chine Makawa naSekai
Tengende vakauya kuzoona Nomusa muchipatara. Paakaona zviso zvavo,
Nomusa akanyumwa kuti vakange vasina nhau dzinofadza.

"Sajeni Kwete vakasungwa here?" akabvunza.

Madzisahwira matatu aya aNomusa akatarisana, vachiedza kukwenyana.
Nomusa akabva aziva mhinduro kune mubvunzo wake, ndokutarisa kurutivi.

"Gweta rake rine umboo hwekuti hatiihwini," Makombe akadaro.

"Ungavei?" Nomusa akabvunza.

"Vafakazi vashanu vanokwanisa kupupura kuti panguva iri kunzi Muchaneta
akabatwa chibharo, Sajeni Kwete vaive kunachiremba. Sezvauri kuziva, Sajeni
Kwete vakasiya vakugeza nemishonga, zvekuti hapana nzira yeforensikisi
ingaburitse umbowo unovabatanidza munyaya iyi." Nomusa paakashama kuti
apindure, Makombe akamunyaradza nekumusimidzira ruoko. "Zvakare, pane
munhu akabatwa akabvuma mhosva yekurepa Muchaneta."

Nomusa akange ave kuchema, asi akaramba akava tarisa, nekuti aiziva kuti
kune zvimwe. "Pamusoro peizvi, Kwete ari kuti iye Insp. Mabhedla

vakamumaka. Pane gore ravakaedza kudzingisa Kwete basa, zvichinzi nekuti aneShuramatongo. Saka kuti mudhara Mabhedla aonekwe achimira-mira nenyaya iyi, zvinongonzi idaka riya zvakare."

Ndosaka vasina kuuya kuzomutsanangurira vega. Insp. Mabhedla vakange vasungwa mbira dzakondo nenyaya dzakare. Kana vakada kuzviita gamba, vaigona kuendeswa kune rimwe bazi kana kutosiya basa racho zvachose, vachisiya penizheni yavo. Zvino, basa reS.O.I.U. raizo nyatsofambiswa here?

Sangano reS.O.I.U., iro raakange ayeredza dikita, misodzi neropa achirisimudzira, rakange risingakwanise kumubatsira panguva ino. Zvakare, sangano racho raitadza kuzvibatsirawo panguva ino.

Nomusa akati, "Saka hapana…"

"Hatisati takanda mapfumo pasi," Sekai akadaro. "Kungoti chete nzira yeS.I.O.U. panguva ino haikwanisi kutisvitsa pakuti Kwete arangwe."

Nomusa akatarisa kunaChine. Shamwari yake iyi yakatarisa pasi nekunyara. "Ndanga ndati nditange ndaziva kuti Chamunorwa wakange wamuzivisa here? Hazviite kuti atange kusangana nazvo paIndaneti kana kuverenga mupepa."

"Hanzvadzi yangu yakamuudza nezuro," Nomusa akapindura. "Chamunorwa wacho haachadairi runhare rwake."

Nomusa akapinduka. "Chine, kana pane zvauno kwanisa kuita kuti nyika yose izive zvakaitika, uye zviri kutadzisa kuti Kwete asapikire mhosva dzake, ndinokumbira kuti uite. Vamwe vese, handinga kukumbirei kuti muite zvingazokukanganisei pabasa."

Chine akagutsurira musoro zvishomanini.

116

Vatatu ava vaenda, kwakauya mumwe munhu kuzoona Nomusa. Munhu uyu aive mukadzi wechidiki, akapfeka zvechiMuslim.

Paakapinda muwadhi muya, Nomusa akabva amuka. "Hausati waenda here?"

Mukadzi uya ndokuzunguza musoro. "Tichasimuka svondo rinouya."

Pakambova nerunyararo, umwe nemumwe achinyatsoronga mazwi ake. Mukadzi uya ndokuti, "Saka achasungwa here?"

Nomusa haana kupindura.

Mukadzi uya akati, "Ini ndichambo mhanya. Ndangoti ndikuonei."

"Zvakanaka," Nomusa akadaro.

Asi mukadzi uya akaramba amire. Nomusa ndokuti, "Handiyo nzira, hama yangu."

Mukadzi uya akaratidza kushamiswa nemashoko aya. "Asi ipi, yekusiwa uriwe unemhosva asi munhu akunyangadzira achienda zvake kunotsvaga mumwe wekurepa? Imi ndimi munoshanda nemasangano nemapazi eHurumende acho, ndimi makadzidza mafambisirwo ebasa racho rinonzi rinodzivirira uipi hwakadai. Saka ndimi munoziva kudarika vanhu vakawanda kuti dzimweni dzenguva, zvinokona kuti vanhu vakaita sesu vabatsirwe."

"Zvakaipa..."

"Chii chakaipa, kurepwa wosiwa wakadaro kana kuti iwe woratidza kuti hapana mhosva inorova, zvikurusisa mhosva yaunoparirwa nekuti uri munhukadzi?"

Nomusa akange asisakwanise kuenderera mberi negakava. Mukadzi uya akavhura bhegi rake ndokuburitsa bhuku remapepa akafotokopwa, ndokuritsveta pamubhedha. "Mune rimwe peji ndanyora kero yepamwe pamba pane imbwa ine meso machena. Ini ndave kuenda. *Salaam aleikum.*"

Mukadzi uya ndokuenda. Nomusa akasimudza mapepa aya. Musoro webhuku iri wainge wakanyorwa nechiRatini, unine mufananidzo wegonye. Bhuku iri rakange rafotokopwa kubva pane riya ravakapisa, ndokuwedzerwa nedudziro muchiShona.

Rugwaro rwaitsvagwa nemaziso matsvuku nevadzidzi venhoroondo yezvezvinamato zvakare, rugwaro rwainzi rwakapedzisira kuonekwa makore mazana mashanu apfuura aya. Mari yaaikwanisa kuwana nefotokopi iyoyi chete yakange isingatsananguriki. Kunze kwekuzvitengera zimba huru, nezvose zvaaida, aigona kutsigira basa reS.O.I.U. nemasangano aibatsira vakadzi vakaita saiye.

Kana kuti, aigona kuita zvirango zvakatsanangurwa mubhuku iri, okonzera rufu rwaSajeni Kwete. Mushure mezvo, aizoritengesa kuvadzidzi vaya.

Nomusa akazvibvunza kuti kana akadaro, kana akadana shavi rinonzi Lilith, anenge ave kushandisa masimba ake here kana kuti ndiye ainge ave kuzviisa pasi pemasimba aakange asingazivi nezvao.

Izvi zvaida kuti anyatsofunga. Nomusa akariviga bhuku riya mumagumbeze ake, ndokudaidza mukoti kuti vamupe mapiritsi ekuti akotsire.

MAGUMO

MAMWE MABHUKU AMUNGAFARIRE KUBVA KUNEMUNYORI MUMWE

Kambani yezvekutsikiswa kwemabhuku, Belontos Books, inofara kwazvo kuti yavenebumbiro remabhuku akanyorwa naMasimba Musodza mururimi rweChiShona.

Rungano RwaSakile

Tongoona "T.J" Jaunda akange anetsa muHarare, asi nerimwe zuva, gava rakadimbura musoro, mapurisa ndokumukomberedza ndokumurwisa. Anokuvara zvakaipisisa. Ari kuchipatara, Mai Loveness Kambanje, Muchuchisi Mukuru muHarare, vanotanga kuunganidza mhosva dzekupomera gororo iri pamberi pedare. Munhu anokwanisa kuvabatsira mukufeya-feya kwavo ndiSakile, musikana waT.J. Ndiye aive chapupu, ndiye aiziva zvizere pane mhosva dzakawanda dzakaparwa naT.J, kwemakore mashanu vachidanana. Sakile aida kuudza Mai Kambanje zvose. Panobuda nhoroondo inoomesa mate mumukanwa.

Asi, pane zvakawanda maererano naSakile wacho zvaida kuongororwa.....

Mudyi weNhaka Yangu

Kupomerana uroyi, kuparara kwemisha nepamusana pechizvino, kurera mwana wausina rudzi naye. Musodza anoruka dingindira dzakawanda seshinda murungano urwu kuti rwutivaraidze pamwe nekucherechedza shanduko inogona kuitika muupenyu hwanasi muZimbabwe.

Tonde anowanikwa nechirwere chisingarapiki chegomarara. Anogashira hake urwere uwhu, asi shungu dzake ndedze kuwana waangasiire pfuma yake. Anosarudza muzukuru wake, Tevin, mwanakomana wehanzvadzi yake, Patience, kuti ave nevanji vake.

Asi, panozobuda zvakange zvakavanzika mumba mehanzvadzi yake iyi, Tonde anodzoka ofunga kaviri.

Mvuri weGororo

Nganopfupi inobatanidza nyikadzimu yakatanga kurondedzerwa nezvayo naH.P. Lovecraft, uye nezviitiko zvemunaShavi Rechikadzi. Rungano rwemunhu anofunga kuti ari kuita jeya apo akandana masimba anotyisa.....

Frankenstein

Tose tinoziva nyangonyorwa yaMary Wollstonecraft Shelley. Mugore ra1986, ari chikomana chine makore gumi ekuzvarwa, Masimba Musodza akarondedzera Frankenstein kunaambuya vake, Gogo Muramba (1927- 2008). Ndangariro yekufarira kwakaita Gogo vake rungano urwu ndiko kwakamutuma kuti aturikire bhuku racho rese.

Shavi Rechikadzi

Victor Frankenstein, uyo ari kudzidzira kuvachiremba, anofunga kuti neruzivo rwatavenarwo maererano nemuviri uye mashandiro anoita nhengo dzawo, angakwanise kusika munhu. Achichashindisa nhengo dzakasiyana kubva kuzvitunha, anoumba munhu. Asi, munhu waanoumba, chikara chaicho. Changosara, kutungidza magetsi chete. Zvino, chaive chakaipa moyo semaipiro achakange chakaita chiso?

Mukadzi WaMukoma Shepard

Nganonyorwa iyi inobata nezvetsika yekupamukadzi senzira yekuripa ngozi. Inobata zvakare ushamwari unopfumbira pakati paamaiguru nababamunini. Inyaya inotekenyedza, inyaya inosekesa, inyaya inovheneka magariro evanhu muZimbabwe yanhasi. Zvakare, sezvo ichibva kunaMasimba Musodza, inyaya inotyisa.........

Wesley anodzoka kumba kubva kubhodhingi, ndokutambirwa neshoko rekuti mukoma wake Shepard ainge atizirwa nemusikana anonzi Aesnath. Aka kaive kutanga kunzwa nezvaAesnath uyu. Asi, pasina nguva ipi, Wesley naamaiguru vake ava vakava bhurugwa nebhandi. Nyangwe Shepard paakatanga kubuda mumba, dzamara Aesnath atuta twake ndokudzokera kuhama dzake, Wesley akaramba ari shamwari yaamaiguru vake.

Asi, mumusha umu maive nezvakavanzika zvakawanda. Zvimwe zvacho zvaive nechekuita nekuroorwa kwaAesnath uyu naMukoma Shepard. Wesley anosangana netwakawanda, uye anofamba rwendo refu kuti asvike pedyo nekuzvifumura.....

Masimba Musodza akanyora nyaya iyi achishandisa runharembozha rweSamsung Omnia 7, urwo rwaive nepurogiramu yeMicrosoft Word, achitanga nemusi was 10 Nyamavhuvhu 2011. Mushure mezvo, akaverenga zvimwe zvikamu zvacho, ndokuisa paDandira reIndaneti. Makasunguka kuteerera chimwe chezvikamu izvi pano.

Aqulina

Sgt Sambiri, mukuru weArmed Robberies & Homicide paChitungwiza Central Police Station vanotambira tsamba kubva kushamwari yavo, Mutikitivha Lawrence Kweche wepaTswakata, mudunhu reMashonaland East. Kweche ane nyaya yaainge afeya-feya, nyaya yemurume aiti akaponda musikana anonzi Aquilina. Murume uyu, Hatifari Maforimbo, ainge azvipira mbune kumapurisa, ndokunyora sitatimende yezveuopenyu hwake dzamara zuva raakauraya Aquilina.

Kazhinji kana nyakuparamhosva achinge auya ega kuzoreurira kumapurisa, zvinorerutsa basa ravo. Igaroziva kuti chinenge chasara kumisa munhu pamberi pedare, upihwa mutongo wake, oendeswa zvake kunzvimbo iya inoyambirwa vanhu kuti kana vakadonhedza sipo vachigeza, vasakotame kuti vainhonge.

Asi, sitatimendi yaHatifari Maforimbo yaitove nhangaruvanze yeninji chairo. Ninji, nezvinotyisa....

MunaHacha Maive Nei?

2011 Zimbabwe Music & Arts Awards (ZIMAA) Book of the Year Shortlist. Bhuku rekutanga mururimi rwechiShona kutanga kuburitswa se *e-book* risati ratsikiswa pabepa, uye bhuku rekutanga

Ndapota zvangu, musaende kurwizi... Musodza anobinin'idza madingindira akasiyana- zvikurusisa kukosha kwekuchengetedza zviwanikwa zvemunyika- akava nganonyorwa iri mugwara rayo yoga. Zviri kunzi muna Hacha mune njuzu. Hapana achada kusvika pedyo nerwizi urwu. Saka, hapana angazive nezveshura rave kuitika kune zvisikwa zvemunharaunda. Hapana angaone ninji remhuka, miti netupuka zviri kukura zvisina muero, zvichishanduka zvichiva zvikara zvinotyisa....

Ese mabhuku aya munoawana kubva kuBelontos Books. Tsvagai muzvitoro zvamunositenga mabhuku amunofarira, kana padandira reIndaneti, kana kunyorera kambani inotsikisa pasales@belontosbooks.uk